JN082998

士《し》の魂《こころ》

SHI NO KOKORO

ひとみ 麗
HITOMI Uruwashi

文芸社

目次

主な登場人物

◇剣客

徳川　彦康（依田彦康）　帝王剣継承者であり、徳川家康の双子の息子の弟。
武蔵　二天一流。巌流島の決闘で佐々木小次郎に勝利する。
新渡　真娑比児　武蔵の介添えであり弟子。
家沢　清之進　武蔵の介添えであり弟子。
近衛　公麻呂（近江公麻呂）　タイ捨流師範。公家名。
幸山　誠三郎　タイ捨流。公麻呂の弟子。
小笠原　勤之助　小野派一刀流師範。
杉山　正樹　小野派一刀流小笠原の弟子。
成田　泰信　馬念庭流師範。
小島　均八郎　馬念庭流。成田の弟子。
高畑　晴吉　中条流師範。
松本　幸子郎　中条流。高畑の弟子。
宮崎　彰衛門　示現流師範。
佐々木　一考　示現流。宮崎の弟子。
須藤　勝義　天流師範。
杉本　司之輔　天流。須藤の弟子。
林　世潮胤　宝蔵院流師範。
田澤　敏勝胤　宝蔵院流。林の弟弟子。
鳥谷部　健司郎　陰流師範。
細川　慶二郎　陰流。鳥谷部の弟子。
榊　勝之輔　櫛引丸の船頭で大身の旗本。
古藤　多彦郎　櫛引丸の水主頭で大身の旗本。
二唐　修吾郎　櫛引丸の水主で大身の旗本。

◇オモテストクの人々

アデリーナ女王　オモテストク女王。
アレクサンドル二世　オモテストク王子兼近衛兵指揮官。
アナスタシア姫　サンクトペテルブルク国王女で王子の婚約者。
アリョーナ姫　女王の娘で王子の妹。
アリーナ嬢　貴族の姫。
アレクセイ　オモテストク海軍長官。
アリョーシャ　ポケット駐屯地司令官。
アンドレー　新ロベジノエ分遣隊長。
イワノフ　オモテストク海軍参謀。
グリゴリー　サハン駐屯地司令官。
アキーム　アナスタシア警護隊長。
アルカージ　年配の案内兵。
プラト　若い案内兵。
ヘルマン　オモテストク軍船の艦長。

◇拉致された主な日本人女性

細川 江静　大名家細川家の姫。
菊池 峰　江静姫の侍女。
酒井 悦子　江静姫の侍女。
羽根田 三束　武家の子女。
金子 まゆみ　武家の子女。
館田 せつ　武家の子女。
北條 由紀　貴族の娘
橋本 千恵　貴族の娘。
畑中 美世　貴族の娘
奈良屋 眞紀　大店の娘
蝦屋 名絹　大店の娘
板垣屋 まり　大店の娘
手代森の京　網元の娘
金見丸の慶　船頭の娘
戸田丸の春　船頭の娘
初盛村のきみ　船頭の娘
大島屋の小亀　祇園芸者

第一章　剣客出揃う巌流島

巌流島の決闘・真実とは

その日は降り続いた雨もうそのように止み、空にはうろこ雲一つない日本晴れであった。日輪は火矢のような熱線を地上の生きる物すべてに浴びせ、仏画の地獄絵図を思わせるものであった。

そんな茹だるような暑さを感じないかのように静かに瞑目する武士の一団もいた。その一団の武士達は皆鉢巻きをし、襷を掛けて、袴の股立ちを取って床几に腰を掛けていた。表情はあたかも風通しのよい庫裡で座禅を組んでいるかのような表情である。その者達は己の剣技を極めた日の本を代表する剣客達である。それも各流技・流派の総師・頭領・最高師範と呼ばれる名人達である。その高名な剣客達は「名実相共に日本一の剣客」を目指し集まっていた。

剣客達が踏み締めるのは、玄界灘の真ん中にひっそりと佇む小島の磯である。群青の空の色、紺碧の海の色、その青の世界に染まることのない磯の白砂を憎むかのように日輪は容赦なく熱光線を浴びせていた。

その磯の白砂に溶け込むような真っ白い幕が三方を囲んで張られていた。幕の中央には鴇色の鮮やかな家紋が染め抜かれていた。囲まれた幕内は掃き清められたように塵一つない。京の都の高名な庭園を思わせるものである。

　また幕の開かれた前方は玄界灘の雄大な青の世界が広がっていた。「荒くれ」の異名をもつ玄界の海も、今日は陽に押さえ込まれたかのように穏やかで波一つ無い。盆水の水鏡のようにキラキラと輝いていた。

　張り巡らされた中央の幕の前には床几が並べられ、覇気のない侍（藩士）達が腰掛けていた。中央にはそんな藩士達とは異なり頑徹そうな面構えの藩主が泰然と腰を下ろし瞑目していた。藩主の顔面には戦国武将の証である刀痕が幾つも刻まれていた。藩主が多くの戦場を経験して今の「座」を手にしたことが窺い知れる。時々見開かれる目は鋭く、鹿をも眼光で射殺すと言う狼の眼に似ていた。

　そんな藩主に反し、左右に居並ぶ多くの家臣達は、古ぼけて輝きを失った節句人形のような眼をしていた。戦も無くなり平和な時勢となってはやむを得ないとは言え、あまりにも情けない姿である。

　左、右の幕の前にも五個の床几が並べられていた。一個の床几を除いて九個の床几には剣客達が腰を掛けていた。藩主を正面に見て、左の幕前に並べられた五個の床几の奥に座っているのは藩の剣術指南役の巌流佐々木小次郎である。小次郎は幕と同じ紋を染め抜いた白い鉢巻きをし白の襷を掛けていた。そして他の剣客達と同じように袴の股立ちをとり「立ち合い衣装」で腰掛けていた。小次郎もまた他の剣客達と同じように瞑想しているかのようであった。小次郎は豪快無比と謳われる藩主の唯一の「師」であり心の支えであった。小次郎の後ろには、貴公子然とした若い武士が介添えとして片膝をついて控えていた。その若者もまた汗一つ見えない。

手前の床几四個にも、立ち合い衣装の剣客達が腰掛け瞑想していた。その剣客達の後ろにも介添えが一人ずつ片膝をついて控えていた。

右の幕の前に並べられた奥の床几には腰掛ける人と介添えの姿は無かった。手前の四個の床几には「立ち合い衣装」の剣客達が腰を掛け介添えが控えていた。その者達もまた瞑想し誰一人として姿勢を崩す者はいなかった。腰掛ける人のない床几の下にできた僅かな日陰に、兄弟であろうか二匹の子蟹が泡を吹いて気持ちよさそうにうたた寝をしていた。

居並ぶ剣客達は一刻（二時間）以上も姿勢を崩すことなく瞑目していた。そんな剣客達を眺めると、左右に連山があるように思えてくる。そして穏やかな顔を見ていると、今から死を賭した勝負をする人達とは到底思えなかった。

そんな剣客達に反して、藩主の左右に居並ぶ家臣達の中には草津の熱湯に入っているかのように赤い顔をして愚痴を言い合う者がいた。襟元をだらしなく広げ扇子で風を送り込む者や剃り上げた月代（※前頭部から頭頂部にかけて剃り上げた部分）に手ぬぐいや懐紙をのせる者もいた。江戸時代に入り綿花が栽培されはじめ、綿織物の浴衣が普及し、手ぬぐいは粋な小物として普及した。しかし、それは庶民の間の話であり、武士にとっては許されないことであった。日本の武士道も地も落ちたと言える光景であった。

そんな家臣団の端には試合の進行役の床几があったが進行役は座ることはなかった。藩主達からも遠く見渡すことのできる海原を、何度も海辺まで往復しては「未だ見えませぬ」と報告し続けていた。進行役のイライラとした様子を見ていると、五月の蠅（「五月蠅い《うるさい》」）が思い出され、見ている方までもがイライラしてくる。そんな頑張っている進行役の着物は胸元も背中も汗塩が張り付いていた。

また、時々聞こえる「絶望にも似たため息」に、聞いた方は心の芯まで滅入ってしまう。これを見てもわかる通り、進行役は戦の経験が無いことが歴然としている。しかし進行役は如才のなさから上役等から重宝がられていた。戦もなくなり武芸よりも雄弁・詭弁、算術だけで世渡りする処世術に長けた者達が台頭する時世になりつつあった。年貢米が唯一の糧（収入源）である武士達にとって、太平の世を生きるため、また藩を維持存続させるためにやむを得ない仕儀であるとも言える。これは武士の社会における平和がもたらした弊害とも言えるものである。「武」を本分とする侍達にとって、似非侍（姿だけの侍）は武士ではないとして反目しあう時代に入ったとも言える。

進行役をはじめ皆を待たせているのは、近年名だたる剣客を何人も倒し、日の本で知らない人はいないとまで言われている剣客である。その名を作州の浪人で「武蔵」と言う。なぜ『姓』を記さないかと言えば、武蔵の先祖は武士であったと聞くが、武蔵が生まれた時にはすでに百姓であった。その百姓も自分の田畑を持つ「本百姓」ではなく、また「地主」から田畑を借りて耕す「小作人」でもなかった。そんな百姓達の手伝いをするいわゆる「水呑み百姓」であった。百姓達のお情けで生きているため「姓」等はとっくの昔に無くなったと言える。由緒ある武士は別として、下々の武士の姓などはそんなものである。武蔵の家も他の村人と同様に『屋号』で呼ばれていた。また村人達が悪童の武蔵を呼ぶ時には「あの悪たれ」とか「悪餓鬼」と屋号もつけずに呼んでいた。それで通じると言うことは、いかにヤンチャであったかわかるであろう。本名である『武蔵（たけぞう）』と呼ぶのは母親ぐらいである。そんな武蔵であったため村には遊ぶ相手は誰もいなかったのである。

武蔵は有り余る体力を持て余し、暇さえあれば七・八尺（一尺・約三十センチ）の二貫目（七・五キロ）もある生木の棒を振り回し一人で遊んでいた。また近郷の村々には師と呼ばれる武術家や剣術家がいなかったこともある。被害を被ったのは周りに生える木々であった。大木と呼べる木々の地上から三・四間弱（一間・約一・八メートル）ほどにある枝は皆打ち落とした。三・四寸（一寸〜三・三センチ）以下の雑木や高く伸びた雑草は根元から薙ぎ倒した。狂ったように走り回るため下草は皆踏みつぶされた。一刻もすると百坪ほどの林や荒れ地が草刈り鎌で刈ったように綺麗になった。武蔵が打ち倒す木々は雑木ばかりで苦情を言う者はいなかった。しかし、恐ろしい形相で一刻以上も丸太ん棒を振り回す武蔵を見て、大人達は恐れをなし「末恐ろしい餓鬼だ」と言って近づくことはなかった。薪拾いや草刈りが日課の女や子供達からは喜ばれた。そんなことは武蔵にとって関係なかった。ただ有り余る元気を発散させるために一人で遊んでいたのである。武蔵の「元気」は「人一倍」と言うよりも、他の人達よりも「何倍も強かった」だけである。倒す木々がなくなるとまた新たな場所へ移り一人で遊んでいた。

そんな棒振りの遊びが二刻を超すことさえもあった。その間は手と足は止まることは無かった。この遊びで武蔵は剣術の基礎である足腰と腕力が鍛えられたのである。

そんなある日「腹一杯飯が喰える」と聞いた武蔵少年は戦に出ることを決めたのである。しかしそのことを母親に話すことはなかった。反対されることがわかっていたからである。当然であるが百姓の武蔵が刀を持っているはずはなかった。家には先祖伝来の名刀はないとしても、武士だったと言われてお りそれなりの刀はあったと思われる。

やむなく武蔵は神社に行くことにしたのである。当時、神社に寄進・奉納された刀の多くは戦場に駆り出される檀家の百姓や町人達に神主が分け与えた。分け与えると聞くと聞こえは良いが、本音を話せば「寄進（寄付）」が目的であった。

人々は戦を前に「安全祈願」と「武運長久」を願って神社に行くのであるが、武蔵の場合は「刀の借用」のためであった。借用と言っても神主から借りるつもりは毛頭無かった。神主にしても武蔵に「下げ渡す」ことや「分け与える」気などは微塵もなかった。武蔵は神様に借用に行ったのである。悪い言い方をすれば無断借用（泥棒）である。しかし武蔵は「奉納された物はすべて神様の物である」と思っており泥棒とは思っていなかった。

武蔵は月夜の晩に神殿に借用に赴いたのである。悪い事だと思わないのなら昼に行けばと凡人は思いがちであるが、武蔵にとっては昼も夜も違いはないのである。たまたま足が向いたのが夜だっただけのことである。

神殿に入った武蔵の目に止まったのは、月の光に照らされた祭壇に祀られた一振りの刀であった。刀とは言ったが並みの刀ではなく巨刀であった。その時月の明かりは祭壇に並べられた多くの供物をも照らしていたが武蔵の目には入らなかったのである。巨刀を一目見た武蔵は「これは神様が自分に授けてくれた刀だ」と確信した。しかし、武蔵はすぐに刀に手を出す不作法はしなかった。まずは祭壇の前に正座して手を合わせ「神様！　お借りします」と断ってから徐に手を出したのである。

この巨刀は神主が皆に分け与えて残った一振りであった。刀の拵えは身幅が広く、かつ群を抜いて長かった。さらに重いため常人では使うことができない代物である。振るうどころか腰に差して歩くことすらできない刀であった。

幸いにして神から借用した刀であったが、その刀を振り回すことはなかった。畏れ多くも神様から借用した物だからではなく、目方（重量）が丸太ん棒の半分もなかったからである。武蔵には物足りなかったのである。巨刀を手挟み（腰に帯びる）、丸太ん棒を振り回したのである。これで一段と腰が据わることとなった。

武蔵が志願に赴いたのは村から遠く離れた郷士の館であった。当時も「少年」は雇わなかったためである。館の主達は大きい図体と、巨刀を差して腰の据わった武蔵を見て、一も二もなく採用したのである。誰一人として武蔵を少年とは思わなかった。志願を許された武蔵は「飯が腹一杯食える」と喜んで飛び上がりたかったが必死に堪えたのである。しかし、顔の表情までは消すことができず、僅かに頬が緩んだのである。やはり子供である。しかし反対に館の者達には「不適な面魂」と見え、家士や小者などは揃って頭を下げた。

この後「姓」を尋ねられ、武蔵は咄嗟に縁者の名前を思い出し「田原」と名乗った。また「新免」と名乗ったとも言われているが定かではない。武蔵にとって名はどうでも良かったのである。武蔵は朋輩達には「武蔵・たけぞう」と名乗り、皆からは「たけ」・「たけやん」・「たけ殿」などと呼ばれていた。

後に武蔵の剣客としての名が世間に知れ渡るようになると、人々は「新免武蔵」・「田原武蔵」、生まれ在所である美作の国吉野郡宮本村の名を取って「美作（の）武蔵」「吉野（の）武蔵」「宮本（の）武蔵」等と都合の良い名で勝手に呼んでいた。しかし、名は「たけぞう」のままであった。武蔵は姓はこだわらなかったが名前については「たけぞう」ではなく『むさし』と名乗るようになった。そのため人々は生まれ在所の村の名を取り『宮本武蔵』と呼ぶ者が多くなった。しかし、それもあくまでも仮の名でしかなかった。そのことは相手に宛てた「果たし状」を見てもわかる通り、名前は「武蔵」だけである。

ここで武蔵の戦場での戦い振りを紹介しておこう。武蔵は戦に出た当初からずば抜けて勇猛果敢であったと言われているが、武蔵にとっては普段の棒振りと変わりなかっただけである。相手は武蔵の巨体と獰猛な面構えを見ただけで威圧され、さらに並外れた体力で休むことなく攻撃されては敵うはずがなかった。一角と呼ばれる武将や剣客達もいたが、重い鎧や具足等を身につけているため、武蔵の寸暇も止むことのない「敏い」剣先を躱しきれなかったのである。戦場でなければ決して太刀打ちできる相手ではなかった。

武蔵は勝ち戦であればその「手柄・功績」により百石取りの侍も夢ではなかったと思われる。しかし与した軍が破れ「恩賞」どころか相手から「憎き敵」として落人狩りの対象にされたのである。一介の雑兵が落人狩りの名にのぼると言うことからも、いかに武蔵が活躍したかがわかる。

武蔵がこの戦で「惨殺」した敵の数は優に百を下らない。あえて「斬殺」と記さずに「惨殺」と記した理由は、斬る格好が鍛冶屋が大型の金槌を打ち下ろす姿に似ていたためである。日本刀の利点を生かすことなく、ただ我武者羅に金槌や鉞《まさかり》のように振り回し、相手を叩き割ったからである（※刃先幅の広い斧を『鉞』と言い、狭い物を『斧』と言う）。

武蔵が相手を「叩き割る」時の剣先（刃先）の速さは並外れて速かった。剣先の速さは「弛まぬ鍛錬と研鑽を積めば」大抵の者は「一角の武芸者（一流）」と呼ばれるほどの素早さを会得することができる。しかし、「超一流」と呼ばれる「剣客達」の域に達するには、鍛錬と研鑽だけでは足りないのである。その他に、生まれながらに持つ才能『天賦の才』が必要となってくる。武蔵にはその天から与えられた才能が備わっていたのである。

武蔵は初陣において神様から借用した巨刀で三人を叩き割った。流石の巨刀も大蛇のように「へし曲がり」、刃はノコギリの歯のようになり刀身には脂が膠のように張り付いて豆腐でさえもまともに斬ることができなくなった。しかし、武蔵はその刀でさらに何人も刺し殺した。巨刀の最後は二人の敵兵を同時に突き刺したため抜くことができなくなり、やむなく天に向かって「神様！お返し申す！」と叫んで手放した。愛刀を失った武蔵は、刺し殺した相手から「形見」として刀を頂戴し次の相手に向かっていった。武蔵のような使い方をされても、三人を叩き割ることができた神から借用した巨刀は名刀であったと言えよう。

日本刀は三人を容易に斬ることができた。しかし、それは無駄のない斬り方をする剣客達のことであって、普通は一人か二人を斬ると刀身に脂が張り付きまともに斬ることができなくなるのである。後は剣技次第である。そして刺すことが主となる。余裕がある時は刀を研ぎ、余裕の無い時は刀を取り替えるのである。又武蔵のように我武者羅な使い方をすれば刀身が曲がり、刃は欠けて無くなるため替えるしかなかった。

戦場において刀や槍は容易に補充できると思われがちであるが意外と難しいのである。それは野伏り等が戦死者の武具や所持品をかすめ取っていくからである（※野伏り・野伏せり・野武士とも言う―野山に隠れ住み、追い剥ぎや強盗を働く武装農民集団）。よって、鈍らな得物（刀や槍等）は手にできたが、真っ当な物はなかなか手にすることができなかった。鈍な刀で斬ることができるのは一人か良くて二人である。中には武蔵が一度素振りをしただけで折れ曲がるものもあった。そんな刀で真面な相手と戦えば斬られるため、良い刀を見つけると何本も拾い持ち歩くようになった。

武蔵には師はいなかったが、あえて言うなら「斬られて死んだ人達」が師と言えよう。武蔵の剣は実践で鍛え上げられたもので、度胸と腕力だけの「けんか剣法」でしかなかった。そんな喧嘩剣法で五十人ほどを斬ったころ刀は振り回すだけでなく「構え方、捌き方、斬り方」があることがわかってきた。それが剣技の芽生えである。

さらに師の数が百に達したころ武蔵の脳裏に剣技らしい朧な影が映ったのである。しかし、それはあくまでも陰影でしかなく形をなしてはいなかった。そのため武蔵はその影を忘れまいとして戦い続けた。その甲斐あって、いつしか相手の技量（腕前）もわかるようになった。しかし、朧な影を見定めるため容赦なく師の数を増やしていった。そんな非情な闘志と胆力が武蔵を戦の最後まで生き残らせたのである。

戦の後、武蔵は「落人狩り」の目を避けるため、さらに剣技を極めるため修行に出た。途中何度か落人狩りに出くわしたことがあったが、見知った相手は見て見ぬふりをした。見知らぬ相手もまた武蔵の巨体と風貌、そして狼のような眼光を見て呼び止めることはなかった。落人狩りの人員は十人位で行われた。落人達は目立たないように一人か少人数だったからである。追う人数が増えると恩賞の分配が減るからでもある。また、十人ほどの人数で武蔵に立ち向かえば、斬られて死ぬか怪我を負わされるため、せっかく生き延びた命を僅かな報償のために無駄にしたくなかったのである。

そんな武蔵は津々浦々を回り「名に聞こえた剣客」や「隠れた名人・達人」を探し決闘（果たし合い）を行った。武蔵が生き残ることができたのは、決して無謀な挑戦をしなかったからと言える。道場の稽古を覗き見たりして相手の剣技を見定めてから挑戦したのである。幾多の果たし合いの結果、幻影でしかなかった剣技を形として捉えることができたのである。それが武蔵の剣の「真髄」と言える「二天一流」の技である（※決闘―二人の人物が予め決められた同一の条件の下、命を賭して戦うこと。「果たし合い」とも言う）。

武蔵の名は全国に知れ渡り、名実共に日の本を代表する剣客の一人となったのである。武蔵は強くはなったが「真の武士」と呼ばれるにはまだ足りないものがあった。「真の武士」とは「武士道に生き、武士道に死す」ことである。武士道の精神は「士の魂」である。その「士の魂」が足りなかったのである。それを変えさせたのが「ある果たし合い」であった。

その「果たし合い」とは、子供を名目人とした「遺恨の果たし合い」である。本来「正当な剣客の果たし合い」であれば、負けた方が「遺恨」を持つことはないはずである。それなのに「遺恨を持ち」さらに「一方的に立て札で呼び寄せて勝負する」等とは武士にあるまじき行為なのである。一歩引いて、屈指の名門であるため「流派の面目と存続」のためにやむを得ない仕儀であるとは思われるがそれは武士道が許さないのである。

また名目人が子供であることは理解できるが、武蔵一人を相手に親族、四天王をはじめとする多くの手練れの弟子達が介添えとして助太刀することは、もはや真っ当な果たし合いとは言えないのである。単なる「意趣返し」「復讐」である。よって、そこには武士道の作法も仕来りも必要ないのである。

武蔵が「最初に名目人である子供を斬った」ことは、ここにおいては当然であると言えよう。しかし、世間は「子供を斬ったのは悪である」として武蔵を許さなかったのである。そのことが武蔵を苦しめることとなり、剣鬼のような武蔵の心を変えさせるきっかけとなったのである。

武蔵は二刻をかけて四天王をはじめ数多の弟子達を遺恨無きよう斬り殺した。ここで物を言ったのは体力と戦での経験であった。多くの手練れに囲まれては武蔵と言えども勝つことは不可能である。武蔵は二刻休むことなく走り回り一人ずつ斬り倒したのである。武蔵であったからできたことであると言えよう。また斬り倒した相手は皆一角の侍であり、それなりの刀（名刀）を持っていたため刀を次々と換え戦ったのである。

意趣返しの果たし合いで勝った武蔵は、意気揚々と江戸に向かった。もはや武蔵の名前を知らない者はいなかった。そして「将軍家剣術指南役」との噂も聞こえてきた。武蔵もまたその意思は十分にあったと思われる。

そんな道すがら、とある宿場で偶然耳にした「母と子の他愛ない会話」で武蔵は打ちのめされたのである。後ろ姿であった母親が、泣き叫ぶ幼い我が子に「言うこと聞かねばムサシさ呼ぶぞ！　良いか！」と叱ったのである。すると子供はすぐに泣き止み、「ムサシさ呼ばねで！　言うこと聞くから」と声を震わせシャクリながら母親にしがみついたのである。それを見た武蔵はその場から逃げるように立ち去ったのである。当然江戸に行くことはなかった。これは武蔵の剣技を怖れた将軍家指南役柳生家の策謀の一つであったとも言われている。

京に戻った武蔵は苦悶の日々を過ごしていた。そんな武蔵を見かけた一人の僧が禅の道に誘ったのである。その僧は以前、武蔵が京の街で悪行を重ねる無頼の輩を数多く成敗し、多くの人々を救った中の一人であった。

無頼の者の多くは戦が無くなり行き場所を失った浪人達である。働くことを知らない浪人達は「強請、たかり、強盗、人殺し」を生業としていた。さらに「後家見舞い」と称しては女性達に乱暴を働いていた。浪人の中には剛の者も多く、武蔵にとっては格好の「修行」の一つでもあった。結果的には多くの人々を救うこととなったのである。

禅の道に入った武蔵は学問や書も学ぶこととなった。修行を終え堂から出て来た武蔵の容貌は一変していた。その中で最も変わったのは全身から漲っていた『殺気』が消えたことである。足取りはおぼつかなかったが、瞳は清く澄んでいた。手には五寸ほどの手彫りの木像が握られていた。

それからの武蔵は無用な殺生はしないようになった。しかし、剣客として「さらなる剣の奥義を極める」ために必要な立ち合いは行った。無用な立ち合いとわかれば「逃げること」も覚えた。武蔵は生涯で名のある剣客だけでも六十余度の立ち合いを行い勝利したのである。その他の勝負を数えればムカデ(百足)も逃げ出す数である。

そして武蔵は今日という日を迎えたのである。

試合開始の時刻がすでに一刻以上も過ぎているにもかかわらずはじめない理由は、藩主が「竜虎と呼ばれる小次郎と武蔵を立ち合わせ、小次郎が名実ともに日本一の剣客であると国中に知らしめること」にあったためである。さらに「戦で一番功労のあった自分を西国の田舎大名に押しやった幕府(幕閣)や、『武』や『武士道』をないがしろにする風潮に対する抗議」でもあった。

藩主は床几に腰掛ける八人の剣客達が皆、己の剣の奥義を極めた「超一流の剣客」であることはわかっていたが、小次郎に比しては論外であると思っていた。しかし、実態は武蔵や小次郎に対しても決して引けをとらない強者達ばかりである。自らも一角の剣技を持つ藩主は、戦場で何度か小次郎に助けられ、また桁違いの強さを見て心酔していたのである。

巌流・佐々木小次郎も武蔵と同じ様に戦場において目覚ましい活躍をした。武蔵と異なるのははじめから雑兵ではなく、剣客として選りすぐられた者達で編成された「遊撃隊」の隊長として参戦したことである。

ある日、一武将でしかなかった今の藩主が先駆けをして敵陣の中に取り残されて部下達と共に「命が風前の灯火」に曝された時救ったのが小次郎が率いる「遊撃隊」であった。その後も藩主は懲りることなく先陣争いの先頭に立って戦ったため、小次郎の率いる遊撃隊と行動を共にすることが多かった。結果藩主の命を救うことになり、さらに手助けして多くの戦いで勝利したのである。遊撃隊は味方を手助けするのが任務であって、手柄は当然指揮する武将の藩主のものとなった。その功により「藩主」となると、小次郎を藩の指南役として迎えたのである。

小次郎の名は戦の前から西国はおろか全国津々浦々までも知れ渡っていた。それは「飛んでいる燕を真っ二つにする」と言う「燕返し」の剣技からきていた。悲しいかな小次郎が燕返しの技を使ったとしても、その剣技を目に留めることのできるのは皆無に等しいと言えよう。武蔵と同じ様に剣先が並外れて速かったのである。

藩主は小次郎と一緒に戦いはしたが「燕返し」の剣技を見たことはなかった。と言うよりも小次郎は入り乱れる戦場では背負う物干し竿と呼ばれる長刀（備前長光・刃渡り三尺一寸）はあまり使わなかったのである。『燕返し』の剣技を使う必要がなかったのである。主に使った剣技は、腰の大刀で『飛蟒剣』であった。また雑木や雑草が多く生える場所では、小刀で『飛蚊剣』の秘技を使った。

「飛蟒剣」と「飛蚊剣」と呼ばれる剣技は、飛んでいる蜉蝣や蚊を刎ね斬るのに似ていたためそう呼ばれたのである。言い換えれば「燕返し」の縮小版と言えるものである。いずれの剣技であったとしても凡人には見ることができない剣技である。多くを相手にして戦う戦場において、体力の消耗と邪魔な草木等を考えて適した剣技であったと言えよう。

そんな秘技で斬られて死んだ人達の傷を見ると、傷口は小さくとても致命傷とは思えないものであった。斬られたと言うよりも、ちょっと傷をつけられたと言うものであった。この剣技（秘剣）は、主に相手の首の血脈を剣先で刎ね斬るものである。時には手足の血脈を断つこともあった。手足の傷口もまた一寸ほどで二寸まではなかったのである。

剣捌きは長刀の燕返しの十分の一にも満たないため、剣先や剣技を見定めることはより難しかったと言える。周りの者達には、小次郎と対峙する相手が突然首から血しぶきを上げ喚きながら走り出し数間先で倒れるのを目撃するだけであった。武士達でさえも我が目を疑いまさしく神業に思えたのである。

小次郎の剣捌きが速すぎて見えなかったためであった。斬られた者達には幸か不幸か、何もわからないままあの世に旅立ったのである。

戦の後、大名となった武勇の誉れ高い藩主の下には数多くの豪傑や剣客達が立ち寄った。小次郎が指南役をしていることを知ると、皆立ち合いを望んだ。また一方では小次郎を打ち負かして指南役の後釜を狙う者達もいた。藩主の意向で当然受けて立つことになる。その結果は誰一人として小次郎に打ち込むことができなかった。と言うよりも動くことさえできなかったと言った方が正しいであろう。それに対し小次郎はあえて打ち据えることはしなかった。どの立ち合いも「引き分け」であった。相手は「完敗」したことを知っていた。当然藩主にもわかっていた。負けた者達は「面目」を保つことができ、感謝し小次郎の名前はさらに上がり広まっていった。

一方の藩主は「一本気な性格と歯に衣着せぬ言動」が幕閣諸侯から煙たがられ西国の大名に飛ばされたのである。たとえ将軍であっても臆することなくもの申したのである。このような家臣は本来であれば必要であったが、戦闘功績の劣る諸侯にとっては煙たかったのである。

しかし、将軍家康だけはこの藩主を敬愛していた。その証として後継者たる一人の息子を身分を秘したままとは言え藩主の指南役である小次郎に弟子入りを許したことでもわかるであろう。その息子である彦康が戦場においてたまたま小次郎の舞うような華麗な剣技を見て魅了され弟子入りを決意し父家康に願い出たのである。

彦康の剣の師は、将軍家の初代剣術指南役柳生宗矩（大和柳生・江戸柳生の本家の当主）の父親である柳生石舟斎（宗厳）である。彦康が修得したのは『帝王剣』と呼ばれるものである。帝王剣の剣技について、その名と剣技を知る者は今では柳生の当主、それも尾張柳生当主である柳生利厳だけとなった。利厳は石舟斎の長男・新次郎（厳勝）の次男であった。石舟斎はこの孫に刀術書（印可状）と共に帝王剣の剣技も授けた。しかし、帝王剣は次期将軍だけに継承されるもので使うことは封じられた。武士にとって師の言葉は絶対的なものである。これを破ることは『武士道』を踏み外すこととなり「武士」でなくなるのである。他から見れば「うわべだけ」のように思われがちであるが、武士にとって、特に「真の武士」にとって「心・魂」が重要でありそれを破ることは決してない。

将軍家の剣の指南役は江戸柳生の当主であり、帝王剣の伝授は尾張柳生の当主であった。これで尾張柳生と江戸柳生が共に徳川幕府との関係を保つこととなる。

また、帝王剣を継承できるのは次の将軍だけとされている。継承する後継者がいない時は、それに次ぐ者と家康は定めていた。本来の後継者は彦康の兄であったが、病弱で言語もままならなかったため弟が帝王剣を継承したのである。当然、長兄が将軍の座を継がなければ、弟が将軍となるのは定めである。家康も幕閣の諸侯も弟・彦康が次の将軍になることを望んでいた。しかし、心優しく聡明な彦康は武家の御定法に則り兄が将軍の座につくべきであると思っていた。それゆえ弟は寝る間を惜しんで兄のために尽力したのである。甲斐あって兄は常人ほどの身体となり、言語も僅かの不自由さを残すだけになったのである。

家康は「帝王剣を継承した者が将軍の座に就かない時は仏門に入るべし」と定めたのである。これは彦康を将軍の座に就かせるためであったと思われる。家康は帝王剣は生半可なことでは修得できないことを知っていた。よってそれを棄ててまで彦康が仏門に入ることはないと考えたからである。

しかし、彦康は「仏門に入ることもやむを得ない」と心に決めていた。それは、帝王剣の修得は常人にとっては過酷極まりないものであったが、彦康にとっては「能」等と同じ様に意外と容易に会得することができたからである。さらに彦康は師以外とは剣の稽古をすることが無かったから「帝王剣」もまた舞いや踊りのように形だけのものであると思っていたためである。

彦康は他の剣豪達のように豪快に相手を斬り倒すのではなく、殺人剣とは思えない小次郎の華麗な剣捌きを見て魅了されたのである。その時彦康は遠くからとは言え、小次郎が剣先を反転させて跳ね上げる剣先を見たのである。言い換えれば小次郎の剣技を「見極めた」こととなる。さすれば彦康の俊敏な動きから考えれば彦康は小次郎には斬られないことになる。しかし彦康にはわからなかったのである。また、彦康は会得した帝王剣の凄さをわかっていなかった。これは、彦康自らが生死を賭けた立ち合いをしてはじめてわかることとなのである。戦国時代とは言え、そのチャンスが彦康にはなかったのである。傍にはいつも多くの警護の者達が付いていたのである。それも腕の立つ武士や剣客であった。そんな警護の者達の周りにも数多の兵や影の者達が命を賭して護っていた。よって警護の者達でさえ敵と見《まみ》えることがなかったのである。

兵（侍）や影の者達は矢が飛んでくれば主の前に立ちはだかり、また鉄砲の音がすれば躊躇することなく我が身を楯とした。それが日の本のそれぞれの士に定められた「士の道」なのである。

岡崎城主だったころの家康の逸話として、家康が家臣の館に立ち寄った時、大勢の敵に襲われたことがある。敵は家康が来ることを予知して事前に地に穴を掘り待ち受けていたのである。この襲撃で館の者達は女子供を含めて全員が討ち死にした。屋敷の外にいる警護の者達が来るまでの僅かな刻を稼ぐために躊躇することなく死んでいき、警護の者達が駆けつけた時戦っていたのは館の主と僅かな者だけであった。その主達のために女や子供達は矢の楯となったのである。女達の身体には何本もの矢が刺さっていた。矢の楯になるということは自らの意思で矢の前に身を置いたということである。婦女子までもが「士の魂」に準じたというエピソードである。まさしく日の本の武士社会における矜持の一つであると言えよう。

最後まで戦っていた館の主は駆けつけた将兵に「殿は無事で御座る」と告げると力尽きたように両片膝を着いた。しかし、主は刀を支えにして必死に立ち上がろうとする姿を見て将兵は「大義で御座った。後はお任せ下され」と叫んだ。主は無言のまま頭を下げるとそのまま突っ伏した。僅かに残って戦っていた家来達がそれを見て「お館様！」と叫んで主の下に駆け寄ろうとしたが力尽きその場に崩れ落ちた。しかし家来達は倒れてからもなお、主の下に這い寄ろうとしていた。そんな情景を横目に見ながら駆けつけた兵達は敵と戦った。敵を殲滅し戻ってみると、館の主をはじめ家来達は皆事切れていた。家来達は一様に主の方を向いて手を突き出していたのである。それを見て駆けつけた兵達は無言のまま亡骸を主の傍に運んでいた。そんな主従の亡骸に多くの斬り傷と矢が刺さっていた。よくこれで戦い続けられたものだと兵達は胸を熱くし優しく目を閉じてやった。この時でさえ家康をはじめ側近の者達は敵の姿を見ることはなかったのである。今では家康は将軍であり、彦康は次期将軍とも目される息子である。敵と相まみえることなど皆無に等しい。

そんな彦康は今日、小次郎の介添えとして床几の後ろに控えていた。彦康は将軍家指南役である柳生宗矩と老中筆頭室瀬令左衛門の紹介状を持って、身分を伏したまま櫛引丸と共にやって来たのである。気むずかしい小次郎ではあったが、彦康を一目見て気に入り「預かり」としたのである。なぜ弟子ではなく預かりとしたかについては、彦康の鷹揚とした物腰の中に並々ならない剣の技量を感じ取ったためである。小次郎はすでに一角の剣客であることを知ったと言える。

藩主は老中筆頭の室瀬と言うよりも、幕閣に対し反感を抱いていたため素直になれなかったのである。櫛引丸については日の本の護りの要として薩摩を差し置いての委託であったため喜んでの同意であったが、彦康については会うこともなく、師・小次郎に一任したのである。

預かりの身分とすることを聞いた藩主は、小次郎の薫陶を受けるには早すぎるとしてその日から藩内にある多くの道場に出稽古と称して通わせたのである。よって彦康は小次郎から直に手ほどきを受けたことは一度もなかったのである。そんな彦康を思いやり小次郎は、今日の試合の介添えとして呼んだのである。剣を修行する者にとって最高の修行であり贈りものと言えよう。彦康もまた静かに片膝をついて武蔵の到着を待っていた。

そんな中、一人の家老が立ち上がると藩主の前に進み出て、片膝を折ると「試合開始の刻限は疾うに過ぎております。一刻以上も遅れるということは、臆して逃げたと見るのが妥当であると思われますが」と大声で進言した。居並ぶ家臣達の多くも同意するかのように頷いていた。しかし、藩主は微動だにせず瞑目したまま目も口も開こうとはしなかった。家老がさらに言おうとした時、「舟が見えたぞー」、「舟が来たぞー」と塩枯れ声が聞こえてきた。その声を聞くと同時に藩主の目は大きく見開かれた。その時藩主の顔が歪んだようにも見えた。これは藩主の笑顔であった。数多の傷を持つ藩主の顔は笑うことで傷が引きつりを起こし、正月の獅子頭のように変わるのである。そんな容貌も戦国の世では「武士の美学」として持て囃され尊敬されたのである。家老はすごすご後ずさりし床几に戻って行った。

後れをとった進行役は慌てた様子で水際まで走り「十丁ほど沖に見えます」と告げに戻った。ほどなくして藩主からも見える様になったが律儀にも進行役の往復は止むことがなかった（※一町・一丁は面積で言えば十反、三千六百歩。距離で言えば六十間、三百六十尺、約百九メートルである）。

武蔵の舟が近づくと進行役は「船を着ける場所」を大声で指示をした。しかし、武蔵の舟は聞こえないかのように往復して浜辺の様子を窺っていた。やがて舟は幕間から見えない沖合に停められた。艀の舳先（船首・みよし）は沖に向け、艫（船尾）は浜辺に向けていた。武蔵達が乗る舟は「早舟」と呼ばれるものであった。普通のものよりも船首が上がり、船体は細身に造られて速く走るために造られた物であった。早舟には武蔵の他に二人の弟子が乗っていた。弟子の一人が櫓を漕いでいたのである。

進行役はすぐに藩主の下に駆けつけて人数や指示に従わないこと、艀が早舟であること、さらに舳先を沖合に向け岸に着けないこと等を細かに伝えた。そのことを聞いた藩主の顔が臙脂色に染まり地獄絵図の閻魔様のような形相となった。その時藩主は「武蔵め！　姑息な手を使いおって」と怒り心頭に発し、押さえ込まれた怒りが顔色を変えたのである。この時藩主は「この試合に師である小次郎の生死が賭かっている」ことを認識したのである。この認識が藩主に不安をもたらしたのである。はじめ僅かであった不安が徐々に夏の積乱雲（入道雲）のように増すばかりであった。

これまで藩主は小次郎が勝負に負けるということを一度も考えたことがなかったのである。水は高いところから低い方に流れる、太陽は東から昇り西に沈むが如き自然の道理のように、「小次郎は勝つものである」と思い疑うことはなかったのである。

進行役の声は小次郎の耳にも届いていたが、小次郎の表情には何の変化も見られなかった。しかし、介添えの彦康は小次郎の膝に乗せた手に力が込められたことを知っていた。

小次郎はその時、「私に勝って逃げる算段までしているのか」と考えたが、すぐにこれも武蔵の手段（作戦）だと思い直し、心乱した己を戒めていた。

不安に取り付かれた「豪放磊落」と謳われる藩主であったが、小次郎に対する信頼と希望が大きいだけに下世話で言う「親ばか」にさせたのである。それが藩主をあらぬ方向に向かわせた。傍らに座る家老を呼び寄せ、扇子を使い耳打ちし「お主の計画。許す」と告げた。聞いた家老は笑みを浮かべ慇懃に頭を下げすぐさま幕の外に消えた。家老の計画とは「小次郎が敗れた時は、集まった剣客全員を抹殺すること」であった。

その時小次郎は、藩主が耳打ちした際に見せた家老の卑屈な笑みを見て心にくすみが生じた。彦康だけは小次郎のそんな心の乱れを感じ取っていたのである。それまで小次郎と武蔵は心技体共に「竜虎」と呼ばれるにふさわしい同格と言えた。この雑念が二人に僅かの差（隙）をもたらしたと言えよう。

家老は自分の計画・計略が通った喜びで有頂天であった。意気揚々と櫛引丸に戻ると待機していた部下達に「よく聞け！　拙者の計画を実行することと相成った。わかったか！」と横柄に告げた。この計画はすでに部下達には示達しており何度も訓練を行っていた。家老にとってははじめての軍事訓練であった。物見の兵達に「合図は見落とすなよ」とくどいほど言って反っくり返るように歩いて戻って行った。その合図とは「家老が扇子を広げ、左手に持ち替え、頭上で三回振る」ことであった。

戻った家老は床几に腰を下ろし、顧みた藩主に対して頭を丁寧に下げた。藩主は無言で肯いてみせた。炎天下にもかかわらず、家老は青ざめ唇は震えていた。手足は忙しなく動いていたが、落ち着きのなさは常のものであり誰も不思議に思う者はいなかった。

舟に乗る武蔵は、『勝負』は字の如く「勝つ」か「負け」である。よって勝った時のことを考えただけである。また今日の試合に集まっているのは各流派を代表する剣術の達人ばかりであることはわかっていた。中でも強敵と考えていたのは巌流佐々木小次郎である。小次郎の「燕返し」に使う備前長光、通称「物干し竿」の長刀（刃渡り三尺一寸）が難物であった。武蔵が逃げの算段をしたのは、幾多の果たし合いの経験からきていた。今日の試合を催した藩主が小次郎を神の如く信奉しているのを知っていたからである。よって小次郎が敗れた時には「黙って帰さないであろうこと」も予想していたのである。

一方の小次郎には「負け」という字は存在しなかった。それほど強かったと言えよう。通説、ナポレオンの諺で「余の辞書には『不可能』という言葉はない」と同様、小次郎には「私の勝負には負けという文字はない」のである。これまで小次郎に僅かでも負けを意識させた相手がいなかったからである。したがって小次郎の立ち合いには、狡さや駆け引きは必要なかった。それがかえって小次郎にとって弱点であったと言える。なぜかと言えば、今日対戦する相手は今までとは異なり名実共に日の本を代表する剣豪ばかりであるからである。当然のように地の利や駆け引き等も重要となってくる。

この計画は剣術に全く疎い家老の発想から始まった。勝負は絶対と言うことはあり得ない。また日の本を代表する剣客であっても鉄砲には勝てないとの考えから、小次郎が負けた時の剣客達の抹殺計画を企て藩主に具申し続けたのである。そんな家老の剣の腕前は、子供達とチャンバラして大将になれる程度のものでしかなかった。しかし、畳の上の水練同様に書物で得た知識は豊富で語らせれば剣客をも彷彿させるものであった。

家老は機会あるごとに具申し続けたが藩主は怒ることもなくただ笑って聞き流していた。それだけ藩主が小次郎の強さを信じていたと言える。しかし、家老はめげることもなく小次郎の勝ちを有利にするための組み合わせ表を作り、藩主に披露したこともあった。それは最も強敵と目される武蔵に対する巧妙な組み合わせであった。これもまた藩主には無視され続けたが家老はいつでも実行できるようにと部下達（進行役や鉄砲隊）と共に訓練を積んでいたのである。

武蔵が開始の時刻に遅れたのは「帰りの潮の流れ」を読んだためであった。艀が沖合十間（約十八メートル）ほどに停まると武蔵は浅瀬の海に飛び降りた。そしてゆっくりと岸に向かって歩いた。武蔵は左手に櫂を荒く削っただけの得物を刀のように携え持っていた。その得物は小次郎の大太刀（三尺一寸。柄一尺二寸）よりも長かった。

そんな武蔵を見た進行役は、「武蔵殿！　お席を用意して御座る。付いてきて下され」と大声で叫んだ。武蔵は聞こえぬかのように前を向いたままゆっくりと歩いていた。進行役は、「武蔵殿。聞いて下され。試合には順番が御座ればば。お願いで御座る。お聞き下され」と最後には泣き声に変わっていた。しかし、武蔵は歩みを止めることなく汀を歩き続けた。進行役は武蔵の気魄に恐れをなし声が途切れて近寄ることさえできなかった。

武蔵は藩主の正面に来ると立ち止まり深々と礼をした。藩主もそれに応え頭を下げた。頭を上げると武蔵は燃えるような眼光の目線を小次郎に向けた。武蔵が初対面である小次郎を識別できたのは、右膝に立て掛けた物干し竿よりも、他の剣客達に増して強い気魄、剣気を発していたからである。鋭い視線を受けた小次郎が床几から立ち上がると二人は長い睨み合いとなった。二人の眼光の衝突は、真昼にもかかわらず火花が散るように激しいものであった。

対峙する武蔵の格好は、着古した着物に寸足らずの細身な袴を穿いて、組紐で襷掛けしていた。また、ぼさぼさの髪を武者髷に結い、皆の目には芝居の「仇役」のように映った。

武蔵の異様とも思える姿を見た時小次郎は勝負のためなら武士の矜持も棄てるのかと思ったほど異相な姿であった。しかし、小次郎はこれも武蔵の心理作戦であるとして心を乱されることはなかった。

介添えの彦康は、武蔵の格好を見て、野山を走り回り狩りをする猟師の姿を思い浮かべた。そして、この服装は浜辺の果たし合い（勝負）において最適であると感じとった。

対する小次郎の出で立ちは対照的に真新しい「立ち合い衣装」に、髷は丁寧に撫でつけられ一本のほつれもなく結われていた。小次郎の端正な容貌と相調和し役者絵のように映えていた。そんな二人を見て藩士達は、芝居見物のような気分に浸っていた。

対峙し睨み合う二人は今までに経験したことのない肌を刺すような強烈な剣気を浴びていることを感じ取った。さらに相手の完璧なまでの隙のなさに舌を巻き、押し潰されるような緊張感を覚えた。しかし恐怖心が湧くことはなかった。また不思議なことに心の片隅で「剣客として喜ぶ心」があった。

長い睨み合いの後、二人は目を反らすことなく相手に向かって進み出した。近づくごとに肌を刺す剣気は増して殺気となり心臓に突き刺さった。武蔵は相変わらず長大な木刀を左手に抱え、小次郎もまた愛刀を抜くこともせず左手に携えていた。

小次郎が先に歩きながら愛刀を抜き払い、鞘を後ろに放った。小次郎が歩きながら剣を抜いたのははじめてのことであった。それを見て武蔵は歩みを止めて唇に笑みをもたらした。そして目で「勝負を捨てたか！」と語りかけた。これに対し小次郎も足を止め「笑止！」と目で応えた。この二人の「目の会話」を彦康は聞いていた。小次郎は鞘を介添えの彦康に向けて放ったのである。そのことは武蔵にもわかっていたのであるが、これもまた兵法の一つと言えよう。進行役は二人の気魄と剣気を浴び、立っていることができずに砂の上にだらしなく座り込んでいた。

二人の睨み合いは「武蔵！　勝負！」、「小次郎！　勝負！」との掛け声で破られた。二人は間合いを保ったまま水際に沿って走り出した。武蔵の木刀は変わらず左手に携えられたままである。一方小次郎の右肩に担がれた抜き身の愛刀（物干し竿）は徐々に高さを増していった。走る二人の間合いは狭まっていった。そして「打ち込みの間合い」に入った刹那、二人の得物が閃いた。しかし、この閃きを目にしたのは剣客以外にはいなかった。見た剣客達でさえも二人の長大な得物の剣先の速さには自分の目を疑った。これが普通の長さの日本刀であれば見ることができなかったであろうと感嘆した。

この時の小次郎の大上段にあった愛刀は右袈裟に斬り下げられ、中段下で反転（燕返し）させ、左袈裟に斬り上げ、中段上でさらに剣先を突くように刎ね上げたのである。剣先は二段に跳ね上げられたのである。これを見たのは剣客達の中でも彦康一人だけであった。小次郎の剣先は武蔵の左肩を刺し跳ね上げたのである。

小次郎の「燕返し」の剣技を初めて目にした剣客達であったが、小次郎の剣技に僅かの乱れを感じ取っていた。それが何であるかはわからなかった。しかし、彦康だけは剣先が乱れた理由を知っていた。それは武蔵が振り上げた木刀に付いていた砂が小次郎の両目に入ったからである。故意であったかまでは彦康にもわからない。

対する武蔵は間合いに入ると左手に把持していた木刀を、右手で刀を抜くように袈裟に跳ね上げ、頭上で反転させ唐竹に振り下ろした。振り下ろされた木刀は砂を叩いて止まった。その理由は左肩の腱を断たれた武蔵は、右腕一本だけで木刀を支えきれなかったのである。しかし、力のない木刀は小次郎の鉢巻きを巻いた眉間を打っていたのである。武蔵は真逆の燕返しを使ったのであった。

また武蔵が左下段から袈裟に振り上げた時、木刀の先端は地の砂を拾い、振り上げた時に小次郎の両目に飛び込んだのである。常の小次郎であればそんな単純なことを見逃すはずはない。たとえ見なかったとしても避けることはできたはずであろう。そして小次郎の剣先は武蔵の血脈（頸動脈）を断っていたはずである。小次郎の物干し竿の剣先が武蔵の櫂の木刀よりも速かったためそうなるのは道理であろう。藩主と家老の邪なやりとりが、小次郎の「無の境地」を乱し隙を作らせたと言える。

竜虎の勝負は「偶然の悪戯か？」一瞬のうちに決着がついたのである。焼ける白砂は残心で立つ二人のシルエットを映していた。

先に動いたのは大きな影の方であった。大きな影は突如として半分に縮まったのである。その影の主は武蔵であった。見ると武蔵は白砂の上に両膝をついていた。着物の左肩から胸にかけて血で濡れていた。右手にはいまだ櫂の木刀が握られていた。

一方の影の小次郎は、武蔵が小さくなったのを見定めたかのように人の姿に変わった。小次郎が影の上に倒れたのである。

小次郎の「燕返し」が一瞬早く決まったが、剣先が乱れたため武蔵の首の血脈を断つことができず、左肩の腱を半ば断ち斬っただけであった。それに対し武蔵の櫂（木刀）は僅かに遅れながらも上段に達したために振り下ろすことができたのである。悪い言い方をすれば、長大で重い櫂の木刀は自然に落下しただけであった。しかし、武蔵が右手を添えていただけだとしても、思惑通りであればこれもまた剣技であろう。

また、武蔵の剣先が僅かに遅かったと記したが、その僅かとは剣客の観念の差であって、凡人の差とは全く異なることを理解してもらいたい。小次郎の愛刀・物干し竿よりも長くて重い木刀を、これほど速く振れる武蔵は流石と言える。

敗れた小次郎の傷を見ると、巻かれた鉢巻きの眉間にある家紋が僅かに血で彩られていただけである。もしも武蔵の剛腕で真面に打たれたとしたら、小次郎の頭は柘榴のようになっていたであろう。小次郎は勝負には負けたが剣技では勝っていたのである。

通常の果たし合いや喧嘩においては、予め隠し持っていた灰や唐辛子等を用いた「目つぶし」は使われた。影の者達には一族に伝わる秘伝の目つぶしもあった。

剣客同士の立ち会いにおいては目つぶしを使うことはなかった。それは、勝つことも然りながら、真の目的は剣技を極めることであったからである。また目つぶしのような小細工をすれば、そこに隙が生じて後れをとるからである。

小次郎が倒れたのを見て彦康はすぐに師・小次郎の下に駆け寄った。彦康はその時すでに小次郎の「燕返し」の剣技を会得していた。よって小次郎を師と呼んでも差し支えないであろう。師はすでに事切れていたが顔は笑みをたたえていた。あたかも「勝負に勝った」と言っているようであった。

彦康は藩主に「だめです」と首を振って死を伝えようとしたが、藩主は虚ろな表情であらぬ方向を見ていた。居並ぶ家臣達は腰掛けたまま藩主を呆然と眺めているだけであった。


呆然自失の藩主や家来達を一条の雷光が我に返らせた。いつの間にか雲一つなかった天上は黒雲で覆われ雷鳴が轟き渡っていた。さざ波さえなかった海原は白波で埋め尽くされ、周りは黄昏刻のように薄暗かった。

雷鳴で我に返った家老は慌てて「扇子を頭上に持っていき」何度も何度も振っていた。家老は動転して扇子を開くことも持ち替えることも忘れ、振ったのである。しかし、薄暮のような暗さが幸いして、物見の兵達には合図が伝わったのである。五十人の兵達は、火のついた火縄銃を肩に担ぎ強い雨脚の中、隊列を成し家老の下に向かった。

到着した兵達に対し、家老は自分のミスを棚に上げ「遅いぞ！　何をしていた」と怒鳴った。何度か怒鳴り落ち着いたのか今度は「なぜ位置に着かん！」と怒鳴り散らした。家来達は慌てて配置についた。兵達の行動は何度も訓練をしてきたためにスムーズであった。家老の号令さえ的格であればもっと早く態勢が取れたはずである。五十名の兵達は予め決められていた相手（剣客）に向けて射撃の態勢に入った。しかし次に聞こえたのは「撃て」の号令ではなく「なぜ撃たん！　この役立たずどもが！」との家老の罵声であった。興奮のあまり号令を出し忘れたのである。

剣客達一人に対して二名の兵が狙撃することになっていた（武蔵の介添えは二名）。残る十二名は外した時の予備の兵であった。そんな緻密で周到な家老の計画であったが豪雨の中では水泡に帰すしかなかった。兵達は雷光で浮かび上がった家老の牙を剥いた顔を見て慌てて引き金を引いた。しかし、雨で火縄が消えては銃は使うことができない。

突然思い出したかのように家老の「撃て。撃て」の号令が聞こえてきた。その号令は雨と同じ様に止むことはなかった。

一方の剣客達は、火縄銃を担いだ兵達が駆けつけるのを見て自分達を抹殺しに来たことを知ったが、一人としてうろたえ慌てる者はいなかった。火縄銃が使えないことがわかっていたからでもある。もし雨が降っていなければ家老をはじめ、駆けつけた五十人の兵達は皆この世とおさらばしていたであろう。

はじめに動いたのは彦康であった。彦康は剣客達に櫛引丸に乗るように伝えたのである。それが剣客や藩主達にとって最善の策であると考えたからである。また、火縄銃が使えないことを知った兵達は誰一人として剣客達に立ち向かおうとはしなかった。床几に腰を下ろす藩士達もまた藩主を見続けるだけで動こうとはしなかった。

やがて藩主は立ち上がると覚束ない足取りで小次郎の傍らに来ると、両膝を着いてうつろな目で小次郎を見つめていた。そんな藩主に彦康は「藩主殿。そんな姿を父が見たら悲しみますよ」と言った。その声を聞いて藩主は彦康に目を向け見ていたが、突如、藩主の目に輝きが増し見開かれ「彦康様でしたか」と言って両手をついた。そして頭を砂に付けたまま「馬鹿なことをしました」と声が震えていた。これに対し彦康は「何もなかったのだ。絶対死ぬなよ！　これは父の命と思え」と言って剣客達の後を追った。藩士達は殿様（藩主）が泣き伏したと勘違いして慌てて駆け寄った。藩士達は殿様をあたかも強い風雨から守るように楯となっていた。心優しい藩士達である。

一方では武蔵の二人の弟子達は舟から降りて武蔵に付き添い、他の剣客達と同様に櫛引丸に向かっていた。追ってくる者の姿はなかった。剣客達が櫛引丸に向かって来るのを見た藩士達はすぐに船から降りて藩主の下に向かった。降りるのが遅れた者達は海に飛び込んで藩主の下へと逃げ去った。

櫛引丸に残っていたのは船頭をはじめとした水主（船乗り）達だけであった。水主達は剣客達が乗り込んできても誰一人として逃げようとはしなかった。その目は「いつでも戦うぞ」と言っていた。

乗り込んで来た剣客達が「船を出せ」と命じたが船頭はじめ水主達は誰一人として従おうとはしなかった。そんな面魂の水主達を見て剣客達は並みの水主達ではないことを悟った。しかし、そんな水主達を見ても剣客達は誰も不快に思う者はいなかった。それは水主達に「魂」を感じたからである。

剣客達の後を追った彦康は、皆が乗り終えたのを見定め仮設の桟橋を渡り乗船したのである。甲板に姿を現した彦康は、はじめに「武蔵殿。武蔵殿」と声をかけたのである。その声に応じて「武蔵はここにおります」と落ち着いた声が聞こえた。その声が聞こえると同時に剣客達は皆後ろに下がった。従ってそこには丸い空間ができた。剣客達は小次郎の敵討ちが始まると思ったのである。剣客達は彦康を小次郎の真の弟子であると思っていた。

武蔵の着物は血で濡れ、二人の弟子達が両脇で庇うように立っていた。武蔵もまた勝負を覚悟していたようである。それは武蔵の表情にも表れていた。眼光は鋭く全身に剣気、殺気が漲り「いつでも受けて立つ」と言っていた。

彦康を守るかのように前に立つ水主達は皆、背の帯に差した刃渡り二尺（六十センチ強）ほどの鍔のない白鞘に手を掛け身構えていた。隙のない鋭い眼光と身の熟しから見て一角の武芸者であることがわかる。そんな水主達に対して彦康が、静かに一言「下がりなさい」と声をかけると、意外なことに水主達が素直に引き下がったのである。しかし、背に差した白鞘からは手を離すことなく身構えていた。

それを見て武蔵は二人の弟子達を後ろに下がらせた。そして両手を大刀に添えたまま、彦康から目を離すことなく歩み寄った。武蔵の全身を包む殺気は、小次郎と対戦した時よりも凄まじいものであった。彦康の技量を小次郎よりも勝っていると見たのである。

武蔵は二間ほど（約三・六メートル）の間合いまで来ると立ち止まり、さらに鋭い眼光を彦康に浴びせいつでも抜き打ちできる態勢であった。そんな武蔵が突然二、三歩後ずさりして床（甲板）に両手をついたのである。突然の武蔵の態度に周りの剣客達が反対にうろたえていた。しかし、水主達は武蔵の欺罔ととらえ気を抜くことはなかった。

武蔵はこの時彦康から勝負を望んでいないことを知った。さらに「この若者には到底及ばない何かがある」ことを悟ったのである。いわゆる位負けしたのである。これは剣技を極め、さらに「士の魂」を持った武蔵であったからこそと言えるものであろう。殺気の消えた武蔵の後ろに、安心したような二人の弟子達が揃って両手を着いていた。

そんな武蔵主従を見て彦康は「武蔵殿の傷の手当てを」と水主達に告げた。その時になってはじめて水主達は構えを解き揃って彦康に頭を下げたのである。一人の水主がすぐに武蔵達のところに駆け寄り船室に案内した。

それを見て彦康が船頭に「出航しなさい」と命ずると、頑固一徹そうに見える船頭が、即座に「わかりました」と頭を下げた。そして水主達に向かって「出航！」と号令を発した。この様子を見ていた剣客達は、ただ唖然として彦康を見つめていた。泰然自若の彦康を見て剣客達は、寺に安置されている仏像を想い浮かべた。武蔵と同じ様に己では決して超えることのできないものがあることを悟ったのである。

櫛引丸の船出

船頭の号令と共に櫛引丸は小舟のような素早さで出航したのである。一角の武芸者であると思っていた水夫達が本物の水夫であったことを知りさらに剣客達は首を傾げていた。

剣客達が頭を悩ませていた水主達の素性を明かせば、全員が彦康（将軍の若様）の警護の者達である。櫛引丸の水主に身を変えて江戸から彦康と共に来たのである。多くは旗本であるが、中には町人や百姓もいた。そんな町人や百姓達は各分野における卓越した技能の持ち主達であった。しかし彼らの真の任務は彦康の護衛であった。

そんな水主達が部外漢である剣客達を容易に船に乗せたのは彦康が付いてきたからである。もし彦康の姿がなかったなら、船頭達は命を賭して阻止したであろう。水主達は射撃にも通じていたため、日本を代表する剣客達とは言え、多くの死傷者を出していたと思われる。剣技においても剣客達がにらんだ通り一角の者達もいたのである。

彦康は将軍家康の子であった。しかし、双子に生まれたばかりに死ぬ運命にあった。しかし、側近として仕えていた一人の家臣によって彦康の命は救われたのである。武家の社会において双子の男児は不吉とされ、先に生まれ出た子は死ぬ運命にあった。古代から日本では、今とは異なり先に生まれた子供は弟とされていた。

側近の名は依田某と言い、小身の家臣であったが徳川家開祖からの家臣であった。政の表に出ることはなかったが、徳川家にとっては欠くことのできない存在であった。彦康が生まれた時側で仕えていた依田は「子供は死んだ」ものとして身柄を引き取り育てたのである。城主の家康は無言で一枚の懐紙を依田に渡した。そこには「彦康」と記されていた。家康は名の一文字を分け与えたのである。依田は彦康を引き取ったが、妻にも一言も語らず懐紙を見せただけであった。妻もまた一言も聞こうとはしなかった。聡い妻は懐紙に記された字を見ただけで誰の子であるかを理解したが口や態度に出すことはなかった。ただこの時依田家で変わったことは下級武士の家にもかかわらず二人の下士が加わったことである。彦康は「武士道」を旨とする義父と優しい義母の下で「下級武士の子」として育ったのである。

彦康が幼少のみぎり、友達の家で遊んでいた時、友の一人が勢い余って道に飛び出したことがあった。その時通りかかった上司の駕籠を止めることとなった。友は必死に謝ったが駕籠に付き添う家士達は許そうとはしなかった。下士の子と見て侮りその場に正座させたのである。後から出てきた彦康はそれを見て、一緒になって謝ったが許してはもらえなかった。彦康も同罪としてその場に正座させられたのである。駕籠に付き添っていたのは足軽同然の家士と中間ばかりであった。上士である主の威を借りて平素の憂さを晴らそうとしたのである。あわよくば詫び料の酒代でもと考えたのである。

この有り様を見た依田家出入りの町人がすぐに知らせたのである。依田家の家士一人がすぐに駆けつけてきた。そして彦康が土下座しているのを見て驚き彦康の前に行き彦康に両手をついた。これを見た駕籠の伴の一人が「謝る相手が違うだろう。下士の家の侍は常識も知らんのか」と罵った。言われた家士は黙って共侍と駕籠に向かって両手をついた。それを見て伴の者が図に乗って「武士が謝るということは腹を切ることだ。さすれば許してつかわそう」と偉そうに言い放った。言われた家士は黙って小刀を鞘から抜くと懐紙を巻いて脇腹に突き刺し横一文字に引いた。それを見ていた町人達から悲鳴が聞こえた。伴侍達は唖然とした様子で唇と身体を震わせて眺めていた。

町人達の悲鳴とあまりの騒がしさで駕籠の中でうたた寝をしていた上士が目を覚ました。伴の者に声をかけたが返事がないためやむなく自分で戸を開けた。上士は駕籠先で人が倒れているのがわかった。そこに慌てたように伴侍が駆けつけ「駕籠先を乱した下士の家人が詫びて腹を斬りました」と告げた。上司は感心なさげに「ふむー。そうか。哀れなやつだ。良きに計らえ」と言って戸を閉めようとした時、駆け寄ってくる男女の姿を見た。その二人は切腹した男のところに真っすぐに向かった。切腹した男には一人の少年（彦康）が口を真一文字に結んで取り付いていた。その傍らにはもう一人の少年が地に額を着けて泣きじゃくっていた。

駆けつけた男は彦康を倒れている家士から優しく引き離すと女に委ね、倒れている家士の首と手首の血脈に手を当てていた。女は彦康と泣きじゃくる少年を優しく抱きしめ、倒れている家士を心配そうに見つめていた。男は呼吸と脈がないことがわかると、首を振って女に「だめです」と伝えた。そして、駕籠の中の上士を睨み付けていた。それを見て女は男に「これ」と諭すように話しかけた。男は「申し訳御座いません」と謝まり両手をついた。

一方、上士は駆けつけた男女を見て目を見張り戸を閉めることができなかった。女は下士とは言え由緒ある依田家の妻女で、男は家士の身なりをしているが、以前は殿様の近習であったことを覚えていた。さすが上士である。

その妻女が地に両手をついて「依田の家内で御座います。この度は大変ご迷惑をおかけ致しました」と丁寧に詫びたのである。妻女の両脇で二人の少年が、後ろは家士の男が倣って両手をついていた。

本来であれば上士はそのまま立ち去るところである。しかし、名家の依田家の妻女であってはそうもいかずに駕籠から降りて「顔を上げなさい。以後注意してくれればそれで良い」と威厳を持って話した。妻女は「ありがとうございます。そのように主に伝えます」と応えた。上士は満足そうに「ふむ」と言って帰りかけて何気なく彦康に目が向いた。他の少年と家士はまだ両手をついたままであった。上士は彦康の顔を見て驚いて息を呑んだのである。そして彦康をまじまじと見つめた。少年は藩主の若君と瓜二つであった。上士は動揺を隠すように彦康に目を向けたまま妻女に「こちらはご子息で御座るか」と尋ねた。妻女は顔を上げると上士は彦康を食い入るように見つめていた。妻女は即座に「当家の不束な息子です」と言い切った。すると上士は「そうですか」と言って彦康に近寄ろうとした。その時後ろにいた家士が阻止するように割って入り睨みつけた。上士は慌てて立ち止まると周りには聞こえないくらい小さい声で「す、すまぬ」と謝った。

周りの人々は上士が尋ねた「ご子息」という言葉に奇異を感じていた。上士は下士の子供を呼ぶ時「ご子息」という言葉は使わないからである。妻女と家士は上士が彦康についてなにか感じ取ったことを知った。

妻女は彦康が「家士の仇」とばかりに上士を睨んでいるのを見て「彦康。頭が高すぎます」と叱った。この言葉は彦康と上士と家士にしか聞こえないものであった。これを聞いて上士は自分が言われたかのように二、三歩後ずさりして頭を下げそうになったが辛うじてこらえた。少年の容貌と「彦康」という名前を聞いて上士は全身が震えるのを覚えたのである。それは藩士は、畏れ多くも藩主の名の「一文字」たりとはいえ使うことが許されないのである。上士は「かまわぬ。かまわぬ。詫びには及ばぬ。そう主殿に伝えて下され。家士にはすまぬことをしたな」と言って頭を下げて急いで籠に乗りその場から立ち去った。上士が、それも上士の当主が下士の家族に対して頭を下げるなどあり得ないことである。周りの人達にも、また少年の彦康にも奇異に映ったのである。しかし、聡明な彦康は黙って胸にしまい込んだのである。

この時駕籠先を乱した当の少年の家からは誰一人として来なかった。当主は城に上がっているためやむを得ないと言える。家士達は少年の代わりに責任をとらされるのを怖れたのである。家士とは言え侍である。あまりにも情けない。また武士の社会においては女姓が「公の場」や「交渉の場」等に出ることは禁じられていたと言うよりもタブーであった。彦康の（義）母が顔を出したということは異例のことであったと言える。

後でこのことを知った少年の親や身内はお家取り潰しか切腹と覚悟を決め眠れない日々を過ごした。しかし、処分の沙汰はおろか、呼び出しさえもなかったのである。少年の親や下士達は、「依田家の家士が責任をとり切腹した」ためと思い込んだ。責任をとって腹を切るということは罪人と見なされるが、墓前には下士はおろか上士までもが来て手を合わせた。

この時「彦康」という名は仲間の友達でさえ知らなかったのである。下士や友達は依田の若・彦さんと呼んでいたのである。この呼び方は下士の間では当然の呼び方であった。また、妻女が「彦康」と諌めた時にそれを耳にしたのは彦康と家士、そして上士だけであった。耳にした上士はこのことを口外することはなかった。それは秘事であり大問題となるからである。しかし、上士の行動は翌日から変わったのである。それまで藩内を「我が物顔」で歩いていた駕籠は、依田家の小さな門の前を通る時だけは、対面の屋敷に沿うように通行した。また友揃いが多い時には物見を出して通行するようになったのである。

強い雨風の中で出航した櫛引丸は大型の船とはいえ、荒波の海では激流の川面に浮かぶ笹舟のように頼りないものであった。今も昔も大時化の海に船を出すことは自殺行為に等しいものである。まして駆動力が櫓と帆だけの時代では決してあり得ないことである。強い風で帆が使えないということは操船することができないのである。航海の途中で嵐に遭遇すれば近くの湊に逃げ込むしかなかった。水主達はひたすら海神様に祈り、後は天に委ねるしかなかった。さらに水主達は髷を切り落とし供えたり、禁欲を誓って御加護を願ったのである。しかし、多くは神様のご加護を受けることなく海の藻屑と消えた。

櫛引丸には最新の装備と風の強さに対応できる様々な帆が備えられていた。それを操る水主達は選りすぐられた者達ばかりである。操船の知識や技能は西洋で学び今や日本はおろか世界屈指の者達である。また帆船で最も重要で大切な水主達の連携は、強靱な一本の絆で結ばれていた。それは「彦康を守る」という「士の魂」であった。そんな熟達した水主達であったが、荒海を相手では危険度は常に百パーセントであった。それを肝に銘じ水主達は一瞬たりとて気を抜くことなく作業に励んでいた。

櫛引丸は幕府直轄領の長崎で、西洋で学んだ日本人達の手によって造船された。和船に洋船の優れたところを取り入れた和洋折衷の帆船である。幕府が金に糸目をつけずに造らせた船である。それに携わった主な人々は、今の櫛引丸の水主達である。水主の多くは武士達であるが、中には町人や農民も混じっていた。身分は異なるが、造船と操船が飯よりも好きな者達ばかりである。

幕府は櫛引丸を「異国の驚異から護る」ため と称して西国の地に寄港の港まで造ったのである。その地にある時は「藩船」という名目であったが、乗組員は全て幕府直属の者達である。また人々は幕府の目の届かない西国の大藩の薩摩や諸藩を監視・牽制する役割を担っているとも思っていた。

しかし、実態は次期将軍とも言われている将軍の息子である「彦康」の警護であった。このことを知っているのは将軍と幕閣の一部、そして彦康と櫛引丸の水主達だけである。

嵐の中で櫛引丸の水主達は改良された最新装備を巧みに操り荒海と闘い続けていた。水主達は荒海の中での命がけの航海の訓練を何度も経験していた。死の淵の経験をしたと言っても過言ではない。それは今日のようなことを考えてのことだった。要はこれも偏に彦康のためであった。

水主達は片時も気を抜くことなく、また自分達の手で造り上げた櫛引丸を信じて与えられた作業に専念していた。剣客達は「生死の狭間にある」ことを自覚しながらも、淡々と仕事に打ち込む水主達を見て、自分達と相通じる「魂」の持ち主であることを感じとった。

荒波と強風に翻弄されながらも水主達の献身的な働きで櫛引丸は潮流を乗り切り日本海に出ることができた。しかし、日本海の荒波はさらにうねりが加わり櫛引丸に襲いかかった。まさしく櫛引丸は頼りない木の葉のようでしかなかった。しかし、水主達の動揺することのない沈着な行動に剣客達は恐怖心を抱くことはなかった。

その時から水主達は雨水で渇きを癒やし、剣客達が運ぶ干飯や麦こがし（別名「はったい粉」）等の携帯食を食し、時には剣客達が小刀で切っただけの一口物（一口で食べられる大きさの物）のスルメや干し鮑、干し海鼠等を食べて三日間を凌ぎきったのである。水主達はその間、誰一人として休息をとることはなかった。三日続いた強い雨風も夜の帳と共に徐々に衰えはじめ、帆が使えるようになったことにより操船ができるようになった。櫛引丸は嵐と共に北上したと言える。風が弱まり荒波は峠を越えたが水主達は一人として持ち場を離れようとはしなかった。

水主達は水夫頭に水夫見習い達に休息を与えるようにと願い出たのである。一方の見習い達は水夫達を休ませて欲しいと申し出たのである。これを見て彦康はすぐに武蔵の船室に行き弟子の一人と話をした。なぜ彦康が武蔵の弟子である若者のところに行ったのかと言えば、この若者だけが大揺れする船上を、水夫達と同じように事も無げに動き回っているのを見たからである。若者と話し終えた彦康は、若者を連れて剣客達のいる船室に向かった。

その後に彦康は若者と剣客達を伴い船頭の下に来た。そして船頭と水夫頭に若者は帆船の操船に熟練していることを語り、若者の父親は瀬戸内の水軍の総帥（頭領）であることを告げた。また自らの操船で瀬戸内の島々はおろか蝦夷地や琉球までも行ったことがあることを話した。しかし、彦康は「若者が妾腹の子で、正当な血を引く兄を後継者にするため、剣の道を志して武蔵の弟子となった」ことは話さなかった。

剣客達は嵐の中で操船の手伝いはできなかったが、物資や食料、着替えなどを運ぶ役をしていた。頼りない足取りであったが、あの状況で歩くことができるとは流石である。その間にも剣客達は水夫達の仕事をしっかりと見ていたのである。剣術でいう「看取り稽古」をしていたのである。

また、剣客達は合間を見て交代で仮眠もとっていた。揺れる船上で熟睡することはできなかったが、少しでも身体を休めて、いつでも水主達の手伝いができるようにと準備していたのである。このことも併せて船頭と水主頭に話した。船頭達二人は剣技を極めた日の本を代表する先生方であれば、操船の作業も、見て会得するのは造作ないことであろう思った。

水夫頭はすぐに「各持ち場の責任者達」を呼び集めた。打てば響く太鼓の音のように責任者達はすぐに集まった。責任者達は船頭の後ろに彦康がいるのがわかると皆丁寧に頭を下げた。

船頭は責任者達に「各持ち場に二人の先生方をお連れして、作業の引き継ぎをし休息すること」と告げた。訝しがる責任者達を見て船頭は、気持ちを察して「ただし、任せられると判断した時引き継ぐこと」と付け加えた。剣客二人を伴い持ち場に帰る責任者達の背中は「休息の喜び」ではなく「不安」が漂っていた。

持ち場に戻ると責任者達はそれぞれの仕事の手順について説明した。剣客達は口を挟むことなく黙って聞いていた。そして説明が終わると質問が始まった。責任者達は重要な点を説明し忘れたことを知ることとなる。剣客達の洞察力と対応能力に驚き、さすが日の本を代表する先生方だと畏敬の目を向けていた。説明し終えるとすぐに剣客達は作業に入った。その作業を見て責任者はじめ、水夫達はさらに驚くこととなった。舌を巻いたと言った方が正しいかもしれない。作業の手順に何一つ無駄がないのである。その動作は素早くて熟達した水夫を見ているようであった。この方々なら良い水夫頭にも船頭にもなれるであろうと思って見ていた。そしてそう思った人達は「この人達は日の本を代表する剣術の先生方だ」と思い直し苦笑していた。いずれの作業場においても同じであった。そして、船頭や水夫頭を疑った責任者達は、自分の浅はかさを恥じて心で詫びていた。彦康や船頭達もまた剣客達の作業の様子を見て「これほどまでとは」と瞠目していた。また水夫達は持ち場を任せられるとわかった時、立っていることさえもできないくらいの疲労感を覚えたのである。

水夫や見習い達は互いに顔を見合わせて頷き、そして剣客達に「お願い致します」と言って丁寧に頭を下げた。剣客達は「剣の修行と思いやらせていただきます」と答えていた。剣客達の仕事を見ながら水夫達は持ち場を離れたが、船艙には行かず傍らの作業の邪魔にならない場所に横たわった。剣客達の作業を心配して降りなかった訳ではなく、本音は船艙まで行く体力がなかったと言った方が正しいであろう。そんな水夫達は時々打ち寄せる大波で転がりながらも目を覚ますことはなかった。流石と言えるが、しかし大時化があと数刻も長引いたとしたら、いくら強健な水夫達とは言え立っていることができなかったであろうと思われた。

ここにきて櫛引丸の主役となった若者の名は「新渡真裟比児」と言う。父親が水軍の頭領であり操船についても熟知していた。そんな新渡は水夫頭から櫛引丸の操船について教わった。はじめて目にする機材やわからないことは納得するまで聞いた。それらは櫛引丸の心臓部であり機密と言えるものばかりであった。新渡がいかに操船について精通しているかが窺い知れる。水夫頭は一瞬迷って船頭を振り返り、見た。船頭は新渡を見て「二心がない」と見定め教えることを許し頷いたのである。そんな二人の心情を察して新渡は涙が出るほど嬉しかった。なぜなら初対面の自分を心底信頼してくれたからである。

説明し終えて新渡に舵を握らせた。はじめて握る最新の装置にぎこちなさはあったが扱いは的確であった。それに増して新渡の表情は嬉しそうであった。

新渡は四半刻の半分（十五分）も要さず舵を容易に扱えるようになった。信じられないことであった。さらに作業する剣客達に出す指示も的確であった。船頭や水夫頭はこの若者が水軍の後を継いでいたら、幕府の水軍や海運業を生業とする人達には脅威になっていただろうと首を竦めていた。また反面では、こんな若者が日の本にいたのかと胸を熱くして舵を任せることにした。水夫頭は「わからないことや迷うことがあったら躊躇せず起こすように」と言って傍らに横たわった。船頭は「舵を握る新渡の指示に従うように」と剣客達に伝えてから大軒で寝ている水夫頭の傍で横になった。新渡はあれでは眠れないだろうと心配していたが、すぐに船頭の鼾が聞こえてきた。

そんな二人の寝息を聞きながら新渡は、自分を信じて大任を任せてくれたことに感謝し、そして自分にとって最後の操船になるだろうと胸を熱くしていた。また、今日まで親父は日の本一の水主であると信じて疑うことはなかったが、しかし今日、その親父を超える水主達がいることを知った。さらに操船の技術は剣術と同じように奥深いことを身をもって知り、自分の小ささを思い知らされた。しかし、若い新渡は新たな希望と挑戦心が膨らむのを覚え目は輝いていた。

新渡が船頭と水夫頭の豪快な寝息の合奏を聞いていると彦康が姿を現した。彦康は操船を教わりに来たのである。新渡は船頭や水夫達の態度から見て、この若者は一介の剣客ではないことはわかっていた。そして本人を前にして、その考えもまた間違いであることを悟った。それは新渡の予想をはるかに超えた存在だったのである。身に備わった気品と、人を包み込む包容力は底知れないものがあった。剣気の巨像のような師・武蔵でさえも、この若者の前に両手をついたのがわかった気がした。

そんな彦康に新渡は素直に従うしかなかった。すぐに新渡は実践しながら教えはじめた。操船の技術はそんなに安易に修得できるのかと叱られそうであるがそれには理由があった。新渡が実践しながら説明する操船術についての知識や理論は、彦康の方が新渡よりも詳しかった。それは彦康が「帝王学」の一端として「操船術」について学んでいたためであった。彦康に教えた師も彦康が実践するなどとは露ほども思ってはいなかったはずである。そのため実習は四半刻（三十分）もかからずに終えることができた。

そして二人は語らい、作業の人員を半数に減らし、交代を一刻半（三時間）と決めたのである。それは剣客達が休息したとは言え、大揺れする船上で休めるはずがないことを知っていたからである。また「一刻半」という時刻は、慣れない船上での作業の限界であり、疲労回復に必要な最低限の時間でもあったためである。

新渡はそのことと船の指揮は彦康に代わったことを伝えに回った。時計のない時代にどうして「一刻半」という刻限がわかるのかという疑問がわいてくるであろうがそれは剣客達にとっては訳のないことであった。剣客達は皆、体内に時計を備えていたからである。剣術は「間とリズム」であるため剣客達のように剣技を極めた人達には「刻（時間）」は自然に身に着くのである。その正確さは一刻を数えたとしても、誤差は一分にも満たなかった。

剣客達に伝え終えた新渡は、自分が船頭達に言われたのと同じようにわからないことや迷うことがあったら躊躇することなく起こしてと彦康に言い、寝れるかなーと首を傾げながら船頭達の脇に横になった。そんな新渡であったが、横になるとすぐに二人の合奏の中に加わったのである。唯一水主の経験者であった新渡は師の看病や水夫の手伝い、そして水掻き等でそれまで休むことはなかったのである。

新渡をはじめ剣客達や櫛引丸の水主達は皆並外れた肉体と精神力の持ち主と言える。そんな彼らよりも強靱なのが彦康であった。彦康は仮眠どころか僅かの休憩さえもとらずに今一人舵を握っていたのである。

緊張が続いた長い夜も終わりに近づき、東の空が僅かに白みかけてきた時、舳先で作業をしていた一人（剣客）が波間に陸らしき陰影を見て彦康に知らせに来た。大声で知らせなかったのは寝ている者達を気遣ってのことであった。彦康はすでにそのことは気づいていたが遠いため誰にも知らせることがなかったのである。彦康は礼を述べると共に陸までの距離と所要時間を伝え、一刻したら皆に知らせましょうと話した。伝えに来た剣客は彦康に深く頭を下げ戻っていった。頭を下げた剣客は船頭代行という立場に対して頭を下げたのではなく、的確な判断と皆を思いやる心、そして醸し出される威厳に対し頭を下げたのである。これを見てもわかる通り彦康は海上での距離の測定方法も身に着けていたのである。

一刻が経つと彦康は傍らで眠る船頭に「勝、陸が見えるぞ」と声をかけた。その声を聞いた船頭は慌てて起き上がると周りを見渡した。舵は彦康が握っており、隣には舵を預けたはずの新渡と水夫頭が寝ていた。船頭は驚いて水夫頭を揺すり起こした。寝ぼけ眼の水夫頭に船頭は「彦康様が」と言って彦康に目を向けた。寝ぼけ眼で彦康を見た水夫頭は目を大きく見開き飛び上がらんばかりに驚いた。二人は彦康の前に走りより両手をついた。彦康は「気にせんで良い。好きでやったことだ。それより寝起きに慌てると『あたる』（中風・脳溢血の後遺症）ぞ」と笑顔で嗜め「これからどうするか考えよう」と言った。また彦康は「そこの若者は何の罪もない」と言うことも忘れなかった。

舵は水夫頭と代わり、船頭と話し合った。その後船頭は起床の号令をかけた。甲板のあちこちで寝ていた水夫達は素早く起き上がるとすぐに船頭の下に集まってきた。船頭の後ろに彦康がいるのを見て水夫達は手をつこうとして船頭に止められた。

はじめに船頭は船艙の人達を起こしてもらいたいと新渡に頼んだ。その際「武蔵殿は起こさないでほしい」と言った。新渡は「わかりました。ありがとうございます」と言って頭を深く下げた。そして船艙に向かおうとしたところ船艙の戸が開き多くの人達が出て来た。その中には武蔵の姿もあった。

一同が集まったところで船頭は「あれに見えるのは朝鮮国か中国か、あるいはオロシア国です。いずれであっても船の点検と飲み水の補給のため立ち寄らなければなりません。戦うことになるかもしれないので、まずは腹ごしらえが必要です」と言って水夫達に食事の準備を命じた。さらに海賊船に間違われないように船旗を掲げるように言った。

その時彦康が「食事の支度はすでに先生方が終えております」と話した。それを聞いて剣客達は船艙に戻り大きな鍋等を抱えてきた。それを見て水夫達は慌てて会場をつくり剣客達にお礼を述べた。剣客達は「礼を言われるほど美味いものではありませんよ」と照れるように語った。

彦康は「起きている人達は食べたので、皆さんは味わいながらゆっくりと召し上がってください」と話した。さらに彦康は高熱のため赤く浮腫んだ顔をした武蔵を見て、「武蔵殿の食事を船室に運んで一緒に食べたらどうですか」と弟子の二人に話した。それを聞いた武蔵は「お心遣い忝う御座います。ここで皆様と一緒にいただきたいと思います。終えましたらお言葉に甘えてすぐに退散させていただきます」と言って、彦康に丁寧に頭を下げた。

船頭が皆を代表するように「それでは遠慮なくいただきます」と大きな声で言って両手を合わせた。皆もこれに倣い手を合わせ食べはじめた。船頭と水夫頭、そして新渡の三人は「いただきます」と言って箸を手にすると競うかのように瞬く間に山盛りの海鮮丼を掻っ込んだ。

周りで見ていた人達は「よほど腹が空いていたんだ」と微笑みながら見ていた。食べ終えた三人が素早く立ち上がるのを見た彦康は、「私のことなら構わないでください。それよりも二度と無いと思われる先生方の料理を味わってください」と言った。三人は顔を見合わせ腰を下ろすしかなかった。これを見て周りの人達は、彦康がずっと舵を取っていたことがわかり、また食事も摂っていないことを知った。三人が早く彦康と交代しようとしたことを知って、自分の浅はかさを恥じて心で詫びていた。三人は食事をする前に「舵の交代」を彦康に申し入れても受け入れてもらえないことを知っていたために早食いをしたのであった。

腰を下ろした三人であったが、また同じように三杯（合わせて四杯）の丼飯を胃に放り込んだ。この早食いは僅差で水夫頭に軍配が上がった。水夫頭は素早く彦康の下に行き舵を代わった。彦康は呆れ顔をしながらも快く交代し食事の席に着いた。二人が食事の世話をしようとしたが彦康は断り自ら楽しそうに盛り付けていた。武蔵も皆と同じように丼飯を食べて船室に戻って行った。食べたのは一善だけであったが「よく食べれられたものだ」と皆は感嘆し見送っていた。彦康は水主達が仕事柄、早飯食いであり、剣客達の食事は遅いことを知っていた。

剣客達は常に万全な体調でいなければならなかったためゆっくり咀嚼して食事したのである。いつ対戦相手が現れるかわからないからである。その時熟れない食事で『吐す』等で不覚をとらないためである。

そんな理由もあったが、剣客達が手にするお椀、皿、丼が色彩豊で気品ある品々だったからでもある。それらは名のある陶工の手によるもので、巷では一個が十両を下らない逸品ばかりであった。また菜の多くは剣客達が時化の最中に釣り上げた鰤やイカ等の海鮮であった。何日ぶりかで食べる温かな飯は胃に入るとすぐに体内に養分として溶け込むのがわかった。これは過酷な運動をした人達にだけわかる感覚である。

日の本の武家社会において、食事は「話さず・語らず、ただ黙々と食すこと」が作法であったが、船頭は敢えてこれを犯し話しはじめたのである。合理的であり、また事が切迫していたからと言える。

その内容は外洋の航海の決まりごとであった。しかし、これは明記されたものではなく、所謂、海の男達の暗黙の取り決めごとであった。罰則などは無いが海の上で生きる男達の知恵であり心意気であった。

その一つとして和船（日本の船）の場合、国内において航行する時には、「幕府の御用船」は白地に三つ葉葵、「藩船」は白地に家紋、民間の商船は紺地に白色の屋号の旗を掲げること。外洋においては「日の丸」を掲げることとなっていた。

また、外国の港に寄港する時は日の丸の旗と共に、家紋や屋号の入った旗も一緒に掲げることとされていた。その他に家紋や屋号は事前にマカオの交易所に届け出ることとされていた。当然この時には相応の金品も添えることになっていた。これを明記したものはないが船主達はこれを守った。守らずに外洋を航行し不審船、海賊船と見なされ攻撃されるのを怖れたからである。この時櫛引丸が掲げたのは日の丸と藩の家紋入りの船旗であった。商船であれば侮られ、待たされたり高い寄港料を取られることがあるからである。また幕府の船旗を掲げれば大袈裟となり、警戒されたり、侵略と見なされる虞もあったからである。

日本を代表する剣客達を前にして、船頭は何ら動じることはなかった。剣客達が思うように船頭は侍である。名は「榊勝之輔」と言って九千九百九十九石の大身旗本の当主であった。今は船頭としておく。船頭は今後の予定について語った。第一は嵐で傷んだ櫛引丸の点検・補修。第二はもしもに備えての戦闘の準備。第三は上陸(水の補給)の準備であった。

櫛引丸には異国の侵略に備え、軍事品をはじめとして日本を代表する調度品や様々な品々までもが積まれていた。当然、彦康のための物も積まれていた。今回は藩主や藩士達がはじめて乗ったために食料等も積まれていた。

軍事品は大砲、鉄砲、火薬、刀剣等、あらゆる最新の武具を積んでいた。また他の品々は日本を代表する逸品ばかりであった。この積まれた物品は藩主も全く知らない。櫛引丸はまさに彦康の物であり、藩船とは名ばかりであった。

食事と船頭の話が終わると一斉に立ち上がり、第一の船の点検・修理に取りかかった。剣客と水夫の編成はすでにできていたためスムーズに作業に入った。櫛引丸は最新の叡智と技術を駆使して造られていたため損傷は僅かでしかなかった。よって四半刻を要さずに終えることができた。

次は戦闘の準備にあたった。大砲や鉄砲、弓や刀等に問題はなかった。しかし、肝心の火薬は水に濡れてしまい、使えるのは一樽だけであった。それは一人の剣客の弟子が持ち出し枕代わりに使っていたため難を免れたのであった。そのことを急いで船頭と水夫頭に伝えた。二人はすぐに彦康に報告し謝罪した。彦康は「一樽だけでも無事であったことに感謝しましょう。それにしても豪快な方がおられたものですね」と笑顔で話した。船頭は「火薬ですと知らせた時、さすがに青い顔になりました」とは話したが、名前までは言わなかった。

次は「上陸のための準備」であったが、それは経験豊富な剣客達が先頭となり行ったため時間が掛かることはなかった。ただ使える火薬の準備と濡れた火薬を乾かす作業に時間を要したのである。それらの間に剣客達は新式の銃器の扱いや威力などを学んだ。少人数ながらも強力な軍隊が出来上がったと言える。

準備を終えて全員が甲板に集まると腰を下ろした。すると水夫頭が前に進み出て自己紹介をはじめた。

「故あって水夫頭を務めます旗本の古藤多彦郎で御座る。以後は今と同様『水夫頭』と呼んでいただきたい」と言って頭を下げた。剣客達は名前を聞いて柳生心陰流の剣客で五千石の旗本の当主であることがわかった。剣客達はこれまで隙のない身の熟しと仕草を見て、ただの水主（水夫頭）でないことはわかっていたが、高禄の旗本だとは思ってもいなかった。剣客達は座り直すと両手をついた。これを見て古藤は「一介の水夫頭です。膝を崩してください」と言って船頭と舵を代わった。

船頭は「船頭を務めます旗本の榊勝之輔です。以後は水夫頭と同様に『船頭』と呼んでいただきたい」と言って頭を下げた。皆もこれに合わせ両手をついた。頭を下げながら剣客達は幕閣の一人で旗本最高位（九千九百九十九石）の当主で、かつ柳生心陰流の十指に入る剣豪であることを思い出していた。そして「幕府の要職にある二人がなぜ船乗りに」との疑問を抱いたのである。

剣客達が顔を上げると船頭の横に若者（彦康）が立っていた。船頭はすかさず彦康の身分について語った。その理由は本来であれば船の実権を握るのは船頭である。しかし、櫛引丸においては彦康が最高の実力者であったため、それを知らしめる必要があった。さらに名だたる剣客達を統率して戦うためにはリーダーが必要であったからである。また、それが『彦康』を護る最善の策であると船頭は考えたのである。

船頭は「この御方は徳川家の若君『徳川彦康君』です」と紹介した。剣客達は目を見開き唖然としながらも即座に平伏した。平素から決して感情や表情を表に出すことのない剣客達にとっては希有なことであった。剣客達は平伏したまま、今までの事の次第を納得していた。剣客達は今まで若者の容姿や船頭や水夫達の態度から、身分の高いことは察していたがこれほど（次期将軍と噂される若君）までとは思っていなかったのである。驚くのも当然と言えよう。さらに若君が同じ剣の道を歩んでいることに感動を覚えていた。

船頭が「彦康様に私達の指揮官をお願いしたいと思いますが如何でしょうか」と尋ねた。一同は両手をついてひれ伏したまま「お願い申します」と声を揃えて答えた。剣客もまた一人の武士であり、異議を唱えるはずはなかった。

意を受けた彦康は「話が見えないので顔をお上げください」と語りかけた。皆はやっとひれ伏すのを止めたが顔までは上げることはなかった。それを見て彦康は「これから先、同じ釜の飯を食べ、生死を共にする仲ではないですか。顔を見て話しましょう」と気さくに話しかけた。それを聞いてやっと全員が顔を上げたのである。

彦康は「私は彦康と言います。故あって剣の道を志しました武芸者の一人と思っていただきたい。この未知なる国を前にして、諸先生方を差し置き指揮の任を申しつかりました。修行と思い努めさせていただく所存です。『日の本の民』として協力しあい日の本に帰国致しましょう。至らなき時はご存分に叱っていただきたい」と言い頭を下げた。この心のこもった言葉を聞いて皆は感銘し平伏した。

彦康は次に「船頭の榊を副官としたい」旨を話すと皆が同意した。船頭は「精一杯努めます。宜しくお願い致します」と頭を下げた。そして船頭は「彦康様が言われた通り、これから生死を共にする仲ですから、まずは自己紹介をお願い致します」と言った。戦いを前に心一つにするためにも必要であった。

口火を切ったのは彦康である。「私は『柳生心陰流を学び、さらに巌流を学ぶために小次郎先生のもとに来ておりました。宜しくお願い致します」と僅かに頭を下げると一同は平伏した。彦康は「そんなに畏まられては戦に支障をきたします。これからは『頭』・『依田』・『彦康』・『彦』とでも呼んでいただきたい」と話した。船頭が、「お頭と呼ぶことにつきましては『水夫の頭』がおりますから『彦康君』ではいかがでしょうか」と皆を見ながら話した。皆は無言のまま頷いた。彦康は「君」は「チト子供過ぎると思う」と言った。船頭は『彦康様』ではと尋ねた。彦康は頷くしかなかった。

彦康が挨拶を終えると待っていたかのように新渡は立ち上がると彦康と皆に頭を深々と下げると師である武蔵の所に駆けて行った。新渡はすぐに武蔵と他の弟子と共に戻ってきた。三人は皆の後ろに正座し揃って彦康に平伏した。それに対し彦康も頭を下げた。顔を上げた武蔵の顔は先ほどよりも浮腫んでいるように思えた。しかし彦康はあえて言葉を発しなかった。剣客の武蔵が自ら決めて出てきたのであるから、なまじの同情や言葉などは不要であった。また武蔵の目もそれを語っていた。

司会役の船頭が武蔵達に対し「私はこの船の船頭を務めます榊と言います。宜しくお願い致します」と言って頭を下げた。そして「武蔵殿。皆様に自己紹介をお願いしております。よろしければお連れの方々の紹介もお願いできますか」と話した。武蔵と弟子二人は同意するように両手をついた。そして武蔵は頭を上げると「私は『武蔵』と言います。生は美作の国・宮本村です。『流民』のため姓などは判然といたしません。人々は生まれ在所である宮本村の名をとって『宮本』等と呼んでおります。流儀は我流ですが『二天一流』と名付け、今なお研鑽中の身です」と包み隠さずに話した。

（※流民とは、社会の混乱などによって故郷を離れてさまよう人々）

その後で武蔵は二人の弟子である「家沢清之進」と「新渡真裟比児」を紹介し、三人揃って「宜しくお願い致します」と言い頭を下げた。これを聞いて彦康が「宮本村の出自で『宮本』ですか。古里の温もりが感じられとても良い響きですね」と話した。武蔵はそれを食い入るように聞いていた。そして「宮本武蔵」と呟いてから、彦康に向かって「忝う御座います。宮本武蔵、心から御礼申し上げます」と言って平伏した。これから以後、武蔵は「宮本武蔵」と自ら名乗るようになった。

武蔵師弟の挨拶が終わると、順次並んでいる順に挨拶が始まった。本来であれば「自己紹介や挨拶」は皆の方を向いて行われるものであるが、ここにおいては皆が彦康に向かって行った。しかし、誰も奇異に思うものはいなかった。

「小野派一刀流」小笠原勤之助。弟子の杉山正樹。

「馬庭念流」成田泰信。弟子の小島均八郎。

「タイ捨流」近江公麻呂（公家の名は近衛公麻呂）。弟子の幸山誠三郎ですと名乗った。船頭が「近江殿は御公家の出自ですか」と尋ねた。公麻呂という名と、容姿から醸し出される気品がそう言わせたのである。近江は少し間を置いてから「母は近衛の出でありまます。しかし、それがしは一介の剣士として生きております」と静かに答えた。公麻呂が公家であることと母の姓を語ったのははじめてであった。それは彦康や武蔵が正直に話したからである。周りの人達は納得顔で聞いていた。

「中条流」高畑晴吉と弟子の松本幸子郎。

「示現流」宮崎彰衛門と弟子の佐々木一考。

「天流」須藤勝義と弟子の杉本司之輔。

「宝蔵院流」林世潮胤は名乗ってから「弟弟子の田澤敏勝胤です。二人揃って正真正銘の生臭坊主で御座る」と言って皆を笑わせた。

「陰流」鳥谷部健司郎と弟子の細川慶二郎が名乗って剣客達の挨拶が終わった。

船頭は「次は櫛引丸の水主達の挨拶に移りたいと思います」と言い、「私は先ほど述べたように『旗本寄合』筆頭を務めます榊勝之輔です。私をはじめ他の水主達は皆『彦康様警護』のため幕府から遣わされた者達です。私はじめ全員が操船に慣れた者達ですからご安心ください」と挨拶した。今は船頭と名乗っている榊であるが「天下のご意見番」として名高いことは皆も知っていた。

次は水夫達の挨拶となった。「二唐修吾郎」三千石、「山本豪右衛門」と「伊藤昭之信」は共に二千石の旗本であった。剣客達はこの三人もまた一分の隙もないのに驚いた。相当の剣技の持ち主であることがわかった。

次に船頭は前に並んだ五人の水夫を紹介した。「この五人は町人の出です。この者達は卓越した叡智と技能を幕府に買われ、名字帯刀を許された者達です。さらに前御老中筆頭の太田隆大夫様から名前を賜わった者達です」と紹介した。

　順次「西村栄子朗」、「阿保初江朗」、「祐川信太朗」、「米久朝伍朗」、「渡辺准志朗」と名乗り頭を下げた。

　その後、水夫の最年長者である西村が船頭に代わり、前に立った十人を「水夫見習いの者達です」と紹介した。見習い達は順次「安藤小梢之助」、「梅戸悦十郎」、「大間秀美」、「須田山節尊」、「八代初江ノ輔」「荒谷三枝五郎」、「奥寺愛之丞」、「斉藤秋月」、「吉田優乃進」、「日影舘篤馬」と名乗り頭を下げた。

　次に西村は、安藤、梅戸、大間、須田山、八代の五人は旗本の子弟であることと、荒谷、奥寺、斉藤、吉田、日影館の五人が町人の出であることを話した。さらに町人の五名は幕府から名字帯刀を許されて、現老中筆頭の室瀬麗左衛門様から名前を賜ったことも紹介した。さらに「見習いとは言っているが、彼ら十名はすでに知識・技能とも私達とは何ら変わりません。便宜上呼んでいるだけですのでご安心ください」と付け加えた。

　その後、旗本の子弟である安藤が見習いを代表して「以後、私どもを十名を武士、町人の区別なく一介の水夫見習いとして扱っていただきたい」と言って十名は揃って頭を下げた。

　これを見て、剣客の林世潮胤が皆を代表するように「分かり申した。この若い方々も操船の免許皆伝と聞いて感銘いたしました。こちらこそよしなに頼みます」と坊主頭を撫でながら丁寧に頭を下げた。

林に合わせるように剣客達も頭を下げた。

　これまで櫛引丸では船頭と水夫頭の職分を除いて武士、町人という身分の隔たりをなくして生活をしてきたのである。封建社会の基である「士農工商」という身分制度を打ち破った画期的なものであった。櫛引丸の乗員達は皆「彦康を護る」ことのみに専念しているためである。

これで今櫛引丸に乗っているのは彦康をはじめとして、船頭以下の二十名の水主と、剣客師従十九名と合わせて四十名である。その中であえて剣客の数を数えれば、彦康、榊船頭、古藤水夫頭、そして水夫の二唐、伊藤、山木を加えて二十五名となる。世界中どの地に行っても最強の武装集団と言えよう。

櫛引丸には他の任務を持つ二匹の猫が乗っていた。猫達は自分達を人と思っているため、それを尊重して二人と数えることとする。二人の第一の任務は黒死病（ペスト）や多くの疫病の媒体となっているネズミや動物達が櫛引丸に入り込まないように見張る役目を持っていた。第二は積んである荷や穀物が盗まれないように見張ることであった。

そんな猫達を紹介すると、一人（一匹）は白の雌猫で「レイ」と言う。混じり毛一本もない純白の毛並みであったが頭頂部だけに僅かにカールしたような縮れ毛があり、より魅力的にさせていた。他の一人は雄では珍しい三毛猫で「リュウ」と言った。こちらはレイと対照的で捉えようのない感じの猫であった。

純白のレイの母親は雉色で「ミヤ」と言い、父親は「シロー」という黒猫であった。そんな毛並みの両親から純白で生まれたレイは希有と言うべきであろう。

レイの家は代々「船猫」である。船猫は身体が大きくて喧嘩の強い雄猫がなるのが習いであった。しかし、櫛引丸は新造船であり、乗るのが将軍家の若君であったため、日の本を代表する船には日の本一の猫が乗るべきだとして類い稀なる美貌のレイが乗ることになった。レイは美しいばかりではなく賢さと、並外れた素早さも兼ね備えていた。しかし、レイ自身は美しいとも賢いとも思っていなかったのである。そんなレイに恋い焦がれる雄猫は数知れずいたが、一匹たりとて近づくことができなかった。その理由は、男心の性であろうか「絶世の美女」には近づくことができなかったのである。

レイの兄弟は親譲りの黒や雉色であり、今も幕府の御用船に乗ったり、各所にある幕府の御蔵の番をしていた。

櫛引丸にレイが乗っていることはわかるが、どうしてリュウが乗っているかを説明しなければならないであろう。それは偶然なきっかけから始まる。ある日リュウが江戸の街中を歩き回っている時落ちていた物を食べて食あたりしたのである。これは猫にあるまじきことなのである。猫はネズミや昆虫、小鳥等も餌にしている雑食動物である。時によっては黙って他人の物をいただいたり「泥棒猫」もする。食事は主に拾い食いが基本である。人で言えばそれが定食と言えるものである。その定食で食あたりすることは猫の恥である。

日本の猫は米や味噌汁、魚が好きである。パスタの国の猫はパスタが好きである。要するにその国の人が食べる物が猫は好きなのである。だからと言ってリュウが大金持ちの家の猫なのかと言えばそれはチト考えづらいところがある。

食あたりしたリュウは朦朧とした意識で偶然にも櫛引丸に迷い込んだためレイに気づかれなかったの

である。普段から存在感の薄かったリュウが、半死の状態になったためさらに存在感が失せたのである。さらにリュウにとって幸いしたのが甲板を歩くことなく、乗ったと同時に風に煽られ船艙まで落下し気を失ったことである。ともあれリュウにとって神様が与えてくれた「奇跡」であった。後にレイに発見されたが、どういう訳か放り出されなかったのである。このこともまた奇跡と言えよう。常のレイであればたとえ相手が誰であろうと、また気を失っていようがおかまいなく放り出していたはずである。しかし、今回は気を失ったリュウのあまりにも間の抜けた寝顔を見て放り出す気も失せ、意識の回復を待つことにしたのである。

一日くらいと思ったレイの思惑は外れ、三日経ってもリュウは目覚めなかったのである。やむなくレイは看病しはじめたのである。それは少しでも早く意識を回復させて放り出すためであった。そんなことはわかるはずもないリュウは、優しく介抱する母親の夢を見ていた。そのため、回復しつつある意識を引き延ばそうともがいていた。

そんな抵抗も空しく「至福の時」は無情に終わり意識を取り戻した。寝ぼけ眼が僅かに開いた時目に映ったのは眩しいほど美しいレイの顔であった。リュウは「アーア。ヤッパ僕は死んだんだ」と思った。「美しい乙姫様がいたんだもの。天国だよね」と思い込み意識を失いかけた。そんなリュウの寝顔は悦びにあふれていた。そんな締まらない顔を見たレイの右手はリュウの頬に炸裂した。その痛さでリュウは目覚め生きていることを自覚した。そしてリュウは恐る恐る薄目を開いた。目の前には天女よりも美しい憧れのレイの顔があった。息が詰まるほどの感激のためリュウはまた意識が遠のきそうになったが、レイはそうはさせてはくれなかった。今度はレイの両手の強烈な猫パンチが両頬に炸裂したのである。その痛さで飛び起きたがリュウは、痛さよりも嬉しさの方が何倍も何倍も何倍も大きかった。今までは近づくことさえもできなかった憧れの女性が、目の前にいるのであるから当然と言えよう。それも相手に触れ（殴られた）たのである。まさしくリュウにとっては「天国」であった。そんな男心を知るよしもないレイは無言で首根を掴んで船外に放り出したのである。放り出されたリュウは、それから何度も何度も櫛引丸に乗り込もうとしてレイに捕まり猫パンチをもらい放り投げられた。不思議なことにリュウは一度も海に放り込まれることがなかったのである。

懲りないリュウは夜間ではなく日中に乗り込もうとするのである。それも隙を伺い入り込もうとするのではなく、散歩するような足取りで乗り込もうとするのである。水主達はこんな二匹を日課のように思い見ていた。

そんなある日、いつものように乗り込もうとするリュウがタラップ（渡し板）の上で阻止され猫パンチをもらって気を失い海に落ちそうになったため、レイはやむなく抱き止め甲板の端に放ったのである。馬鹿はしょうがないとあきれ、またいつでも放り出せると思ったのである。リュウはパンチで気を失ったのではなく、強い日照りを浴び（「日射病」）たのと何度も通う疲れ、そしてレイの美しさに圧倒され気を失ったのである。いずれにしろリュウにとっては念願が叶って櫛引丸に乗ることができたのである。

レイは日向に横たわるリュウを無視し近寄ることはなかったが、時おり準備運動をしながら通った。歩きながら年寄りのように首のストレッチをするなんてレイにとっては稀なことである。そんなレイを見て水主達はこっそりとリュウの唇を水で濡らしていた。レイも水主達も「日射病」の怖さを知っていたのである。夜になっても目覚めないリュウを気にする様子もなかったが、ストレッチを兼ねたパトロールは朝まで続いた。そんなことは知らないリュウは、水主達のおかげで日射病をこじらすこともなく、溜まりに溜まった疲れで熟睡していたのである。時々漂ってくる（レイが近くを通る時）香しい薫りにリュウは幸せであった。願わくはこの幸せが永遠に続くことを願っていた。

陽が昇りはじめて水主達が見に行くと、リュウの唇は水で濡れ、陽の当たらない場所に移されていた。起きる気のないリュウであったが三日三晩寝続けると、健康な身体は自然と目覚めることとなった。目覚めた時にリュウの額には冷たい布がおかれていた。さらに何度も放り出されてできた傷にも手当てがされていた。リュウは起き上がることはできたが歩くことができなかった。リュウは三日間寝ていたため立ちくらみがし、空腹も加わり歩くことができなかったのである。それを見てレイはやむなく少しの間だけ置くことにしたのである。一刻を過ぎたころにリュウはレイにこき使われていた。水主達にはそんなリュウは、高熱で苦しんでいた時よりも過酷に映った。

それからの日々も奴隷のごとくにこき使われながらもリュウは嫌な顔をすることはなく黙々と仕事をこなしていた。その表情には微笑さえも浮かんでいた。また二人（二匹）の会話は一方的なものである。レイが話し、リュウが聞くだけであった。

そんな二人を乗せ櫛引丸は出航した。レイにとってはじめての航海であった。出航してから両親の住む江戸には一度も帰っていない。両親や兄弟達に会いたいと思うものの、なぜか寂しさは感じなかった。レイは「私は薄情なのかしら」と考えることもあったが「仕事が忙しからね」と薄情な自分に言い聞かせていた。船頭達に言わせればリュウがいるからだと言うであろう。一方リュウは、休む間さえなく働いていた（正確に言えば働かされていた）ためそんなことを考える暇さえなかった。しかし、リュウは常に幸せそうな顔をしており、「男心」を知る水主達は微笑ましく見つめていた。

レイの家系は代々船猫である。船猫の役割は嵐の予知、積み荷の穀物等をネズミから守ることにあった。また櫛引丸のように外洋に出る船猫は、その他に船に侵入しようとする動物等を阻止することも任務であった。また、船猫は船に乗るばかりではなく海辺や川辺にある回船倉庫等の番をするものもいた。その中でもレイの家は幕府お抱えの「船猫家」である。船猫達の面白い習性として、所用があって船を降りた時も、さらに船を抜け出して町場に遊びに行った時でも、所用（トイレ）の時には船に戻って用を足す習性があった。

航海中はどんな時化の日でも凍てつく寒い日も、人と同じトイレを使う習わしであった。そのために非常な危険と困難を伴った。レイの先祖の中にも何人（匹）も命を落とした。しかし変えようとはしなかった。船猫達のプライドと言えるものである。

そんな任務や数多くの仕事や習わしのある船猫にするためにレイは、何処の馬の骨ともわからないリュウを短期間に覚えさせ鍛え上げるために行った仕打ちと考えれば納得がいく。水主達にはそのことはわかっていたため温かく見守っていたのであるが、レイの本心はわからないが結果的にはそうなったのである。まして鈍い、とろいリュウであっては尚更当然と思えてくる。その甲斐あって運動神経とは無縁のリュウも一端の船猫に見えてきた。航海において決して欠くことのできない二人の猫達の存在を忘れてはならない。

全員の紹介を終えると銘々の役割が船頭から告げられた。舵は船頭が執り操船の作業は四人の水夫が担う。水主頭と水主の二名は大砲と銃器の準備に当たることになった。残る二人の水主は二分した水夫見習い達狙撃班の班長であった。

武蔵は船室で養生とし、付き添えとして新渡を付けたが武蔵は付き添いを付けることは辞退した。十八人となった剣客達には敢えて任務は与えなかったのである。それは剣客達が最後まで慣れない水夫の任務を担ったため休ませたかったからである。また上陸すれば戦闘の中心となるからである。しかし剣客達は休むことなく甲板のあちこちで久々の師弟達の稽古が始まり、櫛引丸は熱気と剣気で溢れていた。こんな櫛引丸には渡り鳥達も決して羽を休めることはないであろう。

第二章　剣客オモテストクに渡る「ロシア騎士との勝負」

ロシア騎士との対決

櫛引丸は海のように広い湾を、遙か前方に見える岸壁を目指してゆっくりと進んだ。間もなくして遠眼鏡（望遠鏡）に白亜の大きな宮殿や赤や黄色の石造りの建物が見えてきた。カラフルな建物には見たこともない美しい花々が飾られて異国であることが明白であった。船頭は屋根の十字架と風見鶏を見てオロシヤであると確信し彦康に伝えた（以後、紛らわしいので「ロシア」とする）。

さらに「ロシア国は我が国と同じ様に、どこの国とも協定は結んでおらず、国内では貴族間の争いが絶えない危険な国と聞いていています」と話した。また「ロシア国の男は顔面は髭で覆われ、熊のような大男で凶暴らしいです」と言い「彦康様は上陸しないで欲しい」と頼んだ。船頭ですらそれくらいの知識しかなかったのである。彦康は黙って笑顔で聞いていたが、彦康の方が遙かにロシアについては知識があり詳しかった。

彦康は「勝、何を申す。皆と一緒に同じ釜の飯を食べ苦楽を共にするのが仲間と言うものではないのか。また共に戦うことが武士の倣いであろう」と船頭を戒めた。聞いていた剣客達は身体を震わせ感動した。そして彦康様のためならいつでも死ぬことができると思った。これで櫛引丸に乗る人達の心が一つにまとまり結束したと言える。

白い宮殿の屋上から一本の狼煙が天に上るのが見えた。その後、方々から砲撃音が聞こえてきた。その中には驚くことに遙か彼方の小島からのものもあった。それは火薬が粗悪なため夥しい砲煙が生ずるからわかるのである。砲撃による水しぶきがあちこちで上がったがそれは皆、遙か遠い場所である。軍隊の攻撃とはとても思えないものであった。また、砲撃が威嚇でないことは、絶え間ない砲撃からも明らかである。

水主頭が彦康と船頭のところに来て砲撃の準備ができたことを伝えた。さらに火薬は一樽であり、それを鉄砲にも使わなければならないため大砲の砲撃は一度であることを話した。船頭は考え倦ね彦康の顔色を窺った。彦康は「素人の考えですが、一度だけなら遠くを狙ったらどうでしょう」と一番遠い砲台を見て冗談のように話した。船頭と水夫頭は顔を見合わせ頷きあった。プロである二人も同じ考えであったのである。

問題は一番遠くに見える砲台までは一キロは優に越えていたことである。常識では絶対に無理な距離である。櫛引丸は一見すると商船に見えるが戦艦である。しかし戦艦であったとしても通常は考えられない距離である。この時代、陸に備えた大砲にしても射程距離は三百五十メートルほどであった。飛ばすだけであればそれよりも距離は延びるが命中率はゼロに等しかった。その原因は粗悪な火薬と鉄の質が悪かったためである。火薬の量を増やせば大砲が破裂するのである。まして船に備えた大砲からでは論外であった。

しかし、櫛引丸の大砲も火薬も船頭達が独自に改良したものである。さらにそれを扱う水主達の腕はずば抜けて良かった。剣術で言えば剣技を極めたと言えるものである。よって揺れる船上からでも的格に目標を攻撃できたのである。

櫛引丸は砲撃を受けていたが躊躇することなく岸壁に向かって進んだ。そして最も近い砲台からの距離が三百メートルとなったが砲弾は相変わらず支離滅裂であった。本来であれば着弾地点を見て修正して砲撃するのが常道であるが全く為されていなかった。火薬が粗悪なのか、扱う者達に問題があるのか定かでないが、訓練されていないことだけは明らかである。

そんな中、攻撃目標とする一番遠い砲台から砲撃音とともに白煙が立ち上るのが見えた。少しの間をおいて大きな爆発音が聞こえた。砲弾が命中したのである。当然櫛引丸ではない。前方にある味方の砲台に命中したのである。櫛引丸の水夫達はある程度予想はしていた。砲撃をした兵達が慌てて船に乗って救助に向かおうとしている様子が望遠鏡に映った。あの距離から櫛引丸に攻撃するとは全く経験のない素人集団としか思えなかった。しかし、命中率は悪くても発射音の凄まじさと煙の多さで相手を脅すには十分効果があったのである。

彦康は一番遠い砲台を破壊することで相手の戦意を失わせようと考えた。また櫛引丸の大砲の威力と水夫達の技術力をもってすれば可能であると判断したのである。

櫛引丸について触れておくと、櫛引丸は国を憂う彦康の思いから造られたのである。その思いが将軍家康に伝わり銭には糸目をつけず造られたのである。家康は最愛の息子を将軍にするため我が儘を聞いたと言っても過言ではない。そして造船の最進国のであった大英帝国に船頭達を派遣し学ばせたのである。はじめは東洋の最果てにある「ジパング（日の本）」など知る由もなかった。将軍の親書や貢ぎ物などはあまり効果がなかった。そこで役立ったのは船頭達の剣技である。当時の大英帝国は世界屈指の大国であり軍事大国でもあった。

榊達が前途を憂い歩いていた時、貴族同士のトラブルに出くわしたのである。貴族が乗る馬車が鉢合わせをして、互いに譲らなかったため斬り合いになったのである。プライドのためには命を賭ける西洋の貴族達や騎士達にとっては珍しいことではない。

これを見て榊（船頭）と古藤（水夫頭）、二唐の三人が中に入り止めようとしたのである。しかし、互いの家来達は引き下がるはずもなかった。それも当然と言える。異様な格好の見知らぬ小男達の言うことなど聞くはずもない。反対に「邪魔するな」と言って両方の伴の兵達が三人に向かって来たのである。三人はやむを得ず刀を抜き対応したのである。そして「アッ」と言う間に二十人ほどの兵達の剣を飛ばした。誰一人も傷つけることがなかったのである。兵をはじめ双方の貴族もその腕前に驚き和解したのである。その噂は瞬くの間に宮殿にも伝わり、そのおかげをもって世界一の技術者達に学ぶことができたのである。さすが騎士道の国であると言える。

技術者達も船頭達の凄腕にもかかわらず、謙虚で真摯な態度に心打たれ惜しげもなく教えたのである。

邪推すれば知識を得ても、工業のない東洋の島国では造ることはできないであろうという気持ちがあったのかもしれない。船頭達は知識や技術と共に他では決して手に入れることのできない多くの機材を持ち帰ったのである。そして帰国し和船と洋船を加味した世界最新鋭の戦艦が誕生したのである。

船頭の掛け声と共に大砲は無人となった遠い砲台に向け発射された。船頭は単に「撃て」と号令を発した訳ではない。船舶の砲撃は風や波等に大きく影響される。そして遠くなればなるほど難しくなるのである。よって帆にはらむ風や、うねり等を十分に計算して発射するのである。言わば何百回・何千回と訓練した結果の一声であった。そのことを肌で感じたのは剣客達である。「撃て」と発した時の間が、打ち込む瞬間の間に似ていたのである。それよりも早くても、また遅くてもだめなのである。ということは剣技にも相通ずることとなり、正に真剣勝負であることがわかった。

不安定に揺れる船上からの砲撃をたとえて言えば、人が石を投げて届く距離が五十メートルとして、小舟に乗った人が五十メートル先に浮かべた五センチほどの笹舟に、一センチの石を投げて命中させるようなものである。

一般的に言えば、今回の櫛引丸の攻撃は標的に当たるかよりも砲弾が届くかどうかが問題であった。威力を知る者達にとっては気違い沙汰としか思えないものである。一番遠い砲台から攻撃してきた時、皆が「何てばかな」と思ったのと同じことなのである。

しかし、櫛引丸の船乗り達は中国で生まれ、イギリスやスペイン等の欧州の先進国で発達した「火薬」

をさらに改良し、脆かった大砲を日本刀で培った技術を駆使してより頑強な大砲を造り出したのである。しかし櫛引丸にとってもこれは限界の極みであった。

発射された時の煙の量は少なく、その色は真白に近く完全燃焼していることがわかる。そして船船の大砲で最も重要視される砲撃による反動は信じられないほど小さかった。反動の大きさで大型の大砲は備え付けることができなかったのである。反動が大きければ船が歪み浸水することとなるからである。

青空を砲弾が放物線を描いて飛んでいくのを息を呑みながら見守っていた。しかし、船頭と水夫頭の二人は見ようともせず、太鼓を打つかのようにリズムをとり刻を数えていた。そんな二人が同時に肯いた時砲弾の炸裂する音が聞こえてきた。それは一番遠い砲台に砲弾が命中し粉砕する音であった。砲台は周りにあった火薬と共に爆発し跡形もなくなったのが望遠鏡でわかった。それを見ても船頭と水夫頭の表情は全く変わらなかった。しかし、小さな安堵の吐息を漏らしたのを彦康は知っていた。彦康は頷いて二人に目を遣り無言で褒めた。二人はそれを見て丁寧に頭を下げた。水夫達は「ヤッター」と握拳を上げ叫んでいた。剣客達は神がかり的な出来事に拍手を送り、これからは自分達の出番であると闘志を燃やしていた。

一発の砲撃で遙か遠方の砲台を粉砕するという考えられない事実を目にしたロシア兵達は言葉を失いただ呆然と眺めていた。しかし、この現実を冷静に見つめる一人の女性がいた。その女性は白亜の宮殿の最上階から見ていた。女性はすぐに指揮官を呼び、命を下した。間もなく白亜の宮殿から赤い狼煙が上がるのが見えた。赤い狼煙は「攻撃中止」の合図であった。しかし、攻撃が止むまでは四半刻（約三十分）を要した。その間白亜の宮殿からは何本もの赤い狼煙が上げられた。櫛引丸の者達にも攻撃の中止命令であることがわかった。しかし、その「対応の鈍さ」に唖然とするばかりであった。

彦康は統制のない軍隊は烏合の衆と同じで扱いが難しいため、絶対的な強さを見せつける必要があったのである。その二段を船頭はすでに鉄砲隊に下命していた。相手の戦意を打ち砕き話し合いに応じさせるためである。強引な手段ではあったが、穏便に話を進めるためには最善の策と思われた。怪我人を一人も出さないためでもある。

櫛引丸が岸壁まで百メートルほどになった時、鉄砲隊の班長二名は船頭の下命を実行に移した。班長は「目標！　右前方風見鶏」と号令を交互に発した。風見鶏は岸壁の奥に建ち並ぶ建物の甍にあった。その後、水夫見習達の「目標、前方風見鶏。了解！」と呼応する声が聞こえてきた。班長の「撃て」の命令で鉄砲の劈く音が鳴り渡った。音が鳴り止む前に建物の屋根から五羽（個）の風見鶏は細い足を飛ばされカラコロと音を響かせ地上の鶏となった。次の班長の号令で地上の鶏達は増えていった。やがて屋根には寂しがる鶏は一羽もいなくなった。水夫見習達が撃った弾は一弾も外れることはなかった。見ていた兵士をはじめ町人達は恐れをなして姿を消した。

当時、鉄砲で三十メートル先の的に当てることは至難の技であった。しかし、櫛引丸から放たれた弾丸は射程距離の三倍はあったのである。一人として的を外さないということは神技に近かったのである。はじめに逃げ去ったのは鉄砲の威力を知る兵達であったのも頷けよう。人気のなくなった岸壁に櫛引丸は接岸した。

櫛引丸からはじめに降りたのは彦康で、水主で通辞役の祐川信太朗（通称ノブ）を伴っていた。その二人を護るように小野派一刀流小笠原勤之助、二天一流家沢清之進、馬庭念流小島均八郎、タイ捨流幸山誠三郎、中条流松本幸子郎、示現流佐々木一考、天流須藤勝義、宝蔵院流田澤敏勝胤、陰流細川慶二郎の九人の剣客達が降り立った。剣客達の手にはそれぞれの得物が握られていた。一頻り間をおいてから白亜の宮殿から真っ赤な甲冑を纏った近衛兵（君主を警衛する君主直属の軍人）達が指揮官に率いられ隊列を為して出てきた。その人数は大凡三十数名の一個小隊と言えるものであった。兵達は皆大男揃いの屈強な若者達であった。縦隊形で行進して来た兵達は、彦康達の前に来ると横隊形に変換し停止した。これ以上一歩たりとて中には入れないぞと阻止線を張ったように思えた。近衛兵達は全身を甲冑で覆っていたが面の部分だけは開かれていた。中に見える髭面からして人間であることがわかった。そうでなければ身の丈が百八十を優に超え、体重が百キロを超えていては、日本人達にとっては到底人間とは思えないのである。そんな巨漢の兵士達であったが、行動は敏速で統制がとられていた。さすが近衛兵と言える。そんな近衛兵達から、やる気と闘志が痛いほど伝わってきた。その中でも十名ほどの者達は際立って見えた。

当時、ロシア人男性の平均身長は百七十から百八十センチであった。しかし、ここの近衛兵達はそれをはるかに超す者達ばかりである。中には二メートルを超す大男もいた。日本で大男と言われる武蔵でさえもここでは並みか並み以下なのである。他の日本の剣客達は百六十センチかそれ以下であった。当時百六十センチもあれば日本では大男と言われた時代である。日本人の男の平均は百五十センチに満たなかった。近衛兵達と剣客達を見比べると、大人と子供のように映った。それを見て安心したかのように遠くから見守る観戦者の数も増えてきたように思えた。観戦者達の目には近衛兵の勝利は確実のように映ったのである。

整列した近衛兵の多くは兜の天辺に赤い羽根を髻のように着けていた。また白い羽根を着けているのは幹部達であった。その幹部でも一際大きな白い羽根を着けていたのは指揮官である。その指揮官だけはフルフェースの兜ではなく、陣笠のような鉄の赤い兜（ヘルメット）を被って馬に跨がっていた。

指揮官は他の兵達に比べて小柄であったが、横柄な態度は並外れてデカかった。小柄と言っても百八十センチは優にある。年の頃は二十歳にはまだ間がありそうに思えた。しかし、容貌は貴公子然とした美男であった。惜しむらくは聡明そうな瞳は怒りで溢れているのが遠目からもわかった。生まれながらに大きな権力に護られ、かつ甘やかされ、教える者もなく育った者の特有の態度と眼差しであった。彦康はそんな憎々しげな若者になぜか親しみを覚えていた。

指揮官が手にする白い指揮棒もまた怒りで震えていた。はじめに大砲の威力と技術力の段違いの差を見せつけられ、さらに人々が屋根に備えた風見鶏を悉く射的の的にされて撃ち落とされた。あげくには他国の岸壁に侵略の如くに船を着け悠々と上陸してきたのである。屈辱と怒りで震えるのも当然と言えよう。

指揮官は日本の侍達を目の前に見て「これなら勝てる」と思ったのである。居並ぶ近衛兵達からもその自信と闘志が伝わってきた。そのことが数多くの立ち合いを経験してきた剣客達にはわかった。また剣客達はその時相手の技量もわかったのである。

指揮官は侮ってか一人（一騎）で彦康のところに来ようとして幹部達に押し止められた。一人は慌てて手綱をとり他の一人は馬の横に付いて彦康の下に来た。指揮官は馬上から横柄に彦康達を見回してから徐に飛び降りた。そんな指揮官を見て彦康は単なる近衛兵の指揮官ではないことを改めて思った。粗暴に振る舞う指揮官であったが、自然と醸し出される気品と風格は消えることがないからである。

指揮官は指揮棒を持ち替えて、右手の人差し指を一本立て無言で彦康に突き出したのである。さらに「わかったか」と念を押すように軽く顎を引いて見せた。それに対し彦康もまた無言でわかったと言うように大きく頷いて見せた。指揮官はそれを見て満足げに頷くと指揮棒を右手に握り直し、高々と振り上げて素早く振り下ろした。指揮棒の空気を斬り裂く音が静かな空間に響いた。その素早さと鋭さは常人のものではなかったが、剣客達の目には指揮棒はおろか、握る指一本一本に力が込められるのも見据えていた。

彦康は通訳のノブを介し「そちらの人数は御随意に！」と伝えた。その言葉を聞いても剣客達は誰一人驚くことはなかった。対する指揮官ははじめノブの流暢なロシア語を聞いて驚いた様子であったが、すぐに話の内容に顔を歪めて、奥歯を噛み締めるのがわかった。しかし、伴をする二人の幹部は顔色を変え彦康に詰め寄ろうとして指揮官に止められた。

　彦康は勝負の駆け引きで言ったのではない。近衛兵達の技量と力量を見定めて言ったのである。彦康は剣客達をはじめ、皆が疲れているため無駄な時間を使いたくなかったのであった。彦康は相手の様子を見て、考慮してから話すべきだったと自省していた。剣客達はそんな彦康を見て、彦康が一番疲れていることをあらためて認識し、彦康様のために勝負を早く決しようと気を引き締めていた。

　指揮官はそんな士官二人と馬を引き連れて自陣に戻り、他の士官も呼んで話し合いをはじめた。四人の士官達が熱《いき》り立っているのが目にもわかった。しかし指揮官は激高する四人をすぐに取り鎮めた。指揮官の権威と威厳が凄く大きいことがわかる。本当は指揮官が一番腹を立てていたのであるが、士官達を見て冷静さを取り戻したのである。そして対峙した時彦康の尋常でない人柄と、護るように立つ侍達を思い出し、ただ者達でないことをあらためて思い浮かべていた。そして彼らが「剣客」という日本のナイト達であろうと思い至ったのである。そのことも士官達に話したのである。これからしても指揮官の剣技はかなりのものと思われる。

　指揮官が部下達と話し合う様子を見て剣客達は、自分達にはない彦康様に似たものを感じとっていた。また、傲慢さの中にも部下達の話を真摯に聞く様子にも剣客達は好感を持って見ていた。

　話し合いを終えた指揮官は一人だけで彦康達の前に戻ってきた。士官達も彦康や剣客達を信頼したように思われる。そんな士官達も一角の剣士と言えよう。それを見て剣客達は後ろに下がり、残ったのは彦康とノブだけであった。

　指揮官は彦康に頭を下げると「対戦は不本意ながら一対三とします」と言い、条件を付けた。先ほどまでの指揮官とは異なり、全くの別人のように思えた。条件は対戦する人数は貴方の申し出である。よって敗れて死んでも遺恨は持たないこと。また得物は鉄砲等飛び道具は用いず、それ以外は自由とすることであった。条件は大砲や鉄砲の段違いの威力と射撃の正確さを見ては当然のことであろう。そして次の言葉に彦康はじめ剣客達は胸を打たれた。それは「当方も武運拙く死んだとしても、それは剣士（騎士）としての倣いであり、決して遺恨は持たないことを我が神に誓います」と述べたことである。これはまさしく日本の「武士道」の精神である。西洋で言えば「騎士道」の精神なのである。

　ノブを介してこのことを知った剣客達は、近衛兵達がロシアの剣士とし「士の魂」を持っていたことに感動を覚え、この地に来合わせたことを喜んでいた。

　彦康は指揮官に「身勝手な申し出を甘受していただきありがとうございました。『騎士道』の魂を伺い恥じ入るばかりです。私ども日本の侍（武士）にも『武士道』の魂というものがあります。その『士の魂』に恥じないようにお相手させていただきます」と謝辞を述べて丁寧に頭を下げた。それを見て指揮官もまた腰を深く曲げて礼をした。その礼は正式な和式の礼であったため剣客達は驚いて目を見張った。

　その後、ノブは近衛兵達に向かって大きな声で彦康の言葉を伝え、頭を下げた。ノブに合わせるように剣客達も揃って頭を下げたのである。居並ぶ近衛兵達はそれを見てすぐに兜を外し、腰を深々と折り曲げた。指揮官と異なり若干のぎこちなさはあったが「和式の礼」と言えるものであった。近衛兵達の上げた顔にはもはや憎しみや怒りは消えて一介の騎士の顔に戻っていた。それは、ここにいる日本の侍達は、指揮官の言う通り「士の魂」を持つ「剣客達」であることがわかったからである。

そんな様子を見ながら彦康と指揮官は相互の中央に進み出て改めて礼を交わした。二人の礼は礼節に則ったもので異国の地であることを忘れさせた。彦康もまた和式の礼をする指揮官や近衛兵達に不思議さを覚えていた。


礼を終えた彦康が後ろを振り向くと、剣客の一人が前に進み出て「二天一流・家沢清之進」と大きな声で名乗った。そして彦康達に向かって丁寧に礼をした。家沢の左手には大小の木刀が握られており刀は帯びていなかった。礼を終えると目には見えない開始線（対峙線）に向かって進んだ。

近衛兵と剣客達はおよそ三十メートルの間隔を置いて対峙していた。その中間に審判役の彦康と指揮官が並んで立っていた。剣客達の後方十メートルは岸壁で櫛引丸が係留されていた。

家沢が見えない開始線に立つと、士官に名指しされた三人が大声で返事をし前に進み出た。三人の手には刃渡り一・六メートル、重さ二キロの両刃の剣（ツーハンドソード）が握られていた。三人は揃って彦康と指揮官に礼をしてから兜を被った。そして歩調をとりながら見えない開始線に向かった。開始線を定めなかったのは互いの持つ得物や流儀によって間合いが異なるからである。その距離はおよそ五〜十メートルの間隔である。

三人は開始線に立つとすでに待つ家沢と目を合わせ礼をした。礼を終えると家沢は蹲踞の姿勢となった。蹲踞の家沢の右手には長い木刀が、左手には短い木刀が握られ、逆八の字に突き出されていた。対する三人の兵達は兜の面を閉じ全身鉄の塊と化し、左右に広がりながら剣を抜いて構えた。「はじめ」の掛け声はなかったが、この「間」と「呼吸」が開始の合図なのである。

三人は蹲踞の姿勢の家沢に打ち込んで行けなかった。それは中腰（蹲踞）の家沢に全く隙がなかったからである。そして、スクッと立ち上がった家沢の二本の木刀は、正二刀のまま下段におかれ、僅かに外側に開かれていた。一見その格好は隙だらけのように見えた。これがまさしく「有構無構」と言われる構え有って構え無しの構えであり、二天一流の奥義なのである。

この構えは、敵のいない平常時でも、いついかなる時でもとっさの敵に応じることができる構えなのである。また斬り合う時は構え等は必要なく、「ただ相手を斬る」という目的のために振り良い位置に太刀をおくという合理的な構えなのである。

相互の間合いは五メートルである。家沢は近衛兵達に間合いを任せたのである。しかし三人は立ったまま向かってこようとはしなかった。打ち込むことができないと言った方が正しいであろう。三人は一角の剣士と言えよう。やむを得ず家沢は両翼の構えを崩すことなく前に進んだ。突如として中央の兵が耐えきれなくなったように長剣を振り上げて打ち込んできた。気迫のこもった凄まじい斬り込みであったが家沢は避けようともせずに真っ向から飛び跳ねた。飛び跳ねる家沢の腰には右手にあった長い木刀が戻されて、飛び越えて兵の後ろに降り立った時にはまた二本の木刀が握られ両翼の構えで二人の兵と対峙していた。

　中央の兵士は僅かの間を置いてその場に人形のように崩れ落ちた。左右の兵達はそれを見て、表情は兜で見えなかったが、操り人形のようにピクンと伸び上がるのがわかった。それを振り払うかのように二人は大声を発しながら家沢に左右から斬りかかった。家沢は両翼の構えのまま二人の間を通り抜けたように見えた。そしてすぐに振り向いて残心を示していた。見ていた仲間の近衛兵達は「ガツン」という音を聞いて、残心をとる家沢の姿を見ただけであった。家沢が木刀を振るったことは誰も知らなかった。二人の兵は前の兵と同じようにその場に崩れ落ちた。

　彦康の「それまで」という声がかかるまでは、近衛兵達は信じられないという様相で眺めていた。己を取り戻した近衛兵達に彦康は、ノブを介し「早く介抱を」と伝えた。近衛兵達は慌てて倒れた三人の仲間の下に駆け寄った。その兵達が見たのは、倒れた三人の兜の喉元の凹みであった。その凹は十センチほどで咽元を押しつぶしていた。しかし致命傷でないことは皆にもすぐにわかった。倒れた兵達は呼吸をし気絶していることがわかったからである。また、凹みは木刀で突かれできたこと以外は考えられなかった。鉄砲やランス（騎士が馬上で持つ槍）をも通さない甲冑が、あんな木刀で凹まされるとは近衛兵達には信じられなかったのである。

　そんなことを思いながらも兵達は素早く仲間を蘇生させ介抱しながら担架で運び去った。その兵達はすぐに立ち戻り隊列に加わった。そんな近衛兵達は今の結果を見ても誰一人として怖れている者はいなかった。

開始線に戻り蹲踞の姿勢をとって見守っていた家沢を一角の兵達は子供のように畏敬の眼差しで見つめていた。家沢は立ち上がると誰もいない開始線に向かって頭を下げ、さらに居並ぶ近衛兵達にお礼を言うように頭を下げた。近衛兵達は驚いたように礼を返した。その後、彦康達に礼をして勝利の笑顔も見せずに戻っていった。周りの剣客達も無表情であった。

彦康が剣客達の方に目を向けると、それに応えるように剣客の一人が進み出て「小野派一刀流・小笠原勤之助」と名乗って彦康達に礼をして開始線に向かった。小笠原の左手には一本の木刀が握られ腰に刀はなかった。

これを見て近衛兵の士官は、三人の名前を呼びあげた。三人は大きな返事をし隊列から一歩進み出た。三人の目には恐怖の色は見られなかったが、色白の顔色はさらに白さを増したように思えた。三人の腰には前と同じように両刃の長剣を帯び、左手に兜を抱いていた。三人は士官に正対すると、空いた右手の拳で左胸を叩き勝負の決意を伝え、足並み揃えて開始線に向かった。

三人は開始線に着くと指揮官達に礼をしてから、小笠原と向き合い礼を交わした。三人の礼は小笠原とは異なり師に対する大きく腰を曲げるものであった。礼を終えると小笠原は礼式に則り蹲踞の姿勢をとった。三人は兜を着けると長剣を抜き払い素早く間隔を広げ打ち込みの態勢を作った。三人は先ほどまでとは異なり、小笠原に向けられた眼光は鋭く一角の武芸者のものであった。この心構えが師に対する作法なのである。

彦康は家沢の勝負の時にも指揮官が丁寧に頭を下げるのを見ていた。そしてまた小笠原が名乗りを上げて礼をした時も丁寧に礼を返した。その時の指揮官の目は輝いており心からのものであることがわかる。この答礼は最後まで続けられた。

蹲踞する小笠原と身構える三人の兵達を見ると、まさしく日本の武士の「真剣勝負」と同じである。武士道、騎士道の士道の精神は同じであることが窺い知れる。

小笠原は正眼のまま立ち上がると、そのまま三人に向かって進んだ。

小笠原の「小野派一刀流」は日本の剣の流派の基となる流儀の一つであると言える。その流儀とは「一瞬にして相手を切り倒す」、「一刀のもとに斬り倒す」という豪剣である。幕末に現れて「切り結ぶ刃の下ぞ地獄なる。身を捨ててこそ浮かぶ瀬もある」との名言で知られる天才的剣術家の千葉周作もまた同門の一人である。現代日本の剣道の中心となっている流儀・流派は小野派一刀流と言える。日本の剣道界や警視庁等の警察剣道もまた同じである。

妙剣、絶妙剣、真剣、金翅鳥王剣、独妙剣など「五點」改め「高上極意五点」を極意とし「瓶割刀」などの秘剣を生み出した。よく言われる「瓶割刀」とは、賊に入った悪人が運悪く（当然の罰であろう）助けに来た一刀流の剣客に驚いて逃げ、大きな瓶の中に隠れた。しかし剣客に気づかれて瓶ごと悪人を斬り割ったことに由来するものである。

小笠原は正眼のまま立ち上がると、右八相、正眼、左八相の構えに変化させながら十メートル先の三人に向かって歩き出した。三つの構えにより三人は動くことができなかったのである。小笠原は相手方の間合いに入った時、隙を見せるように下段の構えに移った。三人は解き放たれたよう鷲のように突進し長剣を振るった。剣先の鋭さと素早さは並みのものではなかった。一角の剣士であったとしても、三人同時の打ち込みは外すことはできないであろう。しかし、小笠原をはじめとしてここにいる剣客達にはその道理は通じないのである。三人は「勝った」と思った時、手応えのなさに「フゥ」と不思議さを覚えたが、すでに意識が遠のいていたのである。

見守る兵達の目には、小笠原が中央の兵を飛び越えて着地しただけのように見えたのである。それは小笠原の振る木刀が速すぎて見ることができなかったためである。ただ飛び越える時「ガッン」という金属音を聞いた。その回数は人によって一、二、三回とまちまちであった。それだけ速かったと言える。

小笠原は他の者達よりも距離の差で、ほんの僅かに速い中央の兵に向かって飛んで木刀を振った。さらに空中で右の兵士を打ち、体を捻り返す木刀で左の騎士を打って三人の後方に着地し残心の構えをとった。三人は少し間をおいて同時に前向きに倒れた。仲間の兵士達は、何があったのかわからずただ呆然と眺めていた。

彦康の「それまで」の声に小笠原は残心を解いて開始線に戻った。蹲踞の姿勢で木刀を左手に納めると立ち上がり倒れている三人に向かって礼をして、さらに彦康達に礼をして自陣に戻った。

三人に駆け寄った仲間の兵達が兜を外そうと手をやると、三人の兜の頂点にあった羽根の房が無くなっていた。さらに取り付け部分にあった五センチほどの突起が反対の内側に五センチほど凹んでいるのがわかった。この凹みの衝撃で意識を失ったことがわかった。その凹みは頭蓋骨を砕くほどのものではなく、大男を失神させる程度のものであることがわかった。兵達は段違いの剣技に驚きながらも目は輝いていた。それは騎士道の精神であろうが、邪推すれば「殺されることはない」と悟ったからとも言えよう。運び去る様子を見ていた剣客達は医療の技術はかなり進歩していることを知った。

次に出た剣客は「馬庭念流・小島均八郎」である。小島も名乗ると彦康達に礼をして開始線に向かった。士官に名指しされた三人は少し間をおいて開始線に立った。遅れた理由は彼らの出立を見てわかった。全身を覆っていた甲冑を全て取り去り近衛兵の平服に着替えていたのである。また全面を覆う兜の代わりに指揮官と同じ陣笠のような鉄兜を被っていた。三人の兜の天辺には赤い羽根が付けてあった。この国の女性や子供達の憧れの服装である。そして剣技を十分振るえる身軽な服装でもあった。純粋な見方をすれば、死を賭して学び強い剣士となり国王や国民に尽くす騎士道の精神である。

開始線に立つ小島は両刀を帯びず、一本の木刀を手にし目を閉じて待っていた。兵達が開始線に立つと、見ていたかのように目を見開いた。兵達が甲冑を脱ぎ足音は無いに等しかった。驚く素振りの三人に対し小島は丁寧に頭を下げた。兵達は慌ててそれに合わせるように礼をした。小島はすぐに蹲踞の姿勢となり木刀を前に出し構えた。三人は長剣を鞘から抜いて両手で構えた。その構えは上段、中段左構え・右構えの三様であった。

スクッと立ち上がると小島は馬庭念流独特の構えをとった。その立ち姿は決して美しいものではなかった。馬庭念流の源は田畑を耕す土臭い百姓から生まれた剣法であるためやむを得ないと言えよう。「馬庭念流」は近間の攻撃は、小技は使わず面ばかりを打ちまくる流儀なのである。送り足は使わず腰を後ろに引き、刀の柄頭は握った左拳を顎の下にし、右手は鍔元を握って右肩の十五センチほどのところにおく。顔を前に突き出して、相手に向かって両足の指十本で土をしっかり掴み進むのである。日本刀を持つ相手であれば、相手の刀をしっかりと鍔で受け止め鍔迫り合いをし、相手の刀を垂直にさせないように左右に組み換えながら押し込み面を打ち込むのである。

今回の相手はツーハンドソードという長剣である。小島は木刀一本で三人の剣を同時に受け止めることは容易であったが若干の時間を要するのである。少しでも早く彦康様を休ませるためにより速い剣技を選んだのである。早く言えば極めた剣技を使う必要もない相手と言えば近衛兵達に怒られるであろう。これは本来から言えば剣客にとって邪道と言えるものである。剣客は常に全精力を傾けて戦うことが信条なのである

小島の後ろに引いた腰と突き出された顔を見て三人は、一瞬たじろぎ驚いた表情を見せたがすぐに意を決したように三人は揃って大声を発しながら出された顔を目がけて斬りつけた。小島は姿勢を崩すことなくその場で三本三様の剣先を鼻先一分（約三ミリ）で躱し、刃先が流れるのを見定め木刀を振ったのである。見ていた兵士達には鋼鉄を打つ甲高い音が聞こえた。その「カン」という音色の回数は一、二、三回とまちまちであったが、振った木刀の回数は一度だけということは一致していた。実際には小島は三度振ったのである。

かん高い音が響くと同時に小島は後ろに飛び下がり残心を示し、三人は斬り込んだ格好のまま彫刻の

ように佇んでいた。やがて息を止めて見守る人達をおもんぱかるように三人はその場に崩れ落ちた。

彦康の「それまで」の声に小島は素早く開始線に戻り、小笠原と同じように倒れている三人に頭を下げ、蹲踞の姿勢となり木刀を納め、彦康達に向かって礼をして自陣に戻った。

三人に駆け寄った仲間の兵達は、三人の鉄兜の前面が五センチほど同じように凹んでいることを知った。信じられないという表情をしながらも手際よく三人を担架に乗せ運び去った。ノブは指揮官の様子を窺うと、指揮官は「自分で『それまで』と試合終了の合図を出すことが無くなった」ことを自覚したように肩を落として運ばれていく部下達を見送っていた。

その時ノブに対し彦康が「試合を続けるかどうか」指揮官に尋ねて欲しいと頼んだ。ノブが指揮官に伝えると指揮官は顔色を変えて、心外とばかりに落ちた肩を張るようにして言い出しそうになったが思いとどまり「待っていただきたい」と言い頭を下げた。彦康が頷くとありがとうと言うように頭を下げ自陣に戻って行った。指揮官のその姿からははじめに見せた傲慢さは消えていた。

部下達との話し合いはすぐに結論が出た。これまでの指揮官であれば部下達と話し合うことは無かったのである。たとえ話し合ったとしても指揮官の一言で決着がついていたのである。指揮官の変わりように部下達は一瞬驚いた様子であったがすぐに喜びの表情に変わった。これにより近衛兵達はさらに連帯感が増したように思われた。部下達全員の意見も指揮官と同じであったためにすぐに結論が出たのである。

指揮官の変わり様は、これまで王子という身分と剣技の技量からしても、意見を言える者が一人もいなかったのである。今日彦康や剣客達と接して「自分にも及ばない人達がいる」ことを知り、本来の自分に戻ったのである。指揮官のこの変わり様を遠くから見て心底喜んでいる人達がいた。正確に言えば女性達がいたのである。

話し合いを終えた指揮官は士官一人を伴い彦康のところに戻った。その士官が「ザラーニェーブラガダリュウヴァスザポーマシ（よろしくお願い致します）」と丁寧な言い回しで試合の続行を頼んだ。彦康はその旨を剣客達に伝えると剣客達は皆「頭を下げ」て同意を示した。彦康は士官に試合を続行することを伝えると、士官は「スバスィーバ（ありがとう）、スバスィーバ」と何度も言いながら彦康と剣客達に向かって頭を下げた。これを後ろで見守っていた兵達は「（試合の中止は）ニェット、ニェット」と大声で続行を願い呼びかけていた。ノブは「ニェット」は「だめ」の意味で「試合を止めないで」と頼んでいることを彦康に伝えた。彦康も兵達の言った言葉はおおよそ察していた。礼を終えると士官は後ろを振り向いて両手を高く上げ丸を作って見せた。それを見て兵達は「スバスィーバ、スバスィーバ」と感謝の連呼を発した。彦康や剣客達は剣士としての兵達を見て疲れを忘れ清々しさを覚えた。

その時椅子を携えた男（侍従）達が宮殿から出てきて居並ぶ近衛兵達の横に並べて置いた。椅子の数は三脚であった。剣客達にとっては初めて目にする豪華な椅子であった。日本の物にたとえれば金閣寺や金色堂にあるような煌びやかな椅子であった。彦康達は高貴な方達が観戦に出てくると知った。

彦康はそれを見て指揮官に「自分達の対面で観戦させたら」と意見を述べた。指揮官は笑顔で同意すると、すぐに侍従を呼び下命し椅子はすぐに移された。

椅子の移動が終わると、侍従に伴われ貴婦人と少女二人が付き人や侍女を従えて白亜の宮殿から出てきた。三人は椅子の前に立つと彦康達に向かって会釈して腰を掛けた。彦康と指揮官もこれに倣い頭を下げた。

三人の女性を見た近衛兵達は慌てた様子で大仰な礼（両手を広げ腰を後ろに引き慇懃に頭を下げる）を行った。三人の女性はそれを見て僅かに頭を下げた。三人の女性が椅子に着くのを見計らったように多くの貴族達が出てきて三人の女性の後ろに陣取り椅子を置いて座った。当然椅子は貴族の召使い達の手によって運ばれた。それを見て椅子を置く席次も椅子の装飾も厳格に定められているように思われた。その後来た平民と思われる者達は貴族達の後ろに立っていた。封建社会の国であることが一目でわかった。

前に並ぶ三人の女性を紹介すると、中央に座るのは先の国王アレキサンドル一世（アレクサンドル一世）の王妃で、今は国王が亡くなり女王となったアデリーナ女王である。女王の左に座るのは、ロシア統一前の一国家である「サンクトペテルブルク国（統一前の最大の国家）」の王女アナスタシア姫十七歳である。アナスタシアはこの国の王子で次期国王となるアレキサンドル二世の婚約者であった。王子は今近衛兵の指揮官と名乗っている若者である。

大国の王女が何で小国で辺境の地の王子と婚約したかについては日本と同様に政略結婚のためである。その訳は、広大な統一ロシア国の北部は全て海に面していることにあった。その北の海は一年の半分以上は氷で覆われるのである。また氷がない時は強風と高波のために船の航行は不可能であった。この時代の外交や貿易は海路に頼るしかなかったのである。中国からのシルクロードは例外として、他の陸路の交通網は皆無であった。それでも陸を行くとすれば虎や狼・熊等の猛獣に襲われた。また蚊や蜂・蝨等が多く湧いて呼吸ができないほどであった。さらに毒のある蛇やサソリ等もいて横になることすらできなかった。よって海に頼るしかなかったのである。海を航海するためには港が必要である。そのため港を保有する国や町が重要視されたのである。

オモテストク国は全ロシアの南に位置し、かつ良港を持つ国であるため重要な存在であったのである。当時ロシアという大国はまだ貴族の集合体的な国家（貴族が支配する国の集合体。日本の群雄割拠の時代と同じ）であった。氷で覆われることの少ないオモテストク湾は特に重要視されたのである。アナスタシア姫は避寒を兼ねて将来の夫となるべき王子を見るためにこの地に来ていたのである。

また、アナスタシア姫に付き添う十二名の兵（騎士）達はこの国の近衛兵に混じり試合会場にいた（幹部二名と兵十名である）。ついでに言えばオモテストク国の近衛兵は兵が二十名で幹部は二名である。王子と合わせ全員で三十五名であった。

女王の右に座るのは女王の娘で王子の妹であるアリョーナ姫、十五歳であった。二人の王女は妖精のような美しい少女達であった。その肌は博多人形を思わせる透きとおるような白い肌であった。日の本にいれば美の象徴と言われる「天女」に間違われるであろう。

居並ぶ美しい三人の女性を見ていると異国の地にいることを実感させられる。人によっては猫のリュウと同じように、天国を思い浮かべるかもしれない。また三人の仲むつまじさを見ていると、この政略の縁組は稀なる幸運なものに思われる。

彦康や剣客達は貴族や庶民の慎みのある態度を見て、この国は良き統治者に恵まれて良き治政が行われていることがわかり胸を撫で下ろしていた。そして、この国はこれまで海からの他国の侵略や攻撃を受けたことがないことが窺い知れた。よって、海の防備が手薄であることも納得できた。それで先の櫛引丸からの僅かな攻撃で驚いて逃げ出したのも頷けた。その逃げ出した兵達は未だに戻ってはいなかった。与えたショックが大きすぎたのである。

指揮官は王子の身分を明かすことなく、三人の女性達のことを彦康に話した。指揮官は自分の身分を告げて彦康や剣客達に気を使わせたくなかったのである。また一介の剣士として剣技を試すためにも身分を秘したのである。なまじ身分を明かして手心が加えられることを嫌ったのである。

彦康は中央に座るのがオモテストク国の「カラリエーバ（女王）」で、左右に座るのは「ピインセッサ（姫）」であると知らされた時、三人の身分についてはある程度予想はしていたが、「女王陛下」とまでは考えが及ばなかった。それはあまりにも美しく若かったこともあったが、女性が「天下人」であることが正直信じられなかったのである。彦康自身その存在は書物などで知っていたものの、それはあくまでも仮定・架空の存在であると思っていたのである。その訳は日本の群雄割拠の封建社会においては、「男尊女卑」と言うよりも、藩主は自らが戦の先頭に立って戦わなければならないという風潮があったためである。

彦康は女性達の身分は知ったがあくまでも非公式なもののため改まった礼は行わず、三人に向かって目と心で挨拶をした。それを感じたかのように三人の女性は腰を僅かに浮かせて見せた。リュウであれば三人の美女の眼差しに打ちのめされて失神していたであろう。また、通辞（通訳）役のノブは彦康の同意を得て剣客達にも伝えた。

無言の挨拶を終えた彦康は、自分の身分を明かすことなく、「ここにいるのは日の本を代表する剣客達である」と指揮官（王子）に伝えた。指揮官は一瞬驚いて、たじろいだ表情を見せたがすぐに「やっぱりそうであったか」と納得の表情に変わった。剣客達の卓越した剣技を見せつけられて、一角の剣士である指揮官は大凡のことは察していたのである。指揮官はすぐに士官を呼んで「日の本を代表する剣客達」であることを伝え、さらに「逃げた兵達を呼び戻し、試合を観戦するように」と命じた。

そして、女王達に向かって「日の本（日本国）を代表する剣客」であることを紹介した。さらに「先生方にはご迷惑でしょうが、この機会にオモテストク国の女王陛下と国民、そしてサンクトペテルブルク国のアナスタシア姫のために、『日の本の武士道』の精神と剣技を学びたいと思います。先ほどから見ての通り全く刃が立ちません。恥ずかしながらこれが『騎士』を自負する近衛兵の実力です。今から『真の騎士』となるため指揮官の私をはじめ全員が命を賭けて学ぼうと思います。私をはじめ誰もが武運拙く天に召されても遺恨を持たないことを神に誓いました。このことをご承諾願いたく存じます」と言って女王に頭を下げた。これに倣い近衛兵達も頭を下げた。

女王陛下が立ち上がると「わかりました」と言うように大きく頷いて見せた。これを見て指揮官は彦康と剣客達に「女王陛下の御許可をいただきました。遠慮なく打ち据えてください」と言い丁寧に頭を下げた。指揮官に倣い近衛兵達も揃って頭を下げた。驚いたことにこの時女王達三人の女性も立ち上がり彦康達に向かって頭を下げたのである。女王達の身分についてはすでに知っていた剣客達は、慌てること無く彦康に倣い低頭した。

その後アナスタシア姫だけが腰を下ろすことなく熱い眼差しを婚約者である指揮官（王子）に向けたまま、右手を左胸に当てて左足を引いてお辞儀をしたのである。アナスタシアは王子の言葉を聞いて若い心が燃え上がりその心を伝えたのである。それに対し王子もまた騎士の凜とした礼で対応したのである。見ていた者達にはおとぎの国の情景のように思えた。そんな二人を目にした彦康は、二人は「恋人同士」であり、指揮官は「この国の王子」であることを確信した。そして今まで看破できなかった自分に苦笑しながら審判の位置に戻った。

指揮官である王子は後にアレキサンドル二世となり、アナスタシア姫の国であるサンクトペテルブルク国の国王となり、ロシアを統一して世界一強大なロシア帝国を設立するのである。その礎となったのが騎士団であった。それまで軟弱であった騎士団を西洋（世界）一と謳われる騎士団に造り変えたのが一人の日本人の剣客でありその存在を忘れてはならない。

一方貴族や民衆は、王子の外連味《けれんみ》のない率直な言葉と国民への思いやりを知って喜びと共に感動に身を震わせていた。また戻った兵達は王子の死を賭した決意を知り、自らを恥じて決意を新たにしていた。

近衛兵の指揮官アレキサンドル二世（王子）を変えたのは彦康や剣客達の武士の魂に触れたからである。驕りや傲慢さは剣客達の剣技によって完全に斬り捨てられ、一人の剣士（騎士）として騎士の魂を呼び戻されたのである。また大砲や鉄砲の段違いの威力と技術力の差を見せつけられ、この国の王子としてやるべきこと、歩むべき道を見定めることとなったのである。

これまで王子は最高権力者（国王）になるべき定めの者として自由奔放に生きてきたのである。さらに持って生まれた剣の天分も加わり国一番の剣士となったのである。さらに王子は騎士の精神である騎士道の騎士の魂を身につけたのである。しかし王子を抑えるものは何一つなかった。王子は若さも加わり慎みを忘れ騎士の魂に蓋をしていたのである。その蓋が彦康はじめ日本の剣客達によって完全に打ち砕かれ、精神は谷底に突き落とされたのである。

しかし、元来聡明で剣技にも優れた王子は野生の獅子の子の如く、すぐに這い上がろうとしはじめた。彦康の目には王子はこの時を待っていたかのように思えた。そのことは試合の再開を願う真剣な表情や活き活きとした態度からも窺い知れた。王子は一人の騎士の魂を持った剣士に戻り、聡明な王子に立ち返ったと言えよう。

この王子の変化を彦康や剣客達以外にも敏感に感じ取り、喜んで手を合わせている人達がいた。それは白亜の宮殿の窓から見ていた女王と二人の姫達であった。女王は彦康はじめ日本の侍（剣客）達が皆、騎士の魂と同様の「士の魂」を持つ侍達と見定め二人の姫を伴って会場に現れたのであるそんな事情もあり試合の再開までは多少の時間を要した。そんな厳粛な空気を打ち破るように三人の兵達が大きな掛け声と共に駆け足で開始線に立った。三人の兵達は前の兵達と同じ様に陣笠様の鉄兜を被り、動きやすいように近衛兵の常装（平服）であった。しかし、手にした得物が違っていた。得物は「グレイブ」と呼ばれる槍の鋒先が剣状になったものである。日本で言えば薙刀のようなものである。薙刀と異なるのはその鋒先（先端）は様々に工夫され削られており、かつ装飾が施されていること。形や厚みは三種三様であった。中国の三国志に出てくる武将達が手にする薙刀用のものを連想すれば理解できるであろう。

オモテストク国は広大なロシア国の東端に位置する小さな貴族国家である。日本と同じ様に世界の東の地にありながら、欧州（西洋・ヨーロッパ）文化の影響を受けた近代的な貴族国家であった。兵達が手にするグレイブは秘伝の硬い鉄（銑鉄を叩いて不純物を取り除いただけの鋼鉄）を用いた物であった。この技術は未だ西洋にもなくオモテストク独自のものである。後にイギリスに伝わり産業革命で鋼鉄は爆発的に世界に広まるのである。オモテストクにこの技術が入った時期は定かではないが、いずれかで手に入れた「和包丁」がその起源ではないかと言われている。

またグレイブの鋒先は鋭利にカットされ装飾が施されていた。兵達は槍とは異なり突くだけではなく振り回し威力を発揮させた。薙刀は日本刀よりも威力が大きいと言われていることに相通じる。

一方、水夫達が運んだ床几に腰を掛けて見ていた剣客達の中から幸山が立ち上がった。その時「誠さん代わってもらえるかな」と後ろから声がかかった。その声の主は櫛引丸から降りてきた幸山が師と仰ぐ公麻呂であった。公麻呂は幸山に承諾を得ると、彦康達に向かって「タイ捨流近江公麻呂です。不調法の段、平にご容赦願いたい」と言って頭を下げた。頭を上げると公麻呂はゆっくりとした足取りで開始線に向かった。公麻呂の左手には一本の木刀が握られていた。

公麻呂は開始線に立つとはじめに女王達に向かって丁寧に頭を下げた。その礼は腰を深く折り曲げる「宮中式」のゆかしいものであった。その後で対戦相手の三人に向かって礼をして蹲踞の姿勢をとった。三人の兵達は公麻呂に燃えるような視線を浴びせながら頭を下げた。蹲踞の姿勢をとった公麻呂を見て、左右の二人は跳ね飛ぶように互いの間合いをとって攻撃の態勢をとった。そんな三人の気迫のこもった構えから隙を見いだすことができなかった。三人は場数を踏んだ猛者達であることが剣客達にもわかった。三人はアナスタシア姫に付き添ってきたサンクトペテルブルク国の兵達である。三人の眼光は日本の剣客の眼差しを思わせるものがあった。構えたグレイブは、矢が引き絞られた弦から放たれるのを待っているかのように隙を窺っていた。さりながら三人は蹲踞の公麻呂から隙を見いだすことができずにいた。

公麻呂はゆっくりと立ち上がると木刀を「地摺り下段」においた。木刀の先端は左右に開いた両足の真ん中の地上すれすれにあった。タイ捨流は肥後の国で生まれた流儀である。家紋は九曜紋であり、その九曜の形の円から生み出された流儀なのである（九曜紋は大きな円の回りに八個の小さな円を配した紋である。また円が巴に代わった「巴九曜紋」と呼ばれる紋も存在する）。

本来のタイ捨流は右半開きにはじまり左半開きに終わる。すべて袈裟切りに終結する独特の構えの剣技なのである。自分を生かし、相手も生かす活殺剣法である。その剣技には「飛び掛かり」という飛び回って相手を攪乱させて打つ技や、剣技と蹴技、目つぶし等を合わせた技法もある。

また、タイ捨流の「タイ」を使う理由は、「体」を用いれば体を捨てることになり、「太」とすれば自性に至るにとどまり、「対」は対峙を捨てるにとどまり、字によって意味を限定してしまうため、仮名で「タイ」と書くことでいずれの意味にも通じるようにしたのである。

隙を見いだせないで固まる三人の兵士は緊張を解くように大声を発しながらグレイブを振り回したが足は止まったままである。それを見て公麻呂は身体を右半ばに開き、さらに両手で握る木刀を地摺り下段のまま右に開いて構えた（真剣で言えば、右の波紋が相手に見えるような構え）。三人は息を呑み、目を剥いて凝視し隙を窺ったが動くことができなかった。さすが一角の剣士達と言える。隙がないことがわかるだけでも一流と言えよう。

その時公麻呂の木刀が動きだしたように思われた。それほどゆっくりした動きであった。木刀は右回りに家紋の八個の外側の円を撫でるかのように一個ずつ優しく包んでいった。いつしか地摺にあった剣先は、八個の円を包み終えて元の下段に戻っていた。木刀の剣先の動きはトンボが止まっても飛び立たないほどのものであった。しかし三人にとっては剣先が速すぎたのである。三人はそれぞれ瞬時だけ隙を見つけたと思ったが速すぎて打ち込むことができなかったのである。隙は打ち込む前に消えたのである。

それがわかったかのように公麻呂の剣先が再び動きはじめた。右回りの剣先はさらに遅いものであった。その動きは敏感な小鳥が剣先に止まって羽を休めても、木刀が動いていることに気づかないほどのものであった。

沈黙が破られたのは三人同時に打ち込んだ気合いであった。まさに容赦のない一撃と言えるものであった。剣士として当然のことである。それは師や対戦相手に対する作法である。三人は円を描くように回る木刀が公麻呂の目を一瞬塞ぐ瞬間を待って打ち込んだのである。流石と言える。

観戦していた者達は、公麻呂が三人のグレイブで無惨に切り刻まれたと思った。多くは目を閉じ、下を向いて耳を手で塞いでいた。しかし、おかしなことに観戦者達は何の臭いも異変も感じ取ることができなかったのである。そんな人々は不思議に思いながら僅かずつ頭を持ち上げて、恐る恐る片目を少し開けて見た。そんな動作を皆が揃って行ったため、見ていた剣客達には叱られた子供が親の目を盗み見るように映り可笑しさで緊張が和らいだ。

そんな観戦者達は信じられない光景を目にしたのである。斬ったはずの三人が後ろを向いて跪いて、その三人の後ろには斬られたはずの公麻呂が木刀を地摺り下段に構えたまま立っていた。観戦者達よりも跪く三人の兵達の方が理解できずにいた。三人は不思議そうに振り向いて公麻呂を見た。公麻呂は無言で「前を」と目で告げた。三人は首を戻し、前を見て「ウッ」と息を呑み込み声を出すことができなかった。目の前には三本のグレイブの矛先が転がっていた。矛先の柄（袋部の根元）の断面は三本とも鋭利な刃物で切られたような鋭い切り口であった。観戦者達は三人の表情につられて矛先に目を向けた。その切り口を見た観戦者達は「アッ」と驚嘆の叫び声を発した。三人の兵達は素早く自分達が握るグレイブに目をやった。そして落ちているのが紛れもなく自分達の物であることを知り三人の顔色は即座に変わり身体が震え出すのが誰の目にもわかった。

彦康の「それまで」の声で公麻呂は残心を解きゆっくりと開始線に戻った。三人の兵達は震える足腰で立ち上がると、落ちている矛先の下に行き、未だ信じられないという表情で拾い上げ開始線に戻った。向かい合うと公麻呂が蹲踞の姿勢をとった。それに合わせ三人も蹲踞の姿勢となり得物を収め（左手で握って左腰に持っていく）、そして立ち上がると相互に礼をした。

その後、公麻呂は女王達に向かって礼を行った。その礼はゆかしい宮中式のものであった。公麻呂の礼は貴公子が女王に対して儀礼を行っているように映った。一服の大画を見ているようである。それが大画の画面とすれば、大画の一角に異変が生じていたのである。そのことに気がついたのは女王とアナスタシア姫であった。女王は母親として、またアナスタシアは同じ乙女心を持つ同性として気づいたのである。女王とアナスタシアはアリョーナの目線と身振りから異国の若者に恋心を抱いてその切なさで胸を詰まらせ喘いでいることを知ったのである。そして二人は顔を見合わせ微笑んでいた。

アリョーナは櫛引丸から降りてきた公麻呂を一目見て心奪われて目を離すことができなくなったのである。さらに開始線に立った公麻呂が自分に向けた視線と雅な和式の礼に接してこれまで感じたことのない切なさを胸に感じはじめたのである。アリョーナ王女（正式には国王の娘は皇女または姫と言う）にとってのはじめての恋心であった。その切なさは試合の間も続き、そして試合が終わって開始線に戻った公麻呂が、自分に向けた礼によってさらに切なさが募りピークに達したのである。

女王は前を向いたまま「アリョーナ、二回深呼吸してから立ってご挨拶なさい」と優しく言って、自分は座ったまま、そしてアナスタシアは僅かに腰を浮かせて頭を下げた。アリョーナは言われた通りに二度深呼吸をするとゆっくりと立ち上がり公麻呂に嫋やかに和式の礼を行った。アリョーナの礼は女王やアナスタシアよりも僅かに遅れたが、ゆったりとした和式のお辞儀であったため、かえって優雅に映って見えた。

アリョーナの遅れた返礼に対して公麻呂は異例とも言える再度の礼をしたのである。その礼は単に頭を下げるのではなく、両手を広げてお尻を後ろに引く騎士の礼であった（騎士は剣を左腰に吊しているため、立ったまま腰を曲げると、鞘先が自然と上がり後ろの人にあたるためこのような形となったのである）。公麻呂の行ったナイトの礼（儀礼）は、単に形を真似ただけでのものではなかった。幼いころ宮中に訪れた外国使節団の武官達の儀礼（礼儀）を見て、興味を持った公麻呂がその武官から直接教えてもらったものである。よって正統なものであった。

アリョーナもまた王族には異例とも言える礼を返したのである。それは見ている者達に全く違和感を感じさせないものであった。その答礼とは胸に右手を添え、左足を引いて頭を下げる西洋の高貴な貴婦人達が行うものであった。頭を上げた二人の目線が交差したように思えた。アリョーナの博多人形のような白い顔はほんのりとした赤みを帯びていた。対する公麻呂は心の葛藤を押し隠すように無表情のままであったが、アリョーナに向けられた眼差しには優しさが宿っていた。そんな公麻呂は何かを振り払うように身体を反転させ彦康達に向かって礼をして帰って行った。公麻呂を迎えた幸山は、師の心の葛藤（剣と恋と家柄）を機微に感じ取ったが掛ける言葉がなくうな垂れるしかなかった。この師弟を見ていた者達には「試合に敗れた」者達のように映った。

公麻呂を悩ませていたのは家柄（身分）であった。公麻呂は生まれ育った公家の社会において様々な問題を見てきたのである。その問題とは相続・権力・男女の諍いや揉め事、女性同士の葛藤等様々であった。その中でも一番大きな問題は継承に関するものであった。時には命の賭かった問題でもあった。

そんな経験から幼かった公麻呂は自分では決して問題となるような要因を作らないと心に決めて戒めてきたのである。そして自分の立場からして一番問題となると思われる異性関係について「蓋」をしたのである。そのために目を向けたのは「剣術」であった。少年となっても「恋心」は剣の修行の邪魔になると言い聞かせ剣一筋に精進してきたのである。結果、天分も加わり数多いるタイ捨流の門人の中でも抜きんでた存在となった。師である幸山誠造をも凌ぐ腕前となり誰もが認めるタイ捨流の第一人者となったのである。介添えを務めた幸山誠三郎は師の三男で、公麻呂よりも四歳年上の二十二歳である。公麻呂の存在がなければ実力からしても二人の兄を差し置いて誠三郎が後継者となるべき存在なのである。誠三郎はそれにふさわしい人格と技量も備えていた。ところが今は年下の公麻呂を師と仰ぎ研鑽を積んでいるのである。公麻呂は血筋からしてもタイ捨流の後継者は誠三郎が適任であると考えていた。自らは家柄や血統を拒み続けてきた公麻呂にとっては意外なことである。そのことは公麻呂自身もわかっており、「自分はやはり日本人である」と言い聞かせていた。

そんな公麻呂が櫛引丸の船上から三人の女性（女王と二人の姫）達を見て心が乱されたのである。三人の女性達はいずれも美しく（容姿端麗）高貴な身分の女性達であることがわかった。下世話で言ういずれもとびっきりの美人であった。中でも公麻呂の心と決意を大きく揺さぶったのは一番可憐なアリョーナ姫であった。それは公麻呂の強い意志を持ってしても拒むことができなかったのである。公麻呂の血のなせるものであったと言えよう。言い換えれば理屈ではなく持って生まれた二人の相性がそうさせたと思われる。それでも公麻呂の心（理性）は「拒否しなくては」と叫び続けていた。それで公麻呂は、今まで守ってきた理性のために、持って生まれた相性にけじめをつけるために試合に臨んだのである。

公麻呂が血である相性だけでアリョーナ姫に心動かされたということに若干の違和感を覚える諸氏もおられよう。なぜなら公麻呂も十八歳のすこぶる健康な若い男性である。それが「絵から抜け出たような美しい女性」を見て関心がないということに納得がいかないであろう。しかし、公麻呂のように高貴な家のしがらみで、故意に目を背けているとすれば、それは凡人にはわからないことと納得していただくしかないのである。

公麻呂の試合を振り返ってみると、円を描くように動く公麻呂の剣がある一点に達した時、グレイブを握る三人の兵達は待っていたように打ち込んだのである。公麻呂の木刀は、その時を待っていたかのように光の如く迎え打った。

中央の兵が大上段から振り下ろしたグレイブを下左袈裟から叩いて矛先を斬り飛ばし、返す右袈裟からの木刀で兜の前面を叩いて瞬時気を失わせ、足先で相手の膝裏を打ちその場に跪かせた。

次に公麻呂は、体を右半ば開いて右の兵が打ち込んだ十一時ほどにあったグレイブを、左下袈裟から叩き矛先を切り飛ばした。返す木刀を左袈裟に振って兜を叩き、中央の兵と同様に半ば失神させて膝裏を打って跪かせた。

公麻呂の動きは流れるように止まることなく次に躰を捻り右足を左斜めに持って行き、左の兵が振り下ろし十時にあったグレイブを、右下袈裟から受け止めるように叩き矛先を斬り飛ばした。返す木刀を左袈裟に振り相手の兜を叩き足裏を打ち跪かせた。公麻呂は何事もなかったかのようにその場で残心を示した。信じられないことに、公麻呂が立っていたのははじめに立っていた場所と同じであった。また構えもはじめと同じ下段のままである。しかし、身体の向きだけは前後していた。

さらに王子や皆を驚かせたのはグレイブの切り口であった。誰もが木刀でグレイブを叩き折ることは理解できるが、木刀で刀の様な切り口ができるとは信じられなかったのである。まさしく神業であった。また、オモテストク第一の剣技の持ち主である王子でさえこの時僅かに残っていた自負も吹き飛んでいた。

一角の剣士三人が同時に打ち込んだのを凌ぐことができたのは腕の相違もあるが、三人が打ち込んだ場所が異なったためでもある。よって、隙が僅かずつずれたのである。目に見えないほどの差が時差攻撃となったのである。そうでなければ公麻呂の剣技を持ってしても、一角の剣士が三人同時に隙に打ち込めば容易に対処できないであろう。また、隙を見つけることができない者達は論外である。三人が得物（今回はグレイブ）を持って打ち込むため互いの間隔が必要となる。よって、同じ場所から同時に打ち込むことはできないということになる。さすれば兵達の腕前では公麻呂に到底及ばないということになろう。

公麻呂は自陣に戻ると床几に腰を下ろすことなく居並ぶ剣客達に一礼して櫛引丸に戻った。それを見送ってから一人の剣客が立ち上がると「中条流・松本幸子郎です」と名乗り彦康達に頭を下げて（三十度ほどのお辞儀・敬礼）から開始線に向かった。開始線に立つと女王達に向かって丁寧に深く頭を下げた。これに応じ女王達三人は会釈で返した。その会釈は微塵も偉ぶるところはなく心が込められたものであった。

その時大きな掛け声と共に駆け足で出てきた三人の兵は開始線に立った。その出で立ち（身支度）は前の兵達と同様に平服に兜であった。違ったのは手にしていた得物である。その得物は長さ一メートル（本来の長さは九十センチ以上）、重さ一・八キロ（通常一・五～一・八キロ）、十字の鍔が付いた「ロングソード」の両刃の剣であった。三人ははじめに女王に対して恭しく右手を胸に当てて頭を下げた。女王はそれに応えて頭を僅かに下げた。兵達はその後、王子（彦康）達に向かって低頭し、正面に向き直ると松本を見据えて威圧するように睨んだ。この時観戦する女性達から「かわいそう」という悲痛にも似た声が聞こえてきた。それほど両者は体躯に差があったと言える。そんな両者は頭を下げ終えると共に蹲踞の姿勢をとった。

蹲踞は相手に畏まった形を示す敬礼とされている。よって若干説明を加えたいと思う。それは、身体を低くすることで相手に畏まった形を示すからで、ある本によると「貴婦人が通行する際にしゃがんだ状態で礼をする様」と書かれている。紫式部が座して低頭する姿を思い浮かべていただきたい。また、有名な神社に入る前に蹲踞をする必要があると言われている。蹲踞の姿勢は剣術、相撲等、様々な形を持っていると言えよう。また茶道では蹲踞は、茶室という特別な空間に入る儀式として、入る前に手を清めるために洗う姿勢のことを言う。

蹲踞の姿勢の松本が両手で把持し前に出しているのは長さ一尺五寸（四十五センチほど）の短い木刀であった。「中条流」の基本的な心構えは、平かに一生事なきを以って第一とする、とあるように守りの剣法である。中条流は小太刀とよく言われているが、実際の剣技・剣法は「柔よく剛を制す」とは正反対で「至剛を極めんとする」極めて激しい剣風で、大太刀を振り回す剣法である。極意の一つに「虎切」という返し技がある。これから巌流・小次郎が「燕返し」の秘技をあみ出したとしても不思議ではないと言える。また中条流の平素の訓練は、仕太刀が二尺八寸、打太刀が四尺三寸の木刀を使う。一方では小太刀も盛んで体力の乏しい女性の門人も多かった。

気を見て立ち上がると三人の兵は松本を三方から囲むように飛び散り構えた。その構えは柄の長いロングソードを両手で握り、上段、中段、下段と三種三様であった。三人は振り回すことをせずに剣先を鶺鴒のように小刻みに震わせて間合いを詰めた。

対し小柄な松本は蹲踞から立ち上がるとその場で静止したまま動かなかった。傍からは松本が蛇に睨まれた蛙のように動けないように見えた。また三人も松本から隙を見いだすことができず打ち込むことができなかった。息詰まるような八半刻（「四半刻」は三十分、または小半刻とも言う。それ以下の刻の数え方はあえてしないが、強いて言えば「すぐ」が一番馴染む語句と思われるが、ここではあえて「八半刻〈十五分〉」と勝手に用いた。八半刻が経った時兵達は耐え切れずに絶叫と共に打ち込んだ。上段から振り下ろす剣、下段から跳ね上げる剣、剣の長さと腕の長さを利用して真っすぐ突き出す剣と三種三様剣捌きであった。三本の容赦のない剣が松本を斬り裂いたと思えた時松本の体は空中にあり騎士達を飛び越えて後方に降り立ち静かに残心の構えをとっていた。三人の兵達は何があったのかわからず、ただ痛む両腕を胸に抱えて呆然と立ち尽くしていた。

彦康の「それまで」の言葉で三人は痛む手でそれぞれの剣を拾い、納得できない様子で開始線に戻った。開始線で待っていた松本と共に蹲踞の構えをとり、剣を収めると立ち上がって相互に礼をした。兵達は揃って九十度ほども腰を曲げた礼であった。松本の礼には偉ぶりもなく、新しい剣技と対戦できた喜びで感謝が込められていた。

そして松本は女王達に向かって公麻呂と同じように両手を広げたナイトの礼をしたのである。その諸作は凛々しい公麻呂の礼とは異なり、愛らしく可愛いものであった。まるでお伽の国のナイトのように思える仕草であった。しかしそれは決して礼節から外れるものではなかったと付け加えておこう。右膝を地に着けるのは攻撃する意思がないことを示すものである。これは日本の武士が刀を右に置いて相手に攻撃する意思のないことを示すことと同じである。松本は騎士道も武士道もその魂は同じであると考えて行ったのである。そして幸子郎は彦康達に向かって頭を下げると女性達の視線から逃れるように自陣に戻っていった。

松本幸子郎は十七歳の端麗であどけなさが残る初々しい若者である。女王の後ろで見ていた貴族の女性達や、その後方で見ている民衆の女性達も皆同じように胸に手を押し当てて口を閉じるのも忘れて幸子郎を見つめていた。

観戦者達には見えなかった松本の剣技を説明すると、打ち込んだ相手に向かって飛び跳ねた松本は、はじめに右の兵（騎士）が振り下ろす両腕を下から打って身体を反転させ、左の兵の跳ね上げる両腕を上から叩き、身体を戻し残る中央の兵が真っすぐに突き出した両腕を「虎斬り」の反転技で打って三人の後方に着地したのである。いずれの兵も一刀（一振り）のもとに両腕を打ったため、腕は折れることなくロングソードを落としただけである。

あまりの呆気ない勝負に兵達の剣技が未熟のように思われがちであるが、いずれの兵（アナスタシア姫の警護兵）も皆一角の剣技の持ち主であることを剣客達は見抜いていた。さらに、このアナスタシア姫の警護の兵達と日本の侍が対戦すれば、多くの日本の侍が敗れるであろうと剣客達は思ってもいた。

また兵（騎士）達が手にするロングソードは振り回すものと認識しているのは現代の創作物等からの影響である。この試合を見てもわかる通りロングソードもツーハンドソードも足の運びには、日本の剣術のような送り足が無いのである。単に言えば右足、左足と順次交互に足を前に出すだけであった。

これらの剣の切れ味であるが「ツーハンドソード」は甲冑用に造られたもので、切れないというよりも切る必要がなかったのである。しかし、現代の自動車のドアをたやすく打ち抜くほどの威力は持っていた。

　また「ロングソード」は日本刀ほどの「切れ味」はなかったが、平らに置いた電話帳を両断し、吊るした牛の大腿骨を切断できるほどの切れ味・威力は持っていた。騎士達の体格と並はずれた体力を考えると、それにあう剣技を修得すれば日本の剣客達も容易には勝つことができなくなるであろうと思えた。

　敗れた三人の兵達は王子と彦康に礼をし、アナスタシア姫と女王達に向かって謝るかのように大きく腰を折り礼をして戻っていった。


　幸子郎が床几に腰を下ろすと待っていたかのように剣客の一人が床几から立ち上がった。剣客は「示現流・佐々木一考で御座る」と天を突くような大声で名乗りをあげると、彦康達に向かって頭を下げおもむろに開始線に向かった。

　佐々木の大声を聞いて、幸子郎をもっと間近で見ようと前に出てきていた女性達が我に返り恥ずかしそうに後ずさりしていく姿が可愛くもあった。そんな愛らしい女性達の視線は幸子郎から離れることはなかった。緊張に包まれた会場が和むようであった。

　佐々木一考（以後一考と呼ぶ）は開始線に立つと女王達に向かい剛直な礼をした。女王達は変わりない優しい眼差しで答礼した。

　礼を終えた一考の手にはユスの木で拵えた三尺四寸六分の丸棒が握られていた。示現流独特の稽古用に作られた木刀である。当然一考も両刀は帯びていなかった。ついでに付け加えると、武士が小刀も腰に帯びないで稽古することは、同門の者達と稽古をしているということになる。そのことは同じ士の魂を持つ騎士達に通じないはずはない。兵達もそれを早くから感じとっていた。

一考が開始線で待っていると、三人の兵が慌てた様子で開始線に走り出た。三人の兵は先の兵達と同じ服装であったが腰に帯びた得物が変わっていた。得物は手の甲を覆う湾曲した金属板のある「レイピア（レピアー）」と呼ばれる細身の剣であった。レイピアは左腰に吊られていた。この剣は本で知る三銃士達も使用した馴染みの剣である。レイピアは見た目よりも重く一・二〜一・五キロはあり、刃渡りは九十センチほどもあり撓《しな》らない剣である。そして兵達の左手には「ダガー」（全長が十〜三十センチほどの両刃の剣）が握られており二刀流である。通常騎士達はこれをセットのようにして用いるが、中にはダガーの代わりに「盾」を持つ者もいた。三人の兵達は前の兵達と同様に女王達と王子達に礼をしてから一考と礼を交わし、レイピアを抜いて蹲踞の姿勢をとった。右手にレイピア、左手にダガーを突き出すように握っていた。一方の蹲踞の一考は両手でユスの木刀を握り前に出していた。

両者は立ち上がると同時に大声を発しながら相手に突進した。三人の兵達の大きな掛け声は、ユスの木刀を蜻蛉に担いだ一考の「キィエーイ」のかけ声に打ち消された。

示現流の剣技は、一の太刀を疑わず、二の太刀は要らず、髪の毛一本でも速く打ち下ろせ（雲耀）との教えである。初太刀から勝負の全てを賭けて斬りつける先手必勝の斬撃が特徴である。その訓練方法はただ一つ、手にもつユスの木刀を蜻蛉（左足を前に出し、木刀を持った右手を耳のあたりまで上げて、左手を軽く添えるという八相に似た構えである。その特徴は左肱をそこから少しも動かさないようにして、右手だけであたかも石を投げるように相手に向かって剣を振り下ろすことによって速い斬撃を送ることができることにある）に担ぐ示現流はその構えから立木に向かってひたすら左右に斬撃を反復するというものである。また、掛け声の基本は「エイ」であるが「キィエーイ」との叫び声にも聞こえる。江戸の者達には「チェースト」と聞こえたと言われている。

一考と三人の兵達の勝負もまた一瞬にして決着がついた。それは相撲の立ち会いで、両者が土俵の中央でぶつかり合い、一方が気を失い倒れた時と同じように思えた。ぶつかった音は相撲の頭と頭で「ガヅゥ」とぶつかった鈍い音ではなく、「カチン」という軽快な金属音であった。その軽快音を聞くと同時に試合の会場は沈黙に包まれた。また動く者もなく、打ち合った四人は影絵のように佇んでいた。観戦者もまた固唾を呑んで見つめていた。

一呼吸のおいた時、大きな躰の三人は吊られた人形が糸を切られたように崩れ落ちた。一方の体の小さな一考は、木刀を担いだ格好（残心）のまま微動だにしなかった。観戦者達はさらに息をすることができなくなった。

その長さは瞬きを一回するほどのものであった。一考の打突があまりにも速すぎたため、見ていた観戦者達には全く理解できなかったのである。また付け加えるとすれば、観戦者達が瞬きをしたから見えなかったわけではない。瞬きをしなくても見えないくらい速い剣技であったという方が適切であろう。

その時彦康の「それまで」との掛け声を聞いて観戦者達は忘れていた息をしはじめたのである。これは対戦が瞬時の幕切れであったため観戦者達は支障をきたさなかったのである。

こんな立ち合いでは兵士達にとって何の訓練にもならないであろう思われるかもしれないが、訓練を積めばこれだけの剣技を修得できるという目標が示されたと言って良い。

「レイピア」を解説すると、両刃の剣で切ることもできるが、突き刺すことを主目的として作られた剣である。良いレイピアの切っ先はぶれないのである。また、シングルレイピアの訓練方法は正面百三十センチほどの高さに、直径二十センチほど、厚さ十数センチ位の円盤を縦に吊り宙に浮かせて行う。この円盤が最も有効な攻撃・防御ゾーンである。強い踏み込みをすればこの円盤はもっと厚みが増え円筒形になる。この攻撃・防御ゾーンが間合いである。このことを他の剣にイメージすれば、レイピアの防御・防御ゾーンが非常に小さいことがわかる。よって左手にダガーやバックラー（小盾）、鞘、マント等で防御をするのである。

一考は鋭いレイピアの剣先が突き出される前に右蜻蛉に担いだユスの木刀で、中央の騎士の兜を打ち、跳ね返る木刀を左蜻蛉から右の騎士の兜を打ち、さらに左の騎士を右蜻蛉から兜を叩いたのである。この一連の剣技は体の向きを変えることなく一瞬のうちに三人の兜の表面を叩き終えたのである。

彦康の「それまで」の声を聞いた一考は残心を解いて開始線に戻った。指揮官はそれを見て彦康に「一考を自陣に戻してください」と頼んだ。彦康はすぐに承諾し「自陣に帰るように」と話した。一考はすぐに蹲踞の姿勢をとり木刀を左腰に付け（治め）立ち上がると倒れている兵達に向かって礼をし、さらに女王達に向かって頭を下げ、そして彦康達に礼をして自陣に戻って行った。

この時、宮廷の門から白い服装の女性達が出てきて、倒れている兵士達の下に駆け足で走り寄った。女性達の手には三台の担架が握られていた。女性達は慣れた手つきで兵達を介抱していた。一考はそんな女性達の「巨大な胸・丸太のような腕」を見て「なんてすごい」と息を呑んで見とれていた。

駆けつけた女性達は、倒れている兵達の兜の正面が皆同じように五センチほど凹んでいることがわかった。そして侍（一考）が手加減をしたため、兵達の命には別状のないことを知った。そして、この頑丈な三人の鋼鉄の兜を一瞬のうちに凹ませ、頑強な兵達を失神させた一考を敬い揃って一考に頭を下げてから兵達を担ぎ去った。

女性達から礼を受けた一考は、稽古で一本とられたかのような緊張した顔をしていた。そして後ろを向いて走り去る女性達の揺れる「大きなお尻」を見送りながら「負けた」というように俯いた。

次に立ち上がった剣客は髭面で鍾馗様のような威厳ある態度の須藤であった。「天流・須藤勝義で御座る」と歌舞伎で見得を切る役者のように進み出て彦康達に頭を下げた。さらに舞台を歩くが如くゆっくりとした歩調で「開始線に歩み寄った」と言った方が適切に思える。そんな須藤の身長は一五〇センチほどである。須藤は身体より長い薙刀を持っていた。その薙刀の刃の部分は鋼鉄ではなく獣の皮を膠で何重にも貼り合わせた固いものであった。髭だらけの顔にアンバランスな身長、そして長すぎる薙刀は異様と言えた。しかしそこは荒武者須藤の剣客としての自信と迫力がその違和感を吹き飛ばしていた。今の須藤は錦絵の豪傑の化身のように見え、見る者達を魅了していた。

当時のゲルマン人の平均身長は一八〇センチ位であったが、ローマ人の平均身長は一五〇センチ位と言われている。ナポレオンが小柄であったと言われているが、当時としては普通の背丈であったと言える。

天流は関東一円に広まった密教系仏教の影響の強い流儀である。剣術を中心として槍、薙刀、柔術、捕り手、手裏剣、鎖鎌等幅広い流派を持っている。現代の女子武道の薙刀術の主流となっている。女好きである須藤があえて女性のために薙刀術を発展させたというわけではない。

開始線に立った須藤は、女王達に向かって右手の薙刀を後ろに隠すように持ち、腰を引いて左腕を大きく横に開くようにして頭を下げた。その形（格好）はあたかも中世の騎士にも見えて、何の違和感も感じさせなかった。見ていた貴族達に「絵にしたい」という願望を持たせた。こんな須藤に対して女王は変わらぬ態度と優しい眼差しで頭を下げた。二人の姫達は「お人形さん頑張ってね」、「飾っておきたいわね」と優しい眼差しで見つめ頭を下げた。

足並み揃えて開始線に立った三人の兵達の手には薙刀に似たグレイブが握られていた。当然刃引きのない鋭利なものである。兵達は女王と王子達に丁寧に礼をし終えると、須藤と礼を交わして蹲踞の構えをとった。兵達三人が立ち上がると申し合わせたように下段の構えをとった。一方の須藤は立ち上がると中段にあった薙刀を右脇に持っていった。これは構えと言うより相手と礼を交わす時の格好であり、また薙刀を持って歩く時の姿であった。決して攻撃の構えではなかった。しかし三人はそれを見て咄嗟に構えを変えた。右の兵は中段左脇構えに、中央の兵は下段のまま斬り上げ易いように刃先を天井に向けた。残る左の兵は中段右構えに変化させた。その余裕のある構えを見て、いずれも得意とする構えのように思えた。この三種三様の構えから同時に打ち込まれたら、剣客の須藤であっても避けるのは困難に思えた。三人はその構えのままゆっくりと間合いを縮めた。

須藤もまた薙刀を右脇に抱えたままゆっくりと進んだ。間合いに入る間際に須藤の薙刀は左下段八相に変化したのであるが、これに気づいたのは剣客達以外にはいなかった。

間合いに入ると三人は三位一体の如くに打ち込んだ。それをはじめから予知していたかのように須藤は左下段にあった薙刀を跳ね上げて、右の兵の手首、中央の兵の手首、左の兵の手首と木琴でも叩くように順次打ったのである。この三叩きを一叩きの如くに素早く為し終えたのである。そのことは観戦者達に見えるはずもなく、ただ兵士達はなぜグレイブを落としたのだろうと不思議に思っていた。

この時、右から水平に斬りつけたグレイブと、下から斬り上げられたグレイブ、そして左からの水平に斬りつけたグレイブは須藤の立っていた場所を間違いなく斬りつけたのである。須藤はその三本のグレイブを飛んで躱し、三人の手首を打ったのである。三人の兵達は同じように手首の脈のあるところを骨折しない程度に強打したのである。これは天流「猿返し」の技であった。叩かれた三人は落としたグレイブを痺れと痛さで拾うことができずに呆然と眺めていた。しかし、三人は顔を見合わせ頷きあうと、揃って須藤に突進した。体の小さな須藤を押し包むように「体当たり」を喰わせようとしたのである。三人の肩が須藤の躰に届いたと思った時、須藤の躰は飛び上がっており、手にする薙刀の石突きで三人の兜を突いた。それも三人を同時に突いたように思えるほど素早いものであった。天流の奥義の一つ「天狗落とし」である。本来の天狗落としは突くのではなく斬るのである。三人はその場に重なるように崩れた。当然須藤は手加減をすることを忘れてはいなかった。

その脇に降りた須藤は残心を示し立っていた。その姿は試合開始の時のままであった。

彦康の「それまで」の声を聞いて須藤は残心を解いて開始線に戻り、蹲踞となり立ち上がると倒れている三人に向かって礼をした。そして女王達に向かってはじめにしたように同じ礼を行った。女王は変わらない返礼を行ったが二人の姫は立ち上がって礼を返した。その眼差しは、子供達が巨人を見るような尊敬のこもったものであった。その後、須藤は彦康達に丁寧に頭を下げ終えると、踵を返して鷹揚に戻っていった。

それに入れ替わるように白衣の女性達が現れた。倒れている兵達を軽々と担架に乗せて落ちている重いグレイブを木の枝のように拾い上げた。グレイブを片手に、一方の手で担架を握り戻って行った。床几に座って見送る須藤は「女性は日本の女に限るな」と言いながらも、女性達の「躍動する姿態」から目を離すことができなかった。

須藤が自陣に戻る時、初めて観戦者達から拍手が沸き起こったのである。その拍手は席に着くまで鳴り止むことはなかった。その拍手には不思議と親しみが込められているように感じられた。

勇壮な白衣の女性達が宮殿に消えると、剣客の一人が床几から立ち上がった。「宝蔵院流・田澤敏勝胤でござる」と慇懃に名乗ると彦康達に礼をして開始線に向かった。そんな田澤の容姿は坊主頭で後頭部は絶壁のように直角であった。そして出っ張りすぎの額と尖った鷲鼻、しゃくれた顎と唇、目は糸のように細く正に異様づくしであった。そんな田澤をこの国の人々は親しみを持った眼差しで眺めていた。この有り様を櫛引丸から見ていた猫の「リュウ」には信じられなかった。

田澤には悪いと思うがゲルマンの人達は「なまはげ」にも似た、いやそれ以上に恐ろしいキャラクターの人形や絵をこよなく愛する民族なのである。そんな民族性のため田澤に親しみを持ったと言えなくもない。愛らしさ怖さの尺度は国や民族によって異なることを痛切に感じさせられた時である。その人形は「トロール」または「トロル」と呼ばれる「妖精」であると言われている。リュウにとって「なまはげ」のような妖精がいること自体が信じられないのである。

そんな妖精のような田澤は豪放磊落にして、他人を思いやる気持ちは抜きんでて強い「坊さん」であった。そんな良いお坊さんをなぜ人々が「坊主」と呼び捨てにするのかについては理由があった。酒が田澤の名を陥めていたのである。酒が少しでも口に入ると止まらなくなるのである。それも三日三晩ぶっ通し飲み続けると言われていた。そのため葬儀に赴いた檀家ではこれに閉口して「ざる坊主」（笊のように底なしに飲むため）、「ガー坊」（がぶ飲み坊主）、「断崖和尚」（後頭部が断崖絶壁の形をしているため）とあだ名して呼んでいだ。

しかし、酒の入っていない時の田澤は神様の如きの思いやりを持って接した。教養や知識は宝蔵院の主寺である奈良興福寺四十余坊のご坊の中でも一、二位と謳われていた。田澤本人は「飲むこともまた修行である」として止めることはなかった。槍術にかけては性格と同じで豪快そのものですでに剣技は極めていた。そんな田澤を持ってしてもただ一人頭の上がらない人がいた。それは同じ年の師と仰ぐ林世潮胤であった。

開始線に立った田澤は右手に宝蔵院流十文字槍・鎌槍（全長二・七メートル、鉾先は中央は両刃で二十センチ、鎌も両刃で十五センチ、石突きは長めで尖っている。鞘は「突割鞘」と呼ばれる特殊な物である。鞘は外すのではなく突けば鞘が割れるようになっている）を左手に持ち変えて女王達に礼をした。女王は変わらない礼を返したが、二人の姫達は愛着ある人形を愛しむかのような眼差しで愛らしく頭を下げた。そんな美の化身のような三人に見つめられ、田澤の糸のような目が大きく見開かれた。それは僅か数ミリほどではあったが師であり兄弟子でもある林にとっては信じられないことであった。

通常の直線的な形状の「直槍」、穂に鎌のような枝の出た「鎌槍」、穂が短刀のような形の片刃の「菊池槍」、また「袋槍」という刀や薙刀のように柄の中に穂を差し込んで目釘で固定する茎《なかご》式の物と筒状になった穂に柄の方を差し込む形式のものもある。袋槍は特に切る打つと言った使い方がしにくい一方、柄の製作が容易という利点がある。柄が折れた時は手近な棒に着けて使うことができた。中国や西洋の槍はすべて袋式である。日本の古代の矛も袋式のものであった。また、穂が一尺（三十センチ）以上の長いものを「大身槍」と言う。長さによる分類は、全長二間（三百六十センチ）が標準で、単に「素槍」と言えば「二間槍」を指す。全長が一間半（九尺・二百七十センチ）の槍を「小素槍」、全長七尺、二百十センチ前後の短い槍は「手槍」と呼ぶ。その他に「管槍」や「鍵槍」という拵えによる分類もある。

対する開始線に立ったのは、抜き身のレイピアを指揮棒のように振って三人の兵を率いたアナスタシア姫の護衛兵の分隊長であった。三人（オモテストクの近衛兵）は、田澤が握る十字槍よりもさらに長い槍「ハルバード」を手にしていた。分隊長は右翼に立って、王子に「三人を指揮する旨の許し（要は四人で対戦したい）」を願い出た。王子は彦康に話し承諾を得た。当然ノブを介してである。

その後、分隊長の号令で女王に対して儀礼を行った。その儀礼とは、分隊長は号令を発すると同時にレイピアを鼻先に持っていき垂直に立て、部下の三人の兵は節度ある仕草でハルバードを握っていない右手を左胸にあて頭を下げたのである。女王は僅かに立ち上がると軽く礼をした。次に四人は田澤に向き直り揃って頭を下げた。田澤との礼を終えると分隊長はレイピアを前に突きだし、三人の兵はハルバードを左手に握ったまま脇に抱えて蹲踞の姿勢に入った。これは田澤が左手の槍を脇に抱えたまま蹲踞の姿勢をとったためである。

三人の穂先の先端は皆同じ五メートルの位置にあった。実際には三人のハルバードの長さは五、六、七メートルと三様であった。これは分隊長が考えた作戦であった。三人が握るハルバードの形状は、槍で言えば十文字槍の穂（真っすぐな刀身）に、十字の鎌ではなく、鎌の片方は斧状や、木の葉状、三日月形の鋭利な得物が付いていた（その形は多種である）。他方もまた工夫された得物が取り付けられていた。ハルバードは馬上の敵を引っかけて落とすことにも使われた武器である。その重さは三・五キロほどで、柄の長い斧であり槍でも剣でもあった。中世の騎士達の最強の武器の一つでもある。

田澤は立ち上がると左手の槍を右手に持ち替えて、右体側に石突きを地に着け垂直に立てた。それを見て幹部は「配置につけ」と号令を発し、自分は兵達の後方に走り立った。右と左（一番と三番）の兵は左右に飛んで間隔を広げ、ハルバードを両手で握り構えた。これで隣の兵を気遣うことなくハルバードを振り回すことができる様になった。三方向から包むように突き出されたハルバードの穂の先端は皆五メートルにあった。

本来ハルバードの長さは皆同じである。そして、長いハルバードを前に突きだしたまま密集の横隊形で敵に攻め入るのである。

後方の分隊長が「前へ！」と号令を発すると三人は躊躇することなくハルバードを前に突きだしたまま、同じ歩調で田澤に向かって進み出した。邪心であるが、自分達の美しい女王や麗しい姫達が見ているのである。近衛兵でなくても当然であると言えよう。一方の田澤はそんな三人が向かって来るのを見ても、平然と地蔵さんのように立っていた。

やがて間合いに入ると分隊長の「突けー」の号令で三人は絶叫の気合いと共にハルバードを田澤に突きだした。外せば左右上下そして前後に振リ回そうと考えていた。「一刺入魂」をモットーにする多くの槍の流儀からすれば邪道と言えるものである。

五メートル以上もあるハルバードと田澤の二・七メートルの槍では長い方が当然有利である。まして三対一では勝負は決したように思われた。突き出された長いハルバードで田澤の躰が串刺しにされたと思った時、観戦者達の目には別の光景が映ったのである。まるで京劇の早変わりを見ているようであった。田澤の二・七メートルの短い槍が、五メートル以上もある三本のハルバードを同時に絡め取り上空に飛ばしたのである。信じられないことに三本で十キロ以上にもなるハルバードを天高く飛ばしたのである。天に飛んだ三本のハルバードは田澤に向かって降ってきた。田澤は避けようともせず手にする槍を二閃させた。それを観戦者達は目に捉えることができなかった。

さらに田澤は槍を支えに三人の上空を飛び越えて、後ろに立ち指揮していた分隊長の鉄兜を石突きで突いて着地した。あっと言う間の早業であった。観戦者達が目を見張り驚いたのは地に落ちたハルバードがいずれも三つに斬られていたことである。さらに分隊長がクナクナと崩れ落ちるのを目にして驚いたのである。分隊長がいつ打たれたか知らなかったのである。皆は幻想を見ているような眼差しでただ唖然と見つめるだけであった。

三人の兵達は驚きのあまり声も出ず、大きく目を見開いて震える指で断片と化したハルバードを指していた。そして分隊長が崩れ落ちたのを見て絶望のあまり三人は座り込んでしまった。そして目の前で残心をとる田澤の姿を見て怯えるように目を閉じ下を向いた。

彦康の「それまで」の声が聞こえてきた。三人には救いの声であったが震えが止まらず立ち上がることができなかった。その時ソプラノの音のように澄んだ「ブラガダリュウヴァスザハローシュユラボートウ（ご苦労様でした）」というアナスタシア姫の言葉が聞こえてきた。この一言が兵達を奮い立たせた。三人は慌てたように立ち上がると身繕いをしながら倒れている分隊長に駆け寄った。平手打ちの音が聞こえた。そして僅かして分隊長は三人に支えられ立ち上がった。分隊長は三人の手を払いながらヨタヨタと開始線に戻った。船上で見ていたリュウは「殴ったことがばれなければ良いが」と心配していた。開始線で待っていた田澤と頭を下げ合った。田澤が蹲踞の姿勢をとると四人も真似て蹲踞の姿勢をとろうとした。しかし三人の兵達は躊躇が取れずに共に両手を地に着いて頭を下げる格好（座礼）となった。分隊長はさらに悪く、両手で体を支えることができず顔面から突っ伏したのである。それを見て田澤が瞬時に立ち上がると、走り寄り抱き起こした。その後が問題であった。田澤は抱き起こした分隊長の顔を見て大声で笑ったのである。分隊長の顔は顔面は泥だらけで、鼻血も滴り、見られたものではなかった。本来は笑うはずもない田澤があえて笑ったのは、兵達の恥辱を喜劇に変えて吹き飛ばそうとしたのである。そこにあえて自分の愚かさを見せたのである。しかし観戦者達は二人の顔を見比べ笑うことができなかった。それは田澤の顔の方が断然に妖精「トロール」に似て可愛かったからである。田澤の心は心優しいこの国の人達に伝わっていた。四人の兵達もまた異国の小さな騎士に心から信頼を寄せることとなった。

田澤は女王達に向かってはじめと同じように礼をした。女王もまた立ち上がって頭を下げた。三人の顔には畏敬と信頼が込められていた。また女王が気持ちを表情に出すことは珍しかった。会場は興奮と熱気で満ちあふれていたが、私語する者や咳さえも聞こえてこなかった。田澤が彦康達に向かって礼をして自陣に戻ろうと横を向いた時田澤の絶壁の頭が見えた。その時を待っていたかのように観戦者達から拍手の嵐が沸き起こった。振り向くことはなかったが田澤は上下の唇を左右に曲げて、声のない独特の笑い方をして右手で鼻を擦りながら戻って行った。

四人の兵達は田澤を見送った後、女王の下に行き頭を下げた。女王は屈託ない表情で頭を下げた。またアナスタシア姫は自国の兵達に「ご苦労様でした」と慰労の言葉をかけた。

そして分隊長に「頑張ってね」と言って一枚のハンカチを差し出した。分隊長は恭しく受けとると、顔も拭かずに大事そうに握ったままであった。四人は女王達三人に頭を下げると今度は王子達に向かって礼をし、剣や木片と化したハルバードを拾うのも忘れて戻って行った。三人の兵達は分隊長が手にするハンカチを羨ましそうに見つめていた。

次に床几を立った剣客は「陰流・細川慶二郎」と名乗り彦康達に頭を下げ、開始線に向かった。その歩き方は玉歩（貴人の歩き方）と呼ばれるものであった。その歩みから一分の隙を見いだすこともできなかった。細面で切れ長の目をした細川の顔は鬼面のごとく無表情であった。色白の細川の面には霊気さえ感じられまさに陰流独特の表情と言えた。開始線に立つ細川の伸ばされた左手には細身の木刀が握られていた。女王達に向かって頭を下げた。その時だけは細川の無表情で厳しい顔つきも常の優しい顔に戻っていた。

開始線に出てきた三人の兵達の手にはそれぞれの得物が握られていた。中央の兵はグレイブ（薙刀用）、右兵はツーハンドソード（二キロ・百六十センチ）、左兵はロングソード（一・八キロ・九十センチ）であった。礼を交わした時には細川は鬼面のごとくの顔に戻っていた。三人のオモテストク兵達は細川の顔を見て一瞬目を剥いて目を反らせた。戦う前から陰流の術中にはまり勝負が決したと言えよう。

細川が木刀を前に出し蹲踞の姿勢をとると、三人の兵達はそれぞれの得物を前に出し蹲踞の姿勢をとった。立ち上がると三人はすぐに左右の間合いをとり構えた。中央のグレイブは真っ向の上段である。

左右の兵は重く長い剣を軽々と両手で握り正眼に構えていた。若干遅く立ち上がった細川は、立ち上がるとすぐに表面（中央）の兵に向かって走った。その走り方は陰流独特の「小足踏み」という速いものであった。

中央の兵が振り下ろしたグレイブを難なく躱して、握っていた両腕を小手を押さえるように木刀で打ち据えた。そして右に躰を捻りツーハンドソードを握る兵の両腕を小手を押さえるように打った。そして体を左に向けながら大きく（約四・五メートル）飛んで兵がロングソートを握る両腕の小手を打った。

打たれた三人は得物を握っていることができなかった。不思議なことにロングソードを握る兵は十字型の鍔に付いている指を入れるための穴（指輪）に指を入れていたのであるが無駄であった。三人を打った細川はすぐに残心を示した。まさしく陰流の素早い動きであった。陰流の一刀両断にする形はないものの、力を入れない左右への体捌きで小手を押さえる剣技であった。細川の今の動きは陰流独特の猿のような動きで、目録にもある「猿飛」、「猿回」という太刀筋であった。陰流はロングソードやツーハンドソードのような豪剣にも適した剣技であると言える。。

彦康の「それまで」の声に兵達は自分の得物を拾おうとしたが手に取ることができなかった。観戦者達にはその光景がユーモラスに映った。それを見かねたように一人の若い女性が試合場に出てきた。女性は三人の傍に行くと落ちているロングソードを拾い上げ手にする布で拭いて兵の鞘に戻した。またツーハンドソードも拾い上げると同じように拭いて鞘に戻してやった。残るグレイブは手にすると丁寧に拭いて自分で手にした。握った部分には布が巻かれていた。まるで日本の女性が刀を袖で受けとるのに似ていた。女性は三人の兵と共に開始線まで行くと、グレイブの持ち主の兵の後ろに立った。三人に合わせて細川に頭を下げた。そして三人が蹲踞に入るとそれに倣い蹲踞の姿勢をとった。その姿は薙刀を持って蹲踞をとる日本の女武芸者のように一番様になっていた。そして立ち上がると三人の兵と共に女王、そして王子達に礼をして戻っていった。

細川は女性がグレイブを持つ兵の恋人であろうと推測し、またロングソードやツーハンドソードを扱った女性の手並みを思い浮かべ、恋人であろう兵に「頑張れよ」と心で叫んで見送った。その後女王や彦康達に丁寧に頭を下げて自陣に戻っていった。この時二人の姫達は細川の鬼面の顔を思い出し、「怖かった。男の人ってあんなにも変わるのね」と話し合っていた。

彦康は「各流派の剣技が一通り終わった」ことと「続けるかどうか」を指揮官に確かめるようにノブに話した。指揮官は話を聞くと恐縮した体で彦康に頭を下げると幹部達三人を呼んだ。三人（オモテストクの近衛兵の分隊長二名とアナスタシア姫の警護責任者一名）は指揮官の話を聞くと即座にそれはないとばかりに三人は指揮官に何事かを訴えながら頭を下げていた。指揮官である王子に部下達が意見を話すなど以前では考えられないことであった。部下である幹部達は王子が変わったことを敏感に感じ取っていたのである。これを見てさらに喜んだのは女王陛下であった。女王は彦康に対し、心から感謝した。

彦康は指揮官達の様子を見てすぐに何であるかを察した。指揮官は幹部達の話を聞き終えると彦康の前に来て話しづらそうに試合の継続を頼み、頭を下げた。後ろの部下達も当然揃って頭を下げていた。
驚いたことに対面する女王陛下は立ち上がってこの様子を見ていた。女王の両脇に座る姫達が立ち上が
って王子と共に頭を下げるのを見て驚かされた。これほどまでに打ちのめされてもなお怯まずに挑戦し
ようとする兵達の心意気に接し、騎士道を尊ぶ国柄であることをさらに知った。
　彦康はこの騎士道に応えるため誰を対戦させようかと思って剣客達の方を振り向いた。その時櫛引丸
から左肩を晒で巻いた武蔵が降りて来た。武蔵は熱のため顔は赤黒く膨れあがっていた。そして身には
寸鉄も帯びておらず、その足取りはこころなしか陽炎のように頼りないものに映った。
　武蔵は彦康達の前に来て丁寧に頭を下げ「拙者がお相手致しましょう」と静かに話した。ノブは指揮
官にそのことを話すと、一緒に聞いていた二人の幹部達は唖然とした様子で武蔵を眺め指揮官に遠慮（拒
否）の表情を示した。ノブは「この方は武蔵様と言って日本でも高名な剣客である」ことを説明した。
武蔵の名を聞いた四人に一瞬にして緊張と動揺が走るのが見てとれた。明らかに四人は「武蔵」の名前
を知っていると思われた。これには話したノブも彦康も驚いた。
　指揮官の命でロシアの幹部はこのことを女王と姫達に伝えに行った。他のオモテストクの分隊長二人
は残る近衛兵と一般の兵達に知らせに走った。挑戦者で残るのは王子を除くロシアの幹部一名と兵一名。
オモテストクの分隊長二名と兵二名の合計で六名である。その六名は話し合い六人で挑戦することにし
て王子と彦康に許しを願い出た。この時六人もまた彦康が武蔵の上位者であることを看破していた。彦
康は六人で挑戦したい旨の申し出があったことを武蔵に伝えると「わかりました」と言い頭を下げた。

王子と六人はすぐに作戦を立てるため円陣を組んで相談した。その作戦会議はあっと言う間に決して、六人は開始線に並んだ。その六人の兵達の腰にはサーベルが吊られていた。また王子の腰にも銀色に輝くサーベルが揺れていた。サーベルは片刃の騎馬用刀剣である。アジアの影響を受けた刀剣で、ハンガリー人が騎馬隊に用いたのが最初と言われている。フェンシングのサーベルと比較すると非常に重く、刀身が厚いため、一撃で首を断ち切る威力も備えていた。サーベルは湾曲しており、切ることを重視したもので手首や肘を回して遠心力と回転をつけて相手に斬りつけるものである。抜刀からの攻撃もあったようであるが、日本の居合いとは全く異なると言える。

無腰の武蔵は彦康から扇子を一本借りて開始線に立った。その足取りは先ほどまでとは異なり毅然としたものであった。開始線に立つ武蔵の姿は不動名王のように大きく映った。武蔵ははじめに女王達に向かって丁寧に頭を下げた。女王達は立ち上がり答礼した。女王の眼差しは武蔵の怪我を気遣うものであった。二人の姫達の目もまた心から心配しているようであった。平素から何事にも動じない武蔵であったが、三人の優しい眼差しに一瞬うろたえたが態度に出すことなかった。久々に武蔵は温もりのある眼差しを浴びて心が和らいだ間であった。そしてその心の良さを振り切るように六人に向き直り礼を交わした。

武蔵は礼を終えると蹲踞の姿勢をとり立ち上がった。この時の武蔵の蹲踞をとる構えはゆったりとしたもので観戦者達には何の違和感も感じられなかった。しかし、彦康や剣客達には武蔵が尋常でなかったことを知っていた。それは兵達六人が礼をすると同時にサーベルを抜いて打ち込もうと隙を窺っていたからである。それは呼吸や気からも武蔵や、また見ていた剣客達にもわかった。しかし、兵達は隙を見いだすことができずにやむなく蹲踞の姿勢をとった。それも時差をつけてのものであった。その時差とは一人一人が蹲踞に入るのに時差をつけたのである。それを持ってしても隙を見いだすことができなかったのである。この隙を見つけ攻撃の命を下すのは小隊長の役目であった。小隊長はナイトの称号を持つロシア国の騎士であった。この組の最も巧みな剣技の持ち主でもある。その小隊長が隙を見いだすことができなかったのである。よって打ち込みの合図を出すことができなかったのである。結果、前の兵達と同じ様に、蹲踞の構えをとり立ち上がったのであった。

しかし、六人はまだ余裕を持っていた。それは相手が名だたる剣豪とは言え、怪我を負いそして手にしているのは扇子一本だけであったからである。当然負けるはずはないと思っていたが、もし負けたとしても扇子で打たれるか突かれるだけで、命に関わることはなく大した怪我も負わないと思っていたからである。そんな六人はサーベルを思い思いに構えて武蔵を取り囲んで打ち込む号令を待っていた。

観戦者達にとって不思議だったのは、両手をだらりと下げたままの武蔵に対して六人の兵達がなぜ打ち込んでいかないのかであった。それよりも六人のリーダーである小隊長が一番理解できず不思議に思っていたのである。それは武蔵の立ち姿は全くの無防備で全身隙だらけのように思えたが己の騎士としての魂が打ち込むことを止めるのである。隙だらけの中に隙のなさを悟ったのである。流石に西洋の剣法を極めた者と言えよう。それがわからない他の五人の兵達に焦りが見えはじめたのである。あんなに隙だらけなのになぜ小隊長は攻撃しないのだろうという不信感からであった。

そこで小隊長は右移動、左移動と交互に号令をかけて六人の動きを止めることはなかった。それは武蔵の疲れを待って真の隙を見いだすためであった。さらに早足、並足、遅足等と動く速さにも緩急をつけた。これで他の五人の兵達は余計なことを考えることもなくなり小隊長の打ち込みの号令を待つだけとなった。流石に人の上に立つナイトと言えよう。

これに対し武蔵は動ずることなく微動だにしなかった。それにもめげず小隊長の移動の号令は続いた。観戦者達も緊張し息を呑んで見守っていた。そんな観戦者達の中から可愛らしいクシャミが聞こえたとき武蔵の身体が僅かに揺れたように思えた。瞬間「打て」との小隊長の号令が響き渡った。それは武蔵の「誘い」であったかどうかはわからないが兵達は六方から突進し斬り込んだ。そんな六人は立ったままの武蔵を前にして取り囲むように両膝をついて武蔵を見上げていた。不思議なことに騎士達が手にしていたサーベルはどこにも見当たらなかった。そんな兵達を前に武蔵は扇子を握る右手を前に出し、試合を終えたことを表す「残心」を示した。それを見て彦康が「それまで」と勝負が決したことを告げた。

この言葉で我を取り戻した兵達は、手にしていたサーベルがないことを知り、周りを見渡した。しかし見当たらないため慌てた様子で遠くにまで目を配って捜していた。

その時「パチン」と扇子の閉じる音がした。六人は元より観戦者達も皆武蔵に目を向けた。武蔵は黙って扇子を腰に当てて見せた。六人の兵達は自分達の腰に左手を持っていき目も向けた。当然観戦者達の目線は六人の腰に向いていた。その時皆が同時に「アッ」という感嘆のため息を漏らした。不思議なことにサーベルはそれぞれの腰の鞘に戻っていたのである。知った六人の兵達は驚いて身震いをして腰を落とした。一般的に言えば腰を抜かしたのである。そんな兵達に指揮官である王子が、「チースチ（名誉）」、「スミエーラスチ（勇気）」と叫んだ。この騎士の心得（精神）を聞いて小隊長とロシア兵の一名、さらにオモテストクの分隊長二人は立ち上がると直立不動の姿勢をとった。残る二人の兵は立ち上がろうともがいていたが立ち上がることができなかった。そんな部下達を見て分隊長の一人が二人に近寄り平手で頬を張ったのである。二人は気を取り戻したように立ち上がると分隊長に「ありがとうございました」と節度ある礼をして直立不動の姿勢となった。野蛮と思える行為であったが誰の目にも清々しく映った。だらしなく見えた二人の兵達も凛々しく映った。

その時小隊長の「整列」の号令がかかり六人は開始線に駆け戻った。待っていた武蔵と礼をした。すでにサーベルは納められていたため蹲踞の姿勢をとることはなかった。

武蔵が女王達の方を向くとすでに女王達三人は立ち上がって待っていた。武蔵は戸惑いを表に出すことなく丁寧に頭を下げた。女王達も揃って頭を下げた。頭を下げ終えると武蔵は彦康達に向かって頭を下げた。そして彦康に歩み寄り扇子を差し出してお礼を述べた。これに対し彦康は「もし良ければお使いください」と言って武蔵の手を押しやった。武蔵は彦康を見つめ「有り難く頂戴仕ります」と言って丁寧に頭を下げ扇子を懐に納め戻っていった。武蔵の後ろ姿を見て彦康は「重傷」であることを再認識した。観戦者の多くは武蔵の怪我は軽傷だと思って見ていた。武蔵を見送った女王はすぐに侍従を呼んで何事かを指示していた。

六人の兵達も武蔵と同様に女王陛下と彦康達に頭を下げて、未だ何があったのかわからないという顔をして自陣に戻っていった。観戦者達も六人と同じように狐につままれたような顔をしていた。

武蔵は六人の兵達がサーベルで斬りかかった時、扇子を握る手の甲で兵達の急所「人中」を打ち半ば失神させ、扇子を使ってサーベルを握る手首をテコのように回し鞘にサーベルを導き収めたのである。自らはその場で回転するだけで、後ろの兵、後ろの兵と順次それを六度繰り返したのである。その素早さは神業としか言えないものであった。

また扇子をテコのように使ったため、サーベルを無理なく容易に手から放させることができたのである。兵達はサーベルを握る手には何の違和感も感じることなくサーベルを手放したため、手放したことすらわからなかったのである。そんな馬鹿なと思う人達は凡人（の剣士）であり、剣を極めた剣客の剣技がわからないのは当然である。また怪我を負った武蔵ができたのは、相手の力を九十九パーセント利用したためである。自らの力をほとんど使わず勝利したのである。たとえれば一パーセントの力で勝利するためには、他人より九十九倍以上もの修行を積まなければ成し得ないということも忘れてはならない。

彦康は兵達全員の試合が終えたので、後の話し合いを榊船頭に任せ武蔵を見舞おうと指揮官である王子にそのことを伝えた。王子は慌てたように「自分が残っています」と言って試合を申し出た。彦康はそれを聞いて「私がお相手致しましょう」と即座に答えた。それは武蔵を早く見舞い手当てをしたかったからである。

王子はその言葉を聞くと同時に後方に飛んでサーベルを抜き払った。その距離は三メートルを超えていた。王子が飛ぶ気を感じた彦康もまた後ろに飛んでいた。その距離は優に六メートルを超えるものであった。対峙した王子はその距離を見て驚きの表情を示した。そして彦康が得物を何も持っていないのを見て、手にしたサーベルを鞘に戻した。そして腰のサーベルを示し刀を取るように促した。これに対し彦康は両手を振って「刀はいらない」と伝えた。王子は一瞬戸惑いの表情を見せたがすぐに納得したように首を縦に振った。

彦康と王子が揃って女王に正対すると女王をはじめ、姫や貴族達も立ち上がった。それを見て日本の剣客達も立ち上がり彦康に合わせて礼をした。王子も同時に女王に礼をした。女王はじめ皆も頭を下げた。

礼を終えた彦康と王子は向かい合い頭を下げ蹲踞の姿勢をとった。王子はサーベルを前に突き出し構えていたが、彦康は相撲の蹲踞のように腰と手には何もなかった。立ち上がると王子は右足を前に右手でサーベル突きだして構えた。その隙のない構えからオモテストク一番の剣の使い手であることが納得できた。

対する彦康は両手を内腿付近に置いていた。これは得物を把持しない者がとる構えでもあった。互いの間合いはおよそ十メートルある。王子は右手でサーベルを突きだし、左手を腰に添えて間合いを詰めはじめた。彦康は両手を垂らし、目を半眼にして立っていた。打ち込みの間合いに入った瞬間、王子は素早くサーベルを天の位に振り上げて飛び込むように斬りつけた。人形のように立っていた彦康の頭が斬り割られたと思い瞬時目を閉じた。これは人間としての当然の心理と思われる。この時目を閉じなかったのは剣客以外では女王一人であった。当の王子でさえも冥福を祈るように一瞬目を閉じたのである。しかし、観戦者達はすでに剣客達の驚異の腕前を見知っており、すぐに目を開けると二人に目を遣った。そこにまた信じられない光景を目にしたのである。そこには王子が呆然と佇み、その前で彦康がサーベルを右手に持って王子が構えていたのと同じような構えで立っていたのである。

王子は「負けました」と言って彦康に頭を下げた。さらに王子は指を一本立てて「もう一度お願いします」と言い頭を深く下げた。彦康は頷くとサーベルを王子に返し、二人は再度対峙した。今度は王子は雑念を捨て全身全霊をかたむけて斬り込んだ。それが極めた者同士のやるべきことだからである。観衆達はもはや目を閉じる者は一人もいなかった。

できれば二人の剣技を目に留めようと必死で見つめていた。しかしまたもやそれを果たすことができなかったのである。王子がサーベルを振ったところまでは見ていたつもりであったが、その後目にしたのは彦康がサーベルを右手の持って構えているところであった。

この時女王だけは王子が振り下ろしたサーベルを、彦康が中腰となり頭上で両手で挟み取ったことを見ていた。

再度同じようにしてサーベルをもぎ取られた王子は、力尽きたようにその場に両膝を付いてうな垂れていた。柳生心陰流「無刀取り」である。本来この技は、初めての得物や知らない流儀に対して使うことはなかったのである。無謀とも言える対戦であった。しかし、これを難なくやってのけたのは、帝王剣を身につけた彦康だからこそと言えるものである。これまで「無刀取り」を行った剣客達は皆、対戦する相手の剣技を熟知した上でやったのである。

彦康はサーベルを左手に持ち替え、右手でうな垂れる王子の肩を優しく叩いて、仰ぎ見た王子に右手を差し出した。王子はジッと彦康の目を見て右手を差し出した。その手を彦康が引いてやり王子は立ち上がると「プロイグラール（参りました）」と言って頭を丁寧に下げた。これに対して彦康もまた「ありがとう」と言って頭を丁寧に下げサーベルを王子に渡した。彦康の言葉と目には嘘偽りはなかった。王子の完全な敗北であったが見ていた女王はじめ観戦者達には爽やかに映った。

彦康と王子は並んで女王に対し向き直った。すると今回は女王一人だけが立ち上がり、王子と彦康と礼を交わした。女王は異例とも言える相手と同時に頭を下げたのである。姫達二人が立ち上がることがなかったため後ろの貴族達も当然立ち上がることはなかったが、皆の目は「王子様万歳！　オモテストク万歳」と叫んでいるように思えた。

この時女王陛下が「それでは後ほど」と言って王子と共に宮殿に引き上げて行った。

はじめてのローマ風呂

女王達と入れ替わるように宮殿の門から白い服の一団が出てきて、見送っていた彦康達の方に向かって来た。剣客の須藤は木刀を手に前に出ようとして彦康に止められた。よく見ると、その一団の中には先ほど兵達を担架で運んで行った健康な女性達の姿もあったので、武蔵を治療に来た人達であることがわかった。彦康の目に止まったのは、その中に他の人達とは異なる一人の女性であった。

白衣の一団は彦康の前に止まると、彦康の目に止まった女性が前に出て「はじめまして。ご心配には及びません。私達は女王様のご指図により武蔵様を治療に来た者達です」と日本語で話した。女性の気品ある態度や言葉からして、どこかの藩の御台所か姫様のように思えた。訝しがる剣客達を見て女性は「申し遅れました。私は日の本の女で江静と申します」と言って丁寧に頭を下げた。その上品な仕草から剣客達はさらに不審を深めていた。

彦康は江静を一目見た時から信じるに足る女性と思った。日本人の存在にも驚かされたが、女王陛下の武蔵の病状の悪さに気づいた眼力にさらに驚かされた。そして人の上に立つ者の一端を教わった思いであった。

須藤は白装束の一団は皆女性であることを知り微笑んでいた。そして巨大な胸に目をやり「相撲取りと変わらない位でかいな！　フムー。恐ろしい！」とつぶやきながら目を離すことはなかった。離れなかったと言った方が正しいかもしれない。

女性達は医師とナース達であった。女王は誤解を招かないように、また剣客達を信じて女性の一団を差し向けたのである。

彦康は皆を武蔵の船室に案内した。女性達の後ろには須藤と林が付き添っていた。武蔵の船室の前に来ると一匹の純白の猫・レイが、誰一人も中には入れないぞと背を丸め総毛立たせ威嚇していた。

レイは船猫として体力が落ちた病人は病気を持つ者が近づくだけで感染することを知っており、近づけないようにと見張っていたのである。一例を挙げれば、異国で猛威を振るう「ペスト」、別名「黒死病」（腺ペスト）がある。このペスト菌を保有するネズミの血を吸ったノミに刺され人間はペストに感染するということを知っていた。またペスト菌を保有するネズミを猫が食べてもペストにかからないことを人間達は知らなかったが、船猫達は知っていたのである。

もう一匹の雄の船猫・リュウは、船が岸壁に接岸した時から陸から侵入するネズミや獣、そして悪い病原菌を持つ人間達を乗せないために見張っていた。そのリュウは白衣の一団を引率するのが彦康であったため何も知らせなかったのである。

船室の前にいるレイをはじめに見つけたのは江静であった。江静は威嚇するレイを見て、年来の友のように笑顔で「美しい猫ちゃん、ありがとう」と言い両膝をついて頭を下げた。レイと同じ目線となり話しかけたのである。

その後江静はレイの頭を撫でようとしたがレイは「私は子供ではないの！　失礼ね」と避けた。それを見た彦康が「レイさん、大丈夫だよ。この方々は武蔵殿を治療しに来た人達だから」と言い聞かせた。レイが頷いたように見えた。そんなレイを江静は両手で優しく抱いて「レイちゃんと言うのね。ありがとう」と言って鼻をすりあわせた。江静はまるで人間を相手にしているように見えた。レイは安心したように「ニヤーン」と猫なで声で甘えた。その声は船室の武蔵にこの人達は大丈夫だよと伝えたようにも思えた。

レイの許しを得て船室に入った人達は、横になる武蔵の赤黒く浮腫んだ顔と息遣いから、病状が尋常でないことを知った。武蔵はレイの連絡で来ることがわかっていたため目を開けることはなかった。

彦康が武蔵にかわって説明していると、武蔵が「申し訳ありません。私なら大丈夫です」と言って起き上がろうとして彦康に止められた。その時皆の後ろにいた江静が彦康の傍にきて「私にお話しさせてくださいませんか」と言って彦康に頭を下げた。その静かな言葉には気迫が込められており彦康は肯くしかなかった。

江静は武蔵の枕元に腰を下ろすと、耳元に唇を寄せて「武蔵様！　江静です。細川の江静です。お久しぶりで御座います」と囁いた。その時武蔵の腫れあがった瞼が見開かれた。と言っても腫れ上がった瞼の奥に隠れたようにある目はほんの僅か開いただけであった。

武蔵は「姫？　姫様ですか。どうしてここに」と言って江静を見つめていた。そして武蔵は起き上がろうとして江静に押し止められた。江静はさらに体を武蔵に近づけて唇を耳元に付けるようにして「武蔵様。後は江静にお任せくださいませ」と優しく語りかけた。

武蔵は「無様な格好をお目にかけて申し訳ありません」と江静に謝り、そして「彦康様を」と頼んだ。江静は体を起こすと、恥ずかしそうに「彦康様？　武蔵様からお話が」と伝えた。彦康が武蔵の傍に行くと武蔵が「先ほどは勝手を言って申し訳ありませんでした。治療のほどよろしくお願い致します」と申し出た。彦康は「わかりました」と言って、江静に対し「武蔵殿をよろしくお願いします」と丁寧に頭を下げた。江静はその旨を医師達に話すと医師達は素早く治療にかかった。当時日本にも数は僅かであったが女性の医者はいた。しかし彼女達は主に内科医やお産を助けるもので、外科医などはいないに等しかった。

ここの女の医師達はあっという間にぐるぐるに巻きにした晒を切り取り、携帯したカンテラで傷口を照らし確認した。傷口の周りは山のように腫れ上がっていた。その山をたとえれば、五合目ほどまでは朱黒く、その上は白黄色の濃であった。山頂付近は亀裂が走り今にも噴火しそうに見えた。その山は異様な臭いも伴っていた。この一団の者達は武蔵が先ほど六人を相手に試合をしたのを知っており驚くばかりであった。普通であれば高熱と猛烈な痛みで立つことさえもできないはずである。彼女たちは日本の侍の精神力と忍耐力を知り驚きと共に魅せられていた。そんな白衣の天使達は江静に目をやり「すみません」と心で詫びていた。強者を慕い恋い焦がれる騎士の国であることがわかる。

医師達は手際よく応急の措置を施すと、素早く担架に乗せ櫛引丸から降りた。設備の整った措置室に運ぶためであった。船を降りるとそこには馬車が待っていたが、安静を考慮して、馬車に乗せることなく女性達は自らの手で担いで宮殿に向かった。彦康はそんな女性達の活き活きとした姿を見て、我が国も女性達にも生き甲斐のある場を作らなければと考えていた。

江静をはじめ白衣の一団は櫛引丸を離れる時に彦康に対し揃って頭を丁寧に下げたのには剣客達も驚かされた。彦康の身分を知らない彼女達は、生まれ持った気品と威厳に頭を下げたのである。

また運び去る担架には江静が付き添い、しっかりと武蔵の手を握っていた。弟子の家沢と新渡は二人を護るように付いていた。浮腫んだ武蔵の顔には安らぎが漂っていた。彦康は「武蔵殿もなかなか」と微笑んで見送った。重病の武蔵を見送った櫛引丸の乗員達は皆心に安らぎを感じていた。剣客としての立場を離れれば心が通じあえる仲間であった。

しかし、今なお心安まることなく緊張し警戒に当たっていたのは二匹の猫達であった。そんな猫達の目に飛び込んできたのは、赤い服を纏った近衛兵が手綱をとる二頭立ての馬車であった。馬車は櫛引丸に向かって真っすぐに向かって来たのである。それを見た雄猫のリュウは「敵襲！」とけたたましい鳴き声を発したのであった。それを聞いた船頭の榊はすぐに甲板に顔を出した。同じ船に乗る者同士、猫と人間の垣根を越えての連絡である。彦康もまた甲板に出てきた。二人はリュウに「ありがとう」と言うようにリュウに手を上げてから、船と岸壁を繋ぐ「渡り板」（掛け板・橋）の前に立ち眺めていた。

他の乗組員達も皆リュウの警報は聞いていたが顔を出すことはなかった。しかし一旦緩急があれば即座に飛び出す心構えであった。

その後、リュウが頭を垂れている姿があった。それはレイが、「何で武装もしていないのに敵襲なの」と言い、さらに「見知らない人達をなぜ乗船させたの。私にはじめに知らせるべきでしょう」と叱っていたのである。また、自分が甘えたことなど微塵にも出さず「乗って来たのが綺麗な女の人達だったからでしょう」と小言が尽きなかった。最後には説教しても相変わらずボーッとしたリュウの表情にレイも堪忍袋が切れてリュウの頬に強烈な猫パンチがみまわれた。

岸壁に着いた馬車から降りたのは、近衛兵の幹部一名と和服に着替えた江静であった。二人は彦康がいるのがわかると、近衛兵の幹部は女王に対するかのように片膝を付いて両手を広げて頭を下げた。江静もまた丁寧（九十度ほど腰を曲げ）に頭を下げた。

（畳での礼は、客として茶菓子を出された時は十五度、来客・送迎や他所に行った時の挨拶は三十度、感謝や謝罪の最敬礼は四十五度である。武士は相手を警戒するために最敬礼は四十五度であった。武士でない者達の最敬礼は九十度が好ましい）

彦康は二人に向かって頭を下げて船頭と共に二人の下に赴いた。そして通例に倣い船の責任者である船頭に対応を任せた。榊は「私は船頭の榊と言います」と挨拶をした。二人は揃って頭を下げると、江静が「女王陛下から皆様を晩餐会に御招待するようにと申し付けられて来ました。何とぞよろしくお願い致します」と言った。

船頭は彦康の顔を伺い判断を求めた。彦康の考えは決まっていたが、他の人達の意見を聞くため二人に待ってもらい船に戻って皆の意見を聞いた。皆の意見は「彦康様一任」であった。その時船頭榊の目は田澤に向いていた。田澤や田澤の母親には叱られるであろうが不思議なことに、田澤の容姿がこの国の人々から敬愛されるのを見て知ったからである。そんな田澤を是非参加させたいと考えていたのである。

彦康達が特使の下に戻ろうとした時、またもやリュウのけたたましい鳴き声が聞こえた。二人はレイを呼んだのがわかった。二人は何事かと岸壁を見ると江静が一匹の猫を胸に抱いていたのである。その猫は彦康もはじめて目にする「猫の皇帝」と呼ばれているロシアンブルーの雄猫であった。

ロシアンブルーの猫は、ボディが細っそりとスリムなフォーリンタイプで、細いながらも丈夫な四肢を持ち、まん丸に限りなく近い楕円の目は美しいグリーンで、口元は『ロシアンスマイル』と称されるように笑っているかのように見える。また、自慢の綺麗な『ブルー（猫の場合はグレーの被毛を示す）』の被毛は短く、シルバーのティッキング（一本の毛に見られる異なった色の帯）によってキラキラ輝いているように見える。ロシアの貴族にしか飼われていない貴重なロシアンブルーの雄猫はまさに世界一の名に相応しい気品と風格を備えていた。そんな猫とリュウを比べること自体が間違いであろう。

出てきたレイは「どうしたの」と尋ねた。リュウは慌てた様子で「アレ、アレ」と江静を指さした。レイは江静と江静に抱かれている猫を見たが、別段驚くこともなく「ニヤー（先ほどはありがとうございました）」と挨拶した。それに対し江静は「どう致しまして」と笑顔で挨拶した。しかし、抱かれていたロシアンブルーの雄猫はレイを一目見て、驚いたように目を大きく見開き「ニャーン（コンニチハ、お嬢さん）」と言って江静の腕の中から飛び出ようとした。それに気づいた江静はしっかりと抱きかかえた。それを見ていたリュウはレイの前に立ちはだかっていた。

そんなリュウを見た江静は「ごめんなさいね」とリュウに謝った。そして抱いていた猫に「だめよ」と叱り馬車の駕籠に戻した。

本来ロシアンブルーは鳴くことも稀であり、性格はいたって大人しく、人間に対して従順なことでも知られている。今の突然の行動に江静もそして一緒に来た兵達も驚いていた。

戻ってきた江静はリュウを見て、「三毛ちゃん。お名前は」と尋ねた。リュウは驚きのあまり口をパクパクさせるだけで声を出すことができなかった。これを見てレイはリュウの尻尾を思いっきり踏みつけたのである。リュウは「ギャー」と悲鳴を上げたがレイはそれにかまわず、リュウの後頭部に手を添えて二人は頭を下げたのである。リュウは美しい江静に見つめられ尋ねられたため舞い上がり返答ができなかったのである。そして落ち着いたリュウは自分の名前を告げたのである。この様子を見て江静は、微笑みながら「レイさんにリュウさん、ごめんなさいね」と謝った。

その後、戻った彦康達との話し合いも無事に終えた江静は、レイとリュウのところに来て、同じ目線となり「お二人さんも遊びにいらっしゃい」と話した。リュウは江静の美しさに圧倒され「ニヤーン」と甘えた返事をした。レイはそれを見てリュウの後頭部に猫パンチを見舞った。当然、江静にわからないようにであった。殴られたリュウもまた「痛い」という素振りも見せず「お仕事がありますから」と断った。そんな二人を見て江静は大凡のことを察して「それじゃ、何か美味しい物をお届けするわね」と言ってその場を去った。レイは澄ました顔で「ニャーン」と鳴いて見送った。帰って行く馬車の中からロシアンブルーの「悲しそうな」泣き声が聞こえてきた。

特使が帰った後、榊は女王陛下主催の晩餐会に出席することを伝え。さらに江静から聞いた武蔵の経過について語った。武蔵の手術が無事に終えたことや、武蔵が麻酔を断わったことを話した。また手術の際武蔵は一度も痛いという言葉を漏らさず、苦悶の表情一つ見せなかったことを話した。また、手術中あまりにも静かなので医師達が心配して江静を呼んで声を掛けさせた。江静が「武蔵様」と呼びかけると武蔵は目を開けて「大丈夫です」と答えた。江静がさらに「武蔵様！　痛くないですか」と尋ねると「痛いということは生きていることですから」と微笑まれたそうだ。江静が自分ながら馬鹿な質問をしたと悔いていたことも話した。江静が医師達に今の会話を伝えると、このような人は今まで見たことがないと驚いたことも話した。

江静から麻酔という言葉が出た時彦康は麻酔とは何ですかと尋ねた。江静は「痛みを取り除く薬です。麻酔が効いている間に手術を行えば痛みを感じることなく手術を受けることができます」と説明した。彦康と船頭は異国の医学がいかに進歩しているかを知ることとなった。この時代にも麻酔薬のように痛みを緩和する薬が西洋では多く用いられていた。副作用のあるものも少なくはなかったが、痛みによるショック死よりも死者の数は少なかった。よって大きな怪我や子供達にも容易に治療を施すことができたのである。
晩餐会が始まるまでには時間があったため軽い昼食をとり、掃除と使った武器等の手入れをし休息に入った。その後、四時に迎えの馬車が来て風呂に行くことになっていた。その後は待望の晩餐会（祝宴）であった。

日本人の几帳面な性格は約束の時間を守ることでもわかる。外国人の多くの人達は、約束の時間から準備にかかると言われている。江静と呼ばれる日本人の女性がどうしてこの国にいるのかは謎であった。江静もまたそのことは一切語っていなかった。決断すると行動の早い櫛引丸と乗員達は、素早く丼飯（軽食）を済ませ、それぞれの作業に取りかかり、終えると休息に入った。そんな乗員達の仕事ぶりを熱心に観察する者達がいた。それはオモテストクの兵士達であった。兵士達は遠メガネ（望遠鏡）を使って観察しメモを取る者もいた。兵達の意識に変化が現れはじめたのである。やがて、櫛引丸の船上に人影がなくなると、それに代わるように二匹の猫がそれぞれマストの上と渡り板の傍らから監視していた。レイは全体を見張ることのできる中央のマストの白い帆の上であった。

四時に起きた乗員達の半数は、迎えに来た馬車に乗って風呂に向かった。驚いたことは迎えの馬車が定刻に到着したことである。彦康は江静女子の影響であろうと考えていた。さらに驚いたのは風呂屋・

湯屋と言うよりも、お風呂御殿・湯屋御殿と呼びたくなるような豪華な建物で宮殿の裏にあった（江戸時代に銭湯は、蒸し風呂タイプの「お風呂」と、沸かした湯を浴槽に入れる「湯屋」と区別していた）。

武蔵が治療を受ける医務院はその隣にあった。そして宮殿を守るかのように両側に近衛兵の兵舎と海軍の兵舎が併設されていた。さらに日本では考えられないことに、国が貿易をする交易所まであった。ここは軍事と経済の中心地であった。また、オモテストク湾を一望できる小高い丘の中腹には、ベルサイユ宮殿にも似た、優雅な本宮殿を見ることができる。

案内されて馬車から降りた日本人達は、あまりの「湯屋」の大きさと豪華さに、入るのも忘れて建物を仰ぎ見ていた。高さは優に三十メートルは超えており、建物は装飾された大理石で造られていた。湯屋の暖簾に代わる城門のような大きな扉は左右に大きく開かれていた。「ここの湯は紋付き袴で来るところなのか」と気後れしながら中に入った。

広い玄関の先は一段高くなっており、そこには女性達が両手を付いて待っていた。待っていたのは和服の女性と白いドレスを着た女性達であった。和服の女性達は皆日本髷を結い三つ指を付いていた。白いドレスを着た女性達の髪の毛は金色や銀色、茶色とカラフルであった。そんな女性達も皆に倣いぎこちなく両手を付いて出迎えた。

女性達の中央には江静が座っており、江静が顔を上げると「お待ちしておりました」と笑顔で挨拶した。その言葉が終わると他の女性達も顔を上げて笑顔で、「ダブローパジャーラヴァチ」、「いらっしゃいませ」の日本語とロシア語の入り交じった挨拶をした。その笑顔は心から歓迎していることがわかるものだった。

挨拶を終えた江静は、彦康に向かって「ご案内申し上げます」と言って立ち上がるとそっと両手を差し出した。彦康が手にする風呂敷包み（着替え）を受け取ろうとしたのである。。それを見て彦康は黙って腰に差した大刀を江静に差し出した。江静は一瞬驚いた様子であったが自然のごとくに着物の両袖で刀を受け取って胸に抱えて案内しはじめた。

剣客達もまた彦康に倣い刀を女性達に渡して、着替えの包みは自分で持った。ドレス姿のオモテストクの女性達は皆幅のある袖のドレスを着ていたため、その袖で刀を受け取って胸元におし包むように持ち案内した。

本来日本の武士は、ましてや剣客は他人の家においては絶対に刀を身から離さないのが常である。他人の家に行って刀を渡すことがあるとすれば、それは自分の主家に赴き、その主の面前に出る時だけである。それもまた稀と言えるもので、多くは主を前にしても刀を右に置くだけであった。

そんな事情を知っていたため江静が驚いたのも頷ける。しかし江静は万一をおもんぱかってオモテストクの女性達には幅広で袖長のドレスを着用させ、その作法も教えてはいた。いぶかしがるオモテストクの女性達には、武士にとって刀は魂であり女は素手で握ってはいけないと言い聞かせた。以前であれば決して理解することができなかったであろう女性達も、神がかり的な剣客達の剣技を見てそれを納得するのも容易であった。また江静の「心配り」を看破し対応した彦康の心配りも素晴らしい。

女性達に案内された日本人達二十名は、それぞれ二十畳ほどもある大理石で造られた着替えの間（更衣室）に案内された。更衣室にはベッド、ソファーや絵画や彫刻等の調度品が数多く置かれていた。そして皆が驚いたのは部屋の表面中央に刀掛けが置かれていたことである。その刀掛けに女性達は手にした刀を丁寧に掛けたのである。それを見た小刀を帯びた男達は躊躇することなく下段に小刀を置いた。案内してきた日本の女性達は日本語で、ロシアの女性達は刀掛けを指さして、風呂場にも刀掛けがあることを説明した。ロシア語ではあったがすぐに理解ができて「刀は持って行かない」と手を振って伝え、頭を下げて感謝を示した。これを見て異国の女性達は言葉が通じた喜びと、強い男達の優しさを知って心震わせていた。

部屋の卓袱台（テーブル）の上には見たこともない毒キノコよりも毒々しい色の果物がギヤマンの皿に溢れんばかりに盛られていた。色ばかりではなくその形までが変梃な物が多かった。取り忘れた胡瓜が黄色くなって束になったような果物、夜空から降ってきたような星形の果物、龍の目を思わせる真っ赤な物など様々で、食べるのに勇気のいるものばかりであった。

また並べておかれたギヤマンの徳利には様々な色の液体（酒）が入っていた。紅花の絞り汁のような物、濁った田んぼを思わせる土色の物、藍染めに使えそうな紺や紫など色とりどりであった。

その前には焼きすぎた餅か揚げ餅を思わせるクッキーが置かれていた。日本人達は異国にも餅があったのかと興味を持って見ていたが、餅はやっぱり焼きすぎず白くて軟らかくなくてはなと贅沢を言って口にする者はいなかった。

案内された日本人達の中でただ一人だけ部屋に置かれた飲み物や食べ物に興味を示したのは剣客の田澤敏勝胤であった。田澤が一番興味を示したのがギヤマンの徳利である。もちろんギヤマンの徳利に興味があるわけではない。瓶から漂ってくる薫りにいたたまれずに案内した金髪の若い女性に聞いた。透きとおった色の液体と紅色をした液体の入った瓶を指さして「酒か？」と尋ねた。女性は「サケ」の意味がわからず首を傾げて見せた。すかさず田澤はギヤマンのコップを左手に取り、赤い瓶を右手に持って注ぐ格好をした。そして飲む真似をしてから千鳥足を真似て歩いて見せた。田澤の一連の所作を見た女性は手を叩き満面の笑みを浮かべて「サケ、サケ」と言って田澤に抱きついた。不意を突かれた田澤は避けることもできず、その顔は女性の胸の谷間に息がつけないほど強く抱きしめられたが、田澤の両手からはギヤマンの瓶とコップは落ちることはなかった。

この女性はトロールの生まれ代わりのような容姿の田澤の試合を見て、心を奪われて案内役を買って出たのである。田澤が女性に抱きつかれたということは、剣客として隙を突かれて敗れたことになる。しかし、田澤は「徳利を落として割るよりはましか」と自らに言い聞かせていた。さらに「抱きついた異国の女性の振る舞いが不謹慎（ふしだら）に思えないのは何故だろう」と考えていた。そして「腕を振り解くべきか、解かざるべきか」と悩んでいた。単なる女好きからであろう。

その時「和尚殿！　嗜まれておりますか」という彦康の声が聞こえてきた。女性は見られていたのかと思い慌てて抱きついていた両の腕を解いて、恥ずかしそうに手のひらで顔を覆った。その仕草はまぎれもない少女であった。

一方の田澤は何事もなかったかのように「今からで御座る」と言ってい自分で注ごうとした。それを察した少女は田澤の手から瓶を取るとキャップを外し「オショウドノ、サケ、カリーチニヴゥイ（紅い）ワインよ」と言いながらグラスになみなみと注いだ。そして、自分を指差し「アリーナ」と名乗って片目を閉じた。田澤の細い目からは驚きの表情を読み取ることはできなかったが、田澤はワインを一気に飲み干した。それを見てアリーナは喜んで手を打ち、新しいグラスに透きとおった色のお酒をなみなみと注いで「オショウドノ、サケ、ベールウイ（白）ワイン」と言って手渡し、田澤はそれを水のように飲み干した。その間アリーナの手は田澤の左の手をしっかりと握っていた。またアリーナの大きな瞳は糸のような細い田澤の目をうっとりと見つめていた。

田澤が飲み干す度にアリーナは次々と異なる瓶の酒をグラスに注いで手渡した。出されたグラスの酒は「おちょこ」の如くに一息に飲み干した。田澤にとっては初めて口にするものばかりであった。一通りのみ終えるとアリーナは「着替えを手伝う」という仕草をした。田澤はジェスチャーで「要らない」と手を振ると、アリーナは半ベソとなりしゃがみ込んだ。まさしく子供であった。田澤はやむなく「わかった！　わかった！」と首を縦に振ると、泣き顔だったアリーナの顔が忽ち笑顔となって「これは私のお仕事よ～」と口ずさみながら田澤の着物を脱がし下帯一つにした。そして真っ白な丹前（ガウン）を着せてくれた。彦康が江静に伴われて迎えに来ると、田澤は二人に頭を下げてその後ろに従った。田澤の横にはそっと腕を絡ませたアリーナが付き従った。

浴場の前の脱衣場の間には困惑顔の日本人の男性達がいた。その理由は女性達が浴場まで付いて行くというため断るのに苦慮していたのである。彦康はこれを見て江静に「入浴の手伝いは要らない」と申し出た。江静はすぐに女性達に「控え室で待つよう」に話して引き上げさせた。

江静は彦康に「この国には女性が男性の入浴の手伝いをする習慣はありません。垢すりをするのは男性の役目なんです。私が勝手に女性達にお手伝いするようにお願いしたのです」と言って謝った。

そして自分の真の身分細川家の娘『江静』であることを明かした。そして武蔵に与えた扇子から彦康の身分を知ったことを話した。ただこの時江静は「武蔵様は決してあなた様のご身分はお話しなさらなかった」と付け加えた。しかし、「彦康様というお名前だけは教えてくださいました」と素直に話し、その場に両手を付こうとして彦康に止められた。

扇子の家紋だけでは身分は特定できないはずであるが、江静のような大名の姫であれば、家紋と彦康という名がわかれば当然身分もわかるというものである。

そして、彦康様はお偉いお方の若様であるとだけ女王様にお話しして皆様方を『お殿様』として扱うことに致しました、と説明し謝った。江静は大名家の姫であり、大名は女性達を傅かせて入浴し、自身では決して躰を洗ったり拭いたりはしないことを知っていたためこの行為に及んだのである。

やっとのことで女性達から解放された日本人達は浴室に入ってさらに驚くこととなった。広さは二、三百畳は優に超えていた。湯船だけでも十個はある。その大理石の湯船は掛け流しのお湯で満たされていた。お湯は彫刻の動物の口から尽きることなく流れ出ていた。また浴室のあちこちには見たこともないような木々が置かれていた。その木々の葉一枚一枚が数えられるほど明るかったのである。日本の公共の風呂（銭湯）は熱を逃がさないために昼でもなお暗く、隣にいる八チャンの顔もはっきりとはわからなかったのである。日本人達は「湯を沸かす三助達は大変なんだろうな」と同情心を湧かせてもいた。さらに、こんなに大きな建物なのに、中に柱が一本もないことがわかり「大丈夫なのか」と天井を眺めていた。

そんな男達が一番気に入ったのは熱い！　熱い！　とにかく熱い！　部屋であった。その部屋の片隅の囲炉裏には、炭ではなく『黒い石』が燃えていた。その脇には水の入った壺が置かれいた。入る前に女性達から「葉っぱの付いた小枝を水につけて身体を叩くのよ」と説明を受けていたため半信半疑ながらもやってみて、あまりの気持ちよさに嵐の航海の疲れが吹き飛んだ気がした。また、干物になるのではと心配して入っていた人達も、その後に入る水風呂の快感には、歌に唱われる大原庄助さんの気持ちがわかる気がした。気の休まる刻のない剣客達にとって至福のひとときであった。

そんな楽しい時間はあっという間に過ぎるものである。脱衣場に戻ると先ほどの女性達が待っていた。そして男性達を日本の湯女達よりも甲斐甲斐しく世話をしてくれたのである。アリーナが首を長くし待ち焦がれる田澤は最後の最後にやっと出てきたのである。アリーナは一番早く、というよりも入ってすぐから待っていたのである。涙目のアリーナであったが田澤の姿を見ると「オショウドノ」と叫びながら駆け寄り抱きつくようにガウンを掛けた。田澤は「アリは蟻の親戚には見えんが？」と言っただけでなすがままにさせていた。その時の田澤の心が如何様なものであったのかは糸のような細い目からは判断できなかった。

脱衣場の壁には背丈よりも大きな鏡が何枚も取り付けられていた。鏡の傍らには大理石の洗面台が備え付けてあり、金色に光る洗面容器が置かれ湯が満たされていた。洗髪や洗面そして髭剃りができるようになっており、前には豪華な椅子が置かれていた。天上には浴場と同じようにゴージャスなシャンデリアが吊られていた。さらに壁や床にも彫刻の施された多くのキャンドルの台が備え付けられ灯されていた。明かりは部屋の隅々まで照らし真昼のようであった。

大柄なアリーナは田澤の頭の天辺から足先まで丁寧に拭きながら「オショウドノ、シンプサン」と悲しげに尋ねた。しかし田澤は何も答えなかったのである。アリーナが田澤に目をやると、田澤の目は部屋に置かれた彫刻に釘付けになっていた。田澤の目線の先にあったのは日本では絶対に見られない生々しい女性の裸体像であった。それを知ってアリーナは田澤のお尻を思い切り抓ったのである。そして立ち上がるとアリーナは両の掌で田澤の頬を挟み自分の方を向かせ、目を見て「オショードノ、シンプサン」と尋ねた。オショウドノの意味は江静から聞いたのである。キリスト教の司祭や牧師は宗派によっては妻帯、女性と交わることを禁じられていた。キリスト教の一派である「ロシア正教」も同じであった。

尋ねた意味を理解した田澤は「我が宗派は女性は大丈夫」と言って、左手の小指を立てて見せ、また右手は人差し指と親指で輪をつくって見せたのである。さらに茶目っ気を出してアリーナの腰に手を回しき抱き上げてやった。これは身体は大きいがまだ少女であるアリーナに「我が宗派は女性に触れても大丈夫だよ」と伝えたのであった。

抱え上げられたアリーナは嬉しさのあまり万歳してはしゃいだため、若干酒の入った田澤がバランスを崩して抱えたまま後ろに倒れたのである。先に起き上がったアリーナは田澤を優しく抱き起こしてくれた。その格好は母が子に乳を与えているように映った。何せ田澤はあれだけの酒を飲んでサウナに入ったのである。通常であれば昇天してもおかしくないのである。また、アリーナが注いでくれたお酒は紅白のワインもあったが、他は度数の高いウオッカやアクアビット、そしてブランデー等もあったのである。アリーナは一口でも酔うような度数の高い酒をなぜ躊躇することなく飲ませたのかと言えば知らなかったからである。

ロシアのような極寒の国の庶民達にとって酒と言えば度数の高いウオッカやアクアビットであり、高価なワインは庶民にとっては無縁と言える飲み物であった。反対に高貴な貴族達にとってはウオッカやアクアビットは日本で言えば焼酎のような物で口にすることはなかった。しいて飲むとすれば年代物のブランデーであった。

日本人達の接待に当たったのは、多くはオモテストクの庶民の女性達であった。その中で唯一アリーナだけは高貴な貴族の娘であった。そのアリーナはワインさえ口にしたことがなかった。ブランデーという名は知ってはいたが、ブランデーもワインと同じ葡萄から造られたものであるくらいの知識しかなかった。また下々の人達と接することが稀であったアリーナは、ウオッカやアクアビットの存在さえ知らなかったのである。

江静の助言で女王から下命を受けた侍従長は接待のため急遽、美しく健康的な明るい女性を募ったのである。試合を見ていた多くの女性達が応募に殺到したのである。考えてみればこの国の女性達は皆美しく健康的で明るい女性達ばかりである。よって侍従長は悩み江静に助けを求めた。江静は女王の意を汲んで、健康で大柄な女性を選ぶことにしたのである。そして選ばれた中に高貴な貴族の子女であるアリーナ姫がいたのである。そんな身分の高いアリーナに対し侍従達は、酒を注ぐこと等はないだろうと思い込み酒の種類や度数などについては説明しなかったのである。アリーナもまた剣客はナイトと同じで貴族であると思い込み、飲むのは当然ワインであり、出ているものもワインであると疑いもしなかった。これは貴族からすれば当然の理論である。また、アリーナをはじめ、この国の女性達は広大な大地のように大らかで、アルコールの度数など些細なことにはあまりこだわらないのである。

周りでは髷を解かれ椅子に寝たまま髪を洗われている人や、ゾリンゲンの剃刀で自ら剃っている人と様々であった。髭を当たるゾリンゲンの剃刀の使い良さに、異国にも素晴らしい鍛冶職人（刃物師）がいることを知り感嘆していた。また毛深くて剛毛なゲルマンの男達は、繊細さよりも頑丈さが必要であることがわかる気がした。それらを見て当然良い剣もあるだろうと推測していた。

この時日本人（侍達）の髷を結っているのは和服姿の日本人の女性達であった。これを見て「なぜこんなに日本の女性達がいるのか」と皆が不思議に思ったが聞くことはしなかった。髪を結っていたのは四人の日本の女性達であった。

　オモテストクの女性達は最前からのアリーナのお茶目な素振りを見て手を叩かんばかりに喜んでいた。二人が倒れた音を聞いて江静が慌てたように戻って来た。田澤はすぐに椅子に座り、アリーナは坊主頭に固いシャボン（固形の石鹸）を押し当てた。貴族の姫が他の人の頭を洗うことなどあり得ないことである。よってシャボンを押し当てる要領などわかるはずもない。可哀想なのは田澤であった。

　江静は静かな声で「ドウカイタシマシタカ」とロシア語と日本語で尋ねた。するとアリーナは身体を強ばらせ唇を震わせ、今にも泣きだしそうにしているのを見て田澤が「すまんです。目に泡が入ったもんで驚いて椅子から落ちました」と釈明した。それを聞いた髪を結っていた日本人の女性達は「あの細い目に泡が入るのかしら」と心で吹き出していた。

　江静は「峰さん。やり方をしっかり教えてね」と言った。アリーナの傍にいた菊池峰が「ハイ。わかりました」と言って江静に頭を下げた。江静はアリーナや周りの人達の様子からアリーナが何かしでかしたことを察したが黙って頭を下げて部屋から出て行った。

　この場の責任を任せられた酒井悦子は、ことの成り行きを日本語のわからないオモテストクの女性達に話してやった。女性達は驚いた様子で聞いていた。そして酒井が話し終えると女性達は揃って田澤と菊池に向かって礼を述べた。その後、洗髪、髪結い、髭剃りを終えた男達は更衣室に戻って新しい衣服に着替えて櫛引丸に戻って行った。その際に門前では田澤とアリーナのメロドラマの様な別れのシーンが皆の目を引いた。大柄なアリーナが田澤の両の手を取り「船まで送る」と言って聞かない。困惑する田澤は俯いたままである。そんな二人に夕日が降り注ぎ、本来なら周りも泣かせるシーンであるが、二人には悪いが皆の目には子供を叱る母親のように映った。そんな二人を見て、一人の女性が「コウセイサマガ」と言った。アリーナは弾かれたように田澤の手を放した。田澤はアリーナから離れると素早く馬車に乗って櫛引丸に戻って行った。涙して見送るアリーナの肩を「江静が来た」と偽った女性（アリーナの友人）が肩を抱き寄せて共に涙して見送った。

その後、入れ替わって来た人達も入浴を済ませると櫛引丸に戻り、晩餐の迎えの馬車を待った。この時聞いた話によると、重病の武蔵は手術前に入浴を済ませたとのことであった。寝たままの入浴は可能であったが、気丈にも武蔵は一人で入浴し、洗髪や髭剃り髪結いは江静が行ったとのことであった。万全を期すため晩餐会は欠席と決まった。武蔵の介添えは、この国に来てから多少医学も学んだ江静があたることとなった。このことはすでに女王の許可も得ていた。家沢と新渡の二人の弟子達は「休息をするように」と江静に言われて櫛引丸に戻されていた。江静の身分を知る二人は従うしかなかったのである。江静の「真意まではわからない」と言う邪推は止めにして、縁のある二人の長い空白の時間を少しでも埋めることができればと願うのみである。

晩餐の宴

予定の時刻になると、馬にまで飾り付けた四頭建ての馬車が列を成して到着した。手綱を取る馭者や補助者、後ろに立つ警護の兵達も派手な礼服である。日本人にとっては想像することもできないメルヘンの世界であった。

晩餐会に欠席する者は四名と決まり事前に女王陛下にも伝えてあった。本来であれば船の管理責任者である船頭が残るべきであったが、船頭の榊は彦康の警護役の責任者であったために水夫頭の古藤が残ることになった。剣客の田澤にあっては、アリーナの件もあり辞退を申し出た。また、武蔵の弟子である新渡は師が苦しんでいるのに自分が浮かれるわけにはいかないと頑なに辞退を申し出たのであった。最後の一人は迷いに迷って苦渋の選択をした公麻呂であった。心を打ち消すのには慣れているはずの公麻呂ではあったが今回の決断は今までで一番辛いものであったに違いない。

公麻呂の父は「陰菊花御紋」という目に見えない大きな大きな権威を背負う人物である。公麻呂はその父の嫡男であり、権威という荷を背負う定めであった。

天皇の「菊花御紋」に次ぐ天皇家の第二位の御紋なのである。他には菊の花弁の枚数の異なる様々な御紋が存在する。陰紋には「陰十六八重栄誉表菊」等もあるが、これらもまた「陰菊花御紋」と比べものにならない。この「陰菊花御紋」が使われたことは長い朝廷制度の中にあっても稀なことである。それは、本来天皇になるべき人物が特別な理由をもって即位しなかったことになる。その理由は明かされることは決してないが、その人物が不遇な星の下に生まれたことだけは明確に推測できる。

その人物が公麻呂の父親なのである。よって、父に何事かが起これば公麻呂はその御紋を背負うこととなる。そして、もし天皇家に不慮の何事かが起これば公麻呂がその位に就くこととなるのである。天皇の正当な後継者は皇太子であるが、不慮の特異な出来事が起これば公麻呂の家系が継ぐことになると言えば理解できるであろう。

しかし、当の公麻呂はそんな意思など全く持っていないのである。そして今は自由な剣客でいることに満足していた。高貴な身分に生まれてそれなりに父の苦労や苦悩を知っていたからであると言えよう。公麻呂は当然ではあるが高位な官位である正一位、従一位（太政大臣）などの冠位を持っているはずはない。これは官職に就く者達が賜るものなのである。その位階に就くことを『守』（下の位階の者が上位に就く）と『行』（上位の者が下の位階に就く）という。また「散位」または「無官」という言葉があるがこれは叙位されたもののその官位に就かないことを言う。

公麻呂家は天皇家と同様に官位は存在しない。しかし、どんな大大名や高貴な公家達でさえも到底及ぶはずもない。自由奔放に見える公麻呂ではあったが、内心は自分の安易な行動が巻き起こす波紋の重大さを理解しており自らを毅然と自制していたのである。この時も公麻呂は「恋に走りたい」気持ちを抑え、鎖を掛けたのである。若く健康な公麻呂にとって拷問にも似たものである。そんな公麻呂は小さい時から何事に対しても心に鎖を掛け続けてきたと言える。真の貴公子とは「厳しさの中にある」と言えよう。

現在の公麻呂は一介のタイ捨流の剣客として生きようと思い定めていたが、あまりにも大きすぎる身分ゆえ、消し去ることもできずに苦悩している現実があった。特に女性の絡む事柄が最大の問題であることを小さい時からいやというほど知っていたのである。

送迎の馬車と入れ替わるように煙突から煙をなびかせ二台の馬車が到着した。広大なロシアの国ならではと思える馬車である。その馬車から漂う美味しそうな匂いで、リュウにもすぐにわかった。先頭の馬車から出てきたのは医師団と同じような白衣を着たごつい男達であった。男達は皆、白の丸い烏帽子を被っていた。男達は櫛引丸に乗ると甲板の中央に真っ白な布を敷いた。そして何度も往復しては手際よく皿（料理）を綺麗に並べた。隙を見て田澤は子供のようにこっそりと皿の蓋を開けて中を覗いた。皿には肉や魚等の様々の手の込んだ料理が盛り付けられていた。しかし、田澤は一瞥しただけで蓋を戻してしまった。その他には浴場で見た水菓子が並べられていた。その色や形からしてどうしても食べ物とは思えず、田澤は鼻を近づけたが手に取ることはなかった。田澤の目が輝いたのは色とりどりのギヤマンの徳利に入った、アリーナに言わせると紅白のワインである。敷かれた布の周りには透明なギヤマンの壺が置かれた。男達が帰り際にその壺に火を入れると甲板は昼の様になった。行灯の灯を明るいと思う日本人達にとっては正に信じられない明るさであった。

そんな灯りに照らし出された果物（バナナやドラゴンフルーツ、スターフルーツ等）を見てリュウが予想通りに「あれは福笑いに使う物？」とレイに尋ねて「バカね」とパンチをもらった。そのパンチはいつものものより優しかった。その迫力のなさからしてレイも果物と自信がなかったのかもしれない。

男達が準備を終えると、次の馬車から三人の和服姿の女性達が両手に大きな荷物を抱えて櫛引丸に乗ってきた。ギヤマンの瓶の前に座る田澤に対し「江静様のご指示で参りました」と言って頭を下げた。瓶に夢中であった田澤は「フムー。ソウカ」と言ったきり顔を上げようともしなかった。女性達は微笑んで顔を見合わせ、船内をキョロキョロと見回していた。そんな女性達を見てレイが駆け寄った。レイを見つけた女性達は「なんて可愛いんでしょう。江静様がおっしゃった通りね。日本の猫ちゃんは世界一ね」と言いながらレイに対し「よろしくね」と挨拶した。

「羽根田三束」、「金子まゆみ」、「舘田せつ」ですと三人は銘々に名乗り、「江静様から託された物です」と人に話すように言った。これに対しレイは話がわかったかのように「ニャーン」と泣いて頭を下げた。三人もつられるように頭を下げていた。その後女性達はどこに料理を並べようかと迷っていると、レイが一鳴きすると尻尾を立てて歩きだした。まるで「ついてきて」と言っているようであった。女性達は黙ってついて歩いた。甲板の中央は水主頭達四人の宴席が設けられていたため、後方のマストの陰で止まり腰を下ろした。女性達はレイに「ありがとう」とお礼を言うとレイの腰掛けた場所に一畳ほどの絨毯を敷いた。絨毯の中央には絹で作られた紅白の小さな（普通の半分位）座布団が置かれた。その周りに料理が置かれまるで結婚式の披露宴のようであった。

並べ終えたまゆみが「リュウちゃんは?」とレイに尋ねた。レイは、いつもは金魚のフンのように付いて歩くリュウがいないことがわかり、「にゃーん（リュウ）」と呼んだ。リュウが慌てたように「にゃーん（なに）」と言ってレイの前に顔を出した。そのリュウのお尻はレイによって思いっきり抓られた。「何!　ではないでしょう。皆様にご挨拶するのよ」と囁き、リュウに頭を下げさせた。リュウが「にゃーん（おはようございます）」と挨拶すると、レイはすかさずリュウの尻尾を踏み、「今何時だと思っているの」と耳元で注意した。リュウが「にゃーん（こんばんは）」と改めて挨拶をしなおしたように皆の目には映った。

まゆみはリュウに悪いことをしたとばかりに中央に置かれた座布団をほんの少し遠ざけた。女性達は料理を並べ終えると一品ずつ丁寧に説明し、リュウを哀れみながら馬車に戻っていった。まゆみが馬車に乗る時何気なく猫達の場所に目をやった。その目に映ったのは二匹の猫達が行儀良く座布団に座って食事をしている姿であった。それもまゆみが気を使い離してやった座布団の位置が元の場所よりもさらに近いところに置かれているのがわかった。まゆみは他の女性達にこっそりと知らせた。女性達は顔を見合わせ無言で頷きあい笑顔になっていた。

紋付き袴と正装した男達は馬車に乗り宮殿に向かった。歩いた方が早いと思われるがこれもまた儀式である。宮殿までの短い距離ではあったが、多くの人々が手を振って歓迎していた。本来であれば本宮殿で行うべき晩餐会であったが港にある別殿で行うことになったのは日本側の要望からであった。信頼に足りる人達であることは十分に認識できたが、民族、習慣も異なる異国であるため万全を期して船頭の榊が要望したものであった。

一行が別殿（別宮殿）の白い大門の前で馬車から降りると、一つの鐘の音と共に突然真昼のような明るさに変わった。数多くの灯りが一斉に灯されたのである。壮大な宮殿が浮かび上がり、その光景はまさしく絶景であった。感情を表に出すことのない剣客達でさえも、この時ばかりは感嘆の声と共に大きく目を見開き宮殿を仰ぎ見ていた。

その明るさを表現するとすれば、高い塔の先端に刻まれた天使の微笑みまでも読み取ることができるほどであった。この時剣客達は、想像をはるかに超えた文明社会に接し、世の中の広さと未知なることの多さを知って心を新たに引き締めていた。

宮殿の入口に立って待っていたのは近衛兵の指揮官でもあるこの国の王子であった。王子の隣には江静が立って皆を出迎えた。江静は皆に「王子様のアレキサンドル二世殿下です」と紹介した。彦康はじめ、全員は試合場ですでに王子であることを察していたため、さほど驚くことはなかったが、様子も然りながらその顔つきや態度が一変していたことには驚かされた。そんな王子は旧友に再会したかのように笑顔で「アレキサンドル二世です」と言って頭を下げた。侍達もまた揃って頭を下げた。

その後、王子と江静に導かれて侍達はその後に従った。皆がエントランスに入ると大音響の演奏が始まった。聞き慣れない旋律であったが決して不愉快なものではなかった。剣技にも調子（リズム）があるように、その調子は爽快にさせた。その軽快なリズムは皆の足並みを揃えることとなった。彦康はこの曲は兵達の行進や士気を鼓舞するためのものであろうと考えていた。この国は偉大な音楽家達を数多く生みだした国である。その旋律は広大で美しい自然から生みだされたものである。兵達のために作られたとしても決しておかしくないであろう。

長いエントランスの左右には、一糸乱れぬ儀仗兵達が整列し出迎えた。その先には煌びやかな衣装を纏った貴族達が列を成して居並び出迎えた。後ろに立つ貴族達は不体裁を気遣いながらも侍達を一目見ようとつま先立って注視していた。異例なことであった。

その先には、純白のドレスで正装した女王陛下が中央に立ち、右には淡い水色のドレスを着たアリョーナ姫、左には薄いピンクのドレスを着たアナスタシア姫が出迎えていた。

女王は豪華な王冠を被り、姫達はティアラをつけていた。また三人は品の良いネックレスと指輪をつけていた。それを見た剣客の杉本は、我が家の「ニャー」の首輪みたいだと微笑んで見ていた。また剣客の鳥谷部は、レイやリュウに首輪をつけるとしたら何の色が合うだろうと思案していた。

三人の超豪華と思われる装飾品は、いずれも目立つことなく、品のある物ばかりで人柄が偲ばれた。そんな三人の女性達の温かい眼差しに迎えられた侍達は「男冥利」に尽きると言っても過言ではない。

女王の前に来ると王子は「先生方をお連れ致しました」と言って、女王と婚約者アナスタシアの間に入り出迎えた。江静は女王の前に立ち侍達との通訳を行った。はじめに挨拶したのは彦康であった。彦康は無紋の絽の羽織袴姿であった。その透き通る羽織からは「三つ葉葵」の紋が微かに見えていた。

女王が右手を優雅に出した。彦康は自分の名を名乗り、出された手を軽く握り、身体を少しかがめて女王の手の甲を口元（付近三～五センチ）に寄せ、さりげなく戻し「ドーブルイ　ディェン（こんにちは）」とキスハントを行った。女性に対する握手は、女性が手を出した時に行うものである。手の甲に唇をつけたり匂いをかぐように見えないように、一連の動作として二～三秒を滑らかに行うのがマナーである。そしてその国の言葉で「コンニチワ」を添えれば女性への挨拶「キスハント」は終わるのである。

江静はマナーに敵った彦康の挨拶を見て、「日本にもマナーに通じた方がおられるのね」と誇らしく感じた。

キスハントの挨拶を終えた彦康は「徳川彦康」と名乗り、今は剣客の「依田彦康」として来ていることを女王に伝えた。また江静はこの時彦康が日本の幕府（政府）である徳川家の若君であることを伝えた。聞いた女王と王子は一瞬驚いた表情をしたがすぐに納得の顔に戻った。しかし、二人の姫達は大きな目をさらに大きく見開き彦康を見つめていた。

紹介を受けた女王は異例とも言える右手を改めて差し出した。彦康が優しく握り返すと女王は両膝をわずかに折って軽く会釈をした。これを見た周りの貴族や兵達は彦康が単なる侍ではなく、貴人であることを知った。

女王との挨拶を終えると彦康は王子の前に立ち握手を交わした。その時王子は握手と共に丁寧にお辞儀までしたのである。握手と同時に頭を丁寧に下げること等は外国人の習慣やマナーにはないはずである。ましてや一国の王子としては考えられないことであった。しかし、この時の王子の心境はまさしく師に対するものであった。その気持ちがわかる女王は微笑ましく見つめていた。

その後は右側のアリョーナ姫に挨拶し、さらに左側の王子の隣に立つアナスタシア姫と挨拶を交わした。二人の姫達は同じように軽く手を握ると左手を横に広げ、片膝をついて頭を下げてから立ち上がった。片膝をつくということは相手が上位であることを示すものである。姫達のその姿は西洋の踊り「バレエ」のプリマバレリーナのように優雅に映った。その時彦康はアリョーナ姫の美しい瞳に憂いを感じとっていた。

江静は公麻呂のことについても武蔵から聞いていた。彦康と公麻呂の家柄があまりにも大きかったため細川家の姫である江静に話さざるを得なかったのである。このことにより武蔵と江静の間柄がわかる気がする。よって江静は公麻呂のおおよそのことについても女王に話していた。

四人に挨拶を終えた彦康を席まで案内したのは貴族の美しい少女であった。少女のグリーンの瞳は席に案内し終えるまで彦康の顔から離れることはなかった。案内し終えても少女は彦康の傍から離れようとはしなかった。それを見た侍女の一人がさりげない様子で少女の下に行き案内するように連れ帰った。

彦康は女王と対面した時江静を介して、侍達の挨拶は「名前だけに」と願い出た。堅苦しいことを嫌う多くの剣客達をおもんぱかってのことであった。女王はこの稀なる申し入れを快く承諾した。本来であれば女王や王家の人達と謁見、引見する時は、より時間を長くしたいのが人々の人情・思いである。

また、王子と対面した時王子は気さくに「私はすでに皆様方とは先ほど挨拶を終えました。是非アナスタシア姫の挨拶を受けていただきたい」と申し出た。その時「お兄様」と小さく声がかかった。声の主は妹アリョーナ姫であった。王子はアリョーナに顔を向けるとアリョーナは可愛い唇を少し前に突きだし見つめていた。王子はすぐに察し「二人の姫達の挨拶を受けてもらいたいと」と願い出た。簡単な言い方をすると握手を願い出たのである。これは乙女心を察した思いやりからであった。江静はこれを介し侍達に伝えると皆はすぐに頭を下げ同意を示した。これを見たアリョーナの顔に少し笑顔が戻ったように思えた。

挨拶は厳かに、そして素早く滞りなく終わり侍達は席に案内された。しかし、一つだけ皆とは異なることがあった。それは剣客松本幸子郎の案内役だけが男性であったことである。その男性は松本と対戦した相手の兵の一人であった。大柄な案内役の兵は小柄な松本と親しげに握手をすると、腰も直角に折って礼をした。それは自らが案内役を買って出たように思われるものであった。しかし、現実には松本の案内役が決まらなかったからである。希望者がいないからではなく希望する女性が多すぎたためである。女性達の間で一悶着も二悶着もあったのである。

男性が松本を案内するのを見て女王の顔から微かな笑みが零れた。松本が席に着くまで女性達の目は離れることはなかった。そして松本が席に着くと女性達からはため息や弾む息づかいも聞こえてきた。

そして貴族達は定められた席に足を運んでいた。女王達四人もまた侍従長の案内で席に向かった。当然貴族達は席に腰を下ろすことなく立って待っていた。彦康達侍もそれに倣い立って出迎えた。女王は席の前に立つと彦康とアナスタシアに軽く頭を下げてから着座した。その後は彦康が隣のアリョーナ姫と互いに頭を下げあい座った。王子とアナスタシアもまた互いに頭を下げてから席に着いた。上席の五人が座るのを見てから司会の侍従が「ご着席願います」と言い皆は席に着いた。この時の席次を説明すると中央に女王が座り、その左には彦康、アリョーナの順で座った。また女王の右側にはアナスタシア、王子の順で座った。この時アナスタシアはまだ他国の姫君であって王子の上席に座ることとなる。

晩餐の宴は、女王陛下の挨拶、彦康の挨拶、そして王子のロシア語の「ザ・ズダローヴィエ」と、日本語の乾杯で始まった（本来ロシア語には「乾杯」と言う言葉は存在しない。「〇〇のために」が乾杯の代わりと思っていただきたい。今回のように「健康のために」が通常用いられることが多い）。

江静は王子の乾杯の音頭が終わるまで女王と彦康の間にいて通訳を務めていた。その後酒井悦子が引き継いだ。戻っていく江静の後ろ姿は少女のように喜びに溢れていた。江静は女王の計らいで武蔵の付き添いに戻ったのである。通訳を交代した酒井悦子は侍達とはすでに浴場で面識があった。酒井の外には菊池峰、金子まゆみ、館田せつ、羽根田三束、その他にも日本人の女性達の席を設けて、侍達の通訳等を行っていた。「なぜ、こんなにも多くの日本人の女性達がいるのか？」と侍達は不思議であった。

乾杯はシャンパンに始まり、その後の酒は、本来は料理に添った酒が出されるのが常である。しかし、今夜の来賓は異国人達であったため全く嗜好がわからなかった。よって可能な限り数多くの酒が用意されたのである。それを見て林は、辞退した弟弟子の田澤を思い浮かべ「もし『敏（田澤）』が来ていたら、全部を試飲することになっただろう」と胸をなで下ろしていた。そんな弟子思いの林であったが、今は他の人々の後学のためにと身を犠牲にして代わる代わる違う酒を口に運んでいた。田澤と異なるのはグラスには三分の二ほどの酒しか入っていなかったことである。それを嗜むように一気に流し込んでいた。これもまた試飲と言えよう。何度も試飲を繰り返しても林は乱れることはなかった。見ている貴族達は剣客の剣技を見た時のようにただ感嘆し眺めていた。

林が酒に強いことを侍達は知っているため誰も心配することはなかった。しかし、心配の種は他にあった。それは女難である。聖職者である林和尚は決して自ら女性達に手を出すことはなかった。弁明するようであるが林は人々が言うような生臭坊主ではない。脳みそが多く詰まっていそうな大きな頭、賢そうな瞳、落ち着いた話し方で人々を優しく包み込むため特に女性達から人気があった。女性達は暗示にかけられたように身も心も林に引き寄せられるのである。

一方の林は、神に仕える者として、救いを求めてくる人達を見捨てておくことができなかっただけのことである。特に弱い立場にある女性達を救ってやることこそが坊主の務めである、と信念を持っていた。さらに言えば、田澤がグラスに並々と酒を注ぐところを、三分の二と自重するところに師としての自制と謙虚さが表れていた。流石であると言わざるを得ないであろう……。

日本のお坊さん（僧侶）達が酒に強い要因の一つとして言われているのが毎食口にする玄米である。

本来日本の住職は酒を飲むことは許されてはいない。しかし、林と田澤の二人は「酒は米からできている。だから酒は米である。よって米は大いに嗜むべきである」と放言していた。また二人は外国の酒も米からできている……はずだ……多分と……。

会も半ばとなったころ、会場の一角では示現流の剣客・宮崎が食べすぎて苦悶の体を示していた。宮崎は幼少のころから出された物は全部食べるものと教育されてきた。幼少の時から貧しかった宮崎家では、残るほどの物が食卓に出されるはずもなかった。また成長し剣一筋の道に入ってからも修行一筋で、贅沢とは無縁の生活であった。

そんな宮崎が生まれ育ったのは最南の地である薩摩である。薩摩藩の通称「芋侍」と呼ばれる下士の中でも最下級の家に生まれた。芋侍と呼ばれる通り主食は唐芋（薩摩芋）であり、その唐芋も日に二度食べられるかどうかであった。一角と言われる剣客となって変わったのは日に三度唐芋を食べられるようになったことである。幼少のころは当然のように腹一杯になるだけの量が出されるはずもなかった。このころの薩摩の下士の間では見舞いや土産は唐芋三個が相場であった。それほど下士の生活は貧しかったと言えよう。大きめの芋であれば最高の土産にもなった。

宮崎は晩餐の席で、日本の女性から教わりながら器用にナイフとフォークそしてスプーンを使って食事をとった。ナイフとフォークを皿の右側に揃えると食べ終えたことであることも教わった。しかし宮崎は出された物は全部食べるものであると思っており食べ続け、やがて限界がきた。一口のスープさえも食べることができなくなった。宮崎はこれを打開するには腹ごなしをするしかないと考えた。それは素振りをすることが最善であると思ったが公式の晩餐会の会場では無理なことであった。考え倦ねた末に宮崎は大声で歌うことを思いつきすぐに行動に移した。その行動とは彦康の下に行くことであった。宮崎は示現流の掛け声によって喉は鍛え上げられていた。生国の開聞岳（薩摩富士）は常に噴火を繰返していた。そんな噴火の最中でも掛け声が聞こえるように訓練したのである。それによって声量のある美声が身についたのである。宮崎にとって歌うことが娯楽でありストレスを解消してくれた。また宮崎の歌声に胸をときめかせる女達が多くいたことも励みとなった。

苦しげな様子の宮崎から話を聞いた彦康は、すぐに通訳の酒井を介し王子に打診した。王子は嬉しそうに頷くとすぐに女王のところに赴いた。女王もまた嬉しそうな顔をして承諾した。そして何事かを王子と相談していた。彦康に対しては女王自らが返答した。そのことは侍従と酒井によって会場の人達にも告げられた。貴族達からは大きな拍手が沸き上がった。そして貴族の女性達は興奮気味に立ち上がると宮崎に向かって拍手を送った。その様子を見て一番驚いたのは宮崎本人であった。

宮崎は自席に戻らず林の下に向かった。話を聞いた林はすぐに承諾して彦康のところに向かった。林の足取りは多量の酒を飲んでいるにもかかわらず、微塵にもふらつくことはなかった。話を聞き終えた彦康は、酒井に声をかけた。酒井はすぐに金子まゆみを伴い榊の下に向かった。酒井から話を聞いた榊は水夫見習いの吉田優乃進を呼んだ。その後すぐに金子と吉田は会場から姿を消した。

舞台は上席の壇上よりも一段と高く真向かいにあった。そこは今、ローズと呼ばれる花や鶏の嘴のような花や見たこともない色とりどりの花々で埋め尽くされていた。その花々が侍従長の一言で取り除かれてそこは大理石の大舞台に変わったのである。後に日本の歌舞伎において奈落と呼ばれる舞台や花道の下に空間や通路などが造られるようになる。

また、これほどの大きな舞台を埋め尽くした花の数は膨大なものであった。その量にも驚いたが、それらの花の種類の多さにも驚かされた。そして侍達が最も驚いたのは上席やメインの場所にさりげなく置かれた「生け花」であった。その花は大舞台にゴージャスな器（花瓶など）に投げ入れられ飾られた華美な花々とは異なり、葉や花一本一本の個性を消すことなく、さらに相互に兼ね合いながらより美しい空間をつくっていた。生け花には幾人かを除いて疎い侍達であったがその精神は伝わってきた。その空間には日本の「ワビ・サビ」を感じることができた。侍達はここにいる謎の日本女性達が生けたものだろうと確信していた。また生け花に通じた人達は生半可な腕前でないことを見抜いていた。

片付けられた舞台の中央に立ったのは示現流の剣客宮崎と宝蔵院流の剣客林であった。舞台の傍らに金子まゆみと少女二人の姿があった。宮崎は腰に両刀を差して右手には大きな扇子を閉じたまま握っていた。林もまた両刀を帯び右手には受けとったばかりの宝蔵院流独特の十文字槍を持っていた。二人は舞台の中央で片膝立ちとなると上席に向かって上体を六十度ほど折って礼をした。二人は両刀を帯び、槍や扇子を手にしていたため正座しての礼ができなかったのである。

二人が顔を上げると稚児髷（公家や武家の幼い娘が結う日本髪）に振り袖姿の二人の少女が舞台に上

がり二人の下に向かった。一人の少女は二尺（六十センチ）ほどもある朱塗りの大杯を両手で頭上に掲げるように持っていた。他の少女は朱塗りの角樽（角が出ているように取っ手が付いているため角樽という）を両手で目の上まで持ち上げていた。まさに仰々しいと言える仕草である。

二人の少女が宮崎と林の前に立った。すると宮崎と林は少女達に対して上席に対したと同じように丁重に頭を下げた。二人の剣客のとった態度を見て日本人（侍や女性）達は不思議に思った。そんな日本人達も少女達が手にする物（大杯と角樽）を見て納得した。少女達が持つ朱塗りの大杯の内側（見込み・茶溜り）と角樽の表面に、金色の三つ葉葵の御紋が描かれていたからである。宮崎と林の二人が反射的に低頭したことが理解できた。この時宮崎と林の心境は「どえらい物が来たもんだ」と驚いていた。

そんな二人に対して少女達は「橋本千恵どす」、「畑中美世どす」とはんなりとした公家言葉で挨拶をした。林は腹を据えて「ありがとう御座る。お預かり申す」と言って槍を右脇に置くと、両の手を目の上に差し出した。千恵は「重いおすえ」と小さく囁くと、そっと大杯を林の手に乗せた。受け取った林は大杯を頭上に掲げたままにし、酒が注がれるのを待った。

一方の少女の美世は、掲げられたままの大盃を見て、千恵に角樽の栓を抜いてもらい、三三九度のように酒を注いだのである（本来「一献」とは盃へ一度酒を注ぐことを言う。一献ずつ三回を三度繰り返し行うということで合計九回飲むこととなる。これでは結婚式の時は式の前に酔いつぶれてしまうため、はじめに新郎は小さな杯に銚子〈酒を入れて杯に注ぐ、長い柄の入れ物〉から三度に分けて酒を注いでもらい、それを三回に分けて飲むのである。その杯を新婦に渡し、新婦も同じように三度に分けて注いでもらい三回で飲むのである。その量は僅かなものである。次に中・大の杯と換えて繰り返して行うとで三・三・九度とするのである)。

美世が酒を注ぐ時、角樽の底に塗られた黒漆の鮮やかな色彩が目に映り、知る者達には正に本物の角樽であることがわかった。美世は言われた通り礼式に従って（三度）注いだが、林は大杯を下ろすことはなかった。美世は躊躇というよりも心配そうな顔をしながら酒を注ぐこととなった。林が僅かに頷いて大杯を下ろした時は角樽は空になっていた。後に林は「あまりの香りの良さについ下ろすのを忘れてしまった」と美世に謝ったという。

林は片膝立ちのまま大杯を静かに口元に運ぶと、ゆっくり味わうように飲みはじめた。はじめは減ることのなかった大杯の酒も、一端減りはじめると穴に吸い込まれるように飲み干されてしまった。林はこの間、飲むのを休むことはなかった。そして一滴の酒も零すことはなかった。見守っていた人達もまた林が呑み終えるまで息を殺して見ていた。飲み終えた時、その人達も揃って息をするのがわかった。

飲み終えて一呼吸すると林は大杯をまた頭上に掲げたのである。二人の少女は「エッ」と驚いた表情をして顔を見合わせていた。その時「千恵さん、美世さん。『おささ』をお持ちしましたよ」と声がかかり、一人の少女が舞台に上がってきた。その少女は千恵達と同じ髪型をして一、二歳年上と思われた。二人の少女は「由起（北條）お姉さま、ありがとうございます」とお礼を言い丁寧に頭を下げた。その時、何も持たない千恵は正座で両手をついた。空の角樽を抱えた美世は中腰で両膝立ちで頭を下げた。その対する酒の入った角樽を持つ由起は立ったまま二人に頭を下げたのである。この三種三様の「礼」を目にした異国の女性達（貴族達）は、その華麗でかつ雅さに、少女達であることも忘れて嫉妬心さえも覚えたほどであった（本来「礼」は「立礼」と「座礼」の二種類である。しかし今回は「拠ん所ない物」を持っていたため三種三様となったのである。また、「礼」について書かれた最も古い書物・文章は、聖徳太子の「十七条の憲法」と言われている）。

由起は礼を終えると角樽を千恵に預け、林の下へと行くと正座して両手をつき「大丈夫どすか」と心配顔で小さく囁いた。林は大杯を僅かに下げて「ありがとう。これしきは大丈夫で御座る」と言って片目を閉じて見せた。そして大杯をまた頭上に掲げたのである。由起はニッコリと微笑むと、「わかりました」と言って頭を下げて立ち上がった。立ち上がると千恵の下に行き、角樽を受け取り二人で林のところに戻った。千恵に角樽の栓を抜いてもらい粛々と酒を注ぎはじめた。由起はいつでも注ぐのを止められるように細心の注意を払っていたが、林はまるで注ぐのを見ているかのように最後の一滴が注ぎ終えられるとゆっくりと額の前ほどまでに下ろした。注ぎ終えた由起と千恵は元の場所に戻り、由起は中腰立ちで空樽を抱え、千恵は正座して林を見守った。

少女達が落ち着くのを見て林はおもむろに大杯を眼前に持ってきて、大杯に頭を下げると口元に運び満面の笑みを浮かべて飲みはじめた。飲みはじめると前と同じように一度も休むことなく最後の一滴まで飲み干した。そんな林を心配そうに見守る三人の少女と、豪快に飲む林のその様子は、得も言われぬ趣を醸し出していた。宮崎はそれまでの間、宮殿の外に建つ石像のように微動だにすることはなかった。

飲み終えた林は千恵に目を向けて片目を閉じて見せた。千恵は返事のように「コクン」と頷くと立ち上がり林の下に向かった。オモテストクの貴族達は千恵の立ち上がる様を見て、立つのにも作法があることがわかった。少女ながらもそこに「艶」が感じられたからである。千恵は林の前に行くと中膝立ちで礼をして、付いた唇の跡を懐紙で拭き取った大杯を受けとった。千恵は大杯を両手で掲げるように持って元の場所に戻ると他の二人と同じように中腰の立ち膝となった。

それを見て林は手にした懐紙を図上に放った。そして、素早く脇に置いた槍を手に取ると一閃させた。実際には二閃させたのである。しかし、この槍の動きを目に留めた人は剣客達以外にはいなかった。人々が目にしたのは空中に舞う懐紙の紙片であった。不作法と思える振る舞いではあるが、武士の倣いとして「一度使った懐紙」は捨てるのである。この行為が意外にも会場を一瞬にして波乱に導いたのである。

それは貴族の女性達が我先にと席を立って空中に漂う紙片を手にしようとしたからである。紙片は女性達がジャンプや背伸びして瞬く間に拾われた。しかし、舞台に落ちた紙片を拾いに上がる人はいなかった。この紙片は舞台の下に待機する若い侍従達が拾うことになるだろう。手にすることができた女性（貴婦人）達は、紙片を大事そうに胸に抱え興奮気味に席に着いていた。また拾えなかった女性達はいかに若い侍従から手にしようかなと考えている風にも見えた。そんな女性達を女王は微笑んで眺めていた。この国の女性達は素直で屈託のない女性達であることが窺い知れた。

「懐紙」は和紙である。和紙は世界で最も品質が良く、最も高価な紙であった。それを知っているのは文化の高い西洋の画家と貴族達である。異国との交易が盛んな西洋だからと言える。そんな西洋でも和紙を手に入れるのは非常に困難であった。日本が交易をしていなかったからである。手にするのは抜け荷（密貿易）の物でほんの僅かでしかなかった。よって西洋では「幻の紙」と呼ばれていた。紙はシルクロードで運ばれる物もあったが、それらは和紙とは全く比べものにならない粗悪な物であった。もし日本が交易をしていれば、西洋の芸術文化がもっと繁栄していたであろうと思われる。日本もまた富に恵まれたと思うが、反面では他国からの侵略に脅かされたかもしれない。この国の貴族の女性達は和紙のことは知っていた。しかし、女性達は和紙が欲しくて駆け回ったのではない。剣客の林が使用した和紙が欲しかったのである。

この時舞台では林が石突き（槍）で舞台の床を「コツン」と突いた。一瞬にして会場は静まった。皆が舞台に目を戻すと舞台の中央で宮崎は扇子を右手に持って立っていた。宮崎の前には林が十文字槍を右脇に抱え、左の手は開いて前に突き出し中腰で立っていた。

会場の皆が注目する中で宮崎の「酒は飲め飲め飲むならば……」の「黒田節」の一節が始まった。蕩々とした歌声は白亜の大宮殿の隅々まで響き渡った。その歌唱力は世界の名だたるテノール歌手にも引けを取らないものであった。声楽に精通する貴族達をも魅了した。宮崎の歌声に合わせて林の演舞というよりも宝蔵院流槍術の奥義の秘められた剣舞・剣技が始まった。三メートルを超える槍の穂先が突き出される度に貴族達は自分が刺されるような恐怖感を味わっていた。反面ではその妙技に魅了されていた。恐怖と陶酔の刻は宮崎の歌声と共にあっと言う間に終わった。二人は舞台の中央に見得を切るように微動だにせずに立っていた。その姿を説明すると宮崎は、表面を向いて立ち、左足を僅かに前に出し、前に中腰で立つ林の右肩に左手を添えていた。右手は全開にした扇子を握って天上に掲げていた。開かれた扇子の中央には朱色に塗られた円が描かれていた。

また宮崎の前で見得を切る林は、右手に十文字槍を抱え、左手には踊りながら千恵から受け取った大杯を口元で握っていた。長ーい右足は「くの字」に曲げ中腰立ちとなり、左足は右に六十度に開いた槍の穂先と対峙するように左に六十度開いて目一杯に伸ばされていた。息を呑むような沈黙は、宮崎の扇子を「パチン」と摺じる音で破られた。そして一拍子の間を置いて万雷の拍手が沸き起こった。その拍手を聞いて千恵は林の下に歩み寄り大杯を受け取り元の場所に戻った。大杯を渡した林は宮崎と揃って片膝立ちで頭を下げた。三人の少女達は宮崎達に倣うように頭を下げた。女王をはじめ上席の人達は全員が立ち上がり拍手を送った。二人は両刀を帯びているため、正座ができなかったのである。

拍手が鳴りやまないなか舞台の下に金子まゆみと吉田優乃進の姿があった。二人は若い侍従達に断りを入れ舞台に上がった。舞台に上がると二人は並んで上席に向かって丁寧に頭を下げた。この時右に立っていたのは「島田髷」（武家の女性が結う髷）の金子ではなく、町人出の水夫見習いの吉田（優乃進）であった。しかし何の違和感も感じられることなく爽やかに映った。この時金子は三人の少女達を迎えに、また吉田は林から槍を受け取るために上がったのである。

吉田は林と礼を交わし槍を受け取ると、その後ろに金子と三人の少女達が従った。吉田が舞台を下りて、次に四人の女性達が階段を下りようとした時、三人の若い侍従達が少ない階段を駆け上がった。そして金子、由起、美世と一人ずつ手を取って舞台を下りたのである。当然千恵をエスコートする人がいないことは誰にもわかっていたため多くの男性達が舞台の下に集まった。しかし、槍を持つ吉田の存在で誰も舞台に上がることはなかった。その時舞台の宮崎と林が千恵に駆け寄り両脇から抱えるようにして舞台を降りたのである。この時の千恵の顔は満面笑みがこぼれていた。そして吉田を先頭にして女性達は退出して行った。この時金子は「お心遣いありがとうございました」とロシア語でお礼を述べることを忘れなかった。集まった男性達は満足げに自席に戻っていった。それを見て宮崎と林は自席へと向かった。その時宮崎の顔に「もう少し食うか」と、また林の顔には「さあ！　飲むか！」と描かれていた。

二人が席に落ち着くと、司会者は「ロシア伝統のコサックダンスをお返しとしてお見せ致します」と言うと、合図である右手を上げた。。その合図と共に軽快な演奏が始まると二十人の男性達がそのリズムに合わせるようにステップを踏みながら舞台に上がった。侍達は「この国の伝統的な踊りである」と聞かされたため踊るのは女性達であろうと期待していたが完全に裏切られたのである。舞台に上がった男達は腰に「ブロードソード」（刃幅三センチ、刃渡り六十センチ、重さ一・二キロほどの「だんびら」と呼ばれる片手剣）を下げていたため兵士達であることがわかった。兵達は揃いの黒の帽子に黒ズボン、黒のブーツに白いシャツ、その上に赤い上衣を着ていた。兵達はステップを踏みながら上席に向かって横一列になると、「ヤー」との掛け声と共に足を止め演奏も停止した。二十人揃って右手を前の腹に当て、左手は背につけ深々と礼をした。二十人は礼をする角度をはじめ、一挙手一投足すべてが一糸も乱れることはなかった。

演奏が再開されると二十人はバネ仕掛けの人形のように動きだし飛び跳ねはじめた。二十人は一本の棒に吊された操り人形のように乱れることはなかった。時にはステップをしながら両腕を組み、しゃがんで左右の足を交互に前や左右に突き出すなど多彩であった。また一人のステップから始まり二人、三人……全員と様々なステップが披露された。その外に腰に差したブロードソードを使い打ち合いの格好をしたり、剣を縄跳びの縄のように使うなど兵士らしい姿も見せてくれた。侍達が感心したのは武芸の稽古にも似たダンスを長く続けても息の上がる者がいなかったことである。侍達はこれだけの足腰と忍耐力があれば良い指導者に恵まれれば一角の剣士、騎士になるだろうと眺めていた。

そんな楽しさと和気藹々さの満ちあふれた会場の中で、ただ一人だけ輝きの薄い瞳の少女がいた。その少女は抜きんでた美しさを持ち、かつ上席にいるためなおさらのこと人目を引くのであった。それは言わずもがなアリョーナ姫である。彦康はそんなアリョーナを見て心を痛めていたのである。そして何事かを思い酒井に声を掛けたのである。酒井は話を聞くとすぐに榊の下に向かった。話を聞いていた榊が珍しく戸惑いの表情を見せたのである。何事に対しても判断と決断の早い榊にしては珍しいことであった。そんな船頭を見て松本幸子郎はすぐに榊の下へと来たのである。松本は「失礼ですが何かお手伝いできることがありますか」と聞いた。考え倦ねていた榊は「彦康様からアリョーナ姫様を元気づけてもらいたい」との伝言があったことを素直に話した。戦や揉め事、操船等については巧みな船頭ではあったが、このような砕けたことについては不得手な榊船頭である。

松本が席を立って船頭の下に来た理由は単なるお節介ではなかった。それは貴族の女性達が入れ替わり立ち替わり来ては握手を求めるからであった。また酒を嗜まない松本が甘酒のような白い飲み物を気に入った、というよりも飲むことができたのである。松本はこの飲み物を目にした時「この国にも甘酒があったんだ」と思って口にしてみたのである。しかし、それは甘酒とは全く異なって懐かしさを感じさせるものであった。松本はこれなら飲むことができると思い酒のようにチビチビと飲んでいた。

これを見て女性達はその飲み物を持って松本のところに、大げさと言えるが押し寄せたのである。その飲み物とは「牛の乳」であった。女性達は牛乳を持ってきて優しく注いでくれるのである。女性達の中には急遽召使いにほっぺの落ちそうな甘い味のものや茶色の牛乳までも作らせて持ってきた人もいた。中には身をすり寄せたり、優しく手を取って注いでくれる女性もいて松本は閉口していたのである。甘い牛乳は砂糖入りであった。茶色の物はコーヒー入りの牛乳であった。コーヒーは当時のロシアでは、王様や最上級の貴族や芸術家しか知らない飲み物であった。庶民などはその存在すら知らない最高級の品であった。

日本における「砂糖」は江戸時代初期においては僅かであるがオランダから長崎に持ち込まれた「出島白」と呼ばれた砂糖である。庶民には全く縁のないものであった。また中国から日本に入ってきた砂糖は「盆」と呼ばれ、品質の上位から「三盆」・「上白」・「太白」と呼ばれた。後に日本で作られた砂糖は「和三盆」と呼ばれ讃岐が有名である。また二十五代薩摩藩主が沖縄の砂糖を主に江戸や大坂に卸した。江戸時代後期には庶民の口にも容易に入るようになったため幸子郎が甘～い砂糖を食べたことがなかったのも頷けよう。

幸子郎は榊船頭の考え倦ねる様子を見て渡りに船とばかりにやって来たのである。そして榊から話を聞いた松本は、「日舞はいかがでしょうか」と気安く答えたのである。榊は一瞬「フム」と頷いたがすぐに落胆の表情に変わり「ここにおられる女性達ではだめなんですよ」と言って肩を落とした。そして「ハッ」と何かを思いついた様子で榊は「もしかしたら～、松本様？」と聞いた。松本は躊躇することなく「私でも良いのですが、もっと上手な御方がおられますよ」と笑顔で答えた。すると、船頭榊にしては珍しく興奮した様子で「どなた様で御座るか」と武士言葉で聞き返したのである。榊の真剣な眼差しと武士言葉で聞き返された幸子郎は相談してから話すべきだったと自分の軽率さを悔やんだ。しかし、すぐにお師匠様は日頃から「困っている人を助けるのは人として当然のこと」とおっしゃっているので許してくれるだろうと意を決し「私の師です」と答えた。その時松本の顔からは悔いは消え、夢を見るような顔に変わっていた。榊は「中条流・高畑晴吉殿が～」と呟いてから松本と共に彦康の下に向かった。

話を聞くと彦康は、自らが高畑に頼みに行こうとして榊に止められたのである。彦康が行けば高畑は断ることができなくなるからである。よって榊は松本と共に高畑に下に赴いたのである。高畑は榊の話を聞くとすぐに「わかりました」と承諾をし、目を幸子郎に向けた。高畑はこの依頼は彦康様から来ていることを知っていたからである。松本は師の視線を受けると申し訳なさそうに頭を垂れた。高畑は苦笑しながらも「幸さん」と呼びかけ、顔を上げた幸子郎に頷いて見せてから「お前も一緒にやるのだぞ！」と目で伝えた。師弟の間には言葉は要らないのである。

榊は彦康に向かって二度小さめに頭を下げて「同意」を得たことを伝えた。その隣で高畑と松本も小さく頭を下げていた。それに対し彦康は「ありがとう」と言うように二人に向かって頭を下げたのである。それを見て高畑と松本は改めて大きく頭を下げた。その後に榊は主役の二人と水夫及び日本の女性達を伴い会場から出て行った。

中条流高畑と日舞

中条流で並ぶ者のない剣の遣い手である高畑が、「日舞」を踊る理由について触れておかなければならないであろう。高畑の日舞は母である「川村さだ」から教わったものである。さだは京の都を代表する高名な神社の娘であった。そのさだの母親は舞い「幸若流」の家元である上野家（上野博道）の娘「君子」である。晴吉からすれば祖母にあたる。その祖母君子の嫁ぎ先が神社の川村家であった。その影響で川村家は「神社舞い」の中心的な立場となったのである。

そんな環境の下で生まれ育った「さだ」は、幼少のころから「舞い手」になろうと心に決めていた。神社舞の舞い手は誰でもがすぐになれるというものではなかった。庶民であれば精進潔斎をし、さらに厳しい訓練・修行をして資格を取るのである。さだの立場であれば舞い手になること等は何の問題もなさそうに思われがちであるが、当時の慣例として神社の最高位にある「宮司」の子女が舞い手になることはあり得ないことであった。宮司の下位にある「禰宜」の娘でさえも稀なことであった。よって親族一同がこぞって反対したのである。しかし、さだは少女ながらも意思は固く、さらに檀家衆の応援を得て親族はやむなく黙認することとなったのである。それはさだが舞いにとって必要な気品と美しさ（容姿）を兼ね備えていたからである。まさしくさだは「舞いの申し子」のように皆に映ったのである。また親族はその美しさ故、年頃になれば諦めるであろうと考えていた。

舞いの踊り手は当時の女性の憧れであり、男性達の羨望の的であった。さらに神社の舞い手はその上に位置しておりトップスターであった。よってさだは小さくして母の実家である家元上野家に預けられることとなった。さだの天分と努力によって何千、何万人という門人の中で右に出る者なき舞いの名手となり後継者となったのである。

（『舞い』とは神に対して行うもので、その動きは水平に「旋回」「回転」することにある。足を地面に摺るように静かに移動しながら回転を加えるような動き方をする。これに対して『踊り』は舞いの一人から始まるのとは異なり、一人で始まらず複数の人、集団で踊るのが日本の踊りの特徴と言える。またその動きは「跳躍運動」と「上下運動」するものである。また、踊りは人のために行うものである。後に五大流派と言われる花柳、藤間、西川、若柳、板東流が生まれる。以後ここでは「舞い」と「踊り」を厳密に区別をしないで記すこととする）

ある日、年頃となったさだが朝廷の祝い事の席に「日本一の舞いの名手」として呼ばれたのである。そこで当代の光源氏と謳われる高家肝煎り高畑家の嫡男・高畑右衛門之丞晴定と出会い二人は恋に落ちたのである。

公家肝煎り従四位上・左近衛権少将の高畑家と、京を代表する神社の宮司川村家の娘とは、家柄として何の問題もなかった。しかし、さだは現在「舞いの家元の後継者」であり「舞い手」であることが封建社会の身分制度においては許されないことであった。その時すでにさだは身籠もっていたのである。さだは家元上野家の後継者を降りて分家の古川千春を後継者としたのである。姉妹のいなかったさだは内弟子であった千春とは姉妹のように育った。生まれもつ天才のさだに対し、千春は努力型の天才と言えた。二人の舞いは甲乙の付けがたい名手であったが、世間ではそんな二人を比べて、さだを「一番」と呼んだのである。それは舞いにおいて差はなかったが、容姿においてさだが上であると評価したからである。それでは千春が不美人のように思われがちであるが千春もまた飛び抜けて美しかったのである。美しさを十に分けるとすると、さだは「十」で、千春が「九」でほんの少しの差でしかなかった。

身重のさだは家元の家を出て、山科の上町に住む乳母の家で『晴吉』を産んだのである。その後、生まれた晴吉だけを引き取ると言う高畑家の申し出をさだは断わり、さらに実家である川村家と家元上野家からの援助も辞退し、一人で晴吉を育てることとしたのである。晴吉の姓については父無し子（てて なしこ）は不浄であるとして実家の川村家では名乗ることを許さなかった。家元の上野家では後継者となった千春が上野の名を名乗るようにと勧めてくれたが、家元の名に傷がつくとしてさだは辞退したのである。そんなさだは晴吉と二人、京の町家に住み人々に舞いや舞いに手を加えた舞い踊りを教授し、生業としたのである。後にその舞い踊りは歌舞伎や日本舞踊にも影響を与えたとも言われている。

晴吉の父・晴定は高家の嫡男として生まれ温厚で物静かな人であった。「高家」とは朝廷における儀礼や儀式・典礼を司るものである。高畑家はその高家の筆頭にあった。まさしく名門中の名門の家柄である。武家社会においてもこれに倣い「高家」は存在するが身分からしても明らかに格下である。言わば日本一の礼法の家柄である。武家の礼法は小笠原流、伊勢流、今川流など様々に体系化され厳しく行われたが、公家の場合は形式化された宮中での儀礼を除いては割合と自由闊達であった。しかし、そこには長年にわたり先人が培った和の心が感じられる。

高家筆頭である厳格な父に対し晴定は従順であった。当時としては親に従うことは子として当然のことであった。反面において晴定は親の許しを得ずに剣術を学んでいた。それも公家の剣法ではなく、武家の剣法である中条流を学んでいたのである。それは親に知られないためと公家の剣法では物足りなかったためである。その腕前は一廉の域にまで達していた。

そんな晴定は時おり二人が住む町屋に訪れては親子三人で心温まる一刻を過ごすのである。さだはそれだけで十分幸せであった。晴吉という名は父晴定が付けたものである。高畑という姓については当主である祖父の許しがないため名乗ることはできなかった。よって町人の子のように晴吉と名乗っていた。

そんな晴吉は物心がつくころ小さな町屋の家から大きな屋敷に移り住むこととなった。

晴吉の祖母が高畑家の家名に関わるとして夫（祖父）に訴えたからである。本心は孫の可愛さからの方便であった。祖父もまた何度かこっそりと見に来ていたのである。

そしてまた、従順であった妻（祖母）の押しに屈したかのように二人（祖父母）はさだの家を訪れたのである。祖父は開口一番「高畑の姓を名乗ることを許す」と告げたのである。さだは驚きのあまり返す言葉も忘れ、ただ呆然と二人を眺めていた。すると祖母が「何とぞ」と言って両手をついたのである。その我が妻を祖父は苦虫を潰したような顔で見ていたが叱ることはなかった。そんな二人を見てさだは気を取り直し、両手をついて義母よりも低く頭を下げてお礼を述べた。

　それを見て祖父は「高畑の家名に関わるから『転居』するように」と言い渡したのである。ぶっきらぼうな言い方であったが、そこには明らかに温もりが感じられた。さだはすでに心にけじめをつけており、即座に義父に対し両手をついて頭を下げ同意を示した。そして晴吉に声を掛けると晴吉は元気よく「ハイ」と返事をして、さだの横隣に来てチョコンと座ると祖父母達を見てニコッと笑った。すでに涙目であった祖母の目から涙が溢れ出ていた。また、厳めしい顔をつくろう祖父はその顔をどうすべきかと苦渋しているように思えた。

　さだは「お爺様とお婆様ですよ」と晴吉に紹介した。晴吉は幼いながらも膝を揃えて「おじいたま。おばあたま。はるきちです」と言って両手をついて頭を下げた。こんな幼い子が挨拶をするとは思ってもいなかった二人は驚きと感動のあまり声が出せなかった。先に言葉を発したのは祖母であった。そして「おばあちゃんですよ。よろしくね」と言って晴吉に合わせるように両手をつき頭を下げた。その後「晴吉！　わしがそちの祖父である」と言って、「よしなに」と付け加え僅かに頭を下げた。それはさだに対するもののように思えた。

　さだもまた二人に対して両手をついて丁寧に頭を下げてから、晴吉に対し「今からあなたは『高畑晴吉』ですよ」とゆっくりと諭すように教えた。晴吉はちょっと考える素振りをしてから「おとうたまとおなじだね」と言ってさだの顔を見た。するとすかさず横から「この爺とも同じじゃ」と声がかかった。晴吉はすぐに祖父に目を向けるとニッコリと笑って紅葉のような手を叩いた。孫に笑顔を向けられた祖父は目の遣り場がなくなったように「ウムッ」頷くと「用は済んだ。婆さん帰るぞ」と言って立ち上がるとすぐに背を向けた。祖父の背がわずかに震えていた。祖母は晴吉に笑顔を送り、さだに頭を下げて立ち上がると黙って夫の後に従った。そんな二人に晴吉が「おじいたん、おばあたん、さいなら」と声をかけた。祖母は振り返って両手を振って見せたが、祖父は後ろ姿のまま手を振っただけであった。その足取りが速くなったのがわかった。晴吉は高畑の姓を名乗ることとなったが、さだは晴吉の将来のことを考えて名乗ることはなかった。

さだ達親子が住むことになったのは塀に囲まれた広大な屋敷であった。公家達は格式が高く土地や家屋は方々に所有していたが、金銭には恵まれてはいなかった。さだ親子二人の生計のたつきである舞い踊りの稽古場もあった。それは屋敷にある幾つかの部屋を解放しただけのものである。そこに多くの町場の人達が通うこととなった。格式のある公家屋敷の稽古場には町場の人々の外に武家の妻女の姿もあった。

そんな人々も公家屋敷の奥にある建物までは近づくことはなかった。日本人の奥ゆかしさからか、公家屋敷の中に入るだけで人々は満足したのである。誤解してもらっては困るのは、公家屋敷だから人々が通ってくるのではない。さだの「舞い踊り」に魅せられて通ってくるのである。元を正せばさだは神社舞いの舞い姫であった。その舞い姫が公家屋敷で教えるのである。町場の女性達にとっては箔がつくステータスと言えるものであった。よって通う人は後を絶たなかった。

また、時おり奥の屋敷には町場の駕籠とは異なる精美な駕籠に乗る人達も出入りした。その外に公家の屋敷にはそぐわない武芸者の姿もあった。屋敷が広いためたとえ奥の屋敷において木剣の稽古をしたとしても、その音は稽古場や屋敷の外には聞こえることはない。

さだは成長する晴吉を見て、いずれは母の下から去ることを思い形見として舞い踊り（日舞）を教えたのである。稽古場は女性達ばかりであったため夫・晴定に相談して、晴定の縁戚に当たる松本家の次男の幸子郎と一緒に稽古させることとしたのである。松本の家は縁戚とは言え分家筋（別家）に当たり、大本家である高畑家の申し出に否応を言うはずもなく承諾した。

幸子郎は晴吉より二歳年下であった。幸子郎にとって晴吉は大本家の子息であり主と変わりない存在であった。そんな少年の幸子郎は実の父から「お前は晴吉様のために死ぬのだぞ」と言い含められて送り出されたのである。小さいながらも賢明な幸子郎はその意味を十分に理解していた。下位の貧しい公家の次男に生まれた幸子郎にとってこの誘いは降って湧いたような幸運であったと言えよう。隣で涙ながらに聞いていた母親もまた「辛かったら帰って来い」などとの甘言を口にはしなかった。幼いながらも幸子郎はそのことを弁えており、その後の厳しい剣術や踊り等の稽古にも耐えることができたと言えよう。それに増して幸子郎の生まれ持った素質と懸命の努力によって、晴吉と同じ様にあらゆることにおいて一角の域にまで達することができたのである。

下位の公家の分家は、本家筋の警護の役も担っていたため武芸にも通じていたのである。そこには公家独自の剣技も存在したのである。本来公家を護るのは武士の役目であった。しかし、武士の力が強くなり台頭したため公家達は雇うことができなくなり自らで守るしかなくなったのである。さらに公家達は所有していた多くの土地を武士に召し上げられてしまったのである。武家社会となった封建時代において公家達がいかに困窮していたのかが窺い知れよう。

晴吉と幸子郎の二人は舞い踊り（日舞の基にもなったため、以後「日舞」または「踊り」と記す）はもとより、学問や剣術においても一緒に学ぶこととなった。二人ははじめに踊りを女性達と一緒に学んだのである。そんな二人に少女達が関心を抱くようになり、稽古どころではなくなったのである。また、半ば遊び心を持って通う少女達と真剣に学ぶ二人との差が大きくなりすぎたため二人を分けて稽古をすることにしたのである。二人だけの稽古となったがさだは二人を分け隔てすることなく全身全霊を傾けて教えたのである。その気迫は剣術にも引けを取らないものであった。そのためか、さだは晴吉達に教え終えると命が燃え尽きたかのようにあの世に旅立ったのである。晴吉にとって日舞は「母の化身」となったのである。日舞を舞う時晴吉は傍らに母の存在を感じるのである。

幸子郎にとってさだは、大本家の奥様であり雲の上の存在であった。そんな幸子郎に晴吉と同じように愛情を注いでくれたのである。幸子郎にとって第二の母とも言える存在となり甘えることができたのである。その分だけ、様々な面において晴吉に引けを取ることとなったと言えるかもしれない。晴吉は博学で剣術の達人である父と、容姿端麗な舞いの名手の母との間に生まれたため武芸や学問が勝るのは当然なのかもしれない。

また晴吉は当代の光源氏と謳われる父と、舞い姫（美の化身）である母の血を引く希代の美男子であった。一方の幸子郎もまた、分家とは言え高畑家の血を引く類い稀なる美少年であった。二人は共に美男ではあったが、晴吉は「美丈夫」（凛々しくきりっとした男子）な美男であり、幸子郎は「見目麗しい美男」と言えるものであった。簡単に言えば「女性のような美しさ」も兼ね備えた美少年であった。

春吉はさだが亡くなった後は父の屋敷に引き取られたのである。そして父晴定は祖父の反対を押して晴吉が希望する自分の成しえなかった剣術の道に進ませたのである。この時父晴定ははじめて祖父の意に逆らったのである。公然と認められた晴吉と幸子郎の剣の腕は見る見る上達し、一角の剣技の持ち主である父や名だたる公家の剣術家達も相手ができる者がいなくなったのである。そのため中条流の剣士である父は中条流本家道場に晴吉と幸子郎を預けたのである。そこにおいても二人は天分と弛まない努力によりって一年も経ないうちに晴吉は中条流では並ぶべき者なき名手となり、幸子郎はそれに次ぐ剣技の持ち主となった。

中条流の剣客となった晴吉は月代《さかやき》は剃らずに総髪のままであった。髪は撫でることもなくざっくばらんに後ろで縛るだけであった。また前髪は庇のように垂らし、眉目秀麗な素顔を見ることはできなかった。そんな晴吉であったが見苦しさ等は微塵も感じられなかった。むしろ中条流の第一人者としての風格を漂わせていた。

晴吉は中条流第一の剣客となっても母の形見である踊りの稽古を止めることはなかった。その稽古は立って行うのではなく、目を閉じて正座したまま行う不動の稽古という奇妙とも言える稽古であった。「不動」の字の如く身体を動かすことはなかった。よって周りに人がいたとしても誰も踊りの稽古をしているとは思わなかったのである。この動くことのない晴吉の稽古を感じ取ることができたのは幸子郎だけであった。幸子郎はそんな時には晴吉の傍に座し、自らも目を閉じて稽古をするのである。日舞において極めれば身体を動かすことなく稽古ができるということである。また二人は気と呼吸によって揃って稽古することができたのである。

晴吉はえもいわれぬ悲しみや寂しさに襲われた時、たとえ一寸先が見えない深夜の闇中の中でも一人で稽古するのである。その時母と二人だけで舞い踊るのである。日舞はまさに剣客・高畑の心を癒やすものであった。

話を晩餐の会場に戻すと、舞台で跳ね飛ぶように踊っていた兵達のコサックダンスが終えて舞台から降りたところであった。演奏もまた軽快なワルツへと変わった。二十人の少女達はそのリズムに合わせてステップを踏んで舞台に上がった。その少女達はお揃いの白いロングドレスを着て真っ赤なチョッキを羽織っていた。頭に三角巾のように巻かれたバンダナと靴もまたチョッキと同じ真っ赤な色をしていた。

（※頭に着用する物を「バンダナ」と言い、標準は五十センチ四方である。その巻き方は海賊のようにすっぽりと被ったり、少女達の三角巾のように二つ折りにして被ったり、細長く鉢巻き状にして使う。

また、首に巻くのを「スカーフ」と言い、手や汗を拭くのを「ハンカチ」と呼ぶ）

侍達は通訳から舞台の少女達は全員が貴族の娘であると知らされた。舞台の中央で少女達が横に一列になると演奏が止んだ。少女達は揃って上席に向かって両手を広げて右足を引いて頭を下げた。その少女達が広げて上げた両手の高さ、引いた右足の位置、下げた頭の角度、そしてその動きまでもが皆揃っていた。そしてまた同時に顔を上げると中央の少女が「フォークダンスを踊ります」とたどたどしい日本語で挨拶をした。挨拶を終えると演奏が始まり、少女達はその軽やかなリズム（拍子）に合わせ舞台狭しと跳ね回った。少女達は縦になったり横になったり、輪を作ったり、時には手をつないだり片足を上げたり、声を出し合ったりと楽しそうに踊っていた。日本の能や舞い、そして皆で踊る盆踊り等にもないものであった。侍達はこんな踊りが我が国にもあれば、人々がもっと楽しく暮らせるだろうにとも考えていた。剣客の小島均八郎などは「婆様達が踊ったら……」と考えて、吹き出すのを堪えていた。また剣客の杉山は通辞に「ダンスは貴族だけのものなのか」と尋ねた。通辞の日本人の女性は「ダンスは貴族も平民もなく、皆が踊るものです」と答えた。そして「年に何度かは宮殿で平民も交えた舞踏会が開かれます」と教えてくれた。日の本において殿様や姫様と一緒に踊ることなど考えられない。ましてやこの国の貴族の令嬢達のように皆に向かって片足を上げる等とは全く考えられないことであった。

余談になるが、剣客のリズムは物を斬るための拍子（リズム）でもある。戦いでは一人を斬るにしても、また大勢を斬るにしても拍子が必要なのである。拍子をなくして人を斬ることは可能ではあるが、それは極端な言い方をすれば鉈で力任せに押し斬るようなものである。切り口が乱れ次の行動に遅れが生じて次の剣技に移るのが遅れてしまう。当然ではあるが多くの人を斬ることができなくなるのである。その理由は次の相手を斬る前に自分が斬られてしまうからである。剣客達は拍子（リズム）に乗って斬るから剣客であると言えよう。拍子に乗って斬れば刀は何の抵抗もなく抜けて素早く次の行動に移れ対処できるからである。またその斬り口を見れば斬った人の腕前（技量）のほどがわかると言われている。

皆の目と精神を和ませた少女達はダンスを終えると中央に並んで上席に向かい礼をしてから、会場の人々に手を振って笑顔で舞台から降りた。この時剣客の小笠原は「日本の姫君達はこのように笑われるのだろうか」と一人考えていた。多くの日本人にとって、生涯においてお姫様を目にすること等は一度もなかったと言える。

誰もいなくなった舞台に和服姿の一人の女性（八戸志保）が上がった。八戸は舞台の中央に正座すると、上席に向かって両手をついて彦康の口上を述べた。それは「晩餐会の招待に対する心ばかりのお礼をしたい」とロシア語と日本語で述べたのである。その時上席がある壇上の階段の下には船頭の榊と数名の水夫達が品々を抱えて控えていた。

八戸の口上を聞いた女王は笑顔で八戸に肯いて見せると、隣の彦康に目をやり二人は立ち上がった。それを見て通辞の酒井は階段を下りて榊から品物を受け取ると、両手で掲げるようにしてゆっくりと階段を上がったのである。女王の後ろに控えていた侍従長がそれを見て、慌てたように酒井に駆け寄り頭を下げていた。酒井は笑顔で首を振って二人は揃って女王と彦康の下に戻った。戻る時、侍従長は下にいた若い侍従達に目を向けた。三人の侍従達は叱られた子供のようにうな垂れて身を固くしていた。この若い侍従達は一人であれば躊躇うことなく酒井に手を貸したであろう。しかし、この時舞台の下には三人の若い侍従達がいたため互いに気を使い手を出しそびれたのである。侍従達の若さと酒井の美しさが起因したものである。侍従長にもそのことはわかっていた。

彦康は品物（桐箱）を両手で受け取ると酒井にほんの僅かだけ肯いて見せて掛けてある布を取るようにと目配せをした。酒井は掛けられた絹布を取って畳み、僅かに両手で挙げて頭を下げると丁寧に懐に収めた。その絹布には三つ葉葵の紋が染め抜かれていたのである。薄い桐の箱に納められていたのは黒真珠のネックレスであった。

彦康が女王に「心ばかりのお礼です」と言って差し出すと、女王は彦康の目を見て「お心遣いありがとう」とお礼を述べ品物に目を向けた。そして差し出された黒真珠のネックレスを見て女王の大きな瞳が輝き釘付けとなった。そして女王は慎みを忘れたかのように両手を天に向けて広げると「神様！」と叫んだのである。一国の国主である女王陛下をこれほど驚かせたということは、差し出した黒真珠のネックレスがいかに高価で貴重な品であるかが窺い知れよう。女王を驚かせたネックレスは「十五ミリの黒真珠」で作られた物であった。これほどの大玉の黒真珠であれば、それがたとえ一個であったとしても、その国の宝物の上位に名を連ねることは間違いない品なのである。

女王は気を取り直したように目をまた黒真珠のネックレスに戻した。そして、手を出すことなく彦康に目を向け瞳を見つめて「本当にいただいてもよろしいのですか」と尋ねていた。彦康もまた女王の瞳に「どうぞ」と応えた。女王でさえも気後れするほどの品であったと言えよう。女王の顔からは緊張感が漂い、差し出した手は微かに震えていた。それに気づいたのは彦康だけであった。震える手はネックレスだけを握ると、両の掌で包み込むようにして胸の前に持っていき見つめていた。このように女王陛下自らが贈り物に直接手をだすなどあり得ないことであった。普通であれば付き添う侍従達が受け取るのが常である。よって空となった桐箱は通例の如く酒井を介し侍従長に渡された。

女王は顔を上げると目を彦康の瞳に戻して、静かにネックレスを差し出したのである。彦康は向けられた女王の目からその意を察し、ネックレスを両の掌で受け取った。すると女王はすぐに横を向いて（会場に背を向けた格好）僅かに腰を低くしたのである。このなんとも言えない優雅な仕草に会場の人達は何を意味するのかを理解したのである。また会場の人達には女王が何を贈られたのかはわかっていなかったのである。彦康は女王の後ろに立つと、蝋のような真白い首に優しくネックレスを結んでやった。この時彦康も会場の人達に背を向けたのである。これは女王の意を汲んでのことであった。つけ終えた女王は彦康に「お礼」を述べてから立ち上がると、くるりと回り表面を向いたのである。

女王の胸に黒いダイヤのように光り輝く黒真珠を目にした貴族達は一瞬自分の目を疑った。黒真珠のネックレスを見たことがなかったからである。黒真珠を見たことのある人も、せいぜい五、六ミリの小粒の指輪にされた物だけであった。十五ミリほどの黒真珠のネックレスなどあるとは思わなかったのである。貴婦人達は我を忘れたように壇上の傍らに群がり食い入るように凝視した。中には「一粒でも欲しい」というような眼差しで見惚れている女性もいた。そんな女性達を見て剣客の小島の脳裏にはなぜか「〇〇に真珠」という言葉が浮かんでいた。そんな女性達は侍従達の必死の説得で席に戻って行った。高貴な貴婦人達ばかりであるため、羊を追い払うようには行かないため侍従達の苦労が偲ばれた。

その外に女王陛下には「正装は染めの着物に織りの帯」と言われているように、伝統の染めの友禅の着物と織りの代表でもある西陣帯が送られた。ここにいる女性達の中に仕立ての名手がいると聞いたためである。当時の日本の女性は、姫様などを除いて全員が着物を縫うことができたと言える。この着物を運んだのは酒井の指図で侍従達であった。慣例に倣い榊達は壇上に上がらなかったのである。

その後、剣士でもある王子には名のある日本刀の大、小が贈られた。王子は子供のように喜び渡された刀を抜こうとして女王に諫められやむなく腕白小僧のように腰に差して嬉しそうに眺めていた。そんな王子をアナスタシア姫は微笑みながら見つめていた。

アナスタシアには女王の黒真珠と同じ大きさほどの白い真珠のネックレスが贈られた。アナスタシアもまた差し出されたネックレスを見て大きく目を見開き呆然と立ち尽くしていた。王子はそんなアナスタシアの傍に行って、そっと肩に手を掛けた。アナスタは我に返ったように王子を見て抱きついた。王子は優しくアナスタシアを抱き締めてやった。落ち着きを取り戻したアナスタシアは、王子の目を見て誘うようにネックレスに目を向けた。王子もまた驚きの表情を見せたがすぐにアナスタシアの意を察し頷いて見せた。アナスタシアはそれを見て「わかりました」と言うようにコクリと頷いた。そして彦康に向き直ると二人で彦康に頭を下げ、アナスタシアは桐の箱のまま受け取り彦康にお礼を述べたが声にはならなかった。隣で王子が代わってお礼を述べた。酒井の通訳があった。二人は揃って女王の下に行きその品を見せた。女王もまた喜んで彦康に会釈をした。アナスタシアは自席に戻ると椅子に腰掛けてからネックレスを王子に掛けてもらった。興奮のため身体が震えたためである。座ってもなお収まらない震えのために王子も苦労していた。会場の貴婦人達もその様子を見て白の真珠であることがわかり壇の傍らに押し寄せた。震えるため中腰では無理だったのである。白の真珠でもこれほどの品になると世界でも数の少ない逸品である。アナスタシアは誇らしげに立って皆に披露をしていた。その時アナスタシアの片手はテーブルの下で王子と握られていた。王子の空いた片手は贈られた腰の日本刀にあった。この時もまた侍従達が苦労をしていた。

次に贈られたのは肝心なアリョーナ姫である。そのアリョーナには女王達に比べると少し小さめのピンクの真珠のネックレスが贈られた。小さめと言ったがその粒の大きさは十ミリは優に超えていた。ピンクの真珠は世界でも稀であった。この会場の貴婦人達も誰も見たことがなかったのである。女王とアナスタシアだけはかろうじて五、六ミリほどのピンクの真珠を見たことがあった。言わば「幻の真珠」であった。当然その真珠は加工などはされず貴重に飾られていた。そのピンクの真珠が連なりネックレスになっていたのである。驚くのは当然であった。

彦康に差し出された時アリョーナ姫の寂しそうな表情が緊張の表情に変わった。そして助けを求めるように母親である女王に目を向けたのである。見守っていた女王は立ち上がると静かにアリョーナに近寄り肩を抱いてやった。そして二人は彦康が差し出している桐箱のネックレスに目を向けた。女王もそれを見て一瞬息を呑んだがすぐに深呼吸して彦康の目を見つめ目でお礼を述べた。そして女王はアリョーナに目を向けて頷き「いただきなさい」と目で伝えたのである。アリョーナはコクンと頷くと彦康に正対して両手で受け取った。その手はガタガタと震えていた。席に戻ると女王はネックレスをアリョーナに巻いてやった。その光り輝くピンクのネックレスを見た貴婦人達ばかりか、男性達も壇の傍に押し寄せ眺めていた。アリョーナは壇の端から端まで歩いて皆に披露をして見せた。この時もまた侍従達が活躍（苦労）していた。席に腰掛けたアリョーナの瞳の片隅から一点の寂しさが消えることはなかった。それを知るのは女王とアナスタシアそして彦康であった。

贈られたこれらの首飾りは「海洋国日本」ならではのものであった。数多くある海洋国でも、これだけの品を採取し作る技術を持っていたのは日の本の国だけである。よって、世界最高の品々である。下世話に言えば、この真珠一粒でお城や宮殿が買えるほどの値打ちがあったと言えよう。また貴族達には和紙が贈られたのである。

興奮が収まらない中、会場に「ポン、ポン」と軽やかな鼓の音が響き渡った。その音で会場の人々の目は皆舞台に向いたのである。舞台の中央には八戸が正座し、その後ろには烏帽子を被って、筒袖・筒袴姿の水夫が二人、片膝立ちで鼓を打っていた。それを見て会場の人々は話すのを止めて舞台に注目したのである。それに合わせて鼓の音も止んだ。静まりかえった舞台の上で八戸が「ただいまから日の本の踊り『日舞』をご披露致します」とロシア語と日本語で口上を述べたのである。八戸の言葉が終わると鼓が打たれ会場のドアが開かれた。そして鼓を叩く舞台の二人と同じ姿「烏帽子に白い着物、白袴、白足袋」の八人の男（水主）達が、「市女笠《いちめがさ》」の二体を囲み、抱えるように入場し、八戸と入れ替わって舞台に上がった。

（「市女笠」とは、大きめの丸く平べったい菅等で編まれた笠（三度笠様の物）で、中央が若干丸みを帯びて突きだした感じの被り物である。この市女笠は頭に乗せるのではなく、両手で支え持つようにして使うものである。その笠の周りに八枚の上布か薄い絹を暖簾のように垂らしたものを言う。これを「総角《あげまき》」と言う。また別名「虫の垂れ絹」と言う。これは公家や高貴な女性達が顔を見せないためのもので遠くに行く時に用いた。近くに行く時は「被衣《かつぎ》」と言って絹だけを頭からすっぽり被った。絵双紙等に出てくる牛若丸が橋の欄干に立って被っている布のことである）

舞台に上がった水主達は中央に市女笠の二体を置くと、舞台の二人と合わせて十人はそれぞれの位置に着いた。水夫の西村栄二朗は横笛の龍笛、阿保初江朗は横笛・高麗笛、米久朝伍朗は尺八・一節切、渡辺准志朗は尺八・天吹、二唐修吾郎は鼓・鞨鼓、伊藤昭之信は鼓・杖鼓、奥寺愛之丞は京三味線、安藤小梢之助は柳川三味線、日影舘篤馬は三味線を小型にしたような「三弦鼓弓」（バイオリンも明治の初期までは胡弓と呼ばれていた）、大間秀美は竪箜篌・空侯《たてくご》（胴「共鳴板」を縦にして、腕木を横に渡してL字型になった、胴から腕木にかけて斜めに二、三本の絹糸の弦が張られたもの。ハープも渡ってきた当初は空侯と呼ばれていた）を手に舞台の後方に横一列に並び座していた。

舞台の中央に置かれた市女笠の二人は対の如く前後して立っていた。そこに黒子姿の荒谷美枝吾郎と吉田優乃進が市女笠の二人の下に行き、市女笠を静かに取り去った。

息を殺して見守っていた人達は二体の振り袖姿の日本人形が置かれていると半信半疑ながらも思っていた。女王はじめ貴族達が驚くのは当然としても、それよりも驚いていたのは侍達と通辞役の日本人の女性達であった。日本人の女性達は二人の振り袖姿と舞台いっぱいに漂う日本情緒に接して懐かしい祖国を思い出し涙していた。

舞台中央に振り袖姿の人形の様に佇む二人は笠を被り藤の花の小枝を手にしていた。この踊りは「藤娘」の演目で後世にまで残ることとなる。後ろに立つ人形は黒い笠を被り黒地に銀糸で藤の花を刺繍した振り袖を着ていた。身体は少し左斜めに構え背を反らせるように立っていた。左手に持つ藤の小枝は左肩に掛けていた。その花房の先端は踵にまで届いていた。右の手には銀糸で刺繍された藤の花の片袖を一重に巻いて帯の前で抱えていた。

右前に立つもう一体の人形は艶やかな朱色の振り袖を着ていた。その振り袖には金糸で刺繍した藤の花があしらわれ、頭には振り袖と同じ朱色の笠を被り、身体を少し右斜めに構えて両膝をわずかに折り曲げて立っていた。この姿勢を保つことだけでも大変なことである。右手に持った藤の花の小枝は右肩に担ぎ、その花房は床にまで届き、左手は金糸で刺繍した藤の花のある片袖を肩まで持ち上げていた。

二人の半ばに見開かれた瞳は互いを見つめ合っているように見えた。しかし、その瞳が虚ろなため、貴族達は自分が見つめられているように思えて心ときめかせてもいた。

その時後ろに立つ人形の足がトンと床を打った。それが合図のように後ろに居並ぶ水夫達の和楽器の雅やかな演奏が始まった。それまで息を詰めて見守っていた貴族達は古式床しい和の旋律を聞き、やっといつもの呼吸を取り戻すことができた。

始まった演奏に合わせて舞台の二体の人形が動きはじめた。その繊細で優雅に舞う踊りを侍や日本人の女性達もこれまで見たことがなかった。当然、女王をはじめ貴族達もその日舞に魅了され舞台に目が釘付けとなった。そんな貴族達は舞う二人を見て、「ヤッパリ人だったんだ」と胸をなで下ろすと共に、二人は櫛引丸から連れて来た女性達だと思っていた。

また一方では二人の美しさに心奪われて舞台裾まで引き寄せられた女性達がいた。その女性達もまた舞台で踊っているのは女性達であると疑うことはなかった。二人の美しさも然りながら、武の国・日の本の侍が女装して踊るなどとは考えもしなかったからである。舞台で踊る二人の女性には、女性達をも引きつける魅力があったのである。その女性達は踊り手の一人の面立ちがどことなく松本幸子郎に似ていることを知ってさらに息を呑むこととなった。侍達はそんな女性達を見て、芝居の役者に憧れる乙女達の姿を思い出していた。そして何処の国の女性達も、生涯夢と憧れを持って生きていることを知った。さらに女性達の後ろから貴族の男性達が二人に魅了されたように舞台の裾に引き寄せられたのである。

舞台で舞う高畑は髭を剃って紅を差して薄化粧をしただけであった。それだけで美人を超えた美人に変身したのである。男性も女性も高畑の美しい容貌にだけ魅入られたわけではない。高畑の踊りから醸し出されるオーラにも魅了され心酔したのである。それは日の本一の舞い姫と謳われた母の魂が込められた踊りであるからと言えよう。また踊り手が高畑であることを知る侍達は、その変貌振りにただ唖然とするばかりであった。

さらに会場の人々は、二人の踊りと共に打ち鳴らされる和楽器の音色にも魅了され続けた。三弦胡弓の脳裏に染みいるような音色だけの時もあり、縦笙篌の心を和ませる音だけの時もあった。そして全部が打ち鳴らされる合奏もあり、和楽器の集大成と言えるものであった。会場の人々は日舞と和楽器の日の本の芸術を堪能したのである。また剣客達は、これだけの伝統の和楽器を容易に熟した水夫達の精進と努力を思い頭が下がった。それは胡弓一つをとってしても、本職の胡弓摺《こきゅうすり》（鼓弓を弾く人）にも劣らない技能を身につけていることがわかるからであった。

和楽器の演奏が止むと二人の動きも止まり舞台の中央に人形の様に佇んでいた。黒子の荒谷と吉田は二人に駆け寄り丁寧に市女笠を被せ笠を支えていた。白い装束の水主達は市女笠の二人を囲んで舞台から降り立ち去った。

誰もいなくなった舞台に八戸が上がると、会場を見回し「日本の踊りはいかがでした」と言って、さらに「誰が踊られたかおわかりですか」とロシア語で問いかけた。会場の多くの人達から「踊りも演奏も素晴らしかった」と声がかり、全員が立ち上がり拍手が沸き上がった。拍手が鳴り止み落ち着くと、今度は一人の女性が立ち上がり「マツモト・サン・イモト・イタ」と話した。その言葉は自信なげで語尾は消え入るように小さかった。しかしそれに同調するように「イタ」、「イタ」との女性達の声が聞こえてきた。また男性達からは「キレイ・ヤポン・オンナ」との声が方々からかかった。

それに対して八戸はロシア語で「残念ながら松本さんの妹さんはおられませんでした」と首を振って答えた。そして八戸は「あの方は松本幸子郎様ご本人でした」と知らせたのである。それを聞いた会場の人々は男女問わずに「エッ」と驚き信じられない様子でまじまじと八戸を見つめるだけであった。

さらに八戸は「松本様とご一緒に踊られていた方は、松本様のお師匠の高畑様でした」と伝えたのである。すると一人の男性が立ち上がって「その女性の方は晩餐会に招待されなかったのですか」と尋ねた。八戸は一瞬ポカンとした表情を見せたがすぐに自分の言葉が足りなかったことを覚って「失礼いたしました。高畑様は松本様の剣術の先生で高畑晴吉様とおっしゃいます男性の方です」と言って言葉の足りなかったことを謝った。その言葉を聞いて会場は「信じられない」と息を呑み静まりかえったが、すぐにまた全員が立ち上がり「ハラショー！　ハラショー！」と叫んで拍手へと変わった。

拍手が鳴り止むと八戸は上席の女王に向かって両手をつき、彦康に代わって「晩餐会のお礼と祈念の口上」を述べた。その後、侍従長の閉会の辞が告げられ、上席の人達が立ち上がり会場に向かって手を振った。会場の貴族達は「オモテストック・ウラー（万歳）、ヤポニヤ・ウラー（日本万歳）」の掛け声で晩餐会は幕を閉じたのである。

侍達は楽団の演奏に送られ、豪華な馬車で櫛引丸に戻って行った。櫛引丸の船上での宴もすでに終わりかたづけられていた。しかし猫達の会場は絨毯が敷かれたままで、美味しそうなご馳走も多く残っていた。そして絨毯の中央に置かれた二枚の座布団にはリュウと田澤が座っていた。田澤はリュウの座布団に座りギヤマンのグラスを傾けていた。対に置かれたのレイの座布団にはリュウが座って眠たそうに対応していた。そんなリュウに田澤はお構いなしに話しかけては一人で酒を呷っていた。リュウは時々「ニャーオ（眠いよー）」と鳴いて見せた。さも相づちを打っているかのようにも見えた。時おりリュウに勧められたかのように料理に手を伸ばし口に運んでいた。田澤の周りには空になった瓶が数多くあった。その空瓶は儀仗兵のように整然と並んでいた。レイは高いマストのベッドからそれを見て「まだ当分は居座るわね」とあきらめ顔で見ていた。さらに「何かあったのかしら。体を壊さなければ良いけどね」と心配もしていた。

そんなところに顔を出したのは料理を運んできてくれた金子まゆみであった。まゆみには少女達が付いて来ていた。それは舞台にいた橋本千恵と畑中美世、そしてその二人の付添いとして北條由起がついてきた。その他に「重い荷物を運ぶ」と言ってアリーナ嬢もついてきたのである。

まゆみはリュウに「レイちゃんは？」と尋ねた。リュウは言葉がわかったかのように中央のマストを見上げた。まゆみと三人の少女はマストを見上げた。マストの上方には巻かれた帆があった。巻かれた白い帆の間からさらに真白いレイが顔を出し手を振っていた。それを見てまゆみが「レイさん。お友達をお連れしたの」と言った。するとレイはやおら四、五間（七、八メートル）はありそうな帆から甲板に飛び降りてまゆみの傍に来て「にゃーん（いらっしゃいませ）」と挨拶をした。

それを見て千恵と美世は「ワー可愛い！」、「私千恵よ」、「あたし美世」と言って手を出した。一瞬早く千恵がレイを抱き上げた。後れを取った美世はリュウを顧り見て「リュウちゃんも可愛いわよ。あたし美世ちゃんよ」と言ってリュウを抱き上げ胸に押し当て頭をなでた。リュウは目を細めて「ニャーン」と甘えるように鳴いた。それを見てレイは「ニャー（うるさい）」と短めに叱った。リュウは慌てて身体を固くし小さくなり美世にしがみついた。そんな二人を見ていた由起は「全く子供ね。お仕事が先でしょう」と言って二人からレイとリュウを取り上げて「私は由起よ」と挨拶し頬ずりしていた。それをまゆみが見ているのを知って慌てて二匹を下ろし「後でね」と言って手を振った。

四人に少し遅れて顔を出したのはアリーナ嬢であった。アリーナは後ろ向きの田澤の絶壁の後頭部を見て感極まったように後ろから抱きついた。これを帆の上に戻って見ていたレイが「何であんなにも綺麗で上品なお嬢様が、はしたないことをするのかしら。女はわからないわね」と言って顔を背けた。そして少し間をおいて目を戻すと、まだ抱きついたままであった。それをジッと見ているリュウに気づいて「ニャーン（なに見ているの早く上がってらっしゃい）」と叫んだ。リュウは慌てると共に喜んでレイの居場所（監視場所・兼休憩場所）に駆け上った。リュウはこの場所に来ることは稀なため、やっとの思いで帆にしがみつきぶらさがることができたのである。レイは「まだまだね」と言いながら首の後ろを噛んで引き上げてくれたのであった。レイは船上に頼りになる人達が帰って来たので自分達は少し休憩しようと思ったのである。そしてリュウにとって田澤達は目の毒になると思い、上に呼んだのである。リュウは死ぬ思いもしたがそれ以上に幸せであった。レイは隣で仮眠に入ったが、リュウは寝ることができず監視しては時おりレイの寝顔を見つめた。本当はずっとレイの顔だけを見ていたかったがそれができないリュウであった。

そんな二人をはじめに見つけたのは由起であった。由起はすぐにまゆみに知らせた。まゆみは「ありがとう」と礼を述べるとおもむろに両手を上げて背伸びをし天を仰いだ。満天の星の輝きは帆の間にいる二人の姿を照らしていた。由起もまたそれを見てレイがうたた寝をしているとは思わずに仲良くオモテストクの夜景を眺めていると思った。二匹はむつまじい恋人同士のように映り、「私にも素敵な恋人が見つかりますように」と満天の星達に祈った。そして「こんなに沢山のお星様がいるんだもの、私の願いを叶えてくれるお星様が一個くらいあってもおかしくはないわよね」と呟いて星空に手を合わせていた。

いっこうに席を立とうとしない田澤を見てまゆみは「お片付けができないので和尚様を移してくださる」とアリーナに頼んだ。アリーナは「ハイ」と返事をすると、座ったままの田澤を後ろから抱きかかえると、ヨイショ、ヨイショと掛け声をかけながら一歩ずつ移動させ絨毯の外に運び出し身に着けていたショールを敷いて座らせた。リュウはそれを見て「アーア勿体ない」と呟いた。やっとの思いで運んだアリーナの額には大粒の汗が光っていたがその表情は満足げで幸せに満ちていた。

また運ばれた時、田澤の座禅のように組まれた胡座は崩れることはなかった。そして田澤は左手にコニャックとウオッカの瓶を握り、さらに水代わりの赤と白のワインを抱えていたのである。右手にはラム酒を満たした大きなグラスが握られていた。そんな田澤を見てリュウは「そんなにお酒って美味しいのかな？　今度少しお裾分けしてもらおうかな」と言って、レイとの二人だけの食事を邪魔されたことを忘れて眺めていた。今のリュウはレイの傍にいることができて田澤に感謝をしていた。

まゆみのアリーナに対する心配りの時間をかけた掃除が終わったが、アリーナはいっこうに田澤の傍から離れようとはしなかった。アリーナの瞳はリュウがレイを見るように、愛おしそうに田澤に注がれていた。ただ、リュウ達と異なるのはアリーナの手が常に田澤の膝に置かれていたことである。そんなアリーナを田澤からやっとの思いで引き離し櫛引丸から降りる時、まゆみ達四人はレイ達の居場所に目を向けた。すると二人は頭を並べて寝ていた。四人は「レイちゃん。リュウちゃんさよーなら」と声なき声で別れを告げた。するとレイだけが頭を上げて下を見て、静かに起き上がると一気に甲板に飛び降りた。そして金子達の前に来て小さな声で「にゃーん。にゃーん（さようーなら。ありがとう）」とお礼を言ったように思えた。由起も千恵も美世も感動で目に涙をためて「さようなら」と別れを告げた。

その後ろではアリーナが田澤の手を握りしめ別れを惜しんでいた。四人が降りても手を離そうとしないアリーナに、レイは近寄り足を踏みつけて「ニャーン！　ニャーン（アラ！　ごめんなさい！　皆が待っているわよ）」と言った。アリーナは「ごめんなさい。知らなかったわ」と言ってレイに謝り握った手を離した。そして両手を大きく広げて何度も何度も投げキッスを送りながら渡し板を後ろ向きのまま下りて行った。その間、何度も「危ない」とレイに叱られていた。田澤は相変わらず無表情のまま片手で投げキッスを返しただけであった。しかし、アリーナだけには田澤の無表情のように見える糸のような目が、ほんの僅かではあるが歪んでいるのを知っていた。それが田澤の惜別の表情であることをアリーナはわかっていた。

船を降りたアリーナは堪えきれなくなり世界で一番不幸な女であるかのように泣き出した。その泣き声でリュウも目を覚ました。リュウは下を見てレイがいることがわかり「レイさんごめんなさい」と叫ぶや否や、レイが注意を促す前にジャンプしたのである。ジャンプはリュウの思惑が外れ帆柱にタッチすることができずに脇を通り過ぎ、船縁の最上端にやっとの思いで手を掛けて、海に落ちずに済んだのである。猫として考えられない頓馬なことである。

それを見て一番肝を潰したのはレイであった。レイはミスってもせいぜい帆柱に頭を打つ位と思っていたのである。レイ自身、自分がこれほど驚くとは思っていなかったのである。少し気が落ち着くとレイは腹立たしさを覚え、リュウの下に駆け寄ると「なにやっているのよ」と言ってリュウの頬にパンチを浴びせた。その時リュウはパンチの痛さよりも、今後レイの居場所に入れてもらえないと思う方が辛かったのである。そんな猫達二人を見て女性四人はレイの女心に触れて安心して馬車に戻って行った。アリーナもまたそんなレイを見て気を取り直したように馬車に戻り宮廷へと帰っていった。

亥の刻（午後九時から十一時頃）が終わろうとする頃、監視していたリュウの目に櫛引丸に近づく不審な二人の人影を見つけた。リュウはすぐにレイに知らせようと思ったが、レイは寝たばかりであったため少し様子を見ることにしたのである。二つの人影は櫛引丸に近づくと躊躇することなく飛び移ったのである。岸壁から優に一間以上は離れていたにもかかわらず、助走もつけずに飛び乗り物音一つ立てなかったのである。リュウは慌てて総毛を立て威嚇して飛びかかろうとした。その時いきなりリュウは後頭部を殴られたのである。そして「何をしているのよ。船頭さんと二唐さんでしょ」とレイが叱りつけたのである。リュウが目を凝らしてよく見ると紛れもなく船頭の榊と水夫の二唐であった。レイは二人に「ニャーン（お疲れ様でした。驚かせてごめんなさい）」と謝ってからリュウに向かって「何で知らせなかったのよ」と叱りつけた。そんな二人に榊は「いつもご苦労様」と労いを言ってから、「レイさん。少しは女の子らしくしなければ嫁さんの貰い手がなくなるぞ」と言い、リュウには「お前は男だろう。もう少ししゃきっとしろ。それじゃ誰も嫁さんに来ないぞ」と優しく叱った。レイは余計なお世話よと言うようにプイッと横を向くと一気に自分の居場所に駆け上った。そんなレイを見送ったリュウは「レイさんなら心配ない」と呟きながら見張りに戻った。

江静姫の拉致

榊達二人が船室に向かおうとした時船室の扉が開いたのである。船室はローソクが灯され、剣客や水主達が車座になって二人の帰りを待っていた。その中には大酒を飲んだはずの林や田澤の姿もあったが、誰一人として酔眼を体している者はいなかった。レイは帆の監視場所からその有り様を見て身震いをした。これだけの人達が起きていたにもかかわらず、一人の気配さえも感じることができなかったからである。そしてこの人達が仲間で良かったと胸をなで下ろしていた。

榊達が輪に加わってから半刻ほどで輪は解かれそれぞれは自分の場所へと戻った。その話し合いには当然船の責任者の一人と自負するレイも加わっていた。レイは車座の輪の中ではなく、その上の梁りに座って参加したのである。当然輪の人達はレイの居ることは気配で察知していた。

話し合いを終えたレイは自分の監視場所に戻ると見張りをしていたリュウに声を掛けた。リュウは呼ばれた嬉しさで天にも昇る思いでジャンプをして両手で帆にしがみつくことができたのである。リュウは誇らしくも嬉しくもあったが一抹の寂しさもあった。それはレイに首を咥えられ引き上げられることがなかったからである。リュウのそんな気持ちも知らずにレイは「しっかり見張りをしながら話を聞くのよ」と言って話し合いの内容を話しはじめた。

内容の一つ目は、この国になぜ多くの日本人の女性がいるかであった。そのことは晩餐会の席上で彦康が女王から朝鮮国には日本人の女性を拉致する組織が存在し、その者達が女性達を船で連れ帰る途中、我が国の兵達が見つけて助け出した女性達であると知らされた。そして晩餐会の後で彦康と榊船頭そして二唐の三人が残って関係者達から詳しい話を聞いてきたのである。関係者とは女性達を助けた軍の総指令官アーロン、海軍長官アレクセイ、海軍参謀のイワノフである。その外には助けられた日本人の女性の代表として細川江静と酒井悦子が加わった。

その時の細川の話や状況を説明すると、この宮殿と本宮殿に二十六人の日本人の女性達がいることがわかった。さらに国境にあるサハンの駐屯地にも保護された日本人の女性達がいることがわかった。その女性達も落ち着いたらいずれはこちらに来ることになるでしょうと話した。またここにいる女性の三人は、すでにこの国の男性と結婚したことを話した。

また細川は女王陛下に願い出て女性達の帰国の許しを得て、女性達から帰国の意思を確認したことを話し、彦康様に無断でしたことを両手をついて謝罪した。酒井もまた江静の後ろで同じように両手をついていた。彦康は「謝ることはありません。私がやるべきことをしていただいて感謝しています」とお礼を述べた。それを聞いて二人は感動し頭を上げることができなかったのである。

頭を上げると酒井は結婚した三人について話した。三人はいずれも京の町場の娘達で、この国の貴族の男性達に見初められて結婚したことを話し、その三人が残留を希望していることを伝えた。彦康は「本人の意思が一番大切です」と言って頷いて見せた。この時水夫の二唐が「この国は出自や家柄等は関係ないのですか」と聞いた。これに対して細川が、国を繁栄させるには「身分よりも国や家族を護る男性を陰ながら支え、強い芯を持ち、自己主張しない控えめな性格で、いざという時には家族を守ることのできる女性が必要なのです」と女王の考えを話した。これは正に日本人の女性を指して言っている言葉と思われる。女王陛下自ら日本人の女性を奨励している言葉であった。女王は江静をはじめ多くの日本人の女性達を見てその考えに至ったのである。

その後に酒井は「西洋の社会では日本の女性の肌は、世界で一番きめ細やかで美しいと言われている」ことを顔を赤らめて話した。そのことがまた日本人の女性達が拐《かどわ》かされたり、拉致される要因となっているのである。そんな日本の女性達を代表するのが「京女」であり標的にされる要因となった。

日本において女性を拐かす者達は密貿易を行う悪徳商人やそれに加担する無頼の輩であった。その者達によって拐かされた女性達は密貿易の品物と交換されたり、売り渡され異国に連れ去られたのである。

それよりも多かったのが朝鮮人による「拉致」であった。その者達は計画的に不法に上陸して女性達を拉致して連れ帰るのである。拉致された女性の多くは京の公家や武家、そして町家の娘達であった。中には江静達のように船で京に向かう途中に拉致された女性達もいたのである。女性達は朝鮮に連れて行かれ、東洋一の大国である支那（中国）の高官等に高額な金額で売られたり、貢ぎ物として渡されたのである。売り渡されるのは常ではなく、中国の最大の行事とされる「春節」のころと決まっていた。

月で言えば「初五」（二月十一日）から「元宵節の初一五」（二月二十一日）のころである。

また日本人女性の売買は軍隊のように大がかりで組織だったものであり、貧困に喘ぐ朝鮮国にとっては重要な資金源であった。そして、それに従事するために漁師に扮していたのである。その者達の多くは朝鮮の貴族である両班（ヤンバン）の私設の軍隊や正規軍に属さない自称「義勇軍」と称する者達であった。ここで自称と用いたのは、義勇軍は本来は見返りを求めず自発的に参加する者達で結成されるためである。以後は彼らを「兵」と呼ぶこととする。しかし、ここの義勇軍の兵達は悪人達の集まりでしかなかったのである。この組織は悪人ばかりではあったが団結心の強い朝鮮人らしく統制が取られ行動は素早く機敏であった。彼らが乗る漁船は兵船を偽装したものである。そして日本に不法に上陸して女性達を拉致するのは嵐（台風）の時期が一番多いことをオモテストクの兵達は知っていた。さらにオモテストクの兵達は朝鮮の拉致の巧妙な手口や方法までも知っていた。それは難破等で助けた男達から聞きだしたものである。

その手口は漁船に模した兵船で日本海に面した海岸に上陸して女性を拉致するのである。しかし、圧倒的に多かったのは台風（嵐）の時季に京都の沖合いに魚船を装った兵船で来て、台風の来るのを待って避難を装い港に入り、女性達を拉致するのである。たとえ役人や人々に見られても「嵐」、「助けて」と片言で話せば同情はされても怪しまれることはないと自信を持って答えたと言う。実際には朝鮮の兵達は、拉致した女性達から習い日本語は堪能であった。さらに朝鮮の兵達は「見つかっても言い訳すれば食事は供されるし土産までも持たせてくれる」と話したそうである。

また、日本人は行方不明者が出たとしても『神隠しにあった』とか『神様の罰が当たって連れて行かれた』等と『神仏』の所為にして『拐かし』を疑うことはない。ましてや「嵐で避難した異国の船を捜索するなどはあり得ないことだ」と話していることもわかった。

海軍長官のアレクセイは「今回の台風は久々のため、数隻の船（朝鮮の拉致船）が出たと思う」と陛下に言上したところ、「すぐに救助船を出すように」と命ぜられ出港する予定であったことを話した。それを聞いて彦康はじめ五人の日本人はアレクセイに頭を下げ礼を述べると共に、心の中で女王陛下に手を合わせた。侍達もこのことを船頭から聞いた時には瞑目して女王とアレクセイに手を合わせ、かつ「女王様やこの国の人々のために何かお返しをしなければ」という気持ちでいっぱいであった。

アレクセイはさらに拉致船は漁船に模しているため小型船なので今日のような波でも航行は不可能である。だから私達は波の様子を見ていたのだと酒井にわかりやすく説明した。なぜ酒井に説明したのかは、酒井が「櫛引丸が航行してきたのに、なぜ早く船を出さないのかしら」という眼差しをしていたからである。説明を受けて酒井はお詫びするように丁寧に頭を下げた。そんな酒井をアレクセイは優しい眼差しで見つめていた。

そしてアレクセイは拉致船が帰港するのは朝鮮の「ソンラ港（先羅）」か「ボンソン港」であろうと話して、少し早いと思うが明朝出航する予定であると話した。出港してソンラやボンソンの港の近くで監視をしたいが、そこは朝鮮国の領海のためできない。よって朝鮮国や中国がそれぞれ勝手に自国の領海だと主張する公海で行っている。そのため監視する範囲が広いことや、停船させたとしても漁師に化けた兵達の抵抗が凄まじく手を焼いていることも話した。そんな朝鮮の兵達は一人でも多くの女性を連れ帰ると手柄となり名誉と昇進が待っているために行っているとも話した。

その後アレクセイは真実の航海の状況について包み隠さず語ったのである。それは彦康をはじめ侍達の真摯な態度に触れ、素直に話すべきと判断したからである。その真実の状況とは、一般の航行を装って望遠鏡を使って日本人の女性達の姿を探したり、船に近づいて全員が目を皿に、耳を欹《そばだ》て、助けを求める女性を見つけることに専念していると語った。そして日本人の女性達の姿を見たり助けを求める声を聞いたら、我が国の兵達は女王陛下の名の下に命を賭けて女性達を助ける覚悟でいることを語った。

しかし、敵も然る者で女性達を船艙に監禁しているらしく、見つけることが困難であることを語った。そして今まで救助した女性達の多くは、難破して漂流しているところを助けた人達であることを面目なさそうに声を弱めて語った。

また、国境のメタン川の中流にはサハン駐屯地があり、そこの兵達によって助けられた日本の女性達のことも話した。そこの女性達も船が沈没して漂流しているところを助けられた女性達であることを包み隠さず話したのである。そしてアレクセイは参謀であるイワノフにメタン河で女性達を救助した状況を話すように促したのである。その時イワノフは一介の軍船の艦長でしかなかったのであるが、日本人の女性十名を救助した功績により海軍の参謀の一人に抜擢されたのである。

イワノフがその時の状況を語った。イワノフの軍船は通常の警邏のためメタン河を下っていた時、大きく湾曲した場所において偶然にも朝鮮の漁船に模した兵船と鉢合わせし衝突しそうになったのである。その原因は朝鮮の兵船が航行のルールを破り左側通行したためである（※当時の船舶はエンジンがなかったため舵取りのオールは右側（右舷）だけにあった。そして舵を取り付けるのは右側が主流であり、左側は岸壁に着けて荷物や人が降りる側になっていたのである。舵取りのオールは大きくて右舷では接岸できなかったのである）。

朝鮮の兵船はボンソン港からタメン河を中国領の圏山村まで、日本人の拉致した女性十名を運ぶ途中であった。そのため安全を考え自国側の左側を通行をしていたのである。そして正面衝突しそうになり慌てて回避しようとして操船を誤り転覆し、乗っていた人達が川に投げ出されたのである。その人達をイワノフの艦が救助したのである。その中に日本人の女性十名がいた。その他に朝鮮兵数名がいたのである。他の漁師に化けた若くて屈強な朝鮮の兵達は救助を拒否して、自力で岸に向かい泳いで行った。救助した日本人の女性達をハサンの駐屯地に連れ帰り保護した。朝鮮の兵達は怪我をしている者は治療してから対岸の朝鮮領に送り届けた。当然その者達を尋問したことは言うまでもない。それにより多くの情報を得ることができたのである。この尋問で一番効果を上げたのは「シベリアは寒いからな～」という一言であったと言う。

話し終えたイワノフは「私はただ投げ出された女性達を救助しただけなんです」と恥ずかしそうに身を小さくして話した。それに対し榊は「とんでもない。それは軍人として立派な功績です」と敬意を込めて称え握手を求めた。江静がこれを介し伝えるとイワノフは顔を赤らめながら胸を反らし嬉しそうに握手に応じた。一見商船に見える櫛引丸であるが世界有数の軍船であることをすでに知っていたイワノフは、その船頭（艦長）から褒められ喜ぶのは当然と言えよう。

その後に細川家の姫江静は彦康達に宮殿にいる日本の女性達のことを話した。女性は「細川江静主従三名（菊池峰・酒井悦子）」と、京都の大商人の娘・奈良屋の眞紀、蝦屋の名絹、板垣屋棟梁の娘まりの三名である。その他に台風の日に直接朝鮮兵達に拉致された戸田丸の春、金見丸の慶、網元手代森丸の京の三名の娘達を合わせて九人が同時に救助されたのである。

その状況は数年前のある日、京の町中や漁村などで拉致された二十人の女性達は台風一過荒波が残る中、朝鮮の兵船（漁船）に乗せられ舞鶴湾を出航したのである。これは二十人もの女性達を拉致したため急いで国に連れ帰ろうとしたのである。湾を出てしばらくすると前方に商船の姿が見えてきた。よく見るとその商船は帆柱が折れて半ば沈没しかかっていた。それを見て兵船である漁船はマストに日本の北前船を示す旗を掲げたのである。

漁船に模した兵船（北韓号）の者達は皆漁師の格好をした兵達である。その兵達は沈没しそうな商船には高価な荷が沢山積んであると思い、皆殺しにして荷を奪おうと考えたのである。沈没寸前の商船の水主達は近づいてくる漁船を見て、そのマストに北前船の旗が掲げているのを見ても不思議に思わなかったのである。本来であれば漁船の北前船などあり得ないことであった。しかし沈没を免れるため必死に働く水主達は疑うことがなかったのである。

そして乗り込んできた漁師達の言葉と手にした得物を見て朝鮮の兵隊であることがわかった。しかし、水主達は怯むことなく最後の一人まで果敢に立ち向かい死んでいったのである。日の本の水主の信条である客の命と荷を護るために命を賭して戦ったのである。日の本の水主は武士にも劣らない水主魂を持っていたと言えよう。

水主達を皆殺しにした朝鮮の兵達は次に船艙を一部屋ずつ探しはじめた。船室の一室に居たのが細川家の姫君である江静とその家臣達であった。その中の二人は「別式女」であった（※別式女は刀腰婦・帯剣女とも呼ばれた。諸藩の奥向き《幕府の大奥にあたる場所》において活動した女性の武芸指南役）。二人の別式女は必死に立ち向かったが敢えなく兵達に取り押さえられたのである。その訳は、二人は船に乗ったこともなく、ましてや外洋に出ての航海など経験したことがなかったからである。そんな二人が荒波にもまれて「船酔いの毒」に冒されたながらも立ち向かったのである。しかし、大きく揺れる船上と平衡感覚を失った身体では刀を振るうこともままならず、刀をたたき落とされたのである。通常の者達であれば船酔いの毒に冒されると立ち上がることはおろか目を開けていることもできない。そんな身でありながら立ち上がり刀を交えたということは流石であるとしか言えない。しかし、別式女の役目柄その言い訳は通用しないのである。本来であれば別式女一人だけでこれ位の人数の兵達であれば容易に葬り去ることができたのである。

漁師姿の兵達は捕らえた二人の別式女を盾に「得物を棄てろ。さもないと二人を殺すぞ」と流暢な日本語で脅したのである。姫の江静も侍女の菊池と酒井も戦国の世の武家の女性として一通りの武芸を身に着けていた。江静は「二人の別式女の命を救うため」に自らの懐剣を手放し、侍女達にも捨てるように命じた。侍女達は黙って懐剣を手放すしかなかった。

江静が兵達に立ち向かわなかったのは「この船の水主達は全員殺された」と告げられたからである。つまり相手を倒したとしても船を航行させることができないからである。それよりも二人の別式女を助け、隙を見て逃げようと考えたのである。それができない時は「死のう」と心に決めていた。また自分が死ねば侍女や別式女達も死ぬことはわかっていたため軽挙を慎んだのである。

三人が懐剣を捨てたのを見て兵達は素早く三人の喉元に剣を突きつけた。それを見て別式女を押さえていた兵達は安心したように手を緩めたのである。そのスキに二人の別式女は兵達の手を払いのけ、たたき落とされた自分の刀に向かって倒れ込み「姫様！　申し訳ありません」と叫んで咽を突いたのである。別式女の名は庭田とみ、沢田石みさという日の本でも名うての女武芸者であった。二人は主である江静姫を護るどころか、反対に窮地に追い込んだのである。武士道を旨とする女武芸者の二人は死をもって償ったのである。また江静にはこの他に三人の屈強な男性の警護役がついていたのであるが、この者達も荒れ狂う大波のため「船酔いの毒」に冒され立つこともできずに殺されたのである。

江静主従の三名の女性は拉致船「北韓号」に移され朝鮮に行くこととなった。その北韓号の船艙には二十人の女性達が二組に分けられて放り込まれていた。江静達が連れ込まれた際に目にしたのは、暑さのため開かれたドアの奥に片手を縄で縛られ繋がれた日本人の女性達の姿であった。多くの女性達は虚ろな諦めの表情で壁に寄りかかっていた。しかし三人の女性達というよりも少女達だけは頼れる女性もなく、ただ怯えるように固まって抱き合って泣いているのが目に映った。三人の少女は京、慶、春という名で網元と船頭の娘達で仲の良い友達であった。三人は京の街中に用事で行った帰りに拉致されたのである。

江静達が入れられた部屋には少女達が三人猿ぐつわをされ、両手・両足を縛られ横たわっていた。三人の少女達が今もなお抵抗していることが窺い知れた。この少女達の名前はは眞紀、名絹、まりといって京の都でも大商人と呼ばれる大店の娘達であった。江静達も少女達と同様に両手・両足を縛られ猿ぐつわを噛まされ閉じ込められた。

兵達は江静主従を閉じ込めるとすぐに略奪した船の荷の積み込みに加わった。兵達にとって二十名の女性の外に「三人の上玉」を手にしたのである。さらに高価な荷を持ち帰れば名誉と昇進が待っているのである。必死になるのは当然であると言えよう。

荷を積み終えた北韓号はすぐに出発した。女性達を見張るのは一人だけであった。他の者達は満載に積み込んだ荷物を押さえるのにやっきとなっていたのである。未だ収まりきれない波のため船が揺れ、固定しきれない荷を押さえる必要があったのである。荷崩れや滑って移動すれば船はバランスを失い沈没に繋がるのである。

そんな北韓号は船頭が必死となり波間を縫うように進んだのである。流石に兵船の艦長であると言える。他の兵達は荷を押さえるため前後、左右と走り回っていた。上官の適正な指示とそれを行う部下達の機敏な行動は流石に兵士と言えるものであった。しかし、少しでも指示が誤ったり、行動が遅れれば沈没して海の藻屑となるのである。このように「荷を人の手で支える」等とは船に携わる者であれば信じられないことなのである。

しかし、貧しい朝鮮の悪人の兵達にも愛する両親や妻子がおり「米の飯」を食べさせてやりたいと思うのもまた男の甲斐性である。その絶好の機会でもあったためやむを得ないのかもしれない（※「米の飯」は両班《貴族》の主食で、それ以外の人達は「雑穀」が主食であった）。

江静達が入れられた部屋にいたまりは京で最大の塀や黒塀を扱う頭領「通称・黒塀屋」の娘・板垣屋のまりである。また黒塀の塗料は江戸時代以前の城と同様に、防腐剤としての柿渋と黒漆であった。横になっていたまりが兵士が出て行くとモゾモゾと体を動かしはじめたのである。さらにその額には汗が光っているのが薄暗い中でも見てとれた。江静は静かに「いざる」ようにしてまりの背に近づいた。まり達と同様に江静達も後ろ手に縛られていた。

そこで見たのは血に濡れたまりの縛られた両手首であった。さらに、まりの右手の指先に何か光る物が目に止まった。驚いた江静はまりが自殺を企てていると思い止めさせようとさらに近寄ると、まりの手を縛っている縄が半分ほど切れているのが見てとれた。まりの意を悟った江静はすぐに横になると背中でにじり寄った。江静は縛られたままの両手でまりの手を握ろうとしたが、まりの手は血糊のため滑って握ることができなかった。まりが長い時間を掛けてやっていることがわかり「こんな少女が」と涙の出る思いであった。

江静は帯や着物で手を何度も拭いて、やっとまりの手を握ることができた。「後は私に任せて」と心を込めてまりの手を握ったのである。ドアの前にいると思われる兵に聞かれないためでもあるが、猿ぐつわされていたため声が出せなかったのである。手を握られてまりは気を取り戻したのである。まりは出血のため意識朦朧となりながらも縄を切る作業は続けていたのである。それは京女の意地と言うよりも、日の本の女性としての執念であると言えよう。

手を握られて気を取り戻したまりは、母の温もりにも似た優しい手に安らぎを覚え、請われるがままに得物（欠片）を渡したのである。渡された江静は当然見ることはできなかったが、手触りからして何かの欠片であろうと推測した。また、その欠片は陶器や磁器よりも固く、鋭利な角をしていることもわかった。

江静は後ろ手のまま血で濡れた欠片を帯や着物で拭い、身体をさらにまりに寄せて縄の切り口を探り当て欠片を添えるのである。そして、後ろ手に縛られた両手と背中を一体化（密着）させて身体を上下に動かすのである。文章にすれば簡単のように思われるが、実際には揺れる船上で縛られた後ろ手に握る欠片を縄の切り口に押し当て、外さないように身体を上下させるのである。さらにまりを傷つけないようにと細心の注意を払わなければならなかったのである。その所作は亀でさえも呆れるほどもどかしいものであった。亀さんにも「とろい（鈍い）」と笑われる作業であったが、武芸の心得がある江静だからこそできたことと言える。それほどに困難で根気の要る作業であった。その江静を持ってしても欠片は縄の切り口から外れ自分の手を傷つけたのである。しかし江静は怯むことはなかった。この様を二人の侍女が知ったら仰天したであろう。

そんな気の遠くなるような作業（動き）は大波によって報われることとなった。船が大きく揺れたとき縄の切れ目に当てていた欠片にも大きな力が加わり、勢い余って欠片を手放してしまったのである。これはまりを傷つけまいとしたためでもあった。江静は後ろ手のまま手放した欠片を手探りしていると、その手が両手で握られたのである。握った手は華奢で滑りも感じられたため、まりの手であろうと思った。「ということは……縄が切れた？」と思ったが信じることができず「切れていてください」と祈った。

その時握っていた手が離れると、すぐに背中に掛かり押しはじめたのである。その力は弱々しいものであったが吐く息から必死であることがわかった。江静は起き上がるとゆっくりと振り向いた。そこにいたのは思った通り少女のまりであった。まりは自分の猿ぐつわを外しているところであった。振り向いた江静の目と目が合うとまりは手を止めて江静にしがみついたのである。江静は黙って為すがままにさせていた。そしてまりの気持ちが落ち着くのを待って「猿ぐつわを外したら」と促したのである。まりは「コクン」と頷くと自分ではなく江静の猿ぐつわに手を掛けたのである。そして必死になって外したのである。まりの手や指には力強さが感じられなかった。出血のため体力が衰えていることが歴然としていた。その時には侍女の二人と友達の二人もまりの縄が切れたこと知って目で「頑張れ」と応援していた。

猿ぐつわを外された江静は「ありがとう」と小さく囁いた。嬉しそうに微笑むとまりは次に自分の猿ぐつわを外した。まりを見守っていた女性達は他人を思いやるまりの優しい人柄に心うたれていた。猿ぐつわを外し終えたまりは江静の後ろに躄《いざ》って回りこもうとした。それを見た江静は押し止めるようにして後ろ向きになった。まりが自分（江静）の縄を解こうとしていることがわかったからである。まりはすぐに江静の手を縛る縄に手を掛けて解こうとしたが結び目はビクともしなかった。まりの力ない指先と二人から流れ出た血で縄目が濡れて滑るからでもあった。まりは無理だと悟ると躊躇することなく結び目に子犬のように噛みついて解こうとしたのである。必死に噛みつくまりの歯と見守る女性達の必死の祈りにさしもの縄目も降参したのである。縄から口を離して上げたまりの唇は血に染まり「可愛い吸血鬼」となっていた。

　両手の縄を解かれた江静は「ありがとう」と礼を述べるとすぐにまりの手を取って止血をはじめた。止血をし終えると次はまりの口と唇に付いた血を拭きはじめた。拭き終えるとまりを抱き締めて「頑張ったわね。お疲れ様でした。後はゆっくり休んでね」と労《ねぎら》いと労《いたわ》りを言って横たえた。そしてまりと自分の足の縄を解いたのである。

　手と足と口が自由となった江静は、次に侍女の菊池峰と酒井悦子の手の縄を解いた。二人は主である江静が手を怪我していることを知りすぐに手当てをしようとした。しかし江静は「先に少女達の縄を解いてやってください」と優しく話した。二人は即座にその場に畏まり両手をついて平伏した。そして二人は顔を上げると素早く猿ぐつわと足の縄を解きはじめた。この様子を横になって見守り聞いていたまりが「私が眞紀ちゃんと名絹ちゃんの縄を解きます」と言って起き上がろうとした。これを聞いた峰は慌ててまりの下に躙り寄り、耳元で江静の身分を明かし「姫様に言われた通り寝ていてくださいね」と優しく語りかけ押し止めた。江静の身分を明かしたのはまりの出血を知っていたため安静にさせるためであった。江静の身分を知ったまりは横になっても眠ることができなかった。そしてまりは「世の中にはこんなに美しく、優しいお姫様がおられたんだ」と感動し「なんとかお姫様を助けなければ」との気概が湧いてきた。

侍女の菊池が「後は食べて体力を回復させるだけね。でも叶わない望みよね」と諦めたように酒井に話しかけた。それを聞いて少女の一人である奈良屋眞紀（京の老舗の漬物屋で名字帯刀を許された大商人の娘）が「食べ物やったらそこに仰山ありますわよ」と言って部屋の片隅から一升徳利数本と竹籠を引きずり出した（※「徳利」の名の由来は、注く時「とくり」とか「とくとく」音がするからと言われている。徳利という字は当て字である）。竹籠の中にはおにぎりや奈良漬け、佃煮、鮒鮨、煮染め、さらにはお菓子の落雁や饅頭なども入っていた。これらは皆盗んできた品々であった。

侍女の菊池はすぐに入り口の扉に駆け寄り外の様子を窺った。扉には鍵が掛かっておらず、また見張りの兵は仲間を手伝うために持ち場を離れたのである。ここは海のまっただ中で女性達が逃げようとしても逃げる場所がないため当然と言えば当然である。

菊池はすぐに籠から食べ物を取り出して皆の前に置いた。酒井は近くにあった漆塗りの箸と取り皿を皆の前に並べた。箸や器はいずれも盗んだ物で高価な品々であった。また、この取り皿による食事の仕方は江静の指示であった。当時、姫様と従者や下々の者達が同じ席で食事をすることなど考えられないことである。ましてや同じ器から箸で取って食べるなど決してあり得ないことであった。そんなことはおかまいなしに江静は「食べて元気になって逃げ出すことを考えましょう」と言って箸と皿を手にした。これを見て二人の侍女は箸と皿を手にしうろたえていた。

ここにいる三人の商家の娘達は船に乗せられてから食事を頑なに拒んできたのである。少女の一人である海産物問屋、蝦屋の娘・蝦屋名絹（蝦屋は宮中御用達の老舗であり名字帯刀を許された大商人である）が泣き出しそうな顔をして「気分が悪いので何も食べられません」と言って手をつけようとはしなかった。これを聞いて酒井が名絹の傍に寄り「悪心（むかつき）があっても我慢して食べましょうね」と優しく話し「江静姫様も我慢して食べているのよ」と言って片目を閉じて見せた。名絹は驚いたように目を丸くして江静を見つめてから箸と皿を取った。しかし食べ物を取ろうとはしなかった。そして、酒井にそっと「姫様の前で粗相したらどうしましょう」と囁いた。酒井もまた小さな声で「船の上では皆がそうなの。だから恥ずかしいことではないのよ。もし粗相したとしても全部なくなる訳ではないの。だから頑張って食べましょうね」と言い、「食べすぎや飲みすぎでなければね」と笑顔で話した。さらに酒井は「元気な赤ちゃんを産むためにも訓練しておかなければね」と母親のように、そして自分にも言い聞かせるように話した。その後「実は私も同じなの」と言って両目を閉じて見せ二人は仲良く箸を伸ばした。

この二人の会話を傍らで横になって聞いていたまりが、ゆっくりと起き上がると前に並べられた大徳利の中から小ぶりな一升徳利を引き寄せた。これを見て菊池がにじり寄ると栓を抜いてから器（お椀）を探しに立ったが手頃な器は中々見つからなかった。まりは出血のため「水」が飲みたかったのである。

まりは一升徳利を両手で抱え上げると口をつけて「ゴクゴク」と飲みはじめたのである。誰も止めようとはしなかった。それよりも元気に飲むまりの姿を見て皆は喜んでいたのである。

夢中で飲んでいたまりが徳利から口を離すと「ウエッ」とむせ返し「これなーに」と言って顔をしかめた。皆は唖然と見つめていたがすぐにその理由がわかった。芳しい吐息から酒であることがわかった。しかし灘の銘酒であることまではわかるはずもなかった。

慌てたのは菊池である。峰はまりに駆け寄ると背を撫でながら「ごめんなさいね」と謝った。器を早く見つけることができなかったからである。まりは「あまりにも咽が渇いていたのでついやっちゃった」と言ってチロッと舌を出してから、菊池に向かって「悪いのは私の方なの」と言って頭を下げて謝った。そして二人は顔を見合って微笑んだ。

菊池が「大丈夫」と優しく尋ねるとまりは「これお酒だったみたい」と言って微笑んだ。その横から名絹が「まりさんはお酒がお強いのね」と笑いながら話した。まりは「そう。私はじめて飲んだの」と言うと、また徳利を抱え口をつけようとした。峰が「だめ！　だめ！　だめよ！　傷に障るから」と言って徳利を押さえた。まりは「冗談でした」と言って皆を笑わせた。しかし、大声で笑う人はいなかった。これにより皆の心が一つになったと言える。

血の気の失せたまりの顔色は嘘のように赤みを帯びて、虚ろだった瞳には輝きが戻っていた。そしてまりは次々と食べ物を口に運んで飲み込んでいた。まりのため弁明すると、お嬢様育ちのまりは決してこのような不作法な食べ方をするはずはなかった。しかし今は早く元気を取り戻し江静姫のお役に立とうと考えて必死に食べていたのである。またまりに倣って名絹や眞紀も食べ物を口に運んだ。侍女の酒井に「よく噛んで食べるのよ」とたしなめられるほどに三人の少女は気力も体力も回復してきたのがわかった。菊池は一升徳利の中身を確認して皆に伝えた。入っていたのは水、お茶、灘の銘酒、お澄まし等であった。この酒のおかげでまりは食欲が増進したとも言える。

江静は食事をしながら脱出の方法を順序よく説明した。食事をしながら話すなど異例なことであった。話の内容の第一は、船が沈没した時や海に飛び込んで逃げる際には、船に積んである船箪笥を縄で縛って帯に結ぶこと。第二は船箪笥には食べ物と一升徳利を詰め込むこと。第三は日本人女性のたしなみとして股脛巾《ももはばき》（男性の着用する下穿き・股引・猿股引・パッチのこと）を着用することであった。股脛巾は肌を晒さないことと防寒、そして日本海域に多く生息する有毒なクラゲなどから身を守るためでもあった。また江静は船箪笥は当然としても、股脛巾までもがこの船に積み込まれるのを見ていた。そして置かれた場所までも知っていたのである。それらを見た時から江静は逃げる算段をしていたのである。

江静が話し終えると少女の名絹が「お隣のお部屋の女性達はどないします？」と尋ねた。江静は「お隣は何人おられるの」と聞き返した。名絹に代わってまりが「十七人おります」と答えた。江静が「ありがとう」とお礼を言って立ち上がると、まりも「私も連れて行ってください」と言って立ち上がった。江静が「寝ていて」と言う前にまりはさらに「私は隣の女性達皆と仲良しなの。お願い致します」と言って丁寧に頭を下げた。

江静はまりの血色と目の輝きを見て大丈夫と判断し「よろしくね」と言って僅かに頭を下げた。これを見てまりは戸惑いながら「ハイ！……よろしくお願いします」と言って大きく頭を下げた。この時すでに眞紀も名絹から江静の身分は聞いており不思議には思わなかった。江静は残った四人の女性達に船箪笥と股脛巾のある場所を伝え調達するように頼んでから二人は隣の部屋に向かった。そんな二人を四人は両手をついて見送った。

隣の部屋にも鍵が掛けられておらず二人は容易に入ることができた。江静はすぐに女性達の縄を解いて回り、一人一人に「一緒に逃げましょう」と声を掛けたが女性達の多くは虚ろなまなざしのまま頷くことはなかった。江静を初めて見る女性達は信じることも心を動かされることもなかったのである。それを見てまりは一人一人の名前を呼んで近づき、手を握って「一緒に逃げよう」と誘ったのである。しかし三人を除いた十四人の女性達からは「私泳げないから」とか、「もういいの」と諦めの言葉が返ってきたのである。泳げないと言う人達には江静が船箪笥の浮きがあること等を説明したが考えを変えることはなかった。

まりと話しはじめてから女性達の今まで虚ろだった瞳に覇気は乏しいものの生気が感じられた。よって決断は自分でしたものであることがわかった。荒れた海に飛び込んで運命を天に任せるよりも、船に残って安全に生き延びることを選択したことに対して江静は無理強いすることはできなかった。

残りの三人の少女はまりが近づくと「まりさん」と言って抱きついたのである。まりはこの部屋の少女達からも慕われていることがわかった。まりは三人に「一緒に逃げよう」と話しかけると、網元（手代森丸）の娘・京が「私達三人は漁師の娘だから泳ぐのは得意なの。でも私達が逃げたら残った人達に迷惑がかかるでしょう」と言うと、三人は泣きだしたのである。まりは「泣いている時ではないでしょう。自分の命と女の一生が掛かっているのよ。それは自分で考えて決めることなの」と一人一人の目を見つめて話した。そして四人はまた強く抱き合ったのである。まりが「時間がない。よく考えて決めてね」と言って離れると江静と共に部屋に戻って行った。

部屋に戻ると多くの船箪笥や股脛巾が運び込まれていた。しかし隣の部屋の女性達の分までには足りなかったため今度は六人で調達に出たのである。その時まりに「残るように」話したが無駄であった。幸いなことに漁師姿の兵達は必死の形相で働いていたため見つかる心配はなかった。まりは「さすがに兵隊さんね。頑張ってお仕事に精を出すのよ」と呟いて「あっかんべえ」をして舌を出して見せた。まりの変わり様を江静は微笑んで見ていた（※「あかべい」とは『あかめ・赤目』の音変化で指で下瞼を押し下げて裏の赤い部分を見せる動作で、その時に発する言葉。軽蔑や拒絶の気持ちを表す）。

六人は何度か往復して隣の部屋に荷を運び入れて説明をしたが、多くは目に輝きが乏しく上の空のように思えた。三人の少女達の処に江静が近寄ると三人は「どうしたらいいのかわからないの」と涙目でしがみつき訴えた。それを見てまりは、つかつかと歩み寄りいきなり三人の頬をはったのである。そして「なにを甘えているの。あなた達は大和撫子でしょう。自分で決めなさい」と突き放すように言って背を向けると部屋から出て行った。背を向けたまりの目は涙で溢れていた。その後に江静が「今が自分の一生を自分で決める時なのよ」と優しく話し、一人ずつを優しく抱きしめた。

部屋に戻った江静は「逃げるのは今！　今しかないの！　私は日の本の女性として生きたいの」と自分の固い意思を述べ決行することを伝えた。話し終えると江静は自らの身繕いと食料などの荷の準備に取りかかった。その時である。入口の扉が静かに開いたのである。六人は一瞬にして全身から血が引いて身体が固まった。そっと顔を覗かせたのは京達三人の少女達であった。三人は網元手代森家の娘・京、金見丸の船頭の娘・慶、戸田丸の船頭の娘・春である。三人はまりに頬を張られ、江静に抱きしめられ平常心を取り戻すことができて自分で決めたのである。それは三人の目を見てすぐにわかった。京達三人は江静という頼れる人と、まりというまたとない仲間がいたことが心を動かしたのである。三人はすぐに言われた通り荷物をまとめ身繕いを済ませて来たのである。また三人の心の片隅に、まり達三人の大店のお嬢様を見て、あの方達には負けられないわという小さな敵がい心が湧いたのも真実であった。乙女心は微妙であると言えよう。しかし今はそんなことは吹き飛んで、九人が心を一つにして頑張ろうと誓いあった。

その時である。船が突然大きく傾いたのである。船は大波で持ち上げられたのである。甲板や船内のあちこちから荷が崩れたような音と共に振動が伝わってきたのである。そして船は傾いたままで航行していた。江静達は、積み荷が崩れたり移動したためとわかった。

江静は、これ幸いとばかりすぐに侍女の菊池と酒井に先頭に立って皆を甲板に誘導するように命じた。この二人であれば兵士の二、三人は容易に叩き伏せることができるからである。江静自身は隣の部屋に向かい「今から脱出する」と伝えた。しかし、女性達は誰も応じる気配がなく俯いたままであった。江静はやむなく別れを告げて皆の後について甲板に向かった。全員が重い荷物を持ち、傾いた船内を移動するのである。並大抵の苦労ではなかったが歯を食いしばりやっとの思いで甲板に出ることができた。それができたのも女性達が股脛巾を穿いていたからである。また、兵達が積み荷の固定や移動のために必死に立ち働いていたことが幸いしたのである。

金見丸の船頭の娘・慶の合図で女性達は次々と海に「入水」したのである。本来であれば飛び込むと言った方が良いのかもしれないが、今回は船が傾いたままで、波のうねりに合わせると入浴の時のように容易に入ることができたのである。その波のタイミングを計るのは海に慣れた慶ならではと言えるものであった。慶に頼んだ江静もまた流石と言えよう。この時慶は口にはしなかったが、「この船の運命は長くはないだろう」と思っていた。また手を添える戸田丸の船頭の娘・春も同じように感じていた。そして二人は目を合わせると頷きあい揃って目を閉じて船に手を合わせた。

女性達は海に入ると慶と春の言葉（指示）に従って行動した。もう一人の網元の娘・京はこの二人に比べると海遊びの馴染みが薄いと思われるため、江静はまりに話すことなく介添えの役を頼んでいた。そんな少女達のアドバイスと船箪笥のおかげで、初めて泳ぐことを経験した女性達も溺れることもなく波に乗ることができた。そして箪笥に掴まるコツや足をばたつかせる要領を習っている間に船の姿は消えていた。江静は船に残った十四人の女性達の無事を祈りながら、蛙足を思い浮かべ真似ていた。

海に馴染みの薄かった江静達六人も徐々に要領を呑み込むことができて、慶と春の掛け声も少なくなった。やがてその二人の声も必要がなくなり海上は沈黙が続いた。そんな中、侍女の二人が皆の気を紛らわすため民話や御伽話等を話しはじめた。少女達は一斉に縄を引いて近くに寄って話に耳を傾けた。

長い侍女達の話が終わると次に少女達が話しはじめた。自己紹介から始まり家族のこと、好きな食べ物、初恋、理想の男性、夢など取りとめのないものであった。この明るさは彼女達の若さもあったが、江静や侍女達の落ち着いた様と船箪笥には沢山の食べ物や飲み物が入っているという安心感がそうさせたのである。また船箪笥が浮き玉の代わりになることがわかったからである。さらに股脛巾を身に着けていたため寒さや格好に気を配る必要がなかったからでもある。

しかし、夜を迎えるころになると流石に話す人もいなくなり、時おり聞こえるのは「皆さん大丈夫ですか」と呼ぶ江静の声であった。少女達は「まり元気でーす」、「ハーイ。慶でーす」、「京は大丈夫よ」、「春は眠いでーす」等と元気に返事をした。江静が一番気遣っていたのはまりからの返事であった。それを知っているかのようにまりは一番はじめに返事をしたのである。そんな遣り取りは半刻ごとに朝まで繰り返された。

やがて夜が明けようとするころになると少女達の返事する声も小さくなり名前も聞き取りづらくなっ

名前であった。皆もまりの返事を聞いて安心したように大声で返事を返した。
た。そのために江静は一人一人の名前を呼んで確認しはじめたのである。一番はじめに呼ぶのはまりの名前であった。皆もまりの返事を聞いて安心したように大声で返事を返した。

そして、お天道様が顔をのぞかせると真っ先にまりの「おはよーございます。まりデース」と元気のいい声が聞こえてきた。それが合図のように全員が名前と共に挨拶を返した。全員が終わると酒井が「皆さん。顔と手をよく洗って歯を磨いてから食事にしましょうね」と叫んだ。皆は「ハーイ」と笑いながら返事をして食事の準備にかかった。船箪笥から物を取り出す作業は波等のために容易ではなく皆が協力して取り出した。そして皆はできるだけ近くに寄って出した食べ物を交換し合いながら食べはじめた。それぞれが船箪笥に入れている食べ物が異なるためである。これが海の中でなければ楽しい行楽である。

江静は食事をしながらまりに目を向けるとその傍で京がまりを気にかける様子もなく食事をしていた。しかし、江静は京が時おりまりに目をやり気遣っていることも知っていた。これはまりに気を使わせまいとして無表情を装っていることもわかっていた。京の優しさと思いやりが手に取るように伝わってきた。反対に京の顔には疲労の色が垣間見られた。江静は改めて日の本の女性の素晴らしさを痛感させられた。京の疲労はまりの傷ついた両手の傷が濡れないようにと夜通し気を配っていたためである。一方のまりは京の心配りに感謝して元気に振る舞っていたのである。江静もまたそんな二人の心情を察していた。そして江静は京に目で感謝を述べ、頭を下げた。京にも江静の気持ちが伝わったようで、京ははにかみながらも大きく頭を下げた。京の顔からはもはや疲労の色などは消し飛んでいた。

また、少しの波飛沫がかかっても傷口が濡れなかったのは事前に蝋引紙を端布で巻いていたためであった。この蝋引紙は自決した別式女の沢田石みさが船に乗る前に「大事な物は水に濡れないようにこれに包んでおいて。また、泳ぐ時は頭に乗せて縛っておくのよ」と冗談のように笑って渡した物である。二人は「ありがとう」と関心もなく受け取り、菊池は懐に酒井は帯の間に何気なく入れておいた物であった。それが今は江静とまりの傷を護るのに役だったのである。蝋引紙は武士や別式女達が刀や大切な書状等を雨や汗などから守るためにも用いた物である。また蝋引紙は軽くて小さく折りたためるため重宝され旅の合羽としても使われた。

食事を終えると少女達の元気な会話が聞こえてきた。その声も太陽が真上に達するころにはまばらとなった。そして昼食が終わると聞こえるのは慶と春の二人だけの声となった。江静は二人が皆を元気づけようとしていることがわかっていた。その二人の声も日が傾くころには聞こえなくなった。変わらないで聞こえてくるのは半刻ごとに一人一人の名前を呼ぶ菊池と酒井の声であった。そして待ち遠しい夕食になっても少女達のはしゃぐ声は聞こえなかった。

夜の帳が降り満天の星が天上を支配するころ、江静の下に春が寄ってきて「まりの様子がおかしい」と伝えた。春は京に頼まれて来たのである。江静はすぐに二人の侍女と共にまりの下に向かった。まりのところに行くと他の女性達も付いてきた。一本の縄でつながれているため当然と言えば当然である。

海水の冷たさで衰弱（出血のため）したまりの身体が冷やされたためである。まりは震え顔面は蒼白く唇は紫色に変色しているのが月明かりでもわかった。だいぶ北に流されてきたことは明らかであった。

まりに付き添っていた京は江静を見て「申し訳ありませんでした」と涙目で謝った。江静の身分はすでに全員が知っていた。江静は静かに「お京さん。あなたの所為ではありませんよ。年長の私が早く気づくべきでした。私こそごめんなさい」と謝った。そしてまりの手を取って「まりさん頑張ろうね」と励まし優しく擦ってやった。

その後に江静は「皆さん。私は海に疎いので良い知恵をお貸しください」と頼んだ。すると船頭の娘・慶が「私は海の水が冷たいので早く海から引き上げてやるべきだと思います」と意見を述べた。これに対し名絹は「それは良い考えだと思います。しかし船がないのにどうするのですか」と素直に聞き返した。慶はニッコリ笑うと「箪笥を集めて乗せるんです」と答えた。すると今度は眞紀が「私、泳げないんです」と消え入るような声で話した。名絹も「私もよ。お水はお風呂しか入ったことないの」と明るく笑いながら話した。

これに対し慶は「眞紀ちゃん、名絹ちゃん。言葉が足りなくてごめんなさい。船箪笥を全部使うわけではないの。四個の上に寝てもらうの。残りの五個の内の二個は江静様とお京ちゃんが使って、その残りの三個を六人で使うの」と説明した。この意見に皆は同意し異議を唱える者はいなかった。それを見て江静が「私とお京ちゃんが一個を使って、五個に寝かせるというのはどうかしら」と意見を述べた。慶は「五個になれば船箪笥の筏はより安定するので助かります」と素直に話した。江静は「そうしていただけますか」と言い、次に京に向かって「今から二人よ。よろしくね」と挨拶をした。これを見て他の人達が「江静様、姫様ありがとうございます」とお礼を述べた。まりだけは目に涙を浮かべて「すみません。すみません」と頭を下げた。

この時江静が「皆さんお願いがあるの。これからは私も仲間の一人として、静と呼んでいただけないかしら」と話した。少女達六人は驚きの表情を示しながらも「ハーイ」と返事をした。侍女の二人は戸惑う表情であったが、江静に見つめられるとすぐに頭を下げ同意を示した。ここにおいての江静の呼び名は「静様」となったが、その名で呼ばれることはなかった。しかしこれによって九人の絆がより深まったことは間違いない。


五個の船箪笥はすぐに慶と春の手によって結わえられてまりはその上に寝かされた。横になったまりの身体を江静と京が代わる代わるに擦ってやった。そんな二人の献身的な世話でまりの震えも小さくなり顔色も僅かながら血の気がさしてきたように思えた。またその陰には慶が船箪笥に入れようか入れまいか迷った末に入れた酒を飲ませた効果もあったと思われる。一方、江静を見守る二人の侍女達は、江静の血の気の引いた顔を見て気が気ではなかった。そのため江静と京に時おり代わって世話をした。それを見て慶と春もこれに倣った。

一個の船箪笥に二人が両手を掛ける分には問題はなかったが、身体をあずけることはできなかった。それでは身体を休めることができないため、侍女の菊池は亡くなった別式女の庭田とみの言葉を思い出して実践することにした。それは「水の中で仰向けになると浮くのよ」という言葉であった。日本人は長い髪を結っていたため海女さん達を除いては、潜ったり背泳ぎをして髪を濡らすことはなかった。泳ぎが上手いと自負する少女達でさえも一様に頭を上げた立ち泳ぎであった。

峰は怖々と仰向けになってみた。身も心も緊張していたため身体は浮くことなく沈没した。慌てた峰は手足を必死にばたつかせてやっとの思いで海面に顔を出すことができた。少し落ち着いた峰は「とみさん！　死ぬ思いしたわよ！　私を呼んでいるの」と愚痴った。その時である。「怖いけど力を抜くのよ」といった言葉を忘れていたことを思い出したのである。峰は「とみさん。今の言葉な～し。忘れてね。もう一回やってみるね」と心の中で呟いて力を抜いて再度仰向けになった。はじめは少し沈んだがゆっくりと体は浮いて海面に出て息をすることができた。峰は嬉しさのあまり「ワーイ」と叫ぼうとしたらまた体が沈んだが、意を決して力を抜くと浮き上がったのである。しかし、したたかに水を飲むこととなった。

脇で見ていた酒井が「峰さん一人で楽しそうに何をしていたの」と聞いた。峰は何度か深呼吸してから、別式女の庭田とみから聞いたことを話して試したことを話した。話を聞いた酒井は「じゃ私もやってみよう」と言ってすぐに挑戦しはじめた。この時菊池は酒井の頭に手を添えることを忘れなかった。酒井の頭は結ばれた縄の上に置かれ仰向けに寝ることができたのである。菊池のように美しい日本髪を濡らすこともなくできることがわかった。周りで見ていた女性達もそれを見習い挑戦しはじめた。これができれば僅かながらも仮眠を取ることができるのである。しかしながら大店のお嬢様育ちである名絹や眞紀にとっては至難のことであった。

そんな様を船箪笥に横たわって見ていたたまりが、たまりかねたように「お願い。私を降ろしてください」と傍にいる慶に頼んだ。慶はすぐに「まりさん。京ちゃん、春ちゃん、そして眞紀ちゃん、名絹ちゃんの四人の子供達までも頑張っているのよ。大人は子供達がやることをしっかり見守ることなの」と諫めた。慶の「子供」という言葉を聞いた京は即座に「春ちゃん、名絹ちゃん、眞紀ちゃん達は子供かもしれないけど、私は違うわよ」と不満を訴えた。その後すぐに「待ってよ。私は大人よ」と春が叫んだ。すると名絹も「私も違います」と大きな声で抗議した。残った眞紀は「皆ずるい。私だけのけ者にして」と泣き声で訴えた。慶が慌てて「京ちゃん、春ちゃん、名絹ちゃん、眞紀ちゃんごめんなさい。皆私より若く見えたからなの」と謝った。そんな慶を見て全員が笑い出した。見た目から言えば誰の目にも「小柄な慶が一番年下」に映るからである。このやりとりを聞いて女性達は皆笑いだした。久々の笑い声であった。

名絹と眞紀はまりの筏に手を掛け伸び上がって「まりちゃん！　私達は暇だから楽しんでいるのよ。心配しないで」と言って筏を離れて、また練習をはじめた。そんな二人にまりは「ありがとう」と言った。

天上から見守る月や星達も「運動神経」を家の物置に忘れてきたような二人を見放して、地平線に敷かれた雲のベッドに潜り込もうとするころになって二人はやっと浮くことができたのである。月もまたあきれ顔であくびをしながら眺めていた。二人はすぐにまりのところに来て、筏に手をかけてそっと顔を覗いた。すると寝ていると思ったまりの目が開いた。二人は「まりちゃん。私達泳げるようになったの」と教えた。まりは「おめでとう」と言って「後で私にも教えてね」と頼んだ。まりは二人の訓練を見ていたことを話さなかった。名絹と眞紀は「わかったわ。あんなの簡単、簡単よ。すぐに覚えられるわ。安心して。じゃあね」と言って筏から手を放した。二人が同時に手を放したため筏は大きく揺れることとなった。

そんな二人を見送るまりの目の端に小豆粒ほどの船らしき影と、その奥に濃い雲のようなものが連なっているのが見えたのである。居残る月の明かりで闇になりきれない帳の中であったから見えたのである。しかし、まりは「私は寝不足だから幻を見ているのね。名絹ちゃん達に見えないはずないもんね。早く寝なくては」と自分に言い聞かせ目を閉じた。しかし眠ろうとすればするほど眠ることができなかった。そのため何度か船箪笥の筏を揺らしては遠くに目を向けたのである。そんな仕草を傍らで見ていた京が近寄り「厠？」と小さな声で聞いた（※江戸時代の共同便所は「惣後架《そうこうか》」と呼ばれた）。

まりは首を振ると「私起きてる？　寝ている？　夢見てる？」とおかしな質問をした。京はまりの目の前に「何本だ」と言って三本の指を出して見せた。まりが「三本よ」と答えると京は「よくできました。あなたはしっかりと起きている人でした」と答えた。するとまりは「じゃ船も陸も本物かしらね」と呟いた。聞き止めた京が「エッ！　本当に！　どっち。どっち」と聞き返した。このやりとりを聞いていた酒井はすぐに筏に近寄り耳を澄ました。まりは「間違っていたらごめんなさい」と言ってゆっくりと指さした。二人はその指を追って示す方向を見たが目には何も映らなかった。京は残念そうに肩を落としたが、酒井はもしやと思い筏に手を掛けて伸び上がってその方向を見た。そして目に映ったのは大角豆《ささげ》ほどの船影と、その遙か向こうに着膨れしたような水平線が目に映ったのである。「あんな太っちょな水平線は見たことがないからきっと陸だわ」と思ったが、酒井もまた信じられずに「夢を見ているのかしら」と自分の頬を抓った。そして顔をしかめると「まりさんありがとう」と心で言って江静の下に向かった。酒井は「姫様、船と陸らしいものが見えました」と興奮気味に伝えた。そして二人はすぐにまりの下に戻ると威勢の良かった名絹と眞紀は船箪笥に身体をもたせ眠っていた。二人にとっては死ぬ思いの水練であったがそれが幸をもたらしたのである。江静は酒井にもう一度確認させてから皆を起こしてと伝えた。もし間違いであればせっかく眠ったばかりの名絹達を起こすことになるからである。また江静が自ら確認しなかったのは出血のため体力が限界にきていたからである。

　全員が集まると江静は侍女の二人に「船の国籍」を確認するように頼み、そして皆は船影に向かって足を動かしたのである。その足さばきはすでに蛙の親戚のようにスムーズであった。この時江静の胸の内では朝鮮国の船でないことだけを祈っていたのである。

　やがて月に代わってお日様が寝床から顔を出すころに苦労が実ったように船が目視できるようになった。南下する船と北に流され漂流する江静達が鉢合わせするということは奇跡に近いことであった。

　菊池が「大筒を備えています。旗は四角く地色は草色（緑）で、青色の罰点があり、真ん中には黄色の猫（虎）が描かれています」と伝えた。その後に酒井は「大きな柱には、上から白・青・赤色の旗が掲げられています」と告げた。二人は筏に手を掛けて伸び上がって確認したのである。

　それを聞いた江静は「それはオモテストク国の軍艦だと思います。皆で助けを求めましょう」と言い、その手はじめとして「私の船箪笥を空にして太鼓のように叩いて知らせましょう」と言った。それまで沈黙していた皆は一斉に喜びの声を上げた。その時町場の娘である漁師の娘達が、「船箪笥を筏に載せて叩いたらどうでしょうか」と言った。今ではまりを除いた皆は寝て浮いたり泳ぐこともできるようになったから箪笥が一個減っても問題がなかったのである。この話に最初に飛びついたのは横になっていたまりである。まりは「私に叩かせて」と言って起き上がった。希望がまりを奮い立たせたのである。そんなまりを見て皆も勇気づけられた。江静自身もまりと同様に痛みや疲れは内から湧き上がる希望と喜びで薄れたためあえて止めようとはしなかったのであるが、長く叩かせることもしなかった。交代で叩くことにしたからである。さっそく一台の船箪笥が空にされマリの筏の上に載せられて叩かれ始めたのである。その後、もう一つの船箪笥も筏に載せられ太鼓代わりとなった。その時にはまりは筏から降りて一個の筏が与えられていた。まりの希望によるものであった。

さらには全部で四個の船箪笥が筏の上に載せられ叩かれたのである。二人がペアとなり左右から叩いたのである。二人が下の箪笥につかまると箪笥が少し沈むために叩きやすくなるのである。叩き方もはじめは単純であったが様々な音色に代わった。それは聞く方の耳に入りやすいためと、叩く方も単純な叩き方では長く続けることが苦痛であったためである。その音色は盆踊りの囃子や祇園囃子（天王ばやし）のコンコンチキチ、コンチキチンにも変わった。祇園囃子は物静かな奈良屋眞紀が皆にその音律を教えたのである。この軽快なリズムは京に暮らす人達にとっては聞き慣れた音でありすぐに覚えることができた。皆は手や器など様々な物を用いて叩いた。四個の異なる音色が揃うとその音響は何倍にも増したのである。
船箪笥を打ち続けることは疲労困憊した体には残酷と言えるほど苦痛を伴ったが、女性達は歯を食いしばって叩き続けたのである。女性であったからこそできたとも言えよう。そんな女性達の祈りが込められた囃子に引き寄せられるかのように軍艦は向かってきたのである。しかし、叩くことを止めることはなかった。それは慶や春が船乗りである親達から「海に落ちた人を捜すのは、土に落ちた胡麻粒を捜すようなものだ」と困難であることを子守歌のように聞いて育ったからである。そのことを皆に話し「軍艦の人達が自分達に気づいていないこと」を考えてのことであった。

一方のオモテストク国の軍艦スミノフの兵達は風音に混じって微かに聞こえる「コンコンチキチ　コンチキチン」の旋律を耳にしたのである。流石にロマンの国、音楽の里の兵士達と言えよう。兵達はすぐに甲板や帆柱によじ登り、耳を澄まし目を皿にして海上を捜したのである。その眼差しはおとぎの国のお姫様を捜すかのように真剣なものであった。音感にも長けた兵達は聞こえてくる音色からして、叩いているのは若い女性達であろうと判断したのである。明けやらぬ海上を捜すのは耳だけが頼りであり、兵達は言葉を発することなく耳を欹てていた。女性達が太鼓を打つのを止めていれば見つけられることはなかったのである。たとえ発見されたとしても間に合わず衝突するか、船の起こす波に呑み込まれ海の藻屑となっていたのである。またその時幸いしたのは軍艦が通常の半分以下の速さであったことである。女性達の根性と軍艦の兵達の思いやりがあったからなせたことである。

はじめに女性達を発見したのはマストに登っていた兵であった。兵は「前方漂流者発見。進路変更、進路変更、進路変更願います」とあらん限りの声で叫び続けた。それを聞いた兵達はいかに接近しているかがわかった。そしてその声は一瞬のうちにして艦内を緊張に包み込んだのである。それは緊急態勢の緊張感をもたらし行動も伝達も素早くさせた。流石に兵達である。

そんな叫び声を上げる兵の声が祈りにも似たものに変わった時、やっと進路が変わったのである。そして兵の「回避完了」の声を聞くと艦内から一斉に歓声が上がったのである。それまで混乱を避けるため誰も声を出すことがなかったのである。マストから下りた兵は心なしか目が潤んでいた。その後兵達は我先にと甲板の一ヵ所に集まった。その素早さに艦長は「凄い！　まるで兵隊のようだ」とつぶやいた。

そんなことは知らない女性達は笑顔で手を振っていた。しかし兵達は笑顔を返すことができなかったのである。それは女性達の髪型や着物を見て日本人女性とわかったが、その中には年端もいかない少女達が何人もいたからである。余りの衝撃に兵達の顔が引きつったのである。それを見て反対に日本の女性達は「安心」したのである。そこに作り笑いや愛想笑いはないが父や侍達のような心の温かさを感じ取ったからである。

また、女性達に幸いしたのは軍艦スミノフの艦長が貴族出身の若きイワノフであったことである。イワノフは後にこの功等により海軍の参謀の一人となる。この時イワノフは漂流する女性達の中に身分卑しからざる女性を認め、副艦長のアブラムに「自ら短艇に乗って行き女性達の救助にあたるように」と命じたのである。日本人は男女を問わず「辱めを受けたり、家名を汚した時は、躊躇することなく自害する」ことを知っていたためである。経験豊富で温厚なアブラムはすべてを熟知していたのである。後にアブラムはイワノフの後任として平民出としては稀なロシアの軍艦スミノフの艦長となるのである。

アブラムは部下に「女性達を短艇（ボート）に引き上げる時、戦艦に乗せる時も女性達の手以外には絶対に触れるな」と厳命したのである。そのことは平民の慶や春達にとっては反対に「間怠こい・間怠っこい（じれったい）」ものであった。なぜなら大男の兵が引き上げる時女性達の帯や腕をムンズと掴んで引っ張り上げれば簡単なことであったからである。その時アブラムは江静にいろいろ話しかけたが言葉はわからなかったがその意味は十分通じた。そして兵達の態度を見て少しは胸をなで下ろしたのである。しかし、最後の難関があった。それは縄ばしごを登ることであった。その時もまた弱り切った女性達は誰一人として兵達の手を借りることはなかったのである。甲板ではカタツムリのように這い登る女性達を見ていられず、上官を顧みたが首を振られて見ているのが辛くて立ち去る者が多くいたのである。

最後に登ってきたのはまりと江静であった。二人は息が絶え絶えであったが甲板に降り立つと船縁に置かれた椅子に腰掛けることなく軽く身繕いをすると正座をして兵達に向かって両手をついて頭を下げた。他の女性達もそれに倣った。その時艦長と思われる立派な軍人が江静達の前に立った。そして「艦長のイワノフです」と挨拶をした。これに対し女性達は揃って両手を着いた。そして江静が頭を上げると「お助けいただきありがとう御座いました」とお礼を述べた。その時イワノフは江静を見て「なんと美しく高貴な貴婦人だろう」と圧倒され、言葉は耳に入らなかった。しかし、自分の対応が間違っていなかったことに安堵したのである。

そしてイワノフは「ダブロパシャーラヴアチ　オモテストク（オモテストクへようこそ）」と言って和式のぎこちない礼をした。そしてイワノフは手を差し出して江静の手を取り立たせた。江静が立ち上がるとイワノフは左膝を付いて江静の手の甲に口づけをした。これは西洋貴族の女性に対する敬意を込めた挨拶である。これによりこの艦における江静達の扱いが決まったのである。

イワノフは大凡のことは察していた。また疲労困憊しているにもかかわらず気丈に振る舞い笑顔さえ見せる女性達に心を熱くし何も尋ねようとはしなかった。周りで見ていた兵達も同じように心を打たれ、許しさえあればすぐにでも傍らに飛んで行き、手助けしたいと思い手を強く握りしめ見つめていた。

イワノフは「自分はオモテストク国海軍スミノフの艦長です。後は私にお任せください」と話し、さらに「欲しい物は遠慮しないで言ってください」と身振り手振りを交えて伝えた。これに対して江静は「ありがとうございます。助けていただいただけで十分です」と言って断った。それを見てイワノフは「それではお部屋に案内いたします」と言って案内を買って出た。江静は「ありがとうございます」とお礼を述べてから後ろを振り向いて、頭を下げたままの女性達に「皆さん頭を上げてください。一緒に参りましょう」と言った。このやりとりを聞いていた兵達は、二人は言葉を理解し合っているものと思っていた。実際には二人は互いの言葉は全くわからなかったがその意思は通じていたのである。

江静に言われて女性達は頭を上げた。しかし、まりだけが一人頭を上げることはなかった。と言うよりも上げられなかったのである。江静が慌ててまりの下に駆け寄ると、伏せた頭の下の手元と袖がぐっしょりと血で濡れていた。江静の後ろで見ていたイワノフはすぐに船縁に走り寄り、海上で船箪笥の回収の指揮をしていたアブラムに声をかけた。本来であれば部下に下命するところであるが事態が切迫していたため自らが行ったのである。若干補足するとアブラムは平民の出の医者で、入隊して士官である医官となったのである。そんなアブラムは親の家業から操船の技術も身に着けていたのである。さらに部下達からの信頼も厚くロシアの軍隊としては異例とも言える軍艦の副艦長にまで出世したのである。

声をかけられたアブラムは猿のような素早さで縄ばしごを登って来るとすぐに異変に気がついた。そして艦長に対し頭を下げると真っすぐに江静の下に向かった。その時江静はまりを抱き起こし心配そうに抱えていた。アブラムは江静の前に来ると丁寧に頭を下げてから両膝をついた。そして江静の手を取ろうと差し出した。江静は慌てて手を引いて左右に振り、まりを見てくれるようにと促した。江静はすでにイワノフとアブラムの仕草からアブラムは医師であることを察していた。また、先にアブラムが江静の手を取ろうとしたのは江静の顔色がまり以上に血の気が失せていたためであった。イワノフはそれを見て、それまで江静の具合の悪さに気づかなかった己の未熟さを反省し心の中で謝った。なぜイワノフが気づかなかったかというと、江静の顔の色は平素見慣れたロシア人の若い女性達の白さにも似ていたためである。また江静が日本人（黄色人）であることを忘れさせたのは、江静の気品と美しさに目と心を奪われたためであった。そのために手首の傷や血に染まった袖口等には目がいかなかったのである。

アブラムは江静に促されてまりから診はじめた。その時にはすでに部下の兵達によって救急箱が運ばれてきて脇に置かれていた。アブラムはすぐにまりの両の手首の傷口の応急の措置を施し、さらに血に濡れた袖をたくし上げよう（巻き上げよう）とした。するとそれまで閉じられていたまりの目がパチッと開いてアブラムを睨みつけ両の腕を引っ込めた。

アブラムはすぐに「プラシュー、プラシュチェーニヤ（申し訳ございませんでした）」と丁寧に謝って頭を下げて後ずさりした。そんなまりを見てイワノフは自分の取った措置が正しかったことをより確信した。遠くで見守っていた兵達も、この時はじめて艦長や副艦長のとった行動が呑み込めたのである。

まりは江静に抱きついて泣いていた。そんな二人を見てイワノフは右手を挙げて部下を呼び何事かを命じた。下命を受けた兵は元気よく敬礼をすると勇んで飛ぶように走り去った。艦長自らが行動すれば早く済むことであるが、それでは部下の立場がなくなり組織は成り立たない。

間もなく下命された兵士は一人の女性（ロシア人）を伴って帰ってきた。この軍艦には国境にある警備隊（サハン駐屯地）勤務の交代要員の兵士達とその家族も乗っていたのである。サハンは中国と朝鮮と接するメタン河にあり（「河」は中国では黄河をさすが、ここでは大河の意）重要な任務を担っていた。また駐屯地は入り江の奥にあるため、近くであるにもかかわらず、入り江の入口の砂州には通行を見張るための「岬分遣隊」が設けられていた。

兵が連れてきた女性は僅かながら日本語を話すことができたのである。女性は艦長に頼まれて、まりと江静に副館長が医師であることを伝えた。これを聞いてまりはすぐにアブラムに両手をついて謝った。江静もそれに倣って両手をついて詫びた。江静はアブラムが医師であろうと思っていたが確信がなかったためまりには話さなかったのである。

そしてまりが申し訳なさそうに顔を上げたが、今度は江静が頭を上げなかったのである。それを見て慌てて二人の侍女が「姫様」と叫んで駆け寄り抱き起こしたのである。そんな二人の素早い行動にイワノフとアブラムは為すすべなく見つめていた。そんな二人の下に通訳の女性が走り寄って「江静が姫様と呼ばれた」ことを伝えた。イワノフとアブラムは顔を見合わせると頷きあった。その後ろでは兵達が慌ただしく走り回っていた。

江静は二人の侍女に抱き起こされるとすぐに意識を取り戻し「ごめんなさい。チョット眠たかったの」と微笑むように答えた。しかし、その顔は雪の白さを超えて極寒のシベリアの氷を思わせるものであった。江静は起き上がると呆然と見守るイワノフに向かって頭を下げた。イワノフ達三人は反射的に頭を下げ返した。そしてアブラムは女性と共に江静に駆け寄り応急の止血を行った。

イワノフは部下に担架を持ってこさせようと振り向くと、部下達はすでに担架を抱えて待機していた。その担架の数を見てイワノフは苦笑するしかなかった。イワノフは江静の下に来ると兵達を指さして担架の準備ができたことを伝えた。江静もまた兵達を見て担架の数の多さに驚かされ、そしてまりに「あの布のお輿（担架）に乗ってくださる」と頼んだ。このように言わなければ女丈夫《じょじょうふ》なお嬢様のまりは乗らないと思ったからである。まりはすぐに「ハイ」と返事をした。これは必死な眼差しで見守る兵達を見たためでもあるが、江静に頼まれては拒むことなどできるはずもなかった。

江静は通訳の女性に「一台をまりさんに」と話した。女性は「エッ！　一台だけ」というような顔をしたが、すぐに思い直したように「わかりました」と言って謝るように大きく頭を下げた。そして艦長に伝えた。聞いたイワノフはすぐに江静に目を向けた。江静はこれに対しゆっくりと肯いてみせた。イワノフは「わかりました」と言うように頭を下げると後ろを振り向き名前を呼んだ。名指しされた兵士は大きな返事をすると相方の兵士を伴い足並みを揃えて駆け寄った。一人は担架を、一人は厚い布（毛布）を持っていた。選ばれた理由は毛布を把持した相方にあることが残った兵達にもわかった。

まりは担架に横たわる前に担ぐ二人の兵士に丁寧に頭を下げた。そして立ち上がる際にも、また担架に横になる時にも誰の手も借りることはなかった。そんなまりを巨体の二人の兵は手を貸したげにハラハラと息を止めて見守っていた。そしてまりが横になると安心したように深呼吸した。手にした毛布は女性に渡してまりに掛けさせた。兵達は呼吸を合わせゆっくりと担架を持ち上げた。担架に乗るまりが持ち上げられたことがわからないくらい丁寧なものであった。二人の兵士達のできる最高の心遣いであった。そして二人は慎重な足取りでアブラムの後に従って医務室に向かった。担架の脇には兵達に見劣りのしない通訳の女性と、侍女の菊池が付き添っていた。見送る兵達はまりの回復を願うように十字を切って見送った。

江静達七人の女性達は艦長イワノフ自らの案内で船室に向かった。そんなイワノフについて歩く女性達の姿は、花園の美しい花々の薫りと共にゆっくりと流れて行くように見えた。案内された部屋はイワノフの居間兼寝室であった。まりに付き添って行った通訳の女性が戻ってきて、二台のベッドが新たに運び込まれたことを話した。そして「この部屋は姫様と侍女二人でお使いください」と言い、さらに「他の方々はアブラム様（副艦長）のお部屋になります」との意味合いの言葉（単語）を並べた。

それを聞いた大店の娘・名絹が「私、江静様と離れたくない」と駄々を捏ねて泣きだした。それを見て他の少女達も「私もいやよ」と言って酒井の裾にすがりついた。流石に江静には我が儘を言うことができなかったようである。酒井が困惑の表情で江静に目を向けた。江静は微笑みながら「私もその方が良いかと思います」と言って、通訳の女性を介してイワノフに「ここで全員が寝ても良いか」と尋ねた。それは江静がこの部屋に案内された時から思っていたことでもあった。艦長の居間兼寝室が船の中とは思えないほど広かったこともあり、またそこに置かれた湯治場の湯船のように大きい（キングサイズ）のベッドや二台のダブルベッドを見て感じたことであった。慶や春等は大きな台の付いた布団（以後ベッドと言う）を見て、これ一つで全員が寝られると思った。また、眞紀や名絹はキングサイズのベッドには六人が、小さい（ダブルベッド）方には四人は楽々と寝られると思った。江静もまた三台のベッドに九人全員が寝ることができると思ったことは間違いない。

イワノフは通訳から江静の申し出を聞いて一瞬は驚いたが表情に出すことはなかった。それは西洋の貴族社会では王様や貴族の当主はプールのように大きなベッドに寝るのが常識であったためである。イワノフは「姫様さえよろしければ」と答えて頭を下げた。そして「皆様が湯浴み（入浴）を済ませるまでにはベッドを準備致します」と言った。これを介して聞いた江静は「ここにあるだけで十分です」と言った。イワノフは江静が遠慮していると思ったがそれ以上は勧めることはしなかった。それは江静の顔色を見て少しでも早く治療を受けさせて休ませたいと思ったからである。イワノフは「チョット失礼します」と断り、部屋を出て行ったがすぐに「イワノフです」と言ってドアがノックされた。西洋の習慣のわからない江静達はすぐ日本式に入口の前に並んで出迎えの準備をした。しかしイワノフは入って来なかったのである。それを見て通訳の女性が江静に「イワノフ様は返事をお待ちしております」と囁いた。江静は「ありがとう」と頷くと、「どうぞお入りください」とドアに向かって話しかけた。通訳の女性がすかさず言葉を介していた。江静を除いた日本人の女性達は、西洋の貴族のマナーを知らないため「江静姫様がおられるため承諾を得た」と思っていた。それに応えるようにドアが開いてイワノフが入ってきた。その後ろには担架を持った二人の兵士が付いてきた。ドアの向こうにも担架を持った兵達の姿があった。

イワノフは「医務室にお連れ致します」と言って頭を下げた。さらに女性達に「具合の悪い方はおられませんか」と通訳の女性を介して伝えた。その通訳の女性の唇には微かに笑みが含まれているように思えた。たぶんその訳は医務室が艦長室のすぐ隣であったからであろう。イワノフ艦長の優しい人柄が表れたものである。

二人の兵は担架を江静の脇に置くと、片膝をついて丁寧に頭を下げた。江静ははじめ、乗ることを断ろうと思っていたが、二人を見て断ることが気の毒に思い「重いですけど、よろしくお願いします」と言って頭を下げた。通訳の女性がすかさず介して二人の兵に伝えた。それを聞いて二人の兵は「エッ」という表情で江静に目を向けたがすぐに目を戻し、体格のよい通訳の女性をまじまじと見つめていた。そんな兵達に気づいた通訳の女性は笑みを浮かべながらも目で二人を叱っていた。二人の兵は慌てて目を反らすと江静に向かって深々と頭を下げた。女性もまたそれに倣い頭を下げた。言葉がわかればコントのような場面であった。

酒井と通訳の女性が付き添い、先導はイワノフが務めた。ドアは兵達によって開かれ仰々しいものである。隣の船室に行くだけとは思われないものであった。通訳の女性が微笑むのもわかる気がした。

江静が出て行くと入れ替わるように治療を終えたまりが菊池と共に入ってきた。そしてまりがはじめに「隣の部屋なのに、輿（担架）で送ると言われたのよ」と笑顔で話したが、その顔色などからして、まりが無理していることは明らかであった。しかし、まりが帰ってきたおかげで部屋の中は一層かしましく（賑やか）なったことは間違いない。

その時通訳の女性が慌てた様子で部屋に入ってきた。そして「シャワーボックスのことを話すのを忘れていました」と言って部屋の片隅に案内した。扉を開けるとそこには湯船（浴槽）が置かれお湯が満たされていた。さらにその脇には上がり湯（かけ湯）用のバスタブがあり、それにもお湯が満たされていた。日本人の女性達は「アッ！　お風呂だ」と叫んで手を叩いて喜んだ。その顔は満面の笑みで満ちあふれていた。網元の娘・京や船頭の娘の慶と春達は信じられないという表情で目を丸くして見つめていた。日本の漁船などでは絶対に考えられないことであった。

そんな京達よりも驚いたのは案内した通訳の女性であった。西洋では水やお湯をかけて体を洗う習慣はあっても湯船に浸かるという習慣はなかったため大きな浴槽を見て驚いたのである。その時女性は艦長がシャワーボックスと言った言葉を理解したのである。そして日本人の女性達が喜ぶ姿を見てこのシャワーボックスは、日本人の女性のために作ったのではないかと感じた。その考えは当たらずとも遠からじであった。

オモテストク国はロシアという大国の辺境の一大名のような存在であった。一万キロを超す中央に出るためには船で行くのが一番安全で便利であった。そのため王様や貴族達も乗ることが多かったのである。はじめはその人達のために湯かけ用の湯を溜めておく小さなバスタブが設けられていた。それが近年になって日本人の女性達が救助されるようになったために大きな浴槽が造られるようになった。それは艦長のイワノフが女王に具申して造ったものである。

また大量のお湯については、スミノフほどの大きい軍艦になれば、船のバランスをとるために大量のバラスト水が必要となる。普通バラスト水は海水が使われるが、オモテストクの海軍の艦船は真水も合わせて使ったのである。そのバラスト水を無尽蔵に産出される石炭で温めて供給するためお湯には事欠かなかった。通常その湯は筒を使いにわか雨のように降らせて使うのである。通訳の女性は他にも士官用と兵士用のシャワーブースがあることを教えてくれた。

説明を終えると通訳の女性は風呂に入るようにと促したが誰も入ろうとはしなかった。女性は怪訝そうに「どうして入らないのか」と尋ねた。それに対して日本人の女性達はどうしてそんなことを尋ねるのかと反対に不思議に思い見返した。その理由は日本においては入浴するのは身分の高い人、また風呂のある家では家長の男性から先に入ると順番が決まっていたからである。さらに殿様や姫様と同じ湯船を使うことなどもあり得ないことであった。侍女の菊池はそのことを女性に説明した。それを聞いて女性は姫様が、「先にお風呂を済ませて寝てください」と言ったことをやっと皆に伝えた。女性は江静が今言った言葉の意味がわからず話さなかったのである。西洋ではシャワーブースが清潔なため誰が先に使おうと自由であった。それは溜め湯を入れて置くバスタブの湯さえもその都度入れ替えて掃除するためであった。

江静姫の言葉を伝えてもなおお入ろうとしない女性達に通訳は、困惑したように皆が入った後は綺麗に掃除するのになぜだろうと呟き首を傾げた。それを聞いて菊池が「申し訳ありません。私達は海に浸かった身なのでお湯が汚れてしまいます。そのようなお風呂に江静様をお入れする訳にはいかないのです」と説明した。通訳の女性はそれを聞くと手を団扇のように振って「大きな浴槽のお湯も、小さな浴槽のお湯もその都度交換するので綺麗だと思うんですけど……?」と話した。慶は「浴槽のお湯は一回ごと交換するんですか」と尋ねると、女性は当然のように「ハイ」と答えた。慶は驚いた表情をして湯船まで行きお湯を舐めてみた。そして「交換してお湯は大丈夫なんですか?」と尋ねた。女性は「お湯は沢山ある。問題ない」とキッパリと言い切った。二人の遣り取りを聞いて菊池は「私達の国ではお風呂のお湯はその度交換しないんです」と話すと、通訳の女性は「私の国ではその度毎交換するの」と言って二人は誤解が解け笑い出した。

風呂に入ることが決まると少女達六人は揃って菊池に「どうぞ」と言って頭を下げた。菊池は「ありがとう」と言って微笑むと「海に浸かった仲でしょう。一緒に入らない？」と誘うと六人はすぐに「ハーイ」と笑顔で返事をした。そしてその場で着物を脱ぐと菊池の後ろについて浴室に入った。そんな姿を見て通訳の女性は驚き慌ててドアの鍵を見に走った。そして戻るとさらに驚いたのである。その理由は七人がすっぽんぽんのまま一緒に風呂に入ることである。西洋では温泉やサウナに入る時でさえも下着を着けるため信じられなかったのである。さらに脱いだ着物は皆同じように綺麗に折りたたまれていたことであった。また女性は自分一人しか入れないようなバスタブに、三、四人が一緒に入っているのを見てショックを受けていた。

そんな女性の気も知らずに七人は楽しそうにどのベッドに寝るかを話し合っていた。菊池はこの話し合いは六人の少女達に任せた。結果、ダブルベッドの一台には江静が、他の一台には侍女の菊池と酒井、そして残るキングサイズのベッドには六人が寝ることに決まった。そのころには体についた塩はヘチマに似た海綿を使い、小さな上がり湯の湯をかけて洗い流した。また海水に濡れた日本髪は、通訳の女性の合図で天上から降るお湯（シャワー）で流し落とした。七人が入浴を終えて浴室から出ると通訳の外に六人のロシアの女性達がバスローブ（西洋浴衣）を持って待っていて日本の女性達に着せてくれた。

西洋の浴衣は日本の浴衣よりも吸水性がよく手ぬぐいは必要なかった。しかし、丈が長いため京や慶などは頭から被って拭いていた。それでも裾は若干床と握手をしていた。その時長風呂が祟ったかのようにまりは貧血を起こし通訳の女性の腕の中に崩れ落ちた。ロシアの女性達は慌てて廊下の兵士を呼ぼうと入口に走った。それを見て通訳の女性が「ダメ！」と叫んで引き止めた。そしてまりにバスローブを綺麗に着せて身繕いをして自分で抱えて医務室に向かった。菊池が付いて行こうとすると女性は「私が離れないで付いていますから、安心して寝てください」と言いその目は真剣であった。女性の態度などから菊池は任せることにした。

まり達が出て行って間もなく江静達二人が戻ってきた。帰りは流石に江静も担架には乗らなかった。江静は部屋に入ると真っ先にまりが意識を回復したことを伝えた。そして少し様子を見るために残ったことを話した。江静が話し終えると酒井がまりの付き添いに行きたいと申し出た。すると江静は菊池を顧みてから「通訳さんにお任せしましょう」と言った。酒井と菊池は同時に頭を下げた。江静も菊池と同様に女性がまりを必至に看病しようとする気持ちが伝わっていたのである。

菊池はその後すぐに浴室に向かった。中に入るとロシア人女性六人が必死に掃除をしていた。そして菊池を見るとニッコリ微笑み「オワリデス」と言った。部屋は綺麗に掃除され、浴槽等のお湯も入れ替えられていた。お湯の入れ替えの早さに呆然としている菊池に「アツイユ、ウエ、オトス　タケ、カンタン」と日本語を並べて天上から突き出した筒を指さした。菊池はすぐに納得したが、それに頭（シャワーヘッド）を付ければシャワーになることまでは知る由もなかった。菊池は女性達の日本語を聞いてこの女性達も日本人の女性と関わりがあることを感じとった。

菊池はすぐに戻って江静達を案内してきた。江静と酒井が部屋に入ると六人の女性は丁寧に頭を下げてからボックスを出た。その手には日本人の女性達が脱いだ着物が握られていた。それを見て酒井が「置いていって」と手をさし出すと、女性の一人が「スグ、シオ、ヌク（塩抜きする）」と言った。酒井が驚いて「エッ」と声を発すると日本人の女性から教わったというようなことを話した。江静は自分達と同じように助けられた日本人の女性がいることがわかった。江静はすぐに「今もその女の人はおられますか」と尋ねた。すると女性達は話し合ってから「ワカラナイ」とすまなそうに答えて六人は頭を下げボックスから出て行った。四人の女性はそのまま着物を持って艦長室から出て行ったが、二人は「掃除と江静達の着物を持ち帰るため」に残った。菊池は江静達の着物の塩抜きを頼んで引き取ってもらった。そして風呂の掃除は怪我している江静を除いて行った。皆で「帰国したら一緒に銭湯に行ってみようね」等と疲れも忘れ和気藹々と楽しく話しながら行った。

掃除を終えると全員が決められたベッドに向かった。少女達六人は風呂の中でベッドに寝る位置をじゃんけんで決めていた。ベッドに近づくと最初に慶が自分の場所にジャンプして飛び乗った。春と京が「いいなー」と言って真似をしてジャンプした。その後に眞紀と名絹のお嬢様二人も見習うように自分の場所に飛び乗った。大の男達のベッドは五人が飛び乗ってもビクともしなかった。そして寝具にもぐると早く休むために食事を断ったことを悔やんでいる誰かもいた。体はくたくたに疲れているはずであったが眠ることができなかった。疲れすぎの所為もあると思われるが、それよりもはじめて寝るフカフカのベッドが船に乗っているようで馴染めなかったのである。さらにまりの病状が気がかりであったこともある。

眠れず悶々としていると部屋のドアが静かに開いて、まりの「ありがとうございました」という言葉と、通訳の「お休みなさい」という小さな声が聞こえた。そしてドアが閉まるとまりはこそ泥のように抜き足差し足でベッドに近づいた。ベッドの傍らに来ると静かに枕を取ると、躊躇することなく床の絨毯の上に横になった。皆と一緒に寝ることを嫌ったわけではない。まりは今までベッドの上で治療を受けていたのである。その間いつ落ちるかとハラハラドキドキしていたのである。そのためまりは寝心地の悪いベッドを避け、藁を敷き詰めたような絨毯の床を選んだのである。心地よい絨毯に横になるとすぐに眠り落ちた。眠れずにいた五人の少女達は薄目でそれを見て、枕を抱えると絨毯の上に横になった。少女達は瞬く間に深い眠りに誘い込まれていった。そんな少女達を見て菊池と酒井の二人はベッドから下りて少女達に寝具を掛けて回った。そして二人は江静の寝息を確認すると左右に分かれて江静のベッドを挟むように絨毯に横になった。この時江静はまだ眠ってはいなかったのである。絨毯に横になった侍女や少女達を見て江静は深い眠りに入った。その寝顔は微笑んでいた。結局ベッドで寝たのは少女達の苦心も空しく江静一人だけであった。そのころ医務室では医官でもあるアブラムが艦長のイワノフに「二人の怪我は男であれば九割方は死んでいたであろう」と話していた。

戦艦スミノフは予定通りサハン湾の入り口にある「岬分遣隊」に交代の兵士と家族達を降ろすために

接岸した。本来であれば賑やかに出迎えるのが習わしであった。しかし、今回は救助した江静達を気遣い鳴り物などは中止された。それは下船する兵や家族からの要望であった。そのことを承諾したイワノフは湾入口の先端に設けられた監視所にスミノフから合図を送って知らせていたのである。

しかし江静はスミノフが接岸の準備をしているとそれに気づいて起き上がり枕元に置かれた塩抜きされただけの着物を身に纏った。

着物には皺はあったが見苦しくないほどに伸ばされており女性達の努力が窺われた。江静が着物を着ていると二人の侍女がそれに気づいて目を開けた。江静は寝ているように押し止めたが二人は「とんでもない」という素振りで起き上がった。そして枕元に置かれた着物を見て驚きながらもすぐに音も立てずに身に纏った。置かれた着物は通訳の女性が持ってきたのを江静だけは知っていた。その時あえて江静は女性に声をかけなかったのである。それは女性が皆を起こさないようにと気遣いながら一人一人の枕元に配っていたからである。その時凄いと思ったのは女性全員の着ていた着物を覚えていたことである。

着物を着終わり髪を撫でつける（乱れた髪を櫛や手で整えること）と三人は甲板に向かった。しかし甲板に立ったのは江静一人であった。それも一番目立たない最後部のマストの陰であった。侍女の二人は甲板には出ずに出口から江静を見守っていた。江静は通訳の女性から途中で降りる兵や家族達がいることを聞いていたため見送りに来たのである。艦長達に見送られ渡り板を降りていく兵や家族に対し江静は陰ながら頭を下げ見送った。岸壁に降り立った兵達は整列をして揃って艦長に敬礼をし、家族は手を振って別れを告げた。そんな中一人の子供が甲板の江静に気づいたのである。子供は母親の手を引っ張りそのことを伝えた。母親はすぐに隣に知らせると次々と電波の様に伝わり最後は兵の全員へと伝わった。兵達の敬礼はイワノフから江静に向けられた。その家族達の顔もまた江静に向けられていた。江静が頭を下げる度に母親達も頭を下げた。子供達は嬉しそうにジャンプし両手を振っていた。

スミノフが岸壁を離れると真っ先に江静の下に駆けつけたのは艦長のイワノフであった。

イワノフが来た時には二人の侍女は江静の下にいた。それから少し遅れて副官であり医官のアブラムが駆けつけた。アブラムを追うように息を切らせて通訳の女性が顔を出した。イワノフが船を降りた人達の様子を見て、江静が甲板にいることを知り自分はすぐに向かうと共に部下に命じてアブラムと女性を呼んだのである。

イワノフはすぐに江静に病状を尋ねてアブラムに診るように話した。アブラムは江静の「大丈夫です」と言う言葉と、顔色と脈、そして目と舌を診て「心配ないと思います」と答えた。それを聞いてイワノフは安心したように「話し合いのために士官室（士官用の食堂兼居間）に行きましょう」と誘った。艦長室は女性達が使っているためである。その時甲板に顔を出したのは眠たそうな顔をしたまり達であった。離岸（出航）したばかりで最も忙しい最中であったが兵達は皆、まりを「心配そう」に見ていた。アブラムはまりを見ると走って駆け寄った。当然のように通訳の女性もノタノタと走って後を追った。その速さは江静達が歩いて行くのと同じ位の速さであった。

アブラムは「大丈夫？」とロシア語で尋ねたが、まりに言葉がわかるはずもなくただ首を傾げるだけだった。通訳が介した日本語も息切れのため途切れ途切れで聞き取れなかった。菊池が「まりさん。大丈夫」と尋ねると、まりはニッコリ笑い「大丈夫です。ちょっとお腹が空いているだけです」と言って舌をちょっと出して見せた。それを見て通訳の女性が「お腹が空いているだけだって」と大きな声で艦長に伝えた。周りで聞いていた兵達も安心したように作業する手つきが軽快になった。医官のアブラムは信じられないというようにまりの目、舌、脈をさらに見直して「問題なさそうです」と伝えた。それを聞いたイワノフは江静の承諾を得ると部下に「食事を女性達の部屋（艦長室）に運ぶように」と命じた。通訳からそのことを聞いたまりは恥ずかしそうに菊池の背に隠れた。

艦長室に入ると枕や寝具は元の場所に戻され部屋は綺麗に掃除され、床に寝たことなど想像することすらできなかった。それを知る通訳の女性は驚いて目を丸くしていた。少女達が甲板に出る前に掃除したのである。

運ばれた食事はシースカ（輪っか型の乾パン）、ピラジョーク（ピロシキ）、ブリャーニク（香辛料の入った糖蜜菓子）など携帯にも便利で長持ちのする軍隊らしい軽食であった。それにチョールヌイ　チャーイと呼ばれる紅茶とサーハルと呼ばれる真っ白な砂糖の入った壺が出された。春、慶、京達は異国では赤い茶に塩を入れて飲むのかと思い砂糖に手を出そうともしなかった。またバナーン（バナナ）やアナナース（パイナップル）といった見たこともない果物が出されたが、誰も果物とは思わなかった。軽食は胃に負担がかからないようにと医官のアブラムの指示で出されたものである。そしてイワノフやアブラムそして通訳の女性も交えての話し合いながらのティータイムであった。

イワノフはオモテストクの凡その概況を説明してから「皆さんをサハンの駐屯地に保護をして女王陛下の判断を仰ぎます」と伝えた。それは江静の身分を考えてのことであった。本来であれば女性達の措置は救助した艦長とサハンの司令官（グリゴリー）との協議によって決められていた。それは閉鎖された日本と全く国交がなかったためである。

それを聞いて江静は「自分一人で女王陛下にお会いしてお礼を述べたい」とイワノフに頼んだ。江静は命を賭して日本人の女性達の救助を頼みたかったのである。二人の侍女はこれを聞いてすぐにお伴を願い出た。二人は自害をも厭わないという真剣な眼差しであった。さらに六人の少女達も食べる手を止めて、慣れ親しんだ絨毯に両手を付いて「一緒にお連れください」と頼んだ。江静は困惑顔でイワノフに目を向けるとイワノフは満面の笑みを浮かべて「私が司令官に掛け合い皆様をお連れ致します」と答えた。イワノフは江静達と少しでも長く航海がしたかったのである。

サハンの港（駐屯地）に接岸すると真っ先に降りたのはイワノフであった。イワノフは出迎えていた司令官のグリゴリーの下に向かったのである。交代の兵士や家族達は副艦長のアブラムや江静達に見送られて下船していった。江静達は感謝を込めて「ありがとう」と一人一人に言って頭を下げた。それに対してその人達は励ましや、優しい言葉を投げかけてくれた。江静達には言葉はわからなかったがその気持ちは十分に伝わった。

最後は大柄な通訳の女性であった。女性が前に来ると江静はすかさず右手をさしだして握手を求め握手をして「ありがとう御座いました」とお礼を述べ頭を下げた。侍女の二人もそれに倣って頭を下げた。女性は慌てたように手を放すと大きな体を二つに折って「お役にたてて幸せです」と言うニュアンスの言葉を話した。かなりの知識人と思われた。そして顔を上げると江静に「コレカラモ、カンパリマス（頑張ります）」と誓った。この言葉は「今後も拉致された女性達に会う機会があればお手伝いします」と言っていることがわかった。そして三人に丁寧に頭を下げると次に少女達のところに進んだ。そして少女達一人一人を強く抱きしめた。無言で別れを告げたのである。

最後にまりの前に来るとまりの両腕の傷を気遣い抱きしめるのを躊躇し、涙を含んだ目でまりを見つめていた。まりはあふれる涙を気にすることなく女性を見つめていた。そしてやにわに女性の首に飛びついていった。女性は驚きながらもしっかりと抱き止めた。二人は声を掛け合うことはなかったが心は十分に通い合っていた。そしてまりをやおら（ゆっくりと）降ろすと母親が子供にするように涙を優しく拭いてやった。そして二人は目を見つめ頷き合った。周りの人達には「幸せにね」、「お母さんもね」と言っているかのように映った。女性がまりを放すと踵を返し振り向くことなく渡し板を降りて行った。

渡し板の前方には上級士官が待っていた。女性はその男性の腕の中に包まれた。まりが手を振っているのを見て士官（夫）は女性を促して二人は手を振り返した。それを見て江静が頭を下げると八人の女性達もそれに倣って頭を下げた。二人はそれを見て大きく礼をして去った。そんな二人を少女達は大きく手を振って見送った。

全員が立ち去るとイワノフがサハンの司令官グリゴリーを伴ってやってきた。司令官は江静達を食事に招待するために来たのである。しかし、江静やまりの顔を見て諦めることとした。そして江静に丁寧に頭を下げるとすぐに戻っていった。全員で見送っていると、その傍らで担架を準備する兵達の姿が目に入った。それを見てまりがすぐに酒井の下に行き「部屋に戻らせてください」と断り、イワノフと江静にペコンと頭を下げて逃げるように立ち去った。それをイワノフと江静は笑顔で見送った。その後イワノフは部屋の入口まで江静達を同行して「用事のある時はいつでもこの兵達に声をかけてください」と言ってドアの前に兵二人を立たせ立ち去った。イワノフは自分で番兵に立ちたかったようであるがそれはできるはずもなく後ろ髪引かれる思いで帰って行った。

その後スミノフ（軍艦）は交代した兵士や家族を乗せるとサハン港を出港し、途中で岬分遣隊に立ち寄り、ここでも交代した兵士や家族を乗せて王宮のあるオモテストク国のメーンの港に向かった。その航海は台風一過の快適な船旅であった。快適な眠りと共にオモテストクの港に着いた。その間に京や慶は何度かドアを少し開け門番の兵達を覗き見た。やがてスミノフが港に近づくと、イワノフ自らがそのことを知らせに来て接岸と共に船を降りて宮殿に向かった。

ほどなくするとイワノフは馬に乗って戻ってきた。それは愛しい恋人に少しでも早く会うために馬を飛ばしてきたようにも思われた。船に乗ると真っすぐに江静達の下に駆けつけて「今日、全員で女王陛下と謁見することになりました」と話した。そのことを江静はすぐに理解したが、少女達には伝わらなかった。

間もなくしてイワノフの後を追うように二台の馬車が到着し金髪の女性達が降り立った。女性達の手には多くの荷が抱えられていた。それは化粧道具や衣装（ドレス）等々であった。女性達はイワノフと一緒に到着するはずであったが置いてきぼりにされたのである。女性達はアブラムに伴われて江静達の部屋に入ってきた。この女性達の中に日本語が多少わかる女性がいた。その女性も先の通訳の女性と同様に助けられた日本人の女性達と関わりあいがあった。そして日本語を覚えたのである。女性はたどたどしい京談（京都弁・京言葉）で「全員で女王陛下と謁見します」と伝えた。侍女の二人は一瞬「エッ」と驚いた表情を示したが、すぐに元の平静な顔に戻り「わかりました」と言って頭を下げた。また、少女達六人は意外にも驚いた表情を見せることもなく酒井達に続いて頭を下げた。それを見て通訳の女性やイワノフ、アブラムそして金髪の女性達は揃って驚かされた。大の大人であっても「女王陛下に謁見する」と聞けば瞬時に驚きのあまり震え出すのが常だったからである。イワノフ達はその理由は少女たちが死の淵を経験したことと、江静姫がおられるからだと思った。

また金髪の女性達を驚かせたのは江静達全員が衣装を替える必要がなかったことである。着物や帯等は折り目正しいとまではいかないが、それなりに綺麗に着付けていたからである。また日本髪は結い上げられ、自分達には手の出しようがなかったのである。最も驚いたのは化粧をする必要がなかったことである。化粧しなくても全員が光り輝くように美しかったのである。さらにその肌は白人の憧れる健康的な色「肌色」であった。通訳の女性もまた羨ましそうに江静達を見つめながら着替えの衣装や化粧品を持ってきたことを伝えた。それを聞いて江静は少女達に目を向けると少女達は揃って首を横に振った。

江静は通訳の女性に断りを入れて、さらに女性達全員にお礼を述べた。女性達は恐縮したように頭を下げた。

通訳の女性はイワノフの許しを得て帰ろうとした。するとそこにチョコチョコとまりが進み出て、通訳の女性の桃色に輝く唇を指さして「紅～?」と訊いた。女性は微笑みながら「紅よ」と言って「いる～?」と優しく尋ねた。まりはニコッと笑ってコクンと頷いた。女性は帰ろうとしている仲間の女性達に笑顔で話しかけた。それを聞いた女性達は自分の持ってきた口紅を取り出すと一個一個説明してまりに渡した。まりは言葉はわからなかったが喜んで受け取ったのである。長い袖を広げて受け取ったが零れんばかりであった。それを見て京がまりのところに行き袖を持つ手伝いをした。ロシアの女性達は日本人の女性達の役に立つことができて、面目を施して帰って行った。結果的にはまりの好奇心が生んだ思いやりと言えよう。女性達が帰った後の艦長室ではまりをはじめ少女達のはしゃぎ様は生半可ではなかった。当然その中には侍女や江静も加わっていた。

笑い声の中で慶の顔は何度も洗われ塗られた。そんな最中、岸壁に豪華な迎えの馬車が到着したがまり達にはわかるはずもなかった。そしてイワノフに伴われ厳しい服装の侍従が訪れた。それはドアの前で警戒にあたる兵達の気をつけの号令でわかった。それを聞いて慶は風呂にかけ込んだ。その時ドアがノックされ許しを得て二人が部屋の中に入ってきた。本来であれば格下である侍従の案内役を艦長であるイワノフが務めるということはあり得ないのである。いかにイワノフが江静達に関心を寄せているかが窺い知れる。江静達は迎えの馬車に乗り宮殿に向かった。イワノフもまたこれに同行した。江静をはじめ日本人の女性達にとってはじめての馬車であった。また馬車に乗るための踏み台は和服を着た日本人の女性のために新しく作られたものであった（※日本においては江戸末期まで馬車による人の搬送は許されていなかった。馬車による荷運びでさえも江戸と大坂だけが僅かに許されていた）。

宮殿に着くとイワノフも付き添い侍従に案内された。広々とした謁見の間には深紅の絨毯が敷き詰められていた。その絨毯には塵一つどころか一点の汚れさえも見あたらなかった。またその絨毯は「上り框」の様に分厚かったのである（※「上り框」とは玄関や土間において、〝内と外〟を分ける段差に取り付けられた横木で「家の顔」とも言われている）。

侍女の菊池は躊躇することなく絨毯のへり（縁）で膝を折り江静が草履を脱ぐのを待った。それを見て江静は草履を脱いで絨毯に上がった。脱がれた草履はつま先を外にして揃えて脱がれていた。菊池はその草履を手にすると邪魔にならないように入口の端に持っていき置いた。そして菊池が草履を脱いで上がって両膝をついて草履の向きを変え揃えるとその草履を眞紀が運んで江静の草履の脇に置いて戻り自分も絨毯に上がり草履を揃えた。そんな行為を女性達は順次行ったのである。それを見ていたマナーのプロである侍従やそしてイワノフにも全く違和感を感じさせなかったのである。それは江静をはじめ清楚な女性達が行った優雅で楚々とした仕草のためである。最後に酒井が草履を脱いで揃えているとイワノフが侍従を制するようにして前に進み出た。草履を運ぶためである。酒井はイワノフの目に「お心遣いありがとうございます。しかし、貴方は私などの草履を手にしてはいけません」と優しく語りかけて頭を下げた。目は口ほどにと言われる通りその意思はイワノフに伝わった。頭を上げた酒井とイワノフは目を見合い頷いた。酒井は草履を手にすると並べられた草履の端に置いた。草履の一番手前が空けられていたのである。

侍従はそこまでも心配りをするのかと感動し自分も靴を脱いで江静達を案内した。イワノフはそれを見て素早く立ち去った。侍従に従い江静を先頭に両側の少し後ろに菊池と酒井が従った。菊池の後ろに名絹、まり、眞紀の三人が横一列となり、酒井の後ろには京、慶、春が横一列に従った。

九人は指し示された場所に緊張して立っていると「ヘイカ、デス」と声がかかった。九人はすぐにその場に両膝をついて平伏した。緊張感に包まれた部屋の中に何人かが入ってくるのがわかった。そしてすぐに「ヘイカノコトバツタエマス、ミナサン、アタマアゲテクダサイ」と侍従長の声がした。言われた女性達はほんの僅か頭を上げただけであった。そんな九人を見た女王や侍従長達は冷たい感じだった大理石の謁見の間が一瞬にして美しい花園に変わったように思えた。そして女王や侍従長は悪人達が拐かそうとする理由もわかった気がした。しかし、すぐにそんな不埒な考えを打ち消して女王は「こんな理不尽なことは許されることではない。いや、私が絶対に許さない」と心で呟いて女性達を労るように見つめた。

女王は「アデリーナ、デス、ヨロシク」と日本語で挨拶をした。それに対し江静が「この度は命をお助けいただきありがとうございました」と言ってまた額を絨毯につけた。他の女性達もそれに倣って平伏した。江静は自分の前に誰かが立ったのがわかり僅かに顔を上げた。そこに立っているのが女性だとわかった。女性は「コンニチワ」と言って右手を差し出した。江静は顔を上げてその手の主を仰ぎ見た。そこには気品に満ちあふれた美しい女性が立っていた。一目で女王陛下であることがわかった。女王は心配そうに江静を見つめていた。江静はオランダ語で「こんにちは」と言って頭を僅かに下げて差し出された手を握った。女王は一瞬驚いた様子を見せたがすぐに微笑むと僅かに頭を下げた。そして手を放すことなく、左手を江静の背中に添えて立たせてくれた。江静が立ち上がると女王は両手で江静を我が子を慈しむかのように抱きしめた。江静は女王の温もりの込められた両腕の中ではじめて自分達が助かったことを意識し、堪えきれない幾筋かの涙が女王の袖を濡らした。女王は江静から自然に醸し出される貴賓（身分の高い人）と温もりのある眼差し、さらに教養を知りより好感を抱いたのである。

その時江静は女王の後ろにイワノフと厳めしい服装の侍従長が立っているのを知った。二人は靴を履いていなかった。侍従長はイワノフから事情を聞いて靴を脱いで対応したのである。この時女王陛下も靴を履いていなかったがロングドレスを着ていたためわからなかっただけである。江静は二人に頭を下げてから他の女性達を顧みた。八人の女性達は今もなおひれ伏したままであった。女王に促された江静は「皆さん、お立ちください。女王様のお言葉です」と伝え、その後すぐにまりのところに向かった。江静の後から女王もついてきた。まりの前に来ると女王は江静を制してまりに両手を添えて立たせてくれた。流石にこの時はまりは顔を強ばらせ、緊張で体が震えていた。女王陛下はまりと江静の怪我のことはイワノフから聞いて知っていたのである。

その後の女王陛下との謁見は、女王の計らいで一人一人と握手することだけで終わった。謁見を終えると女王は自ら別の間に案内し会食となった。会食は女王が日常食事をする小さなダイニングルームで行われた。小さいとは言っても三十畳は優に超えている豪華な部屋であった。これもまた女王の気配りである。しかし、この気配りは慶達庶民にとってはかえって女王に近すぎて窮屈でしかなかった。また食事にしても何を食べて、どんな味だったか後で考えても思い出せないほど緊張したものであった。その理由は女王陛下の同席もあったが、さらに若い男性に給仕をされて見守られながらの食事をしたためである。それでも食事ができたのは江静が箸を使うことの許しを得たためである。さらに女王陛下が皆と同じように箸を使ったためでもある。使ったというよりも箸と格闘している女王の様子を窺い見て心が和み僅かながらも食べることができたのである。しかし、男性に給仕されて見られていることには最後まで慣れることがなかった。

江静は会食の時、隣に座る女王に救助された日本人の女性の措置と今後もあると思われる拐かし犯人からの救出を願い出たのである。女王は話す江静の瞳を見て、命を賭したものであることを知り、すぐに「ワカリマシタ」とオランダ語で同意したのである。そしてすでに海軍に命じて救助のための艦船を出していることを話し、安心して食事をするようにと勧めたのである。江静ははじめから自分の命を賭けてこのことを嘆願したかったのである。そのため自分一人で来ようと考えたのである。この時女王は異国との交易のないはずの倭の国（日の本）の姫がオランダ語を話し、さらにその高貴な姫が下々の者達のために命をかけることに感銘したのである。

女王と江静は二人で話し合い、今の日本の情勢を鑑みて、すぐの帰国を諦めて後日帰国することとなった。江静は女性達にそのことを伝えると皆はすぐに喜んで同意をした。それは江静の言葉に否応できるはずもなかったが、牢屋に入れられることもなくいずれは帰れることがわかったからでもある。

そして会食の後に、女王陛下は異例とも言える人事を発表したのである。江静を「オモテストク国『作法（マナー）指南役』」に任命したのである。当然、事前に江静の承諾を得てのことであった。女王は江静の食事のマナーや仕草を見て自分達に欠けているものを覚ったのである。今までオモテストクをはじめとするロシアの社交界で重要視されていた見た目のマナーだけでは足りないことがわかったのである。それは内面からの気品が足りないことであった。そのため文化や習慣は異なっても、「心の教育」には江静が適任であると考えたのである。そして西洋一、いや世界一と謳われている英国や法国（フランス）の貴族達と並ぼうとしたのである。

この時江静は滞在が延びることを考えてこの国のために役立とうとしたのである。与えられた作法については、名家の大名の姫君として生まれ育った江静にとってはさほど難しいことではなかった。そして女王陛下からは「普通に振る舞っていただくだけで良いのです」と言われてもいた。問題は指導の方法であった。しかし、日本においては言葉を話さなくても仕草や行いで相手に伝えることはできるが、風俗や習慣の異なる異国では言葉で伝えなければならないのである。よって言葉のわからない江静達にとって苦労がはじまったのである。

江静が与えられた作法指南役という役目は、貴族達も指導するため高位の貴族の称号であった。それに伴い二人の侍女は「補佐」として軽い身分の貴族の身分が与えられた。

二人の侍女は武家の子女として生まれ厳しい躾の下で育ち、さらに姫様付きの侍女になるための教育を受けており問題はなかった。そのことを女王陛下は会食の時すでに見極めていた。そして少女達六人も江静の下で暮らすこととなった。


日本人の女性達にとって一番問題であったのは「ロシア語」である。江静については幼少の頃から好奇心が旺盛で訪れた蘭人達の言葉を真似て遊んだため蘭語（オランダ語）を覚えたのである。それが女王との会話に役立ったのである。江静にとって異国語は楽しい遊び道具でもあり、ロシア語も早く馴染むことができたのである。まり達六人の少女達も楽しみながら割合と早く話すことができるようになった。それは女性や子供達は言葉の細かいことにこだわらないため修得が早いと思われる。

意外と苦労したのが二人の侍女達であった。はじめて耳にした舌や唇を噛むような、また唾を吐きかけるような異国の言葉に馴染めず何度も気持ち悪さを経験した。さらに「ミミズやヘビの親子、タツノオトシゴ」のような文字にはどうにも馴染めなかった。少女達はそんな二人を手助けしたのである。文字にすれば意外と容易に修得したように思われるであろうが、二人にとっては並大抵の苦労ではなかったのである。

この時宮殿の中で日本語が僅かにできたのは侍従長一人であった。女王陛下は侍従長から聞いて単語を並べただけであった。後には女王陛下も江静達のおかげで日本語の会話ができるようになった。江静や少女達は半月ほどで日常の会話ができるようになった。苦労した二人の侍女は二月ほどもかかった。それが嬉しいかのように、侍従長は暇さえあれば江静の下に顔を出し少女達と会話を楽しんだ。そして侍従長が帰れば少女達は聞いたばかりのロシア語を使って遊んだため早くマスターしたのである。

言葉が話せるようになると江静は西洋（英国的）的な活発な女性ではなく、日本人の女性のような静かな物腰（動作）で、さらに控えめで清楚な大和撫子のような女性を目指し指導したのである。そのため、一、立ち居振る舞いが美しく、二、相手を立てるのが上手、三、芯が一本通り強く、四、教養を身につけることを目指したのである。後に江静はこれらのことを冊子にまとめ庶民にも行き渡るようになったのである。女土は江静達に感謝をし「日本人の女性救出」のために、海軍の艦船を台風の時期以外にも当たらせたのである。江静は女王陛下やオモテストクの人々がこんなにも日本人のためにやってくれているのに、自分の国の人々が知らないことが悲しかった。江静はこのことを幕府や京の治安を預かる役所（後の京都守護職）に伝えるのが自分の役目と考えたのである。そのために極刑や遠島になってもかまわないとさえも思っていた（※守護職には大坂城代、京都所司代、京都・大坂・奈良・伏見の各奉行がある）。

少女達ははじめ熊や鹿、アザラシ等の獣の肉を見ては逃げ回っていた。そしてロシアの人々が見向きもしない海面や浜辺を埋めつくす鮭や鰊を見て、少女達は小躍りして拾い集めて、様々な料理を創り上げたのである。ただ困ったことには失敗した料理を猫に与えたが猫はおろか犬にまでそっぽを向かれたのである。少女達のために弁解すると決して不味いわけではなかったが、新鮮な魚が海辺には無尽蔵にあったためである。少女達が作りはじめた理由は獣の肉に馴染めなかったからである。そのために自分達でに作りはじめたのである。調味料の醤油や味噌がなかったため西洋の物を使うようになると人々も興味を持って食べるようになり、猫や犬に回る分が徐々に少なくなった。犬も猫もその地の人々と味覚が同じなのがわかった。

魚について言えば、ロシア語が日本語になったものもある。たとえばサンマはサイラ（日本で古くは「佐伊羅魚」と呼ばれていた）。またスケトウダラはメンタイ（ミンタイ）。イクラはグラースナヤ・イクラ、鰯のイヴァーシーなどもそうである。

ロシアの魚料理は主に煮るか焼くであったが、生で食べる刺身や寿司、油で揚げる天ぷらやフライなども数多くが作られるようになった。また日本の料理にはないロシア人の食に合うような創作料理も作り出された。その他に保存用の乾物、酢づけの野菜と同じように漬け物も作られるようになったのである。

この明るく美しい少女達を最も敬愛したのは庶民の女性達であった。また美味しい料理が一年中食べられるようになった男性達からも歓待され愛された。庶民達には江静よりも名前が知られていた。また極寒の冬の長いオモテストクの地で、庶民ばかりではなく女王はじめ貴族達の食卓も変えたのである。そんな少女達に手を貸したのは言うまでもなく戦艦スミノフの兵士達であった。艦長のイワノフも率先して手を貸した。そんな兵達は時おりというよりもしょっちゅう暇を見つけては顔を出して味見などを手伝ったのである。これによりロシア人にも合う料理が創られたのである。少女達もまた、オモテストクの兵士達が女王陛下の名の下に「日本人女性の救助」のために頑張っていることを知っており料理にも熱が入ったのである。

船頭達が聞いてきた話の中で驚かされたのは中国の春節のころに拉致船の通行が一番頻繁になり、そのためにメタン河にあるサハン付近の見張りを強化していること。さらに朝鮮国の先羅（ソンラ）港やボンソン港付近を重点に見回り（警邏）していて、救助した女性達をこっそり日本に送り届けていたことであった。その理由は、日本においては一刻でも異国に行ったことが知れれば、たとえそれが拐かされた場合であっても遠島や入牢の刑が科せられることを知っていたためである。

江静達の後にも日本人の女性達が数多く救助された。江静や女王はその女性達から最近では死罪や永の遠島という重刑もあることを聞いて驚かされた。それを聞いて江静は自分一人で先に帰国して、父や幕府に嘆願しようと考えたが女王は許してくれなかった。女王は江静がたとえ大名の姫であっても命の保証がないため躊躇せざるを得なかった。それよりも女王は江静を自分の傍に置きたかったのである。拐かされてきた女性達もこの国に残したいと思っていたのである。それほど日本人の女性達に魅了されたのである。江静もまた他の女性達が帰国して重い刑を受けることが忍びなく躊躇せざるを得なかったのである。

助けられた女性は武家の妻女・八戸志保、武家の子女の羽根田三束、金子まゆみ、舘田せつである。公家の子女は北條由起、橋本千恵、畑中美世達である。その他に庶民の未婚の女性が数多くいた。その中の三人はすでに述べた通り貴族の男性と結婚して今は貴族の奥様になっていた。

唯一既婚者である武家の妻女・八戸は京都所司代の妻であった。それも結婚したばかりであった。拐かされた時志保は当然のように自害しようと思ったができなかった。拉致されると同時に口枷をされて舌を噛み切ることができなかった。さらに「自害すれば他の女達を殺す」と脅されたのである。やむなく船が出航してから海に身投げしたのである。その時幸運にも見回っていたオモテストクの艦船に助けられたのである。また武家の子女である羽根田三束達や貴族の北條由起達も運良くオモテストクの戦艦に救助されたのである。この話を聞けば格好良く聞こえるが、実際は朝鮮の拉致船が強風で帆柱が折れて半ば漂流しているところを助けられたのである。この幸運をもたらしたのは女王の命により兵達が弛まず見回り警戒していたためである。

海軍長官アレクセイは船頭榊達に「今日は自分自らが見回りに出航する予定であった」と話し、さらに「日本の櫛引丸が来たために急遽取りやめになった」と語った。またアレクセイは「春節の時期は我が国の海軍が警戒を厳しくするので、拐かしの者達は女性が十人に満たなくても隙を見て運ぶようになった」と話した。女性達の運び先はサハンの上流にある中国領・圏山村であることを話した。さらに今年は台風の当たり年なので多くの日本人の女性達が拐かされるだろうとも話した。

レイは船頭達が聞いてきたアレクセイ等の話を噛み砕いてリュウに話した。さらに船頭達の話し合いの結果を伝えた。そして最後にこの船（櫛引丸）は未明に出航することを話してリュウに目を向けた。リュウは目を閉じて話を聞いていたのである。しかし、レイには居眠りをしているように見えたのである。即レイは肉球を丸めると「眠っている場合でないでしょう」と声を殺してリュウの後頭部を殴りつけた。声を殺したのは皆を起こさないためであった。これに対しリュウは「聞いてました」と答えたかったが声を出すことができなかった。さらに「何寝ぼけているの」とレイのパンチが飛んだ。痛さで少し落ち着いたリュウは「あまりにも可哀想な話だったので目を閉じて聞いていました」と消え入るように答えた。レイは怒りを抑えるように「じゃ何を話したか言ってみて」と詰め寄った。リュウはどもりながらも話した内容を答えたのである。レイは納得したように頷いてから「話は相手の目を見て聞くものなの」と叱った。リュウも本来はレイの目を見て聞きたかったのである。しかし、そうすればレイの美しい顔を見ることになり「話が耳に入らなくなる」ために目を閉じて聞いたのである。それを口に出して言えるはずもなくリュウはただ「わかりました」と答えた。レイの「わかればいいの」との一言でリュウは後ろ髪を引かれる思いでレイの居場所から出て仕事に戻った。

櫛引丸が静寂に包まれて一刻が経ったころ、岸壁に二台の馬車が静かに到着した。一台の馬車から降りたのは海軍長官のアレクセイと統一前のロシア最大の貴族国家（日本で言えば大名）であるロシア国の姫君アナスタシアの警護隊長のアキームである。もう一台の華麗な皇族の女性用の馬車から降りたのは和服姿の侍女の酒井悦子と舘田せつであった。舘田は江静達の後にオモテストクの艦船に助けられた女性の一人である。二人の女性は拉致された女性が救助された時のために同乗するのである。馬車から降り立った四人は揃って華麗な馬車に向かって丁寧に頭を下げた。それを櫛引丸から見ていたレイは四人の目線の先に目を向けた。そこで目にしたのは馬車の開け放された窓の内にいる一人の乙女の姿であった。乙女を一目見てその美しさと貴賓からお姫様であることがわかった。レイは姫は公麻呂に会いに来たことを察した。それは水夫の米久朝伍朗と吉田優乃進が話しているのを聞いたためである。レイは決して二人の話を盗み聞きしたわけではない。水夫の二人が農民と町人出だから口が軽くて話していたわけでもない。公麻呂とアリョーナの様子を見て、二人は互いに想い合っていることを感じたのである。よってこの恋が叶うようにと相談していたのであった。

姫に礼をし終えた四人が船の渡し板の前に立つと、船艙からリュウを先頭に彦康と船頭の三人が出て来た。そして四人を迎え入れたのである。リュウはレイが見ているとも知らずに真っ先に二人の女性に擦り寄りスキンシップ（挨拶）して戻っていった。

岸壁に停まっている馬車は皆を降ろして任務を終えたはずなのに帰る気配はなかった。姫も来ていることはリュウを除いた櫛引丸の皆は知っているはずである。それなのに公麻呂が出て来ないのでレイは憤慨し、公麻呂の船室の前で「ニャーゴ（公麻呂様。姫様がお見えになっているのになぜ出迎えないの。日本男児として恥ずかしいと思わない）」と大声で叫んだ。レイのこの声を聞いて公麻呂の心が決まった。人も猫も訴える声は理解できるものだと公麻呂もそして他の人達も感じた時である。

公麻呂が甲板に顔を出し、渡り板（タラップ）を渡りはじめると馬車の扉が開きアリョーナ姫が降り立った。アリョーナ姫は月の光を浴びてまさに妖精のように美しかった。二人は目を見つめ合ったまま引き寄せられるようにゆっくりと歩み寄った。二人は間近で立ち止まり見つめ合っていた。そして公麻呂が静かにアリョーナの肩に手をおくと優しく引き寄せた。アリョーナは頬を公麻呂の胸につけ目を閉じて、公麻呂はそんなアリョーナの頭に頬をつけて二人は影絵のように動くことはなかった。

やがて一方の影である公麻呂が動いて懐から廣櫨染（※黄色の中に赤色を混ぜた色。黄土色に近い色で天皇の色である）の布に巻いた懐剣を取り出した。その懐剣を左手に握り右手を胸に押し当てて天を仰ぎ「母上！」と呟いて左手を天に差し上げた。アリョーナも公麻呂に倣って天を仰ぎ見た。そして二人は顔を戻すと見つめ合い、公麻呂は布をほどき厳かにアリョーナに差し出した（※本来懐剣は武家の女性が身につける物で自分のことは自分で護るという意味を持っている。また懐剣を包む布は通常白を用いる。公麻呂は「母の形見」であることを伝えていた）。

アリョーナはその意味を理解したかのように片膝をついて両手で受け取ると、ジッと懐剣を見つめてから愛おしそうに頬ずりして胸に抱きしめた。そのアリョーナの瞳からは涙があふれていた。公麻呂はそんなアリョーナを優しく手を添えて立たせてやった。アリョーナは立ち上がると懐剣を丁寧に布で巻いて胸に抱き締めた。そして右手をネックレスにかけて公麻呂を見つめた。言葉はなかったが公麻呂は「ネックレスを外してくれ」と頼んでことがわかり頷いてみせた。するとアリョーナはその場に片膝をついて首を僅かに前に倒した。公麻呂はアリョーナの首からネックレスを外すと両手でアリョーナを立たせた。そして外したネックレスをアリョーナに渡した。ネックレスを手にしたアリョーナは天を仰ぎ見てから公麻呂に目を戻しておごそかにネックレスを差し出した。公麻呂が両手を差し出すとその手のひらにネックレスが置かれ、そのネックレスの上に黄櫨染で包まれた懐剣が置かれた。そしてアリョーナは公麻呂の両手を包むように添えて頬をつけた。アリョーナが顔を上げると二人は見つめ合っていた。そして公麻呂がアリョーナの両肩に手を掛けて「行ってきます」と言うように肯いてみせた。アリョーナもまた無言のまま「気をつけて行ってらっしゃいませ」と言うように頷いた。「目は口ほどに物を言う」の諺にぴったりのように思える状景であった。挨拶を終え公麻呂は背を向けると櫛引丸に戻って行った。悲しく短い別れではあったがアリョーナにとっては生まれてこの方、最も充実した心躍る一刻であった。

公麻呂を見送った後にアリョーナは胸に抱える黄櫨染の包みに目を向けた。黄色の布と懐剣には菊の御紋が記されていた。アリョーナにとってはその紋の意味することはわからなかったが、目と心に焼き付いた。そして女としての運命が定まったことを自覚した。一国の姫君がこのような大胆な行動をしたことは、事前に女王の承諾を得ていたからと言えよう。この時公麻呂が手にしたネックレスは、この国の王家の後継者の一人であることを示すネックレスであった。公麻呂が櫛引丸に戻ると出航の準備がはじまり速やかに出航した。

オモテストクの軍船（戦艦等）二隻はすでに女王の特命を受けて晩餐会の途中に出港していた。向かった先はポケット湾にある駐屯地である。海軍長官アレクセイは「未明には日本の船（櫛引丸）が出港すると思ったので、我が国の軍船二隻は先に出発させました。出迎えるのがマナーですから」と話した。またアレクセイは今後の計画について語った。「ポケット駐屯地からは三組に分かれて行動したいので協力をお願いしたい」と頭を下げた。この計画は「日本人の女性達を救助する」ためのものであり当然すぐに同意した。

出航するとアレクセイは甲板で大きな地図を広げて説明を行った。それはポケット駐屯地やサハン駐屯地とその付近が詳細に記された地図であった。これは日本であればマル秘、マル角、極秘のさらに上である「機密」に当たる文章である。

アレクセイの話す言葉は水夫の祐川信太朗が通訳をしたのである。アレクセイはノブの流暢なロシア語に「本当に日本人か」と問いただした。異国との交易のないはずの丁髷姿の日本人が流暢なロシア語を話すなど思いもよらなかったのである。また、アレクセイは「日本人女性の救助の拠点を担っているのがサハン駐屯地である」と説明した。その中でもサハン湾の入口にある岬分遣隊が最も重要な場所であると話した。さらに分遣隊のある湾入口の突先（岬）には監視砦を設けて監視に当たっていると説明した。

岬分遣隊はメタン河に面しており対岸は朝鮮領である。また川の中央部分は中国領で、手前がオモテストク領という複雑な国境地帯であった。よってメタン河を行き交う船も多く、日本人の女性達もこの川で運ばれているために女王陛下が監視所を設けたと語った。そしてアレクセイの話が終わると彦康と榊船頭の三人が話し合いをし結果を皆に知らせた。

その内容は櫛引丸はポケット駐屯地に立ち寄り先行した二隻の軍船と合流し、三組に分かれてそれぞれの任務に当たるということであった。その任務は軍艦アドリアンと櫛引丸はポケット駐屯地を出航した後南下して、朝鮮の領海であるボンソン港や先羅港付近の海域を中心に見回ることであった。「疑わしい船はすべて止めて、逃げる船は武力を持ってでも停船させる」とアレクセイは意気込んで語った。櫛引丸とアドリアンは一緒に南下するには船足等に差があるため当然別行動である。櫛引丸は南下して見回った後にメタン河を遡ってサハン駐屯地に向かうのである。その途中において河川は勿論のこと朝鮮領の川岸までも綿密に検索するのである。

サハン駐屯地で打ち合わせを終えた後、さらにメタン河を遡って国境まで行って陸隊と合流するのである。そこで問題になるのはサハン湾の上流は、河の中央から西側（南）は朝鮮領で東側（北）は中国領となることだ。それは中国の飛び地である川防村が存在するためである。異国の領内（河）を侵犯することになる。およそ十キロ弱の川防村の川岸を過ぎるとまたオモテストク領となる。その距離は六キロほどで、その上流はまた中国の領土（本土）となる。そこが河の国境である。

櫛引丸は陸隊と国境の川岸で合流し、圏山村（中国領）にあると思われる日本人女性の収容施設に強襲（討ち入り）し、女性達を助け出すつもりである。その女性達を櫛引丸に乗せてサハン駐屯地に立ちより、さらに匿われている女性を乗せてオモテストクに戻りその後に日本に帰国する計画である。

戦艦アドリアンはポケット駐屯地を櫛引丸と出航した後、夜間も継続して見回りを行う予定であると話した。その見回りは「ニッカネン」という艦船と以後三ヵ月間、一週間交代で当たるとも話した。艦船ニッカネンは戦艦よりも小さい軍船である。また三ヵ月を過ぎるころには海が荒れて通常の船では航海ができなくなるためである。よって拐かしの船も航行がなくなるからでもある。

榊船頭はポケット駐屯地から分離する三組の乗船人員（名簿）が伝えられた。櫛引丸の指揮官は彦康で、乗員は船頭の榊、馬庭念流・成田、タイ捨流・幸山、示現流・宮崎、天流・杉本、宝蔵院流・林、陰流・細川の剣客達と、剣豪でもある水夫・山本、伊藤、二唐の三人と、旗本の子弟である水夫見習いの安藤、梅戸、大間、須田山、八代の五人と民間出身の水夫・阿保、渡辺の二人である。そして救助される女性達のことを考えて女性通訳の舘田せつが加わり計十九名である。それに忘れてはならないレイとリュウが加わると総員は二十一名である。人数の多いのは彦康の警護のことを考えてのことであった。

艦船「ニッカネン」の指揮官は公麻呂である。この役目は一番危険が伴うため彦康が希望したが許されなかった。榊船頭は公麻呂に事前に承諾を得ていた。それほど危険が伴うものであった。榊が「危険が伴う」ことを伝えると公麻呂は「私が役立つのでしたら喜んでお引き受け致します」と快諾したのである。ニッカネンの通常の任務は駐屯地や分遣隊に人員や物資を運ぶことであった。軍船としては阻害されたような任務を担っていた。しかし、今回ニッカネンがこの任務に就くことになったのは艦長のアンドレーが女王陛下に対し命を賭けて嘆願したためであった。

公麻呂の組（班）はポケット港からこのニッカネンに乗って出港し、ポケット湾内の対岸にある川を遡りロベジノエの町に向かう。そしてロベジノエの町から徒歩で南西に向かいメタン河の国境である河岸で彦康の班と合流する計画である。その後は二組で先の述べたように女性達の救助に当たるのである。

公麻呂は「案内人は必要ないのですか」とアナスタシアの護衛隊長であるアキームに尋ねると「案内はいりません。この計器さえあれば道に迷うことは決してありません」と言い切った。アキームが手にしていたのは船舶用の大きな羅針盤とは違い簡易で小さな物であった。剣客達は「こんなチャッチイ（作りが粗末で貧相）のが」と不思議そうに眺めていた。また羅針盤を知る船頭や水夫達でさえそのコンパクトさに驚いて見入った。

その時彦康は公麻呂達がなぜ陸路を行くことになったのかを皆に説明した。その理由は女王陛下が日本の剣客達の試合を見て、さらに晩餐会で彦康と直接話をして決意したのである。その依頼は江静を介し書簡を持って彦康に渡されたのである。その書簡の内容には「中国や朝鮮と国境を接するロベジノエの町で近年、若い女性達の失踪事件が相次いで起こっていることを住民からの訴え出で知った。日本人女性の拐かしに酷似しているので内密に調査してもらいたい。そして事実であれば日本人の女性と同様に助け出してもらいたい」と記してあった。

さらに女王は、江静に口頭で「住民達は女性達が失踪する度に、ロベジノエの町長や分遣隊長に届け出をしてきたと言っているが全く報告が上がって来ていない。彼ら（役所）は家出、駆け落ちとして処理しているらしい。そのことも隠密裏に調べてもらいたい」と依頼してきたのである。

女王陛下がこのことを知ったのは「楽譜箱」への訴え出によってである。そして一人頭を悩ませていたのである。江静はこのことを晩餐会の後で彦康に伝えた。江静が女王陛下からいかに信頼されているかがわかるであろう。そのことを彦康は船頭と公麻呂そして水夫頭の古藤に伝えていた。

また江静は楽譜箱について彦康に説明した。楽譜箱は国民から楽譜や詩などを広く募集するためのものであった。それは隠れた音楽家や名曲を探すことにあった。この国がいかに音楽が盛んであるかが窺い知れるであろう。名目は音楽であったが、その外に女王陛下は庶民や兵士達からの意見や要望を聞きたかったのである。そのために宮殿の傍らに楽譜箱を置いたのである。この楽譜箱に入れられた書状は女王自らが開けて先見する決まりであった。後に日本においても施政の参考意見や社会事情の収集のため「目安箱」ができたのである。

さらに通訳のため乗船してきた酒井悦子が「ロベジノエの町に中国人の強盗団が出没して、住民達を殺しているようだ」との情報をもたらした。酒井は江静から伝言を頼まれたのである。そして酒井は彦康の承諾を得て「強盗団がいて危険ですから注意してくださいね」と心配そうに話した。聞いていた剣客達が揃って「ありがとうございます。十分注意致します」と言ってお礼を述べて頭を下げた。酒井はそれを見て「アーア。この方々に言うなんて。私ってバカよね！」と顔を赤らめて俯いた。

そんな状況も加味されて公麻呂の同行者は決まったのである。一番に名乗り出たのが剣客の須藤勝義であった。そして小笠原、松本、佐々木、鳥谷部の剣客四人も名乗り出た。通訳（通辞）は危険が伴うため水主の祐川信太朗である。その他にはアナスタシア姫の警護隊長であるアキームとその部下の四名も加わり十二名となった。オモテストクの兵士は一人もいない。これは情報が漏れるのを防ぐためであった。

最後の班はオモテストクの軍艦「アドリアン」である。この軍艦のトップは海軍長官のアレクセイであるが、アレクセイは櫛引丸の水主頭である古藤彦多郎に頭を下げて操船を頼んだのである。また、戦いの指揮官を小島老先生と名指しして頼んだのである。それは剣客小島均八郎の老け顔（おっさん顔）を見ての判断であった。小島はそれを知ってか知らずか、古藤と共に彦康が頷くのを見て承諾した。「日本人の女性達を救うため」にオモテストクの海軍長官自らが出向いているのである。断ることなどできるはずもなかった。

アレクセイは水夫頭の古藤から帆船の操船技術と乗組員への指揮要領（連携）を学びたかったのである。また、それと共に海軍長官とアドリアンの艦長を兼任していたため、というよりもせざるを得なかったので、早く艦長を育てようと思ったのである。そして剣客の小島からは戦略や戦い方を学びたかったのである。海上で戦闘を行ったことのないオモテストクの海軍、そして海軍長官としてはちょうど良い機会であったのである。そのため見栄や外聞を捨て実益を取ったのである。

アドリアンの操船は古藤、戦闘隊長が小島、その他に戦闘要員として剣客の杉山、高畑、田澤そして武蔵の弟子である新渡の四人である。さらに水主見習いの荒谷、奥寺、日影舘、斎藤の町人出の四人である。その他には女性を救助した時のことを考えて通訳を兼ねて酒井悦子が乗ることになった。

ポケット駐屯地に向かう櫛引丸の船上では日本人の女性達が心を込めて握ってくれたおにぎりとみそ汁、めざし、お新香という質素な朝食を味わっていた。異国人にとっては質素に見えても日本人にとっては最も血肉になる食べ物なのである。それを知らないアレクセイは、小魚（鰯の目刺し）を手づかみで美味しそうに食べる日本人達を見て驚き、自分の船に乗る人達には毎日美味しい肉料理を出してやろうと考えていた。

ロシアでは鰯は「イヴァーシー」と呼ばれているが、鰯を食べる習慣がなかったのである。鰯は季節によって海岸に層をなして打ち上げられ一面は鰯で埋め尽くされるのである。はじめは鳥や動物等が食べるのであるが食べきれるはずもなく、付近一帯は魚の腐敗臭で近寄れないほどになる。季節によってはニシンやハタハタ、鮭等も同じように打ち上げられる。犬や猫までもが見向きもしなくなるのである。よって人々が食べないのもわかる気がしてくる。日本であれば干したり燻したりして乾物にして保存食にするのである。地方によっては漬けたり、飯寿司（なれずしの名称）して保存食にする。それでも余れば農作物の格好の肥料とするのである。しかしこの寒冷の地では農耕はなきに等しかったため厄介物でしかなかった。

話はそれたが、アレクセイがさらに驚いたのは櫛引丸の速度であった。通常であればアドリアンのような軍艦であれば、最高の速度は三・五ノット（時速六・五キロ）ほどである。櫛引丸はクリッパー船（大型帆船で快速帆船とも言われている）であるが、積載よりも速度を重視したもので全長に比して幅が狭く横帆を備え広大な総帆面積を持っていた。現在ではイギリスにカティーサーク号が残されている。

櫛引丸の航行している速度は最高速度の倍ほどの七ノット（時速十三キロ）であった。しかし櫛引丸の本来の最高速度は十四ノット（時速二十六キロで当時の世界一の速さ）なのである。櫛引丸は先に出航した二隻の軍船がポケットの駐屯地に着く時間に合わせて調整していた。詳しく言えば四刻（八時間）

前に出港した戦艦アドリアンに合わせての速度であった。それをアレクセイに説明することはなかった。

櫛引丸の甲板では編成された三班の人達が集まり話し合いが行われた。櫛引丸の一行は彦康が責任者であり副官は船頭の榊である。公麻呂の班（陸路隊）の副官はロシアの警護隊長であるアキームである。

また軍艦アドリアンは艦の操船をまかせられた古藤水夫頭が艦長の代行を務め、副官は剣客小島が受け持つこととなった。海軍長官アレクセイは観察者として操船や戦闘を学ぶこととした。このことはオモテストク海軍の転機となったのである。

第三章　拉致女性救出「中国剣士との勝負」

公麻呂隊

櫛引丸はオモテストクの港からポケット駐屯地（ポケット湾内）までの航海であったが波もなく快適な船旅であった。操船も最少の人数で行われ、剣客達ものんびりとして異国の景色を眺めていた。出航して四刻（八時間）ほどで櫛引丸はアドリアンとニッカネンと共に着港した。櫛引丸に追いつかれた二隻の軍船の兵達の驚きようは生半可ではなかった。

突然の三隻の着港で港は騒然となった。そして海軍長官が同乗していることを知り駐屯地の兵達は慌てふためいた。アレクセイは出迎えた士官に駐屯地司令官の「アダム」を呼ぶように命じた。彦康はじめ、櫛引丸の乗員達はそんな騒ぎに関せずに、それぞれ決められた班に分かれて出航の準備にかかった。しかし準備を終えても中々出航できなかったのである。

司令官（アダム）が姿を現さなかったためである。一刻が経ったころやっと軍服姿のアダムが姿を現したのである。アダムが馬車を降りると芳しい香りが漂ってきた。そしてアダムが近づくにつれてその香りが増してアルコールそのもののように思えた。アレクセイの前に立って敬礼した時には気持ちが悪くなるほどであった。身体全体が酒樽のように思えた。顔色一つ変えずに歓迎の言葉を受けるとアレクセイは司令官のアダムにニッカネンに乗船し公麻呂達をロベジノエ分遣隊に案内するように命令したのである。さらにアレクセイはロベジノエまでのニッカネンの指揮（責任者）を公麻呂に、操船は水夫で通訳であるノブを指名したのである。アダムはニッカネンの艦長アンドレーの上官であるためであった。さらに二人は曰く因縁があるための措置であった。わかりやすく言えばアダムを勝手放題にさせないためであった。公麻呂とノブはそのことを素早く察して承諾したのである。また、言い換えれば「酔っ払いは黙って寝ていろ」ということでもあった。

アダムと側近の士官が乗船するとニッカネンは出航した。そしてポケット湾内の対岸にある川を遡りロベジノエと向かった。巧みなノブの操船で常よりも一刻以上も早くロベジノエの岸壁に着港したのである。

ニッカネンは軍艦スミノフに比べると若干小型の艦船である。操船を任されたノブこと祐川信太朗ははじめての航路の川にもかかわらず巧みな操船技術であった。本来の艦長であるアンドレーをはじめとして乗組員達は口を揃えて「まるで神業だ」と言い合った。

しかしこれはノブの操船技術が巧みなだけではなく本来の艦長であるアンドレーや乗員達が優秀であったためである。ノブは公麻呂に「この艦のアンドレー艦長や部下達は、今まで接した外国の水主の中でピカイチだ」と称賛した。これによりロベジノエから見回りに出るニッカネンに日本人の応援はいらないことがわかった。ノブと公麻呂はこれほどの人達をなぜ今まで雑用に使っていたのか不思議であった。また、アダムや側近の兵（士官）は共に寝ていてその卓越した技能を見ることはなかった。

ロベジノエの岸壁に突然横付けされたニッカネンを見て分遣隊の兵達は驚いて右往左往しているのがわかった。それに反して町人達は落ち着いた様子で船から投げられた繋留綱を素早く繋いでいた。はじめに岸壁に降り立ったのは侍姿の公麻呂とロシアの軍服を着たアキームであった。それを見て分遣隊の兵達はさらに慌てふためき姿を消した。住民達は怪訝そうに見つめていたが逃げることはなかった。その後から降りて来たのはオモテストクの軍服に溢れんばかりの勲章を着けた偉そうな高官、ポケット駐屯地司令官「アダム」であった。それを見て町民達はホッと胸をなでおろした。

不思議な話であるが町民達は自分達のボスであるアダムの姿を見たことがなかったのである。アダムはロベジノエなどに来る気は全くなかったのであるが、海軍長官のアレクセイに命令されては従うしかなかったのである。アレクセイ自身は女王から下命を受けてアダムをロベジノエに案内役として派遣したのである。そんなアレクセイであったがその理由を全く知らなかったのである。

三人が岸壁に立っていると、町民の年老いた男性一人がアダムの前に来て地面に両手をついて何事かを願い出た。皺が刻まれた老人の顔には悲壮感さえ漂っていた。見守る町の人々も老人を支援するかのように温かい目で見守っていた。老人は胸にあふれんばかりに付けられた勲章と横柄な態度を見て、ポケットの司令官であるとわかり訴え出たのである。

司令官のアダムはポケットの町はもちろんのこと、分遣隊のあるロベジノエの町やその付近一帯も管轄・統治する責任者である。それにもかかわらずロベジノエの町には一度も視察や巡視に来たことがなかったのである。アダムは部下であるロベジノエの分遣隊長「イワン」に任せきりであった。

アダムは老人の突然の訴え出に驚いて対応することができなかったのである。身分の高い貴族であるアダムはこの地方最高の権力者でもある。そんな自分にたかが一介の町民である年寄りが訴え出でくるなどとは思いもよらなかったのである。公麻呂やアキームがいなければ自分で老人を手打ちにしていたと思われる。それを自制して側近であるポケットから付いてきた士官をすぐに呼びつけ「イワンを早く呼べ」と命じた。その声は怒りで震えていた。側近は近くにいるはずの分遣隊の兵達を探したが見つからなかった。この側近もはじめてロベジノエに来たため分遣隊の所在がわからなかったのである。側近はやむなく町民から分遣隊の場所を聞いていると煌びやかな馬車が岸壁に着いた。馬車から降り立ったのは赤ら顔で恰幅の良い分遣隊長のイワンであった。詳細に述べれば酒焼けした顔に醜く肥えてはち切れんばかりの軍服姿の横柄な態度で降り立った。その後に降りたのは同じように赤い顔をしたロベジノエの町長チャイコフスキーであった。

イワンは司令官のアダムがいることがわかると態度が一変して、少し腰を折り緊張した面持ちでアダムに走り寄り挙手の敬礼を行なった。町民達はその変貌ぶりを見て唖然とした。イワンの後ろから町長がさらに腰を折り従った。イワンが敬礼を終えるとチャイコフスキーがさらに腰を折り手をもみながら挨拶をした。それを見て日本人達は諂《へつら》う者達の仕草はどこの国も一緒であることがわかった。

そんな二人を無視したように司令官のアダムは憮然とした顔で首を地に座る老人に向けた。イワンと町長はそれまで老人がそこに座っていることがわからなかったのである。司令官の急な来訪に驚いて老人が目に入らなかったのである。イワンと町長は老人がいることを知り驚いたのである。そして老人が「攫《さら》われた孫娘を助けてください」と訴えているのを知ったのである。イワンは「無礼者」と言って腰に手をやり剣「スモールソード」（※スモールソードはレイピアではあるが、さらに細く軽い片手で使う剣である）を抜いたのである。そして「何を馬鹿なことを」と言って剣を振りかぶり「成敗する」と怒鳴って、真っ向に振り下ろしたかのように思えた。町民達は老人が斬られたと思って恐怖心から両の目を固く閉じた。ひとしきり間をおいてから町民達は恐る恐る片目を開けて見た。すると斬られたはずの老人がなおも司令官・アダムに向かって手を合わせて「孫娘を助けてやってください」と懇願していた。老人の傍らには剣を振り下ろしたはずのイワンが右手に柄だけを握って呆然と立っていた。そんなイワンの足下にはスモールソードの折れた剣身が転がっていた。イワンは何があったのかわからない様子で目が宙を泳いでいた。一方の老人は幸いなことに何があったのか全く気づいていなかったのである。イワンの剣を叩き折ったのは剣客の松本幸子郎であった。松本はイワンが剣を振りかぶると同時に飛び出して、風のように走り抜けイワンの剣を叩き折り、元の位置に戻ったのである。図抜けた敏捷性を持ち合わせていたのである。その俊敏さはここにいる超一流の剣客達は皆備えていた。恐怖におののく町民達の目に止まるはずもなかった。

その時、人垣の中から老婆が一人「お役人様！『内の人』を許してください！」と言いながらヨタヨ夕と老人に駆け寄ってきた。それを阻止するようにアダムの側近である士官が立ちはだかり、老婆を殴りつけた。小柄な老婆は勢い余って二間ほども吹っ飛んだ。側近は悠々と司令官の下に戻った。司令官のアダムは満足そうに握手を交わした。そして司令官はイワン隊長に向かって「何をしている。情けない。しっかりしろ！」と叱りつけた。

殴られて倒れた老婆は動くことができずに夫の方に向かって「あなた！」と悲しげに叫び手を差し出した。そして天に向かって「女王様！　どうかお助けください！」と手を合わせていた。

司令官に叱咤されて気を取り直したイワンは、遅れて到着した自分の部下である士官二人を呼びつけて「司令官殿に無礼を働いた此奴等を」と言って手を斜めに振り下ろして見せた。「殺せ」と命令したのである。二人の士官は即座に頭を下げると老人二人の下に向かった。あたかも悪人を退治しに行くかのように胸を張って颯爽と歩いていた。二人はそれぞれの老人の前に立つと躊躇することなくレイピアを抜き払い上段に振りかぶった。その剣が振り下ろされようとする刹那、剣客の須藤が二本の手裏剣を投じたのである。二本の手裏剣はいずれも狙い違わずに士官達の右肩胛骨の付け根に深々と刺さった。一人の士官は剣を上段で手放すこととなり剣はその真下に落ちた。老人は無傷であった。剣が振り下ろされようとした時老人を庇おうと前に立ちはだかった若い兵士がいたがその兵士も無事であった。

一方の老婆を斬ろうとした士官も右肩甲骨に手裏剣を受けたが、剣技が勝っていたため剣先に勢いがあり若干ではあるが前に放る格好となった。そのため老婆を庇うために（両手両足を広げて）立ちはだかった兵士が額に傷を負ったのである。立ちはだかったのは中年の落ち着いた一介の兵士であった。この時須藤が投じた二本の手裏剣は、松本がイワンの剣を叩き折った時のように誰の目にも止まることはなかった。

その時「父上！　父上！」と心配げに呼ぶ声が聞こえた。老人を庇った若い兵士が、傷を負った中年の兵士に呼びかけたのである。二人の兵士は親子であることがわかった。父と呼ばれた中年の兵士は傷を負いながらも相手の士官から目を離すことなく、落ち着いた声で「アリベルト、私は大丈夫だ。早くアナトリーさんとアラさんを連れて行きなさい」と指示をした。

肩に手裏剣が刺さったまま二人の士官は顔をしかめながらも左手で剣を拾い上げると、顔面血だらけの父親の兵士の前に立った。司令官と隊長が見ているのである。点数を稼ぐ絶好のチャンスでもあった。そして「貴様等親子は何で邪魔立てをする。これは上官の命令なんだぞ。反逆罪としてまず貴様から成敗する」と言って二人は剣を振り上げた。しかし、剣は振り下ろされることはなく、左腕をしたたかに打たれ剣は遠くに飛ばされたのである。二人は同じように両腕を抱えてしゃがみ込み痛さで悶絶していた。そんな二人の傍らで天流・須藤勝義が無言のまま見下ろしていた。須藤の刀はすでに鞘に納められ誰もが須藤が二人を打ったとは思ってもいなかった。町民達は二人が何で痛がるのかわからず、ただ「良かった」と思いながらあんぐりと見ていた。

司令官は苛立ちイワンに対し「何をしているんだ！　この役立たず！」と怒鳴りつけた。イワンは慌てて士官達が飛ばされた剣を拾うと「痴れ者。成敗する」と叫びながら中年の兵士に駆け寄り斬りつけた。そのイワンの前をつむじ風のように駆け抜けた者がいた。示現流の剣客佐々木一考である。一考は走りながら公麻呂を見て許しを得て刀を一閃させたのである。剣客ならではの早業と言えるものである。一考が立ち止まった時には斬り終えた刀は血振りを終えて鞘に納められていた。一考の斬撃はイワンの左肩から右脇腹に抜ける凄まじいものであった。しかし、一考の剣先のあまりの素早さに斬られイワンの身体は対応しきれず倒れるまで血を吹き出すことはなかった。そのため誰もが恐怖心を抱くことはなかった。驚いたとすれば地の中の土竜やミミズであろう。

司令官のアダムは地に流れる血を見て、一考の仕業とわかり「者共！　その不埒な輩を叩き斬れー」と大声で命令を下した。その時である。「静まれ静まれぇい！」とロシア語で叫ぶノブの声がした。そして公麻呂とノブがアダムの前に進み出た。ノブは公麻呂から恭しく書状を受けとるとアダムに「司令官、控えなさい」と言った。そして公麻呂から受け取った書状を開くとアダムや周りの人達にも聞こえるように「言葉を改める。女王陛下の勅書である」と大声を発した。当然言葉は流暢なロシア語であった。それを聞いてアダムや人々は怪訝そうな顔をした。ノブはさらに「陛下の勅書。謹んで聞くように」とさらに大きな声を発した。アダムや兵達は慌てて地に片膝を着いて頭を下げて、神妙な態度をとった。町民達は地に両膝を着いて耳を傾けノブの言葉を待った。日本の剣客達もまた片膝をついた。しかし頭を下げることなく厳しい目で兵達を見据えていた。

勅書の凡その文面は「一、日本人近衛公麻呂（剣客近江公麻呂の本名）殿の命は女王の命と心得て従うこと。二、日本の侍諸侯の要請・要望には何人たりとも絶対従い協力すること（この文書には、ロベジノエの若い女性の失踪事件の捜索に対しても全面的に協力せよとの意も含まれていた）。三、ポケット所官区全域（当然ロベジノエも含まれる）の軍並びに行政の最高責任者に近衛公麻呂殿を任命する。四、以上のことに叛く者や犯罪者の処罰・処遇についても一任するものとする」と記されていた。

ノブは勅書を開いてアダムに指し示した。そして「こちらが女王陛下から全権を委任された近衛公麻呂様です」と大声で公麻呂を紹介した。アダムは観念したようにガックリと肩を落とすと町民達のように両膝をついて公麻呂に頭を下げた。その姿を見て他の兵や町民達は平伏した。町民達は伏したまま女王様は不正を正し、拐かされた女性達を助けるためにこの方々を派遣されたと知って感動し、心震わせ涙していた。訴え出たアナトリー老夫婦は天を仰いで「女王様ありがとうございます」と呟いてから、公麻呂に向かって両手を合わせた。それを公麻呂は優しい眼差しで受け止めてゆっくりと「頷いて」みせた。

その後である。町民達は顔を上げるとその中の一人が突然「司令官様は町の者達が何度も分遣隊や駐屯地に『娘達の失踪のこと』を訴え出たのに何で放っておかれたのですか」と大きな声で聞いた。アダムは顔を上げると公麻呂を見て「私に報告がなかったのです。私は知らなかったのです」と言い頭を下げた。そして町民達に向かって「私の身体が弱いばかりにロベジノエに来ることができなかったために今まで全く知らなかった。申し訳ないと思っている」と言って僅かに頭を下げた。さらにアダムは公麻呂に向かって「私の体格が良いばかりに皆さんからは『丈夫』だと思われていますが、本当は生まれながらに病弱な身体なんです。それを隠して仕事をしてきましたが最近ではそれも限界と知り、近々女王陛下に司令官の辞任願い出すつもりした」と言って咳をして胸を押さえながら両手をついた。

そんなアダムの白々しい言い訳を聞いていたアキーム達ロシアの兵達は目に怒りを顕わにしていた。また、ノブからその言い分けを聞いた剣客達は叩っ切りたい衝動を抑えていた。司令官がニッカネンに乗ってきた時の元気な醜態を見ていたためである。また剣客の須藤は「酔っ払うことが虚弱なら田澤さんや林さんはどうなんだろう」と首を傾げながら腹を立てていた。

町民達は納得できない顔をしながらも次にチャイコフスキーに対し「私達は分遣隊長様や町長のあなたに何度も直に訴えを出したのにどうして手を打ってくれなかったのか」と怒りを込めて聞いた。町民達は本当であれば立って行き、町長に詰め寄って問い質したかったのである。しかし、女王陛下勅使の公麻呂と、その後ろで片膝をついて見ている剣客達がいたのではできるはずもなかった。

町長は公麻呂に「娘達が拐かされたことはわかっておりました。しかし、イワン様の命令で私は黙っているしかなかったのです。町長の私は、行政権は持っていても、拐かしなどの犯罪については司法権を持つ分遣隊長の役目なのです。よって私は何もすることができず拐かされた女性達が可哀想で毎日心痛め涙していました」と涙ながら語った。そして「言ってみれば私も被害者なんです。悪いのは権限を持つイワン様のせいなんです」と罪をイワンになすりつけた。この抗弁を聞いて公麻呂をはじめ一行は町長は女性達が拐かされたことを知っていたことが明らかになった。

さらに町民達は「町長は私腹を肥やすことばかりに精を出して知らんぷりを決めて、拐かされた娘達に悪いと思わないのか」と言った。皆から不法に集めた税の代わりである毛皮等を横流ししていることを皆が知っていたのである。それに対して町長のチャイコフスキーは町民達の方を向いて「憶測で話すのは良くないことですよ」と諭すような口調で言った。流石に町長と思われる落ち着いた対応ぶりであった。そして町長は「皆さんは私が私腹を肥やしていると言われますが、お金は全てイワン隊長に渡してあります」と言った。町民達が「嘘だ」と言うと町長は「嘘ではありません。イワン様は司令官のアダム様に渡さなければならないからと言って厳しい取り立てをしました」と抗弁し今度は罪を司令官のせいにした。そして「私は悪いことは一切しておりません」と胸を張って明言した。

それを聞いた司令官のアダムは目くじらを立てて反論したが町長は公麻呂に対して「私はそこの二人の士官の方々とお金を届けに行ったことがあるので間違いありません」と言って両腕を抱え苦悶する二人を指さした。

町民達は納得できず「それではあそこに見える豪邸と山麓の別荘、豪華なヨットはどうしたんだ」と怒りを込めて詰問した。公麻呂はそんな町民達を見て、ノブを介して「話の凡そのことはわかりました。後は私が尋ねることにします」と告げた。そして両腕を打たれた士官達を質した。二人は諦めたように素直に「間違いありません。司令官の命令で物資の横流しをした。その代金は私達が届けておりました」と答えた。その後に公麻呂は司令官にこのことを言うと、司令官は観念したように素直に横流しの件について認めた。しかし、アダムは女性達の拐かしについては隊長のイワノフや隊員達の怠慢のせいで「私は知らなかった」と言い続け認めることはなかった。

町長は人々から豪邸や別荘等を指摘され罪を認めざるを得なくなったのである。さらに自らの言動で拐かしの事実を知っていたのがばれたのである。しかし町長は「私には権限（司法権）がないのでどうしようもなかった。悪いのは権限を持つイワノフ隊長や分遣隊の方々です」と言い張った。さらに町長は「アダム司令官とそこにおられる側近の方にはお会いした際に何度か『拐かし』のことについて話しました」と言って自分には責任がないと念を押しアピールしたのである。

それを聞いて腕の痛さに堪えていた二人の士官達が目を剥いて「私達は司令官殿や隊長、そして町長の命令で黙認してきただけなんです」と公麻呂に訴えた。司令官の側近もまた暴露した町長を恨み打ち掛かろうとしたが、剣客達の鋭い目線を受けて手出しすることができなかった。結局、悪人達は自分達で墓穴を掘ることになったのである。司令官、町長、そして腕を負傷した二人の士官とアラ婆さんを殴ったアダムの側近の士官はニッカネンの兵士と分遣隊の兵士達によって拘束されたのである。

ニッカネンの艦長のアンドレーは「自国の恥を曝したくない」と沈黙していたが、司令官達の罪状が明らかになり、女王陛下から全権を託された公麻呂の命が下ると即座に部下達に捕縛を命じたのである。そして自らは衛生兵を連れて怪我を負ったアリョーシャの下に駆けつけたのである。その時意外だったのは分遣隊の兵達もアンドレーの命に従うように捕縛に加わったのである。そして捕縛と遺体の搬送を終えると揃ってアリョーシャの前に集まり片膝をついた。

公麻呂は老夫婦の下に行き「私達は女王様から頼まれてお孫さんを探しに来ました」と任務についてはじめて明かした。それを聞いて老夫婦の目から涙が溢れ出し、数多い皺の川を伝って流れ落ちた。そして公麻呂に向かって両手をついてお礼を述べた。そしてゆっくりと頭を上げると女王陛下の住む宮殿のある方向を向いて両手を合わせた。町民達もそれに倣うように宮殿に向かって手を合わせた。

その後公麻呂は傷を負ったアリョーシャ親子の下に向かった。アリョーシャはすでに治療を終えて額には包帯が巻かれていた。アリョーシャの周りにはニッカネンをはじめ、分遣隊の兵達が片膝をついて見守っていた。兵達の多くはアリョーシャよりも階級が上であったが、おかしなことに全員が恭しげに控えていた。剣客達の目にはまるで部下の如くに映ったのである。その時公麻呂だけはアキームから聞いて理由を知っていた。

アキームは出発の前に女王陛下に呼ばれてその話を聞かされたのである。それはポケット駐屯地の優れた副司令官であったアリョーシャが不正を働いたとの訴え出により軍法会議にかけられて一介の兵卒に降格させられた。そして息子と共にオモテストクの最も辺境な地の防人として働いている。息子であるアリベルトは士官学校で最も優秀な士官候補生であったが、父親の「連座・縁座」責任として卒業と同時に降格処分を受けて、父親と一緒に働くことになったのである。その勤務地がロベジノエ分遣隊の最僻地である派出所である。

アキームは二人の親子の兵士を見て、その態度や行動からアリョーシャとアリベルト親子とわかった。そのことをすぐに公麻呂に伝えたのである。女王がなぜそこまでアキームに話したのかと言えば、女王が訴え出たのが調査（筆跡鑑定）により、後に町長となったチャイコフスキーであることがわかったからである。さらに町長のチャイコフスキーとアダム司令官との悪行の数々を町民達が訴え出たのは楽譜箱であった。

また、アリョーシャ親子の勤務する所管区にはチャイコフスキーの前の町長である「アズレト」が住んでいた。アズレトは不正の罪により有罪となり処刑されるところをアリョーシャの命がけの嘆願により一命を救われてこの場所に住むことになったのである。アズレトにとっては流刑の地とも言える場所であった。その後に縁とは不思議なものでアリョーシャ親子もこの地に勤務することになったのである。

公麻呂がアリョーシャ親子の前に立つと二人は両手をついて平伏した。その礼は和式の礼法に則ったものであった。公麻呂と剣客達はその礼に接してなぜだか心の片隅に不思議を感じたのである。公麻呂はそれをおくびにも出さずに「傷は大丈夫ですか」と尋ね、さらに老夫婦を庇ったことについて礼を述べた。アリョーシャは「かすり傷です。当然のことをしたまでです」と答えた。そして、公麻呂が息子のアリベルトに目を向けるとアリベルトは「こちらこそありがとうございました」と親子揃って日本語で答えたのである。

公麻呂は「日本語は何処で」と尋ねると、アリョーシャは公麻呂の目をジッと見つめたまま「国境の警備にあたる者として学んでおります」と答えた。そして意を決したように話しはじめたのである。それは驚くべきことであった。それは自分達の受け持つ所管区は国（オモテストク・ロシア国）の最東端に位置し海（日本海）に面している。その海岸に流れ着いた日本人の女性達を救助して匿っている。その女性達から言葉や日本の習慣を学んだと語ったのである。公麻呂はじめ剣客達は驚くと共に心の不思議は解消した。公麻呂は「何人ですか」と尋ねるとアリョーシャは「若い女性が五人です」と答えた。

そして女性達から聞いたことを語った。日本の港で拐かしの船に乗せられたのは女性ばかり二十名だった。その後、航海の途中で遭遇した船から荷と女性を強奪した。そのためはっきりとした人数がわからない。その後、乗って来た女性達は前からいた女性（少女）六人を連れて逃げ出した（海に飛び込んだ）。その後どうなったかはわからないと言った。その後に誘拐船は大波で沈没して残った十四人は海に投げ出され漂流した。その中の六人だけが幸運にも我が所官区の海岸に流れ着き村人に助けられた。しかし、その中の一人は衰弱がひどくて亡くなったと言った。

その後に息子のアリベルトが助けられた五人の女性達は今でも航海の途中に乗ってきたお姫様のような高貴な女性に感謝していると話した。そして「その御方は逃げる前に自分達の所に来て、逃げる時にはと言って浮き板の代わりの船箪笥や保温用の下着、さらに船箪笥の中に水や食べ物を入れておいてくれたおかげで助かったと言って、今でも感謝して毎日無事を祈っています」と語った。その話を聞いた公麻呂達はすぐにそれが江静姫であると知り驚くばかりであった。

その後アリベルトは五人の少女達の今の様子を話した。「三人の少女は漁師の娘さんで海が好きだと言って毎日海に出て魚を捕ったり、海藻等を集めてきます。他の二人の娘さんは身分のあるお嬢さんで知識や教養もあり所管区の役所で手伝いをしてもらっています。少女達は皆気立てが良く、思いやりがあるため村人に可愛がられています。また感謝もされている」と話した。

その後に父親のアリョーシャは老夫婦のことについて話した。公麻呂をはじめ、剣客達もその偶然にさらに驚くしかなかった。アナトリー老人と老婆アラ夫婦はアリョーシャの所管区の漁師であった。漁師でも日本で言えば網元と言える存在であった。先日この老夫婦と孫娘の「アリサ」は、日本人の娘さん達から教わった干し海鼠や干し鮑、鮭の燻製、身欠きニシン、海藻等を船で町長店（チャイコフスキー商会）に運んできた。その帰りに強盗団（中国人）に襲われて売った代金と買った品物を全部奪われ、さらに孫娘の「アリサ」が攫われた。三人が村に帰って来ないため心配して自分達親子が出てきたのだと話した。またアナトリー夫婦の家には日本人の女性達五人も住んで（匿われて）おり心配していると話した。五人の女性（少女）達は孫娘のアリサと同じように可愛がられていることを話した。公麻呂はじめ剣客達が驚くのも当然である。それを知って老夫婦に乱暴を働いた士官達に手心を加えた剣客は悔やんでいた。

また老人から「町長店に品物を卸すようになってからは誰かに見張られている気がする」と相談を持ちかけられていたことも話した。

オモテストクでは中国や朝鮮とは異なり海産物を食することは少なかった。よって海産物を保存食にする技術や習慣もなきに等しかったのである。それを知った少女達が「モッタイナイ」と言って村人達に食べ方や調理方法、保存する方法などを教えたのである。本音を言えば「少女達は肉食よりも魚料理を好んだ」からでもあった。また少女達は中国や朝鮮国では干し鮑や干し海鼠、帆立の貝柱等が非常に高価であることを教えた。その他に棒鱈や身欠きニシン、氷下魚、スルメ、そして昆布や天草なども売れることも知らせた。そしてその作り方等を教えたのである。今では村人達が挙って作るようになり、それを売って必要な品物を買うことができるようになり村人の生活が一変したと語った。国一番貧しかった所官区の村人達は生活も潤い少女達に感謝するのも当然と言えよう。

村人達よりも喜んでいたのはチャイコフスキー町長であった。それは最高級の乾物を手に入れることができたからである。町長はすぐにその品々を専売として独占で扱うようにしたのである。さらに欲深い町長は丁寧であまりにも品質の良い品々に疑問を抱き、もし作っているのが他国の人々（日本人の女性達）であれば「不法入国」で捕まえようとしたのである。そして捕まえた者達を官憲に渡すことなく自分の下で働かせようと考えたのである。さすれば生涯ただで働かせることができるからである。そのために内密に探りを入れたのである。

アナトリーとアラ婆さんと拐かされた孫娘のアリサはそんな乾物を運んで来て災難に遭ったのである。常であれば村の若い男衆とアナトリーじいさんが来るのである。今回はアリサの婚約が整い、花嫁衣装や道具を見るために来たことがわかった。

この時息子のアリベルトが「所管区にはロベジノエの町への陸路がないため船に頼るしかないのです。船もまた港がないため小さな漁船しかありません。そのため人や荷物の搬送は命がけなのです」と実情を話した。所官区の村からロベジノエの町に出るためには小さな漁船を使い荒海の日本海を避けるように海岸に沿って進み、ポケット湾に入り川を遡るしかなかったのである。この航海は多くの時間と非常な危険を伴うものであった。

それでアリベルトは「港があれば軍船の寄港地にもなり横行する海賊船の抑止になる。さらに干し鮑や干し海鼠等の海産物等を多く作ることができ出荷することができ、村人も国も潤うことができる」と行政のトップであるチャイコフスキーに上申してきたが無視され続けたと語った。

話を聞き終えた公麻呂はその場で決断しアダム司令官とチャイコフスキー町長の処分を言い渡すことにした。それは駐屯地の兵や町の人々がすでに岸壁の広場に集まっていたためである。教会の鐘を鳴らさずに町民が集合することなど稀なことであった。公麻呂は副官を務めるアキームにはそのことを事前に知らせた。そのことを聞いたアキームは顔には出さなかったが非常な感動を覚え公麻呂を心から信頼するようになった。

公麻呂は女王陛下から全権を委任された特使として次のことを皆に告げた。当然読み上げたのはノブである。

一、ポケット駐屯地司令官アダムを解任する。新ポケット駐屯地司令官はアリョーシャ氏を任命する。
二、ロベジノエ町長チャイコフスキーを解雇する。新町長はアズレト氏（前町長）を任命する。
三、アリョーシャ所管区長の後任はアリベルトを任命する。またこの所官区に港が必要であることを女王陛下に進言する。
四、司令官のアダムと町長のチャイコフスキーの処断は更なる事実解明が必要なため、女王陛下の裁断に委ねる。
五、ロベジノエ分遣隊長イワンは「町民の殺害」と「町民への虐待」等の多くの罪により処刑とした。

六、ロベジノエ分遣隊長の後任と悪に荷担した者達の処分については、新ポケット駐屯地司令官のアリョーシャに一任する。

と声高らかに宣告した。

公麻呂の前に立ったアリョーシャは「身に余る光栄です。命を賭けて使命を全うします」と決意を語り、頭を下げた。そして皆に向かって司令官に任命されたことを宣言した。兵や人々は歓喜した。アリョーシャは公麻呂に何事かを話してからニッカネンの艦長アンドレーと副艦長のアラムを呼んだ。二人が来るとアリョーシャは「ニッカネンの艦長アンドレーと副艦長のアラムです」と紹介した。そして「ロベジノエの分遣隊長にはアンドレーが、またニッカネンの艦長はアラムが適任かと思います」と日本語で具申した。公麻呂はすでに二人はニッカネンに乗って知っており、流石と笑顔で頷いた。公麻呂は全権大使として二人を任命し人々に宣告した。

その後、アリョーシャは逮捕した前司令官の側近一名と分遣隊の二人の士官については万死に値する者達ではあるが、悪業の生き証人でもあり軍法会議に委ねたいと公麻呂に願い出て、受け入れられた。アリョーシャはポケットの士官一名とロベジノエの士官二名についての罪名を言い、軍法会議にかけることを伝えた。その後のアリョーシャ新司令官の言葉を聞いて兵達は頭を垂れて涙した。その言葉は「以後これらの件については一切不問とする」と言明したのである。さっきこのことを公麻呂に許しを得たのであった。さらにアリョーシャは「もし、自らも罪あると恥じる者がいれば以後は町民のために死を賭して尽くすこと」と言い、さらに「私も皆と共にオモテストク国民のために命を賭して尽くす覚悟である」と決意を述べた。

するとと見守っていた分遣隊の兵達が全員立ち上がり、先頭の副隊長が「アリョーシャ副司令官。元え！アリョーシャ司令官閣下！　アンドレー隊長おめでとうございます。よろしくお願い致します。私達一同は今日ただいまからはアンドレー隊長の下、ロベジノエの町の人々のために命を投げ打って尽くすことをお誓い致します」と代表して宣誓した。その後兵達は町民達に向かって挙手敬礼をして決意のほどを見せた。町民達はこれを見て慌てたようにお願いしますと頭を下げた。

公麻呂がロベジノエの町に着いてから一刻余りの間に大改革を行ったのである。それができたのはアリョーシャがいたためであった。アリョーシャは僻地の所官区にいながらにして司令官アダムやイワン隊長、その部下の士官達、さらにチャイコフスキー町長の悪行の数々についてことごとく（悉く）把握していたためである。それを公麻呂に伝えていたためである。これはアリョーシャが兵士や町の人々達から秘密裏に情報を集めていたためである。いかに信頼があるかが窺い知れよう。

ここに至り公麻呂はアリョーシャや隊長のアンドレーが信頼するに足りる人物とわかり、女王陛下から依頼された「ロベジノエ周辺からの行方不明の女性達の捜索」について打ち明けたのである。するとアリョーシャは打てば響く鐘の如く、即座に道案内に適任の二人の兵がいることを話して同行を願い出た。公麻呂が副官アキームに目を向けるとアキームはすぐに頷いて同意を示した。承諾を得たアリョーシャは隊長のアンドレーを介して二人を呼んで同行を命じた。下命を受けた二人の兵は喜んで下命を受けた。その目は喜びで溢れていた。二人の兵にとってははじめての大役であった。アリョーシャは分遣隊の隊員一人一人まで把握していたのである。

これで公麻呂の班は公麻呂と剣客五名、通訳ノブとロシア兵のアキーム達五名にロベジノエ分遣隊の若き案内役「プラト」と、老練なと言ってもまだ中年（ここでは三十代から中年とする）の「アルカージ」を合わせて十四名となった。

この案内役二人は分遣隊では珍しい地元採用の者達であった。司令官となったアリョーシャが副司令官であった時地理に詳しい者が必要であるとしてはじめて地元の町民の中からアルカージを採用したのである。その後は地元からの若者の採用が増えたのである。これにより若者達も希望が見え、また町自体も活気づいたのである。二人にとって案内役は最適任であり張り切るのも当然である。

この時副官のアキームは連れてきたロシア兵四人のうち二人を残したいと公麻呂に申し出た。一人を新司令官アリョーシャの側近として、もう一人は新分遣隊長のアンドレーの側近の警護役としてであった。アキームはこの国の王妃となるアナスタシア姫の存在を示したかったのである。また巨大なロシア国が後ろに付いていることをアピールし二人を護ろうと考えたのである。裏切りの多い西洋では当然のことであった。その意も汲み公麻呂は承諾した。これで同行の人数は元の十二名となった。

日が暮れなずむ時刻となったが公麻呂達一行は出発の準備に取りかかったのである。これを見て二人の案内役は慌てて公麻呂に駆け寄り「人（野盗）等ならまだしも、この付近はヒグマや虎、豹（雪豹）、狼等の凶暴な獣達がいて非常に危険な場所なんです。特に夜間は何も見えず危険なのです。出発は朝が良いと思います」と訴えた。アキーム達ロシア兵達は納得した顔で頷いていた。公麻呂や剣客達にとってはじめて聞く名前の動物もいた。公麻呂は郷に入れば郷に従えの喩えもあるように素直に従うことにしたのである。公麻呂の同意を得た二人は走って仲間の兵達の所に戻りそのことを伝えた。聞いた兵達は喜び二人を手荒くもてなした。その姿からは地元採用の兵との垣根がなくなっていたように思えた。

また喜んだのは兵達ばかりではなかった。本来であれば一刻でも早く拉致された女性達の救助を願う町民達までもが小躍りして喜んだのである。町民達は二人の案内係の下に来て握手を求めていた。そんな町の人々の姿を見ると、決して豊かな生活をしている人々とは思えなかった。しかし、日本人と全く異なる容姿ではあったが、その瞳の色は違っても「慈しみを湛える目」は、仏様に手を合わせる日の本の民のようにように清く澄んでいた。それは貧しい人がいれば僅かしかない食べ物でも分け与えるという優しいロシアの神の教えを守る人達だからである。

兵と町人達は挙って公麻呂達の宿と歓迎の晩餐の準備にかかった。会場を前町長の豪邸でとの意見もでたが、司令官のアリョーシャは「前町長の豪邸や別荘等については裁判が終わるまで手をつけてはならない」と言い渡した。それを聞いて分遣隊長のアンドレーはそれらの建物に対して監視の兵を送った。

会場に決まったのは汚名を着せられて町長を廃嫡となり、今度また町長に返り咲くことになったアズレトの旧住居である。この住む人がいなくなった住居は町民達が掃除等をして管理をしていた。町民達はアズレトが町長として戻ってくることを願っていたためである。アズレトは家を立ち去る時、「この家を町民達のために自由に使って欲しい」と言い残したのである。それで使うことにしたのである。掃除のちょうど良い機会でもあった。

時間がないため手の込んだ料理は無理であった。兵達は料理は分遣隊から持ってくると言ったが町民達はそれを断り、各家庭から持ち寄ることとなった。たとえ質素な料理であっても、心のこもった料理を食べてもらいたかったのである。それが町人達にできるお礼だったからである。町の人々は「豪華な料理ではありませんが、心を込めて作ります」と言って帰って行った。そんな人々に公麻呂は「家庭料理に勝る料理はありません。楽しみにしています」と言って見送っていた。

ほどなくすると人々は手に手に料理の入った鍋や酒の瓶を抱えて戻って来た。その姿は皆が待つ食卓に出来立ての料理を運ぶ格好に似ていた。贅を凝らした料理や酒ではなかったが、漂う香りは皆の心を和ませてくれた。人々が「我が家の料理が一番」と言って勧められるのには剣客達は閉口した。剣客達は鼻で（香り）食べても口は二の足を踏んだのである。それは獣の肉が馴染めなかったからである。そんな剣客達を救ったのがアラ婆さんが作った魚料理であった。その料理は洋風な味付けではあったが、魚になされた仕事は丁寧で、まさしく日本料理と言えるものであった。剣客達はアラ婆さんに目を遣ると、アラ婆さんは「あの娘達から教わったのよ」と応えるように笑顔で頷くのであった。楽しく和やかな夕食（晩餐会）は、翌朝の出立が早いため十時に終えて横になった。剣客達にとっては久々の陸地での休息となった。

彦康達は日の出よりも前に出発しようと早起きして外に出た。町民達を気遣ってのことであった。しかし、表に出ると門前にはアンドレー分遣隊長と警護のロシア兵、僻地の新所管区長となったアリベルト、そしてアナトリー老夫婦が立って待っていた。アンドレーが「アリョーシャ司令官は昨夜のうちにポケット駐屯地に向かわれました」と述べた。そしてアンドレーが後ろを振り向き右手を上げると待機していた兵達二十名が隊列を組んで駆け寄り整列した。アンドレーは「捜索に私達も同行させていただけないでしょうか」と願い出たのである。アンドレーをはじめ、後ろに並ぶ兵達の目も爛々と輝いていた。

公麻呂は静かな口調で「おはようございます。皆さんの気持ちはありがたくいただきます。しかし事は隠密裏に運ばなければ女性達の命が危うくなります。従って同行はできません」とキッパリと断った。この率直な言葉に隊長はじめ、部下達は納得した。アンドレーは素直に「わかりました。女性達をお願い致します」と言って〝注目〟の号令を発して別れを告げると兵達を帰隊させた。彼らの後ろ姿を見送る公麻呂の目に、これからロベジノエの町は安寧で平和が訪れるであろうと映った。

若い所管区長アリベルトに対して公麻呂は、「昨夜の願い、よろしくお願いします」と頭を下げた。その願い事とは「女性達を助け出した後は櫛引丸で宮殿に戻る。その途中に所官区の海岸に船を停泊させて合図の『赤い狼煙』を上げから艀で海岸に向かう」ということであった。さらに公麻呂は帰国を心配する女性達のために「榊引丸には将軍家の若君・彦康君」が乗っていること話すようにと頼んだのである。

アリベルトは「わかりました」と言って頭を深々と下げた。そんなアリベルトの肩に手をかけて、顔を上げたアリベルトと固く握手を交わした。公麻呂の身分について、今は分遣隊長に任命されたアンドレーから聞いて知っていたのである。若きアリベルトは感激してその目は光り輝いていた。その後ろからアナトリー夫婦が両膝をついて「アリサを何とかお助けください。お願い致します」と言って両手を合わせた。公麻呂は二人の前に両膝をついて、手を合わせる二人の手に自分の手をおいて「わかりました。あなた方ご夫婦のご恩に報いるためにも、私ども全員は全力で救出に当たるつもりです」と決意を述べ頭を下げた。公麻呂の言葉をノブが通訳しようとすると、アナトリーじいさんは「私達には通訳はいりません」と日本語で応じた。公麻呂と同じように両膝をついていたノブは、その場で「微力ながら私も命を賭けてお孫さんの救出に向かいます」と言って両手をついて頭を下げた。これに倣うように剣客達も頭を下げた。

老夫婦はその後、両膝立ちのまま後ろを向くと手を合わせて頭を下げた。二人が向いた先には明けやらぬ靄のなかに、屋根に白い十字架を掲げた教会があった。その教会の前には多くの人々が公麻呂達に向かってお祈りするかのように両手を合わせていた。公麻呂達一行はこの人達に向かって丁寧に頭を下げた。

公麻呂達は案内役のアルカージを先頭に出発した。ここから中国の国境まではさほど遠くはなかったが、しかし待ち合わせの場所まではかなりの距離があった。そこまでは真っ当な道もなく、山を越え、谷を渡らなければならないのである。また虎や熊等の獰猛な野生の獣達が棲んでいるのである。さらに野盗の類いも出没する危険な道中であった。

先導の案内役も若く張り切るプラトに代わり、駆けるが如きに進みたかったがそれを許すほど自然は甘くはなかった。それでも案内役の二人は容易とまでは行かなかったが苦にすることもなく進むことができたが、付いてこられなかったのはロシア兵の三人であった。意外だったのは袴姿の日本人達が二人に遅れることなくついてきたことである。よって進むのが当然遅くなったのである。

一刻半（三時間）ほど経った時、鬱蒼とした木々の間から突然二人の若者が姿を現した。若者達はロベジノエの猟師達であった。彼ら猟師は年十ヵ月は野山を駆け回り、狐や黒貂等を狩りして毛皮にするのである。若者二人ははじめ得体の知れない着物姿の剣客達や異国の軍服姿の兵達を見て、驚き潜んでいたのである。その中に顔見知りの兵達がいることがわかり姿を現したのである。

若者二人は懐かしそうにアルカージとプラトとハグをして挨拶を交わした。その後、アルカージは不思議がる猟師の若者達に拐かされた女性達を救助するために来たことを話した。そして公麻呂達を日本の高名な剣術の先生方で、またアキーム達は王子様の婚約者であるロシア国の姫君付きの武官であると紹介した。女王陛下がこの方々に「女性達の救出」を頼まれたのだと話した。その言葉を聞いた若い狩人二人は感激し「本当に！　本当ですか！　ありがとうございます。ありがとうございます。是非助け出してください。お願い致します」と言って何度も何度も頭を下げた。二人の目には涙が溢れていた。

するとー人が首に掛けた小さな竹笛を手に取り歩きながら吹きはじめた。それから四半刻（三十分）もしないうちに狩人達が姿を現し列に加わったのである。その狩人達にアルカージとプラトは説明をした。列に加わった狩人の数が二十名ほどにもなった。話を聞いた狩人達は皆同行を願い出たのである。しかしアルカージとプラトは公麻呂がアンドレー隊長達の同行を断った時と同じように説明し同行を断った。納得しかねる狩人達には組の副官であるアキームが「最強の騎士と自負している我々ロシアの騎士達も、ここにおられる日本の先生方には足下にも及ばない。先生方を信じて待っていてください」と話し説得した。

皆は納得したが、一人の若者だけは「自分の恋人であるアグーニャが攫われたので何とか連れて行ってください」とアキームに食い下がった。さらに若者は公麻呂に対して「自分は何度も国境を越えてアグーニャを捜しに行きました。見つけることはできなかったが地理には明るいので役に立つと思います。是非連れて行ってください」と涙ながらに訴えた。

この時猟師（狩人）達が近くに待機所があるので立ち寄って話を聞いて欲しいと言うので立ち寄ることにした。待機所は山裾から僅かに登った窪地に掘って作った三十畳ほどのものである。その場所は近くを通ってもわからないような場所であった。猟師達は以前平地に待機小屋を建てていたが、中国人の強盗団に襲われて小屋は何度も焼かれた。抵抗すれば殺される。相手は兵隊のように強いため逃げるしかない。今では自分達の土地でありながら隠れるように穴の中に待機場所を作っているのだと口惜しそうに話した。

また、待機所ばかりではなくこの付近一帯の民家も襲われて黒貂や狐などの高級な毛皮の外にも熊や鹿、野ウサギの毛皮までもが強奪にあっている。それ以外にも家財や穀物、食べている物までも持って行かれる。恐ろしいことに若い娘がいる家では娘達も攫われていると訴えた。このことはロベジノエの分遣隊やポケット駐屯地に何度も届け出たが取り上げてもらえなかった。自分達は何もしてくれない女王様を恨んでいると素直に話した。これは二人の案内役は自分達と同じ平民出で心配の必要がなく、他にオモテストクの兵がいなかったから話したのである。

これを聞いた若い案内役のプラトは興奮した様子で昨日の出来事について話したのである。それは「イワンロベジノエ分遣隊長が町民を殺そうとしたのでその場で処刑された。アダムポケット駐屯地司令官と町長のチャイコフスキー、その他にイワン隊長の側近である二人の士官とアダム司令官の側近の士官一名は町民の殺害と虐待等多くの罪で逮捕されて女王陛下の下に連行された。彼らはおそらく処刑されるかシベリア送りになるだろう」と語ったのである。

さらにプラトは喜んでくれと言って、元ポケットの副司令官であったアリョーシャ様がポケットの司令官に任命された。またニッカネンの艦長に更迭されたアリョーシャ様の補佐官であったアンドレー様がロベジノエの分遣隊長になった。そのアンドレー様が今後は国境まで見回りの兵を出して警戒すると語ったことなどを皆に伝えた。

その後でアルカージが「新町長には元の町長のアズレト様がなることとなった。よって毛皮等を買いたたかれる心配もなくなり、安心して狩りや生活ができるようになった」と話すと狩人達は手を取り合って喜んだ。

その後の狩人達からの話（情報）をまとめると、

一、中国人の強盗団は二種類である。一つは、組織立った者達で、他は食うに困った農民達のようだ。

二、組織立った強盗団の帰りの順路は山裾の国境を抜けて湖を迂回して一本松亭（中国領）に帰る。距離は直線にすると数十キロであるが山や湖等があるため意外と長く、かつ困難な道程である。

（一本松亭～現在の吉林省延辺朝鮮自治州琿春士一本松亭とは異なる）

三、舗装された道はなく、拐かした女性や強奪した毛皮や家財等は荷車で運んでいる。よって途中に休憩場所が何ヵ所かある。

四、途中の宿泊や食事の場所は火を使うのでわかっている。

五、一本松亭から南西数キロに圏山村があり、圏山村から南西数キロに恩洞浦という北京に通じる街道に面した集落がある。そのわずか先にメタン河がある。

以上のことである。

公麻呂はロシア人の女性達を救助するために一本松亭に向かう。その後に圏山村に行って彦康様達と共に日本人の女性達の救助に当たる。また、メタン河に近い恩洞浦（部落）の捜索は彦康様達が行うことになるだろう。その後で我々と圏山村で合流する。合流する場所は狩人の方々が地図に書いてくれた村役場の裏手にある丘の三本松とする。待ち合わせ時間は午前三時か、午後九時とすると皆に伝えた。

このことを彦康様に伝える特使は副官のアキームに頼んだ。この単純としか思えない任務に副官を充てたのには理由があった。本来の待ち合わせ場所である国境のメタン河の川岸に行くために通るのは、主にオモテストクの領内である。しかし、現在この地域はオモテストクの兵を侮る、中国人の強盗団等が自国の領内のように我が物顔で闊歩しているのである。そのため大男であるロシア兵達に頼んだのである。またオモテストクが大国ロシア国と同盟を結んだことを誇示して威厳を見せつけるためでもあった。このことを公麻呂は話さなかったがアキームはすぐに覚り承諾した。アキーム達もまた強盗団が出れば討ち取ろうと張り切っていた。それは剣客達に手や足が全く出なかったための鬱憤晴らしでもあった。

アキームと同行するのは部下のロシア兵二名と中国語が堪能で日本語を僅かながらも話せる先輩の案内役アルカージであった。さらに剣客須藤が加わり五人でその場から出発することになった。

公磨呂達一行は恋人を攫われた「アントン」が加わり八名となった。アントンが加わることを知った狩人達は我がことのように喜んでいた。アキーム達を先に見送り、その後で狩人達に見送られ八人は出発した。先頭は案内役のプラトとアントンが仲良く務めた。アントンが同行することになったのはアントンがロシア正教の神に誓った言葉である。それは同じ神を信仰するアキームがアントンに「もし恋人が廃人になっていたとしたら」と尋ねると、アントンは即座に両膝立ちとなって手を合わせ呟いたのである。そしてアキームに向かって「攫われた恋人がたとえどんなことになっていたとしても自分が愛する女性に変わりはない。たとえ身体や心が傷ついていたとしても、それを労り治してやれるのは自分しかいない。もし動けない身体になっていたとしても私がアグーニャの手足となり生涯添えとげることを神に誓いました」と語ったのである。その目と真摯な態度を見て偽りの無い愛を知ってアキームが公麻呂に同行を願い出たためである。

公麻呂達は出発して一刻ほどで山の裾野に着くことができた。それは先頭を歩くプラトはこのロベジノエで生まれ育ったため野山の歩行には慣れていたためである。その時アントンが「ここが国境なんです」と言った。しかし国境を示す工作物は何も見当たらなかった。アントンは左右の小高い山の中腹の石を指さして「あの石の延長線が国境だと中国人達が言っています。しかし、本当の国境は左右の山の頂上の延長線なのです」と話した。さらに、「あの石は年々、我が国の方に押されているのです」と悔しそうに言った。するとプラトは「今度帰ったら隊長に報告して、あの石を元に戻すから」と憤慨したように言った。

一行は中国の領内に入ると先導は地理に詳しいアントンに代わった。アントンは平地からも山の上からも見えないように道なき道を進んだ。しかし、その歩く速さは流石に獣を追う狩人と言えた。アントンは袴姿で両刀を差して歩く剣客達を心配したが全く遅れることなく歩くため不思議であった。それは剣客達が武者修行のため道なき道をも歩いて修行を積んだからであった。ただ一人心配だったのはアントンのすぐ後ろを歩く町人出のノブであった。しかし、ノブは全国津々浦々を歩いた商人であったため苦にはならなかったのである。そんなことを知る由もないアントンは、時々後ろを振り向いては皆の様子を窺い「すっげー人達だ」と驚くと共に感心をしていた。

沈黙の行軍のまま一つの山裾を抜け出ようとした時突然アントンが静止の合図を出した。そして前方を指さして「前来た時はあの辺りに煙が上がっていた」と話した。指さした辺りは何の変哲もない林にしか見えなかった。ノブが小さな声で皆に伝えた。公麻呂は剣客の小笠原と松本そしてノブの三人に様子を見てくるようにと頼んだ。三人は即座にアントンが指し示した場所に向かって走り出した。三人の走り方が二人の案内役には異様に映った。右手と右足、左手と左足を同時に動かしての走り方であった。そして三人の足音が全く聞こえなかったのである。三人は左右の木々に身を隠しながらの走りであったが、その速さは常人が走る速さよりもはるかに速かった。プラトとアントンは「この国であれば一番！いや一、二、三番の狩人になれるのに」と感嘆しながら見惚れていた（※右手と右足を同時に動かす走り方は、和服を着る日本人独特のものである。身体が捩れて着物が着崩れしないための走り方でもある）。

三人は目指す場所にたどり着くと身を隠しながら周りを捜索しはじめた。そしてすぐに針葉樹の間に、同じ針葉樹の枝葉でカモフラージュした小屋を見つけた。松本一人が小屋に忍び寄り中の気配を伺った。松本は小笠原とノブに中に五人いると言うように右手を差しだし広げて見せた。見なくても気配だけで人数を当てるとは流石である。

松本は話を聞いたが中国語がわかるはずもなくノブを呼び寄せた。ノブはロシア語ほどではないが、中国語は漢語だけは多少であるが理解ができたのである。ほどなくしてノブと松本は小笠原を見張り残し公麻呂の元に戻り様子を話した。小屋の中には五人の兵達がいて兵達は上司から叱られていたと話した。その理由は部下達が見張りを怠り酒を飲んでいたことと、拐かした女性に悪戯しようとして女性が自殺を図り、連れ帰ることができなくなったためのようだと説明した。さらにその上司が部下達に「今から行って明日までに女を連れてこい。邪魔をする者は今まで通り殺せ。女が十人に一人でも欠けるとお前らは銃殺になると思え」と脅していたことを伝えた。

話を聞き終えた公麻呂は「全員死罪に値する者達であるが、命令を下していた上官を生け捕りにして証人として引き渡そうと思う」と話した。このことはノブによって案内役の二人にも伝えられた。剣客達のことを全く知らないアントンは小さな声で「相手は五人なんだぞ」とプラトに囁いた。プラトは微笑みながら「大丈夫。大丈夫。我々は黙って見ていれば良いだけだ」と言った。

松本とノブは小屋に戻り小笠原にそのことを伝えた。小屋の出入口は一ヵ所であることを小笠原が確認していた。その時小屋から五人の男達が出て来てくると、四人が横隊を作り中央に立つ分隊長に対して号令と共に敬礼を行った。ノブは「注目」の号令であったと教えた。軍服は着ていないが中国の軍人であることが明白となった。また並んでいる四人は腰に柳葉刀を帯びていた。

（※柳葉刀は日本刀とは違い柄は短めで刀身は先端に向かって幅広である。基本的に片手で扱うために柄は短いのである。刀剣の中で最も多い形状である。日本刀に比べて厚く造られているために若干重い

物が多い）

　四人は鳥銃（火縄銃）を肩にし、火の点いた縄を手にして回している者もいた。その姿はまさしく中国人の猟師であった。また四人（部下）から節度ある敬礼「注目」を受けた幹部の服装も四人と同じであったが腰に差していたのは苗刀である。

（※「苗刀《みょうとう》」とは、倭寇〈朝鮮半島や中国大陸の沿岸部や一部内陸、及び東南アジア諸地域において活動した海賊、私貿易、密貿易を行う貿易商人の中国・朝鮮側の蔑称で『和冠』とも呼ぶ時もある〉が使っていた日本刀を模した刀である。『明』のころから製造されている長大な倭刀である。長さの割には細くて軽量に作られているために『苗刀』・「苗のごとき刀」と呼ばれる。日本刀に比べると『柄』は鍔もとに向かって細くなっていた）

　小笠原達三人は中国兵達の前に音もなく走り寄ると、ノブは押し殺した声で「手を上げろ」と中国語で言った。四人は流石に兵である。咄嗟に引き金に指を掛けると銃口を三人に向けた。小笠原はその銃口を躱すように抜刀して横に走り抜けたのである。走り抜けながら小笠原は無言のまま愛刀を水平に一閃させたのである。小野派一刀流「切り落とし」であった。本来「切り落とし」は一瞬にして相手を上から斬り下ろす剣技であるが、それを水平に用いて薙いだのである。四人の兵達の首は一瞬にして切断されて目を見開いたまま落下したのである。頭を失った台座（首）からは真っ赤な血しぶきが上がり、数秒後に本体は立木が倒れるようにバタッと倒れた。地上の首と倒れた胴体は一つになった。

　分隊長は度肝を抜かれたように呆然として刀に手を掛けるのも忘れていた。そんな分隊長の後ろに松本が立ち首に刀を当てていた。松本が刀身で首を軽く叩いて促すと、刀身の冷たさに我に返った分隊長は後ろを振り向き、怯えたようにヘナヘナと座り込んでしまった。ノブの「女達はどこにいる」との尋問にも何も答えなかった。ショックで答えることができなかったという方が正しいであろう。やむなく縄で縛り木に結わえ付けて三人は慎重に小屋に入った。中は居間兼寝室で竈もあり、曲がりなりにも掃除されていた。物品等もそれなりにかたづけられており、また角が揃うように折りたたまれた寝具から見ても兵舎であることが窺い知れる。

その後に三人は小屋の周りの検索に当たった。当然物音を殺しての捜索である。兵達の言動から女性達がいるのは明らかでありそれを監視する兵達がいる可能性があったためである。苦慮するなかノブの目に僅かながら違和感を感じさせる木々が映ったのである。常人の目では違いがわからないほどの不自然さであった。それは針葉樹の木々の中に一本だけ枝や葉の伸び方が僅かに異なっているものがあったのである。違いと言えるほどのものではなかった。特に寒い国の木々は方角によって伸び方が違ってくることを商いのため歩き回っていたノブは知っていたのである。

ノブはすぐに二人に知らせて三人はその場所に忍び寄った。その木は明らかに植え替えられた物であり、そして目隠しのためであることがわかった。中国兵達の大らかさと言おうか杜撰さかはわからないが、いずれにしろそれが幸いして隠し扉を見つけることができたのである。その扉も周りに同化するように作られていたが、二人の目をごまかせるものではなかった。山裾の崖に扉は取り付けられていた。その有り様からして洞穴の入口に取り付けた扉であろうと推測した。小笠原が中の様子を窺ってから扉に手を掛けると、意外にも扉は容易に開いたのである。そして洞窟であることが確認できた。その間口は縦が二メートルほどで横は一・五メートルほどもあったが暗くて中はよく見えなかった。入口は木で補強されており人の手が加えられているのは明らかである。

ノブは急いで松ヤニを集めると枯れ枝と合わせて松明を作って三人は中に入った。五メートルほど進むと石組みの遮蔽物があり頑丈な木の扉がつけられていた。その扉に南京錠が掛けられていたが松本は小柄を引き抜きアッと言う間に鍵を開けたのである。

松明の灯りに照らし出されたのは大きな空間であった。そこには様々な毛皮が堆く積まれていた。意外なことに、獣の皮にしては臭いはさほどひどくは感じられなかった。それは凍土の影響か部屋の中が冷んやりとしていたためである。その広さは五十畳ほどもあり、天井までは一・五丈（約五メートル弱）であった。毛皮は主にクロテンやミンク、狐の毛皮であった。他にも毛皮があったが剣客二人には識別は困難であった。ノブにしてもはじめて目にする物もあった。

部屋の中は意外なことに天上や壁、床には漆喰が塗られていた。以前は真っ白であったと思われる漆喰は今は色あせて漆黒に近い物であった。また床には湿気を防ぐために木の簀の子が敷き詰められていた。その簀の子だけは意外と新しく思えた。

三人は部屋の中を毛皮の上まで登って隅々まで捜したが女性達を捜し出すことができなかった。小笠原とノブは諦めて他の場所を捜すために洞穴から出ていった。しかし、松本は「気」に何かが呼びかけているようで部屋から離れることができなかった。そして松本は小柄の穂で床や壁を小突いて調べはじめたのである（※小柄の柄を「袋」とも呼ぶ）。全神経を研ぎすまして捜し回った結果、一番奥まった壁からの反響音が異なることを感じとったのである。その作業は神経を集中させるために松明は使わずに闇の中で行ったのである。そして松明を手にとり壁を丹念に調べると壁の一部が他の場所と異なっている部分があった。松本はその汚れた部分に軽く手を当てるとその部分は容易に押し開いたのである。そこは二十センチほどの小さな覗き窓の蓋（戸）であった。耳を澄ますと中から弱々しい人の気配を感じとったのである。松本ははやる心を抑え松明を壁に近づけて調べた。すると他にも色の異なる場所を見つけたのである。そこに手をやると同じように蓋が開いて中に落とし錠が目に映ったのである。松本はそこが扉であることがわかり急いで皆を呼びに表に出たのである。

外に出ると小笠原とノブは捕縛した分隊長の前で公麻呂達に説明をしていた。松本は公麻呂に状況を説明した。すると公麻呂は松本、ノブとプラトと少し考えてアントンを連れて中に入ることにした。残った人達は四人の亡骸の処理と他の検索に当たった。

松明を手にしていたプラトは、中に入って積まれた毛皮を見て「この毛皮は捌き方から見てロベジノエで作った物だろ」と興奮気味にアントンに話し掛けた。アントンは「プラトさん！　お願い……静かに……！　今そんな場合ではないでしょう……」と制した。プラトは「お前の気持ちも考えずに悪かった」と声を殺して謝った。

松本は覗き窓のある壁まで来ると立ち止まり、無言で松明の灯りを覗き窓と落とし錠のある箇所にあてた。その場所はよく見ると確かに色は変わってはいたが、よくもこの暗さの中で見つけてくれたとアントンは感嘆し心の中で手を合わせていた。公麻呂もそれを確認すると壁や覗き、窓に耳をあてて中の様子を窺ってから松本に向かって頷いてみせた。それは「兵達がいない」という合図であった。松本はそれに対して丁寧に頭を下げた。それは「今から開けます」という合図であった。

松本は落とし錠のある蓋を開くと静かに落とし錠を外した。プラトとアントンは息を殺して見守っていた。

鍵が外されるとノブは開かれた蓋の部分に手を掛けて静かに押したり引いたりしてみた。すると壁の一部が僅かに中に押し開かれるのがわかった。そこは四尺（約一・二メートル）ほどの片開きの扉であった。公麻呂は松明をノブに持たせ二人で中に入った。公麻呂はいつでも抜刀できる態勢であった。

中は二十畳ほどの広さの空間であった。その片隅に無造作に一枚の布団が敷かれ誰かが寝ていることがわかった。寝ているのは形からして女性であることがわかったが、その女性はピクリとも動かないため二人は心配した。中に兵達がいないことを確認した公麻呂は灯り（松明）を受け取り若い娘に近づけた。その女性には全く血の気が感じられず、博多人形のように真っ白であった。その女性の首には幾重にも白い包帯のような布が巻かれていた。女性は胸の辺りの上下運動が感じられなかったため公麻呂は女性の左手首に手をやった。その左手にもまた包帯が巻かれていた。公麻呂は女性が自殺を企てたことを悟った。そしてその自殺の方法が日本の女性の自害の方法であることを知り、この女性はアナトリー爺さんの孫娘のアリサであると確信した。

公麻呂は小柄を抜いて女性の鼻に近づけると穂は曇り息をしていることが確認できた。ノブは公麻呂に言われプラトを連れてきた。目を覚ました時女性を安心させるためであった。プラトは公麻呂に言われた通り「自分はロベジノエ分遣隊のプラト二等兵です。私達はあなたを助けに来ました」と何度も繰り返し呼びかけた。その傍らでノブは女性の傷を改めて、アントンに頼んで兵舎小屋から持ってきてもらった薬品で治療を行った。

ノブが公麻呂に応急の手当てを終えたことを伝えると、公麻呂は女性の耳元で「アリサさん」と優しく語りかけた。すると今まで固く閉ざされてい瞼が僅かに反応を示したのである。それを見てプラトは声を大きくして呼びかけたが反応がなかった。その言葉は当然ロシア語であった。公麻呂は身を乗り出して反対側の耳元で「アリサさん」と日本語で語りかけた。すると女性の瞼がはっきりとわかるように動いたのである。公麻呂はさらに反対の耳元で「アリサさんこんにちは」と語りかけた。女性の瞳は僅かに開くと公麻呂を見ているかのように思えた。それは身体を引いた公麻呂を目が追っているかのように映ったからである。

公麻呂と場所を変わったプラトが「私達は女王陛下の命令で貴女を助けに来た者です。私はロベジノエ分遣隊のプラト二等兵です」と言うと女性の目は疲れたように閉じられた。プラトはすぐに「今の御方は日本のお侍で公麻呂様とおっしゃいます。一緒に助けに来ました」と言った。そして「あなたはアナトリーさん家のアリサさんですか」と尋ねた。すると少女が微かに頷くのがわかった。そしてまた目が見開かれるとその目は公麻呂に向けられていた。

それを見て公麻呂は少女に向かって「私はあなたのお爺さんとお婆さんに頼まれてあなたを捜しに来ました。アナトリーさんとアラさんはロベジノエの町で心配して待っておられます。私の名前は公麻呂と言います。よろしくね」と優しく語りかけた。ノブはそれをロシア語で伝えようとすると少女は「大丈夫です。私、言葉、分かります。キ・ミ・マ・ロ……？。『コノエ・キミマロサマ？』と消え入るような声で尋ねた。公麻呂は驚きを表に出すことなく「そうです。近衛公麻呂です」と優しく答えた。少女は嬉しそうに公麻呂を見つめたまま「私はアリサ。アナトリーとアラは私の祖父母です。公麻呂様の名前はりゑさんや珠代さん達から聞いて知っておりました」と顔を赤らめながら微笑むとそれが限界というように眠りに落ちた。出血で体力を失ったアリサにとってそれ以上目を開けていることはできなかったのである。また安心したためでもある。すぐに皆の手によってアリサは兵舎小屋に運ばれた。そこで活躍したのはプラトであった。その活躍とは簡易の担架を造ったことである。毛皮を利用して造られた担架は雲の上のように快適な物であった。

公麻呂は「アリサの治療のために一旦ロベジノエの町に戻りましょう」と話すとアントンは「それならすぐに医師と運ぶ人達を呼んで来ます」と言って目の前の山裾を駆け上がって行った。それはまるで若い雄鹿のように軽快なものであった。ノブがそんなアントンを見て「平らな道を行った方が楽だと思うのに」とつぶやいた。それを聞いたプラトはニッコリ笑って「アントンは町まで呼びに行ったのではなく、竹笛を使って呼ぶために高台に登ったのです」と教えてくれた。その竹笛は竹の真ん中に穴を開けただけの単純なものであったが、使い方によっては数キロ先までも音色が届いたのである。猟師は彼らだけの独特の符牒で連絡を取り合っていたのである。プラトは「笛の音を聞いた狩人達は一時間以内に、また軍医や兵達は二、三時間以内には来ますよ」と自信ありげに話した。

木に繋がれて黙り続けていた分隊長も、新たに加わった佐々木一考や鳥谷部の眼光に恐れをなし白状したのである。彼らは中国の正規軍の国境警備隊の兵であった。彼らは十人の女性を連れ帰る予定であったが一名が自殺を図ったため一名を残し、他の九人は小隊長が先発して連れて行ったことがわかった。分隊長は部下達に女の補充を命じたことは話さなかった。

女性達を連れて行った先は隊の出先である一本松亭支所（派出所）であった。また、高級な毛皮であるミンク等は町長のチャイコフスキー町長に売っていると言われた時には流石に全員が驚いた。それは中国で売るよりは何倍も高値で売れるためである。中国の兵達が毛皮の強奪をするのはチャイコフスキーのためであったのだ。さらに分隊長は「貧しいロシアの娘達を我が国の都に連れて行き、良い暮らしをさせるためにやっている。言わばロシア女性のためなんだ」と幹部達が教育していることを話した。しかし、下級幹部の分隊長は、実はと言い「隊長や中級以上の幹部達は、これらの実績によって都に帰ることが決まるので必死なんです」と内情を話した。これだけの話を聞けば下級の兵達が「哀れ」に思われがちであるが、下には下の余録があったのである。

剣客達が付近一帯を隈無く検索しはじめ、半刻（一時間）も経たないうちに荷馬車の音が聞こえはじめた。プラトが言った通りロベジノエの狩人達の馬車であった。狩人達は公麻呂達に挨拶をしてお礼を述べると、プラトとアントンの案内で毛皮の搬出に取りかかった。到着した狩人達は一様にその量の多さに驚くばかりであった。またプラトが言ったように毛皮の捌き方を見て「俺たちの毛皮だ」と言って腹を立てていた。しかしその毛皮を扱う手つきはまるで赤子を愛でるように丁寧で優しかった。毛皮が高級になればなるほどその扱いは慎重を要するのである。そして半刻が過ぎるころには次々と到着した馬車に毛皮は積み込まれた。馬車の数は二十台を超えた。

出発する狩人達に公麻呂は「毛皮はなかったものと考えてもらいたい。そして四半分（四分の一）は疲弊した町の復興のために、四半分は治安維持のため分遣隊に、残りは被害に遭った人達に分配することと」と伝えると皆は喜んで歓声を上げげた。それは盗品が発見された場合は、イワン隊長やチャイコフスキー町長は全部を町の物として処理していたためである。処理と体裁の良い言葉であるが内情は全部を自分達の懐に入れていたのである。猟師達が喜ぶのも当然であろう。

そんな最中、意外にも十名の騎馬兵を伴って新分遣隊長となったアンドレーが到着した。アンドレーはじめ兵達は毛皮を積んだ馬車の数に驚いていた。そしてアンドレーと部下達は揃って公麻呂達にお礼を述べた。それを見て狩人達はすぐにアンドレー隊長の前に集まり隊長就任のお祝いを述べた。そして公麻呂から言われた毛皮の分配について伝えた。アンドレーは配分の方法を聞くとすぐに振り返り公麻呂の目を見つめた。言葉は発しなかったがその目は感謝で溢れていた。そして少し間をおいて「ありがとうございます」と丁寧に頭を下げたのである。固唾を呑んで見守っていた狩人達はそれを見てホッとしたように肩の力を抜き「ありがとうございます」とアンドレーに頭を下げた。アンドレー隊長がどうするのか心配していたのであった。アンドレー隊長をはじめ騎馬兵、そして狩人達も揃って公麻呂に頭を下げた。

その後プラトが一人だけが緊張した面持ちでアンドレー隊長に何事かを話していた。それはアントンから「俺たち猟師の配分はどうなるんだ」と聞かれたことを伝えたのである。アンドレーは聞くと「もっともなことです。ありがとうプラト」と言われ有頂天であった。そしてアンドレーは「分配は被害の割合に応じて行うつもりです」と皆に聞こえるようにキッパリと言った。狩人達は歓声を上げて喜んだ。プラトに擦り寄ったアントンは「救助して結婚するんで……セコくてごめん」と謝った。プラトは「絶対に助け出そう。結婚式には呼べよな」と言って肩を叩いた。

狩人達を見送ったアンドレーは、捕らえた分隊長から「口上書き（供述書）」を作成し、身柄を女王陛下の下に送ることにした（※江戸時代、足軽以下、百姓、町人に限っての供述書を『口書き』といった）。

隊長のアンドレーはプラトから国境の石について報告を受けると、即座に巨石を裾野に落とすために騎馬兵達を引き連れてその場所に向かった。アンドレーは手が足りなければ出発したばかりの狩人達の手も借りるつもりであった。巨大な石を一旦下に落とすと、馬などをもってしても二度と上げることができないためである。

その後アンドレー達は医官やミトシストラー（ナース）、そしてアナトリー老夫婦を乗せた馬車と共に戻ってきた。医師の治療が終わるとアリサは目を覚ましたのである。傍に祖父母がいるのがわかると「ありがとう」と言って微笑んだ。しかし、その目線はすぐにあらぬ方に向けられていた。と言うよりも何かを捜しているように思われた。そしてその目線が一定の場所に定まったのである。祖父母はその目線の先を追うと、目線の先には公麻呂の姿があった。祖父母はそれがわかると今までの心配顔から微笑みに変わったのである。そんなアリサの淡い恋心も束の間に終わることとなった。恋人（婚約者）がいるのに「ふしだら」と罵ることなかれ。女性は熟女にしろ乙女にしろ、幾つもの恋心を持つことができるため美しくいられるのである。

別れに際し公麻呂は、アリサの額に赤ちゃんにするように「さようなら。（ダスヴィーニヤ）」と言って軽く唇をつけた。アリサの白蝋のような頬が赤みをさし瞳まで輝きはじめた。そしてアリサは「さようなら公麻呂様。帰ったらりゑ姉さんや珠代姉さん達にお話しします」と声を震わせて話した。さらに「りゑ姉さんは『大山りゑ』さんと言うの。珠代姉さんは『石下珠代』さんて言うのよ」と話し続けた。一刻でも長く公麻呂の傍にいたいという表れのように思えた。そんな孫娘を祖父母は優しく見守っていた。恋人を持つアントンと若いプラトはそんなアリサを見て「婚約者がいると言うのに何て不謹慎な」と腹を立てたがすぐに二人は「あのお方じゃあ……しょうがないか」と納得していた。

アンドレーは別れる時公麻呂に「狩人達の待機小屋を分遣隊の派出所（出張所）にするつもりです」と語った。公麻呂は「住民の治安と国境の警備のために非常に良いことだと思います」と賛同し握手をした。脇で聞いていたアントンは飛び上がって喜びを表した。

公麻呂達の中食（本来、一日二食の時代、朝食と夕食の間に軽く摂る食事のこと）は、獣肉や日本人にとっては吐き気を催す臭いのするスイール（チーズ）等の上等の士官食であった。日本人にとってはむしろ淡白な隊員食の方が良いのかもしれない。よってこれらの食事はアントンとプラトに任せることにした。二人は喜んで食べはじめた。二人はこんな美味い高級な料理をと首を傾げていた。そんな異国の料理にも例外はあった。前に松本だけが口にしていた物であった。最近では剣客達も嗜む者も増えてきた。それはマラコーである。日本名で言うと「牛乳」である。マラコーは日本人達にとって消化の悪い異国料理の消化薬のような物でもあった。一考等はアラお婆さんの作った魚料理を骨まで残さず食べた。アントンはプラトに「魚は骨があるよね」と語りかけ二人は手を止めて見ていた。

食事を摂り終えて出発する時兵舎小屋や洞窟は、アリサと毛皮がなくなった以外は全く元のままであった。一行は四人に手を合わせて出発した。その足取りは大恩のあるアナトリー老夫妻の約束を果たし、心と共に軽やかで駆けているようであった。一刻経った時には次の山裾に着き、湖等を迂回しながら次の小屋（兵舎）にたどり着いた。その小屋もまたカモフラージュされていた。

今度は一考と鳥谷部が音も立てずに小屋に走り寄った。小屋の中が無人であることがすぐにわかった。しかし二人は小屋の鍵を苦もなく開けると小刀に手を掛けて慎重に立ち入った。中は前の小屋と同じような造りであったが、置かれた物はより整然と整頓されていた。また竈の炭や灰までもが綺麗にかたづけられていた。置かれた鍋や食器は汚れ一つなかった。中国においては宮廷の中と皇帝直属の兵舎以外には考えられないものである。先の兵舎に居た兵達が来るとすぐに乱されるであろう。

　剣客鳥谷部と一考は「真の魂を持った兵士（剣士）達がいる」ことを確信した。それは後から入って来た公麻呂達も同じであった。プラトとアントンはその綺麗さを見て小屋に入るのを躊躇ったほどであった。そんな部屋にマッチするかのように芳しい女性の香りが漂っていた。女性達がいたことは明らかである。

　公麻呂もまた小屋の中を見て、相手には「一方ならぬ者達がいる」と察して今から追うのを止めたのである。相手に追跡が気づかれて女性達に害が及ぶのを防ぐためであった。それとアントンから次の兵舎の場所を聞いており、時間的にもその兵舎に泊まるのが明白と思われたからである。

　また公麻呂は「今関わっている兵達を中国兵ではなく、単なる『強盗集団』と見なす」と話した。その訳は彼らを「中国兵」として扱えば、中国朝廷としても引くに引けなくなるためである。また、どんな訳があるとしても、その国の兵達をその国の領土において殺傷するということは「侵略」にあたるのである。それは中国、ロシア、日本の戦争に及ぶ由々しき問題を含んでいるのである。単なる強盗集団であれば、拐かされた女性達を助けるためという人道的な名目がなり立つのである。さらに公麻呂は、女性達の救助を途中で行うか、一本松亭兵舎で行うかは様子を見て決めると伝えた。

　その夜のプラトとアントンは四方山話で、高級な毛皮はミンクや黒貂であって、その他には雪豹や、ある種の狐の毛皮であると話した。さらに「毛皮製品はロシアの主要産業の一つであるが、オモテストクには高級毛皮の縫製技術がないので毛皮は他のロシアの国々に卸している。毛皮製品は非常に高価であるが、毛皮そのものは非常に安いので猟師は皆貧乏なんです」と屈託のない表情で話した。

そして「中国も繊細で緻密な縫製技術がないので高級な毛皮は全部ロシアの国々に売っているんです。しかし、中国の毛皮は粗雑なので買い手がつかないんです。だから我々の毛皮を強奪するんです。その奪った毛皮をチャイコフスキーに売っていたとは夢にも思わなかった。あまつさえチャイコフスキーやイワン隊長がぐるだったとは」と歯ぎしりして悔しがった。

さらにアントンは「熊、鹿、虎等の二級品の毛皮は、中国で珍重される熊の手や胃、鹿の角等と一緒に中国に卸しているんです。一級品の毛皮は我々にとって税金のような物で、二級品が実質に我々の収入なんです。品物は全部役所に納めることになっているんです。そこで町長のチャイコフスキーがピンハネしているので我々の生活がなお貧しいんです」と愚痴った。

ノブは「それがわかっていてどうして訴えなかったのか」と聞いた。するとアントンが即座に「殺されるから」と答えた。ノブはさらに「誰に」と聞くと「隊長達です」と言った。その後にプラトが「それはイワン隊長と公麻呂様達に捕縛された二人の士官です」と言った。隊長は部下の兵士達には謀反人を処刑したと伝えていたのである。プラト達兵士にとっては、その権限を有する隊長の判決に異議を挟むことなどできるはずもなかった。また、その責任を問うとすれば隊長は当然のことであるが、その他に隊長に任命した「任命権者」に及ぶこととなる。

その後プラトは「アンドレー隊長になったし、アズレトさんが町長に返り咲くので今後は心配することがなくなった。アントンは楽しい新婚生活でも夢見て眠ってくれ」と言って二人は眠りに落ちた。

翌朝、アントンは一番早く暗いうちから起きだしたのである。早起きの鶏でさえもまだ寝ている時刻であったが誰も文句を言う者はいなかった。アントンのはやる気持ちを皆が理解していたからである。世話になった寝具は前と同じように畳み軽い食事を摂り出発した。

先頭は当然アントンである。その後ろは警護を兼ねて松本が付き従った。早足ながらも足音を消して歩くアントンに松本も同じように足音を立てずに歩いた。後ろの侍達も同様に足音を消して、遅れることもなかった。そんな剣客達を見てアントンは「流石に日本の剣術の先生方だ」と感心していた。プラトにしても昔取った杵柄、必死ながらも遅れることなくついてきた。

一刻が過ぎたころアントンは、皆を見定めたかのように山裾を登り中腹のけもの道を歩きはじめた。その足取りは平地のときのように少しも変わることなくまた音をたてることもなかった。剣客達はそれを見て「狩人の奥義」の一端を垣間見た気がした。一方のアントンは、苦もなくついてくる剣客達を見て「獣達よりもすごい方々だ」と感嘆し恐怖心さえも抱いた。ノブとプラトの二人にしても、前を歩く剣客達の足跡をたどるだけで良いため苦になることはなかった。しかしプラトが苦痛に感じたのは無言の行軍だったことである。実際には前の足跡をたどることと、草木の枝や葉を避けるので精一杯で話すどころではなかったのである。

そんな歩行をして二刻が経った時、先頭のアントンが後ろを振り向き止まれと手で合図を出し、自らがしゃがんで身を低くするように示した。アントンはノブの下に来ると「馬の臭いがするので一人で行って様子を見てくる」と話した。ノブはすぐにそのことを公麻呂に伝えた。公麻呂は「餅は餅屋に任せるのが一番」と言って同行者を付けなかった。それを知ったアントンは微笑みながら姿を消した。

待つこと八半刻（十五分）、アントンが戻って来た。そして公麻呂に「強盗団と女性達はこの先の洞穴の中におります」と話した。「女性達の姿は見なかったが、幌馬車の中からロシア語の女性の会話が聞こえた」と興奮気味に語った。それは幌馬車の中に恋人がいることを願う心情が込められていた。さらに「強盗団の人数は十五人以上はいると思う。馬車は五台あったが、その中の四台は熊や鹿の毛皮等が積まれていた。残りの一台は幌馬車でその中から女性達の声がする」と話した。そして強盗団は「出発を待っているようだ」と話した。その訳は「一本松亭の方向に黒雲があるので『物見』を出し確認させているらしい」と彼らの会話から知り得たのである。「毛皮は雨に弱いから当然だ」とアントンは説明した。さらにアントンは「女性達の幌馬車だけが先に出発するかもしれない」と心配そうに話し公麻呂を見つめた。

公麻呂は即座に「ここで女性達を救助することにします」と皆に伝えた。アントンは興奮を抑えるように「お願いします」と皆に頭を下げてから「私は役に立たないので分遣隊の人達を呼びに行ってきます」と話した。するとプラトがすぐに「それは私の役目です」と言って公麻呂に同意を求めた。プラトはアントンの気持ちを察してその役目を代わると申し出たのである。それは、言い換えれば少しでも早くアントンに彼女を会わせて安心させたかったのである。それとプラトがいかに日本の剣客達の強さを信頼しているかがわかった。

　その役目とは女性達や奪い返した毛皮などを運ぶ要員を呼ぶことであった。公麻呂はプラトの意を察して同意し「剣客の一人を付ける」と話すと「お心遣い感謝します。しかし私はオモテストクの兵士です」と言って辞退した。そんなプラトにアントンが竹笛を渡すと二人はしっかりと両手を握りあった。そしてプラトは「行ってきます」と言って駆けだした。


　プラトを見送った公麻呂達は強盗団が見える場所まで近寄った。するとちょうど幌馬車が出発するところであった。先頭は馬に乗った士官（小隊長）であった。幌馬車には馭者の二人と後方に二人の監視役が乗っていた。

　また馬車の両側には徒歩の男達二人ずつが付き従っていた。馬車の後方には馬に跨がった男（分隊長）が細々と指示を飛ばしていた。合わせて十名の男達が腰に剣を差し武装していた。全員の身なりは猟師や平民の姿であったが顔つきや物腰から兵士達であることを伺い知ることができる。これを見て公麻呂は洞穴（兵舎）に残っている人数を十七名ほどと予測した。それは「物の本」（その方面についての事柄が書かれている本）によると、西洋の軍隊は一個小隊を三十四名とすると書いてあったためである。その計算からすると、四名はすでに処刑し分隊長一名は捕縛した。幌馬車には十名が付き添い、物見に出たのが二人とすれば残りは十七名となるのである。

　公麻呂達は幌馬車が出発したのを確認すると、はじめにアントンのいる場所に引き返し計画を話し合った。公麻呂は、女性達を乗せて出発した幌馬車はアントンの見取り図からすると夜までには宿舎である一本松亭に着くだろうと推測した。そして洞穴に打ち込むのを半刻後と決めて皆に伝えた。それは打ち込んだ時の騒ぎを幌馬車の者達（小隊長達）に聞かれないためである。この時公麻呂は引き返して来る者達を気遣い、アントン一人に見張り役を頼んだのである。付き添いを付けなかった訳は、物見に出た者達が時間的にも帰って来る虞《おそ》れがなかったためである。しかし、アントンは大役を仰せつかったと考え「彼女のためにも命を賭けて見張ります」と誓った。

この打ち込みで公麻呂が一番危惧したのは鉄砲の発射音である。そのため撃つ前に決着をつける必要があった。これに対処するのは公麻呂、小笠原、松本、一考、鳥谷部の五人の剣客達である。残るノブには言葉の制圧という大事な役目があった。

段取りを話し終えると公麻呂、鳥谷部、ノブの三人は洞穴内の様子を見に向かった。三人は平地に下りて中の様子を窺うと男達はその行いから見て完全に二組に分かれていることを知った。一組と思われる六人は、前の小屋に居残っていた者達と同じように柳葉刀を所持していた。男達はその柳葉刀を離れた場所に置いていたというより放っていた。そしてだらしなく寝そべる者もいれば、賭け事に夢中になっている者もいた。

（※「柳葉刀」・南洋のインデオが道を切り開くため使う手刀に似ている）

それに反してもう一組の十一人の者達は長い刀（苗刀）を手に、一心不乱に抜刀や型の稽古を行っていた。それを見た鳥谷部は「あれは正に我が『陰流（辛酉刀法）』の稽古である」とつぶやいた。

（※倭寇に苦しめられた明の将軍戚継光が陰流の目録を研究し「辛酉刀法」を編み出して倭寇に打ち勝った刀法でもある）

鳥谷部は公麻呂に「あの者達の剣技は我が陰流を祖とするものです」と話した。そしてその稽古を愛しむように見つめていた。しかし時おり鳥谷部の顔には切ない表情が見え隠れした。剣術の師の顔であった。

三人は皆の下に戻るとはじめに公麻呂は「鉄砲は確認できなかった。相手の人数は十七名と思われる。その内の六名は先の小屋に居残っていた五人と同じように柳葉刀を所持しておりその仲間と思われます。問題なのは残りの十一名です。その者達は苗刀を持って稽古しておりました。その稽古を見て一廉の者達がいることがわかりました」と話した。そして鳥谷部の意見を求めた。鳥谷部は「あの者達の稽古の太刀筋を見て、我が陰流の流れを汲んでいるのがわかりました。言い換えれば同門であると言えます。よってあの十一名の者達の処分を私にお任せいただけないでしょうか」と皆に頼んだのである。陰流の師（最高師範）の責任において彼らを処断すると申し出たのである。鳥谷部の苦渋の選択であった。皆はこれを察したように「お任せします」と言うように頷いてみせた。これを見て鳥谷部は無言で丁寧に頭を下げ返した。

鳥谷部が頭を上げると同時に幸子郎が「他の六名は中条流松本にお任せ願いたい」と名乗りを上げた。松本に遅れること僅か、一考が「示現流佐々木がお引き受け申す」と前に進み出た。それを見て公麻呂が「一考殿。ありがとうございる。今回は先陣を切られた松本殿にお願い致しましょう。私達は松本殿の舞いを見物致しましょう。もし、彼等が鉄砲を使うようであれば、一考殿！　その時は良しなにお願い致します」と軽く頭を下げた。それを見て一考は「出過ぎた真似を致しました」と頭に手を置いて謝った。そこにはすでにアントンの姿だけがなかった。アントンははじめにここに戻るとすぐに誰に言われることなく重要な役割である見張りに赴いたのである。

時が来て公麻呂達六人は静かに洞穴の前に立った。この時彼らの傍らには鉄砲がないことを確認していた。ノブは中国語で「我々はオモテストク国アデリーナ女王陛下の命により拐かされた女性達を連れ戻しに来た者である。諸君をオモテストク国の女性誘拐の罪で逮捕する。抵抗すれば容赦なく斬り捨てる」と大声で伝えた。このノブの口上が終わると同時に博打をしていた者と寝そべっていた男達六人は傍に放っていた刀に飛びついた。それを見てノブは「刀を捨てろ」と再三警告したが男達は刀を捨てることなく抜き払い向かって来た。流石であると言いたいが、これが命取りになるとは知る由もない。血相を変えて向かって来る六人を見て松本は男達に向かって礼をすると「中条流！　松本幸子郎！　成敗仕る」と言い放つと小刀を抜いて相手に向かって走り出した。その松本から二呼吸ほど遅れて鳥谷部が飛び出した。これは後方にいる十一人の弟子達と言える男達を松本に向かわせないように牽制するためであった。

凄い形相で刀を振り回しながら突進してくる男達に、松本は足を弛めることなく左から右へと回りながら走り抜けた。それは公麻呂が言ったように日舞を優雅に舞っているように映った。松本が六人に向かって残心を示すと六人はそれに呼応するように地に倒れ落ちた。倒れた六人の首から血吹雪が飛び散った。六人は皆同じように後頭部の皮一枚を残して首を切断されていたのである。素早い太刀筋のため地に落ちてから首が離れたのである。この時松本が小刀を用いたのは中条流だからではなく場所が狭かったためである。中条流の剣技の本流はあくまでも大刀である。

松本が小刀の血振りをし終えて納刀しているその脇で鳥谷部は十一人の男達に向かって立っていた。鳥谷部はおもむろに「刀を捨てろ」と叫んだ。その声は洞穴に響き渡り普通であれば男達を威圧するのに十分であった。しかし、男達には全く怯む様子は感じられず反対に鳥谷部を睨みつけていた。男達は刀を鞘に納め松本の剣技を見ていたのである。その目の輝きからして戦う気構えは十分であった。それをしなかったのはノブの「口上」を聞いて心動かされ、松本の士道（武士道）に則った仕儀と剣の冴えを見て躊躇したのである。さらに巨岩のように立ちはだかった鳥谷部を見て動くことができなかったのである。腕前のほどは定かではないが、男達が士道を心得る真っ当な中国剣士であることを感じ取った鳥谷部は嬉しかった。刀を手放そうとしない男達に「刀を捨てなさい」と鳥谷部がさらに言い放った。その言葉には温もりが感じられた。

それでも捨てようとしない男達に後方からノブが「この方は陰流総師範！　鳥谷部健司郎殿でござる」と叫んだ。それを聞いた十一人の男達は目を見開き驚きの表情を示し震えだした。男達のために弁明すると怖いからではなく、剣士として感動と自分達の行為を恥じたためであった。

十人の指揮をとる分隊長が驚愕して目を見開いたまま「大大師です。整列！　正座！」と号令を発すると男達は全員刀を右横に置いて正座した。分隊長は「大師（大先生）！『流派』と『士の道』を汚しました。お詫び申し上げます」と言って全員が平伏した。分隊長が顔を上げると鳥谷部の目を見て「やむなき仕儀にて！」と腸を絞るように言った。男達の無念さが周りの公麻呂達にも伝わってきた。そして分隊長は意を決したように「儀によってお手向かい致します。お相手願いますでしょうか」と言ってまた平伏した。鳥谷部には男達が死を覚悟していることがわかった。ノブがこのことを公麻呂達に伝えると皆も男達の覚悟がわかった。鳥谷部はその場に正座すると十一名と同じように両手をついて平伏した。

鳥谷部が頭を上げて「お相手つかまつる」と言うとノブがそれを介して伝えた。十一人の男達はひれ伏したまま肩を震わせ泣いているのがわかった。男達は顔を上げると「大大師！　謝謝！　謝謝！（ありがとう）」と言った。その目は清く潤み顔に笑みさえも浮かんで見えた。そして分隊長はすがるような目つきで「失礼とはわかっておりますが、そこを曲げて、今から私達に師と呼ばせて頂けませんでしょうか」と懇願した。本来であれば「今から」とは、先のある人達が使うのが常である。しかし、この男達は身は滅びても「魂」は未来永劫続くと言っているのである。なんとも潔くそして哀れであろう。まさしく「士の魂」を持った士と言える。

ノブが介すと鳥谷部は「異国の地で同門の方々に会うことができて非常に嬉しく思っております。皆さんが真摯に稽古する姿を見て心打たれました。未だ研鑽中の私で良ければ喜んで師となりましょう」と承諾した。

この言葉を聞いた十一名の男達は揃って顔を上げると師・鳥谷部を見た。鳥谷部はゆっくりと一人一人の目を見て、無言ではあるが「師弟」の誓詞を交わした。誓い終えると一人一人が平伏した。公麻呂達はじめ周りの人達には尊厳な師弟の儀式に映った。

最後は師と十一名の弟子達が両手をついて礼を交わした。そして頭を上げると鳥谷部は「はじめに私が陰流の型を一通り披露する。その後稽古を行うこととする。稽古は陰流の仕来りに倣い真剣を持って行う。対戦する人数は自由とする。従って一人でも良し、纏まって掛かるも良し」と常と変わることなく静かにゆっくりと話した。

弟子達は師の言葉を聞くと目を輝かせ両手をついた。そんな死んでいく十一人の目には一点の曇りも見いだすことができなかった。やむを得ずに行った悪行とは言え、真の剣士としてけじめをつけるためには『死』しかないことを悟り決断した目であった。師や公麻呂達剣客も中国の地に「真の剣士」達がいたことを喜びながらも心は悲しかった。そしてノブを残し公麻呂達は師弟だけのためにその場を離れたのである。それはまた陰流の秘された奥技である『型』を見ないためであった。これは剣客相互の「相身互い」と言えるものである。

鳥谷部は十一人の弟子達を前に「我が流儀は陰流全般の流祖でもある。陰流の剣技を総括すると、一の『入門』から始まり、二『表位』、三『大転位』、四『小転位』、五『天狗抄位』、六『天狗抄奥位』、七『仮目録位』、八『目録位』、九『外伝位』、十『内伝位』、十一『皆伝位』と、十一の伝位がある」と話した。そして一人立ち上がると伝位ごとの型を披露した。それは入門位であれば「参学円之太刀」、表位であれば「九箇之太刀」等……と言って剣技「型」を見せたのである。

一通り型をし終えると、皆の前に正座して「私直伝の弟子に対して授ける伝位は五段階としている。一（イー）「初伝」、二（アル）「中伝」、三（サン）「奥伝」、四（スー）「皆伝」、五（ウー）「極伝」の五つです。話す数字はノブに教わりゆっくりと話した。弟子達は「イー・ショデン……」と一語一語なぞるように口ずさんだ。まさしく師弟と言える光景であった。その後師鳥谷部は「ただいまから稽古を行います。伝位は一人一人の剣技を見定めて与えます」と伝えた。そのゆっくりと落ち着いた態度と語調は些かも変わることはなかった。聞き終えた十一人の弟子達は動揺する様子も見せず、日本の道場で稽古する弟子達のように目を輝かせて「よろしくお願いします」と両手をついた。十一人はすでに死を超越していた（※「伝位」とは、武芸、武道の世界で師から弟子に伝授される技能の段位である。各流派によって伝位の名称は異なる）。

一般的に伝位は、一「切紙」、二「目録」、三「印可」、四「免許」、五「皆伝」、六「秘伝」、七「口伝」の七種類である。四の「免許」から上の者達は代稽古や師範になる資格ができたと言える。それに伴って先生と呼ばれ、弟子を持つことができるとされている。千葉周作や坂本竜馬で有名な「北辰一刀流」でたとえれば、坂本龍馬は北辰一刀流の最高位とされる「最終奥義」に至らず、その下の「皆伝」であった。

鳥谷部は「私に傷を負わせることは師に対する恩返しと心得て、思う存分に立ち向かって来てほしい。また愛弟子である貴公達のことは鳥谷部健司郎……！　生涯心に留め置く。以上である」と言い終えると両手をついて礼をした。十一人もまた師に合わせ平伏した。そして顔を上げた鳥谷部は静かに右に置いた大刀を取り立ち上がるとおもむろに腰に差した。十一人の弟子達も師に倣い右手で刀を取り立ち上がり腰に差すと素早く後退した。それを見計らったかのように公麻呂達は戻って来て、師弟達に丁寧に一礼するとその場に正座した。公麻呂達が驚いたのは十一人の弟子達からは全く悲壮感や怯えを感じることができなかったことである。それは道場での「掛かり稽古」のように映ったためである。そんな陰流の教えを羨ましく思う傍ら、それを「真の士」たらんとすることを貫くために、何の躊躇いもなく命を捨てる者達に切なさを覚えた。そして改めて中国にも「武士道」に似た「剣士道」があることを知らされた。

はじめに前に進み出たのは最右翼にいた図体の一番大きい「班長」であった。班長は師に対し大きな声で名乗りを上げて礼をした。誰もが名乗りを上げるとは思ってもいなかったのである。中国では「悪事を働けば最も大事な家名に傷がつくからである。しかし班長はそれを投げ捨て、一人の剣士として生きる道を選択したのである。

班長は抜刀と同時に構えに入ると同時に面構えも変わった。その顔は鬼面の如くであった。目は鋭先につけ、さらに相手の二処から目を離さず、その動きは玉歩の歩みである。そこに立っているのは陰流の真っ当な士に思えた。

班長は間をおくことなくすかさず打ち込んだ。その打ち込みは下から何度も何度も跳ね上げるような打ち込みであった。師にはその練度が六位である「天狗抄奥位」をすでに身に着けていることがわかった。それを確認し終えた鳥谷部は、七位である「仮目録位・七太刀」を稽古の中で伝授した。この剣技を会得した時、班長の瞳が一瞬綻んだのがわかった。師はすかさず「スー・皆伝（四位・皆伝）」と声を発したと同時に太刀を一閃させた。その一太刀は分隊長の首の皮一枚を残して斬り抜けた。その場に倒れ横たわった男の目は綻んだままであった。弟子は痛みも苦しみも感じることなくあの世に旅立ったのである。師の思いやりである。亡骸は剣客達が運ぼうとするのを断り弟子達が運んだ。

次に前に進み出たのは二人であった。男達の行動は常に二人一組が基本であり、戦いにおいても最も力を発揮できるのが二人であったためである。班長の死を間近に見た二人の顔には死と師を恐れる様子は全く見受けられなかった。二人は師に礼をし終えるとパッと左右に離れると構えを作った。当然陰流の型と顔である。そして呼吸を合わせたように二人は同時に斬り込んだ。その素早さは貴人の歩みから一転して俊敏な動きに変わったため、より苗刀の剣先が速く感じられたが師は苦もなく躱した。二人の剣技もまた下からの技が中心であった。「下段八勢」と「相雷刀八勢」の四位の剣技であった。それを見て師は五位である「天狗抄」の剣技を教授した。二人が会得したことがわかると師は「サン（三位の奥伝）」と言葉を発し刀を一閃させた。二人もまた班長と同じように首を断たれ地に伏した。それをまた残りの弟子達が顔色を変えることなく運び去った。

後から出た三組の者達の剣の技量は四、五位のものであった。師は四位の者達には五位である『天狗抄位』の「天狗抄」、「二人懸」の剣技を、また五位の者達には、六位である『天狗抄奥位』の「参学円之太刀」、「九箇之太刀」、「外雷刀三十一勢」等の剣技を伝授した。それは焦ることなく弟子達が身につくまで行われた。弟子達が剣技を会得した時それが気や目に表れた。それを覚った師は「サン（奥伝）」と言って刀を一閃させた。それは真の武士の切腹にも似ていた。

九人が逝き、残ったのは少年の面影を残す若者と分隊長であった。そんな若者を見て鳥谷部は分隊長を見て「この若者は……」と目で問うた。分隊長もまた目で「彼も私達と同じ『士の魂』を持つ者です。本人の意思に任せます」と答えた。そして分隊長は若者と何事かを話し合い、終えると公麻呂達に向かって丁寧に頭を下げた。それは若者一人では自分の亡骸を始末することができないため頼んだのである。顔を上げた分隊長に対して公麻呂はゆっくりと頷いてみせた。分隊長は目を少し綻ばせ「お願い致します」というようにわずかに頭を下げた。

その後、分隊長はすぐに師に対し正対すると深々と腰を折って礼をした。相手から目を離す礼等は果たし合い等の勝負においては決して見られない作法であった。師もまたそれに対し丁寧に礼を返したのである。まさしく師弟の稽古と言える光景であった。しかし、顔を上げた分隊長の顔と眼光は一変していた。さらに気迫のこもった構えからは隙を見いだすことができなかった。剣客達の目から見ても一廉と言える剣技の持ち主であることがわかった。それは実際に立ち合った師が一番感じたことであった。その剣技は七位『仮目録位』の「七太刀」、「二十七箇条截相」をそれなりに駆使したものであった。それは真の陰流の師から教わっていないためやむを得ないと言えよう。師はそれに対し真の「七太刀と二十七箇条截相」を伝授し、八位『目録位』である「奥義之太刀」、「燕飛六箇之太刀」を振るって見せた。その技も分隊長は乾いた砂地が水を吸うように身に着けたのである。師はさらに九位『外伝位』の「天狗抄太刀数構八」を教授した。そして「四・スゥー（皆伝）」と発し、奥義の一つである「猿飛」で刀を薙いだ。その時発した師の切なさそうな声は、師の苦悩の叫びのように思えた。また、時間があり、誰もいなければ師は最高位である「極伝」も伝授したかったのである。そして地に伏した弟子の目を見て「猿飛」は確かに「会得」したと言っているように思えた。師は「スー・ハン（四半）」と亡骸に向かってつぶやいた。濁音のないと言われる中国語の発音で、多分意味が通じたであろう。

分隊長の亡骸は若者と公麻呂が運んだ。運び終えると若者は公麻呂にお礼を述べてから師の前に立ち皆と同じように名前を名乗ってから頭を下げた。その目はすでに心が決まっていると言っていた。若者は刀を抜くと下段に構えた。それは『三位・大転位』の「下段八勢」と思えるものであった。また面相は鬼面ではなく、泣いているような猿面に変わっていた。さらに刀は後ろに引いて構えていた。眼光は鋭く迷い等は全く感じられなかった。反対に師の鳥谷部の顔には苦渋が満ちあふれていた。悪行を行ったとは言え、最下級の新兵ではどうすることもできなかったであろう。しかし、陰流の総師として弟子達を士として全うしてやることも私の務めだと感情に蓋をして心に決した。流派を預かる者の宿命である。

師は『入門』の「参学円之太刀」から始まり、『四位小転位』の「小転返十三勢」までの基本を丁寧に教授した。伝授し終えると師は「後は天で皆に教わりなさい」と目で伝え、「アル、中伝」と叫び、秘太刀「山陰」を振るった。師は誰の手も借りずに若者の亡骸を運んだ。師は若者が見せた「猿面」と、刀を後ろに引く刀法に、分隊長達とは異なる師がいることを察した。

埋葬のために並べられた十一名の亡骸に皆は手を合わせた。十一名の顔はいずれも穏やかであった。何の罪科もない善良なロシアの市民達を殺し、そして略奪したのである。さらに若い女性達を拐かすことは、この十一名の剣士達にとって堪えがたいことであった。それを忘れるために剣術に没頭したと言える。そして偶然にも心の支えとする剣技の礎である陰流総師範・鳥谷部健司郎に出会い、真の士の道を生きるために死したのである。中国の剣術にとってかけがえのない人材を失ったと言えよう。もしこの者達が士の精神と剣術を指導したとしたら、中国の剣術をはじめ武術全般までも隆盛を極めたであろう。そして日本の武士達を脅かす存在になっていたと思われる。そんな十一人の剣士達を愛刀と共に見晴らしの良い場所に埋葬した。松本が葬り去った六名とは場所を異にした。同じなのはいずれも墓標を立てなかったことである。十一人の弟子達の名前は師・鳥谷部の心に刻み込まれた。それと共に鳥谷部の懐には十一人の鞘の下げ緒の切れ端がしまい込まれた。いつの日か自分も入るであろう墓に入れるつもりであった。

埋葬を終え勝負の後始末をしていると二騎の騎馬兵と若い二人の狩人が手綱をとる一台の幌馬車が到着した。幌馬車の中から降りたのはプラトと三人の狩人達であった。プラトが呼びに行って一刻も経っていなかった。降り立った三人はロベジノエの猟師達の主と呼ばれる存在の者達であった。その三人は公麻呂の前に来ると丁寧に頭を下げお礼を述べた。その三人と二人馭者、そして騎馬兵二人はすでにプラトから大凡の事情を聞いていた。立ち上がった猟師達は周囲を見回して首を傾げた。それはプラトから二十名近くの強盗団がいることを聞いていたからである。であるのにその者達の姿や気配がなかったからである。駁者の一人がプラトにこっそりと耳打ちして尋ねた。プラトは両手を合わせ祈る格好をした。それを見た狩人達は首をすくめて天を仰いで手を合わせた。

冥福を祈り終えた猟師達は毛皮の積まれた馬車に駆け寄った。そして「何だこの積み方は。亡くなった獣達に悪いだろう」とぼやきながら積み替えをはじめた。その手際良さと素早さに剣客達は手を貸そうにも手を貸すどころか手を出すことすらできなかったのである。それは彼らが一本一本の指の先までも神経を集中させて扱っていることがわかったためである。

素人には到底ついていける代物でなかったためである。そんな山積みの毛皮の積み替えは半刻も要さなかった。積み替えを終えると五人は公麻呂の前に来て両手をついてお礼を述べた。そして「この毛皮は全部我々から奪った物です」と話した。さらに驚いたのは馬や馬車までもが盗んだものであった。馬や馬車には持ち主の焼き鏝の痕があった。

兵や狩人達が帰るに際して公麻呂は、馬や馬車は持ち主に返し、毛皮は隊長に渡し、先と同じように扱うようにと頼んだ。その後にノブは「早く帰らないと雨に遭いますよ」と言うと、三人の主達は曇り空を仰いでから不思議そうに「クワクワ」の泣き声を聞いたのかとノブに尋ねた。ノブが真剣な顔で首を振ると三人は「冗談、冗談」と言って雨は降らないよと自信ありげに答えた。そしてクワクワは蛙（リグーシカ・リャグーシカ）の泣き声だと教えてくれた。

公麻呂達は見送るとすぐにプラトを先頭に出発し、見張りをしていたアントンと合流した。それから一行は一本松亭に続くという雑草だらけの道を進んだ。雑草をかき分けると確かに轍が確認できた。けもの道よりは歩きやすいと思われたが、意外にも見えない轍に足を取られたり、左右から生える木々や葉に邪魔され容易に歩くことができなかった。それは通行が少ないことを物語っていた。先行する女性達を乗せた馬車も難行していることが予想された。また木々により見通しが悪いため一考が警戒のために先頭に加わっていた。そんな一考が急に立ち止まり「馬が来る。それも二頭のようだ」と皆に伝えた。狩人のアントンでさえも気づかなかった。皆が息を殺して待っていると、前方から馬の嘶きが微かに聞こえてきた。馬の蹄の音は雑草と周りの木々によって完全に掻き消されていた。

やがて前方に馬の姿が現れると一考はアントンを脇に押しやり馬に向かって疾走した。一考の足音も聞こえることはなかった。馬面まで二間（約三・六メートル）と迫った時、一考は馬に向かって飛び跳ねた。それに気づいたのは先頭の馬だけであった。馬は一考のあまりの形相に前足を突きだしつんのめるように立ち止まった。当然馬体は前方が低くなっていた。一考は跳躍しながら抜刀し、峰に返して右手一本で男の首を薙いだ。その勢いのまま空中で左手に持ち替えると後方の馬上の男の首を左手一本で薙ぎ払った。首をなぎ払われ折られた男二人は「ごめんなさい」というようにコクンと頭を下げると、前に投げ出されるように柔らかな雑草の上に落下した。一考の心配りであった。一方の一考は空中で一回転すると音もなく着地し刀を納めた。

一考は軽く息を吐くと、二頭の馬の手綱をとり首に手を当て「脅かして悪かった」と謝った。すでに一考の顔は元の優しいものに戻っていた。先頭の馬ははじめ一考が凄まじい形相で向かって来るのを見て驚いたのではない。動物は本能として相手の本性を見抜くことができるため、一考の心の正しさと優しさをわかっていたため驚かなかった。驚いたのは人間にあるまじき「雪豹」のような俊敏さである。

後から来たアントンとプラトは、横たわっている二人が絶命しているのを知ると、驚いてその場に腰を下ろした。本当は腰を抜かしたのである。その腰を下ろしたアントンの後ろから、先頭にいた馬がアントンの頭や首に鼻を当てた。まるで臭いを嗅いでいるように映った。それに気づいたアントンが振り向いて、目の前にある馬の顔を見た。そして突然「ワッ！　ワッ！」と声を上げて立ち上がろうとしたが「腰が……」と、立ち上がることができなかった。それがわかっているかのように馬はアントンの前につかまりなさいと言うように首をつき出した。アントンが頷いて馬の首に手をかけると、馬はゆっくりと引き上げてくれた。立ち上がるとアントンは首に抱きついたまま泣きだした。そして一考やプラトに聞こえるように「この！　この馬は俺んちの馬です」と何度も何度も叫んだ。そんなアントンに対し、さらにもう一頭の小柄な馬が後ろからアントンの二の腕を噛んだ。アントンは振り向いて馬を見つめた。まるでにらめっこしているようであった。アントンは前の馬の首から手を放し、振り向いて何か叫ぼうとしたが声にはならなかった。しかし両腕は小柄な馬の首をしっかりと抱きしめていた。アントンは涙と鼻水まみれの顔を馬にくっつけて、綺麗とは言えないが美しい光景であった。そして「俺の馬だ！　俺の馬だぞ！」と何度の何度も繰り返し口ずさんでいた。

一鳴き、二鳴きした後で、アントンは二頭の馬の首に手をかけて皆に向かって「二頭の耳を見てください。この切り込みは我が家の目印なんです。そしてこの仔（馬）は俺のなんです」と興奮したように話した。そして二人の遺体を埋葬した後、馬を連れて歩きながら馬の親子について語った。

馬の親子が盗まれたのは、子馬が生まれて数ヵ月の時であった。それは調教のため放牧していて盗まれたのである。子馬はアントンの馬になる予定であった。アントンは嬉しくて夜も離れずに馬の親子と一緒に納屋で寝ていたと話した。耳の切り跡（耳切り）は、焼印であればその上から別の焼き鏝で焼かれると前の烙印が判別ができなくなるためアントンの部落では耳切りをしていると話した。また、この馬の親子の様子を見れば、一目瞭然で誰が飼い主であるのかわかるであろう。

弾むように喜びを表して歩くアントンよりも、馬の親子の方が喜んでいるように思えた。それは馬の親子がハミングしているかのよう見えたからである。「坂道だから歯を見せているんだ」と言えばそれはそうである。しかし馬の親子はアントンの言葉を理解しているように思えた。そんなアントン達を最後尾に従えて進んだ。アントンは馬達の手綱をとることはなかったが、馬達は黙ってアントンに付いて歩いていたのである。

先頭は小笠原とプラトに代わっていた。そして一刻ほど歩いた時、小笠原が急に立ち止まりプラトを制した。それに倣い後方の公麻呂達も足を止めた。その時プラトはすぐに後方に目をやった。すでに立ち止まっていたアントンの馬達は、揃って「心配要らないよ」と言うようにツンと他所を見た。プラトはそれを見て「ごめん」と頭を下げた。

その後にアントンは足音を立てずに先頭の小笠原の下に走り寄り、身振りで「様子を見て来ます」と承諾を求めた。小笠原が心配そうに馬に目を向けるとアントンは、すぐに馬の所に駆け戻り調教をして見せた。アントンが「ゆっくり歩け」と言えば抜き足のように歩き、「止まれ」と言えば誰が引っ張っても動くことはなかった。アントンは「忘れていなかった」ことを喜び、胸を張って皆を見回した。皆から称賛の目を向けられてアントンは雑木林の中に姿を消した。

待つこと暫し、アントンはひょっこりと皆の前に姿を現した。馬達はアントンの来る方向がわかっていたかのように、プラトとは反対の方向を見ていた。アントンは「馬車は三百メートルほどです。悪路と上り坂のため馭者一人と女性以外は皆馬車を下りて押していた」と伝えた。また小隊長が「一刻半（三時間）ほどで宿（一本松亭）に着く。そしたら廣酒でも白酒でも存分に飲ませてやる」と話していたことも伝えた。一本松亭には午後七時ごろに着くことがわかった。アントンの報告はノブを介さなくてもジェスチャーで半分は理解できるようになった。その時アントンは三百メートル先の馬車の存在を感じ取った小笠原の研ぎすまされた感性に脱帽した（※「廣酒」・通常食べる「うるち米」から造られる醸造酒で、代表されるのが紹興酒である。「白酒」・高粱、トウモロコシ、黍、麦などの雑穀から造られる蒸留酒で、代表されるのが焼酒や火酒である）。

報告し終えたアントンは今度は小笠原を伴って雑木の林の中に消えた。二人は公麻呂の指示を受け一本松亭の兵舎に向かったのである。残った者達の先頭に立ったのは一考と親馬であった。最後尾は子の馬とプラトであった。そんな一行が半刻ほど歩いた時親馬の足がピタリと止まり一考を見た。一考もまた足を止めて馬を見ていた。二人が人間であったとすれば、目線が合った時互いに「お主中々やるな」と言葉を交わしていたであろう。しかし、この両者は言葉がなくても意思が伝わったように感じられた。

　その後一行は前の馬車につかず離れず間合いをとって、アントン達が帰って来るのを待ちながら歩いた。この間合いであれば前を歩く者達に気づかれる心配がなかったからである。やがて待ちに待ったアントンと小笠原が戻って来た。帰ってきた二人はまっすぐに公麻呂の下に行き報告を行った。馬達はこれを見てもやきもちを焼かなかった。馬達は本能でこの中で一番偉いのは公麻呂であることをわかっていたのである。

　小笠原は「一本松亭までおよそ五百メートルある。そこは急な登り坂の中腹にあった。建物には『琿春支隊』と書かれた看板があった」と話した（※支隊とはロシアの分遣隊と同じ意）。公麻呂はこれを聞くとすぐに馬車が宿舎に着く前に決着を付けると決断し皆に伝えた。アントンに「ここで後から来る人達（騎馬兵と狩人）を待って、一緒に来てもらいたい」と話した。アントンは「私も一緒に連れて行って欲しい」と頼もうとした時後ろから諫めるように、「イゴゴ」と馬の嘶きが聞こえた。アントンは後ろを振り向き馬達に「わかったよ」と言って頼むことを止めた。

　作戦を伝え終えると小笠原を先頭に侍達が走り出した。侍達の足音を立てない走りを見て馬達は目で獣よりも凄い人達がいるとアントンに訴えた。アントンもまた「俺も未だに信じられないんだ」と馬達に呟いた。

　そしてアントンは最後尾にいるはずのプラトの姿がないのに気がついた。その時プラトはその場に残って必至に指を折って数えていた。アントンはそれを見て訝しく思い、プラトに「どうしたのですか」と尋ねると、プラトは「六百を数えてから追い駆けるのだ」と答えた。六百を数えるのに要する時間は通常であれば十分ということになる。その十分の間に日本の侍達は決着をつけると言っているのである。聞いたアントンは全く信じられないことであり身震いさえも覚えていた。一方プラトは剣客達の凄さを知っているため焦っていた。それは出発の時隊長に「オモテストクの兵士として命を賭けて頑張ります」と誓ったこともあるが、心の片隅には見たいという願望も多少はあったと思われる。そんなプラトの指を折って数える速さは凄まじく速いものであった。半分ほどの時間で数え終えたプラトはアントン達に向かってお先にと敬礼して駆け出した。見送るアントンや馬達にはプラトの後ろ姿が頼もしく思えた。

プラトが出発してから間もなくアントンや馬達は後方から人や馬の気配を感じとった。アントンは素早く二頭の馬と共に雑木の茂みに隠れた。アントンが息を殺して見守っていると大きな馬（親馬）が、長い鼻をアントンの耳元に寄せて、大丈夫と言うように小さく鼻を鳴らした。

やがて前方に見覚えのあるアンドレー隊長が馬に跨がり姿を現した。その後ろには馬に乗った兵士二人と二人の猟師の姿があった。兵や猟師の人数は公麻呂が予想し言った通りであった。アントン達は茂みから出て隊長達を出迎えた。そして不思議がる四人に対しアントンは事情を説明した。するとアンドレー隊長は「知っておられましたか。恐ろしいお方です」と感嘆し身を震わせていた。そして一行はすぐに公麻呂達の後を追った。

公麻呂達が馬車に追いついたのは、最後の難関と言える坂道の手前であった。一息入れて出発しようとしているところであった。公麻呂達は打ち合わせた通り左右に分かれ雑木林に入り一斉に馬車の前に飛び出した。最初に公麻呂は先頭の馬に跨がる小隊長に向かって跳躍し小隊長の首を薙ぎ払った。刀は峰に返されていたため首は飛ぶことはなかったがへし折れ即死した。血を見せ女性達を怖がらせないためであった。馬は何も知らぬげに亡骸を乗せたまま歩んでいた。

公麻呂の跳躍が合図のように剣客達は一斉にそれぞれの相手に向かって攻撃しはじめた。小笠原は馬車の後方で馬に跨がる分隊長に向かって跳躍し、馬を飛び越えざまに刀を一閃させて着地した。瞬く間の早業で音を立てることもなかった。小隊長と同じ様に首を折られた分隊長は何があったのかもわからないまま昇天したのである。しかし驚くのはそればかりではなかった。小笠原は着地すると同時に身体を反転させると、再度跳躍し馬車の後部に立っている二人に向かって刀を一閃させた。馬車の後部を左から右に抜ける跳躍であった。二人の男達は分隊長の異変に全く気づくことなく共にあの世に旅立ったのである。

二人が気づかなかったのは、小笠原が気合いを発することなく、音を立てずに刀を振るい着地したためである。さらに馬から落ちた分隊長の身体を数多の雑草が優しく受け止めてくれたためであった。後ろで見ていた分隊長の馬でさえも小笠原の跳躍と剣技を目に留めることができなかったのである。

小笠原が一振りで二人の首を打ち据えた剣技は小野派一刀流「斬り落とし」であった。公麻呂の指図の通り刀の峰を返していたため二人の首は落ちることはなかったが、身体は左右に分かれて雑草の布団の上に気持ちよさそうに転げ落ちた。

一考は馬車の左側に飛び出すと、徒歩で付き添う男達の首を打ち据えて絶命させた。一考が手にしていたのは刀ではなく生木の枝であった。まさしく示現流の豪快な剣技である。

その時一考の反対の右側では、松本が対照的に蝶が舞うように華麗な剣捌きで付き添う二人の男達の首を打ち据え屠っていた。

鳥谷部は公麻呂が飛び出すと同時に、手綱を取る馭者と補助者に向かって跳躍し、反対側に着地した。馭者達の前を音もなく飛び越えたのである。馬車を引く馬でさえも気づかなかった。その跳躍の間に鳥谷部は鞘の鐺で二人の男の咽の骨を突き砕いていたのであった。二人の男はのけぞり帆に寄りかかるように絶命した。当然手綱は引かれたため馬車は急停止した。勢い余った二人は左右に分かれ転げ落ちた。多分そこまで計算済みであったと思われる。

誰もいなくなった馭者台にはいつの間にかノブが座って手綱を握っていた。馬車が止まると呼応したように前を歩く小隊長の馬も立ち止まった。それに合わせるように小隊長の身体は皆と同じように落下し雑草の中に吸い込まれた。

この女性奪還計画は公麻呂の一撃から始まって、ノブの手綱を取ったところで幕が閉じたと言えよう。その要した時間はほんの僅かで、かつ沈黙の中で行われたため幌馬車の中の女性達が気づかなかったことも頷けよう。強いて異変と言えるのは小隊長や分隊長の忙しない叱咤や小言が聞こえなくなったことである。公麻呂達はその後も無言のまま手分けして一名の亡骸を埋葬した。周りには大小の洞穴や窪地があったため労なく終えることができた。跡には墓標や碑を建てることはなかったが、ノブが見つけてきて植えた真っ赤な曼珠沙華の一株に向かって皆は手を合わせた。

そして公麻呂達が幌馬車に戻ると、プラトが駆け足で向かって来るのが見えた。プラトは公麻呂達に気づかず左手を腰の剣に当て、右手はしっかりと柄を握りいつでも抜刀できる態勢であった。その顔は恐怖と緊張からか引きつって見えた。そして公麻呂達に気づくと気が抜けたようにその場にしゃがみ込んで喘ぎはじめた。いかにプラトが緊張していたかが窺い知れる。プラトに近寄り落ち着くのを待っていると、今度は後続のアントンやアンドレー達が馬に乗って到着した。アンドレーは遠くから公麻呂達の様子を見た時、すでに決着がついていることを覚った。そして皆の傍らに座り込むプラトを見て負傷したものと思い馬から飛び降りて駆け寄った。アンドレーは無傷であることがわかると笑顔で抱き起こし「良くやった」と労った。プラトは首と手を必死に振って否定した。平静な公麻呂達に比べてプラト一人だけが「全身汗まみれで喘ぐ姿」を見れば活躍したと思うのは当然であろう。

喜劇的な一コマの後は全員で幌馬車の周りに集まった。はじめ幌の中に入ったのはノブであった。女性達は皆疲れ果てたようにして顔を伏せていた。ノブが流暢なロシア語で話しかけると何人かの女性は億劫そうな眼差しでノブを見た。無気力な目はへんてこりんな格好（丁髷に和服姿）とノブの顔を見て興味を持ちはじめたようである。それは目の輝きにも現れていた。

その時公麻呂が姿を見せた。目だけを向けていた女性達は緊張が走ったように、身繕いをしながら跳ね起きた。その緊張感は伏している女性達にも電波のように伝わり全員が起き上がった。そして大きな目を見開き、公麻呂を見つめていた。これは女性の性であり、特に若い女性は強いようである。

ノブは改めて状況を説明した。そして公麻呂が懐から取り出した女王の勅書を皆に示した。女性達はその勅書を見ようともせずに「スバシィーバ、バリショイエ　スバシィーバ（本当にありがとう）」と言いながら我先に公麻呂に抱きついた。これは女性達の素直な感謝の表現なので公麻呂はあえて避けようとはしなかったのである。

公麻呂が前後左右から女性達にしがみつかれ身動きがとれないのを見てノブは「一人くらいは……」と思ったりもした。しかし、すぐに「公麻呂殿には俺にはない気品と……というやつがあるからな〜ウンウン」と一人納得し、「それにしても西洋の女性は日本の女性と違って何て積極的なんだ」と呆れと羨ましさが交じった顔で眺めていた。

そんなノブに外から声が掛かった。それは「ノフさん。ノフさん」と申し訳なさそうに呼ぶアントンの声であった。ノブが幌馬車から顔を出すとアントンが傍に来て「アグーニア。アグーニアは……？」とすがるような眼差しで尋ねた。ノブが「すまん」と頭を下げたのを見てアントンはガックリと力が抜けたように両膝をついた。ノブはそれを見て慌てて「女性達が興奮しているので聞くことができなかった」と言って謝った。するとアントンの目が再び輝きだしたのである。そして跪いたまま両手を合わせてノブを見つめた。

ノブは頷くとすぐに中に入って「この中にアグーニャさん。おられますか」とロシア語で尋ねた。すると少し間をおいてから「ダー！（ハイ）」と小さな返事が返ってきた。しかしその声は外にまで届く返事ではなかった。声の主は公麻呂の首を表面から抱きかかえていた愛くるしい少女であった。少女は僅かに顔をノブの方を向けただけで両腕は公麻呂の首に抱きついたままであった。ノブがアントンが来ていることを伝えると、少女はやっと両腕をほどいたが公麻呂の傍を離れようとはしなかった。公麻呂がアントンに中に入るようにとノブに伝えた。中に入るように言われたアントンは馬車には飛び乗ったが中までは入ろうとはしなかった。その気持ちは男性であれば理解できるであろう。

アントンは薄暗い幌の中にそっと頭だけを入れて「アグーニア。アグーニア！」と囁くように呼んだ。その声は願いと不安が混じったものであった。少女はその声を聞いて公麻呂からは離れたが、すぐにアントンに駆け寄ろうとはしなかった。そしてアントンが幌の中に入って切羽詰まって神に祈るかのようにに「アグーニャ」と呼んだ。少女はそれを待っていたかのように「アントン」と叫ぶと駆け寄り抱きついた。ノブには芝居の情景のように思えた。それも最高潮の場面のように映ったのである。これはアグーニャの演技・演出ではなく、受け身の立場にある女性達の生まれながらに持つ本能と言えるものであろう。感動シーンに圧倒されて公麻呂はやっと女性達からは解放されたのである。

その後で皆と話し合い、この場から女性達をロベジノエに連れ帰ることになった。その要因となったのは警護にあたる後続の騎馬兵達が到着したことと、この国の夏は白夜のためである。さらにアントンの馬の親子がこの道に精通していたためである。

ロベジノエに向け馬車の向きを変え終えると、親馬は馬車を引いている馬の横に行き動こうとはしなかった。アントンは親馬に駆け寄り馬車を引いていた馬に目を向けた。馬は気丈な目つきで立ってはいたが、四肢に痙攣が見られ、呼吸が異常に感じられた。さらに首に手を当てると馬に慣れたアントンにはその異常さがはっきりと伝わってきた。馬は酷使による疲労と栄養不足が原因と思われた。アントンはすぐに公麻呂とアンドレー隊長に話し小隊長と分隊長の馬を調べた。するとその二頭の馬達も限界に近かいほどに疲れていることがわかった。二頭の馬は親子の馬に比べ長い間酷使されていたためであると思われる。気丈にもそれを態度に出さなかったのは馬達が本能的に役に立たなくなれば屠殺されることを知っていたためである。またこの馬達も刻まれた目印で盗まれた馬達であることがわかった。アントンの親馬は希望通り馬車を引くことになった。左右の轅の前端に渡された軛を外された馬は、代わって軛を付けられた親馬の首に何度も鼻面をくっつけ、まるでお礼を述べているかのように映った（※轅《ながえ》—馬車・牛車の前方に長く出た平行な二本の棒。※軛《くびき》—左右の轅の前端に渡すように取り付けられた物で、それを馬や牛につないで車を引かせる物）。

公麻呂はプラトに「皆さんと一緒に帰隊しても良い」と話すと、プラトは血相を変えて「一緒に連れて行ってください」と言ってその場に土下座した。公麻呂は一本松亭までの道のりはすでに小笠原も知っているため、アンドレー達に心配を掛けまいとしたためであった。それを見て隊長をはじめ部下の騎馬兵達も揃ってプラトの傍に来てプラトの同行を頼んだ。本来であれば兵士としてプラトに代わって自国民の女性達を救助したかったのであるがそれを口にすることはなかった。さらにアントンやアントンの馬達も加わりそうになったので公麻呂は「わかりました。よろしくお願いします」と同行を許可した。

立ち上がったプラトの手を取って仲間の兵達が「君は栄誉あるオモテストクの兵士を代表して我が国の女性達を救助に行くのだから生きて帰ろうとは思うなよ。後のことは隊長はじめ我々が面倒を見るから心配しないで死ぬんだぞ」と脅しとも冗談とも思える言葉で激励した。

また隊長のアンドレーは「オモテストクの兵士（騎士）の魂を忘れずに最善を尽くして欲しい」と言った。これに対してプラトは「私は騎士の魂は知りませんが、オモテストクの兵士として恥ずかしくないように死にます」と答えた。兵達は「なんだ。知っているんじゃないか」と呟いていた。

公麻呂は別れに際しアンドレーに「半刻ほどで一本松亭に着くと思います。そこに女性達がいれば救助して圏山村に連れて行きます。そこで櫛引丸で来る別動隊と合流し、圏山村の拠点を捜索・急襲するつもりです。女性達（オモテストク人と日本人）がいれば助け出し一緒に船で女王陛下の下に行きます」と伝えた。アンドレーに「これ以上迎えに来る必要はない」との意もあった。

その傍らでは同行を許されて意気の上がるプラトが、仲間の兵達に「たとえ一本松亭に拐かされた女達が一人もいなかったとしても、そこにいる男達を絶対に許さないから」と、あたかも自分が制裁を加えるかのように胸を張って語っていた。それを聞いていた兵達は「頼むぞ」と言った後に「頼むからお前は先生方の邪魔だけはするなよ」と嗜めた。プラトは大きな声で「ハイ」と返事をして皆を笑わせた。

アントンの仔馬は幌馬車を引く親馬の前に立っていた。さも「自分が道案内するからアントンに乗って」と言っているように思えた。それを見てアントンはアンドレー隊長に話し先頭を受けもつことになった。仔馬のところに戻ったアントンは「帰ったら久しぶりに一緒に寝てやるからな」と話し馬に跨がり「出発進行」と声を発した。また三頭の疲れきった馬達は放されたままであったが出発すると馬車の後ろについて歩きだした。その後ろ姿は喜び弾んでいるように見えた。

見送りを終えた公麻呂達一行は、一考を先頭に上り坂をものともせず歩きはじめた。最後尾のプラトは今更ながら「恐ろしい人達だ」と感嘆しながら歯を食いしばって歩いていた。公麻呂達は到着が遅い馬車を心配して偵察隊が出る前に到着したかったのである。そのため半刻も経たずに到着することができたのである。その建物（兵舎）の門には一枚の薄汚れた看板が掛けてあった。そこには大きく「琿春支隊」と書かれていた。また建物の入口を良く見ると、「一本松亭支所」と書かれた小さな板が打ちつけてあった。これを見てオモテストクで言えば分遣隊の出先にあたる派出所と同等のものであることがわかった。常駐の人員は二、三人から一個分隊十一名位とまちまちである。さらに一本松亭は拐かしの拠点でもあるため搬送の要員もいるためその数は全く不明である。

公麻呂達は全員で女性達を無事に救出するために兵達の数を調べることにした。その結果十四名位であろうと判断した。その内訳は「本部付」の腕章をした中隊長、その補佐役の士官一人と伝令の兵一名、さらにこの支所の人員十一名を加えるとおよそ十四名である。本部付中隊長は主に本部内部において業務を掌るものであるが、この支隊のように女性達を監視する「看守業務」は本部付の分掌事務に該当するのである。この支隊の兵達は本部直轄の兵士達であることがわかった。また本部付中隊長は責任者として女性達を搬送するために来ていると思われた。それらの状況や中の様子から見て建物の内には女性達が監禁されていることが明らかとなった。

監禁されている場所は建物の外周を回ってすぐにわかった。その場所は建物の両側にあった。部屋には小さな窓が一つしかなくその窓には鉄格子がはめられており部屋の壁と屋根は石で囲まれていた。松本が二つの部屋の窓によじ登り中を見ると一方は空部屋で、他方の部屋は女性達がいたがすでに就寝していた。

松本の話を聞いて公麻呂はすぐに皆を集め「今から決行することにします」と言い、さらに「女性達のために建物の中は血で汚さないでいただきたい」と頼んだ。そしてタイ捨流には「延髄蹴り」という『盆の窪』を蹴る技があることを話した。これは一蹴りで相手を死に至らしめる必殺の技である。するとすぐに松本が「公麻呂殿がオモテストクの騎士と対戦なされた時に相手の膝裏を蹴った時の要領で盆の窪を打つということですね」と言った。公磨呂は笑顔で頷いてみせた。剣客達には説明する必要がなかった。ノブはこのことをプラトに話すとプラトは「盆の窪ってどこ？」と聞き返した。ノブは盆の窪に手をやり教えてから「プラトと私はあなたの同僚達から言われた通り邪魔にならないように手出しは控えようね」と諭した。

その時兵舎の戸が開き中隊長付きの士官と苗刀を腰に差した支隊の分隊長が出てきて、下の方を見つめながら何事かを話し合っていた。幌馬車の到着が遅いことを話し合っているように思えた。やがて二人は何かを決心したような素振りで建物に戻りはじめた。それを見て松本が二人に向かって疾走し、飛び越えながら身体を捻り両足で二人の盆の窪を同時に打ち据えて音もなく着地した。それを見てノブは倒れた兵達の下に駆け寄って見ると二人は大きく目を見開きすでに事切れていた。幸子郎はすぐに公麻呂に目を向けた。公麻呂は静かに頷いてみせた。タイ捨流秘伝の一つ「延髄蹴り」を会得したことを伝えたのである。その時プラトは呆然とした様子で立ちつくし両足は震えていた。剣客は他流の技であっても一見すればその技の粗方を理解することができるのである。また、公麻呂はこの異国の地において、互いの技を知ることが日本の剣術の進歩・発展に繋がることを願っていたのである。

ノブは「残るのは十二名か」とつぶやいた時、いずこからか木の葉の舞い散る音がした。その数は一、二枚ほどであろう。それを聞き取ったのは剣客達だけであった。本来この微かな音を聞き取れるのは、野生において最も弱い（警戒心の強い）立場の動物くらいである。

その音を立てた主は剣客の小笠原と鳥谷部であった。二人は飛び上がると、五メートルほどの高さにある松の枝を切り落とし手頃な木刀に仕上げた。その木刀の先端には握り拳ほどの瘤が付いていた。二人は身長と刀と手の長さからして二メートルは飛び跳ねたことになる。それで葉っぱ一枚が落下したほどの音しか出さなかったのである。プラトは耳にすることも、目にすることもなかった。ただ後で切り立ての瘤付きの木刀を不思議そうに見ていた。

その後、小笠原を先頭に正面の扉から堂々と中に入った。そこは兵達の待機場所で八人の兵士（看守兵七名に伝令の兵一名）達が椅子に腰を掛けていた。しかし兵達のくつろいでいる表情は見られなかった。それは本部付中隊長が在所しているためであった。伝令の腕章をした兵や他の七人も皆腰に『桃氏剣』を帯びていた（※「桃氏剣・青銅の剣で柄と刀身が一体となったもの。柄の頭は漏斗型で、鍔は菱形である。そのままでは持ちにくいため柄の部分に縄等を巻いて使用した）。

八人の兵達の剣の柄には本部直轄の兵であることを表す『薄紫』の紐が巻かれていた（※古くは皇帝は紫の衣服を身につけていた。しかし、「五行思想」の普及に伴い、五行で言う「黄色」は中央の色を表し黄龍を指すのである。また「龍」は皇帝を象徴するもので黄色に変わったと言われている。また黄〈ホウアン・huang〉と皇〈ホウアン〉の拼音《ピンイン》〈発音〉が同じだからとの説もある）。

その名残もあり本部直轄の兵達は紫の色にこだわって使っているのである。さりながら格式の高い濃い紫の色は使うことができず薄紫の色を用いたのである。

中に立ち入った小笠原と鳥谷部は左右に分かれると足音も立てずに流れるように八人の兵達の後ろを駆け抜けた。駆け抜けた二人が振り向くと、左右に四人ずつ座って話していた兵達が、揃って前の長テーブルに突っ伏して仲良く居眠りをしているように映った。その光景を入ったばかりのプラトが目にした。その兵達のところに小笠原達二人が近寄り生死を確かめていた。それをプラトは口に手をあてて心配そうに見つめていた。二人が瘤のある棒で狙い違わずに八人の盆の窪を打ち据え即死させていたことをプラトは知らなかったのである。たとえプラトが早く入って来ていたとしても目には留まらなかったと思われる。

そんな小笠原と鳥谷部を横目で見ながら一考は棒切れを片手に奥の扉の前に立った。その部屋からは空きっ腹には耐えがたい良い匂いが漂ってきた。扉の隙間から中を覗くと食事当番と思われる三人の男達が忙しげに働いていた。三人は馬車で帰ってくる小隊長一行や女性達のための食事の準備をしていたと思われる。一考は振り向いて三本の指を立てて中に三人いることを公麻呂達に知らせ、さらに一人で打ち込む旨を伝えた。そして一考は静かに扉を押し開くと三人だけに聞こえるように「チェースト」と声を発しながらテーブルを飛び越えて三人の前に降り立った。三人は揃って顔を上げると一考を見て驚いて目を剥いた。そこに一考の棒の先端が三人のみぞおち（鳩尾や水月とも言う急所）に突き立てられた。三人が前に屈み込んだところをさらに一考は盆の窪に刀で言えば柄頭（把頭）を打ち込んだ。この念の入れようは一考が空腹であることを物語っていた。プラトが厨房の入口に走り寄った時には三人はすでに安らかに眠るように事切れていた。プラトは驚くこともできず、ただ首を傾げながら扉の前に立ち両腕で輪を作り終わったことを知らせた。

幸子郎は一人、左側の女性達が監禁されている部屋の前に立って中の様子を窺っていた。それを見てプラトが走り寄ろうとしてノブに止められた。公麻呂の計算からすれば残っているのは中隊長一名だけのはずであるが、女性達の生死に関わるため慎重に慎重を期していたのである。また本来であれば中には見張りの兵が一名はいるはずである。しかし、見張りの気配は感じられなかった。幸子郎は公麻呂に中に入ることを身振りで知らせて取っ手に手を掛けると鍵が掛けられていないことがわかった。僅かに開けて音もなく中に入った幸子郎はすぐに扉を戻した。誰にも気づかれることはなかった。

部屋の中はさらに木の格子で仕切られ牢獄のようになっていた。その格子の外から熱心に中を監視する者がいた。監視というよりものぞき見といった方が相応しい光景であった。服装からしてまさしく中隊長であった。中隊長は女性（ロシア人の女性）達の寝姿を鼻の下を伸ばし見ていたため幸子郎が入ってきたことに気づくことはなかった。また中隊長は部下達に「入るな」と言明していたため何の心配もなく好奇心を満喫していたのである。幸子郎は机の上に置いてあった鍵を手に取ると中隊長の背後に忍び寄り、口を押さえると同時に盆の窪を鍵で打ち据えた。中隊長は幸いなことに悦のまま昇天したのである。そのことは横たわる顔からもはっきりとわかった。そんな中隊長に幸子郎は手を合わせると優しく抱きかかえ運び出したが女性達には全く気づかれることはなかった。

　これで十四名の方は片付いたが、さらに内外の検索を手分けして行った。検索を終え最後に戻って来たのはプラトであった。プラトは「準備は終わりました」と囁くように公麻呂に報告した。ノブは「普通に話しても大丈夫だよ」と言うとプラトは「本当にもう終わったの。ムー……残念！」と言って皆を笑わせた。その後全員が外に出ると、この国の遅い日没も限界が来たようで、西の空もどんよりとした雲がかかっていた。門の前にはプラトが準備した馬車が停めてあった。その馬車にはプラトが準備した白と黒の布が吊られていたが白だけがやけに威張って見えた。

　十四名の兵達を馬車に乗せプラトが見つけた洞穴に運び埋葬をした。どの亡骸も血糊などもなく容易に終えることができたのである。最後はノブが兵舎にあった火薬を僅かに使って洞穴を塞いだのである。その音は周りに響くことはなかった。皆は兵達の供養のため両手を合わせ、さらに冬眠するための穴を失った動物たちに心で謝っていた。

　建物に戻るとノブとプラトが率先して厨房に入り、他は片付けと打ち合わせを行った。食事はすでにでき上がっていたため、すぐに厨房ではじまることとなった。作っている傍で食べることは非常に合理的であった。流石に中国流である。日本人達にとってははじめての純中華料理と言える。主食は饅頭（餡のない蒸しまんじゅう）である。餅を食べ慣れている日本人達には全く問題はなかった。それがご飯代わりの主食であった。しかし問題は副食のおかず（菜）であった。まずは口から火を吹くかと思うほど辛い豆腐料理（麻婆豆腐）である。一考は「辛いものは大丈夫」と言いながら脂汗をかきながら食べ終えた。プラトはそれを見て「もう一杯」と言うように手を差し出すと「美味いものは一杯だけというのが我が家の家訓でござる」と言って断った。幸子郎は一口食べて「この汁は途中だったんだ。これでは腹の虫も死ぬが我が輩も死ぬ～」と言って鍋いっぱいにお湯を足した。それを見ても誰も止めようとはしなかった。

次は血のような真っ赤な南蛮（唐辛子）に染まった白菜や大根の漬け菜である。恐る恐る口に運んだ鳥谷部は「この国には糠がないんだろうな。だから南蛮を使うんだ。所変われば漬け菜も変わるもんだ」と言って一噛みしただけで飲み込んだ。後は手を出すことはなかった。

この付近は朝鮮国と接し、かつ古くは朝鮮の民も多く住んでいたためその影響が残っているのである。他に鯉の甘酢あんかけや鳥の丸焼き（北京ダック）があった。これは全員が箸を出したと言うよりも、食べることができるのはこれだけであったと言った方が正しいであろう。この料理にしても鯉や北京ダックの皮は食べることはなかった。北京ダックは厨房の上に十羽が吊るされていた。

またテーブルの中央には丸い蓋のかかった大きな皿が三個並べて置かれていた。はじめに好奇心旺盛な小笠原が中央に置かれた一番大きな蓋を持ち上げるとすぐに戻し「野蛮人どもめが。可哀想に」と言い手を合わせると片隅に運んでいった。その中（料理）は「子豚の丸焼き」であった。蓋を戻したときの小笠原の素早さは居合いの如くであったが剣客達はその中身を見のがさなかった。

残った二個は一考と鳥谷部が蓋を取ったが即座に戻し小笠原と同じように厨房の片隅に持っていき並べて置いた。幸子郎はこの様子を見ていてすぐに部屋を出て行って、何枚もの毛布（布）を持って戻って来た。そして三個の皿の上に丁寧に被せた。この様子をノブとプラトは微笑んで眺めていた。そしてプラトは竈に掛けてある鍋の蓋は開けないようにとノブを介して伝えた。その鍋には誰も近づくことはなかった。また幸子郎は吊してある北京ダックが見えないようにと暖簾のように布で囲った。そんな滑稽に思える食事と片付けを終えると見張りの一人を残して就寝に入った。

翌朝は四時に全員が起きて食事を摂った。食事は昨晩と同じく饅頭と綺麗に洗ったキムチと豆腐（麻婆豆腐）の味噌汁?であった。そして食事を終えると女性達の起床となった。

ノブははじめ「チィ、ツウアン（起床）」と中国語で号令を発した。いつもより早い起床に女性達は不満げに起き上がると格子の方に向かって座った。点呼のためであるが全員の目はまだ閉じたままであった。それを見てノブは改めて「パヂョーム！（起床！）」と流暢なロシア語を発した。女性達は驚いたように目を開けると、そこに立ついつもと違う丁髷に和服姿のノブを食い入るように見ていた。そして女性達はノブを不思議そうに見い見いしながら寝具を片付けはじめた。片付け終わり入口の戸が開いていることを知ると女性達は銘々が格子部屋から出て用足し（トイレ・花を摘む）を行った。小用を終えると女性達はノブを取り囲み「アナタハダレ」と胸を突き出すように詰め寄った。さすがのノブも大勢の若き美女達に迫られてプラトに声を掛けた。押っ取り刀（※急な出来事で刀を腰に差す暇も無く手に持ったままでいることを言う。急いで駆けつける形容）で部屋に入ってきたプラトはその様子を見ると大声で「静かに！　私はロベジノエ分遣隊の者である」と叫んだ。それを聞いてプラトの意に反し女性達は失望したようにスゴスゴと部屋に戻って行った。それは分遣隊のイワン隊長や町長のチャイコフスキーが中国兵達の仲間であることを知っていたためである。プラトはすぐに「私は女王陛下の命令で、皆さんを助けに来た者です」と言ったが誰も信じようとはしなかった。

プラトはやむなく公麻呂に応援を求めた。そして公麻呂が部屋に入って来ると女性達の様子は一変し注目をした。プラトはおもむろに「こちらは女王陛下から救助の依頼を受けた責任者の公麻呂様です」と言い、さらに「こちらはノブ様とおっしゃる日本の通訳の方です」と紹介した。そして「私はプラト……」と言おうとした時にはすでに女性達は格子の部屋から飛び出して公麻呂とノブを取り囲み、抱きついたり握手をして感謝の意を表していた。この時プラトは「一人ぐらいは……」と先のノブのように呟いていた。

プラトは女性達に「皆さん！　早く洗面と着替えを終えて朝食にしましょう」と叫んだ。この騒ぎを聞きつけて一考が駆けつけた。それを見てノブは「大丈夫。今プラトが洗面の後、食事だと言ったから」と言った。案の定ノブが言ったように女性達はすぐに静かになり洗面に向かった。そんな女性達を見て一考は「あれで化粧していないのか。白粉を付けた女より白いのに」と眩しげに眺めていた。

女性達の洗面と着替えは早くすぐに厨房に向かった。当然厨房に入るのははじめてである。その人数は二十人であった。朝食は昨夜からの残り物である。残り物とは言え残った物の量が断然に多かった。女性達の給仕に当たるのはノブと幸子郎であった。幸子郎は「これは私が手を加えたものです」と言って配膳した。ノブがそのことを説明すると女性達は納得した様子で口に運んでいた。なんと心優しい女性達だろうとノブは思った。しかし、さしもの女性達も饅頭と味のないキムチと豆腐のスープでは物足りなさを感じた。一人が「お肉があればね」とノブに甘えるように囁いた。ノブは夕べ隠した肉料理を出すことにして、すぐに剣客達に声をかけた。そのことを知った公麻呂はプラトに手伝いを頼んだのである。プラトは女性達から信頼されていないと知り「いじけ」ではなく気落ちしていたのである。そんなプラトを勇気づけるためと真のプラトを知ってもらうためにもプラトに頼んだと言える。

プラトが厨房に入って来るとテーブルの上を見て驚いて、すぐに竈の前に駆け寄り吊されていた八羽の北京ダックを皿に載せて女性達に出したのである。厨房は女性達の歓声で沸き返り、プラトの信頼は一気に上がった。剣客達その脇であんなに食べられるわけがないだろうと呆れ顔で見ていた。しかし八羽はあっと言う間に骨だけになってしまった。それも骨には欠片も付いてはいなかった。剣客達は夕べ全員で二羽を食べ切ることができなかったのである。剣客達が驚くのは当然であった。

また一考は女性達が皮から先に食べるのを見て「美味しい物は最後に残して食べるのはどこも同じだ」とほのぼのとした思いで見とれていた。さらに後で子豚の丸焼きの皮から食べはじめるのを見て確信に変わった。

女性達の食欲を見てプラトは厨房の隅に行くと三個の皿に被せてあった毛布を取り除いた。そして鳥谷部と一考を呼んだ。小笠原の姿は消えていた。鳥谷部は逃げ遅れたとも言える。二人はプラトに言われた通り奥に置かれた蓋の掛けられた一番大きな皿を注意深く運びテーブルの真ん中に置いた。すかさず蓋を取ろうとした女性の手を鳥谷部が止めた。そして「楽しみは落ち着いてやる方がより楽しいよ」とちょっと意味不明なことを言って苦笑しながら部屋を出て行った。プラトはすぐに残った二つの皿に毛布を被せた。

運ばれた大皿に手を掛けた女性が「それでは今からご開帳。一、二、三」と言って蓋を持ち上げた。大皿に載せられた「子豚の丸焼き」を見て拍手喝采が沸き起こった。その騒ぎに驚き出て行った剣客達が顔を覗かせた。女性達を可哀想に思ったのである。しかしその光景を見てさらに驚くこととなった。思った光景とは全く逆であったのである。女性達は嬉しそうに浮かれて子豚に群がっていたのである。皿の子豚はすでに原型を留めてはいなかった。

子豚も粗方食べると二人の少女がこっそりと片隅に行くと被せてある毛布を外した。それを見た一考は止めさせようと駆け寄ったが間に合わなかった。一人は蓋を持ち上げると同時に声にならない声を張り上げ、手にした蓋を後ろに放り腰を落とした。走り寄る一考はすかさず飛び跳ねて二つの蓋を掴むと少女達の傍らに着地して皿に蓋を被せ毛布を被せた。そして一考は震える二人を兄のように優しく抱き起こし席に連れ戻した。他の女性達は皿の中身を尋ねようとはしなかった。皿には鶏冠や鶏の足、さらには昆虫の炒め物が盛られ、一方の皿にはリアルな豚の顔の姿蒸しと豚足が盛られていた。

　そんな中で竈に置かれた鍋に興味を持った女性がチョコッと蓋を持ち上げ覗いた。その瞬間「ゲッ」とむせたように手を口にあてて流し場に走った。流し場に立つ女性のところにプラトが駆け寄り「注意しなかった」ことを謝っていた。鍋の中身は「獣の内臓の煮込み」であった。女性の行動は夕べの小笠原と幸子郎を見ているようであった。

　そんな女性達の朝食は半刻（一時間）を費やした。それでもプラトに急かされたため早かったのである。女性達は食べた気がしなかったとプラトに漏らしていた。日本人達は食事の時間もさりながら食べる量の多さには驚かされた。五十人前以上はあると思われた食べ物を二十人の女性達だけで食べ尽くしたのである。さらに日本人達が驚いたのは食事の後片付けや掃除は男達の手を借りず手早く終えたことである。多く食べる彼女達がスマートで美しくいられるのはこのためと知った。さもなければ「ロシアの妖精」も「北海のトド」に変わることは必至であろう。

　掃除を終えると女性達は「入浴したい」と申し出た。彼女達には「週二回」入浴する機会はあったが誰も入らなかったと話した。その訳は看守達の好奇心の目が嫌だったからだと説明した。公麻呂はすぐに同意し全員で準備に掛かった。入浴と言っても日本とは異なり浴槽や行水ではなくシャワーであった。女性達は水でも良いと入ったが洗濯もあるためお湯を沸かすことにしたのである。

　浴室は今空の監禁部屋の片隅にあった。そのため浴室に行くためには待機室を通らなければならなかったのである。その際の着衣は事故防止のためと称し透き通ったシルクのバスローブ一枚であった。さらにシャワーを浴びている時にも看守達は仕事熱心で女性達から目を離すことがなかったのである。

入浴の準備はできたが問題が発生した。湯釜とタンクは屋上にあり、水は建物の後ろにある崖の中程から湧き出ているのを引き込んでいるため何の問題もなかった。後は燃料の薪を放り上げるだけで良かった。釜焚きはプラトが「我が国の女性達のために」と率先して買って出た。問題は浴室からお湯の加減を釜焚きのプラトに伝える役なのである。その役を女性達に頼んだところ「久しぶりの入浴なのでしっかりと身体を洗いたいし、洗濯物もあるので」と肩代わりを依頼された。ノブは「男だけですから」と断りの意を込めて話した。すると女性達は「そんなこと気にしないで」とあっけらかんと言われ、ノブは焦りを覚え公麻呂に話した。公麻呂は笑顔でノブを見つめた。ノブはすぐに「ダメダメ」と断った。するとそれを見て女性達は麻婆スープで名を売った幸子郎を指名した。否応なしに「熱い、冷たい」の連絡係は幸子郎に決まった。

お湯の準備ができると女性達は五人が一組となって待機室を通り浴室（シャワー室）に向かった。その姿は全員が透きとおったローブ一枚だけで片手にはほんの僅かの洗濯のための衣類が握られていた。裸よりも艶めかしいものに思えた。剣客達は日本の銭湯が混浴だったためあえて驚くことはなかった。しかしあまりの開けっぴろげな態度と少女達の迫力に目の遣り場に苦慮もした。また待機室では剣客達の前に来て「部屋を暖めておいてもらいたい」と頼んだりもした。

一人で入浴室にいる幸子郎は、部屋に入ってきた裸同然の五人の女性達を見て慌てて逃げようとしたが逃げ場はなかった。やむなく背を向けていると肩を叩いて「自分達の様子を見て、熱い（ガリャーチィ）、冷たい（ハロードヌィ）と判断して伝えてね」とジェスチャー混じりで頼んだ。中には「心配だからよく見張っていてね」と頼む者もいた。異国の女性は頼み事をする時には片目を閉じる（ウインク）ことを幸子郎は知った。また幸子郎は「何が心配なのか」と首を傾げた。

入浴（シャワー）と洗濯を終えた女性達は一人一人が松本にハグをして部屋を出て行った。火が焚かれた待機室はサウナのように暑かった。そして女性達は張られた紐に伸び上がるようにして洗濯物を干して部屋に戻った。

入れ替わるように五人の女性達が順次シャワーと洗濯を終えるのに一刻半（三時間）を要したため洗濯物は大方乾いたのである。剣客達はストーブの火の番と洗濯物の乾き具合を確かめたりと忙しかったが苦労したのは幸子郎であったと言えよう。女性達が入浴している間に公麻呂は圏山村があるという南西に偵察に向かったのである。一本道で磁石もあり迷う心配もなかったためである。さらに公麻呂は考え事をしたかったからでもある。

そのため着替えを終えた女性達は昼食には十分すぎるほど間があったが食事の準備をはじめたのである。それは厨房の中に室があることがわかり開けると山積みの食材が保管されていることがわかったためである。またその食材はロベジノエの村々から強奪した物ばかりであることがわかった。女性達は「私達の物だから遠慮することはないわね」と言って作りはじめたのである。女性達が心を込めた昼食ができ上がる頃合いを見計らったかのように公麻呂が帰ってきた。それを見て十人の女性達は「ご苦労様でした」と言って駆け寄り一人一人がハグというよりも抱きついたのである。

女性達は公麻呂の出迎えのセレモニーを終えると自分達が作ったザクースキ（オードブル）、シチュー、サラート・オリヴィロ（ロシア風ポテトサラダ）、ビーフストロガノフ、シャシリク（肉や魚の串焼き）などの説明を行った。さらにロシアのメーンとも言えるピロシキ（ロシアパン。肉、魚、野菜などの具を包んで油で揚げたりオーブンで焼いたもの）については、自分の作ったのが一番美味しいと必死に勧めた。ピロシキは各家庭によって異なり日本で言う「お袋の味」と言えるものであった。

それから揃っての食事をしながら公麻呂はこれからの予定について語った。「出発は午後二時」と伝えた。遅くなれば圏山村にある『琿春支隊』の隊本部から心配して兵達が来る可能性があるからである。これは中隊長が書いた日報に出発時刻や到着時刻が書かれていたからである。そして彦康達と合流して櫛引丸で帰ることを話した。

その後、鳥谷部に「馬の操りも巧み故」と言って斥候を頼み、先発して先の様子を見てもらいたいと頼んだ。そして「兵達を見つけたら皆で殲滅しましょう」と日本語で話した。女性達を怯えさせないためである。しかし、女性達は話の内容はわからないながらも危険を感じ取り心配そうに見ていた。プラトはそんな女性達を見て「大丈夫。ここにおられる方々は日本を代表する剣術の先生方ですから心配することはありませんよ」と話した。女性達はこの時になってはじめて、中国兵が一人もいないことに気づいたように、プラトにこっそりと尋ねた。プラトは無言のまま合掌して天を仰いだ。女性達は身震いしながらも納得した様子であった。その後すぐに女性達は幸子郎に目を向け不思議そうにしていた。女性達に見つめられた幸子郎はわからないながらも俯くしかなかった。

昼食はプラトが女性達を急かしに急かして一時間で終わらせた。食事はゆっくりでもやることは素早かった。夕食の弁当はすでに作り終え荷造りも終えていた。荷物の中には当然今日はじめて手を通した高価なシルクのローブ等も入っていた。掃除も行い塵一つなく、そこはただ兵士だけがいない兵舎であった。

予定通り一台の幌馬車に二十人の女性達を乗せ出発した。先頭の馬に跨がる貴公子・公麻呂を女性達はうっとりと見つめていた。しんがりは颯爽と馬に跨がる小笠原であった。幌馬車の手綱はプラトが取りノブがその助手を務めた。馬車は二頭引きの幌馬車で主に兵士達を運ぶもので通常よりはかなり大きかった。馬車を見てもわかる通り道路はかなり広いことがわかるであろう。また馬達はロベジノエから盗んだものではなく調教された軍馬であった。中国の軍馬はロベジノエの馬に比べて若干小柄である。一考と幸子郎は馬の数からして女性達と一緒に乗る予定であったが幸子郎は身体が鈍るからと言って徒歩であった。馬車が出発するとさしもの一考もいたたまれずに馬車から降りて歩きはじめた。揺れる馬車の中では容赦なく当たる女性達の身体を避けることができないからである。

歩きはじめて一刻が経ったころ鳥谷部が馬を走らせ戻って来た。鳥谷部が着くまで女性達は全く気づかなかったのである。なぜなら鳥谷部は日本の馬のように草鞋（馬草鞋）を履かせていたためである。このころ日本においては西洋のように蹄鉄は普及していなかった。日本では一八六七年に装蹄がはじまったと言われている。鳥谷部をはじめ剣客達は異国の馬達が蹄鉄をしているのを見て非常に驚いたのである。馬に精通した鳥谷部は偵察のため音を消すために草鞋を履かせたのである。女性達は馬草鞋を見て可愛いと手を打って喜んでいた（※馬の蹄〈爪〉は一月に八ミリから一センチ位伸びる。野生では削れるのと伸びる量が均衡しているが、使役の馬は運動量が多いため削れる量が勝るため靴を履かせる必要がある。かつては蹄を保護するため金属を靴のように紐で縛って履かせていた時代もある）。

鳥谷部は「兵達はこちらに向かって来ております。あと四半刻ほどでこちらに着くと思います。この先に丁度頃合いの場所があるのでそこで迎え撃つというのはどうでしょうか」と話した。公麻呂は「そこにしましょう」と言って皆で向かった。案内されて着いた場所は丁度曲がり角で相手からはこちらが見えないが、こっちからは相手が一望できる最適の場所であった。プラトは到着すると女性達に「馬の休憩時間」と言って雑木林の茂みに馬車を入れて止めた。すると馬も女性達も異変を感じ取ったように沈黙した。

前方に見えてきたのは先頭で馬に跨がり指揮を執る小隊長の姿であった。その後ろには女性達と同じ二頭引きの幌馬車が従っていた。幌馬車の前後に分隊長と思われる下士官が馬に乗っていた。この陣容から見れば小隊長一名に分隊長二名とすれば幌馬車の中には二十名（二個分隊）の兵が乗っていることになる。それに馭者の一名を加えると全員で二十四名になるが剣客達は驚くことはなかった。

ほどなくすると中国兵一行が公麻呂達の前に差し掛かった。公麻呂を除く四人の剣客達はそれぞれの相手に向かって飛び出した。四人は音も立てずに馬上の三名と馭者の一人を瞬時に葬り去ったのである。それぞれの流儀で血を見ることなく葬り去ったのである。落ちてくる四人の亡骸は剣客達が優しく受け止めた。この時幌馬車は何もなかったかのようにノブが手綱をとっていた。茂みの中から見ていたプラトは剣客達が抱き止めたことは見ていたが、どうしてそうなったのかまではわからなかった。当然幌馬車の中の兵達は気づくことはなかった。

ノブがゆっくりと幌馬車を止め、後ろの帆がたくし上げられ「休憩ですか？」と言って数名の兵達が降りて来た。兵達は後ろにいるはずの鬼より怖い分隊長の姿がないことを知ると、今度は馬車に隠れるようにして前の様子を窺った。そして前方にも分隊長や小隊長がいないことを知るとすぐに中の仲間達に知らせた。それを聞いて仲間の兵達は背伸びしたり、欠伸をしながらだらしなく降り立った。そして兵達は口々に「自分らだけが先に女達を見に行ったんだ」とか「奴らは女好きだからな」などと好き勝手に上司達の悪口を言い合っていた。

そんな兵達の前に五人の剣客が立った。和服の侍達を見て兵隊達は驚きながらも素早く柳葉刀を抜いた。そして一人が「何者だ！　我々を中国軍兵士と知っての狼藉か」と叫んだ。さらに別の兵が「貴様等！　中国の地で何をしている。身ぐるみ脱いで立ち去れ。さもなくば叩っ切る！」と脅し、さらに手にした柳葉刀を威嚇するように振り回した。しかし公麻呂は「我々はオモテストク国・女王陛下の命で拐かされた女性達を救助に来た者である。すでに罪状は明らかである。よって只今から成敗する」と平然と言い放った。当然それはノブを介してのことであった。すると兵の一人である班長が「何を世迷い言を。叩き斬れ！」と命じると兵達は揃って掛け声と共に剣客達に斬りかかった。剣客達はそれぞれの流儀を用いて剣技を振るい、瞬く間に二十人の息の根を止めた。それはプラトが兵達の上げた歓声に驚き目を閉じた間の出来事であった。よってプラトは剣客達の剣技を見ることができなかったのである。たとえ目を向けていたとしても見ることはできなかったと思われる。プラトは倒れている兵達を見て恐る恐る近づいて来たが近寄ろうとはしなかった。兵達は血に汚れてはいなかったが、一様に首だけがあらぬ方向を向いており死んでいることは明らかであった。

震えながら呆然と見つめているプラトに対し公麻呂が「心配するな」と女性達に伝えるようにとノブを介して伝えた。プラトは頷くと逃げるように幌馬車に向かって掛けだした。公麻呂達は亡骸を馬車に積み込むと鳥谷部がすでに見つけていた洞穴に運び埋葬した。ここにおいてもノブの火薬が穴を塞ぐのに役立った。この作業もプラトが女性達を宥めるための時間よりも短かった。女性達は兵達の歓声を聞いて公麻呂や幸子郎の華奢な姿を思い浮かべて心配していたのである。プラトは下腹に力を込めて頬を二度叩き幌馬車に入ると「心配ない」と女性達に告げた。女性達は一斉にプラトに抱きついたのである。プラトは息ができないほどに抱きしめられ、先に公麻呂やノブを羨ましがったことを少し悔いてもいた。

皆が戻って出発の準備をしていると、そこにプラトに連れられて女性達が姿を現した。それを見て幸子郎はすかさず公麻呂の下に向かった（逃げた）のである。他の剣客三人は女性達に「大丈夫ですか」等と言われ腕をとられたり身体を触られたり「怪我がなくてよかった」と言って抱きつかれていた。そんな女性達は公麻呂に対して丁寧に頭を下げた。そして公麻呂の傍らに立つ幸子郎に流し目を送っていた。

女性達は空の馬車と乗り手を失った三頭の馬を見て多くの兵達がいたことはわかったがそれを詮索し

ようとはしなかった。それは女性の良いところと言えよう。しかし身体の奥では未知なる男達への憧れをおぼえていた。そんな女性達を乗せ幌馬車は待ち合わせ場所である圏山村に向かって出発した。一考と幸子郎も今は馬上の人である。また乗り手のいない一頭の馬には可哀想だと言って一人のじゃじゃ馬娘が乗って幸子郎の横にピッタリとついていた。本来軍馬は乗り手がいなくてもついてくるのである。

須藤とアキーム達

公麻呂達と別れて彦康達との待ち合わせ場所に向かうアキーム達一行は責任者のアキームをはじめとした、その部下のロシア兵二名、剣客・須藤勝義と案内役であるロベジノエ分遣隊のアルカージの五名である。その五人は今、中国との国境にある山の裾にあるけもの道を南西に向かって進んでいた。

アルカージはこの近在の猟師の家に生まれ猟師をしていた。それがある事件をきっかけに兵士となったのである。ロシアにおいて騎士は貴族と見なされるため平民がなることは稀なことであった。アルカージはロベジノエ分遣隊の地元採用の兵士として第一期生である。後にプラトも採用されたのである。

その事件とは、アルカージが狩猟のため家を空けていた時に起きた。オモテストクの猟師達は狩りのため一年の大半を狩猟小屋で過ごすという過酷な生活であった。いかに厳しい自然であるかがわかるであろう。そんなある時狩りの途中に家に立ち寄った。その時我が家の惨劇を目にしたのである。両親と弟、妹、そして姉夫婦とその幼い子供達までもが殺されていたのである。アルカージは家族の亡骸を見てすぐに自分で埋葬したのである。それは姉と妹の亡骸を絶対に他人の目に触れさせたくなかったためである。それほど凄惨な死に様であったと言える。それがかえってアルカージを発狂から救ったと言える。

　埋葬した後でアルカージはロベジノエの分遣隊に届け出たのである。アルカージがすでに埋葬したことを話すと「それでは調べようがないではないか」と言って叱られ、挙げ句には「お前が殺したのではないのか」と疑われる羽目になったのである。そして「後で行く」と言ったが来なかったのである。

　やむなくアルカージはポケット駐屯地に行き訴えたのである。その時対応したのが新しくポケット駐屯地の司令官となったアリョーシャであった。司令官は「ロベジノエのことは分遣隊に任せろ」と言ったが、アリョーシャは説得して自らが出向いたのである。ロベジノエ分遣隊ではそんなアリョーシャ達を困惑げに出迎えた。担当した兵に捜査の状況を聞くと捜査書類を提示した。そこには「遺体は埋葬済みで手がかりなし。手口からみて中国人の強盗団が犯人と思われる。犯人達はすでに異国に逃亡」と記され報告されていた。上司もまた犯人国外逃亡のため捜査打ち切りやむなしと決済されていた。また実況見分調書にはアルカージが述べた図と埋葬場所だけが記載されていた。

　アリョーシャは失望しながらも担当した兵達二人を連れてアルカージの家に向かった。しかし到着するのに三日を要したのである。その理由は、番地やまともな道がないこともあったが、兵達は自分の所官区でありながら管内の地理を全く知らなかったためである。馬で向かったが道なき道に馬達も疲れ果てて引いて歩くしかなかった。しかし、これが幸いしてアリョーシャ達に幸運をもたらすこととなった。道に迷って三日目も夜の帳が降りて野宿を考えている時遠くに一個の小さな灯りを見つけた。その灯りを目指してとぼとぼと歩いた。そして灯りのある家が間近になるとロベジノエの兵達が俄然元気を出し横柄な態度で家に向かおうとした。アリョーシャはすぐに二人を押し止めた。アリョーシャの勘に何か引っかかるものがあったのである。この勘が兵士にとっては大事なのである。この勘があってこそ戦場において生き延びることができると言えよう。

アリョーシャは自ら家の中の様子を窺った。中で三人の男達が酒を飲んでいることがわかった。その中の一人が「あの時は良い思いしたよな〜。ウーン。金目の物は少なかったが、女達がとびっきり良かったな〜。またやりてー！ 若い女どこかにいねーか？ お前等探せ！ ついでに毛皮や金も手に入るし一石二鳥、いや三鳥だ！ 猟師なんかやっていられね」と話していた。それを聞いていた一人が「兄さん！ 声が大きいよ。誰かに聞かれたらどうする」と諫めた。そしてもう一人の男が「兄貴が話していることはもっともだ。やろう。やろう。アルカージの時も誰も調べに来なかったし、何も心配することはない」と同調するように話していた。

アリョーシャはすぐにポケットから伴ってきた直属の部下で、今は新分遣隊長となったアンドレーと目配せをして家の中に討ち入った。案内役の二人も後ろに付いて入った。ドアを蹴破り中に入ったアリョーシャ達を見て男達は驚きながらもすぐに脇に置いてあった剣（苗刀）を取り抜いて斬りかかってきた。アリョーシャ達二人はサーベル（片刃の騎馬用刀剣）を抜いていたため、左下から袈裟に切り上げた。兄さん・兄貴と呼ばれた大男の首は半分ほど切り裂かれ、大木のように倒れて断末の痙攣の体を示していた。アンドレーは兄貴と呼んでいた男の打ち込みを躱しながらサーベルを横一文字に振り抜いた。男の首の兄貴と呼ばれた男と同じように首を半分断ちきられ崩れ落ち絶命した。二人の男達の剣の扱いは生半可なものではなく生け捕ることができなかったのである。

残る弟と思われる男にロベジノエの二人の兵が相手をしていた。しかし、二人の兵は相手の気迫に圧倒され土間に倒され斬られる寸前であった。男が振り降ろした剣（苗刀）をアリョーシャのサーベルで受け止め、走りよったアンドレーが男のこめかみをサーベルの柄頭で打ち据えた。二人の兵達は目を剥き顔面は蒼白で口も利けなかった。そして二人は助かったと自覚すると、今度は歯も合わぬほどガタガタと震えだしたのである。土間は異臭が立ちこめ息苦しさを覚えた。二人は気づいてはいないが共に失禁していたのである。さらにこめかみを打たれ気を失った男も思う存分放尿したためであった。

アリョーシャは二人が落ち着くのを待って「もう少し訓練を積まなければ家族が泣きを見るぞ」と優しく諭した。アリョーシャとアンドレーはこのことを報告することも話すこともなかった。さらに手柄を二人のものとしたのである。後に兵二人は稽古を積んで真っ当な兵士（騎士）になりアリョーシャ達の良き理解者（部下）となった。

猟師であるアルカージは「無事一日が終えられたこと」を神に感謝し祈っていた時、遠くに微かに異様なものを感じ取ったのである。その「異様なもの」とは獣の断末魔にも似たものであった。それを聞いて最初に頭に浮かんだのはポケットの駐屯地で対応してくれた副官のアリョーシャの顔であった。そのアリョーシャ様が獣に襲われたと思ったのである。アルカージはアリョーシャを信じていたのである。

アルカージは神に「ありがとう」とお礼を述べるや否や馬小屋に走った。そして「夜分すまないが、さっきの物音のところまで行ってくれないか」と馬の目を見て頭を下げた。馬は「何しているのよ。早く鞍を着けてよ」と言うようにお尻を振った。跨がると愛馬は夜にもかかわらず疾走したのである。夜間の疾走とは格好の良い響きではあるが白夜の明るさも加わってのことである。しかし、けもの道に毛の生えたような道では歩くだけでも至難なことである。

愛馬の大きな耳と狩人の鋭敏な耳とで、間違うことなくアリョーシャ達のところに到着した。アリョーシャ達はアルカージであることを見定めてから外に出て出迎えたのである。アルカージは元気なアリョーシャの顔を見て気が緩んだのか馬からずり落ちてしまった。愛馬はそんな主の首を咥え座らせた。アルカージは土下座の格好でアリョーシャ達に「わざわざありがとうございました」とお礼を述べた。愛馬もまた一緒に頭を下げていた。

外でアルカージに事の次第を説明したが信じようとはしなかった。まさか犯人が同じ猟師仲間とは信じられなかったのである。信じたくもなかったのである。そこで家の中に連れて行ったのである。半信半疑のアルカージは中に入るとすぐに置かれてある家具等を見て真実であることがわかった。そこには思い出のある盗まれた品々が置かれていたのである。傍らには見覚えのある男が縛られて俯いていた。それを見てアルカージの怒りが一気に心頭に達し、腰に差した猟師刀を抜いて男に向かった。それをアンドレーが押し止めた。アルカージは恨めしそうにアンドレーを見て、さらにその目をアリョーシャに向けた。しかしアリョーシャもまた左右に首を振ってみせた。怒りのやり場のないアルカージは泣いて土間の土を叩くしかなかった。入口で見ていた馬も鼻を鳴らして悔しさを訴えていた。

そんなアルカージにアンドレーは土間の片隅を指さした。指さした土間には血と水の混じった溜まりがあり、その上に二人の遺体が並べられていた。運んだのは水の原因を作った二人の兵達であった。二人は自分達の粗相に気づきそれを隠そうとして二人の遺体を運んだのである。しかし水（小水）の臭いまでは消すことができず、離れたところにいる馬もわかり馬はクシャミをしていた。

水の上に寝かされた遺体を見て少しは溜飲を下げたアルカージは、立ち上がるとアリョーシャに向かって許しを請うように頭を下げた。アリョーシャが小さく頷いてみせるとアルカージはゆっくりと男の下に向かった。そして男に何事か呟いてから渾身のパンチを見舞った。亡くなった家族の無念の込められた一発で男はまた失神した。立ち上がったアルカージはアリョーシャに丁寧に頭を下げた。鬼のようだったアルカージの顔は、元の好青年の顔に戻っていた。そんなアルカージを見て分遣隊の二人の兵達は謝るように頭を下げた。

捕らえられた男はオモテストクに引き立てられてギロチンの露と消えた。この時のアリョーシャの意見が取り入れられて、地理に精通した地元の若者達が分遣隊の兵士として採用されることになった。そしてアルカージがその「現地採用」の一番目となったのである。またアリョーシャの具申により分遣隊にも剣と体術の先生（助教）を置くことになったのである。

過去の話はさておき、アキーム達一行には公麻呂に下命された任務があり急ぐ旅であった。しかし、二刻ほど歩いた時、須藤がいきなり責任者（班長）であるアキームと案内役のアルカージに「もしこの付近に悪人どもの巣があるなら退治したらどうだろう」と申し出た。正義感の強い須藤ならである。それを知ったアキームの二人の部下達は飛び上がって喜んだ。当然アキームも賛成である。今まで日本の剣客達の活躍ばかりを散々見て、ロシア兵（騎士）としてうずうずしていたのである。本音を言えば須藤勝義という名だたる日本の大先生がいたからでもある。

それを知ってアルカージも跳びはねて喜び少し考えてから手を打って「ちょっと待ってください」と言って一人山裾を駆け上った。その後ろ姿はまさしく猟師のものであった。ほどなくしてアルカージが戻って来ると竹笛を示し「これで呼んだから四半刻もするとこの辺に詳しい連中が来ますよ」と言い「それまで休憩」と笑顔で話した。

アルカージが話したように四半刻もしないうちに狩人達が集まりはじめた。狩人達は日本の剣客やアキーム達がこの付近に入ったことを前に出会った猟師達から竹笛の連絡で知らされていたのである。そのために急いで駆けつけたのである。アルカージは狩人達に「呼び集めた理由」と「ロベジノエの現状」について語って聞かせた。本来無口な狩人達であったが歓喜して喜び情報を提供した。全員が案内を買って出たが二人を伴うこととした。案内に当たった二人は「自分達の国でありながら絶対に近寄れない場所に悪の巣がある」と忌々しげに語った。そして案内された場所は皆の意に反して平地のど真ん中に堂々と建てられていたのである。皆は山奥に隠れるように建てられていると思っていたのである。いかにロベジノエの兵達が舐められているかがわかった。

アキームはその建物を見て須藤と一人の狩人（少し年長）に様子を見てくるようにと頼んだ（須藤に

は手の合図である)。他の若い狩人は不満そうにしていた。それを見て年嵩《としかさ》の狩人は若い狩人に「もし俺が死んだら後は頼む」と優しく肩を叩いて囁いた。二人は他の狩人達のために命を賭けてやろうとしていることがわかった。また偵察に須藤を選んだ理由は剣技と共に狩人と同じように足音をたてないことを知っていたためである。二人はすぐに建物に向かって走り出した。けっこうの距離を走ることになる。それを二人は足音を立てずに走った。明らかに須藤が速かったが歩幅は断然に狩人の方が大きかった。須藤に言わせると「小走り」は技であると言うであろう。見ていた若い狩人は「あの人は日本の猟師(狩人)なのか」とアルカージに聞いていた。

建物に先に着いたのは須藤であった。須藤は中の様子を窺うとすぐに走ってくる狩人に向かって両手を広げ、さらに手の平を下に押さえる格好をし「伏せろ」と合図を出した。それを見て狩人はすぐにその場に伏せた。しかし不運なことにその下には棘(とげのある低木)が生えていたのである。流石に股間の痛みだけには勝てずに身体を動かしたのである。その反動で小枝が折れる音が響いた。慌ててまた腰を戻すことになった。後はただ痛みよ痛みよ飛んでいけと祈るしかなかった。

音を聞きつけたように二人の男が青龍刀を振りかざし入口(玄関)から飛び出てきた(※「青龍刀」は刃の部分に青龍の装飾が施されているためそのような名で呼ばれる。この名称は「青龍偃月刀」の略称で青龍刀という武器は存在しない。形状は日本の薙刀に似ており、長い柄の先に湾曲した刃を取り付けたものである。刃は日本の薙刀よりも幅広で大きい。また薙刀に比べ、柄の長さは刃の大きさに対してやや短めになっているが、これは主に馬上で片手で振り回す時を考慮したためで、長巻に似た外観とも言える）。

須藤は二人の男達の正面に飛び出し、愛刀を水平に薙ぎ一閃させて前の男の首を刎ねた。そして返す刀もまた薙刀のように水平に払い後の男の首を刎ね飛ばした。須藤の天流には薙刀術も入っているため青龍刀の相手に対して刀を薙刀のように扱ったのである。二人の男は当然一言も発することなくあの世に旅立ったのである。棘の上でこれを見た狩人は驚きのあまり一瞬は痛みを忘れたが、次にはさらなる痛みが全身を駆け巡った。幸いなことに最も痛いはずの処は萎縮したためか痛みは多少和らいでいた。

須藤はすぐに建物に戻り中の様子を窺った。気づかれた様子はなく物静かであった。須藤は振り向いて伏している狩人に「大丈夫」との合図を送った。しかし、手をつく場所もなく立ち上がることができなかった。須藤は駆け寄ると手を貸して立たせた。しかし、今度は須藤の血の滴る刀と首のない死体を見て恐怖におののき尻餅をついた。尻の下の棘は容赦なく狩人の尻に突き刺さった。その痛みに狩人は飛び上がり、叫び声を上げそうになり須藤に口を塞がれた。落ち着いた狩人を見て須藤は建物に駆け戻った。狩人は虚脱したように動くことができずその場にしゃがみ込んだが腰をおろすことはなかった。後方で見ていた若い狩人は未だ信じられないという表情で瞼を擦っていた。そしてしゃがんでいる仲間のところに行こうかと考えたが肝心の足が瘧《おこり》が憑いたかのように震え動かなかった。班長のアキームと二人の部下は改めて日本の剣客の凄さを目にし身震いをしていた。

須藤は血振りした刀を丁寧に鞣し革で拭き取り鞘に納めた。そして男達が握っていた青龍偃月刀（以後「青龍刀」とする）一本を拾いあげると躊躇することなく建物の中に入った。アキームと二人の部下はこれを見て慌てて小屋に駆け寄ろうとしたが棘が邪魔をして思う様に走ることができなかった。さらに前進を阻むかのように首のない二人の遺体が横たわり三人の歩みを鈍らせた。三人が建物の入口に着いた時突然扉が開かれた。三人は慌てて跳び下がったが勢い余って二人の部下は尻餅を着いてしまった。そこには生憎二人の亡骸が横たわっていたため二人は叫び声を上げた。それに気づいた二人は慌てて自分の口に手を当てた。口の周りは血だらけとなった。血だまりに後ろ手をついて、その手を口に持っていったのである。扉を気にする二人にはそれがわかるはずもなかった。

皆が注目する扉からゆっくりと出てきたのは血糊の付いた青龍刀を手にした須藤であった。須藤はアキームに「終わりました」と言って頭を下げた。その身体には一滴の返り血も浴びてはいなかった。アキームは言葉はわからなかったが意味は理解できた。アキームに手を借りて立ち上がった二人の部下はアキームに指摘されて手と顔を慌てて拭いていた。その様子を見てアルカージと二人の狩人達は心と身体の硬直が解きほぐされた。

アキーム達三人が須藤に入れ替わるように入って行った。その三人の後ろ姿には緊張感が満ちあふれていた。そして三人が目にしたのは長テーブルの上に倒れ込むように伏す九体の首のない遺体であった。律儀にも斬られた首（頭部）は遺体の脇に立って自分の亡骸を見つめていた。

中は倉庫のように一間だけであった。右奥には二段ベッドが十個ほど並べられストーブが置かれていた。左奥から中央にかけて毛皮が積まれていた。そして手前には長テーブルが置かれ遺体が横たわっていた。

アキームは意気消沈する部下達を元気づけようと毛皮を運び出すように命じた。部下の一人は狩人やアルカージにも手伝ってもらおうと迎えに行った。三人を連れて戻って来たが狩人の二人は遺体を見て絶句し一人は失神の体を示し、他の一人は嘔吐しながら逃げ出した。かろうじてアルカージだけは踏みとどまり介抱していた。さすがに国民を護る兵士である。一方のアルカージ自身はこの二人がいなければ自分もこのようになっていただろうと思っていた。獣の死骸は見慣れているはずの狩人達も人間はまた別格のようである。

アキームはこの様子を見て「これでは毛皮は運び出せない」と判断し、入口の反対側の壁に体当たりをした。頑丈な横壁も巨体に体当たりされては一溜りもなく破れて大きな穴が開いた。この穴を見て須藤は「あの迫力であれば立派な相撲取りになれるだろう。小結か？　いや関脇は間違いないな」と勝手に太鼓判を押していた。

須藤が活を入れ目覚めた狩人と棘の狩人、そしてアルカージの三人は裏に回って横壁の穴から毛皮を運び出した。当然二人の兵士達も正面からは出入りをしようとはしなかった。須藤とアキームは外に横たわる二人の遺体を運び入れて九人の仲間と同じように並べて椅子に座らせた。その後、須藤は皆と同じように毛皮の搬出をしようとすると狩人の二人に「毛皮の扱いは難しいから」と体良く言われ断られた。狩人達は須藤の傍に寄りたくなかったのである。

手持ち無沙汰の須藤は「呼びに行かなくても良いのか」等と考えていると遠方に馬の姿が見えた。良く見ると一頭ではなく五頭の馬が連なっていた。跨がっているのは明らかに騎馬兵達であった。須藤は中に声を掛けようとすると狩人の二人が出てきた。そして五騎の馬が着いた時にはアキーム達も出てきた。

アルカージは到着した五人の兵達に状況を説明した。すると兵達は興味ありげに「検分をしてきます」とアキームに言うと、アルカージの制止も聞かずに中に入って行った。しかし五人はすぐに真っ青な顔をして、ギクシャクした足取りで戻って来た。そして「毛皮の運び出しを手伝うから」と言ってアルカージに従って裏側に向かった。兵達は吐くのを必死に堪えているのがいじらしかった。

そんな兵達を脇目に須藤は一人で外に設えてある厨房（炊事場）に入り食事の支度をはじめた。温めるただけの料理は壊れた（壊した）横壁を敷いてその上に置いた。やがて毛皮を全部出し終えた面々が出てきたが出されてある食事を見て五人の騎馬兵達は「早い昼飯を摂ったからいらない」と断り、「疲れたから」と言って離れて行った。そんな五人に向かって『棘の狩人』が「草むらに横になる時は棘に注意して」と助言を送った。そんな狩人の二人も「昼飯はいつも食べないんです」と言い、アルカージもまた「朝飯で食あたりしたみたいです」と言って断った。須藤はアルカージが朝『スゥイル』・『スイール』（チーズ）という腐って虫の付いた物を食べたからだと一人勝手に思い納得していた。

アキーム達三人のロシア兵達は料理の前に腰をおろした。並べられた料理（菜）は饅頭に葱油餅（ネギ餅）、炒青菜（青菜炒め）、紅焼肉（豚の角煮）、紅焼牛肉（牛肉の醤油煮込み）、豚足、鶏足等であった。部下の二人は饅頭を手に取ると「景色の良いところで食べるから」と言って足早に立ち去った。

残ったのは須藤とアキームだけである。アキームは「食事には酒がつきもの」と言って厨房に行くと一抱えもある甕（白酒）を持って戻ってきた。アキームは小っちゃな牛肉を饅頭に挟み白酒（パイチュウ）で流し込んだ。しかしその量は僅かであった。須藤は葱油餅（ツォンヨウビン）に青菜炒めを挟んで食べた。当然他の菜には手をつけることはなかった。そんな二人の傍らをアルカージが何度も行き来していた。須藤は「何をしている？」と尋ねた。アルカージは照れた様子で「すみません食事の邪魔をして。実は私の家族は悪人に殺されて、今生きているのは小さい頃に貰われていった妹一人だけなんです。これからその妹のところに立ち寄り情報を聞こうと思っております。ついでにここにある食料を少しお土産に持って行ってやろうと思って荷づくりしていました」と言って頭を下げた。

話の内容を理解した須藤は黙って立ち上がると建物の方に歩いて行った。一方のアキームは二人の部下を探しに向かった。ほどなくして須藤は日本では穀物を篩《ふるい》にかけるような大笊《おおざる》を何枚か手にして戻って来て、厨房に向かった。その後アキームも部下の二人と戻ってくると厨房のある小屋に向かった。部下の二人の顔色は青白かったが目は清く輝いていた。

笊は二メートル近くもある大きな物であった。須藤はその笊に楽しそうに物を積み上げた。山のようになった荷に別の笊を被せて周りを縄で縛った。その隙間からさらに物を詰め込み最後にはこぼれないように周りに縄を掛けた。そんな荷を手早く二個作り上げたのである。そんな荷を見てアルカージやアキーム達はどうして運ぶのかと首を捻っていた。

須藤はそれがわかったと言うように青龍刀を拾い上げると刃を上にして立てた。そして愛刀を抜くと二振りして鞘に納めた。アキーム達の目には無造作のように映ったが剣先は見えずただ二つの閃きだけが目に残った。地に無造作に立てられた青龍刀は微動だにせずに立ったままであったが、刃の部分はだけは切り飛ばされてなくなっていた。その柄の部分も僅か間をおいてから縦に真っ二つに割れて左右に倒れた。戻って来た五人の騎馬兵と共に皆はただ呆然と息を呑んで見つめていた。

須藤は何事もなかったかのように二本になった柄を手にとると削りはじめた。削り終えると柄の両端に紐を結び笊と結びつけた。皆にも天秤の要領で運ぶことがわかった。アルカージは目を輝かせて駆け寄り一個の荷を持ち上げようとした。荷はやっとのことで僅かに持ち上がった。それを笑いながら見ていた二人の兵も同じように挑戦したが結果は同じで二個を担ぐことを諦めたのである。しかしアルカージは真っ赤な顔をして、拷問にも似た二個の荷を天秤棒で担ぎ上げたのである。これを見て驚かなかったのは須藤一人であった。小柄な須藤ではあったが「自分もたった一人の妹のためならたとえ荷がどんなに重くても運ぶだろう」と思っていたからである。こんなことを考えた須藤も同じ様に幼い妹が他人に貰われて行った経験を持つからである。その別れ際に見せた妹の悲しそうな眼差しを未だに忘れられないのである。

建物から物を出し終え残ったのは十一人の男達の亡骸であった。当時のロシア正教にはまだ荼毘（火葬）の習慣はなかったが、男達の風習に倣い冥福を祈って建物に火をつけたのである。大きな炎はロシアで悪行を重ねた十一人の男達を一握りの灰に変え、ロシアの大地に美しい花を咲かせることとなった。

盛大な炎を脇目に二人のロシア兵は須藤に教わった背負子に運び出した袋詰の穀物（麦等）を「これ

ほどまでにもか」というくらい縛り付けた。アキームもまた自分で見繕って集めた品々を楽しむように大きな熊の毛皮に包んでいた。彼らの行いは人相や馬鹿でかい図体からはとても想像できないものであった。

悪と恐怖の根城は遺体もろとも後始末の要らないほどに燃え尽きた。その時には騎馬兵達の後から着いた狩人達の馬車に荷は積み込まれていた。須藤の心配は無に終わったのである。選ばれなかった狩人達が手分けして手配をしたのである。「手配」と聞けば格好良く聞こえるが、実際は竹笛を使っただけであった。しかしこの竹笛も雨や風等の時には使えないという欠点もあった。

騎馬兵達は荷を積んだ馬車を護るようにすることになった。帰り際に迎えに来た狩人達は集まった二人の仲間に「五人では危ないと思って一番はじめに分遣隊に連絡をとったんだ」と話した。その後でこっそりと「奴らはいなかったのか」と尋ねた。聞かれた二人は身震いしながら首を振り指で十一を示した。男達はさらに「何処に」と聞くと完全に灰と化した焼け跡を見ずに後ろを指さした。聞いた男達の一人が焼け跡を見て「これで奴らは最後の審判を受けられなくなったのか」と哀れむように話した。すると他の一人が「彼らの神は違うそうだ」と言った。聞いた皆は「良かった」と言い焼け跡に向かって手を合わせた。本当に心優しい民族であることがわかる。

その後、馬に跨がることも腰掛けることもできない棘の狩人は「お前等は取り越し苦労しすぎだ。もっと俺たちを信じろよ」と後ろに聞こえないように言い中腰で帰途についた。

残った本来の五人はそれぞれ荷物を持ち出発した。一番重い天秤棒の荷は黙って須藤が担いだのである。それを見てアルカージは黙って頭を下げただけだった。男同士の気持ちは心で通じるのである。言葉はかえって邪魔なのである。そして自分は若干小ぶりな笊の駕籠を担いで先頭に立っていた。一行の姿はまさに「盗人の兵士」か「逃亡兵」と見間違うものであった。

一行は重い荷を担ぎ黙々と歩き続けたのである。苦行にも似た歩行であったが弱音を吐く者は誰もいなかった。まるで自分の人生の歩みを見ているように思えた。変わったことはと言えば途中でロシア兵の二人が須藤の天秤棒に挑戦したことである。持ち上げはしたが担いで歩くことができなかったのである。そんな荷を一番小柄な須藤が担いでいるのを見て「自分達は剣客になれない」と自覚した。

一番心を痛めていたのはアルカージであった。アルカージはそれを償うように荷を担ぎながら慣れない剣で歩行に邪魔になる草木をなぎ払っていたのである。これもまた至難の苦行と言えるものであった。アルカージの兵士としての心構えを大きくしていったと言える。

須藤にとってもこの行軍は非常に辛いものであった。しかし、須藤は妹の面影を思い、妹のためにと自らに言い聞かせて歩いていたのである。

そんな剣客・須藤勝義の生い立ちについて語ると生家は下級武士で、その家の二男として生まれた。下級武士の生活は百姓や町人よりも貧しいものと言えた。内職をしなければ生きてはいけないほどのものであった。しかし、須藤の父親は全く家計を顧みることなく、母親が代わりに盆も正月もなく内職をして子供達を育てたのである。そんな母親の姿を見て育った勝義少年は、四、五歳になると近くの百姓や町人の子供と同じように小遣い稼ぎをはじめたのである。しかし須藤は他の子供達とは異なり自分の小遣いのためではなく母親を少しでも楽させようとはじめたのである。朝早く起きて見よう見まねでシジミや泥鰌、ウナギなどを捕って天秤棒で担ぎ売り歩いたのである。母親に手間を掛けないようにと真冬でも着物を脱いで素っ裸で水に入った。そんな須藤を見てはじめは縄張りを荒らされると怒っていた子供達であったが、小さな体からにじみ出る「気」に威圧され一目置くようになった。

そんなある日、父親は罰が当たったかのように急死したのである。そのため兄が「跡式相続」（通常は「家督相続」である）をしたため家禄は半減となった。さらに厳しい生活を余儀なくされた。よって勝義少年は十歳で武士としては早い成人式を挙げることとなった。当然武士としてシジミ売りなどをすることができなくなったのである。それまで買ってもらっていた一本松、山田、三本松、大平、観音林、新丁、下街、上街等の部落の人達に武士の格好で挨拶に回った。武士と言っても髷と刀を差しただけのものであった。しかし、人々は腰を抜かさんばかりに驚いた。「カッチョ、カッチョ」と可愛がってくれたおばさん達も、「風邪引くなよ」と励ましてくれたお婆さん達も涙を流して喜んでくれた。

勝義少年は一年中安物の着物の裾を端折り三角褌をして売り歩いていた。着物は継ぎ接ぎの多い物ではあったが不思議と汚れてはいなかった。さらに手足や頭、体も常に綺麗であった。それは、勝義はどんな寒い冬の日でも家に帰ると必ず井戸端で裸になり身体を洗ったからである。母親もまた勝義が朝出る時に髪を梳き（櫛で梳かす）、手足の爪を切ってくれた。この時が勝義少年にとっては最も楽しい時であった。この時間が永遠に続くことを願ったりもした。今でも母と言えばこのことが思い出されるのである。
そんな勝義少年は剣術が好きだったというわけではないが、家計の負担を少なくするためにと遠い熱田の地で道場（天流）を開いていると聞く母方の親戚を頼って十歳の時に一人で旅に出たのである。勝義少年に幸いしたのは幼い時から重い荷を天秤棒で担いで売り歩いたことで、それが剣客としての基礎を作ったと言える。天秤棒を担ぐことは勝義にとって剣客としての原点であったと言える。

一行がやっとの思いでたどり着いたのは山陰に隠れるように建てられた一軒の小屋であった。その存在を予め知らなければ狩人達でさえも見逃してしまうほどの場所に建てられていた。家の前に立ったアルカージの顔には過酷だった荷運びを忘れたかのように笑みをたたえていた。その笑顔を見て他の人達も苦悶にも似た道中の苦しさが吹き飛んだ。心は爽快であったが足は正直なもので立っていることができずに二人の部下達は背負子を背負ったままその場に沈み込んでしまった。そんな二人を見てアルカージは「すみません」と謝りながら駆け寄ろうとしたが、ガクガクした膝はそれを許してくれなかった、アルカージもまた同じように沈み込んでしまった。地に腰をおろした三人は揃って顔を見合わせて笑うしかなかった。そして三人が気恥ずかしそうにアキームに目をやるとアキームもまた肩で息をして木の切り株に腰をおろしていた。元気であったのは須藤だけである。須藤はすぐに背負子を背負ったままの二人の処に行き背から荷を外してやった。荷を外された二人はそのまま後ろに倒れて気持ちよさそうに大の字になっていた。次はアルカージに手を貸して立たせると「しっかりしろよ」とばかりに両肩を叩いて活を入れた。そんな須藤が一番興奮しているように皆の目には映った。

小屋の入口に立ったアルカージは緊張した面持ちでドアを「ノックしはじめた」と言った方が正しいかもしれない。それは叩き方にリズムがあったためである。一種独特で何かの符丁のように思えるものであった。叩き終えるとアルカージはちょっと振り向いて「これは妹との小さい時からの合図なんです」と言ってニッコリと笑った。

すぐに扉が勢いよく開いてそこに立っていたのは乳飲み子を抱える若い女性であった。女性は「お兄ちゃん！」と叫んでアルカージに駆け寄った。それを見て須藤はサッと二人に駆け寄ると素早く女性の左腕から赤ん坊を抜き取った。兄妹はそのことに気づかず、妹は右手だけでアルカージの首に手を回し抱きついた。アルカージは左手で妹の肩を抱き寄せ、右手は赤ん坊を包み込んでいるかのように構えたままであった。妹もまた左手は赤ん坊を抱きかかえているかのようにしていた。そして「ヤッパリお兄ちゃんだった」と声を震わせ涙していた。アルカージの目にも涙はあったが大量の汗にまみれて見分けることは困難であった。アルカージの服は汗と妹の涙と本人の涙で濡れネズミとなっていた。皆はこれを見て地獄の行軍の苦しさが完全に吹き飛び、さらに「頑張ったご褒美」をもらった思いであった。中でも須藤は赤ん坊を抱えて、心に期すところがあるような眼差しで優しく二人を見つめていた。その目は剣客のものではなく一介の妹を思う優しい兄の眼差しであった。

アルカージは妹を抱いたまま振り返り「妹のアンジェリカです」と紹介した。紹介されてアンジェリカははじめて連れがあったことを認識したのである。アンジェリカは慌てて兄から離れると恥ずかしそうに「いらっしゃいませ」と言って、少女のようにぴょこんと頭を下げた。そして頭を上げると目の前にいる須藤が赤ん坊を抱いているのが目に入った。すぐに自分の左腕を見て慌てて須藤に駆け寄り「すみません。ありがとう御座います」と須藤の目を見て言って赤ん坊を受けとった。その目を見て須藤は幸せでいてくれと自らの妹の幸せを祈っていた。須藤の瞳を見たアンジェリカは、この方も私達と同じような「深い悲しみを背負っている」と感じとった。

赤ん坊を抱いているアンジェリカにアルカージは「お土産だよ。皆が運んでくれたんだ。お礼を言いなさい」と兄が妹を諭すように話した。そして二人が揃って皆に向かって深々と頭を下げた。当然赤ん坊も一緒に頭を下げることとなったので三人と言った方が正しいであろう。そしてアンジェリカは皆の後ろに置かれた荷物の多さに驚き「馬はどこ？」とアルカージに聞いた。アルカージは一瞬きょとんとした顔をしたが、すぐに納得した様子で「馬なんていないよ。皆で背負って来たんだ」と話した。アンジェリカは驚いたように「エッ」と言って四人に頭を下げた。そして周りを見回して「他の人達は」と言うようにアルカージに目を向けた。アルカージはその意味がわかったように「いない」と言うように首を振って見せた。それを見てアンジェリカは感極まったようにその場にしゃがみ込んで泣きはじめた。アキーム達全員の苦労と優しさが伝わったのである。そんな妹を兄は優しく抱き起こしたのである

そんなアンジェリカに、はじめて目にする軍服を着たアキームが「今日はよろしくお願いします。ロシア兵のアキームです」と挨拶をしてハンカチでアンジェリカの涙を拭いた。そして胸のポケットから小さな革袋を取り出しアンジェリカに渡した。中を覗いたアンジェリカは飛び上がって喜びを表しアキ

ームに抱きつきいた。その時も素早く須藤は駆け寄り赤ん坊を抱き取った。アンジェリカは解放された両腕で抱きついいた。アキームは子供をあやすように優しく背に手をあてた。その時子供を抱き寄せた須藤は「俺だったら後ろに倒れていたな」と赤ん坊に語りかけていた。袋の中身は「香水と口紅」であった。その出所は言わずもがなである。アキームはロシア軍の高級士官として社交に長けていた。

そしてアンジェリカは思い出したように奥に向かって「もういいよ！　出て来て！」と声を掛けた。奥の部屋からぞろぞろと四人の子供達が出てきた。そんな子供達を見ながらアンジェリカは「お兄ちゃん。私の子ども達よ。沢山でしょう。昔の家族と同じになったの」と嬉しそうに言った。子供（甥）達を見てアルカージは目を細めて手を広げ駆け寄り「おじさんだよ」と言って抱きしめた。子供達も「オジチャン」と言ってすがりついいた。

皆を居間に案内したアンジェリカは「そろそろ夫が帰って来る時間なので食事の支度をしなくては」と言って長女を連れて厨房に入った。アキーム達は荷物を運び入れることにした。その荷を半分ほど解いただけで居間は足の踏み場もないほどになった。アンジェリカが馬車か馬に積んで運んできたと思ったのも当然であった。運んだ男達自身も驚いていた。また子供達は「凄い。マガズィーン（お店）みたい」と言って手を叩いてはしゃいでいた。アンジェリカも何度か顔を出し幾つかの物を持っていった。アルカージはそんな子供達に「皆がお利口だから神様がプレゼントをくれたんだよ。それをおじさん達が持ってきたんだ」と話した。すると子供は「じゃ！　おじさん達は神様のお友達」と聞いた。「お友達ではなく僕《しもべ》、なんだよ」とロシア兵の一人が答えた。「僕ってなーに」という和やかな会話が尽きなかった。

　またアルカージは皆に「妹がもらわれていってから会うのは二回目なんです」と話した。「前に会ったのは妹がロベジノエの町に来て式を挙げた時なんです」と語った。その訳は「地元採用の兵士には『週休』はあるが休みがないから」とおかしなことを話した。よく聞くと「週休日も地元採用の兵達は朝・昼・夕方に用事をこなすため遠くに出かけることができない」ということがわかった。アルカージはすぐに「不満や愚痴ではありませんから誤解しないでください。私達は好きで率先してやっていることですから」と言い添えた。そして今日ここに間違わずに来られたのは「妹から聞いた道順をしっかりと頭に焼き付けておいたからです」と話した。そして頭が悪いので忘れないために、毎日寝る前に「神様に妹達の無事と幸せを祈り、道順を回想したんです」と語った。そして「家の前に立った時妹の顔と、二人だけの合図を思い出した」と話した。赤ん坊を抱いた須藤は目を閉じて聞いていた。また他の子ども達はアルカージから離れようとはしなかっった。

　その時アンジェリカは厨房から顔を出して「今日はお客様がおられるから先に食事をしなさい」と子供達を呼んだ。子供達は大きな返事をするとアルカージから離れて皆に手を振って食堂に向かった。アンジェリカや子供達の振る舞う姿から、この家の優しさがほのぼのと伝わってきた。食堂に入った子供達からすぐに歓声が沸き起こるのが聞こえた。

　男達は子供達が父親のために準備をしていたサウナに入り、身も心も解きほぐされて居間に戻ると二人の兵士はコックリコックリと船を漕いでいた。食事を終えて出てきた子供達はそれを見て、静かにアルカージの傍に寄り添っていた。そんな中、突然須藤が立ち上がると抱いている赤ん坊をそっとアルカージに渡した。アルカージも黙って赤ん坊を受け取った。赤ん坊は笑顔のままであった。須藤は外に異変を感じ取ったがその気を全く発することがなかったのである。須藤は片隅においた刀を手にすると扉に駆け寄ったが足音を立てなかった。須藤の行動を見てアキームはすぐに剣を手にし皆を庇うように身構えた。その気を感じた子供達が緊張しているのがわかった。赤ん坊までもがアルカージにしがみついているように思えた。

扉の前で外の様子を窺っていた須藤がさっと扉を引いた。立っていた若い男はまさに扉を押そうとしていたところであった。男は普段からたびたび子供達が同じ事をするため驚くことはなかったが、出迎えたのが異様な風態の男であったため度肝を抜かれた様子であった。しかし男は怯むことなく即座に手にした猟銃を構えなおし「何者だ！」と叫んだ。流石に危険と向き合う猟師の対応は素早い。これでなければ猟師として生きていけないであろうと須藤も感心するほどのものであった。須藤はすぐに「この家の主」と判断し、瞬時に銃を握る男の手首を押さえて銃口を下に向させていた。あっと言う間の出来事で男はどうすることもできなかった。これが獣だったら自分は死んでいたであろうと男は思った。

この異様な緊張が伝わったかのように赤ん坊が泣きだした。それを聞いたアンジェリカが慌てた様子で玄関に飛び出してきた。そのアンジェリカを庇うようにアキームがついていた。アンジェリカは夫を見て「あなた。お兄ちゃん達が来ているの」と言って抱きついた。その時すでに須藤は離れて銃を手にしていた。若い男は安心したようにアンジェリカから離れると須藤に対し「銃口を向けたこと」を詫びた。その須藤が自分の銃を持っていることを知りあ然とした様子で須藤を見つめていた。猟師は決して銃を手放すことはないのである。銃を手放した記憶が全くなかったため男は須藤を「何者なんだろう?」と恐れながら見つめていた。須藤はそっと銃を差し出した。その時赤ん坊を抱いたアルカージが出てきた。そのアルカージにくっついて子供達も出てきて父親を出迎えた。夫とアルカージは向き合うとすぐ抱き合った。その間際に須藤は二人から赤ん坊と銃を引き取っていた。奪ったと言った方が正しいかもしれない。赤ん坊はその素早さにすでに慣れたようで手を叩いて喜んでいた。良い猟師になれること請け合いである。

アンジェリカは居間に戻ると皆に夫のデニスを紹介した。デニスははじめて目にする丁髷と和服の須藤に興味を持ち義兄のアルカージに「中国の皇族か?」とそっと尋ねた。アルカージは大きく首を振って「日本の偉大な騎士です。斬られなくて良かったな」と真剣に話した。デニスは「やっぱりそうでしたか。手首を取られた時の素早さと、眼の鋭さは熊や豹よりも恐かった」と思い出したように身震いしていた。

さらに今度はアキーム達三人の見慣れない軍服を物珍しそうに見ていた。この説明等はアルカージと二人サウナに入って詳しく聞いた。サウナから出たデニスは改めて皆に対してお礼を述べた。それから四半刻かけて片付けの終わっていなかった土産の整理に時間が費された。土産の多さにデニスが「これでは一年は働かなくても良いだろう」と言ってアンジェリカに尻を叩かれていた。食事を終えた子供達はベッドに直行した。子供達は夕食を食べるとすぐに寝るのが習わしであった。

その後は大人の食事の時間となった。食前酒は当然のようにウオッカであった。しかしこの日の須藤は酒に手を出すことなく赤ん坊を優しくあやしていた。アンジェリカが作った料理はロシアではどの家でも食べられている家庭料理であった。ボルシチのスープ、ガルブツィー（ロールキャベツ）、主食のピロシキ、デザートはババと呼ばれる菓子パンやクリーチなどであった。その味は各家家によって異なる、言わば「ロシアのお袋の味」という物であった。アルカージにとっては母親の味であり、アルカージ家の味であった。一口噛みしめる度にアルカージの脳裏には家族との思い出や、顔が思い出されて切なさが胸を覆った。その一方でアルカージは「我がアルカージ家の味」が続いていることに心を打たれ涙を堪えることができたのである。そんな父親にも似た兄をアンジェリカは涙を浮かべて見つめていた。

二人を見てアキームは「今度隊長も替わり治安も良くなる。アルカージ達地元採用の兵士達も週休や休暇がまともに取れるように進言しよう」と心に決めた。しかしアンジェリカや皆に話すことはなかった。

食事を終えるとデニスはアルカージの問いに対して、出没する強盗集団は二種類に分けられると話した。一つの集団は「川防村（サハン駐屯地の上流にある中国領）の者達です。他の一団は我が家の裏山に拠点を持つ集団で、常に十人位で行動をする凶悪で質の悪い連中です。毛皮はもちろんのこと金のありそうな家などに押し入り書画・骨董、宝石・貴金属等の高価名品をはじめ、人形・玩具・家具・洋服などもも奪うのだ」と話した。またこの集団は若い女性を拐かす。邪魔をする者は容赦なく殺す悪辣非道な者達だと話した。

　奴らの本拠地は朝鮮人も多く住んでいる圏山村（中国領）と思われると話した。奴らは野盗のような服装をしているが、組織だった行動等から見て絶対に中国兵だと話した。その人数は二、三十人位だろうと語った。

　一方の川防村から来る者達は、以前は皆村人（百姓）達であったが最近は誰かに率いられているようで質が悪くなっと嘆いた。以前彼らは飢饉の年に喰うことができずに年末になると馬車一、二台で来て留守の農家や民家から食料や衣類、石炭、泥炭等の生活必需品だけを盗んでいたと話し、毛皮なども高級な物は一切盗らず、自分達が身に纏うウサギなどの安物だけを持っていったと話した。さらに留守宅に入ると真っ先に食い物を探して食べることを村人達は知っており同情していたとも話した。オモテストクの人々はロシア正教の神様のように慈悲深い心の持ち主である。

　しかし、近年は年中通して来るようになり、来ては高価な毛皮や貴金属など高価な品ばかりを盗むようになった。また昔のように留守の家に入るのではなく、金のありそうな家に押し入るようになった。一番あくどいのは若い女性達を拐かすことであると語った。

　話を聞き終えたアキームは「我々は明日、裏山にいる悪人達を一掃します。また川防村の輩は他の方々（彦康や公麻呂）と相談してけりを付けたいと思います」とデニスに話し、須藤に目で同意を求めた。須藤はすぐにその意を汲み肯いた。アキームの言葉を聞いたデニスは喜ぶと共に、反面不安そうな顔をして義兄のアルカージに目を向けた。同じようにアンジェリカも心配そうに兄を見つめていた。アルカージはその意を察して「今日の出来事と同じ不安を持った狩人達のこと」を語って聞かせた。アンジェリカは赤ん坊を優しく抱いている須藤を「信じられない」という眼差しで見つめていた。夫のデニスははじめ信じられなかったが、先ほど玄関で見せた獣に優る須藤の所作を思い出し納得した。そして案内役を買って出た。これは須藤が強いから買って出たわけではなかった。はじめから妻や子供達のために命がけで案内役を引き受けるつもりであった。そんな夫をアンジェリカは誇らしそうに見つめていた。そして須藤の目に「よろしくお願いします」と頼んだ。須藤は微笑み兄のように優しく応えた。

その夜は疲れておりすぐに寝ることにした。大きなベッドがないため居間に毛皮を敷いて車座で寝ることになった。須藤だけは獣の匂いに馴染めないためデニスに頼んで馬小屋の牧草の中で寝た。当然馬には挨拶をした。

翌朝未明に起きた須藤はお礼にと、半刻をかけて馬にブラッシングしさらに蹄の調整も行った。手入れを為し終えて立ち上がった須藤の頭に付いた枯れ草を馬は鼻息で飛ばした。そして須藤を見て「良い男ぶりだ」と言いたげに白い歯を見せた。

居間に戻るとすでに皆は起きており、すぐに家族揃っての朝食となった。須藤は肉やチーズには相変わらず手をつけることはなかった。菓子パンのようなババと鮭の燻製を旨そうに食う須藤を子供達は不思議そうに見つめていた。食事を終えると子供達は後片付けを当然のように手伝った。その間に須藤は懐紙で折り鶴と風船を折った。また馬小屋から戻る時素早く竹とんぼを作って懐に入れていた。片付けを終えて戻って来た子供達にそれらを渡した。子供達ははじめて見る竹とんぼや折り鶴、紙風船を手に飛び上がって喜んだ。そして女の子にせがまれて折り鶴を丁寧に教えた。幼い妹に教えた時のように優しく教えていた。日本語ではあったが子供達は十分に理解した。

その後一行はアンジェリカと子供達に見送られ朝日と共に出発した。一行はデニスを先頭に道なき道を歩き続けた。デニスははじめ須藤を気遣い何度も振り返って見ていたが、ばからしくなり止めてしまった。自分よりも素早くかつ音を立てることなく進む姿を見て唖然というより恐怖心すら抱いたのである。デニスは狩人の意地のように突き進んだ。さすが姫の警護役の兵達は音を上げることもなくついて歩いた。先頭のデニスが立ち止まると前方の山陰に一本の煙が立ち昇っているのを指さした。その煙を目指して進んでいくとやがて建物が目に入った。その建物は三方が岩壁に囲まれており天然の要塞であった。さらに建物に近づくと建物の前から一本の道が続いていた。あの道は「圏山村」に通じているのだとデニスが話した。さらに建物の後ろには洞穴があることがわかった。

ロシア兵の二人はアキームと須藤に「今度は自分達にやらせてください」と願い出た。騎士道を尊ぶロシア兵として当然のことと言えよう。それを聞いたアキームは上官の立場にありながら須藤に対して「自分も一緒にやるので」と頼んだ。アキームは独断で決めることはできたが、騎士（剣客）としての格は明らかに須藤が上であるため気遣ったのである。これもまた士道のなせるものなのである。それに対し須藤は「責任者のアキーム殿がわざわざ出るほどのことではありません。私に代わらせていただけないでしょうか。指揮官殿は逃げてくる多くの者達を退治していただけませんか」と頭を下げて頼んだ。アキームはその心配りに素直に頷いてみせて「何人来ても一人たりとも逃しはしませんよ」と胸を叩いて見せた。そしてアルカージとデニスに対し「君達は見張りをして逃げ出して来る者達を教えてもらいたい。しかし、絶対に手を出さないでほしい」と念を押し頼んだ。須藤がロシア兵二人と共に打ち込むことにしたのは彼らの巨体や腰に帯びる長さ九十センチ、重さ一・五キロ以上もあるロングソートを頼ったからではない。彼らには剣士としての士魂が漲っていたためである。

三人は建物の近くになると身を隠す場所がないため腰をかがめ疾走した。大男にとって低い姿勢での走りはバランスが悪く兵の一人の鞘が地上に飛び出た石に触れ音をたてた。それを聞きつけて建物の中からショートボウ（短弓）を手にした男二人が飛び出してきた。

男達は駆け寄って来る須藤達三人を見て即座に片膝となり矢をつがえ先頭の須藤に向かって放った。その距離は僅か十メートルに満たなかった。短弓を使い慣れた兵達にとっては外すことのない距離である。須藤は避けようともせず小刀で二本の矢を切り落とし、次の矢をつがえようとしている二人の首を斬り払った。男達は声を出す間もなく首と共に地に落ちた。須藤が矢をわざわざ切り落としたのは後続のロシア兵達にスピードの速い短弓の矢が見えないことを心配したためであった。実際に矢を目にしたのは一人もいなかったのである。

このあり得ない恐ろしい様を見てデニスは目が点になり身体が硬直し震えていた。そして震える手をそっと自分の首にやり「ホッ」とため息をついていた。昨夜義兄の言ったことが正しかったことを痛感した。強いて言えば想像を遙かに超えるものであった。そんな時人間は震えと共に話すことさえもできないことを身をもって知った。

須藤と共に建物に身を寄せた三人は中の様子を覗った。しかし二人のロシア兵達は足が自然と震え出し、中の様子を覗える状態ではなかった。男達二人の首が目の前で落ちるのを見たためである。それも何時どのようにして斬られたか全くわからなかったのである。剣士にとってはこれほど恐ろしいことはないのである。須藤はそれを見て即座に二人の肘のツボを押して落ち着かせた。そして改めて三人で中の様子を窺った。中の者達は全く気づいた様子もなく食事を摂っていた。

ロシア兵二人は騎士として今見せた醜態の汚名を晴らすため「今度は自分達二人にやらせてください」と言うように剣を抜いて須藤を見た。その目は明らかに命を賭した騎士の顔であった。須藤はすぐに「頼む」というように頷き、鞣し革で刀を拭いて鞘に納めた。須藤はその後、素早く落ちている短弓と矢筒を拾った。

（※『矢筒』の呼び名は、古い順から「靭―ゆぎ」「古祿―やなぐい」「箙―えびら」「空穂―うつぼ」「尻籠―しりこ」「矢籠―やかご」「矢筒」と呼んだ）

短弓を手にした須藤は斬った男達が一人は矢を右に、一人は左につがえて放ったのを見た時慌てたためだと思った。それは和弓の場合、矢は右につがえなければ放つことができないからである。その理由は矢を放つ時に左手首を返さなければ、矢を真っすぐ遠くに飛ばすことができないためである。須藤は手にした短弓の形状を見て自分の考えが間違っていたことを覚った。短弓は矢をつがえる所が細くなっており、左右どちらにもつがえられるようになっていたからである。そんな短弓と矢筒を興味ありげに握りロシア兵達の後について建物の中に入った。

ロシア兵達二人は剣を右手にテーブルで食事している男達に向かって疾走した。その距離十メートルであった。気配と足音に気づいた男達はロシア兵達を見て自分が食事していた皿やコップを投げつけた。そして素早く脇に置いてあった柳葉刀を取ったが間に合わず、手前の左右の二人ずつの計四人はロングソートの一振りで絶命した。二人のロシア兵達は避けることができず顔面は食べ物で汚れていた。ロシア兵の二人は左右に分かれ攻撃したのである。ロシア兵達は足を止めることなく奥に進み、二人（計四人）を返す刀で薙ぎ斬った。この時四人はすでに剣を抜き放っていたが、それをものともせず斬った早業は流石であると言えよう。その腕力は唯一須藤に勝つものであった。

さらに奥に進む二人に向かって奥の四人が剣では無理と思ったのか弓（ロングボウとショートボウ）を持って対抗しようとした。男達が弓を構えているのを見て咄嗟に須藤は四本の矢を射ったのである。ロシア兵達が間に合わないと思ったためである。四本の矢は狙い違わずに四人の男達の眉間に命中した。須藤にしては珍しく興奮を隠せない様子であった。須藤は二本の矢を左右につがえて同時に放ったのである。そして間をおくことなく次の二本の矢を射ったのである。試し撃ちというものであった。須藤は射った後にロシア兵達に「すまなかった」と心で詫びて苦笑していた。後で須藤は男達の眉間に刺さっていた矢を見て「やはりそうであったか」と一人納得していた。

残った六人の男達は弓矢でもダメなことがわかり纏まって剣で立ち向かおうと待ち構えていた。二人のロシア兵に対し六人が打ち掛かった。一人に三人が同時に攻撃したのである。それは連携の取れたものでまさしく手慣れた兵の攻撃と言えるものであった。しかしロシア兵達の敵ではなかった。素早く水平に薙いだロングソードは三本の柳葉刀を弾き飛ばすと同時に三人の首を薙ぎ斬った。その剣捌きを見て須藤は、ロシア兵達が「日本剣技の一端」を身に着けたことを知った。しかし、ロシア兵達の剣捌きは斬るというよりも、ただ腕力に物を言わせ叩き斬ったという類いのものであった。これに日本の剣技が加われば途方もない騎士・剣客が生まれるであろうと須藤は思った。

食事をしていた十八名の男達を一掃した三人は奥の部屋の扉に走り寄り様子を窺った。中に人の気配がなかったので静かに押し開いた。そこは多くのベッドが置かれた寝室であることがわかった。食事の時間であったため誰も横になっている者はいなかった。三人はすぐに隣の部屋に足を向けた。そこは厨房で火が焚かれた竈には美味しそうな惣菜の入った鍋が置かれていた。脇のテーブルの上には盛られたばかりの丼が置かれて間近まで誰かがいたことが明らかであった。部屋の片隅には外と出入りするためと思われる扉があり、その扉が僅かに開いているのがわかった。須藤が素早く開いている扉に駆け寄った時、表から「ギャー」と絶命を思わせる悲鳴が二度聞こえた。後を追ってきたロシア兵が指を折り「これで二十二人か」と言うと表に飛び出しアキームの方に向かって走った。

一人残った須藤は厨房においてある松明を目ざとく見つけると火をつけて裏の洞窟（洞穴）に向かった。洞穴の中は広く奥が深いため昼なお松明が必要であることがわかった。洞穴は奥に行くほど高価と思われる書画・骨董・彫刻・絵画等が置かれていた。その他には欧風の家具・絨毯・人形等も所狭しと置かれていた。この品々を見てデニスには悪いがデニス家が襲われない理由がわかった気がした。さらに奥に進むと部屋が設えられてあった。部屋には施錠の設備はあったが鍵は掛けられていなかった。須藤は中の様子を窺い慎重に中に入った。誰もいなかったが寝具と女性の衣類が何点か放ってあった。また、部屋の中には女性の残り香が漂っていた。須藤は洞穴を出るとアキームの下に向かった。

松明を持った須藤をアキーム達（アルカージ、デニス、二人のロシア兵）が出迎えた。

その傍らには建物の中と同じように叩き割られたような切り口の男二人の亡骸が横たわっていた。切り口を見れば残酷に映るであろうが、瞬時に命を絶つということは亡くなる者にとっては苦しむこともなく慈悲というものである。須藤はアキームに「洞穴には誰もいなかった」と伝えた。二人のロシア兵は須藤に「すみません」と何度も謝った。須藤が男達の亡骸に目を向けるとアキームが「未熟の至りです」と恥ずかしそうに話した。アルカージが介して伝えると須藤は首を左右に振って「いやお見事です」と言った。アキームはこれを聞いて胸を反らせた。部下の二人に比べて明らかに剣捌きが上であることがわかる。

須藤は松明をデニスに渡した。デニスは真っ青な顔をしていたためである。狩人にとっても人の亡骸は別と思える。デニスを先頭に厨房に戻った一行は松明を手に洞穴に向かった。やがて洞穴から出てくるとデニスとアルカージの二人は仲間達を呼ぶために立ち去った。少しして二人は「何時間で着くか楽しみだ」と言いながら戻ってきた。その間に須藤達は二十二名の亡骸を埋葬し終えていた。洞穴や窪地が多いため埋葬にはそれほど手間はかからなかった。また汚れた机や椅子などは竈に入れて燃やされた。この時役だったのがロングソードである。剣の一振りで垂木や分厚い板も木っ端のようになったのである。建物の中に「へっぴり腰（屁っ放り腰）」で入って行ったデニス達がホッとした顔をして出てくるとすぐに洞穴に向かい荷をせっせと運び出した。

やがて仲間の狩人達が集まって来た。驚いたことにその中には騎馬兵の二人も混じっていた。二名の騎馬兵は新隊長（アンドレー）の命でこの近くを警邏していたのである。その一人が地元採用の元狩人の兵士であったため笛の音を聞き分けることができたのである。当然この付近の地理にも明るく途中で会った狩人達の馬車を案内してきたのである。騎馬兵達が「この一帯も常時警邏することになりました」と伝えた。アルカージは「俺も隊長に頼んで騎馬兵にしてもらおう。そうすれば妹たちにも会えるからな」と話すと、デニスは「義兄さん。公私混同はしないでよ」と嬉しそうに話し皆を笑わせた。

騎馬兵の一人が建物を見て「ここは見晴らしが良いので警戒には最適な場所だと思います。帰ったら隊長に報告します」と言った。デニスとアルカージは「よろしくお願いします」と深く頭を下げた。デニスはアルカージに「兵士達はなぜ男（中国兵）達のことを聞かないんだろう」とこっそり尋ねた。アルカージは「知ってるからさ。君も思い出したくないだろー」と淡々と語った。デニスは黙って頷くと二人は顔を見合わせて身体を震わせていた。

昼食は厨房に山ほどある料理を無駄にしないためにとアルカージとデニスが表にセッティングした。さらに外は「眺めが良いから」と説明した。外の景色は眺めも抜群で誰も疑うことはなかった。兵達が出した弁当も皆で味見した。食べた狩人達は「兵隊食も我が家と同じ様に質素な物ばかりだが味が全然違うな」と驚いた。それを聞いた騎馬兵の一人が「新しい隊長が急きょ古参の曹長を解任して、パブロスキー（上等兵）を賄い方の責任者にしたからだ」と説明した。それを聞いて狩人達が「（十代で）フランスに修行に行ったあのパブロスキーか」と言って納得していた。また、町の人や村人も、部落に住む狩人達さえも曹長が軍の物資を横流ししている事実を知っていたことには兵達も驚かされた。それにしても今度の隊長は「地元採用の者をチーフにするなんて」と感激していた。また今はじめて耳にしたアルカージは「隊長は何でもお見通しなんだ。恐ろしいお方だ」と感嘆していた。最後にアルカージは「誰でも隊で食事ができるようにと隊長に頼んでみる」と言って皆を喜ばせた。後日ではあるが「休日」には分遣隊の食堂が一般にも開放されることになった。特に村々に住む狩人達にとっては「町に行く楽しみ」が一つ増えたというよりこれを目的に町に出るようになったと言える。

アキーム一行はデニスから詳しい道順を聞いたアルカージを先頭に出発した。ロシア兵二人の背には多くの食い物が背負われていた。レトルトのない時代では当然のことである。背負う背負子は須藤から教わった通り自らが作った物である。以後これがロシアの怪我人等を背負う担架になるとは今は誰も知る由もない。その時アキームは、ただ荷運びには最適なものだと須藤に感謝していたのである。

須藤は一人だけ自分の弁当を懐にしまっていた。アンジェリカが須藤のためにと特別に拵えた物であった。その弁当は蒸し米と塩鮭を焼いただけの物であったが、須藤にとっては最高のご馳走であった（※「リース」（米）は当時ロシアにおいては「サラセンの黍」と呼ばれ一般的な食べ物ではなかった。後に牛乳に砂糖、蜂蜜、ジャムなどと一緒に煮て「米の粥」として朝食やデザートとして食べるようになった。この時須藤が米を笊に包んで運んできたためアンジェリカが単純に笊を使って蒸したのであった。アンジェリカの苦心の一品であった）。そんな弁当に須藤は手を当てて、薄幸な幼少を過ごしたアンジェリカと妹を思い幸せを祈った。

一行は山道を上り下りを繰り返し歩き続けた。途中に何ヵ所かの建物を見つけ休憩や休息をとった。建物の外見は粗末ではあったが内装や整然とした様子から中国兵達が使っていることは明らかであった。またどの建物にも鍵の掛かる部屋や厨房、室のような食料を保管する場所があった。多くの食材はロシアの地で採れる物が多かった。それは皆盗んだ物ばかりだったからである。そのため食料には不自由することはなかった。また無駄にすることもなかった。それは須藤が「食べ物には多くの人の手が加わっているから無駄にしてはいけない」と戒めたためである。アルカージは「オモテストクの地でありながらまるで中国だ」と憤りを見せた。須藤は「これを利用すれば一石二鳥と思うが」と助言した。そんな一行は小高い山の頂上に立った時、雄大な視界の中にメタン河の美しい川面も目に映った。

（※丘は山よりも低く、傾斜がなだらかのものをいうが高さの決まりはない。また、国土地理院発行の地形図に載る日本の山として最も低いのは宮城県仙台市にある「日和山」で標高は三メートルしかなく「丘」とも呼ばれないほどの高さである）

アルカージは手にした望遠鏡をアキームに渡して、川の畔に建つ建物を指さして「あれが待ち合わせ場所の教会です」と伝えた。それを見てロマンチストのアキームが「景色が良いのでここで早めの食事にしよう」と話すと皆は頷いてその場に腰を下ろした。しかし須藤一人だけは僅か離れた場所の石に陣取った。皆は須藤が大事に懐に弁当を抱えていることを知っていた。皆は「よく同じ物を飽きることなく食べることができるもんだ」と感心し不思議そうに見ていた。そんなことよりも須藤は残り少なくなった弁当に寂しさを覚えていた。

食事も終わるころ、アルカージの「あれは日本の船（櫛引丸）ではないか！」という大きな声が聞こえた。皆が一斉にアルカージの指さした方向を見た。すると確かに川を遡る一艘の船が目に入った。アキームはすぐに望遠鏡を取り出して眺めていた。そして「オモテストクと日本の旗が見える」と皆に伝えた。

須藤は僅かとなった飯を丁寧包んで懐にしまった。それを見ていた二人の兵達は残った弁当を丁寧に包んで背負子に縛りつけ、教会を目指して一行は出発した。先頭は柳葉刀を手にした須藤に代わっていた。須藤は歩行に邪魔になる草木を切り払う役目も担っていた。須藤が通った後は、人が大勢通る「路」や、幹線道路のように整備された「通」とまでは到底いかないが、人が通るくらいの「道」にはなっていた。無造作に柳葉刀を振るう須藤の後から続く者達は、一様に切り株の太さを見て恐れおののいた。本当は柳葉刀で切り払うのは太めの幹よりも、たおやかな小枝の方が難儀なのである。しかしこの時須藤が一番気を配ったのは懐の弁当であった。難儀が予想された行軍も須藤の活躍によって櫛引丸の到着に十分間に合うことができた。

たどり着いた教会の付近には何の建物も見当たらなかった。一軒だけ建つ教会のドーム型の屋根にはロシア正教の八端十字架が立っており、この地がまさしくロシア（オモテストク）国の領土であることを示していた。アキーム達は教会にたどり着くとすぐに跪いて祈っていた。須藤もまたその傍らで直立して二礼二拍手一礼を行った。その後皆が上陸してくるまで間があるので再び食事がはじまった。美味しそうに食べているのは須藤一人であった。アルカージが教会の後ろに流れる小川を指さし「この小川が中国との国境です」と話した。小川に遊ぶ小魚や川蟹を眺めながらのんびりと櫛引丸の到着を待った。

櫛引丸と彦康隊

話を櫛引丸に戻すことにする。ポケット港を他の船よりも遅れて出航した彦康達が乗る櫛引丸は、性能と船頭達の巧みな操船によって瞬く間に先行する船達を追い抜いた。追い越された海兵達が「速すぎて手を振る間もなかった」とその驚きを他の仲間達に話したと言う。その後櫛引丸は日本海を南下し朝鮮領のソンラ港やボンソン港の沖を通り、さらに朝鮮半島の最南端まで南下して不審船（拉致船）の捜索にあたった。そして何の収穫もなくまた北上し捜索にあたったのである。途中南下する戦艦アドリアンとボンソン沖ですれ違うこととなった。その際、櫛引丸の榊船頭からアドリアンの古藤に対して「朝鮮半島最南端まで異常なし」と手信号を送った。オモテストク国と言うよりも、ロシア最新の軍艦アドリアンに古藤水夫頭を持ってしてもその速さは比ではない。しかし、アドリアンに乗っていた海軍長官をはじめ海兵達は皆一葉に、一度も経験したことのないアドリアンの限界速度を体感し感動に震えていた。反面では自分達の操船の未熟さを痛感させられてもいた。その後は海兵達が誰言うとなく古藤や櫛引丸の水夫達の行動を一挙手一投足も見逃さないという眼差しで観察をしはじめた。また聞いてくる兵達には懇切に指導した。この兵達を育てることは、京の都からソンラ港までおよそ九百キロある海路の捜索を担ってもらうためにも必要であった。

櫛引丸はアドリアンに捜索を委ねメタン河に入った。櫛引丸のメーンマストにはロシアの国旗と日の丸が掲げられていた。サブマストには三つ葉葵の旗とその下に、知らない人は黄色い猫と見間違うであろう虎が描かれたオモテストクの国旗がなびいていた。これで櫛引丸は日本の船舶でオモテストクの国賓船であることを明示していた。また徳川幕府の旗印を掲げたことで日本の女性達を捜索するのも容易となったのである。

河を捜索しながら遡りサハン駐屯地のある湾の入口に着いたのはポケットを出航してから何日も経っての夕べであった。サハンの駐屯地は湾の最深部にあるため、湾の入口（下流側）には国境の川を見張るための分遣隊がおかれていた。また湾の入口の左右には監視所が設けられていた。下流側の監視所は長く突き出した岸壁の上に砦のように築かれ砲台まであった。また上流側は砂州の先端に設置され、その近くには警戒するように小型の軍船が停泊していた。これを見てもいかに重要な場所であるかが認識できた。また分遣隊の隊舎は河口側に岩壁に護られるように建っていた。川の中ほどにある岩から対岸側は朝鮮の領土で、川を僅かに遡ると右側が飛び地の川防村という中国領なのである。川防村を過ぎると待ち合わせ場所の教会があるオモテストク領なのである。

櫛引丸がサハン湾（入り江）に入ろうとした時、監視所から大砲が放たれた。威嚇の大砲が放たれると同時に花火も打ち上げられた。花火は分遣隊本舎とサハン駐屯地本部に知らせるための合図の狼煙であった。彦康は手際の良い行動にこの地の警備の確かさがわかり喜んだ。砲撃から間をおかずに二隻の小型の軍船が櫛引丸の両側にとりついた。軍船には戦闘態勢の武装した兵達がいた。兵達は鉄砲を構えて櫛引丸の乗員達に向けていた。大砲には砲手がついておりいつでも撃てる態勢であった。櫛引丸に掲げたメーンマストとサブマストの旗は凪と薄暮でランタンの光も届かず、役に立たなかったのである。

船頭の榊はこの大きさの船はこのような場所には最適であると感心し、すぐに縄ばしごを下ろすように指示した。抵抗する様子が全くないのを知り、軍船の艦長と士官の二人は縄ばしごをスムーズに上った。その時も左右の軍船の兵達は櫛引丸の乗員に向けて構えていた。二人が櫛引丸の甲板に降り立つと彦康と榊が出迎えた。艦長は彦康達に対して敬礼をして「私はオモテストク海軍のヘルマンです。この船の船長は誰ですか」と偉ぶる様子もなく尋ねた。その時彦康の後ろからひょっこり姿を見せたのが舘田せつであった。せつは笑顔でヘルマン達二人にお辞儀をすると、彦康達にヘルマンの質問を伝えた。そんな舘田をヘルマン達はただ呆然と見つめていた。

そんなヘルマンに対し舘田は「ドーブルイ・ヴィエーチル（こんばんは）。こちらは日本の将軍の若君で『徳川彦康様』です。彦康様はアデリーナ女王陛下の勅使としてこちらにお見えになりました」と丁寧に答え彦康から渡された勅書を差し示した。ヘルマン達は勅書を確認するとマストに目をやり旗に目をやった。そしてすぐに二隻の軍船に向かって「女王陛下の御勅使様一行です。警戒解除！」と叫んで警戒を解き、彦康に直立不動となり無礼を詫びた。彦康は意に介することもなく「徳川彦康です。あなた方の素早い対応に感じいりました」と手を差しだし握手を交わした。その後榊が「この船の船頭の榊です。あなた方の操船技術には感服しました」と褒めて握手をした。せつが二人に介して伝えるとヘルマンが緊張した様子で「処罰を覚悟しておりました」とこっそりとせつに話した。その後に「まさかせつさんが乗っておられるとは夢にも思いませんでした。心臓が止まるかと思いました」と軽口をたたいた。その後ヘルマンの艦船の案内（誘導）でサハン駐屯地に向かった。

彦康が所持する勅書も「女王の名代としてサハンにおける行政、軍事、その他すべての権限及び採決・裁断の権限を与える」というものであった。岸壁に降りた彦康達を迎えたのはサハン駐屯地司令官グリゴリーをはじめ、その部下達であった。港の各要所には火が灯され昼の如く明るかった。勅使のことはすでに分遣隊からの連絡（狼煙・花火）とヘルマンの同行の他の艦船が先行して知らせていた。また出迎えた兵達は非常呼集にもかかわらず、観兵式の如く整然としたものであった。サハン駐屯地も規律が厳守され士気が上がっていることがわかった。彦康は近い将来この国は世界有数の強国になるだろうと思った。

手渡された勅書を確認した司令官は即座に居並ぶ部下や見守っていた市民達に告げた。不動の姿勢の者達は一瞬息を呑んだように思えたが微動だにすることはなかった。一方の町民達は不安そうに彦康を見つめていた。

彦康は司令官に出迎えのお礼を述べると共に市民達に向かって頭を下げた。これを見て市民達は「ホッ」とした様子で笑顔になった。

彦康は兵達に「ご苦労様でした」と言って、司令官に解散させるように話した。司令官の「分かれ」

の号令で小隊ごとに行進して隊舎に戻った。その途中ではじめて目にする日本の侍を横目で見た者達がいたが隊列を乱すことはなかった。脇見をした兵を中隊長は渋い顔でチェックしていた。せつは「アーア。後で叱られるわよ。可哀想に……」と一人胸を痛めていた。またせつは「こんなに多くの兵隊さんがいるのに、一人だけ目を動かしたことがわかるんだ」と驚いてもいた。

司令官室に案内された彦康は「拉致された女性達を救助して連れ帰りたい」と言って協力と情報提供を申し出た。司令官は同意をするとすぐに同席する副官（副司令官）に対し何事かを指示した。副官は「わかりました」と言って部屋を出て行った。そんな司令官室は西洋の高級士官の部屋とは思えないほど質素な佇まいであった。それがかえって司令官としての重々しさと質実剛健らしさが感じとられたため彦康は申し出たのである。

グリゴリーは「ここに昨年十名、今年十一名の日本人の女性を保護しております」と話した。その後司令官は「昨年保護した十名を日本に返そうとしましたが、女性達が日本では異国に出たことがわかれば罰せられるので帰りたくても帰れないと断わった」ことを話した。話を聞いた彦康は「そうでしたか」と苦渋に満ちた顔で話した。

次に司令官は女性達を保護したのはヘルマン達岬分遣隊であることを話した。次に「拐かすのは朝鮮人達であり、奴らは女性達を圏山村に連れて行き中国人に売り渡すのだ」と話した。また、「買う中国人は春節に間に合うように都（北京）に連れて行くのだ」と教えてくれた。さらに「圏山村の手前に恩洞浦という小さな部落があるが、そこには中国軍の分遣隊や派出所がないため圏山村に連れて行くのだ」と詳しく話した。

女王陛下もそのことをご存じで、日本人女性の「保護命令」を出したのですと説明した。よってサハン駐屯地をはじめ、岬分遣隊も厳しい警戒網を布いているのだと話した。そのため近頃では誘拐団の一部は岬分遣隊の川の警戒網を避けるために陸路を行く者達もいるようだとも言う。しかし、陸路は道がないため和服の女性が歩くことが困難であるためほんの僅かであろうと述べた。

彦康が驚いたのは、日本人女性の誘拐に関わっていると思われる朝鮮国と中国の双方がいずれも国が関与しているということである。また、自分をはじめ日本国においては多数の日本の女性達が拐かされ異国に売られているという事実を全く知らなかったことである。さらにグリゴリーは、この者達以外にも中国には民間の誘拐団がいると話した。その者達の本拠は駐屯地の僅か上流の川防村（中国領の飛び地）であると口惜しそうに話した。

その時ドアがノックされた。司令官の返事を待ち副官が先頭に和服の女性二人が目線を下にして入ってきた。二人の女性は司令官に挨拶をした。そして脇に立つ彦康達日本人に向かって丁寧に頭を下げた。二人の女性が顔を上げた時、彦康の横から和服姿の舘田せつが「こんばんは」と顔を覗かせた。二人の女性は驚きながらもすぐに駆け寄った。そしてせつに挨拶する前に作法として前に立つ彦康と榊に頭を下げようとして、先に上席側の彦康に目を向けた。貴公子然とした彦康の顔を見て慌てて目線を下げると胸の家紋が目に入った。初めて見る家紋であったが将軍様の家紋『三つ葉葵』であることがわかった。

二人は目の前が真っ暗になり固まりその場に平伏した。二人は詫びる言葉も出て来なかった。

これを見て司令官は驚いたように舘田に尋ねた。舘田は「このお方は徳川将軍家の若君で徳川彦康様とおっしゃいます」と答えた。これを聞いて司令官と副官は揃って片膝をついた。女王陛下の勅使であり、かつ日本国の当主の若君と聞いてこの上もない緊張感が二人の全身を覆っていた。そんな二人に彦康は「私達はあなた方に協力をお願いしに来た者です。どうかお立ちください」とせつを介し伝えた。彦康はすでに司令官と副官を信頼するに足る人物と見定めていた。

せつと榊の二人は平伏する女性達に彦康の身分と名前を告げてから「皆さんを迎えに来た一人の日本人であるから気を使わないでほしい」との彦康の言葉を伝えた。そう言われても二人の女性は頭を上げることができずにいた。当時の庶民達にとっても神様のような存在で当然としか言えないのである。その時ゆっくりと扉が開くと、振り袖姿の一人の少女がうつろな眼差しで入ってきた。少女は蝶のようにフラフラと彦康に近づくとそのまま首に抱きついた。せつは驚きながらも少女に近づき「どうかなさったの」と優しく尋ねた。この言葉を聞いて平伏していた二人の女性がパッと顔を上げた。二人は少女が彦康に抱きついて胸に頬をつけているのを見た。二人は慌てて立ち上がると少女に駆け寄り、恐縮したように彦康に頭を下げてから少女に手を掛けようとした。すると彦康が二人の手を右手で制した。そして彦康は左手で少女の頭を抱いて右手で優しく撫でていた。彦康は少女に「大丈夫だよ。兄さんが護ってあげるからね」と優しく妹に語りかけるように囁いた。少女は安心したようにニッコリと頷いた。その表情を見た二人の女性が「この子が感情を見せたのは初めてだね」と涙をためて話していた。二人の女性は平常心に戻っていた。少女は二ヵ月ほど前に、一人で海に漂流していたところ救助されたのであった。それ以来今日まで誰とも話すことなく、さらに感情を表すこともなかったのである。

ついでに語れば、他の二十人の女性は十名ずつに分かれて船で運ばれている途中に分遣隊の艦船に救助されたのである。今司令官室にいる二人の女性は、それぞれ助けられた十名の代表者達である。二人の女性は少女を優しく抱き寄せるとその場に三人は正座した。これを見て司令官達はせつに目を向けた。せつは「日本の女性にとってこれが一番楽な姿勢なんですよ」と笑顔で語った。彦康は三人の前に正座すると「皆さんを必ず日本に連れ帰ります」と約束をした。しかし、明日から他の誘拐された女性達を救いに行くため遅くなると話し了解を求めた。全く異例というものであった。二人の女性は恐縮しましたその場に平伏して「本当は全員が日本に帰りたいと願っております。何日でもお待ちいたします。若様のお身体が心配です」と述べた。女性達は帰国できる喜びと、今度は彦康を心配しはじめたのが手に取るように伝わってきた。

榊がそれを知り女性達に供の人達のことを話した。「馬庭念流の成田泰信、タイ捨流の幸山誠三郎、示現流の宮崎彰衛門、天流の杉本司之輔、宝蔵院流の林世潮胤、陰流の細川慶二郎」という名だたる剣豪の名前を告げた。また若君は別名・依田彦康様と言って、タイ捨流の最高師範であることを伝えた。日本においては剣術に全く疎い女性であっても、今名前をあげた剣術家の名前は知っている。二人も当然名前は知っていた。しかし、女性達は彦康を見て「この御方が日本を代表する先生であったとは」と自分の耳と目を疑った。

また、せつから聞いた司令官と副官は改めて外で待つ剣客達を見つめ直し、隙のなさを確信し、畏怖と敬意の眼差しで剣客達を見つめた。剣客達の隙のなさを見抜いた二人の慧眼も流石と言える。二人は剣に精通していたと言える。

この時彦康は明日からの計画について皆に伝えた。その計画は人員を二手に分けて、片方はサハン駐屯地から徒歩で中国領の飛び地である川防村に入り、他方は櫛引丸で川防村の岸壁に接岸させて河から逃げようとする者達を阻止し、二組で挟み撃ちにして誘拐団を殲滅するというものであった。そして徒歩で陸路を行く一行の案内役は駐屯地の副司令官ヤコブが買って出た。一方の櫛引丸の案内役は軍船のヘルマン艦長が申し出た。計画の打ち合わせも一通り終えたため彦康達は櫛引丸に戻ろうとした。それを知って司令官は慌てて引き止め、「女王陛下の名代でかつ、サハンの行政・司法の最高責任者の立場であり、さらに国賓とも言える徳川彦康君を何のもてなしもせずに返しては女王陛下に仕えるサハン駐屯地司令官として面目が立たない。せめて晩餐とまではいかないが食事を一緒にして欲しい」と願い出た。彦康は急遽の来訪で迷惑をかけまいとの心配りであった。しかし、日本の古武士にも似た司令官の必死の形相での申し出を素直に受けることにした。また、日本人の女性達を保護してくれたお礼も述べたかったのである。

食事は顔見せもあるため、櫛引丸に残る人達を呼ぶため榊船頭は部屋から出ようとした。その榊に従って虚ろな眼差しの先ほどの少女（十二、三歳）が付いて行こうとした。戸惑う船頭に彦康は一緒に連れていくようにと目で合図した。

二人はゆっくりと櫛引丸に向かった。二人は渡し板（タラップ）を渡り櫛引丸の甲板に立った。少女を見守っていた櫛引丸の人達は皆胸をなで下ろしていた。当然二人の猫達も心配そうに見守っていた。そんな剣客や水夫達に船頭は経緯を語った。櫛引丸に残ることになったのは、先の宮殿での晩餐会の行いを悔いてか恥じてか剣客の宮崎と林が申し出た。水主は阿保、渡辺、安藤とそして船頭・榊の四人が残ることになった。その時船頭の後ろにいたはずの少女の姿が見あたらないのがわかった。慌てて皆が船内を探し回った。剣客達でさえも虚ろな少女の行動には気づくことがなかったのである。結果少女は帆柱の陰に座りリュウを抱いて守子唄（京都竹田の子守歌）を聞かせていた。

守りもいやがる　盆からさきにゃ
雪もちらつく　子も泣くし
この子よう泣く　守りをばいじる
守りも一日　やせるやら
はよも行きたや　この在所こえて
向こうに見えるは　親のうち
来いよ来いよ　小間物売りに
来たら見もする　買いもする

久世の大根めし　吉祥の菜めし
またも竹田の　もんばめし
盆が来たとて　なにうれしかろ
かたびらはなし　帯はなし

そんな愛らしい唄声に、天の神様も気を使ってくれたかのように夜空の黒雲は押しやられ、満月の月が顔をのぞかせた。少女はこの時自分の代わりに父親と一緒に祈願に行った弟を思って歌っていたのである。行った先の寺の近くにある霊が棲むという宇曽利沼で溺れて亡くなった弟を偲んでいたのである。

船頭は声をかけることができなかった。その訳は少女とリュウそしてお月様の三人が会話しているように見えたからである。さらに船頭は少女の瞳が涙で濡れているのを知り、感情が戻りつつあることを知った。一方、少女の腕の中のリュウは、少女の落とした一滴の涙を受けて「お月様が可哀想な少女を蘇らせてくれた」と両手と両足を合わせた。そのきっかけを作ったのはリュウである。リュウをはじめて見た時、少女は無意識に赤ちゃん（弟）をあやすかのように抱き寄せたのである。またリュウは渡し板を渡る幻影のように美しく頼りない少女をはじめて見た時、近づくこともできずただ無事に渡ることを祈っていた。その後寄ってきた少女に気づかずに抱き寄せられたのである。気というものを全く感じなかったのである。腕に抱かれて見た少女の瞳は存在のない陽炎のようであった。リュウは「お仕事をサボっていてはレイさんに叱られる」と座って抱いていた少女の腕から逃げ出した。少女はより一層悲しげな眼差しでお月様を見上げていた。

逃げたリュウを待っていたのはレイの猫パンチであった。「何で逃げ出したのよ。この人でなし。あの少女は病気なのよ」と叱った。さらにパンチをもらいそうになってリュウは慌てて少女の下に戻った。リュウは座ったままお月様と会話をしている少女の腕の中に戻った。その時少女がはじめて感情を表すかのように微笑むのがわかった。そして赤ちゃんをあやすかのように子守歌（竹田の子守り唄）を口ずさみはじめたのである。リュウはうっとりと少女の唄を聞きながら「レイさんのパンチを避けられるようになった」と喜んでいた。それを上から見てレイは「私が本気で殴ろうとしたら外すと思う」とほくそ笑んでいた。そんな二人を見て船頭は「二人が本音を話す時が来るのかな」と心配していた。そして「これで櫛引丸に残るのは七人か」と呟いた。この独り言を聞いたかのようにレイは「船頭さんも年かな。九人でしょう」と一人呟いた。


船頭達九名に見送られて剣客の成田、幸山、杉本、細川の四人、そして水主の梅戸、大間、須田山、八代、山本、二唐、伊藤の七人の合計十一人は、迎えに来た副官ヤコブと共に二台の馬車で出発した。見送る水夫の渡辺は「こんな近い距離をわざわざ馬車で迎えに来るとは、無駄とは思わないのかな～。まぁ、それが貴族か……」と一人ぶつぶつ言って納得していた。

その馬車と行き違うかのように一台の馬車が来た。馬車から降りたのは民族衣装を着飾ったサハンの女性達であった。女性達は櫛引丸に残る人達のために食事を運んできたのである。そんな女性達が持ってきたのは一抱えもある骨付きのハムと様々なソーセージ、二、三キロは優にあるローストビーフ、丸くて大きなチーズや三角のチーズなど西洋人にとっては最高級の物であったが、日本人にとっては日と胃の腑に受け付け難い物ばかりであった。その他に多少見慣れた果物もあった。

宮崎は「この国の人達は馬鹿だなー。百人分もの物を誰が食うんだ。もったいないにもほどがある」と一人憤慨していた。しかし、後で持ってきた女性達が「これ位は私達だけでも朝飯前よ」と言ったのを聞いて安心していた。そして女性達の身体を見て今度は「足りるのか」と心配する優しい宮崎であった。

阿保は獣の肉と腐った豆腐のようなチーズ、毒々しい色の果物に閉口していた。わざわざ運んできた女性達に申し訳ないので食べないわけにはいかない。そこで閃いたのが食べたふりをして袂に入れて、後でリュウにやることであった。安心した阿保は自然と笑みがこぼれたのを見て女性達が「好物がいっぱいあって良かったわね。沢山食べてね」と微笑みながら話した。言葉のわからない阿保は肯いて品選びをした。それもまたやっかいであることを痛感した。懐に臭いが残らない物を探すのが大変だったからである。

林は運んできた多くの酒を見て「残ったら持って帰るのかな」と心配していた。はじめは「懐に四、五本は入るとして他はどうしようか?」と悩んでいたが、隠すなんてはしたない。飲めばいいんだと結論が出た。

そんな折、さらに一台の馬車が到着した。馬車から降りたのは先刻司令官室にいた二人と他に三人の日本人の女性達であった。彼女たちが運んできたのはマグロや鮭、タコや鮑、蟹などの海産物がほとんどであった。さらに銀シャリの酢飯に海苔までもついていた。それを見て水夫の安藤が「山葵は！　山葵は！」と言って探した。女性が「山葵がなくて申し訳ありません。この国には山葵がないものですから」と申し訳なさそうに謝った。他の女性が黄色い西洋がらしを手に「私達はこれを山葵の代わりにしております」と話した（※日本の山葵はオリエンタルマスタードと言う。また「和がらし」とも言う辛さの強い物である。西洋山葵はイエローマスタードとも「洋がらし」とも言い、穏やかな辛さが特徴である）。

それを見て船頭の榊は「江戸でも同じように使っているところがあります。それは鳥も通わぬと言われている八丈島などの南の島々です。島には山葵がないため洋がらしを代わりに寿司につけて食べている」と話した。また、洋がらしが入る前は赤唐辛子を使っていたとも語った。私ははじめてですが喜んで食させていただきますとお礼を述べた。安藤は頭を掻き掻き「申し訳ござらぬ。皆様方のご苦労も弁えず勝手なことを申しました。どうかご容赦下され」と武士のように詫びた。水夫姿の安藤が武家言葉で謝るのを目にした女性達は、やっぱりこの方々は若君様を護る方々だったんだとあらためて思った。一方の安藤は美しい日本の女性達に囲まれて緊張のあまりつい武家言葉に戻ったのである。そのことを本人だけが気づいていなかった。他の男性陣は微笑んで眺めていた。

また一人の女性は「醤油がないので蝦夷地に近い久保田藩（秋田藩）で使われているという『しょっつる用の調味料』を真似て造り使っております。けっこういけるのよ」と笑顔で魚醤の入ったギヤマンを手に説明した。さらに女性は「越南（ベトナム）や泰国（タイ）等の南洋の国々でも造られているらしいと語った。準備を終えた女性達は少女がリュウをあやしている様子を見て、このままにしておいた方がいいのではと思い榊に頼み残すことに決めた。船頭の榊も「私もそう思っていました」と言って同意したのである。日本人の女性達は「後ほど迎えに参ります」と言ってロシアの女性達に給仕を任せ戻った。

夕食（晩餐）ははじめ駐屯地で行う予定であったが、急遽裏手の丘にある白亜の宮殿で行うこととなった。その理由は駆けつけたサハンの町長ヴァジムが、司令官が席を外した時に彦康に願い出たためである。それは陛下の特使である彦康の人柄を見込んでのことであった。ヴァジムにとってまさしく命がけと言える決断である。その理由とは「本来宮殿は女王様や王室の方々がサハンに来た時使うものである」と話した。しかし、女王様に代わられてからは王室の方々がサハンに来ることがなくなった。そのため宮殿は女王様の遠縁であると聞くフランツ様が管理しておられる。そのフランツ様は町民達を誰一人として館に入ることも近づくことも許さなくなった。さらに役所の行政官や軍の方々が行かれても女王陛下の許可証がなければ入れることができないと門前払いなのですと話した。本来あの館は代々王様から使わない時は町の行事や祝いごとに使っても良いとお許しを得ておりました。私達は畏れ多いので特別な行事である『結婚式』でだけ使わせていただいておりました。宮殿での結婚式はサハンの人々にとって誇りでもあり、夢だったのですと嘆いた。

町長はさらに言葉を続けた。「そのことは諦めるとしても、今あの館は罪を犯した者達が逃げ込む場所となり、さらに得体の知れない中国人や朝鮮人が集まる悪の巣窟になっている。しかしフランツ様は女王様の遠縁にあたるため意見を言える人が誰もいない」と切々と訴えた。そして町長は「正義感の強いグレゴリー司令官は命を賭けてフランツ様を諌めようとしています」と話し、女王の特使である彦康に手を貸してもらいたいと床に手をついて嘆願したのである。これを聞いて彦康は即座に同意した。女王陛下の特使という立場と共に館に出入りする者達の中に日本人の女性を拐かす者達がいると推測したためである。町長は部屋に戻った司令官に「特使の彦康様が館（宮殿）で食事することを承諾なされました」と話し、出過ぎたことをしたと謝った。司令官は町長の真摯な眼差しを見て頷くしかなかった。そんな中、通訳の舘田は今から戦いになることを想い心痛めた。

彦康はほどなくして到着した剣客達にそのことを話し協力を頼んだ。当然反対する者などいるはずもなかった。顔は無表情であったが心はすでに戦闘態勢に変わっていた。それを敏感に感じ取った司令官のグリゴリーは鳥肌が立つのを覚えた。

司令官と町長に伴われ一行は宮殿に向かった。一行は彦康はじめ剣客の成田、幸山、杉本、細川の五名と水夫の山本、伊藤、二唐、梅戸、大間、須田山、八代の七名のいずれも腕に覚えのある者達であった。そして通辞の舘田せつが加わった。

宮殿（館）に近づくと、その雰囲気に似つかわしくない大声で怒鳴る声が聞こえてきた。一行は声のする方に向かった。やがてその声の主がわかった。声は館の裏門の脇の通用門からであった。柄の良くない二人の大男が小柄な老人に対して罵声を浴びせていたのである。男達の話の内容をせつは町長から聞いて彦康達に伝えた。「老人は町の小さな店の工であり代金の請求に来ていたのである。それに対し男達が払わないと脅していたのである。男達は宮殿に納める物は全て女王陛下に対する貢ぎ物であり国民としての当然の義務であろう。お前には女王陛下に対する忠誠心がないのか。女王陛下に対し畏れ多くも『金を払え』とは無礼にもほどがある。そこに直れ！　成敗いたす」と言って男の一人が剣を抜いた。役人のような言葉遣いはしていたが、二人の風貌からは破落戸（ならず者）か山賊の下っ端にしか見えなかった。そんな二人を老人は少しも怯む様子も見せずに黙って見据えていた。すると他の男も苛立ったように剣を抜き払い老人の目の前に突きだし「女王陛下を侮辱した廉で成敗いたす。覚悟しろ」と大声を張り上げた。しかし老人は依然として黙ったまま男達を見ていた。男達は怒り心頭に発したかのように目を吊り上げて剣を振りかぶった。剣客達は二人の男達から殺気を感じとっていた。司令官のグレゴリーもまた殺気を感じて「待てー」と叫んで駆け寄った。しかし誰の目にも間に合わないことが明らかであった。町長は老人が斬られたと思い目を閉じ手で覆った。少し間をおいてから恐る恐ると手をはずし、目を薄く開けて見た。二人の男が立っていた場所には日本の侍が一人立っていた。侍は老人を労るように抱いていた。その足下には男達二人が倒れていた。侍は老人に男達の亡骸を見せないためであることがわかった。

侍の名は馬庭念流の剣客成田泰信である。成田の刀はすでに血振りを終え、鞣し革で拭かれ鞘に納められていた。目を閉じた町長が成田の剣技を見ることができなかったのは当然であるが、見ていたはずのグリゴリーでさえも成田がいつ刀を抜いて、どのように斬ったのかは全く見えずわからなかった。ただ刀を二度振ったであろうことは想像できた。なぜなら男達の身体の傍にはそれぞれの首が離れてあったからである。成田は老人が倒れている男達が見えないように守りながら皆の所に戻った。そんな成田がグリゴリーには大男に見えた。しかし実際に老人と並んで歩く姿はあまり変わりはなかった。グレゴリーは日本の剣客は想像をはるかに超えた超人であることを改めて思い知った。

一方この時の一番の被害者は町長であったと言えよう。門の影が幸いして二人の遺体をまともには見なかったたが、首のないのが見てとれたのである。その衝撃は大きく即座に身体は反応し背を向けて手で目を覆った。せつはそんな町長を優しく離れた場所に導いた。舘田せつはすぐに「今」見たことに蓋をして「見なかった」と心に言い聞かせた。これは女性のなせる業の一つであろう。そんなせつに町長は「凄い方々なんですね」と感嘆を漏らした。また一方では「日本の剣客と呼ばれる方々が悪人になれば、聖書で言う『悪魔』なんだろうな〜」と思い鳥肌が立ち震えが止まらなかった。

皆のところに爺さんを連れて戻った成田は、彦康に「出過ぎた真似を致しました」と頭を下げた。彦康は「私をはじめ他の方々も同じことを考えておりましたが、貴方の思いが一番強かったようで皆が出遅れました。こちらこそお礼を申します」と言って頭を下げた。成田は細い目をさらに細くして照れながら、剣客達に目を向けると剣客達は同意するように頭を下げた。このことを舘田から聞いた司令官はじめ町長や老人は「この人達は異次元の人だ」と心底思い見つめ直していた。

そんな老人に彦康がせつを介して「私達は今からこの館の管理人に会いに行きます。貴方もご一緒しませんか」と誘った。その脇から町長が「このお方達は女王様の御特使様達です。お金を払っていただけると思います。付いていったらどうですか」と助言した。話を聞いた老人はその場に両膝をつくと「畏れ多いことです。本来は宮殿に納める品物ですからお代は戴かないのですが、あまりにも無体なので来てしまいました。申し訳ありませんでした」と謝った。そして老人が立ち上がると帰ろうとした。それを見た司令官が「お爺さん。それは間違っていますよ。誰であっても物を買ったら代金を払うのが当然のことです。さあ一緒に行きましょう」と肩に手を掛け誘った。頑な老人もさすがに司令官の誘いを断ることはできず大きく頷いた。

一行は彦康、せつ、町長、司令官と老人の五人が前に立ち、その後ろには剣客の成田と杉本、水主の山本、伊藤、梅戸、大間の四人が従って正面に向かった。裏門に残ったのは剣客幸山、細川、水主は二唐、須田山、八代の五人であった。

成田が今行った所為は、幼少の頃の思い出が強く心に残り、他の人達よりも素早く行動させたのである。成田の父は浪人であった。父は流行病で五人の子供達を残し若くして他界した。長屋暮らしの極貧生活ではあったが、母親の厳しい躾により子供達は人の道に外れることなく育てられた。母親は浪人とはいえ武士の妻ではあったが、縫い物をはじめ、男に混じって「ヨイトマケ（地固めをする時重量のある槌を滑車に掛けて数人掛かりで持ち上げて落として地を固めた。その時の掛け声である。『ヨイっと巻け』が語源という説もある）」やドブさらいなどまでもして子供達を育てたのである。その母親の口癖は「自分に対し、兄弟に対し、そして亡くなった父に恥じない行動をすること。成人の儀を迎える時には自分で自分の将来を決めること」であった。そんな母親の背を見て子供達は成長したのである。この母子達の生活は貧しかったが、精神は健全で豊かであったと言えよう。

そんなある日、下の四人の兄弟達が荷物を重そうに持つ老夫婦を見て代わって荷物を持ってやったのである。その距離は二里半（十キロ）にも及ぶものであった。老夫婦は「ありがとう」と言って駄賃の一文銭一枚を出した。四人が断わると老人夫婦は「少なくてすまん。これしかないのじゃ。勘弁してくれろ」と言われ頭を下げられたため貰わざるを得なかったのである。子供達は揃って大きな声で「ありがとうございました」とお礼を言ったが心は重かった。それは母親が常日頃から「人に何かしてやる時は決してお返しを頂いたり、また望んではいけない。お返しを望んでやることは親切でも何でもない。ただの欲張りだ」と教えていたためである。四人の兄弟は家に帰るとやむを得ず駄賃を貰ったことを話してその一文の銭を母親に差し出して謝った。母親は子供達の話を最後まで聞き終えてから「よくやったわね。ご苦労様でした。良かったわね」と言って褒めて四人の頭を撫でた。四人の子供達はホッとしたように笑顔に戻った。母親は子供達から一文を受け取ると父の位牌の前に置いて手を合わせた。子供達もそれに倣って手を合わせていた。

母親は子供達に向き直ると懐から巾着を出して「これは母からのご褒美よ」と言って一文を渡した。四人で一文銭一枚を貰った兄弟達は途方に暮れた。兄妹達は今までお金というものは一文たりとて手にしたことがなかったからである。そこで四人は長兄の泰信を交えて何に使おうか話し合ったのである。

それは夢のような語らいの場であり、決まるまで丸一日を要したのである。結果、決まったのは誰も食べたことがない砂糖（水飴）を塗った「贅沢煎餅」である。その水飴は米でんぷんや馬鈴薯でんぷんに麦芽などを混ぜて作ったものである。兄弟達をはじめ、貧乏長屋の誰一人として食べたことのない物であった。大袈裟に言えば間近で見たこともなかったのである。この時代本物の砂糖は大金持ちの妊婦さんが食べる滋養の薬でもあった。また子供が食べると鼻血が止まらなくなると聞かされていた。そのため兄弟達は贅沢煎餅屋の前を通る時、店先の縁台で食べている金持ちの大人達を見ては憧れると共に怖れも抱いて見ていた。そして皆の意見がまとまると泰信は「大人は一枚食べても大丈夫そうだから、身体の大きさから言って私が半欠け（半枚）、次男のお前は三分の一枚、体の小さなお前達は四半分なら大丈夫だろう」と皆に話した。弟達は真剣な眼差しで「流石に兄上ですね」と言って頷いた。そんな泰信達兄弟は「将来、扶持（俸禄）や給金を貰ったら、母上や兄弟達に贅沢煎餅を腹一杯食べさせてやろう」と以前から皆が思っていたのである。そんな兄弟達には煎餅の値段などわかるはずもなかった。

当時、この年頃になると庶民の子供達は自分達で蜆や浅蜊、泥鰌等を獲って売り歩いて家計の足しにしたり小遣いとしていたため物価にも通じていた。しかし、成田家では子供達にはやらせなかったのである。成田家の母親は子供達が物心付く頃から一般の武士の子と同じように、男の子は寺子屋と剣術の稽古に通わせ、女の子も同様に寺子屋に通わせ、裁縫やお花（華道）は手はずから教えたのである。成田家は貧しいながらも長屋の部屋には常に草花が飾られていた。学問においても寺子屋の先生達よりもはるかに母親の方が素養が高かったのであるが、昼夜働いていたために教える時間がなかったのである。

一文を手にした五人は揃って煎餅屋の近くまで来たが、弟達四人は気後れして離れた物陰で見守っていた。子供達は頑固そうな爺様の顔を知っており怖れてもいたのである。そこは看板もないこぢんまりとした店であった。長男の泰信は一人で店に向かったのである。店の周りにはゴミや塵が一つも見あたらなかった。開け放された店先に立った泰信少年が中を覗くと、あの頑固そうな爺様が一人で炭火の前に座り煎餅を焼いていた。長屋の人達も笑顔を見たことがないという厳つい爺様を見て泰信は中に入るのを躊躇したのである。この時、ときどき目にする少女の姿がなかったことも躊躇った原因である。泰信はそのまま黙って煎餅を焼く爺様をジイーッと見ていた。赤々と燃える炭火の前に座って黙々と手を動かすじいさまを見ていると、煎餅が踊っているように見えて飽きることはなかった。そして四半刻が経つころには炭火から離れていた泰信少年の身体は汗にまみれになっていた。一方炭火の前で煎餅を焼く爺様は汗一つかいていなかった。その爺様が煎餅を焼く手を止めて、厳つい顔を泰信に向けて「何か用かな」と聞いた。泰信は萎える心を抑えて「贅沢煎餅をください」と言った。店主の爺様は黙って泰信を見つめていた。たぶん爺様はぶったまげたと思われる。爺様はそのことを表情に出すことはなかったが言葉も出なかった。泰信はすぐに「お金ならあります」と言って店主の前に駆け寄り握りしめていた手を広げて見せた。手のひらには焼かれている煎餅よりも熱い一文銭一枚が湯気を立てていた。

店主はそれを見て、おもむろに立ち上がると「お客であったか。申し訳ないことをしたのー。何せ店番の孫娘がなー、急な用で出かけてしもうたんですがなー。すまんかった」と謝った。老人は泰信が店の前に立った時から知っていたのである。さらに泰信と一緒に来た弟達が道の反対に隠れて見ていることも知っていた。店主は以前から泰信達兄弟のことは名前は知らないながらも近所に住んでいることは知っていた。また継ぎ接ぎだらけの着物ではあるが垢じみていないことも知っていた。そして兄弟達は行き交う人には挨拶をし、ゴミが落ちていれば拾い、さらに見知らぬ子供であっても泣いていれば優しくあやしていることも知っていた。爺様は常々感心して見ていたのである。店主はそんな兄弟達が店に来たことがわかって、つい心根を試そうと根比べをしたのである。そして、根比べには負けたことを知った。

店主は僅かに頭を下げて一文銭を受けとると「待ってくだされ」と言って奥に入った。

ホッと肩を落とした泰信が何気なく店の中を見回すと、一枚の張り紙が目に止まった。それは「値札」であった。

煎　餅　　一枚　　三文なり
贅沢煎餅　一枚　　三十文なり

泰信少年は固まってしまった。逃げ出そうと考えたが弟達のためにと唇を咬んで留まった（※江戸時代の一両の価値は時代により異なるが四千文～九千文と差がある。現在の貨幣価値に直すと五～二十万円である。一文は六円～五十円位で平均では二十円位である。当然米で作る煎餅は高価である）。

ほどなくして老人は経木（※竹の皮を薄く削り作った物。寿司屋で使われるつけ台は「葉蘭・はらん」と呼ばれている。現在細工して弁当の仕切りに使われているのは「ハラン」と呼んでいる）で包んだ煎餅を持って出てきた。店主は「この久助は見栄えは悪いが味は変わらん。男と同じで中身が大事だ」と言って泰信に渡した（※「久助」とは本葛粉のこと。江戸時代秋月藩の職人の久助が研究して作り出した純白の本葛粉が上質のため幕府の献上品となり久助葛と呼ばれるようになった。現在も本葛粉を業界用語で「久助」と呼んでいる。諸説あるが割れた屑物の菓子に葛という同音を掛けた駄洒落で呼んだ説や、また完全なもの十に少し欠けている九から「九助」となり転じて「久助」の説もある。さらに江戸時代の奉公人の名が「久助」という者が多かったことから、奉公人がお土産に持って帰る物を「久助」と呼んだという説もある）。

　経木の包みを手にした泰信の目は大きく見開かれ唇は一文字に結ばれていた。泰信は腹の底から湧き上がるシャックリにも似た感情に、唾を飲み込み奥歯を噛みしめ堪えていたが、涙を止めることができなかった。泰信は店主を見て深々と頭を下げると店先まで行きさらに頭を下げた。そして踵を返して走り去った。そんな泰信の後ろ姿に店主の爺様が「ありがとう」と言ったが泰信に聞こえるはずもなかった。弟達はそんな兄の後ろについて走った。止まった兄の涙を見た弟達は「兄上良かったね」と意味もわからずに抱きつき一緒に泣いた。

　幼い妹が「早くチチウエにアゲマチョウ」とせがんだ。また別の子は「父上もきっと喜んでくれるよね」と言った。また別の子は「そんなに慌てないで。母上が帰って来てから食べるんだから」と言い合いながら帰って行った。その様子を外に出て見ていた老人は「長生きはするもんだ。長生きして良かった」と呟き首に巻いていた手ぬぐいで目の汗を拭いた。その時のことは生涯泰信の心から消えることはなかった。そして館の門前で罵声を浴びている老人を見た瞬間、その時の店主（爺様）と重なったのである。

司令官のグリゴリーは正面の門の前で大声を発した。当然それは礼式に則ったものであった。「オモテストク国アデリーナ女王陛下特使様ご到着！」と、あたかもその声は町中に知らせるかのように響き渡った。それまで騒々しかった宮殿の中が一瞬にして静かになった。誰も出てくる様子がなかったのでグリゴリーは「女王陛下の特使徳川彦康様ご到着」と大声を発した。その時丘の下から館に向かってくる行進の足並みが聞こえた。グリゴリーの部下達であった。

司令官の声を聞いた側近と称する二人の男達が宮殿から出て来て、門の外に向かって「こんな夜分に無礼であろう。出直してこい」と怒鳴った。グリゴリーはすかさず「私はサハン駐屯地司令官グリゴリーである。先ほどの訪いの口上が聞えなかったのか。早く管理人のフランツ殿に出迎えるように伝えよ」と静かであるが押しの効いた声を発した。何時もと違うことがわかった二人の男達は「わかりました」と言って慌てたように戻って行った。

ほどなくすると煌びやかな皇室の衣装を纏った管理人のフランツが先ほどの側近二人を従えて出てきた。そして「特使といえども皇族である私を夜分に呼びつけるとは無礼であろう」と酒の臭いをさせながら横柄に言い放った。それに対してグリゴリーは「無礼とはお手前でござろう。この御方は女王陛下から全権を委ねられた特使様ですぞ。その御方をすぐに出迎えもせず、剰《その》え門前で応対するとは無礼千万にもほどがある」と無礼を窘めた。するとすぐに正門が開いて男達が出迎えた。皇室衣装のフランツは立ったまま僅かに頭を下げ、後ろの男達は片膝をついて頭を下げていた。

司令官が彦康を紹介し終えると彦康は「夜分痛み入る。調べたき儀があって来ました」と言い、懐から勅書を取りだした。それをせつが読み聞かせ広げて見せた。それを見てフランツは震えるようにその場に片膝をついて頭を垂れた。側近の一人がフランツににじり寄り囁いた。「フランツ！　もはやこれまでだ。こんな柔な奴らを殺ってしまおう」とそそのかした。フランツはその言葉を聞く前から身分がばれるのを恐れて殺そうと思っていたのである。特使さえいなければ十分に逃げる時間が稼げるからであった。フランツは不敵な面構えで立ち上がると「女王陛下の名を騙る不届き者共。成敗する！」と叫んで素早く剣を抜いて彦康を突いた。容易に躱した彦康が「無体を致せば容赦しませんよ」と忠告した。せつがそれを介し伝えた。フランツは「できるならやってみろ」と鼻で笑い飛ばした。

その時宮殿の中から側近達が呼んだ大勢の人相の悪い男達が飛び出してきた。男達にフランツは「特使を騙る此奴らを叩き殺せ。一人について百ルーブル出す。特使を騙る者（彦康を指して）を殺った者には三百だ」と大声で言い放った。男達は一斉に彦康に目を向けて品定めをした。強そうなのはグレゴリー一人だけで、彦康はじめ他は皆ひ弱そうな者達ばかりであった。男達の気勢が上がり皆は一斉に三百ルーブルの彦康に向かって殺到した。その数は大柄なロシア人をはじめ弁髪の中国人を合わせて二十名は下らなかった。すぐに彦康の前に走り出たのは水主姿の山本、伊藤、梅戸、大間の四人であった。その中の三人は町長と老人とせつを守るようにして後ろに連れていった。一人残った伊藤は腰の小刀を鞘ごと抜くと真っ先に斬りつけてきた二人の側近の眉間と水月を打って気絶させた。

剣客の成田、杉本の二人も駆けつけて彦康の前に立っていた。その剣客達の前に戻ってきた水夫の三人が立った。四人の水夫達はいずれも徳川家直参の旗本達であった。中でも山本と伊藤は大身の旗本で彦康の直属の警護人である。水夫の四人は「彦康様の護衛の者にてご容赦願いたい」と二人の剣客に頭を下げた。剣客は伊藤と山本の構えを見て、ひとかたならざる剣技の持ち主であることがわかったのである。伊藤の剣技は先ほどの小刀の使い方から見て「東軍流」と見定めた。また山本の構えを見て、これほど高く構えるのは無上剣「神道無念流」であると看破した。山本はその高い構えから刀を横一文字に変化させ相手を待った。剣客達と彦康は一文字の太刀かと驚きながら見つめていた。一文字の太刀は神道無念流の最高の奥義「飯綱」に匹敵する剣技なのである。山本が旗本でなく一介の剣客であれば我々とて侮れる相手ではないと感嘆し凝視した。

剣を振りかざして殺到する二十名ほどの男達を伊藤は小刀を峰に返し「一尺斬り」(胸を狙い打つ)、「八寸斬り」(肩を打つ)、「五寸斬り」(百会(頭頂)を狙い打つ)の「微塵の技」で十人ほどをなぎ倒した。この微塵の技は死中に活を求め全身を刃として零の距離より「微塵」を斬り込むもので東軍流の奥義の一つである。また「微塵」の構えは相手が表面から攻撃することが無理であり、横に回って下胴を狙うか腿の付け根を狙うしか方法はなかった。右拳で握った小刀を自在に使って斬り倒す技である。

一方の山本が見せた一文字の剣技は剣客と水夫を除く者達には見ることはできなかった。見えたのは十人ほどの男達が倒れた姿であった。また大きな図体のフランツが小さな伊藤に斬りつけた時、いつの間にかフランツが倒れて泡を吹いている姿であった。さらに驚いたのはフランツの大ぶりな剣が十数メートルも先の地に刺さっていたことであった。伸びた（失神）男達は剣客達により活を入れられ意識は戻ったが誰も抵抗しようとはしなかった。見かけは水夫ではあるが、自分らとは全くかけ離れた強さの日本の侍達であることがわかったからである。今度立ち向かえば容赦なく「首が飛ぶ」ことを知っていたからでもある。その後駐屯地の兵達によって縄をかけられフランツ一人を残し他は意気消沈した様子で引かれていった。残った兵達は司令官の命令でそれぞれの門を固めに向かった。そんな兵達の剣客や水夫達を見る目は一様に尊敬の念と共に恐怖心を抱いたものであった。

司令官はフランツを後ろに従えて「特使様まかり通る」と大声で叫んでから建物の中に入った。その時フランツを縛ることはなかった。フランツもまた観念したようにうなだれて後ろに従った。不審な動きをすれば即斬られることを知っていたからである。フランツからすれば日本人の剣捌き（剣先）が全く見えないのが最大の恐怖であった。

この有り様を館の中から隠れるようにして見ていた残りの男達は、あまりの恐ろしさに踵を返して走って裏門に向かった。裏門に待ち構えていたのは剣客の幸山、細川、そして本来旗本で水夫の姿をした二唐、須田山、八代であった。また裏門にはヘルマン艦長をはじめサハンの兵達が警戒に当たっていた。そこに男達が飛び出してきたのである。先頭に立ち待ち受けていたのは水夫姿の須田山と八代の二人であった。二人は両手に木刀を携えていた。男達は水夫の出で立ちで木刀を構える二人を見て、狂ったように奇声を発しながら向かってきた。それに対し須田山はゆっくりと身を低くすると両手の木刀を斜めに引いて構えた。この構えは相手の拍子を読んで二本の木刀を巧みに使って相手に己の拍子を悟らせず、そして相手の攻撃を外して下から手首や腕を連続して攻撃をする剣技であった。相手の刀（剣）と打ち合わせることはなく、無音のうちに相手を倒すことから「無拍子」と呼ばれている。

また一方の八代の構えは、相手の攻撃に合わせて小太刀を手元に引き寄せて手の内で返し刀の背「鎬」でそり上げてその（間）隙に大刀で突くもので「錺捨刀」と呼ばれる剣技であった。

そんな二人は向かって来る男達を舞うように、刺すように二本の木刀を巧みに使って瞬く間に男達を叩き伏せた。そんな須田山と八代に対し「御両人は共に『心形刀流』で御座ったか」と幸山が感嘆したように話した。また細川は「それも奥義と言われる『無拍子』と『錺捨刀』を容易に使われるとは流石に彦康様の警護の方々で御座るな。敬服つかまつりました」と言って頭を下げた。剣客の大先生が感服と見下した言い方ではなく敬服と言っただけでも二人の剣技は素晴らしいということになろう。この時同僚の二唐もこれまで二人の「真の剣技」は見たことがなかったのである。状況を門の傍で見ていたヘルマン船長や兵達は、剣技のほどを見ることはできなかったが倒れた男達を見て唖然とするばかりであった。そして「日本人とは絶対に喧嘩はしないぞ」と固く肝に誓った。そして兵達は「俺たちの出番」とばかりに駆け寄り気を失っている男達を縛り上げると今までの仕返しでもあるかのようにパンチを浴びせて目覚めさせた。そして男達の尻を叩き急かせるように集まった町民達の前を誇らしげに引きたてて行った。

五人（剣客と水夫）はヘルマン達に裏門の警戒を頼み建物に入り建物内を彦康達と共に隈無く捜索し一人残らず捕縛した。そして最後に屋内に残ったのは本来の召使だけとなった。そんな奉公人達を全員大広間に集めて女王陛下の勅書を司令官が読み上げた。奉公人達は男女問わず全員がその場に泣き伏した。恐怖からの解放感もあったが、それよりも自分達は職務を全うしたという自尊心が泣かせたのである。こんな状況下にありながら宮殿の中は意外にも綺麗に保たれていたのは、奉公人達が恐怖の中、命がけで必死に宮殿の維持管理に務めてきたからである。悪人達の使っていた居間や寝室でさえも、掃除と備品管理が行われていたのである。まさしく命がけのことであったと言えよう。皇帝に使える召使達が持つ世襲代々の奉公人としての誇りとロシア人気質がその職分を全うさせたと言えよう。そんな身分の低い奉公人達であったが、その魂は剣士にも劣らないと言えよう。

彦康は奉公人達の魂に心打たれ、司令官に女王陛下に報告するようにと依頼した。さらに彦康は女王陛下の特使として捕まえた者達の処罰を一任することを命じた。それに対しグリゴリー司令官は即座に「あの者達は吟味後、全員シベリア送りにしようと思っております」と申し述べた。当時シベリア送りは罪人達にとって最も怖れられた刑罰である。日本での佐渡送りという「流刑」に似たものである（※幕府天領においての犯罪者は流刑地として八丈島等の伊豆七島と佐渡島に送られた。最盛期の佐渡相川金銀山『相川金山』はボリビアのポトシ銀山に次ぐ銀の山であった。年間四百キロの金と四十トンの銀が採掘された。人口は五万人と長崎に匹敵するものであった。その多くは山師と呼ばれる一般の町民達で高給取りであった。しかし、犯罪者の多くは最も過酷な「水替え人足」として働かされたのである）。

彦康達はシベリア送りについて説明を受け、佐渡の水替え人足よりも過酷なことを知った。マイナス四、五十度の場所で働かされることは、日々凍っていく自分を見ながら死を待っているようなものであった。死刑よりも厳しい刑罰に思えた。

またその場で召使い達から管理人であったフランツの素性や罪状が明かされた。それにより女王陛下の縁者ではないことがわかりフランツも虚偽であったことを認めざるを得なかった。そしてフランツだけはその場において特使の彦康が特赦、恩赦のない終世シベリア送りの刑を言い渡したのである。フランツの傲慢な態度は消え失せ怯えた眼差しで身体を震わせて聞いていた。それをせつが介して伝えるとガックリとうなだれしゃがみ込んでしまった。その様子を見て司令官は兵ではなく召使い達に縛り上げるように命じた。召使い達は列をなし代わる代わる縛り上げた。司令官グリゴリーの思いやりであった。見ていた日本人達は奉公人や町民達が誰一人としてフランツに手を上げようとしなかったことにこの国の国民性を知り感動した。


フランツが兵達によって引き立てられると入れ替わるように料理を持った町の人々や日本人の女性達が姿を現した。すぐに迎賓の間は召使い達の手によって晩餐の会場に変わった。その様はまるで戦場のような喧噪であったが、皆の目は喜びに溢れていた。

そんななか別室では老人が官人（経理長）から差し出されたお金を見て躊躇している様子であった。老人が数えてみると請求した通りびた一文たりとて多くも少なくもなかったのである。また「簾だれ満月」（僅かに残った頭髪を丁寧に櫛で撫でつけた様）のような頭の経理長に「遅くなり申し訳ない」と頭を下げられ老人は受けとったのである。老人の目からは涙が溢れていた。そして老人は一人「これで孫達の結婚式が楽しみになった」と夢見るように呟いた。

　晩餐を前に彦康は人々に食事を前に野暮ではあるがと前おきしてフランツの終生シベリア送りと、館の管理者は従来通りとすると伝えた。責任者は経理長で、その補佐役が町長と司令官である。これを聞いた町の人達は当然としても兵達や館の奉公人達も歓喜して喜んだ。半刻（一時間）と短い食事ではあったが全員にとって満たされた時であった。彦康はじめ剣客や水夫達は日本人の女性達のために助力している人達に、僅かながらでも役だったことに胸をなで下ろした。


　彦康達は館での宿泊を断り馬車で櫛引丸に帰ることにした。本当は腹ごなしのため歩いて帰りたかったが、途中町人達の歓待にあっては帰り着くことが遅くなると思われたからである。櫛引丸に着くと榊船頭以下の残った人達の出迎えを受けた。当然その中にはレイとリュウもいた。しかし二人の猫達は陽炎のような少女の左右の袖の中に入り両腕に抱かれていたのである。その時少女は正気との狭間にあったがそれをわかっていたのはレイだけであった。リュウはそのことを知ることもなく右の袖の中で口を開け寝ていた。左の袖の中から顔を出したレイは「お帰りなさい」と静かに挨拶した。

　この三人のあれからの成り行きを説明すると、少女が甲板に座ってリュウを膝の上に抱いている時子守歌を口ずさみはじめたのである。「竹田の子守唄」は少女にとって最も身近で思い出のあるものと思われた。それは歌いはじめると少女の目から涙が頬を伝い落ちるのがわかったからである。はじめはポツンポツンと僅かであったが徐々に数が増していったのである。その涙が閉ざされた心の壁を少しずつ解かし過去の思いを蘇えらせようとしていたのである。

この時リュウは何もせずにただ眠っていただけである。その何もしなかったことが一番幸いしたと思える。普通は何もしないことは苦痛で辛いことであるが、リュウにとっては常のことである。普通であれば一刻以上も全く同じ姿勢で少女の膝の上で寝ているということは考えられないことである。そんな中、夜風の一陣がリュウを撫でるように通り過ぎていった。僅かに震えるリュウを見て少女は無意識に懐に入れようとした。それを上で見ていたレイが突然少女の前に飛び降りて少女の膝に両手を置いた。突然降ってきた真っ白な猫に少女は驚いた様子であった。ショック療法にも思えた。膝においたレイの手の温もりとその姿の愛らしさに少女はリュウを膝に戻すとレイを抱き上げてリュウの隣に座らせて二匹一緒に抱きしめて優しく頬ずりをした。しかしなぜだかリュウの震えは治まらなかった。そんなリュウを少女が訝しげに見ているのを知ったレイは、少女の顔を見てニャーンと囁き左袖の中に入った。少女はそれを見てリュウを右の袖の中に入れたのである。そして少女は左右の袖を抱きかかえ膝の上に乗せてあやしはじめた。少女の瞳は現実と隔たる夢遊の境にあった。

そんな時、彦康達が乗る馬車の音を聞いて少女はレイとリュウを抱いたまま船長達のところに来たのである。少女はボンヤリとした顔つきで出迎える人達を見ていたが何の反応も示さなかった。その少女の仕草を見ていた船頭は「お兄様は」と捜しているように思えた。船頭はすぐに「あの馬車に乗っていますよ」と少女に話しかけた。少女は指された方をに目をやると馬車が丁度停まり扉が開いたところであった。そして馬車からはじめに降りた男性は真っすぐに櫛引丸に向かって歩いてきた。その男性を満天の星空と満月の明かりが照らしていた。その顔を見た少女は稲妻に打たれたような衝撃を受けた。あの～……、あの～……人だったのである。少女にとって生まれてはじめての心模様であった。それはなぜか胸の高鳴りと息苦しさを伴うものであった。少女は「病気になったのかしら」と思ったほどである。それは少女が正気に戻ったということで、少女にはそれが理解できなかったのである。そのことはレイだけが同性として感じとっていた。レイはそっと袂の中から少女を見上げた。少女は船頭の傍で向かって来る彦康を見つめて待っていた。少女が正気に戻ったことはレイ以外は誰も気づいてはいなかった。

渡り板をゆっくりと歩いて来る彦康は月の国の王子様のように映った。少女の心の高鳴りはレイに直に伝わっていた。少女ははやる気持ちを抑えきれずに駆け寄ろうとした時、運命のいたずらか月の明かりは彦康の胸を照らしたのである。そこに浮かび上がったのは金色に輝く三つ葉葵の御紋であった。少女は全身から血の気が引いて固まり息をすることさえままならなくなり、立ったまま気を失ったのである。真っ先にそのことに気づいたのは彦康であった。彦康は素早く少女に駆け寄り、倒れる前に抱き止めて静かに横たえたのである。彦康が驚いたのは少女が気を失いながらもしっかりと両袖の中のにレイとリュウを入れたまま抱きかかえていたことである。船頭や剣客・水夫達も少女が失神していることを知って珍しく慌てているのがわかった。彦康はゆっくりと背に当てた左手を握り、それに右手の手のひらを被せて優しく抱きしめた。二回ほど繰り返すと少女はゆっくりと目を開いた。それを見て船頭達はホッと肩を下ろした。その時最も落ち着いていたのはレイであった。レイは彦康の腕に頬をつけてうっとりとしていたのである。レイよりも落ち着いていたのはリュウと言えよう。リュウはなにも知らずに眠っていたのである。

目覚めた少女に彦康は「ただいま」と優しく声をかけた。少女は声を出すことができずに金魚のように口をぱくぱくさせていた。彦康は「何も言わなくてもいいよ。兄さんにはわかっているからね」と優しく言って微笑んだ。すると少女はコクンと頷いて「お兄ちゃんお帰りなさい」と露が落ちる音のように小さな声で囁いた。彦康は「うん」と頷くと少女の瞳を見つめ直した。少女の瞳は前に見た時のように浮遊する頼りないものではなく冬の夜空に輝く星・シリウスのように輝いていた。しかし、その輝きは今にも雲によって消え去ろうとしていることがわかった。少女にとって身分違いという果てしなく大きな黒雲が湧き上がってきたのである。彦康は少女の瞳を見て「良かったね」と言って少女の頬に両手を当てた。そして「お兄ちゃんは変わらないからね」と優しく語りかけて少女の両手を握った。少女の目から涙があふれ出た。その落ちる涙の一粒ずつに月の光がかかり真珠に変えていた。

そんな少女に彦康が「可愛い妹よ。お兄ちゃんは何て呼べばいい」と尋ねた。少女は躊躇しながらも小さく「中村悦香ですから『エッコ』と呼ばれています」と答えた。そして気づいたように起き上がり両手をつこうとした。それを彦康が止めて「私達は兄妹でなかったっけ」と言って、さらに「今からエッコと呼ぶからね。エッコは兄ちゃんと呼んでくれるかな」と微笑んで話した。少女もまた微笑んで「それでは兄様とお呼びします」と言って抱きついた。その時少女ながらも心の中では「兄様……か」と淋しくもあった。

それまで袂の中で息を殺していたレイがヒョコッと顔をのぞかせて「ニャー（お帰りなさい）」と挨

拶をした。彦康は「レイさん。ただいま」と言って指先でレイの鼻の頭にタッチした。その後レイは袖からのび出て反対側の袖に向かって猫パンチをあびせた。同時に「痛い！」と声がして袂口からリュウが顔を覗かせた。そんなリュウに対しレイが「いつまで寝ているの。お仕事よ。行きましょう」と言って二人は駆けていった。その後ろ姿を見て船頭が「相変わらずか」と言ってため息をついた。少女はそれを聞いて不思議そうに首を傾げた。彦康の後から櫛引丸に乗ってきた少女を迎えに来た女性達は少女が正気を取り戻したことを知り手を取って喜び涙した。そして袖から飛び出して行ったリュウ達に手を合わせていた。

少女の悦香は櫛引丸の人達にお礼を述べた。そして帰り際に船頭の榊からレイとリュウの名前を聞いて二人に別れを告げに行った。マストの帆の中のレイをすぐに見つけることができた。レイが降ってきて驚かされたことを覚えていたのである。少女は「レイさんありがとうございました」と丁寧にお辞儀をした。そして「リュウちゃんは」と尋ねた。レイは「ニャーン（ごめんなさい。たぶんどこかで居眠りをしているんじゃない）」と答えた。少女は「リュウちゃんによろしくお伝えください」と、この上もない寂しそうな顔で頼んだ。レイは「わかりました。きっと伝えます。さようなら」と別れを告げた。少女は何度も櫛引丸を振り返りながら帰って行った。少女が帰った後にレイは、マストの影に隠れていたリュウのところに降りてきて「何で別れを言わなかったの。思いやりがないのね」と叱った。リュウは「ごめん」と謝った。レイはそれ以上言わなかった。

櫛引丸に静寂の刻が訪れたがそれも束の間ですぐに出発の準備が始まった。西の空にはまだ月が居座り朝もまだ早いことがわかる。後は副司令官ヤコブと軍船の艦長ヘルマンが到着するのを待つばかりであった。

朝ぼらけの靄をついてヤコブ達を乗せた数台の馬車が到着した。馬車から降りたヤコブは大きな荷物を抱えて櫛引丸に乗ってきた。そして「これを。日本の女性達から預かってきた物です」と言って差し出し、遅れたことを謝った。それはまるで新兵のように畏まったものであった。夕べ剣客や水夫達が示した桁違いの剣技に圧倒されたからである。さらに従う部下達も荷を携えていた。それを見てリュウが「朝飯だったらとっくに終わったのに、誰が食べるんだ？ 食べる人の顔が見たい」と一人呟いていた。受け取った風呂敷包みは誰も開こうとしなかった。水夫の安藤が気遣い、はしゃぐように風呂敷を解いたのである。それを見たリュウは「小梢さんは食いしん坊なんだー」と呆れ顔で呟いたと同時にリュウの頭に拳骨が飛んできた。「小梢さんが気を使っているのがわからないの。物を戴いた時はすぐに開けて見るのがエチケットなの」とレイに叱られた。リュウは「そうなんだ。レイさんは可愛いばかりではなく物知りなんだ」と感心した。

解かれた包みの中には、「つきたてのぼた餅」、香の物（キューリと茄子の漬け物）と素焼きにされ塩を振っただけの柳葉魚であった。小梢之助（通称・『小梢』）は無意識に餅に手が伸び口に運んでいた。そして「ワー、甘ーいぼた餅だ」と感激の一言を発した。旗本であり無外流の達人とは到底思えないものであった。小梢の周りには小豆の餡の甘い匂いが漂っていた。その声と匂いに誘われたようにレイが飛んで行った。そして自分の頭より大きな餡ころ餅を口に咥えて、さらに手にも大きな餅を携えて戻ってきた。その素早さをリュウは呆然と眺めていた。リュウはレイが手にした餅を見て「自分に持ってきてくれた」と思い心を熱くした。心では「本当は食べたくないのになー」と思ってもいた。そんなリュウに「何ぼんやりしているの。早く行って貰って来るのよ」と言った。さらに「一生懸命作った人達に申し訳ないでしょう」と急かせた。リュウは「お腹いっぱいで要らない」とは言えなかった。リュウが駆けつけるとすでに匂いを嗅ぎつけた水夫や剣客達が集まって来ていた。安藤は「すみません。餡ころ餅が一番の好物なもんで、ついはしたない真似をしました」と皆に謝った。手に付いた餡を舐めながら「これほど甘くて美味いぼた餅ははじめてです。（向島の）長命寺脇の桜餅や言問い団子よりも甘いです」とさらに感嘆したように話した。

せつが「サハンにおられる日本の女性達が皆様のために心を込めて作られたお餅ですから戴きましょう」と勧めた。さらにもう一つの風呂敷を解いて皆に配った。配り終えると皆は車座となり手をつけようとした。その時後ろからリュウの泣き声がした。せつはすぐに「リュウちゃんごめんなさい。忘れていました」と言って謝り大きなぼた餅を渡してくれた。リュウが戻ると皆は揃ってぼた餅を頬張った。その時一緒に食べた香の物と焼いた柳葉魚は最高の味であった。一個を持ち帰ったリュウに「一個じゃ作った人に申し訳ないでしょう。もっと貰って来なさい」とレイは言った。リュウは「僕は要らないのになー」と思いながらせつの所に戻り「ニャーオ」と鳴いた。せつは「もう一個欲しいのね。わかったわ。リュウちゃんお腹こわさないでね」と優しく言って渡してくれた。リュウが餅を持って戻るとレイが「ご苦労さん」と言って餅を受け取り自分の寝ぐらに戻っていった。見送ったリュウは「食べなくて済んで良かった」と呟くと共に「食べる人の顔が見たい」と言ったことをレイさんに聞かれなくて良かったと胸をなで下ろしていた。そして「レイさんは甘い物が好きなんだ〜。もう一個貰ってこようかな」と悩んでいた。

皆が餅を美味そうに食べる姿をヤコブが見て「そんなに美味い物なのか」と思ってせつに頼んで一個貰って餅にかぶりついた。その予想は大きく外れた。頬張った物をどうしようかと悶着し涙が出かかった。そこを騎士道精神で口に入れたお餅を咬まずに飲み込んだ。残った餅を捨てることができず意を決して口に押し込むと目を白黒させて飲み込んだ。

そんなヤコブを見てせつが「もう一ついかが」と言って差し出した。ヤコブは慌てたように「美味しい物は一つと決めていますから」と言って断った。

ヤコブの心と胃が平静を取り戻した時、ヘルマンの艦船が櫛引丸に横付けされた。それと同時にヘルマンは櫛引丸に飛び乗り慌てた様子で彦康の前に走り寄った。ヘルマンにしては珍しく敬礼を終えるとすぐに早口でまくし立てた。せつにも聞き取れないほどのものであった。そこでせつは「ヘルマン　ドーブラエ　ウートラ（おはようございます）」と静かにロシア語で挨拶をした。その言葉でヘルマンは慌てていることを悟り、いつものように落ち着いて話しはじめた。リュウははじめヘルマンが遅れて来た言い訳をしていると思っていたが、それは大きな間違いであったことがわかった。話を聞いたせつは瞬時に顔色が変わったことでもその重大さが伝わってきた。そのことはすぐに伝わり皆はせつの言葉を待った。せつは「先刻ヘルマンの船が日本人の女性二人を助けた」と話した。

ヘルマンの艦船は晩餐の後、すぐに警邏に出たことがわかった。そして早暁（夜が明けはじめるころ）よりも早い時刻に、メタン河を遡る黒く塗られた船を見つけたのである。その船は漁船を装い灯りもつけずに朝鮮領側の川岸ギリギリを航行していたのである。ヘルマンの艦船もはじめは全く気づかなかったのである。ヘルマン自身が監視していた時、静かな川面に何かが飛び込む水音を二回耳にしたのである。その時ヒルマンの艦船にはオモテストクの国旗と共に彦康から渡された「日の丸」と「三つ葉葵」の旗が掲げられていた。その旗は灯火により遠くからも見ることができた。さらにヘルマン達が国境を越えて監視していたため水音を聞き、黒く塗られた船を見つけることができたのである。その船は朝鮮領側だけにカンテラの灯りを向けて捜索していた。

任務に燃えるオモテストクの兵達の目をごまかすことはできなかったのである。兵達は彦康達の昨晩の活躍を見て心から心酔し、何か役立とうとして必死であった。ヘルマン達は漁船の様子から「日本人の女性が河に飛び込んだ」と直感したのである。しかし異国の領土であるため「海上の掟」に倣い、近づいて「協力」する旨を伝えたのである。しかし、船はそれに応える様子を全く見せず、慌てた様子で岸辺に寄り川上に逃げ去ったのである。ヘルマンの艦船は大きさからみても川岸に近づくことができず追跡を諦めたのであった。そして河に飛び込んだと思われる女性達の捜索をはじめたのである。ヘルマン達は海兵としての心得を持っていたため、流れの速さ等を計算して時間を掛けることなく溺れかかった二人の女性を救助したのである。その女性達から身振りや手振りを駆使して状況を聞きとったのである。その時一番役立ったのが変梃《へんてこ》な日本語であった。このへんてこりんな言葉で日本人の女性達が落ち着くことができたのである。ヘルマンの日本人の女性に焦がれる恋心が役立ったと言える。そして河に飛び込んだのは二人とわかったためすぐに彦康の下に駆けつけたのである。

話を聞いてうちから出航の準備が始まった。川防村に向かう陸戦隊の荷はとうに降ろされていたためヘルマンが話し終えた時には準備は終えていた。神風のような素早さにヘルマンの艦船の兵達はただ唖然とした様子で見ていただけであった。そして昨日活躍した水夫達を見て、「お侍だったと思ったけど」と目を丸くし、さらに「俺達はどっちも駄目か」と笑うしかなかった。

彦康はせつと一緒にヘルマンについて艦船に向かった。二人の女性は艦長室の片隅で抱き合い怯えるように震えていた。女性達の日本髪は解けて後ろで一巻きにされていた。不謹慎ではあるがより一層日本女性の風情が感じられ魅力的であった。またずぶ濡れの着物ではあったが見苦しさは微塵にも感じられなかった。それは艶めかしささえ覚えるものであった。そんな二人が抱き合い震えてはいたが、その眼差しは凜として日本人の女性としての意志の強さが伝わってきた。

船長室のドアをノックしたせつが「入るわよ」と言ってドアを開け中に入った。せつの和服姿を見た二人の女性は「信じられない」という表情で大きく目を見開いて見ていた。そして「やっぱり」と言って頷き合うと手を取って泣きだした。そんな二人のところにせつが行き二人の肩を抱いた。そんなせつに二人は抱きついて嗚咽した。

せつは京都弁で「おはようさん」と朝の挨拶をすると二人は気を戻したように「おはようございます」と返した。そしてせつが「お腹空いたでしょう」と言うと二人は大きく頷いた。せつは「ほな、餡ころ餅が沢山あるから食べましょうね」と話し二人を落ち着かせた。二人は「ぼた餅があるのですか」と笑顔で頷いた。せつは二人が京の女でないことがわかった。そして落ち着いた二人を見てドアに向かって「どうぞお入りになってくださいませ」と呼びかけた。するとドアがノックされ押し開かれ和服姿の彦康が入ってきた。二人の女性は彦康の顔を見て顔を赤らめたがすぐに緊張した面持ちに変わるのがわかった。女性ははじめ彦康の顔を見て顔を赤らめ、次に見たのは胸に染め抜かれた三つ葉葵の御紋であった。女性達の顔は一瞬にして青ざめ全身を震わせながら膝を直して平伏したのである。せつは「こちらは徳川彦康様とおっしゃいます」と紹介し、その後に「若様は私達を連れ戻すために来られたので気を使わないで欲しいと言っておられます」と伝えた。さらに「若様（彦康）はオモテストク国の女王様の特使を兼ねておられるので何も心配することはありません」と話した。二人の女性は話を聞いて少しは肩の力が抜けたように思えたが顔を上げることなどできるはずもなく平伏したままであった。せつはそんな二人を見て自分が異常であること知っており彦康様にごめんなさいと心で手を合わせてもいた。そして「風邪を引くわね。早く船に戻ってお風呂に入って着替えをしてお餅を食べましょうね」とおちゃめに話しかけた。

櫛引丸に戻るとせつはすぐに女性達を風呂に案内した。すでに風呂は船頭の指示でいつでも入れるように準備されていた。当時湯船のある船舶は世界でも稀で、日本では櫛引丸一隻であったと言えよう。

女性達が湯船に浸かる中で櫛引丸は出航した。せつは女性達から聞いたことを彦康に伝えた。船に乗っていた女性の数は十二人であった。助けられた二人の女性はたまたま江戸から京都見物に来ていた娘達であった。その娘達二人が拐かされ他の十名の女性達と一緒に搬送されている途中であった。他の十名は京の女達であった。江戸っ子娘の二人は話し合い「異国の遊女屋へ売られて地獄を見るよりは死のう」と決めていたのである。そして河に飛び込むチャンスを窺っていたのである。そして偶然にも断崖の上に掲げられた葵の御紋の旗を目にしたのである。そして二人は「死ぬのはここだ」と決めて葵の旗に手を合わせて飛び込んだのである。この時二人はなぜだか将軍様に見守られているようで怖くはなかったと後に語った。また溺れて意識が遠のきかけた時ヘルマンの船が掲げた葵の旗を見て「阿弥陀様がおられる『浄土』に来た」と思った心境を語った。そして少女の一人がこっそりと「内緒よ」と前おきしてから「はじめて艦長さんを見た時、『白い鬼』がいると思ったの」とせつに話した。それははじめて見る白い肌の大男だったからである。しかし、その日は優しかったので怖いとは思わなかったと語った。そして私にとって白い鬼は良い鬼なのよと恥ずかしそうに話した。この時、分遣隊の断崖にある監視所の掲揚柱（ポール）にオモテストクの国旗と三つ葉葵の旗が掲げられていた訳は、国賓が滞在する間は掲揚するのが世界での習わしであったためである。かつ、彦康がサハンの地に滞在していたため敬意を表すために夜間にもかかわらず常夜灯を灯して掲揚していたのである。

陸隊の一行はヘルマンに感謝を述べるとすぐに出発した。ヘルマンの話で女性達の危機が切迫していることを身近に感じたからでもあった。また大型船である櫛引丸が出航したにもかかわらず、ヘルマンの艦船は未だ出航できず慌てふためいていた。それは艦長のヘルマンが乗っていなかったことも多少影響していた。兵達はその違いに完全に打ちのめされてもいた。

陸隊一行は馬車に乗りその責任者（隊長）は意外にも彦康であった。その陣容は十一人であった。剣客は成田と杉本の二人である。また水夫は山本、伊藤、安藤、梅戸、大間の五人であった。五人の水夫はいずれも旗本で剣豪でもあった。その五人は水夫の姿で脇差し（長脇差し）一本だけを差していた。馬車の手綱を取っていたのはサハン駐屯地選りすぐりの若き中隊長ゴランと小隊長のタキエフであった。また駐屯地副司令官ヤコブははじめ彦康の警護役として同行するつもりであったが、今では地理に明るい案内役と思って同行していたのである。また、ゴランとタキエフは昨夜の日本人の侍達の剣技に魅了されて志願したのである。しかし魅せられた者も多く志願者が殺到したのである。そのため司令官のグリゴリーは苦労したのである。結果二人が日本語を多少話すことができるため選ばれたのである。選考に漏れた一部の者達は「依怙贔屓」と珍しくやっかむ声も聞こえた。このことでもわかる通り、兵達がいかに同行を願っていたかが窺い知ることができよう。また副司令官のヤコブは日本人の女性達の取り扱い責任者という立場から、他の兵達よりも日本語を理解し話すことができた。または職務熱心な若い兵達は必死に日本語を覚えようとしていた。そのことを褒めれば彼らはきっと照れるであろう。

そんな一行十一名を乗せた二台の馬車は中国領の飛び地である川防村に向かって急いだ。しかし、舗装されていない起伏に富んだ道とは言えない道を進むため、その歩みは馬に任せるしかなかったのである。手綱捌きが巧みな小・中隊長ではあったが、足下が見えなくてはその実力を見せることができなかった。苦労する先頭を進む中隊長を見かねて大間が手綱を代わるとにわかに馬の足取りが軽快となり進む速度が速くなったことがわかった。大間は馬の後ろ首からそこに何があるのかを知り手綱を捌いたのである。馬と一心同体となり歩んだのである。その巧みな手綱捌きを見てゴランは到底及ばないことを知った。そして日本の侍達に勝つことができるのはと考えたが頭に浮かぶ物はなかった。強いて言えば身長と体重だけかとため息をついた。また後ろに従い手綱を取る小隊長は、前の馬車の軌跡を辿ろうと必死の形相をしており誰も声を掛けることができなかった。

そしてずいぶんと進んだ時、突然前の馬車が止まったのである。後続で手綱をとる小隊長タキエフは、慌てて手綱を引き馬車を止めたのである。勢い余ったタキエフは、前につんのめって馬のお尻を借りて(手をかけ)留まることができたのである。タキエフは馬の尻を優しく叩いて「ありがとう」と呟いた。

馬車を止めた大間は先を流れる小さな川を見ていた。それを見てゴランは「あの川が国境なんです」と教えてくれた。それを聞いた大間は素早く馬車を飛び降りると川に向かって行った。ゴランは訳がわからないまま馬車から降りると大間の後を追った。また、無事に馬車を停めることができた後続のタキエフも、前を歩く二人を見て馬車から降りると駆け足で二人を追った。タキエフはゴランに追いつくと「中隊長。この辺りには道はありません。村に通じる道はだいぶ先です」と言った。中隊長は結んだ口に人差し指を当てて「ありがとう。それは私も知っているが、今は黙って付いて行こう」と囁いた。タキエフは小さな声で「ハイ。すみませんでした」と謝り黙ってゴランの後に従った。大間はそんな二人の会話を気にかける様子もなく黙々と草木をかき分けて川に入っていった。その時大間が二人の会話を聞いたとしても言葉はわかるはずもなかった。

その川の水の流れのその幅は三メートルにも満たない緩いものであった。そんな川の流れに足を入れた大間は歩きはじめたのである。ゴラン達二人の目にはその歩みは川底を探っているかのように映ったのである。そんな大間が突然せせらぎの中に立ち止まると後ろを振り返り川岸で見守っていた安藤にわずかに頭を下げて来るようにと頼んだのである。それまでゴランとタキエフは安藤が見ていることなど全く知らなかったのである。安藤は三人が馬車を降りるとすぐに彦康に無言の承諾を得て後を追って来たのであった。大間の所に来ると二人は何事かを話し合いそして二人は左右（厳密に言えば北東と南西）に分かれて進んだ。それは共に足裏で川底を探るようなゆっくりした足取りであった。大間の後ろにはゴランがそして安藤の後ろにはタキエフが意味がわからないながらも付き従っていた。

はじめに安藤が三町（一町は約百九米）ほど進んだところでオモテストク側の川岸が僅かに削れているのを見つけた。その場所は川草や砂利などでよくよく注視しなければ見分けが付かないほどのものであった。それを見たタキエフははじめて大間や安藤が何をしているのかがわかり、以後絶対に日本の侍達を疑うことを止めようと心に誓った。またゴランも少し後で同じことを心に誓っていた。

安藤達は川から上がると一帯を歩き回り一本の野径（野原の中の小道）が続いているのを見つけたのである。その野径は通ることはどうにかできるが、道とは言えるほどのものではなかったためオモテストクの兵達からは見逃されていたのであった。一方の大間達もまた水の中を歩いて中国領の川岸の削られた場所を見つけたのである。大間も安藤も足底で轍の跡を探りながら進んだため川岸の異変に気づいたのである。そして二人もまた一本の野径を見つけたのである。二組は元の場所に戻り合流すると馬車に引き返しそのことを彦康とヤコブに報告した。ヤコブは「これで疑問が解決しました」と大間と安藤に礼を述べた。それまでロシアと中国（川防村）を結ぶ通称「泥棒街道」は一本だけだと信じ警戒していたのである。その道は囮道であったことがわかったからである。

彦康はヤコブと話し合い二組に分かれて行動することにした。一組は彦康と剣客の成田、水夫は大間と梅戸、そしてゴランの五人である。五人は見つけたばかりの野径を通って川防村に向かうことにしたのである。一方はヤコブが指揮をとり、剣客の杉本と水夫の山本、伊藤、安藤の三人でそれに小隊長が加わって六名であった。一行は囮街道を通り川防村に向かうこととなった。

ヤコブ達は遠回りとなるため馬車の手綱は日本の水夫達がとることとなった。小隊長が進んで願い出たためであった。よって常の半分を要さずに、はっきりと道であるとわかる囮街道に着いたのである。この街道は今は船に代わったため使われることはなくなったが、唯一ロベジノエに通じる陸路なのである。その時和服姿のヤコブとタキエフは頭に天蓋を乗せた。今まで服装について語らなかったが二人は和服に軍靴を履いていたのである。

一行の馬車が囮街道を進んでいくと前方に白く塗られた一軒の建物が目に映った。建物に近づくとその入り口には「オモテストク国サハン駐屯地・国境警備特設監視所」と書かれた看板（庁銘板）が掛けてあった。また見張所では若い兵士が一人、椅子に腰掛けて監視していた。それを見て小隊長は「誰も通らないだろうによくやっているな」と呟き「俺の指導が良いからか？　きっとそうだ！」と勝手に思い込みほくそ笑んでいた。手綱は街道に入ってから小隊長に代わっていたのである。

やがて小隊長は馬車を監視所の前に停めた。飛び出してきた若い兵は手綱を取る和服に天蓋という異様な風体の馭者を見て、訝しそうな顔をして銃を突きつけた。馬車はオモテストク軍の馬車であったためである。銃を突きつけられた小隊長はゆっくりと天蓋を持ち上げ「ご苦労さん」と言って顔を見せた。若い兵士は慌てて直立不動の姿勢をとると「失礼いたしました。勤務中・異常なし」と大声を張り上げて詫びと勤務状況報告をした。他から見るとそれはあたかも兵が馬に向かって報告しているかのように映った。

その時馬車の後部から降りて来たヤコブは兵の前に来て「謝ることはない。不審者に銃を突きつけるのは兵士として当然のことである。称賛に値する」と言って天蓋を外した。副司令官の顔を見た若い兵士は目を剥いて、言葉を発することができずに敬礼をしたまま直立不動で立っていた。副司令官の巡視など考えも及ばなかったためである。また二人の異様な姿にも度肝を抜かれのである。その気持ちは軍馬も同じであった。

建物の中で若い兵士が大声で報告するのを聞いた相勤員は慌てたように外に飛び出してきた。はじめに目にしたのはあろうことか副司令官であった。すぐに若い兵の隣に並び同じように直立不動となり「勤、勤務中！　異常なし。取扱事項なし」と勤務状況を報告した。そんな二人にヤコブは「ご苦労様」と優しく声をかけ答礼し肩を叩いた。この時上官二人の服装は天蓋に和服、軍靴という服装であった。軍靴については別動隊のゴランに起因する。他の同行者である剣客や水夫達は馬車の中で待機していた。小隊長は逓送便や家族からの手紙を渡すと「急いでいるから」と言って出発の準備に入った。また副司令官は「後でゴラン中隊の隊員達が来る」と言い残し出発した。見送る二人は「了解！　勤務を続行します」と声を張り上げた。二人はホッと肩を落としたがすぐに上官二人のただならない姿と様子から戦が始まると考え、完全武装に着替えた。

出発した馬車はほどなくして国境を越えて中国の領内に入ったが、草木もまばらな荒涼とした風景は変わらなかった。ただ、オモテストクの領内ははじめから人の手が加わった様子がないのに対し、中国領は畑地であったと思われる。それが今ではオモテストクと同じように荒涼としているためより荒んで映るのである。目を凝らすと驚くことに時おり草木の中に幾ばくかの高粱《こうりゃん》（唐黍、蜀黍。モロコシとも言われる。小麦・稲・トウモロコシ・大麦に継ぐ穀物）が生えているのがわかった。これを野鳥が食べないのは、あまりにも少ないため気づかないのか、それとも農民達を哀れんでなのか、いずれにしてもその量は雀の涙ほどでしかなかった。皆の目には手入れがされていないため畑地とは思えなかったのである。そんな光景を眺めていると心までもが憂鬱の雲に覆われるのである。

そんな時何を思ったのか突然旗本で無外流の達人でもあり今は水夫である安藤小梢之助が馬車から飛び降りると荒れ地（畑）に駆けて行きしゃがみ込んだ。よく見ると安藤は土を手で摘まみ臭いを嗅いだり舐めたりしているのがわかった。そして安藤は納得した顔で馬車に戻って来て飛び乗った。

さらに何事もなかったかのように馬車は進みとある藪地のある場所に来ると馬車は停まった。その時手綱を取っていたのはめずらしく剣客の杉本であった。杉本は手綱を小隊長に渡すと飛び降りて、藪地の中をうろついているように見えた。小隊長はトイレかと思い目を移した。ほどなくして「馬車を回して」と声がかかった。小隊長が振り向くと杉本は刈られたばかりの雑木の中に立っていた。刈られた広さは馬と馬車が入るだけのものであった。小隊長がうろついていると思ったのは実は杉本が刀で草木を薙ぎ切っていた時であった。小隊長には杉本の剣先が全く見えなかったのである。驚いたことには切られた木々の中には優に十センチを超す物が何本もあったことである。さらにはその木々の切り口が馬を傷つけないためにと極力水平に切られていたことであった。馬車を入れ終えた小隊長は馬の側に行き「見た？　大丈夫だからな。あの人は怖くはないから」と自分に言い聞かせるように語りかけていた。馬にとっても恐いのは振るう剣先が見えないことであった。それはいつ斬られるかわからないからである。その後はヤコブ、杉本、山本、伊藤、安藤の五人は草木に隠れて向かって来る馬車を待ち受けた。小隊長は馬と共に仲よく息を殺して見守っていた。

はじめに異変（対向から来る馬車）を感じ取ったのは手綱を握っていた杉本である。杉本が異変を感じ取った時馬車の中でも水夫の三人は同じように異変を感じ取っていた。しかし、三人は杉本から声がかかるまで動くことはなかった。ヤコブと小隊長は全く気づいてはいなかった。さらに馬車が止まって呼ばれた小隊長が手綱を渡された時も一向に気づく様子はなかった。二人がわかったのは草木が刈られ、馬車の収納を終えて皆が集まった時に杉本から説明を受けて知ったのである。そのことを小隊長は馬に知らせた。

やがて二台の馬車が目の前まで来た。杉本と安藤の二人がそれぞれの馬車の前に飛び出し、駁者に向かって飛び跳ねた。二人は空中で駁者を打ち据え音も無く反対側に着地した。二人の後を追うように飛んだ山本と伊藤は失神した男達に代わって手綱を握っていた。敏感な馬にさえも気づかれることなく馬車は何事もなかったかのように進んだ。当然馬車に乗っている者達にも知られることはなかった。

ヤコブの合図で山本と伊藤は同時に馬車を止めた。馬車が止まるとすぐに前の馬車から二人の純朴そうな若い男が降りて来て「どうした」と言いながら駁者台に向かってきた。その二人の前に安藤が飛び出して脇差しを「振るった」、と言うよりも「突いた」のである。二人が倒れる前に安藤は素早く身を翻すと後の馬車から降りた二人の男のところに走り寄り脇差しを見舞った。いずれの剣捌きも速すぎてヤコブやタキエフに見えることはなかった。倒れた四人の男達もまた何もわからないまま気を失ったのである。

剣客杉本は「あの太刀筋は無外流・居合い。それも相当なものだ」と一人呟いた。また水夫の伊藤はその剣技に圧倒されて「小梢殿。『鬼の爪』で御座るか」と武家言葉で尋ねた。安藤は照れ笑うように「いささかで御座る」と武家言葉で返した。そして二人はそのことを気づいて頭に手をやった。無外流「鬼の爪」は指南免許の最高の剣技の一つである。またこの剣技は「暗殺」に用いられた秘剣でもある。暗殺に使う時には小刀ではなく畳針のような細い鋭利な刃物が用いられた。混雑した町中においても、すれ違い様に相手の心の臓を一突きするものである。刺された相手はすぐに倒れることはなく、数分経ってから倒れるため術者に疑いがかかることがなかったのである。刺された本人ですら何時刺されたのかわからないほどの「鋭い突き技」であった。

ヤコブは小隊長を呼んで二人で気を失った男達の搬送の役を買って出た。長旅で疲れているにもかかわらず、二人は馬が驚くほど軽やかに男達を運んだ。これは気を失った男達が斬られ出血していなかったこともある。またヤコブ達を見ていると「男にはいかに仕事が必要であるか」が窺い知れる、反面二人の心の蟠りは消えることはなかった。その解消されない疑念とは「男達が気を失った原因」が全くわからなかったことである。安藤が打ち据えたためと頭ではわかっていても、実際その場にいても見えなかったからである。

その見えなかった安藤の居合いを説明すると、居合いで小刀を抜いた安藤は、本来であればそのまま突き出す（切っ先）のであるが、今回はその切っ先を手元に返し『柄頭』で男達の急所を突いて失神させていたのである。切っ先を返し柄頭で打つと言うことは当然それなりの間を要するのである。それにもかかわらず見ることができなかったと言うことはいかに居合いが速かったのかがわかるであろう。伊藤の目に留まったのは、そのせいかどうかは定かではない。伊藤自身は「切っ先を返さなかったなら……？」と思案顔であった。

この時打ちのめした杉本と安藤は、男達を一目見た時、真の悪人ではないと見定めて失神にとどめたのである。また能天気そうに気を失っている男達を見て小隊長はただの百姓の兄ちゃん達と思い「この者達は単なる囮だと思います。本物は例の道を行ったと思われます。特使様達は大丈夫でしょうか」と心配顔でヤコブに話していた。杉本達は馬車の中には誰もいないことを確認し出発した。

一方の彦康達の馬車もまた、川防村に続くであろうと思われる荒涼とした畑を見ながら進んだ。荒れ野に落ち穂が芽を吹いたように、ほんの僅かの穀物が生えているため畑と推量できたのである。そんな光景を目にした水夫の大間は、昔の切ない思い出を思い出していた。大間は本来旗本である。その旗本にしては珍しく「鞍馬流（京流）」の剣客でもあった。思い出とは旗本の『巡見使』として天領を回った時のことである（※巡見使とは幕府が大名・旗本の監視と情勢調査のために派遣した上使である。また公儀御料（天領）及び旗本知行所（地）を観察する「御料巡見使」と、諸藩の大名を観察する「諸国巡見使」とがある）。

大間が巡見したのは天領である本州最北の鉞（下北）半島であった。その地は蝦夷よりは江戸に近かったが、生活や文化をはじめとして、あらゆる面においても他には類がないほど図抜けて遅れた地であった。未開と言った方が適切かもしれない。今でも大間は時折目を閉じると吹雪の中に佇む野生の馬の親子、綿帽子のように雪を被って抱き合う猿の群れ、日本海の荒波と山背と呼ばれる強風で削られた巨石群（仏ヶ浦）、現世とあの世を繋ぐ三途の川があるという霊場「恐山」など暗いイメージだけが蘇ってくるのである。巡見使の誰もが「この地だけは」と避けたい場所であった。下北の地は本来「南部領」

であった。藩にとって何の益するものもなく持て余した地であった。この地の産物と言えば烏賊や鮑、帆立、赤貝や鱈、鰊等の海産物は無尽蔵ではあった。しかし、それを運ぶための交通手段が全くなかったため自分達で食べるしかなかった。ましてや南部藩には気仙沼や八戸という日本最高の漁場と漁港を持っていたため海産物は必要がなかったのである。

また、南部藩にとって領地が広ければそれだけ多くの税を幕府に納めなければならないため頭を悩ませる厄介ものでしかなかった。そのため気の利いた家老の一人が幕府に「異国から蝦夷地を護るための防人を出すから」との名目で幕府に預かってもらい、一時的に天領とした経緯がある。幕府にとっても蝦夷地を異国の脅威から護るためには「寒さに強く辛抱強い」南部藩士が最適であるためやむを得なかったのである。従って他の天領とは若干異なる存在であった。

名目とは言え幕府は「天領」であるからには巡見使を派遣せざるを得なかったのである。巡見使は勘定奉行の配下である。その時巡見使総取締役は大間の父親であった。父親は苦肉の策として誰も行きたがらないこの役を、自分の名代（代行）として息子「秀美」が行くことを勘定奉行に願い出たのである。勘定奉行はじめ老中達もその辺の事情を理解していた。そして大間の父親が費用は自らが負担すると申し出たため二つ返事で承諾・認可されたのである。大間家にとって莫大な損失であったが父親は部下達に負担をかけまいとして身銭を切ったのである。本来であれば巡見使総取締役の立場である大間家は貢ぎ物等で裕福なはずである。しかし、質実剛健な父親は貢ぎ物などは一切受け取らなかったため裕福とは言えなかった。秀美はそんな父が好きであった。その時すでに秀美は父に倣い若いながらも一角の剣客になっていた。そのことを父親は知っており、野盗や追い剥ぎ、獣（熊や狼）に出会っても心配はないと確信していた。そして今度は心の修行と見識を広めさせるために役を買って出たとも言える。心配事は病であった。当然医者等がいるはずもなかったからである。そのため従者達は母親の命で多くの薬をもつこととなった。この薬は後に巡見先の多くの人々の役に立つこととなった。

十代であった秀美は大間家の家士と中間、そして小者を連れておよそ二百五十里（千キロ）の巡見の旅に出た。本来であれば巡見使の供揃え（人数）は、上使として三千石の旗本一名と千～二千石の旗本二名の計三名であった。その外に百二十名ほどの者達が随行したのである。四名の巡見使一行などとは異例中の異例であったと言える。そのため自由であった秀美は江戸を発つとすぐから先々で道場を尋ねては剣技の研鑽に励んだのである。名もなき一介の旗本の若造であったが秀美に敵う相手はいなかったのである。本来であれば道場の面目にかけて相手の口を塞ごうとするのであるが、あまりの腕の差と試合の後に名乗る肩書きに驚いて下にも置かないもてなしに閉口して逃げるように後にしたのである。喜んだのは供の中間や荷運びの小者であった。秀美が立ち去った後で「我が道場の高名を聞いた幕府は最高の剣術家を派遣されたのだ」と言って自慢する者達もいた。

それよりも難儀だったのは出発が遅れると城中から迎えの使者が来ることであった。何せ大間家は大名の運命をも左右する監察権を持っているため大名家が必至になるのも当然であると言えよう。秀美はそんな煩わしさを避けるため逃げるように立ち去ったのである。なまじ使者に会い断りでもすれば使者は責任をとり「腹を召す」こともあるからである。南部藩の城下町である盛岡においても「夢想流」、「五音流」、「心眼流」等の道場を回った。いずれの流儀も南部人の口べたで引っ込み思案の気質のように、地に根をはったような重厚な剣技であった。

一行は途中で水が冷たすぎて魚も住めないという十和田湖を見たり、鹿が入るという露天風呂（鹿湯・酸ヶ湯）にも浸り旅の疲れを癒やした。

やがて一行は銭半島の付け根の部分である野辺地という集落を過ぎて陸奥湾を眺めながら南部藩最北の漁村「横浜」に着き宿泊することになった。後に横浜は陸奥横浜と呼ばれるようになる。横浜は陸奥湾に沿って細長い通称「褌街」である。村は宮守家という一軒の網元が全権を握り、村の土地全部が名字帯刀を許された宮守家の所有であった。人々からは宮守村とも呼ばれていた。宮守村は北辺の寒村でありながら活気が漲っていた。この一帯の者達にとって南部の殿様よりも宮守家の当主の方が頼りにされ敬われていた。宮守家は本陣（勅使、大名、公家など貴人が宿泊する大きな宿）や旅籠ではなかったが、巡見使や南部藩のお偉方が来た時の宿となっていた。

村の外れには今では国境となった南部藩最北の「大豆田《まめだ》陣屋（幕府直轄の天領では代官と言う）」があった。そこの陣屋長は太田家が代々務めていた。陣屋長の「太田義貞」は巡見使到着を知って急遽「ひろ・とし・けい」の三人の美しい娘（姫）を連れて挨拶に駆けつけた。三人の姫達は旗本の名門大間家の若き貴公子を見るために親にねだって付いてきたのである。三人の姫達は秀美と謁見した後、父に急かされてやっと立ち上がり帰って行った。

翌朝早々には太田家から手代の菊地栄三郎と中山義武の二人が案内役として差し向けられた。二人は熊や狼のために鉄砲を手にしていた。また宮守家の当主「兼吉」は荷を積んだ馬車二台を差し出した。一台の馬車には主に貴重な米俵が山積みされていた。その他には味噌、塩、酒なども積まれていた。一方の馬車には苗にするための籾殻付きの米と麦、大豆、小豆、乾燥したトウモロコシなどの種となるものが数多く積まれていた。その他には貴重な薬草なども積まれていた。そんな品々を見て秀美は網元・宮守兼吉の真の意を汲んで受け取ったのである。二人は互いの目を見て共に頭を下げた。巡見使がそれも民間人に頭を下げるなど考えられないことであった。この時秀美は兼吉の大きな男気に心打たれたのである。兼吉もまた「このような御方が幕府におられたのか」と感銘を受けたのである。男同士の心が通じたと言える。

秀美達は宮守家を出発して檜集落を通り陣屋のある大豆田に入った。馬車の手綱は菊池と中山二人の手代が取っていた。手代が馬車の手綱を取るなど村人には考えられないことであったが、二人は躊躇することなく宮守家の下男と替わったのである。寡黙な二人を見ていると馬が四頭いるかのように思えた。陣屋の前では主の義貞、跡取りの義勝、そして三人の美しい姫達が出迎えた。その後ろには多くの家人達が土下座していた。驚いたのは女性の姿が多かったことである。女性達の目は歌舞伎役者を見るかのように光り輝いていた。秀美の家士や中間達は三人の姫達を見て「こんな在（田舎）に、こんなに美しい女性達がいたのか」と見惚れていた。そんな美女達に見送られて一行は鶏沢を過ぎて藩の国境がある有畑集落に入った。一行がその先の北の空を眺めると、天は黒雲に近い灰色の雲に覆われていた。天が「この先は魂が住む場所で、人が住むところではない」と拒んでいるように思えた。

一行は藩境を越えて天領・近川集落に入った。はじめに目にしたのは滅多に馬車など通ることのない野道の両脇にある田んぼである。田んぼではあったが稲はほんの疎らにしか生えていなかった。その稲も立ち枯れのように茶色に変色し、痩せた何粒かの実しかついていなかった。国境の有畑部落までの稲穂には、他の地域では不作と言われるほどの実はつけていたが、近川集落はそれに比べても桁外れに少ないものであった。代官手代の菊地栄三郎は「このサギ（先）のネイ（稲）だば、ヒガネイノド（日照不足と）、サブサデ（寒さ）で、根腐ればして育たねいんだ」と教えてくれた。また、近川という集落は陸奥湾から太平洋側に出るための山越えの道があるため重要な役割を担っていると教えてくれた。皆が言葉を聞き取るのに苦労をしているのを見て、もう一人の手代・中山義武は「なんも、わいどの南部弁だばさ、標準語さ近いはんで、わがるど思うけんど、津軽弁だばさ、ナマリッコが多いハンデ、ズンケンス様達にはわがらねど思います」と話した。寡黙な二人が話す言葉を聞いて一行の心はほっこりした。

近川は本来、南部藩の領であるためこの一帯の人達は、南部城下に出る時も、また江戸に向かう時も必ず太平洋側に出て行かなければならなかったのである。そのため近川集落は山越えする人達の中継地となっていた。集落の人達は宿を提供し幾ばくかの宿賃（穀物など）を得て、半農半漁と加えて細々と生活していた。そのため人家は二十数軒と意外と多かったのである。

秀美達は山越えの道を通って「泊」集落に着いた。泊集落は意外にも他の集落に比べて僅かではあるが暮らしは楽であった。それは港があったからである。泊は宮守家本家の地でもあった。よって横浜の網元・兼吉の干鰯などもこの港から江戸等に送られ肥料とされた。山越えの道もそのため整備されていたことがわかる。

巡見使としての役目は近川からはじまり鉞半島を一周することである。泊までの旅だけでもこの地の人達が如何に暮らしにくいかが窺い知れた。さらに自然の動植物にとっても非常に過酷な場所であることもわかった。その例として沼に育つ「毬藻《マリモ》」でさえも、蝦夷の毬藻に比べて半分の大きさに満たないのである。夏もなお山背という冷たい風に吹きさらされて雑草さえも育つことができず、一里（四キロ）以上もある砂地（猿が森砂丘）となったのである。また雪の中に生きる野生馬達は風があたる面を少なくするかのように小柄であった。

泊部落も平らな土地は皆田んぼであった。勾配の厳しい場所も放置されることなく皆耕され畑となっていた。泊の田んぼも稲穂はまばらであったが近川と同様に雑草は見当たらなかった。秀美の中間の一人が「米が採れない田んぼでも、草が一本も生えていないとはすごいな」と感心して見ていた。

その後一行は「東通り」という集落に入った。そして案内されたのはこの部落で唯一まともな建物と言える「神楽館」であった。秀美はそこに人々を集めて直に話を聞き唖然とさせられた。下々のと言うよりも百姓から巡見使が直接話を聞くなどということはかつてないことであった。それは武士達でさえも口をきくことが憚られたからである。

百姓達は「山背（冷たい北東風）と塩害、さらには砂（砂丘）のために稲や畑の作物は全く育たないのです」と淡々と語った。そんな希望の持てない土地であったが意外にも人々の目は明るく反対に秀美は勇気づけられたと言える。ここの人々はどんなに僅かな収穫でも「採れたことを喜び、次はさらに一粒でも多くが収穫できるように」めげることなく努力するのである。そのことは近川、泊、東通りと一様に実り少ない田や畑の手入れを見てわかった。しかし、さらに田畑を海風や山背、さらに砂から護るために「暴風砂林」が植えられていた。秀美の使用人達は「隠し田畑では」と言うと手代の栄三郎は「かんぜ（風）や、すお（塩）、砂がら護るためのものだべさ」と教えてくれた。この人造の林は先祖代々の人々の努力と汗の結晶なのである。それができるのは寡黙で前向きに努力する南部人の気質なのである。しかし、もし通り過ぎる人がいるとすれば、その光景はあくまでも荒涼としか映らないであろう。

その日、神楽館で巡見使一行に出された食事は「陸稲《おかぼ》」の玄米であった。その色は焦げ飯に近いほどに黒かった。秀美は陸稲を食べたことも見たこともなかった。秀美は一緒に出された酒に手を出すことなく黙々と玄米を噛みしめていた。玄米は身体には良いがよく噛まなければならないのである。しかしこの地の玄米はさらに噛む回数が必要であった。下座に同席して食事していた下男も陸稲の玄米ははじめてらしかった。そして時々砂を噛んだのかというように口に手をやり摘まんで見つめていた。その都度家士に睨まれ慌てて口に戻し飲み込んでいた。家士は主人の秀美に倣い寡黙に噛み砕いていた。本来であれば巡見使の宴席には部落の長や主な者達が同席して接待するのが習わしであるがその日は一人もいなかった。そのため中間や小者も同席が許されたのである。

その時秀美は厠に行くため廊下を歩いていて目にした流し場の情景を今も忘れることができないでいた。多分生涯忘れることはないであろう。その光景とは、一人の女性が正座して鍋の底にこびりついた焦げ飯を刮げ取っている姿であった。焦げ飯と言ってもほんの僅かなものであった。女性は一粒一粒を丁寧に取っては茶碗に分け入れていた。その横に子供達が正座し見つめていた。一粒一粒は黒くて玄米か焦げ飯か区別がつかないものであった。刮ぎ終えると女性は鍋にぬるま湯を入れてから、子供達一人一人の前に茶碗を置いた。茶碗の中には一目で数えられるほどしか盛られていなかった。たぶん盛るという言葉は間違いであると思われる。「どんぞ」と出されたご飯を見つめるだけで子供達はすぐに食べようとはしなかった。そして皆は揃って姿勢を正すと茶碗（米粒）に向かって手を合わせた。そしてゆっくりと一粒を箸で掴まんで口に運んだ。その一粒がなくなるまで次の一粒を運ぶことはなかった。

全部を食べ終えた子供達はそれぞれ茶碗に向かって手を合わせた。それまで無言だった子供達は興奮を隠しきれないように「あっちゃ。めいじゃ！　めいじゃ！　めいがったじゃ！　わ、こったらメまま食ったごとねじゃ（母ちゃん、美味しい。美味しい。美味しかった。私はこんな美味しいご飯を食べたことがなかった）」と母親達に話していた。母親はその言葉と笑顔を見て「エガッタナ」と目を潤ませていた。そして「ウダバわいんども、今がらヨバレルべ（それでは私達も今から戴きましょう）」と言って、焦げ飯の欠片さえない鍋に入れた湯を分け合い手を合わせ飲んでいた。秀美には言葉はわからなかったがその意味は何となくわかった。部落の窮状と人々の心の温かさが伝わり、秀美は胸が熱くなるのを感じた。

席に戻った美秀は玄米を口にしなかった。また出されていた酒「清まし酒」（濁酒を漉したもの）を口にすることもなかった。家士達は秀美を見て二本目を頼むことはなかった。また手代の菊地、中山は秀美に倣い手を付けることはなかった。この酒は「神前に供えるための御神酒」であることを知っていたからである。どんなに貧しくても御神酒は日本人にとっては欠かせないのであった。清まし酒にしても多くの貴重な米を使うことを知っていたからである。

東通りを出発した一行は、関根浜、大畑、下風呂、風間浦、大間、佐井、仏ヶ浦、脇ノ沢、川内、城ヶ沢、宇曽利川、宇田、大湊、そして斗南陣屋（名目上は代管所）のある田名部に到着した。大湊では大平から恐山参道を通り霊山・恐山で大間家の先祖代々の霊を弔った。またこの地に来ることを知っていた幕府の重役や大身旗本達からから頼まれた供養を行った。本来であればこの名代で巡見使の懐は潤うはずであるが大間家は貰うことはなかった。恐山には田名部にある本寺である円通寺の住職が来て巡見使一行を待っていた。通常恐山には住職は在住していないため、陣屋の太田義貞が事前に知らせたのである。

巡見し終えた秀美が感じたのは、どの集落も平等に貧乏というよりも極貧であったことである。しかし、どこの集落の人々も同じように勤勉であり耕作できそうな土地は皆耕され手入されていた。またどの部落にも防風・防砂林またはそれに代わる物があった。異なっていたのは植えられた作物が部落ごとに異なっていたことである。馬鈴薯（ジャガイモ）、蕎麦、トウモロコシ、大豆等さまざまであった。たとえ同じ作物であってもその成育には差があった。この鉞のような半島は、付け根の一部を除いて四方が海に囲まれ、中心部に恐山を頂く釜伏山等があるためである。よって東西南北とその環境が異なるのは当然と言えよう。また「集落同士の交流が行われていなかったため」というよりも、交流する暇がなかったと言った方が正しいかもしれない。加えて場所によっては陸の交通網が貧弱であったことも起因していた。しかし、いずれの集落においても『お山（恐山）』に行く道だけはしっかりとあった。それは亡くなった人が三途の川に行くための道だからである。それにこの地は至る所から温泉が湧いているため憩いの場所に事欠かなかったからでもある。

忙しい訳を説明すると年貢米の採れないこの地では、海産物を年貢として納めていたのである。真夏でも二十度を超す日が数えるほどしかない凍えそうな冷たい海に潜っての漁なのである。そして鮑やホタテ、ツブ貝、昆布、海草などを取り乾燥させて納めたのである。手間に比べてその値は驚くほど安く人々は春から雪が降るまで、朝は日の出から日の入りまで働かざるを得なかったのである。また年寄りや子供達は海産物を干す作業や畑仕事をしたのである。海が時化（海上が荒れる）の日は、家族揃っての畑仕事で休む暇などなかったのである。しかし、この時が家族団欒と言え、楽しい時間であった。まるで仕事する（税を納める）ために生きているように思われる。しかし、南部の人達は「税を納めるのは当然のこと」と考えていた。そんな彼らは仕事の後に温泉に入る、それだけで満足していたのである。これでは交流のないのも頷けよう。また秀美は善良で無欲な人ばかりであるためやるせなさが増すばかりであった。そのことを手代達に話すと栄三郎は「なも。南部のふと（人）だば、あたりめえだべさのしでございますです」と答えた。義武もまた「ンダ。ンダ。当たり前のことだべさのしでございますです」と同調して答えた。

その後二人は顔を見合わせていた。そして意を決したように二人はその場に土下座をすると、栄三郎が「ズンケンシ（巡見使）様！　貧乏さだばワイド（我達）南部のフト達（人達）だば皆慣れでいるども、下北がこたらに貧乏のどん底だどは思てもいながったでございますです。これは天領さになって宮守のオドッチャ（主人）の手が離れたためですでございますです」と言上した。それを語ったのは秀美が田名部代官所に着くまでに宮守兼吉から献上された品々は、酒を除いては米一粒残すことなく分け与えたのを見ていたからである。そして二人は話し合い命を賭けて言上したのである。それは幕府と藩を批判することになるためである。話を聞いた秀美は「貴重なご意見忝うござる。大変参考になりました」と頭を下げた。

その時、代管所の門前に多くの人達が集まってきたのである。それは全集落の長とその補佐役達であった。秀美が漏れなく各集落に品々を分け与えたためそのお礼と別れを述べに集まったのである。全集落の長が集まるなど前代未聞のことであった。代官をはじめ村人達も驚いて眺めていた。しかし秀美だけはそれほど驚く様子を見せなかった。それは秀美が回り歩いてみて、より一層人々の律儀さを知って来ることを予測していたからである。また太田代官の手代・菊池と中山も驚くことはなかった。南部人として「あだりめい（当たり前）」のことであったからである。また二人は叱責どころか感謝されたことを喜び、かつ酒を残した理由がわかり一層秀美に魅了されたのである。できれば太田家の姫・ひろ、としけい様の一人を連れて帰って貰いたいと願っていた。

秀美はすぐに代官の伊勢信子郎（旗本）と話し合い庭先ではなく代官所の広間に上げたのである。そして「年に一度、このような集まりを持ったら」と提案した。それは半島を回り集落ごとに植えられている作物が異なり、また同じ作物でもできの具合が全く異なることを知ったからである。そのため「作物を多く収穫するために、作る作物や植える時期・肥料などを皆で話し合ったらどうだろう」とその主旨を説明したのである。代官はじめ皆は同意を示したが、顔には逡巡の体が表れていた。秀美にはすぐに「費」であることがわかった。集まればそれなりの経費が必要なのである。しかし、どの集落も税を払うだけで精一杯で余分な金などあろうはずもなかった。また代官の伊勢が一番嬉しそうであったが、反面その顔には逡巡の色が一番濃かった。丸顔で小太りの伊勢は心も同じように丸く温厚な人柄で他の代官と異なり、余分な税等は一文たりとて徴収してはいなかったのである。そんな気骨が見込まれ抜擢されて赴任したのである。それは奥方の着物や身に着けている物を見てもわかった。本来代管所はなにかと名目を付けては庶民から税をむしり取ろうとするため庶民達は寄りつこうとはしなかったのである。しかし、集まって来たということは伊勢の高潔さを皆が知っていたためである。

秀美はその後に代官と長達の仲立ちとして横浜の網元・宮守兼吉の名を挙げた。網元兼吉は秀美が横浜を発つ前にこのことを話していたのである。一同の顔から思い惑う色が一瞬に消し飛んでいた。秀美はそのことを書面にして兼吉に渡すように栄三郎に託したのである。秀美が自ら足を運ばなかったのは兼吉に気を使わせないためであった。それは二人の手代から「今までの巡見使は皆、宮守家からの献上品を江戸に送っている」ことを聞いたからである。それを兼吉も当然知っていた。もし、また秀美が顔を出せば人々に配ったことがわかり、新たに出すと思われたからである。

その後秀美達は泊の港から八戸・宮古・塩竈・銚子を経て江戸に戻った。

江戸に戻った秀美は幕府に対し上書「建白書」を提出した。その内容は「陸奥の湾の中には大湊湾と呼ばれる四、五キロほどの砂洲がある。その湾は嵐が来ても波は穏やかで軍港として最適である」と記されてあった。この大湊湾は後に呉、舞鶴、大湊と呼ばれる日本三大要港の一つとなった。

特異な報告として、猿が森砂丘や寒立馬、山上の湖のほとりにある恐山、仏ヶ浦、雪の中に猿の群れが生息する九艘泊のこと等も書かれていた。さらに秀美は巡見の旅で学んだことも記した。「山背と呼ばれる冷たい風や強風、さらに砂吹雪が舞っても防風林や防砂林を植えれば作物が育つこと。寒さや害虫に強い種子を選んで残すことで強い作物ができること。作物に合った土壌を作ること」など寒冷地の農業について記した。また「下北の人々は、何事についても前向きで日々の研鑽に務め努力を惜しまない見上げた人々である」と記した。建白書の「追って書」（追伸）に南部藩最北の横濱村落に『傑出した人物あり』と宮守兼吉のことを記していた。この建白書が彦康の直近に仕える榊勝之輔の目にとまり、秀美は彦康に仕えることになったのである。

そんな大間は今、異国中国で水夫の姿で馬車に乗り川防村に向かっていた。馬車に揺られて見る光景はあの下北よりも寒々しく荒涼としたものであった。それは地に生えている作物が僅かというよりもないに等しかったからである。生えている作物がほんの僅かでも、畑にお百姓達の手が加えられていればその荒涼感が消えるのである。それを見て秀美は下北とこの地の百姓達と異なることがわかった。その時馬車は突然方向を変え木陰に入り止まった。馭者の脇に座り感傷に浸っていた秀美は慌てて手すりを掴んだ。手綱を取って梅戸がニコッと笑って「すみません」と大間に謝った。大間は「一本取られた」と言って笑顔を見せた。

馬車が止まるとすぐに成田が馬車から降りて地に耳をつけた。そして「馬車ですね」と梅戸に言った。梅戸は黙って頷くと馬車から降りて手綱を木に結んだ。彦康は馬車から降りた四人に「ここで待ちましょう」と話した。その言葉ではじめてゴランは馬車が来ることを知った。大間は見張るため前方に走った。ゴランがそれについて走った。秀美が「来た」と言うとゴランは「ハイ」と言って彦康の下に走った。これを見て大間は「すごい。わかったんだ」と言葉を漏らした。自分は巡見使と回った同じ日本の地においてさえ「言葉がわからなかったのに」と感激したのである。

五台の馬車が連なって来るのを確認した大間は駆け戻った。彦康はそれを聞くと道に馬車を出すようにと指示した。強行突破されないためである。すれ違えないため当然の策である。五台の馬車は梅戸が手綱を取り大間が補助席に座る馬車の前で止まると、怒り狂ったように先頭の馬車から飛び降りた三人の男達が走り寄って来た。三人はいずれも凶悪な面構えをしていた。先頭の男は抜き身の柳葉刀を手に振り回していた。後ろに従う男達二人は鳥銃の銃口を大間達に向けていた。さらに先頭の馬車の馭者台の二人の男達も鳥銃を手にしていた。先頭の馬車の脇には馭者達に怒鳴られて馬車から降りた四人の若い男達が立っていた。四人の男達はそれぞれ手に単剣・双剣等を手にしていたが、全く様になっていなかった。そんな男達を一言で言えば百姓そのものであった。一方の大間と梅戸の前に立つ三人と馭者台の男達の胸には同じ入れ墨がしてあった。さらに五人の頭は弁髪であった（※本来「弁髪」は、親から貰った身体は一部たりとも、傷をつけたり切り落としたりしてはいけないという儒教の教えからきていた。よって生まれてすぐから髪も切らないのである）。

五人の男達の容姿から明らかに悪の組織の一員であることがわかった。また先頭に立って柳葉刀を振り回す男の言動や態度から見てリーダーであることがわかった。そのリーダーが大間達に向かって「お前達は日本の船乗りだろう。何でここにいる。邪魔だからどかせ。さもないと叩き殺すぞ！」と脅した。言葉のわからない二人が無言でいると、先頭の馬車の馭者達が苛立ったように梅戸と大間に向けて銃（鳥銃）を撃った。明らかに二人を狙ったものであった。二人はそれを見ていたが避けようともしなかった。二人は咄嗟に相手の銃口を見て当たらないと見切ったのである。そして二人はゆっくりと馭者台から降りて三人の前に立った。水主姿の二人の腰には柳葉刀の半分ほどの長さの脇差しがあった。それを見たリーダーはさらに余裕を持ったようである。二人を無視したように幌馬車に向かって「全員降りてこい」と怒鳴った。ゴランから聞いて彦康と成田は馬車から降りた。

侍姿の二人を見てリーダーは驚いた様子で「リーベンレン、ダ、ウーシー、シャ、シャ（日本の武士。殺せ！　殺せ！）」と叫んだ。この声がすると同時に梅戸と大間の二人の姿はその場から消えていた。

梅戸の姿は柳葉刀を振り回すリーダーの前あった。そして振り回す男の柳葉刀をかいくぐり水月を拳で打ち据え気絶させた。また大間はリーダーの脇を抜けると銃を構えていた男達二人の首を瞬時に切り落とした。リーダーを気絶させた梅戸は足を止めることなく棒手裏剣を先頭の馬車の馭者一人に投じた。さらに走りながら脇差しを抜くと一気に馭者台に飛び上がり、二人の首を刎ねると音も立てずに反対側に着地した。落ちた首の一人の眉間には棒手裏剣が深々と突き刺さっていた。男は二回殺されたことになる。男の側には彦康が立っていたため念には念を入れて殺されたのであった。この様子を見ていた成田は梅戸の挙手を見て首を傾げた。走り方や飛び方、また棒手裏剣の扱いが並みの剣技ではなかったからである。しかし、旗本でありかつ彦康君付きであることから「裏柳生」の剣客であると推測した。当然彦康は梅戸悦十郎が裏柳生宗家の者であることを知っていた（※「裏柳生」「裏柳生宗家」とは幕府が各藩等に放つ密偵達を統括する柳生家の一族である。また裏柳生宗家は甲賀や伊賀等の下忍と異なり、れっきとした上士の旗本であった）。

一方の大間はリーダーの後ろで銃を構えていた男二人の首を刎ねた後、最後尾（五台目）の馬車まで疾走し馭者台の男二人の首を刎ねた。途中（二、三、四台）の馭者達は明らかに純朴な百姓達とわかったから一瞥しただけであった。五台目の馬車に着いた時二人の馭者の弁髪、入れ墨、凶悪な目を見て悪人と見定め飛びかかった。飛んだ大間は頸木（※頸木・軛・くびき—牛や馬などと馬車を繋ぐための木）に足の親指一本を掛けてさらに飛んで馭者二人の首を斬り飛ばし着地した。一瞬のことであった。

成田はこの大間の足の運び（蹴り跳び）を見て、改めて「鞍馬八流」であることを認識し「まさかこの目で見るとは」と呟いた（※「鞍馬八流」または「京流」とも言う。その中に相手の刀の背に足の指を掛け、跳ね上げようとする力を利用して飛び上がり相手の後方に着地する剣技の奥義がある）。

一人を失神させ六人を斬り倒した大間と梅戸は申し合わせたかのように各馬車の中を見回ったがどの馬車も空であった。三台の馭者六人は大間が思ったように皆純朴な百姓の若者達であった。男達は震える両手を高く上げ目は怯えていた。中には涙している者もいた。梅戸と大間は男達に前にいる四人の男達の所に行くようにと促した。それがまた一苦労であった。足が震えて馭者台からまともに降りることができなかったからである。二人は足を踏み外し顔から転落した。馬達はそれを見て「ちびらなくて良かった。あの人達におしっこで顔を洗わせることがなくて」と胸をなで下ろしていた。大間と梅戸は男達に手を貸すしかなかった。

十人となった男達は「座れ」と言う前にしゃがんで縮こまり頭を抱えて震えていた。途中何体かの首のない死体を目にしたためである。呼ばれて来たゴランは気を失っているリーダーの男の頬をひっぱたいて目を覚まさせた。十人の男達もその音の大きさに驚いて顔を上げた。その目に映ったのは大間や梅戸よりもはるかに大きいゴランであった。そのゴランの格好は天蓋に着物、腰には巨大な剣を差し巨大な軍靴を履いていた。その姿を見て男達は大間達よりもさらに強い侍であると思った。男達の身体はさらに震えが増し目は恐怖に大きく見開いていた。ゴランはそんな男達を見て「目の玉が落ちないように」と願った。

そんなゴランの出で立ちは、サハンの町を出発する時舘田がゴラン達に武士のカツラを被せようとしたが合うのがなかったためにやむを得ずゴラン達が気に入った天蓋にしたのである。その時舘田はゴランに「足の大きさは」と尋ねるとゴランは「十（インチ）」と答えた。せつは「小さくて良かった」と思いながらも一番大きな足袋を出した。しかし、一目見て全く入らないことがわかった。せつはゴランの足を軽く叩きながら「ゴランさん、足の大きさは」とさらに聞くと「十」と答えた。せつは爪先と踵に指をあて「この長さは」と聞くと「十六位かな」と不安げに答えた（※日本の「一文」は約二・五センチ。ヨーロッパの「一インチ」は二・五四センチである）。

ロシア兵達にとって靴は長さよりも横幅が重要であった。足長（足裏の長さ）はほぼ三十五・六センチほどであったが、足幅（横幅）がまちまちであった。足幅の狭い靴は苦痛が伴うため長く歩くことができないため重要であった。そのため足幅を答えたのである。そんな文化の違いをせつは知らなかったのである。当然ゴラン達に合う足袋や草履があるはずもなく軍靴のままであった。ゴラン達の服装にはそんな経緯があったのである。

そんなゴランの質問に対しても、リーダーはふて腐れた態度で答えようとはしなかった。よほどの悪行を積み重ねた男のようである。やむなくゴランは十人の男達に質問した。流暢な中国語で質問したため男達は驚きながらも唇を震わせて素直に答えた。それを聞いたリーダーは、ゴランの不意をつき足蹴りで倒すと素早く立ち上がり「しゃべるな！」と叫びながら男達に向かってきた。その手には柳葉刀が握られていた。そして先頭の男を斬ろうと振りかぶった時、一瞬早く近寄った成田が刀を一閃させリーダーの首を斬り飛ばした。首は男達を睨みながら道端に飛んだ。首のなくなった身体は倒れる前に大間と梅戸が支え素早く首の横に投げ込んだ。そのため男達の目に映ることはなかった。ゴランの「顔を上げろ」との大声で十人の男達は慌てて顔を上げた。リーダーが立っていた場所にはゴランが立っており、リーダーの姿はなかった。地上の血だまりにはリーダーの柳葉刀は転がっておりリーダーが斬られたことがわかった。そしてリーダーを斬ったのは藁の帽子（天蓋）を被ったゴランだと思った。

その後男達はゴランの問いに「数年前から『義勇軍』と名乗る男達が来て村を好き勝手にしている。村人が言うことを聞かなければ殺されるので従うしかない。今日も集められて来たのです。今回は十日位の予定でした。やることは村々を回り『金目の物』を奪うことと、『若い女達』を連れ帰ることです。若い女を一人見つけると二十元もらえることになっていた」と答えた。その後ゴランが「それから」と声を荒げて聞いた。男達はビクッとして震えながら「すみません。私達は恐いので何度か参加しました」と話した。黙って聞いていたゴランが「フム」と言って足を一歩前に踏み出すと男達は「すみません。前にも何度か私達だけで奪いに行ったことがあります」と言って謝った。その訳を尋ねると「不作のため食べ物がなくなり村人が餓死寸前となったためやりました」と答えた。また役所に願い出たが何もしてくれないと話した。やむなく皆と相談して「子供と年寄りのためやりました。しかし、私達は年を越せるだけの食べ物を調達しただけで人に危害を加えたり、女性を拐かしたことはありません」と言って謝った。ゴランは「馬鹿者。泥棒に変わりはないんだ」と声を荒らげ怒鳴ったが、天蓋の中の瞳は潤んでいた。ゴランがさらに「後は」と尋ねると一人の男が「不作の年は作物の育ちが悪く、燃料になる茎なども少ないので石炭等も調達したことがあります」と打ち明け、男達は地に頭をつけて泣いて謝った。男達は頭を上げることができなかった。それは首を斬られることを心配したためである。そのため皆は亀のように首をすくめていた。また男達によると「百姓の一部の者の中には義勇軍の僅かの報酬に目がくらみ畑仕事を全くしない者もいる」と嘆いた。これを聞いた彦康は、多くの男達の性根（心構え）がまだ百姓のままであることを知り嬉しかった。そして不作な年などには国や上に立つ者がしっかりと民を守ってやらなければならないことを痛感させられた。大間は畑が荒れている原因がわかり、先行きに明かりが見えた思いであった。

その後の男達の言葉に皆は緊張して耳を傾けた。それは当然ゴランが介しての言葉であった。今年拐かしたロシアの女性の数は三十名ほどで、女性達はまだ義勇軍の館に監禁されていることがわかった。また館にいる「義勇軍の人数は三十人は下らない」ことがわかった。話を聞き終えたゴランは男達に穴を掘るように頼んだ。それを聞いた男数名はその場で失神した。他の男達も立つことができず戦いていた。ゴランは気軽に頼んだつもりであったが男達は「自分達が殺されて埋められる穴」と誤解したのである。彦康に指摘されたゴランはすぐに男達に説明した。安心したように立ち上がった男達のズボンは目一杯濡れており馬達は鼻を背けた。

男達（百姓）の穴掘りは流石に手早かった。これは剣客達も及ばないであろう。その穴にはゴランが買って出て七人の遺体を運んだのである。軽々と胴体と頭を掴んで運ぶ姿はまるで悪魔のように映った。そんなゴランは首と胴体を間違わないように気を使い、さらに丁寧に運んだのである。ゴランにとって二体や三体を同時に運ぶことなどわけがないことであった。これもまたゴランにしかできないものである。

十人の男達が不思議に感じたことは、最も強いと思っていた大男のゴランが小柄でひ弱そうな若者（彦康）に何度も頭を下げていることだ。その若者からゴランを介して「自分達は今から義勇軍を成敗に行くからあなた達は家に帰って畑を耕しなさい」と言われ面食らったのである。男達はすぐに集まって話し合い「今までに殺された家族や親族そして仲間達のためにも手伝わせてください」と申し出たのである。彦康は真剣に頼み込む男達と大間の様子から「指示に従うこと」を条件に同行を許したのである。

同行を許された男達は今まで悪鬼のような存在だった梅戸や大間、そしてゴランまでもが神の化身に見えてきたのである。しかし、三人の傍には近づくことができなかった。ゴランは一人オモテストクの兵であることが知れれば男達が気を使うであろうと考え、彦康様が言うまでそのままでいようと決めていた。大間はまた彦康に「川防村までの道中、農民達に巡検先で経験した寒冷地の農業について話したい」と頼んで許しを得ていた。その通訳はゴランである。

馬車は六台となり馭者は当分は彦康、成田、梅戸の三人であった。その車列は彦康が決めた。先頭は五台目の馬車であった。その馬は大間が目の前を飛んでも、また男達の首が飛ぶのを見ても動じなかったからである。それは後で進み出した男達にもわかったようである。適正なリーダーが先頭を引っ張れば後続は素直についてくるのである。人間の社会にも似ていた。最後尾はサハンの軍馬であった。よって中の四台の馬車には馭者は必要なかった。先頭の馭者は梅戸が受けもち最後尾は成田であった。彦康は順次四台を見て回ることにした。全部の馬車と馬を連れ帰るのは義勇軍に怪しまれないためと、置き去りにされた馬が狼等に襲われないためであった。

馬車の中で必死に語る大間の話をゴランを介して聞いて若い百姓達は少しずつ興味を持ちはじめ目が輝きはじめた。最初は下北の百姓に対する哀れみからであった。自分達よりも貧しい食生活をしていることに驚いたからである。獣の肉もなく僅かな陸の草（野菜）と海の草（海草）で生きていることを知ったためである。その後に語った下北の百姓達の農業に対する取り組みや努力に対し川防村の百姓達は手を打ち涙を流し感動をした。まさしく自分達と同じ境遇であり自分達にもできると思ったからである。大間の話が終わるころには若者達の目は下北の百姓達の目のように輝いていた。その時には十人の男達は美秀の膝に付くまでに近づいていた。

そんな一行の馬車は野径から村へと通じる本街道（通称囮街道）に入った。そこで彦康は向かって来る馬車を見つけた。彦康はすぐに別動隊のヤコブ達であるとわかり皆に知らせその場で待った。向かって来ていた杉本もまた彦康や梅戸がわかったようで手を振りながら近づいてきた。二組は暫し再会を喜んで経緯を話し合った。

ヤコブ達に捕らえられた四人の百姓の若者達は、安藤から大間と同じ様に農業の話を聞かされ百姓の目に戻っていた。安藤はこの地の土壌にはトウモロコシやジャガイモが適していること。連作をしないこと。トウモロコシには豆類やネギなどが相性が良いので一緒に植えると良いこと。また刈った草や作物の皮や茎などは畑に積んでおき肥料にすることなど百姓の基本的な知識を語った。そんな男達の目をみて大間は「私の馬車の男達と同じ目をしている」と感じた。

顔見知りの男達との再会は鶏にも負けないほどの騒がしさとけたたましさが伴ったものであった。それに対し藁の帽子をかぶった侍達は別として、他の日本人達は笑顔でわずかに頭を下げただけで対照的であった。若者達は集まり互いに学んだ知識を口から泡を飛ばしながら語り合っていた。彦康達はこれからは泥棒に行くこともなくなるであると思って眺めていた。その後若者達十四人が彦康の所に来て「一緒に戦わせてください。百姓に戻るケジメですから」と決意を述べて頼んだ。彦康は笑顔で「指示に従うこと」を条件に同意し出発した。

彦康は村の入り口に着くと若者達に「悪人達を一人も村から逃がさないために馬車で阻止するように」と頼んだ。当然ゴラン達を介してである。若者達の目は殺された身内や仲間達の「敵をとるぞ」と燃えていた。中には涙している者までもいた。男達のこの結束が後々農業にも役立つであろうと思った。そして彦康達は道中若者達から多くの情報を得ていたため躊躇うことなく義勇軍と称する悪の館に向かった。

一方、サハンの港を出港した櫛引丸はすぐに全速力となり逃げた黒い漁船の後を追った。櫛引丸には軍船のヘルマン艦長とさらに他の艦長二人も乗っていた。三人の艦長は余りの速さに信じられないと目を見張っていた。その時櫛引丸は十ノットは優に超えていたのである。また巧みな操船技術と水夫達の連携の素晴らしさに圧倒され我を忘れて見惚れていた。流石若きエリートの艦長達はすぐに自分を取り戻すと、二度とないであろうチャンスを見逃すまいと目を皿にして注目しだしたのである（「一ノット」は一・八五二キロメートル毎時。※参考・「一海里」は一・八五二キロメートル）。

櫛引丸は湾を出る時減速することなく方向を変えてメタン河に出て遡った。やがて榊船頭はヘルマンから借りた望遠鏡で前方を走る黒い船影を見つけた。ヘルマンに望遠鏡を渡すと「逃げた漁船に間違いありません」と答えた。それを聞いた水主達の動きはさらに凄まじいものに変わった。その一糸も乱れることのない作業に軍船の艦長達も加わろうとしたが入り込むことができなかった。あらためて自分達の未熟さを痛感したのである。その時艦長達はオモテストクの艦船は百年とまではいかないが五十年は遅れていると思った。また操船技術については「大人と子供のほどの差」があると実感した。しかし、若い艦長達は「操船の技術は日本人にできて、我々にできないはずがない」と決意を新たにし、闘志を燃やした。しかし、巧みさを見れば見るほど気がすぼむのを奥歯を噛みしめて堪えた。

櫛引丸は河（川）を遡っているのにもかかわらず、逃げる漁船の数倍の速さで追った。それは逃げる漁船に追跡していることを知らせて、逃げることを諦めさせ川防村に上陸させるためであった。川防村に上陸すれば彦康達と挟み撃ちできるからである。漁船は逃げるのを諦めたかのように岸壁に向かうのがわかった。この時ヘルマンが「あの岸壁は自分達の軍船でさえも接岸するのが難しい。逃げる者達を見張って、後は陸隊に任せたらいかがでしょうか」と進言した。榊船頭は「ありがとう」と礼を述べてから水夫の阿保を呼んだ。阿保と話し合った船頭は「接岸するぞー。全員配置に付けー」と号令を発した。阿保は船首に走り身体を乗り出して誘導した。それは言葉と手足を使った巧みなものであった。それはまるで曲芸のように見えた、そして櫛引丸は無事に接岸した。それは岸壁ではなく先に止まった黒い漁船に付けて止まったのである。いずれにしろヘルマン達三人の艦長は息を殺し手に汗を握って見守っていた。そして停船すると同時に三人はその場にへたり込み「見たか！　一か八かではなかったぞ。まるで神業だ。恐れ入った〜」と感嘆の声を上げ、最後にはさも自分達がやったかのように「ア〜ア。くたびれた」とため息をついていた。停船した時には流石の船頭や水夫達の額にも汗が光っていた。汗が見えなかったのは意外にも阿保であった。その時船の中ではせつと助けられた江戸っ子の少女二人が並んで両膝を揃えて海神様に手を合わせていた。

櫛引丸が止まる前に、停船して間がない漁船に向かって二つの影が飛び降りた。あの高さから飛び降りて物音一つ立てないということは猫以外には考えられないことであったが、その正体は人間であった。二つの影の主は示現流の宮崎と宝蔵院流の林であった。二人は甲板に降り立つと同時に甲板にいた二人に当て身を食らわせた。二人は船艙の鍵を開けようとしていたのである。二人は鍵を開けると静かに船艙に降りた。その二人が目にしたのは縄で繋がれた和服姿の女性達が急かされるように男達に尻や太ももを打たれる姿であった。叩いているのは姿や言葉からして朝鮮人であるとわかった。いずれの男も目の吊り上がった悪人面の三人であった。本来であれば宮崎と林はこのような光景を見れば考える前に飛び出して三人を叩き斬っていたはずである。。しかし、二人は怒りを抑え物陰からジッと見守っていた。

それは男達を斬ってさらに女性達に恐怖を与えたくなかったからである。

　不自由な女性達は無理矢理引っ張られ階段を上ろうとしていた先頭の女性がバランスを崩し倒れて顕わな姿になった。しかし手が不自由なためすぐに直すことができなかった。それを後ろから見ていた男が怒って駆け寄ろうとした時林がしゃがんだままスウーッと影のように飛び出し水月を打って男を気絶させ支えるように横たえた。林の姿が誰の目にも留まらなかったため気づかれることはなかった。その時宮崎が見ていたのは船艙の片隅に横になる和服姿の一人の女性であった。その女性は繋がれてはいなかったが立つことができなかったようである。それを一人の男が立たせようと棍棒を振り上げたところであった。林はそれを見て手裏剣を投じようとしたが、一瞬早く宮崎が走り寄り刀を一閃させた。林は「殺ったのか」と思った時振り向いた宮崎が林を見て僅かに口元をほころばせた。それは林に峰打ちであったことを伝えたのである。それほど速い一閃であったのである。また一方の林は、「あの早い抜きから峰を返すとは流石」と感嘆すると共に「もしあの剣技を自分が受けたら」と考え、そんな場合ではないと自分を戒め苦笑した。

　女性達がやっとのことで甲板に出た時、追うように宮崎が飛び出してきた。そこで目にしたのは日本髪に着物姿のお茶目な江戸っ子の娘の二人と顔なじみの四人の女性達が抱き合っている姿であった。江戸っ子の娘達は風呂に入り髪もせつに結ってもらい見違えるようであった。その姿を見て女性達が安心したのであった。その後ろでは剣客の幸山とせつが見守っていた。その傍らには先頭で女性達を無理矢理引っ張っていた男が横たわっていた。

せつが「林さんは」と宮崎に尋ねた。宮崎は「林殿は病気の女性に付き添っています」と答え、すぐに船頭の下に走り五名の女性はすでに連れて行かれたようですと伝えた。

せつは四人の女性達を江戸っ子娘達に任せ渡辺と共に船艙に向かった。女性は起き上がり正座をしていた。その膝の上に真っ白なレイが抱かれていた。女性は見るからに痩せ衰えて病気であると思われた。その傍にいるはずの林の姿はなかった。林はレイが来るとすぐに女性をレイに任せて船室を捜索していたのである。女性の顔色は露ほどの血の気も感じられなかったが、レイを見る瞳だけは生気が感じられた。せつは「これなら大丈夫」と確信した。そして「レイさんありがとう」とお礼を言った。レイは言葉がわかったかのように「ニャーン（あたりまえのことをしたまでよ。後はお願いよ）」と鳴いて応えた。そして女性に向かって甘えるように「ニャーン」と鳴いてから階段をかけ上がった。女性はそんな元気なレイの姿を見て「レイさんとおっしゃるのね。ありがとう」と言うと自ら立ち上がってフラフラと階段に向かって歩き出した。階段にたどり着くと上からレイが顔を出して「ニャー」と女性に声をかけた。女性はレイを見上げてニコッと笑ってゆっくりと上りはじめた。苦しい時は何度か顔を上げてレイの顔を見て頑張ったのである。途中で水夫の渡辺が見るのが忍びなく手伝おうとしてせつに止められた。

林と宮崎そして渡辺はさらに残る五人の女性達を捜し船内を駆け回ったが結局見つからなかった。五人の女性はすでに何処かに連れて行かれたことが明らかとなった。

榊船頭はすぐに上陸すると皆に伝えた。残るのは留守責（留守番の責任者）は二唐とし須田山、八代、阿保、渡辺であった。当然女性達七人は残った。上陸するのは船頭の榊と剣客の幸山、細川、林、宮崎の四人と助け出した女性達のためにせつが同行することになった。それを知ったヘルマン達三人の艦長は「私達は皆様のように剣の腕は立ちませんが銃の楯になることはできます。また中国語がわかります」と言って同行を願い出た。船頭は通訳のため同行を許可し九人となった。せつはすぐにヘルマン達を和服に着替えさせた。すでにゴラン達にも着せたため手慣れたものであった。そんなヘルマン達の格好を見てリュウは涙を流して笑い転げ、レイにこっぴどく叱られた。そんなレイもまた「笑いを堪えるために」叱ったのである。

そんな格好とは「浴衣姿に深編み笠で、浴衣の裾をからげて帯に掛けていた。さらに真っ白な六尺褌をつけ軍靴という「鯔背《いなせ》」な姿にはほど遠い「ひょっとこ踊り」の舞い手に近いものであった。しかもその着こなしは着崩れの典型的なものであった。しかし、がたいの良さから何処ぞの寺社の仁王像が思い起こさせられた。三人が滑稽に映るのは、着物を着た人の歩き方でないためであった。せつは直そうとしたが諦めざるを得なかった。また腰に差していた大小は飾り物のようにしか見えなかった。しかし日本の侍を見たことのない異国人達にとっては日本の侍と思えるものであった。ここで三人の艦長が紛らわしいのでヘルマン、大尉（艦長）、中尉（艦長）と呼ぶこととする。

船頭達が船から降りるとせつの足下にリュウの姿がありこれで十人となった。せつはすぐにリュウを抱き上げると「静かにしているのよ」と言い聞かせ懐に入れた。それをヘルマンが羨ましそうに見ていた。陸に上がった十人は三組に分かれて捜索をすることにした。一組は榊にせつとリュウ、そしてヘルマンである。その他の組は林と宮崎そして中尉の三人である。もう一組は幸山と細川、大尉の三名であった。岸に着いた時間と女性達の足を考えると近くに隠れていることは間違いなかった。岸壁の近くには十数軒の建物が建っていた。その中央にはひときは大きなレンガ造りの建物があった。それらを一軒ずつ捜索するのである。

川防村は中国の飛び地であるため川以外の三方はオモテストクと接していた。川防村の入口は岸壁である。レンガ造りの建物は国の役所であった。当然今で言う入国管理等も兼ねたものであった。取るに足らないような小さな村ではあったが、戦略上重要な場所であるため支庁舎を建て皇帝から任命された支庁長まで置いたのである。

幸山組の三名ははじめにこの建物を捜索することにした。三人が門から入って行くとすかさず弓矢の洗礼を受けた。幸山は避けようともせず矢を刀で払い落とした。細川は横に建つ銅像の後ろに大尉を導き銅像の首を切り落とした。大尉はそれを見て自分の首を竦めてしゃがみ込んだ。そんな二人を見たかのように新たな矢は飛来しなかった。そして三人が玄関に立つと軍服姿の男が出てきた。男は早口で「ここは中国領である。私はこの地の最高責任者である支庁長の補佐である。『入国許可証』を見せろ」と横柄に言った。大尉は「ない」と答えると男は「許可証のない者は入国させることはできない。すぐに立ち去れ。さもなくば『不法入国の罪』で拘束する。逆らえば容赦なく撃ち殺す」と言うと、犬でも追い払うかのように手を振った。

大尉は「我々は日本人の女性達を誘拐し、彼女達を連れた朝鮮人達を追ってきた者です。何とぞご協力をお願いします」と丁寧に話し頭を下げた。男は「そんな者達は見てもいない。さっさと帰れ。さもないと鉄砲で撃ち殺す」と脅した。それを介し聞いた幸山は足を一歩踏み出し、納めた刀に手をかけて「どうしても駄目だというなら刀にかけても中を検める」と静かに告げた。男はその殺気にか、パッと一歩後ずさりした。そして大尉が介して伝えると「事情はわかりました。聞いてきますからお待ちください」と丁寧に言ってゆっくりと戻って行った。それは幸山と細川の目が「断れば斬る」と言っていたからである。さらに二人は何本もの矢を無造作に叩き落とし、銅像の首を切り落とすのを見ていたからである。悪く言えば時間稼ぎをしているようにも思える足取りであった。大尉が痺れを切らし「入りましょう」と二人を促している時補佐役が戻って来た。そして「許可が下りたので私が案内します」言って先頭に立った。三人は隈無く捜し回ったが朝鮮人や女性達を見つけることができなかった。三人はやむなく諦めて礼を述べて次の建物に向かった。

一方、宮崎、林、中尉の組は、何軒目かでは三匹の闘犬に襲いかかられた。獰猛な犬達は飼い主に躾けられていたのである。三匹は一緒になって林に襲いかかった。犬は揃って相手に向かう訓練を受けていたのである。熊や狼など凶暴な獣が多いからでもあったが悪人が多いためでもある。よって犬達は熊等にも負けない凶暴さを持っていた。そんな三匹も林の一睨みで一瞬にして立ち止まった。吠えはしたが尻尾は巻いていた。林が一歩前に出ると二、三歩後退した。そして三匹は律儀にも林を諦め宮崎に向かおうと身構えた。今度は宮崎の眼光に萎縮したように尻尾を挟んだままその場に伏してしまった。目も体も完全に負け犬の体である。二人の後ろで竦んでいた中尉はホッとしたように「シャー、シャー（殺すぞ！）」と叫ぶと耳までも垂れてしまった。しかし、犬達は後ろには逃げようとはしなかった。流石と言えよう。しかし中尉は二人の前には出ようとはしなかった。

やがて一人の男が姿を現し犬達が両手を前に出し伏した姿を見て呆然としていた。深編み笠の中尉が事情を説明すると飼い主は平謝りに謝り協力を申し出た。そのため以後の捜索が容易に行われたのである。飼い主は物騒なのでこの犬達を飼っていると話し、さらに犬達は中国でも有数の闘犬であることを話した。そのため悪人達もこの屋敷には近づかなかったと語った。飼い主は犬達を見て、さらに林と宮崎に目を戻し不思議そうであった。

船頭の一行は美しいせつと、大きなヘルマンの迫力で捜索は容易に行われた。そして十数軒の建物の捜索は終わったのであるが日本の女性達を捜し出すことはできなかった。

皆が集まり途方にくれていると「ニャーゴ」とけたたましい鳴き声がした。せつが「ハッ」として懐に手を当てるといつの間にかリュウが懐から消えていたのである。それに気がつかないほどせつも真剣に捜し回っていたのである。こんなリュウの大声を聞いたことはなかったが、艦長達以外にはすぐにリュウであることがわかった。そしてその方向を見上げるとリュウは支庁舎の屋根の天辺で鳴いていた。また支庁舎の建物やその周りの屋根にも多くの猫がおりリュウを見ていた。それを見たヘルマンが「リュウのやつ。恐くなって助けを呼んだんだ」と呟きにんまりと笑った。しかし、榊や櫛引丸の人達は別の意を感じ取っていた。さすが仲間とは素晴らしい。

皆が建物に走りよったが猫達は逃げようとはしなかった。そのため剣客細川が僅かではあるが「殺気」を発したのである。忽ちのうちに猫達は蜘蛛の子を散らすように逃げ去った。誰もいなくなった屋根からリュウは何度かジャンプして地面に降り立つとすぐにせつの胸に飛びついた。せつはリュウを優しく抱いて「わかったわ。ありがとう」と言って懐に入れた。まるでせつが恋人でその恋人の胸にリュウが戻ったようにヘルマンには映ったのである。まさしく恋敵？　である！

リュウはそんなことを知るはずもなく、せつの懐から顔を出すと乾いた鼻の頭を舐めているように見えた。ヘルマンは自分に向かって舌を出したように思え「コノー」と拳を握った時、船頭と剣客達がリュウの舌の上で光る物を見つけた。せつは皆が自分の胸元を見ているのを知り慌てて胸元に目をやった。顔を出したリュウの舌の上に光る物があるのがわかりすぐに手をやり摘まみ取った。手にするとそれは「足袋の鞐《こはぜ》（足袋や脚絆の端につける爪形のもの）」であった。せつは鞐を船頭に渡すとリュウを懐から出して「リュウちゃんありがとう」と頬ずりして感謝のキスをした。ヘルマンは目を固く閉じ手を握りしめていた。その時驚いたのはリュウであった。はじめてのキスであったからである。リュウは「レイさんだったら」と鼻を伸ばしていると「リュウいつまで甘えているんだ。早く案内しろ。レイに言いつけるぞ」と船頭に叱られて慌てて懐から飛び降りた。しかし、あまりの感動に猫を忘れて尻から落ちた。尻を撫でながら歩くリュウを見てヘルマンはニンマリとしていた。

リュウはせつが思った通り支庁舎の玄関に向かった。幸山が鍵を開けると案内を請うことなく一行は中に入った。どこからか見ていたと思われる補佐が剣を手に飛び出してきたが、幸山と細川の顔色を見て剣を納めた。そして「どうしましたか」と不審そうに尋ねた。船頭の榊が前に進み出て「我が国の女性達を出して頂きましょうか」と静かな物言いで話した。それがかえって押しが利いて聞こえた。大尉がそれを介し伝えると補佐は一瞬驚きを見せたがすぐに「なんのことでしょうか。先ほど異例にも当支庁長の許しを得て庁舎を隅々まで捜されたではありませんか。こちらの好意を良いことに無礼も甚だしい」と怒る素振りを見せた。そして「ご事情はお察ししますが、ここは中国の皇帝陛下の直轄の役所であることをご存じないようですね。これ以上の無礼は許しませんよ」と高飛車に言い放った。大尉が「不審がなければもう一度お願いします」と頭を下げたが頑として受けつけようとはしなかった。それに倣い幸山と細川も頭を下げた。すると補佐は「何も見つからない時はどうするつもりですか」と詰め寄った。即座に幸山と細川は「間違いとわかればこの場で切腹致す」と答えた。補佐は「間違いないですね」と言うと二人は「武士に二言はない」と答えたため補佐は「屋敷の中の何処を壊して捜してもかまいません」と言ってから「止めるなら今のうちですよ」と何度も念を押して聞いた。その言葉を無視するように幸山が「はじめましょうか」と言った。補佐の目に動揺が走ったのを剣客達は見逃さなかった。

その時隣の大広間からリュウの泣き声が聞こえた。皆が広間に入っていくと片隅で絨毯に鼻をつけていたリュウが顔を上げて鳴いた。ヘルマンにはせつを呼んでいるように思い腹立たしかった。それを見た補佐は顔色を変えて「コラー」と叫んで駆け寄ろうとした。それをせつが制止した。補佐は「あれは高級なペルシャ絨毯なんです。小汚い猫に汚されては困るんです」と言い訳した。それを聞いた船頭が

「補佐役殿。それでは先ほどのお言葉に甘えて少し壊させていただきます」と言うと大尉がそれを介した。補佐は「あれは世界でも類のない最上級のペルシャ絨毯だから触るな」と言って剣に手をかけようとした。その前に細川が出て一睨みした。補佐はヘビに睨まれた蛙のように立ったまま固まったが膝を落とすことはなかった。それは大きく重量のあるペルシャ絨毯を持ち上げることができないと一縷の望みがあったからである。そんな補佐を無視し皆がリュウの傍によると、リュウはまた皆に向かって舌を出した。せつ達には「ここに鞐が落ちていた」と言っていることがわかったが、ヘルマンだけはそう思えなかった。

リュウや皆が立っている足下には一枚張りの豪華な絨毯が部屋一面に敷かれていた。絨毯を僅かでも知る者にとってはこの絨毯が、この村の百年以上の予算を上回ることがわかるであろう。この巨大とも言える絨毯をどのように運んだのか想像すらつかない。まさしく中国の皇帝の権威を示す品と言える。

この分厚く大きな絨毯を持ち上げることなどできるはずもなく多くの人達で巻くこととなる。しかし深編み笠の三人の侍達は苦にする様子なく巻きはじめたのである。補佐は気落ちしたように両膝を着いてただ呆然と眺めていた。ヘルマン達三人の艦長はリュウの手伝いも借りて一間ほど巻いた時、突然リュウが巻かれた絨毯の上から飛び降りた。そして一処まで行くと立ち止まり床に鼻をつけ尻を上げて攻撃の姿勢をとったのである。せつと榊、幸山、細川の四人が駆け寄ると、リュウは床の石板に開いた小さな穴を睨んでいた。せつはすぐにリュウを抱き上げて「リュウちゃん。ありがとう」と小さく囁いた。他の三人にも優しく頭を撫でられリュウはせつの懐に収まった。榊はすぐにリュウのように穴に耳を当てたり覗いたりした。そのあと幸山と細川に替わった。そして三人は頷きあった。それを見てせつやヘルマン達はそこが地下室であることを知った。ヘルマンはせつのところに静かに駆け寄るとせつの胸元で小さくリュウと呼んだ。リュウが顔を出すと「ありがとう」と小さく言って濡れた鼻先を撫でた。リュウは「そんなことでわざわざ起こさないで」と顔を引っ込めた。

地下室を見つけられたと知った補佐は「皆出て来い！　不法入国者だ！」と大声で仲間を呼んだ。待っていたかのように十人の男達が飛び出してきた。男達は揃いの制服を着て手には銃を携えていた。補佐は「女を除いた狼藉者どもを撃ち殺せ」と叫んだ。男達はすぐに立て膝となって銃を構えたが、待ち構えていた林と宮崎によって瞬く間に叩き伏せられた。補佐の女を除いての余計な一言がなくても間違いなく撃つ前に男達は叩き伏せられていたであろう。それを見て補佐は剣を抜いてせつを楯に取ろうと駆け寄った。しかし、前に立ちはだかった榊の当て身を喰らい気を失いその場に崩れ落ちた。

その時支那服（正装）姿の若い男性が入って来て、気を失った男達を見て「何事ですか」と聞いた。船頭達は一目で支庁長であるとわかった。それほど品位と威厳が感じられた。船頭をはじめ一同は姿勢を正して前に立つとヘルマンを介して経緯を説明し、さらに非礼を詫びた。支庁長は「全く知りませんでした」と言って協力すると約束した。また気絶した補佐を見て「この者は補佐ではなく義勇軍と称する者達の一人です」と話した。

支長は榊に尋ねられた床の穴については何も知らなかったため、すぐに使用人達を呼び集めて聞いた。

しかし使用人達も知らなかった。その訳は義勇軍と称する男達が来てからこの大広間に誰も入れなかったためである。榊は「この下は地下室と思われます」と言って中に入る許しを願い出た。支長はすぐに承諾すると使用人達を下がらせた。承諾を得て皆が石板を持ち上げようとしたが穴が小さく、かつ石板が厚いため持ち上げることができなかった。ヘルマンが「気絶している補佐を起こし聞いたら」と榊に話しかけようとした時、せつの懐から飛び出したリュウがヘルマンの足下に着地した。ヘルマンは慌てて口を閉じリュウを見つめた。リュウはゆっくりと歩いて行きカーテンに飛びついたのである。今度はせつが慌ててリュウに駆け寄り「おイタ（悪ふざけ）はだめでしょう」と言って抱き寄せた。しかしリュウの手（爪）はしっかりとカーテンを掴んで離さなかった。それを見て榊と支長がカーテンに走り寄った。せつは支長に向かって「カーテンを傷つけてしまい申し訳ございません」と謝った。しかし支長は気にかける様子もなく首を振り、榊と一緒にカーテンの後ろを覗いた。そして二人が向きなおるとリュウに対し頭を下げた。その時二人が後ろ手に握っていたのは吊り下げられたロープであった。ロープの先端には鉤フックが付いていた。そのロープを手繰っていくと天井の滑車に繋がっていた。支長と榊は頷き合うと、榊が手にしたフックを石板の穴に差し込んだ。フックはピッタリと石板に噛み合ったのである。それを見た大尉と中尉の二人は後は自分達の役目であるかのように駆け寄りロープを手にした。

榊の合図で二人がロープを引くとゆっくりと石板が持ち上がりロープを固定した。そこは階段のある地下室であることはわかった。地下室の中はひっそりとしていた。榊がヘルマンに頷いてみせるとヘルマンは言われていた通り朝鮮語で「日本人達は帰ったぞー。出て良いぞー」と地下室に向かって叫んだ。

すると間もなく三人の男達が「イルボンサラム（日本人）だったのか。そうとわかっていれば皆殺しにしたのにー」と言いながら上がって来た。三人は広間に誰もいないことに気づいて剣に手をかけた時、林が男達の前に飛び出し愛刀を振るった。あっと言う間に三人はその場に崩れ落ちた。その時他の人達はカーテンや柱の陰から見ていたのである。しかし、林の剣捌きは他の剣客と船頭以外には全く見えなかったのである。他の人達は三人の男が石板に倒れるのを見たがなぜ倒れたのかまではわからなかった。その時林は絨毯を血で汚す無粋をするはずもなかった。

階段の先頭に立ったのは意外にもローソクを手にしたせつ一人であった。それを見たヘルマンがついていこうとして「リュウちゃんがいるから大丈夫よ」と断られた。せつはヘルマンの姿を見せて女性達を怖がらせたくなかったのである。その心を知らずヘルマンは「またリュウか！」とため息をついた。

せつは下に向かって「リュウちゃん。行ってもいい？」と声をかけた。すると下から「ニャーオ（大丈夫）」とリュウの返事が返ってきた。せつはその鳴き声を聞いてゆっくりと下りた。階段を下りたセツが「リュウちゃんどこ？」と話しかけると女性達が縋り付いてきた。多くに縋り付かれたせつはなぜかそこに違和感みたいなものを感じたのである。その方にゆっくりとローソクの灯りを持っていった。そこで見たのは金髪の二人の子供（少女）であった。一人の少女は両手でしっかりとせつにしがみついていた。他の少女はリュウを抱いてしがみついていたのである。その横に日本人の女性達（少女）が寄り添ったのである。せつはすぐに「コンニチハ。私はせつと言います。この子はリュウちゃんです。よろしくね」とロシア語で挨拶した。二人の子供達は安心したように声を上げて泣きだし強くしがみついた。そんなロシア語を話すせつを見て、今度は日本人の女性達が躊躇し戸惑った様子であった。それを見てせつは「私も皆さんと同じように日本から拐われてきて、ロシアの人達に助けられたのよ」と話した。それを聞いた女性達は「じゃ、私達は助かったのね」と言って子供達と同じように泣きはじめた。

そんな女性達から必死の形相で抜け出したリュウは「ニャーゴ（死ぬかと思った）」と言いながら階段を上りはじめた。そのリュウにせつや女性達が従った。出てきた日本人の五人の女性達はロシアの少女達よりは年上であったが、まだ少女と言える年頃の娘達である。ロシアの少女達は十歳に満たない年齢であった。二人の少女を見たヘルマンが「あー」と大声を出し少女達に駆け寄ろうとした。それを見たリュウはヘルマンの深編み笠に飛びついてヘルマンを止めた。ヘルマンの異様な姿と声を聞いて、少女達はまたせつにしがみついて怯えていた。せつは二人を優しく抱きすくめ「ヘルマンさん。顔を隠していては誰だかわからないでしょう」とロシア語で静かにたしなめた。ヘルマンはその場にしゃがんで「ごめんなさい」と謝った。ヘルマン達は榊の許しがあるまで笠を取らないと誓っていたのである。

せつは少女達に「あの方は分遣隊のヘルマン艦長さんよ。あなた達を捜しに来たのよ」と教えた。二人の少女は「エッ」とした表情で、せつの手を離すことなく編み笠の下からそっと覗いた。そして「カピタ・ヘルマン！　カピタ・ヘルマン！（キャプテンヘルマン）」と言って二人は抱きついた。そこに二人の艦長達も飛んで来て、二人の少女を抱きしめた。その時二人の艦長は編み笠を上げて顔を確認させることは忘れてはいなかった。ヘルマンは「こんな所に攫われていたのか。あの野郎ども！」と言って顔色を変えて立ち上がろうとした。せつは「ヘルマンさん。子供達が怖がっているわよ。あとはキャプテンの榊様にお任せしましょう」といさめた。その時リュウも同調するように「ニャーオ（そうだよ）」と鳴いた。ヘルマンはリュウを見て「わかりました。まったくリュウにまで言われるとは、俺も形なしだ！」としょげていた。二人の少女もそれを見て、ヘルマンとリュウの会話が成り立っていることを知った。

後で目覚めた補佐を質すと「川に流されていたのを助けた」と言ったが、少女達が「川岸で遊んでいたら拐かされた」と証言したため嘘であることがわかった。それがわかると次に補佐は、「自分達は朝鮮の漁師達にそのように聞いて預かっただけだ。後でサハンに連れて行くつもりだった」と言い張った。しかしこの答弁も、少女達は攫ったのが中国人であることを知っていたため嘘であることがわかった。なぜならすぐに目隠しをされたが言葉の遣り取りや服装等を覚えていたからである。

少女二人はヘルマンの部下の子供達であった。一月ほど前に二人の行方がわからなくなり今も両親をはじめ全員で捜していたと話した。そして「日本人の女性達のこともあり『もしやと思い』他の艦長二人が同行しました」と言って三人は榊に謝り両手をついた。その時言葉がわからないながらも二人の少女はヘルマン達に倣い両手をついていた。深編み笠のまま両手をつく姿を見て、剣客達は「律儀な人達だ」と感心し、また、リュウは「ヘルマンさんはどんな顔しているのかな？」と思い見ていた。

その後、大尉と中尉に護られて女性達は櫛引丸に戻って行った。その中にはリュウの姿もあった。リュウは当然のように少女達の胸に抱かれていたが途中で姿を消した。少女達は艦長達と手を繋ぎスキップしながら歩いていた。そんな姿を日本の女性達は後ろから優しく見守っていた。自分の将来を夢見るかのように……。

櫛引丸の甲板からその様子見ていた二唐をはじめ留守番の者達は小躍りして喜んだ。渡辺が考えて作ったというブランコのような手動の昇降機で甲板に引き上げた。しかしそれを使ったのは二人の少女達だけであった。昇降機は身体の弱った女性のため渡辺が急遽考え作った物である。少女の二人がまた乗りたいとせがんだため艦長二人は水夫達と代わった。少女達はそれから乗りたいとせがむことはなかった。

女性達を送り届けた艦長の二人が戻ろうとするのを二唐が引き止めた。二唐は皆を守って影のようについてきた宮崎と幸山が、櫛引丸に女性達が乗り終えたのを見定めて戻って行ったことを知っていたためである。なにせ二唐は「殿様」と呼ばれる三千石の旗本の当主なのである。言動の一言には重みがあり軍人の二人には当然そのことは伝わり素直に聞かざるを得なかったのである。

（※三千石の旗本は家来が五十六人と決められていた。騎馬二・侍八・槍持ち等四十六人で千五百坪の屋敷である）（※2蛇足ではあるが、千石の旗本は二十一人の家来と七百坪の屋敷。五千石は百三人の家来を雇い千八百坪の屋敷が与えられた。また役職が与えられるとその分家臣が増えるのである）

一方、途中で少女達の胸から姿を消したリュウは皆より早く櫛引丸に戻っていた。本来であればリュウはヒーローとして迎えられて当然な活躍をしたのである。姿を消したその訳は、帰る途中に上陸して出会った雌猫達に見つかったからである。せつがいれば懐の中に隠れて見つかることはなかったであろうが少女達ではそれができなかったからである。猫達の数は屋根の上のリュウを見ていた時よりもさらに増えていたのである。この国の猫達はこれまでリュウのような「三毛の雄猫」を見たことがなかったのである。世界広しとは言えリュウのようにハッキリとした毛並みの三毛猫は稀であった。また異国の雌猫達はおっとりと猫離れした「間の抜けた」その容姿にも心奪われ集まったのである。そんなことなど知る由もないリュウは女性達（猫達）を見て恐くなり一足先に逃げ帰ったのである。この時頼りになる人が一人もいなかったからでもある。櫛引丸に着いたリュウが甲板から見下ろすと多くの猫達はリュウを見上げ手やお尻を振っていた。櫛引丸には柳生新陰流の剣術家でもある二唐修吾郎がいるため猫達は乗ってくることはなかった。しかし、リュウの心は落ち着かなかった。それはレイに誤解されるのが怖かったからである。そんなリュウに同情したかのように二唐は僅かの剣気を発した。離れてはいたが雌猫達は「愛しの王子様！　再見！」と言って立ち去った。

女性達を送り届けた宮崎と幸山が支庁舎に戻ると丁度二台の馬車が門前に停まるところであった。そして止まった二台の馬車から降りたのは弁髪に泥鰌髭の悪相面した指揮官と、同じように弁髪に結った十人の部下達であった。誰かが注進したようで男達の二人は銃を持ち他は弓を手にしていた。

指揮官（小隊長）は「我々は義勇軍である。すぐに出て来い。さもなくば皆殺しにする」と建物に向かって怒鳴った。そして指揮官は「横体作れー」と号令をかけて横隊を作ると次に「膝撃ち用意」の号令を発した。明らかに威嚇のデモンストレーションである。銃を持つ二人は左翼と右翼であった。

ほどなくして支庁舎から船頭とせつの二人が出て来て立ち止まった。指揮官はそれを見てニンマリとした。両翼の銃を構える男達が銃口を榊に向けようと僅かに動いた時、二人に向かって宮崎と幸山が飛び出した。それよりも僅か早く後方から「パンパン」と二発の銃声がした。その一瞬の後には男達が構えていた銃の銃身が飛び、男達は銃床だけを握って腰を抜かしていた。走り寄った宮崎と幸山はそんな男達を見向きもせず、洋弓を構えた八人の男達の前を走り抜けた。宮崎と幸山は八人の洋弓を切り飛ばすと共に八人をしたたか打ち据えていた。男達は驚きとあまりの痛さで地を這い回っていた。

小隊長は「情けない」と言って柳葉刀を手に「無法者は成敗する」と叫んで、宮崎達ではなく榊達に向かって駆けだした。宮崎と幸山はただ唖然と見ていた。榊達に走り寄った小隊長は勝ち誇った顔で榊に斬りかかった。榊は顔色一つ変えずに剣先を躱すと脇差を抜き小手を打った。柳葉刀は地に落ち榊の脇差しは鞘に納められていた。幸山と宮崎は船頭榊の剣捌きに圧倒され、またもや唖然と眺めるだけであった。その剣技を「柳生新陰流・斬釘截鉄《ざんていせってつ》（釘を斬り、鉄を截つ）」であると看破した。この榊の剣技は剣客以外誰一人として脇差しを抜いたことさえもわからなかったのである。小隊長は呻きながらも榊が侍であったことを知り「侍の恐ろしさ」を思い知った。

この時二人の男の銃を撃ち飛ばしたのは水夫の須田山と八代であった。二人は櫛引丸の甲板から撃ったのである。このことを榊や日本人の剣客達はわかったが他の者達にはわかるはずもなかった。考えられない距離であったからである。また小隊長達は図々しくも「殺されず、腕を斬り落とされなかった」ことを喜んでいた。しかしこの喜びもつかの間であることを彼らは今は知らない。後に彼らは殺人や拐かし等の罪で『シベリア送り』になることを今は知る由もない。そんな男達は縛られて自分達が作った地下牢に入れられたのである。

支長は戻って来た榊達に深々と頭を下げて流暢な日本語で礼を述べた。日本人達にはその態度や所作から支長が日本語を理解していることはわかっていた。驚いたのはヘルマンだけであった。支長は榊が日本の侍であり大将クラスの身分であることがわかった。そのため支長は「いずれ義勇軍と戦わねばならないと思っていた」と本心を明かした。そして自ら命を賭して協力するので義勇軍を撲滅して欲しいと恥も外聞も捨て頼んだのである。それは村人のためであることがわかり榊もすぐに同意した。その時榊は自分達以外にも撲滅に協力する人達がいるのでと断る（あらかじめ知らせる）ことも忘れなかった。

いつの間にか庁舎の中には村人達が集まって来た。村人達は怖れていた義勇軍の十一人の男達があっと言う間に打ちのめされるのを隠れて見ていたのである。その中には若くて美しいせつの姿もあったため安心して集まって来たのである。しかし、せつは村人もまた略奪者であることを知っており複雑な気持ちであった。

その後すぐに榊とせつ、ヘルマン、幸山の四人は一台の馬車に乗り、支長、宮崎、林、細川の四人は他の馬車に乗って義勇軍の本拠地である館に向かった。二台の馬車の手綱を取るのは警吏の二人であった。はじめに支長自らが手綱を取ろうとしてそれを見た警吏の二人が慌てて代わったのである。この村には政府が派遣した二人の警吏が常駐していた。他に補助として村で採用した三人の若き警吏補が働いていた。警吏補の三人は手綱を申し出たが警吏は「支長閣下と貴賓の方々が乗られているから」と婉曲に断った。若い警吏補達を危険にさらしたくなかったからである。しかし三人は黙って馬車の後ろについていた。せつは支長をはじめ警吏や警吏補達が使命に燃えていることが一目でわかった。榊達はそんな人達を見て心が明るかった。

馬車は途中に義勇軍の輩が屯する何ヵ所かに立ち寄って捜索を行った。若い警吏補達が漏れなく把握していたのである。抵抗する男達には「暴れる間すら与えず」剣客は叩き伏せて合わせて十名を捕縛した。この活躍の主役は警吏補達であるため十人を数珠繋ぎにして徒歩で支庁舎まで連行させた。村人達も喜んではいたが、三人はそれ以上に嬉しそうであった。また同行には警吏補の親族や村人達もついており心配はなかった。

榊達一行は待ち合わせたかのように途中で彦康達と合流した。それで支長は榊が話したことを納得した。場合が場合だけに多くは語らず挨拶だけであった。これで人数は彦康一行の（成田・梅戸・大間・中隊長のゴラン）五名と、サハン副司令官ヤコブ一行の（杉本・山本・伊藤・安藤・小隊長タキエフ）六名、そして榊船頭達（せつ・林・宮崎・細川・幸山・ヘルマン艦長・支長と警吏二名）十人の合計二十一名となった。

表門を受けもつのは一台の馬車と彦康、支長、せつ、ヘルマン、水主の五人（梅戸・大間・山本・伊藤・安藤）の計九名である。裏門もまた一台の馬車で封鎖し、榊船頭、ヤコブ、ゴラン、タキエフ、剣客の成田、杉本、細川、林、宮崎、幸山の六人の合計十名で当たることとなった。警吏の二人の任務は馬と共に馭者台でしっかりと門を固めることである。

　館の門が封鎖されたことをはじめに知ったのは囚われている女性達であった。閉じ込められていた女性達の唯一の楽しみというか気晴らしは、窓につけられたカーテンの隙間から外の景色を眺めることであった。変わりばえのしない風景ではあったが、常に誰かが見張りのように眺めていたのである。よってどんな些細な出来事でも逐一皆に伝えていたのである。しかし、この時ばかりは眺めていた女性が「アッ」と息を呑み込んだまま声を出すことができなかったのである。この僅かな異変を日がな一日（終日）退屈を友として過ごす女性達が見逃すことはなかった。すぐに一人が駆け寄ると、それに促されるように他の女性達も寄ってきた。女性達が目にしたのは門を塞ぐようにして停めた馬車であった。この建物は周囲を高い塀で囲い、表と裏には立派な門があった。

　馬車からはじめに降りたのは和服の裾を端折り、深編み笠を被った大男であった。女性達は異風な男が腰に刀を差して着物を着ているため日本人の侍であろうと思った。そして「日本人って品がないわね」等と話しながら見ていた。その時、だらしなくはだけた男の胸元に光って見えたのは「八端十字架（※ロシア正教で用いられる十字架。この名称は八箇所の先端部分が存在することに由来する）」であった。女性達はすぐに両膝をつくと手を合わせ天に向かって前言を詫びた。女性達は「神が日本人に身を代えて助けに来られた」と言って窓に目を戻した。そんなことを知るよしもないヘルマンは、馬車の前に立つと抜き身の日本刀を両手に持って「出てくる者は俺が斬る」と言って仁王像のように立った。ヘルマンの「通せんぼ」するかのような姿が地に映るとその影はまさしく十字架であった。女性達はその影に向かってさらに両手を合わせた。そんな女性達を見て監視兵もまた外を見た。そして異変「表門の封鎖」を知り大声を張り上げて仲間の下に走って行った。それを見て女性達は神様（ヘルマン）を心配し、揃ってその場に膝をついて祈り続けた。

義勇軍の男達はすでに表門は日本人によって封鎖されていることを知った。また男達はヘルマンの姿を見て諦めて裏門に向かったのである。日本人の侍は桁違いに強いことを知っていたからである。また大きなヘルマンの姿を見てその怯えがさらに恐怖を呼んだのである。そんな男達が裏から飛び出るとそこに立っていたのは水主姿の榊であった。慌てる男達には後ろに立っていた剣客達が目に入らなかったのである。先頭の三人の男はたかが船乗りと侮り手にした柳葉刀で斬りかかった。しかし、なぜか三人はその場に倒れ気を失ったのである。それを見て後ろの男達は驚き、さらに榊の後ろには侍達がいることがわかり慌てて建物に逃げ帰った。男達はやむなくヘルマンが一人いる表門に向かったのである。男達が正面から出るとそこにはヘルマンの姿はなく、彦康やせつそして水夫達がいたのである。その時ヘルマンは馬車の後ろにいたため見えなかったのである。

男達はひ弱そうな侍が一人と若い女、そして水夫達を見てしめたとばかりに叫声を上げて向かって来た。男達七人が斬ろうとしたのは侍姿の彦康一人であった。そして男達が次々と彦康に向かって振り落とす刀は不思議なことに皆空を切ったのである。男達が「オヤッ」と思うと同時に気を失った。それを見ていたヘルマン、支長、警吏の三人はただ自分の目を疑うしかなかった。彦康の剣先は見えるはずもなく、ただ倒れ落ちる七人の男達が目に映っただけである。気を失った七人は水夫達に縛られ気持ちよさそうに眠っていた。支長と警吏は馬車の中からこの様子を見ていたのである。それは危険を避けるためのヘルマンの指示であり思いやりであった。そんなヘルマンは彦康達が建物に入っていくと馬車の前に一人出て、阻止するように両手を広げて立っていた。

また叩き伏せられて気を失った三人のいる裏門では、裏門を守るヤコブ、ゴラン、タキエフと警吏の四人がヘルマンと同じように目にした現実が信じられないまま立ち尽くしていた。その反面心の内では胸をなで下ろしていたが、それよりも全く見ることのできなかった榊の剣技の恐怖の方が勝っていた。四人は榊達が建物の中に姿を消すと素早く男達を縛り上げ門前に曝し警吏を監視に当たらせた。そして天蓋を被った三人の大男は手に大刀を握り馬車の前に立った。

部下達が倒れる様子を窓から見ていた義勇軍の隊長は、剣では到底敵わないと判断して残っている部下達に銃や弓を使うように命令した。はじめに建物に入った成田、杉本、林の三人の剣客に対し一斉に矢が放たれた。しかし、三人は何の造作もなく矢を叩き落とすと素早く矢の放たれた方向に疾走し男達を斬り倒した。その数は十名を下らなかった。

一方、神の化身（ヘルマン様）に祈り続ける女性達が次に窓から目にしたのは気を失った七人の男達が縛られ横たわった姿である。そして、その傍にはヘルマンが一人で立っている姿があった。まさしくヘルマンは神の化身としか思えなかった。女性達は天ではなく今度はヘルマンに向かって手を合わせた。

また、剣客の宮崎、幸山、細川の三人は打ち合わせた通り建物に入ると真っすぐに二階に駆け上がり各部屋を探し回りいる者を斬り倒したり気絶させ、捕縛した。その時階下から銃声が聞こえた。隊長は部下に銃を持たせ撃っていたのである。下を見ると成田、杉本、林の三人が柱の陰に隠れているのがわかった。成田達三人が隠れて攻撃しない理由もわかった。二階の宮崎達三人も飛び降りて男達を叩き斬ることは容易ではあったが止めざるを得なかったのである。その訳は男二人が銃を手にロシア人女性五人を楯にしていたからである。女性達の後ろには隊長が勝ち誇った顔をして立っていた。

榊からこの様子を聞いた彦康はすぐに水夫の梅戸を呼んで指示をした。梅戸はすぐに外に出ると壁をよじ登り二階の宮崎達に伝言を伝えた。脇差し一本を背負った姿はまさしく旗本でありながら陰で働く家柄であることがわかった。梅戸は窓から這い出ると今度は下って一階の高窓から侵入し、窓を背にしていた隊長の前に飛び降りた。着地と同時に棒手裏剣の頭で隊長の首を打ち折った。その時側では二階から飛び降りた幸山と細川の二人が銃を突きつけた男達を打ち据えて絶命させていた。当然二人は血を見ないように峰を使ったのである。また二人が刀を抜いたことは女性達にはわからなかった。

その時突然二発の銃声が広間に響き渡った。咄嗟に何があったのかわからなかったが左右の柱の陰で人が倒れる音がした。成田達が駆け寄ると一人は棒手裏剣を、一人は鏢（中国の手裏剣に当たるもので、「くない」に似た形をしている）を眉間に受けて事切れていた。二人は義勇軍の副隊長と中隊長と称する者達であった。棒手裏剣は梅戸の物とすぐにわかったが、他の得物は誰が投じたのかと振り向くと二階から宮崎が片手を小さく上げて僅かに頭を下げた。宮崎は二階の男達が宮崎に投げつけた（呉れた）

鏢を掴んで珍しかったのでつい懐にしまい、お礼に相手を叩き斬ったのである。そして危急を見て咄嗟にその鏢を投げたのである。

一方棒手裏剣を投げた梅戸は女性達の前で両手を広げて仁王立ちしていた。その口には脇差しが咥えられていた。梅戸は成田達を見て危険がなくなったことがわかるとガクッとその場に片膝をついて大きくため息（深呼吸）をした。部屋に入ってきた彦康と榊はそれを見て梅戸に駆け寄り、そして梅戸が咥えていた脇差しを榊が手に取って見てみると、その鞘には二つの穴が開いていたのである。榊はすぐに抜こうとしたが抜くことができなかった。二つの穴には当たった弾が刀身に遮られて張り付いていたのである。それを黙って見ていた彦康にも事情が呑み込めた。皆もまた駆け寄ると梅戸は「たかがこれしきのことで無様な格好を致し申し訳御座らぬ」と武家言葉で謝った。彦康は一言「よくやりました」と言って肩を軽いた。梅戸は感激したように彦康の後ろ姿に向かって両手をついた。剣客達は女性達を護るために梅戸はあえて自分の身と鞘を楯にしたことを知った。また剣客達は裏柳生とは容易な者達でないことをつくづくと悟ったのである。

その時梅戸に寄ってきたせつが「梅戸さんは女性に優しいのね」と笑顔で話しかけた。梅戸は「エッ」とせつを見返した。せつは後ろに立つ女性達を見て「全員が感謝しているわよ」と話した。梅戸は後ろを振りくと女性達が飛びついてきそうだったので慌てて逃げ出したのである。梅戸の慌てようを見てせつは悪いと思いつつも微笑んだ。

そしてせつは真顔に戻ると流暢なロシア語で女王陛下の命で助けに来たことを話したがはじめは誰も信じようとはしなかった。しかしせつは自分の立場と女王の特使としての彦康のことを話すと女性は抱き合って喜びせつに片膝をついて頭を下げた。せつが貴族であることを改めて認識させられた。

女性達は自分達が入れられていた地下室に案内した。地下の監禁部屋は支庁舎と同じように床を持ち上げるものであった。見張りは誰もおらず女性達がいなければ見つけるのは困難と思われた。地下室には女性一人とせつ、そして念のため彦康が付き添った。一人の女性が「皆助かったのよ。女王様が助けをよこしたの」と大声で皆に伝えた。静かだった部屋に歓声が沸き上がった。とても五人だけとは思えないものであった。それもそのはずである。この地下室に入れられていた十名は義勇軍を最後まで手こずらせていた女性達であり元気があって当然と言えよう。そんな十人を伴って大広間に戻るとそこには榊や宮崎によって助け出された二階に監禁されていた女性達（ヘルマンを見ていた）二十名が床に腰を下ろし待っていた。女性達三十名はすぐに馬車で櫛引丸に搬送された。また捕縛された男達は裁判のため数珠繋ぎにされ歩いて支庁舎に向かった。その監視役は村の入口で見張りをしていた百姓の若者達に当てたのである。若者達にとっては丁度良い機会であったと言えよう。

この国では「裁判は一審で結審する」のである。殺人、強盗等の重罪で「有罪」となれば即座に隣室または屋外において処刑されるのである。義勇軍と称するならず者達は捕まれば当然死刑となるのである。よってすでに殺された者達は当然死刑として処理されるため手が省けたと言えよう。

彦康達は支長舎に戻ると、支長のたっての願いで裁判に立ち会うことになった。裁判は着いて四半刻後に大広間で始まった。異例と言えるものであった。それは早いからではなく四半刻（三十分）と長かったからである。支長はこの間に官吏や村人達から被疑者達の犯行（犯罪事実）を確認したのである。中国の官僚（役人・裁判官）としては犯罪事実を確認することなど稀である。常は裁判官の権限を有する官僚・官吏の考え一つで量刑が即座に決まったのである。従ってそこには様々な悪癖が蔓延《はびこ》ったのである。一例を取れば賄賂の過多により量刑が左右されたり、有罪・無罪までもが決まったりもしたのである。

　開廷されて引き出されたのは意外にも五人であった。裁判官（支長）は側に座る彦康に「五人は義勇軍の士官と下士官です。この者達は率先してオモテストク国の女性達を誘拐し、また村人を殺しました。またこの村において何人も殺した極悪非道な者達です。本来であれば五馬分屍の刑にあたります」と日本語で語った。これはヒルマンやヤコブ達がロシアの兵達であることがわかったため、それを慮っての言葉であると彦康は理解した（※五馬分屍の刑とは、通称「車裂き」と言い四肢と頭に縄を掛け、牛や馬にそれぞれの方向に引かさせるという残酷な刑で「見せしめ」的な刑でもあった）。

　引き出された五人は、支長の「五馬分屍」という言葉の一端を聞いて、虚脱したように腰を落とし泣きはじめた。彦康は中国の刑罰については本等でわかっていた。当然「五馬分屍」、「腰斬刑」、「棄市刑（公衆の面前での打ち首）」等の刑罰も知っていた。彦康はそんな支長の心を慮り「棄市刑」が妥当であろうと考えたが、しかし、それに当たる斬首者が見当たらなかったのである。そのため『銃殺刑』ではと助言したのである。支長は一瞬彦康の目に「ありがとう」と礼を述べ丁寧に頭を下げた。そして支長は五人から弁明を聞くこともなく「彼の御方のご助言により罪一等を減じ『銃殺の刑』に処す」と申し渡した。五人の男達は座り直すと彦康に向かって何度も頭を下げた。中国では同じ死刑でも「五馬分屍」や「腰斬刑」のような重刑は、その家族にも累が及んだのである。家族は一段低い「棄市刑」が科せられたのである（※「腰斬刑」は木製の台に乗せて大鉈で腰を断ち斬るのである。腰を切られてもすぐには死なないため苦しみが長かった）。

有罪を受けた五人はそのまま若者達によって裏庭に引き出され建てられたばかりの杭に縛りつけられた。そこに警吏に引率された三人の警吏補達は銃を担いで入って来て奥まで進んで停止した。剣客達は奥の三人が処刑されると思い残る二人が哀れに思えた。しかし、その考えが間違っていことを知った。

三人の警吏補の銃口は一番奥の一人に向けられていたのである。射程距離は十メートルほどしかなかった。剣客達は「この距離では狙いたがわず即死であろう」と思った。しかし実際には「撃て」の警吏の号令で、三丁の銃は轟音と共に一斉に火を噴いたが即死するはずの男は死にきれず悶絶していたのである。警吏や警吏補達は気にかける様子もなく横に移動すると淡々と銃に火薬と弾を詰め込んでいた。準備ができるとまた警吏の号令で銃声が響き渡った。しかし、銃や火薬が悪いのか、それとも腕が悪いのか、またもや急所を外された男は痛みで絶叫していた。そんな泣き叫ぶ男達を警吏や見物の村人達は全く気にする様子はなかった。むしろ「自分達を散々に虐めた悪人達が苦しむのは当然である」と思っているように思えた。

警吏達はさらに右移動すると淡々と準備をして次の男に銃口を向けた。その距離は七メートルほどもなかった。警吏は部下達に「相手は動かん。落ち着いて西瓜を撃つようにやれ」と叱咤してから号令を発した。その間も銃口を向けられた男や待っている男達は発狂の体であった。今度撃たれた弾はさほど狙いが逸れず撃たれた男は小さく呻いていた。警吏は「よくやった」と言うように頷いて見せた。

この一連の有り様を見ていた宝蔵院の住職でもある林世潮胤は彦康の下に赴き「首斬り」の役を申し出た。彦康も隣から聞こえてくるわめき声やうめき声に大凡のことは察していた。そしてすぐに支長に「棄市刑」に変更を願い出た。また執行者（処刑人）は日本人が行いたいと話した。支長はすぐに承諾すると即座に自ら刑場に赴いて刑の変更を申し渡した。支長の言葉が終わると同時に林はまっしぐらに三人の男達の下に疾走し走り抜けた。林の足が止まった時には三人の首はそれぞれの足下に落ちていた。二十センチほどもある杭の一本は首と共に切り飛ばされていた。そして林は四番目と五番目の男達のところに進んだ。二人の真ん中に立つと、それぞれの男に対して左手を面前に立て祈るように頭を下げた。先ほどまで発狂の体であった二人は林に微笑んだのである。その刹那林は二人の前を駆け抜けた。二人の首は血に跳ね上げられるように跳び地に落ちた。落ちた五つの男達の目は皆大きく見開かれていた。見物していた人々はその目に睨まれ、さらに林の全く見えない剣捌きに怯えて手を首に当てながら逃げるように立ち去った。

その後も棄市刑を言い渡された男達は剣客達によって刑場の露と消えた。処刑されたのは皆正規の義勇軍の兵達であった。この義勇軍と称する男達は民間の強盗集団であることを支庁長から聞かされた。男達の亡骸はオモテストクの兵達が自分達の手で制裁した思いで片付けていた。この時剣客達の耳に残ったのは、村人達が「二、三日わめいていたこともあったよな」と話していたことを、ヘルマン達から聞いたことであった。日本人達はこんな処刑もあるんだとつくづく国柄の違いを感じた思いであった。

義勇軍の者達の後に引き出されたのは八人の朝鮮人達であった。支長は「この者達の身柄はお任せしたい」と彦康に申し出た。彦康は「それではオモテストク国に身柄を引き渡したいと思います」と答えた。支長はわかりましたと言ってすぐに八人に「彼の者達はオモテストク国に引き渡すこととする」と申し渡した。八人は斬首を免れ小躍りして喜んだ。見ていたヤコブ達は「シベリア送りになることも知らずに」と笠の下でニンマリしていた。またヤコブは「シベリア送り」とあの「銃殺刑」と比べたらと身震いをしていた。

最後に法廷に立ったのは三十人ほどの村人達であった。その中には彦康達が取り押さえた若者達もいた。若者達は自ら進んで裁きの場に出てきたのである。それを見守る多くの親族達もいた。そんな中で支長は「この者達は義勇軍に手を貸した罪により劓刑（鼻削ぎ刑）か断指刑、あるいは臏刑（足を切り落とす。斬左趾・斬右趾もある）に処したいと思いますが如何でしょうか」と彦康に同意を求めた。その声は会場の皆にも届いていた。親や親族達は必死な眼差しで彦康に手を合わせていた。彦康はすぐに支長の意を察し「この者達は罪を犯したことは間違いありません。よって裁判長の量刑は妥当であると思います。しかし、今この村で一番必要なことは一日も早い農業の復興ではないでしょうか。そのためこの者達の手や足を罰として使わせるというのは如何でしょうか」と答えた。支長は頷くと「彼の者達は罪一等を減じ敲刑（杖刑・棒叩きの刑）に処す。ただし、怠けることがあれば鼻・指・足は御上が没収するものとする」と申し渡した。今で言う期限のない執行猶予が加味されたものであった。また敲刑で打たれる数は年だけと言われたが手の指で数えられる十の上はいっぱいという数しかなく、それ以上は打たれることはなかった。

　裁判が終わるとすぐにゴランとタキエフは朝鮮人八人を馬車に乗せサハンの駐屯地に出発した。剣客の細川と幸山も付き添ったが二人は間もなく引き返してきた。ゴラン中隊長の部下達と合流したからであった。

　彦康は大間や安藤が若い百姓達に寒地農業や適した作物などを伝えたことを話すと支長は大間達の手を取って頭を下げお礼を述べたのである。そして今度皆を集めて若者達から話を聞くと約束した。またこの時農民出の水夫である渡辺准志朗が顔を出し、この地は養蚕が適していると思われると支長に助言したのである。それは荒れた地ではあったが鍬の葉だけは青々と育っているのを見たからである。養蚕が盛んになれば農閑期でも農民達は機織りで収益が上げられるためである。後に准志朗は日本の農業にとってかけがえのない人物となるのである。准志朗の話を真摯に聞く支長を見て彦康は、この村の人々が二度とロベジノエの村々に盗みに行くことは無くなるであろうと確信した。また別れ際に安藤が「西洋人は絹織物を珍重するので交易に使ってみたら」と軽口を言って帰った。後に、この村の養蚕が軌道に乗り殖産の中心地となったのである。そして小梢之助が言ったように交易が行われ、その場となったのはあの二人だけの検問所（国境警備特設監視所）であった。

彦康達は村人や多くの猫達にも見送られ岬分遣隊とサハン駐屯地に向けて出航した。これは助け出したロシアの女性達を送り届けるためであった。特に二人の少女を心配している親達の下に一刻でも早く連れて行きたかったのである。そして櫛引丸がサハン湾の入口にある駐屯地に接岸すると多くの人達が出迎えた。櫛引丸が来るのが見え皆が待っていたのである。分遣隊は家族とも一心同体のように思えた。いなかったのは艦船警邏に出ている人達だけであった。

接岸した櫛引丸の甲板に立ち顔を見せたのは二人の少女であった。すると岸壁から得も言われぬ泣き声にも似た歓声が沸き上がった。少女達は二個に増えたブランコ（手動昇降機）でゆっくりと降りたのである。はじめは手を振って笑顔の少女達であったが、駆け寄って来る親達を見ると「バーバ（父）」、「マーマ（母）」と叫び泣きだした。ロープ（昇降機）を握っていた水夫達は「どの国の子供も皆同じだ」と微笑み握るロープに力を込めた。岸壁に立った子供達は親に飛びついた。その後二人の艦長（大尉、中尉）は制服に着替え一本のロープを伝って降りた。

二人が降りるとすぐに櫛引丸は出航にかかった。親達が少女に「お別れを言わなくていいの」と話すと少女達は慌てたように櫛引丸に駆け戻ると一人一人に向かって「ブラガダリュウヴァス（ありがとうございました）」とお礼を言った。その後二人は何かを捜すように必死に甲板を見上げていた。それを見てせつは「ちょっと待ってね。今呼んでくるから」とロシア語で言ってリュウを捜しに行った。呼ばれたリュウは甲板から顔を覗かせた。二人の少女は「スパスィーバ（ありがとう）」と大きく両手を振って投げキスを送った。黙って見ていたリュウが突然「ニャーオ（さようなら）」と大声で別れを告げたのである。それを聞いて船頭達はリュウが別れを言わないのでレイに叱られたと悟った。それを知らない少女達は笑顔で親達の下に戻って行った。

櫛引丸がサハン駐屯地に着くと岸壁は人々で埋めつくされていた。それは岬駐屯地からの連絡（狼煙）があったためである。最初に降りたのは軍服に着替えた副司令官のヤコブである。ヤコブは特使である彦康の先導を務めたのである。その後には和服姿のせつ、その後から三十人のロシアの女性達が続いた。その中には和服を着た女性達もいた。一度は和服を着たいと願い出たためであった。着付けや化粧に当たったのは日本人の女性達であった。しかし化粧は白粉を使う必要はなく僅かに唇に紅を差しただけだった。

儀仗兵達が出迎えた。儀仗兵はたとえ蜂に顔を刺されても微動だにしないのが信条である。その儀仗兵達の瞳が僅かに動いたのである。それは目の前を和服姿で歩く女性達の匂うような美しさに魅了されたのである。そんな女性達の姿は作法の厳しい日本のお師匠さんに言わせると論外と言えるものであったが、「洋服的な着こなし」もまたそれなりに魅力的と言えるものであった。女性達のその所作は女性達がわざとしているのではなかった。その動きはせつが教えたように行っていたのである。それは長年培われて身についた所作とロシアの女性達特有の婀娜やか（グラマー）さによるものである。

それはまさしく「ロシアの国花・ヒマワリ」を彷彿させるものであった。その後に降りたのは榊に従って振り袖姿の十二名の日本の少女達であった。女性達の歩みに合わせるように儀仗兵達の首が『送迎』の儀式のように動いたのである。ロシア女性達がヒマワリであるなら日本の女性達はこの国のもう一つの国花で国民から最も愛されている野辺に咲くカミツレ（別名カモミール）のように可憐であった。

艦長の制服に着替えたヘルマンは櫛引丸の甲板で直立不動で女性達を見送ると迎えに来た自分の軍船（艦船）に乗り警邏に出航した。そんなヘルマンを日本人達は心で手を合わせ頭を下げて見送った。ヘルマンが出航した後しばらくすると二隻の軍船が接岸した。降りた二人の艦長は駐屯地に行くよりも先に櫛引丸に乗ってきて皆に挨拶をした。二人は川防村に同行した大尉と中尉であった。二隻は日本人の女性とほどなくゴラン達が搬送してくる八人の朝鮮人達をオモテストクの女王陛下の下に連れて行く任務であった。一隻は女性達を乗せて他の一隻は朝鮮人達であった。二隻の兵達は当たり（女性達の乗る船）になりますようにと祈っていた。

全員の久しぶりの落ち着いた食事が終わった時ロシアの三十名の女性達が突然「女王様に御礼を申し上げたい」と言い出し彦康に頼んだのである。女性達はロベジノエの町でさえも出ることは稀で、王宮のあるオモテストクの町に行くことなどこの機会を逃したら生涯ないと思える。彦康は辛い思いをした彼女達のせめてもの心の慰めにと司令官にわざわざ同意を求めたのである。グリゴリーは喜んで一も二もなく同意した。その旨を手紙に認めてセツは艦長に託したのである。

一方日本人の女性達はロベジノエの女性達を見て「彦康様達が戻ってくるまでこの町にいたい」とせつに頼んだのである。先頭に立って頼んだのは江戸っ子娘の二人であった。この二人も流石に彦康には直接頼むことはできなかったのである。これを聞いた侍達は、ちょっと前まで拐かされ監禁されて失望していた人達とは到底思えない変わりように「女性とは国籍を問わず、何事にも動じない強い生きものである」と痛感していた。

彦康はすぐにこのことを司令官に話して承諾を得て、エントランスの片隅で正座する和服姿の女性達の下に向かった。それを見た女性達はひれ伏すように手をついた。彦康の後ろにはせつと十二名の女性達が付き従っていた。正座していたのはオモテストクの兵達に助けられた日本人の女性達であった。彦康は自分の名前を言ってから「この女性達は当分ここにお世話になるのでよろしくお願いします」と頼んだのである。一人の女性が「かしこまりました」と答えたが誰一人としてひれ伏したまま顔を上げようとはしなかった。日本においても重職でさえ将軍やその若君の顔を直視することはないのである。そんな女性達に対して彦康は「私達が至らぬばかりに皆に迷惑をかけました」と謝った。これを聞いて女性達は伏したまますすり泣いていた。そんな女性達を気遣うように彦康はその場を立ち去り、司令官に挨拶をすると櫛引丸に戻っていった。司令官をはじめ誰もが彦康達が向かう先を知っていたため引き止めることはなかった。

彦康の後を追うように一歩違いで櫛引丸に向かった日本人達は、見送りの女性達に捕まり抱きついてくるのには閉口した。そして多くの日本人達は故郷にいる親や兄妹達を思い出し、「今度会ったら抱きしめることはしないまでも、優しく声を掛けよう」と思っていた。特に武士の社会において、感情は表に出さないことが求められていたためである。ロシアの女性達から素直に感情を表すことも人として大切であることを知らされたのである。

彦康が船に戻ると「物資の積み込みは終えました」と報告があった。そしてせつが乗り込むとすぐに「出航」の号令が響き渡った。その時岸壁には兵や町民に混じって和服姿の女性達が横一列になって両手をついて見送っていた。一番元気に手を振っていたのは連れ帰った女性達であった。

出航した櫛引丸がサハン湾の出口に近づくと一隻の軍船が近づいてきた。軍船はあらかじめ待っていたのである。櫛引丸が見えてから岬の岸壁を出航したのでは間に合わないためであった。櫛引丸が減速すると飛び乗ってきたのは二人の海兵であった。服装からして一人は士官であり、一人は下士官であった。二人は海兵としては当然であるが投げ下ろされた網を伝って器用に上ってきた。櫛引丸の乗組員達は士官の顔を見て驚かされた。その顔があまりにもヘルマンに似ていたためである。

日本人にとって西洋人の顔は皆同じように映るのであるが、それにしてもあまりにも似ていた。二人は出迎えた彦康と榊に向かって「ヘルマン中尉以下二名の者は補助するようにと下命され参りました。ご許可をお願いします」と大声で軍隊式申告を行った。その声は船中に響き渡り聞いたせつが飛び出して来た。せつはすぐに彦康達の傍らに立った。またリュウは「やっと静かになったと思ったのにまた五月蝿くなるのか」と呟いた。

一人はヘルマンの弟で別の軍船の艦長であった。また一人は兄ヘルマンの部下であり助けられた一人の少女の父親であった。兄のヘルマンはサハンを出航した後に岬の駐屯地に立ち寄り隊長に頼んで一人の下士官を降ろしたのである。それが一人の少女の父親であった。降ろされた分隊長は他の少女の父親よりも中国語が堪能であったためである。また隊長は語学も優秀なヘルマンの弟を操船の勉強のためにと命じたのである。

ヘルマン（弟）は「自分を警邏に出た兄の代わりに同行させてください。またこの分隊長は助け出された少女の父親で、その家族達からの願いでもあります」と言って頼んだ。横に立っている分隊長の目は断られたら妻が恐いと言っているようにも映った。悪い言い方をすれば脅し文句にも思えた。彦康と榊は日本の女性達の救助のために休むことなく出航している兄のヘルマンのこと等を考え快く二人を承諾したのである。

岬の駐屯地が見えるところに来ると岸壁や砦の監視所で多くの人達が見送っているのがわかった。その時分隊長が両手を高々と上げて輪を作って見せた。それは高い砦の監視所にいる二人の少女に対するものであることがわかった。二人の少女は両手には手作りの旗が握られていた。一本は日の丸とわかったが一本は多分「三つ葉葵」と思われた。そんな少女達が必死に何かを叫んでいた。リュウが「聞こえるわけはないのに馬鹿だなー」と独り言を言うと同時に拳骨が飛んだ。そしてレイは「親子には聞こえるの」と窘めた。

その時ヘルマンの艦船は遙か後方であった。そんな櫛引丸は河を上り川防村の港を通り過ぎようとした時には港に人影はなかった。一匹の雄猫だけが「ビッド」（※岸壁側で係留ロープを留める杭状の物）の上でうたた寝をしていた（※船の甲板にある物を「ボラード」と呼ぶ。前はトリビアと呼んでいた）。

風を切って進む櫛引丸の音で目を覚ました雄猫は慌てて大声を発した。声を聞いた猫達は方々の屋根や木の上から櫛引丸に向かって手や尾っぽを振って叫んでいた。猫は皆雌猫であった。リュウがまた「馬鹿だなー。聞こえるはずがないのに」と言った。その時また同じようにリュウの後頭部にパンチが見舞われたのである。

川防村を過ぎてやがて陸はオモテストクの領内となったが河川は相変わらず中国領のままであった。当然ヘルマン（弟）にとってもはじめてのことであった。そんなヘルマン達が驚いたのは、キャプテン榊ははじめての航行にもかかわらず、平常の如くに操船していたことである。常では絶対に考えられないことであった。そんなキャプテン榊を鵜の目鷹の目で監察した結果ヘルマンはその理由を導き出したのである。それはキャプテンと水夫達乗組員が誰一人として気を抜くことなく一体となって操船に当たっていることを知ったからである。その後もヘルマンと分隊長は目を皿のようにして乗組員一人一人を監察していた。またヘルマンはキャプテン榊の一挙手一投足も見逃すまいと榊の首を傾げる癖までも真似ていた。

望遠鏡を手にした彦康は遙か彼方に、待ち合わせ場所である屋根に八端十字架が掲げられた教会を目にした。そして何気なく振った望遠鏡の先に、丘の上にいるアキーム達の姿を捉えたのである。彦康は榊に伝えるとすぐに減速の指示を出したのである。ヘルマンは「不安になって減速した」と思ったが、やがて教会が見え、かつアキーム達を見て間違いであったことを知った。

櫛引丸が教会の前に着いた時陸隊のアキーム達はすでに教会に着いて三人は跪いて手を合わせていた。

三人の脇で須藤が一人教会に向かって二礼二拍手一礼するのをヘルマン達が見て首を傾げた。そして櫛引丸が碇を下ろしている時ヘルマンがキャプテン榊に「日本の神様は異教の神様を祈っても平気なのか」と聞いた。榊は「日本人はこの世には沢山の神様がおられると思っております。また日本人は自分の先祖が眠る菩提寺の宗派の神を神様と思っています。だからと言って他の神様を否定することは決してありません。自分の（家の）神様も他の神様達も皆同じ尊い神様なのです。また宗教や宗派の異なる寺院で行われる葬儀や婚儀等にも何のこだわりもなく参列し、そこの神様に心を込めて手を合わせます。他国の人から見れば信心が足りないと言われそうですがそれが一般の日本人の考え方です。だから異国の神様にも当然のように祈ることができるのです」と答えた。ヘルマン達は不思議そうな顔をしていた。

水夫達が「よくもあんな道のないところを駆け下りたもんだ」と感心しながら積んである手漕ぎ用の舟を下ろした。岸壁がないため当然のことである。ここで降りるのは彦康をはじめとして剣客の成田、幸山、宮崎、杉本、林、細川の六人と、榊の代わりに付き人としての二唐であった。八人が乗り込んだ時、甲板から「ちょっと待ってください」と声がかかり予定になかったせつが縄ばしごを伝って降りて来た。それを誰も止めることができなかったのである。それはせつが着ていたのが体にフィット（ぴったり）したブラウスとスラックスのためであった。先進国の西洋にあっても女性用のスラックス（ズボン）等は当時はまだなかったのである。ましてやせつの体型が鮮明に浮き出た姿を見ることなどできるはずもなかった。舟に降りたせつは「私がいた方が何かと便利と思ったものですから」と釈明した。その時沈黙を破って二唐が「その身なりでは」と言った。せつは慌てたように「すみません。着替えて参ります」と言って縄ばしごを上って行った。その後ろ姿を見送る勇気のある者は一人もいなかった。絹のブラウスと絹のパンタロンが功を奏したのである。

この絹の布地は川防村を離れる時に老婆から貰ったものである。老婆は孫が叩きの刑で済み改心したことへのお礼であった。貧しい老婆ができる唯一の品なのである。川防村では僅かながらも天然の繭がとれるため、その老婆だけがただ一人紡ぎ手織りしていたのである。日本で言う一反（着物一着分）を紡ぎ、そして織るのに優に十年は要するため他の人達はやることはなかったのである。その織物は中国人の手先の器用さと繊細さ、そして中国何千年かの伝統と織り人の心が込められた逸品であった。せつがそのことを支長に伝えると支長はすぐにせつから借り、手にとって見た。そしてすぐに感嘆したように支長が頷くと大きく息をするように天を仰いだ。その目は希望に輝いていた。

せつはそんな貴重な絹織物を、乗馬好きな女王のために自分なりに「あしらい」縫ったのである。それは日本の袴から連想されたものであった。後のジョッパーズ（乗馬用のズボン・キュロット）の走りと言えるかもしれない。それを皆に披露して見せたのである。また別れ際にせつは老婆に日本の布地を何点か渡したのである。細い老婆の目は布地を手にして大きく見開かれた。老婆は布地の感触を愛しむように優しく撫でたり頬に当てたりしていた。さらに一本一本の糸を確かめるかのように目に触れるほど近づけ見ていた。最後には孫でも抱くように胸に抱きしめたのである。

ほどなくして着替えを終えて戻ってきたせつは子供達のために作った手動の昇降機に乗って降りて来た。せつの姿は手ぬぐいを姉さん被りにし、紺の絣の着物に赤い腰巻き（※「蹴出し」は裾除け・脚布ともいい腰巻きとは意味合いも形も異なる）姿であった。それに手甲脚絆をつけ草鞋を履いてまさしく日本の女性の典型的な旅姿であった。そのせつを追うようにヘルマンが降りて来た。ヘルマンは「兄から行くことになったらせつさんを護れと言われた」と言って彦康に両手をついて頼んだのである。それが嘘でない証拠に兄ヘルマンが着ていた着物を着て深編み笠を手にしていた。初めて着た着物に戸惑って遅くなったのである。その戸惑いは「着崩れた」というよりも、どうしたらこんな着方ができるのかと言うほどのものであった。彦康もただ笑うしかなかったのである。と言うことは承諾したということである。せつは「許しがあるまで笠を外さないでね」と言いながら着崩れを直していた。上から見ていたレイが「直してやっても無駄だと思うけど」と呟いた（※蛇足ではあるが花笠なども被り方一つでその雰囲気が全く変わるのである。越中地方の用い方、阿波地方の用い方とその被り方を見てもわかるであろう）。

　武士が用いる「深編み笠」は顔が見えるようで見えないため相手により一層謎めいて映るのである。また少女の親の分隊長は弟ヘルマンから水夫の仕事を学ぶようにと命じられていたため同行を願い出なかったが他の艦長から託された着物を着ていた。そんな分隊長の姿を見てリュウは「あんな格好をしていたら皆仕事ができないのに」と笑い転げていた。最後に舟に降りたのは皆を岸まで運ぶ阿保と安藤であった。

　舟が岸に近づくとアキーム達は川の中まで入ってきて手を貸した。ヘルマンの出番もなくせつは軽々と抱きかかえられ一番初めに陸に立ったのである。全員が陸に上がるとせつとヘルマンが紹介された。その後彦康が「皆さんは山を下りるのがとても早かったですね」とアキームに尋ねた。アキームが「須藤先生が道を切り開いてくれたからです」と答えた。そしてアキームが振り向いて指をさした方向を見ると、小高い山の頂から麓まで一本の道らしいものが見えた。それは草木を刈っただけで道とは言えるほどのものではなかったがまぎれもなく道である。ヘルマンが感激したように「素晴らしい道路です。帰ったらすぐに報告致します」と話した。後々、この道が本街道となり皆に役立つのである。

その後ヘルマンが一人教会の前で跪き手を合わせた。皆もまたヘルマンに合わせて教会の前に立つとロシア人達はヘルマンと同じように跪いて、また日本人達は立ったまま和式に則って手を合わせ頭を下げていた。ロシアの人達は日本人と日本の神々に心を打たれた。

須藤が「待ち合わせ場所は圏山村の村役場の裏手にある三本松の下、待ち合わせ時間は朝の三時か夜九時に願いたい」と公麻呂の伝言を伝えた。この時間は今から向かう恩洞浦の様子が全くわからなく過酷な道中であるために設定されたものである。また彦康は中国語のわかるアルカージとヘルマンがおり、さらに多くの剣客がいるためロシアの軍服姿のアキームとその部下の二人を櫛引丸に残すことにした。三人は兵（騎士）として剣客達から多くを学びたかったがその無念さを「おくびにも出すことなく」丁寧に頭を下げげた。流石に騎士の魂を持った者達である。

それを見て二唐とせつは同行の辞退を申し出たのである。二唐は残って剣客達に代わってアキーム達三人に剣術（柳生新陰流）を教えるためであった。せつは道中の過酷さを知り、足手まといにならないためであった。二人の辞退を聞いた三人は手を叩かんばかりに喜びそれを目が訴えていた。せつが同行を辞退したためヘルマンが「私の任務がなくなったので私も降ろさせてもらえないでしょうか。その代わり中国語に堪能な分隊長を同行させていただきたい」と願い出た。彦康は分散して捜索しなければならないため分隊長の同行を許した。ヘルマンも流石と言えよう。

二唐をはじめ六人が櫛引丸に戻り、分隊長が一人乗ってきた。分隊長は侍の姿であった。ヘルマンよりは若干着こなしが上手であった。その分せつが苦労したことがわかる。分隊長は彦康達の前で「娘に顔向けができます」と両手をついた。その後分隊長は教会に跪いて手を合わせた。これで彦康一行は須藤を加え成田、幸山、宮崎、杉本、林、細川の剣客と岬分遣隊の分隊長一名とロベジノエ分遣隊の案内役アルカージを加え十名となった。アルカージもまた分隊長と同じ服装（和服）となった。分隊長がせつから預かってきたものである。着付けは須藤が行った。アルカージは須藤に「そうじゃないってば。全く困ったもんだ」と言われ何度も尻を叩かれていた。アルカージは全く気にする様子もなく「侍だ！侍だ！」と一人ではしゃいで胸を張っていた。

教会を出発した一行は国境の小川を一っ飛びに飛び越えた。そして周りを見渡し人が踏んでできたと思われる路らしきものを見つけた。他には道らしきものはなく迷わずにその路を行くことにした。皆の頭にこの小川に時おり親と子が一緒に来て戯れるほのぼのとした姿が頭を過った。

そんなことを思いながら路を歩んで初めて目にした家（建物）は、家と言っていいのか判断に困るような崩れかけた小屋であった。先頭を歩く宮崎と幸山ははじめに小屋を見た時、到底人が住めるとは思えずに素通りしようと思っていた。しかし、小屋の前に来た時剣客二人の勘に「人の気」を感じたのである。咄嗟に二人は示し合わせることなく小屋に駆け寄った。当然足音を立てることはない。その様子を見ていたアルカージが首を傾げ小屋に駆け寄ろうとして成田に止められた。中の様子を窺っていた二人が突然、宮崎を先頭に入口らしい板戸から押し入った。そして開口一番「動くな」と宮崎が叫んだ。そんな二人ではあったが小屋の中には殺気や悪気が感じられなかったため刀は抜いてはいなかった。二人にとっては刀を抜いていようがいまいがたいして変わらないと言える。しかし、二人の目には野生の狼でさえも負かすほどの威圧が隠れていた。そんな剣客二人の眼力も、小屋の中を一瞥しただけで消え常の優しい眼差しに戻っていた。この時幸いにして小屋（家）の中が薄暗かったため剣客達の目を見ずに済んだのである。もしも見たとしたら間違いなく子供達は気を失うかひきつけを起こしたと思われる。

土間の中央に囲炉裏が切ってあり、二人の子供が囲炉裏を囲むように座っていた。五歳位の女の子と三歳位の男の子であった。優しい眼差しで近づく二人を見て男の子が思い出したように泣きはじめたのである。男の子は突然押し入った異相な姿の男達が意味不明な言葉で叫ぶのを見て驚いて声を出すこともできなかったのである。当然泣くことすらできなかったのである。それが二人の優しい目を見て泣くのを思い出したのである。一方の女の子は気丈にも男の子を後ろ手で庇うように立って宮崎達を見て（睨んで）いた。

宮崎と幸山は瞬時に中に他に人がいないことを悟り揃って、女の子達の前で「すまなかった」と頭を下げて謝った。それを見た女の子は安心したように微笑みながら泣きだしたのである。剣客二人にとってその気持ちがわかる気がして胸に迫るものがあった。幸山は彦康の下に伝えに（助けを求めに）向かった。残った宮崎は泣き止まない二人に幼言葉で「山羊ちゃんみたいに『メイメイ』泣かないで。お兄ちゃんが『ガーガー』大きな声を出してごめんなちゃいね」と言って、さらに「ジージ（爺さん）でもバーバ（婆さん）でもいたら、デイデイ（出で）来るように頼んでくだちゃい」と頭を下げた。その言葉を聞いた子供達は驚いた表情で泣き止み宮崎を見つめていた。女の子はシャックリを繰り返しながら「メイメイ（妹）もガーガー（お兄ちゃん）もいません。またジェイジェイ（お姉ちゃん）やバーバー（お父さん）もいません。この子がディディ（弟）です」と言って男の子を指さした。

その少女の言葉を幸山と一緒に戻って来た彦康、成田そして分隊長も聞いたのである。そして彦康が先頭で子供達の前に立ったが子供達は怯えることはなかった。子供達は悪い人達でないことを感じ取ったのである。ただ男の子は深編み笠の分隊長を興味ありげに下から覗こうとして女の子に手を叩かれ睨まれて諦めたのである。女の子は男の子に作法を教えたのである。

分隊長は女の子の言葉を皆に介して伝えた。それを聞いた宮崎はとまどいながらも「何事も必至にやれば通じるもんだ」と思い、さらに「俺って異国語の筋（センス）もあるんだ」とも思った。それよりも宮崎にとって子供達と僅かながらも会話ができたことが嬉しかった。また成田は細〜い目をさらに細くして微笑んだ。その目は一本の糸のようにも筋のようにも見えた。細い目の少なくはない中国においても稀な細い目の笑顔を見た二人の子供達はつらられるように微笑んだ。本来「人の目」は心の窓とも言われており剣客はその目を相手に読まれないように心がけるのである。そのため剣客は半眼にしたり細めたりするのである。しかし、成田にはその必要がなかったと言える。良い言い方をすれば目もまた剣客としての天性の素質が備わっていたと言えよう。

その後、分隊長が女の子から聞き出したことによると「女の子は六歳で男の子（弟）は四歳であった。父親はおらず母親との三人暮らしである。さらに母親は毎日役所に出かけている」ことがわかった。男の子が「マーマは誰かのお世話に行っているの」と言って姉に睨まれそれ以上は話そうとはしなかった分隊長はさらに子供達から聞こうとして彦康に止められた。彦康は「母親は誰かの世話をするため役所に駆り出されていること」を察したのである。

そんな子供達が着ていた服は、元の布地がわからないほど継ぎ接ぎされた物であった。しかし、服には垢染みはなく、当てられた継ぎ布は丁寧な針使いで縫われ、可愛らしさが浮きでており温もりと愛情が感じられた。

子供達の食事は朝晩の二回であることがわかった。朝食は母親の出勤が早いため出かける前に作り、それを子供達が起きてから食べるのである。夕食は母親の帰りが遅いため子供達（姉）が作って母親が帰ってから一緒に食べることがわかった。その時女の子が「今日の晩ご飯はもう作ったの」と嬉しそうに話したのである。それを介して聞いた宮崎が「ジィエジィエ（お姉ちゃん）は偉いな〜。お兄たんにも見せて」と言って何気なく鍋の蓋を取ったのである。宮崎は声を出すことができなかった。そして蓋を取ったことを後悔した。鍋の中には鬼アザミのような僅かな野草と、小川で見た川蟹の子が数匹入ったものがあった。その脇に小さなお焼きが三個並べてあった。日本のお焼きは、「ふすま」（※日本は小麦の皮（外皮）だけを粉にしたもの）を練り焼いた物が多かった。しかし、この家のお焼きは色が真っ黒で一目でボソボソ感が伝わってきて口の中までイガイガしてきた。ふすまを食べたことのある宮崎は、何から作られた「ふすま」だろうという疑問よりも、これを食べなければ生きていけない家族の貧しさに胸が締め付けられた。

　そのお焼きも母親のものと思われる物は僅かに大きかったがそれでも男の子の拳よりは小さかった。当然残りの二個はそれよりも小さく宮崎の口では二個が同時に入る大きさであった。これでは子供達の身体が小さいのも頷ける気がした。宮崎は日本にも貧しい家庭が沢山あると思うが「しかし、しかし」と思いながら体が固まって蓋を戻すことができなかった。それに気づいた女の子が「今日の晩ご飯は包子と川蟹のスープなの。美味しそうでしょう。お兄さんはお腹が空いているんでしょう。全部は駄目だけど私の分を食べても良いわよ」と言って皿を取りに行った。分隊長が小さな声で宮崎に伝えた。宮崎は心が高ぶり手までも震え出した。今度はそんな宮崎を見て男の子が「お兄たんは本当にお腹がすいているんだね。僕の分も食べていいよ」と言った。これは介さずにも宮崎に通じ、いたたまれずに鍋の蓋を持ったまま外に飛び出した。彦康は宮崎の後を追い、蓋を持って戻って来た。そして彦康は心を落ち着かせ「今出て行ったのお兄ちゃんはお急ぎのお仕事ができて行っちゃったの。お兄ちゃんはご馳走を食べることができなくてとても残念だと言っていたよ」と介し伝えた。そして彦康は「ありがとう」と言って二人の子供に頭を下げた。他の人達も黙って倣うように頭を下げた。

その後で彦康は「優しい二人のためにお母さんがいつも家にいれるようにしてあげるからね」と言って子供達と指切り（中国発祥の指切拳万）した。また彦康達は子供から母親の名は「エセイ（慧生）」であることを聞いていた。彦康は子供達には貧しいながらも他の人に対する気配りや思いやりの心があることを知ってこの国の人々の心を知った気がして心は明るかった。

外に出た分隊長が「子供達に何か置いたらどうだろう」と言って皆を見渡した。皆は黙って首を横に振るだけだった。やむなく分隊長は彦康に寂しそうな目を向けた。その時宮崎が静かに「それはかえって子供達のためにならないと思います」と皆を代表するように話した。貧しさを知る宮崎の言葉は重かった。彦康もその言葉に頷いた。


恩洞浦一帯で人を監禁することができそうな建物は十数軒にも満たなかったのである。一般の家庭はどの家も皆同じように貧困の有り様を呈し人の気さえも感じられなかった。ましてや人を匿っているなどとは到底思われない風情であった。その訳は働き手の中心である男達は皆、城壁造りのために駆り出されていたからである。従ってどの家庭でも畑は妻（タイタイ）やお爺さん（父方・イエイエ）、お婆さん（父方・ナイナイ）が耕して細々と生活していたのである。そんな少ない収穫でさえも大部分は税として納めなければならなかったのである。そのため人々は平等に貧しかったのである。その中でもあの二人の子供達の家はさらに飛び抜けた極貧と言えた。

また十数軒の建物も、その中は「こざっぱり」という言葉は相応しくはないが、あるべき物が全くなく「がらんどう」であった。床に綺麗に積もった埃には人の足跡どころかネズミの足跡さえもついてはいなかったのである。彦康達にとってそれが幸いと言えるのか言葉に苦慮するが、捜索に要する時間が短くて済んだのである。

家々を回って二人の子供達の家族はこの土地の者ではなく流れ者であることがわかった。当然ではあるが家や畑もなく住んでいる小屋は村の共有物で村人の好意によって住んでいたのである。また村人は子供達が読み書きできることを知っていた。母親の「エセイ」は美人で知性もあり医学にも通じていた。村に病人や怪我人が出れば診てくれたり、時には代筆などを頼まれたりして村人達に頼りにされていた。しかし、慧生は医者ではないからと治療費等は一切受け取らなかったのである。今では村人達にとってエセイ親子は「いなくてはならない存在」となっていた。そのため村人は慧生親子に出て行かれては困るため余計なことは一切聞かなかったのである。　そんな慧生親子の生業は村人の農作業や家事を手伝い僅かな作物を貰い細々と生活していたのである。最近はそれもできなくなり、さらに貧困に貧困が重なったのである。その理由は慧生の留守の時、二人の子供が家の中で母から教わった異国語を話し遊んでいるのを拐かしに関わる男達に聞かれたため母親・慧生は連れて行かれることとなったのである。それから慧生は毎日休むことなく、朝早くから夜遅くまで役所で働かされていたのである。村人は慧姓が役所で働いていることは知っていたがその原因や何をしているのかは全く知らなかったのである。さらに役所で働いているため賃金が払われていないことは知っていた。それは中国では「御上の手伝い」に金を払うことなど考えられないことであったからである。本来は少ないながらも御上からは金は出ているのではあるが、それを役人達が懐に入れるため働く者には支払われなかったのである。ましてや慧生の場合は純な仕事とは言えないため賃金が支払われるはずもなかった。村人達は見かねて慧生の家の前に穀物等を置いたのである。しかし、慧生はその多くを病人のいる家庭や子供の多い家庭などに配っていたのである。そのことを皆は知っていた。なにせ慧生がこの一帯の家庭の事情に一番詳しいため無理をしてでも置いたのである。中国人のほのぼのとした思いやりの心である。

彦康は村を回ってどの家も重税に苦労しているのが手に取るようにわかった。しかし、村人達は皇帝を信じ、重税や夫や息子を駆り出された不満を言う人はいなかった。そんな健気な村人達を見て彦康は胸が締め付けられる思いであった。

彦康達が最後に向かったのは恩洞浦港の港の前に立つ役所と呼ばれている大きな建物であった。この建物は今で言う納税事務所兼交易所であった。よって役所には川防村のように皇帝から任命された長官が赴任していた。その長官の官邸と公邸（住まい）も兼ねていた。彦康は建物を前に「男達を強制的に駆り出し、残った家族に重税を課すなどとは真っ当な政ではない」と珍しく一人で憤慨していた。しかし、彦康はすぐにそのこと（先入観）を打ち払い、心を無にしたのである。何事も無の心を持って自分の目で確かめ、自分の耳で聞いてはじめて正しい判断ができることを心情としていたからである。しかし、彦康は立ち入りを前にして、剣客達に語ったのは「中での判断は皆さんにお任せします」だけである。百戦錬磨で培った剣客達の勘に間違いがないことを知っていたからである。

一行は二組に分かれて中に入ると真っすぐに二階に駆け上がった。そして慎重かつ迅速に一部屋一部屋を捜し回った。アルカージ達二人の通訳は部屋の外で見守っていたが中に呼ばれることはなかった。そんな二人は扉の前で刀を握り締め仁王像のように立っていた。編み笠に隠れた顔は緊張でその仁王よりも恐ろしかった。

誰もいない部屋の中には税として納められた穀物や乾燥させた木の実や川魚の干物などが積まれていた。そして二階で残ったのは豪華な扉に鍵（南京錠）が掛けられた一室となった。その部屋の前に一行が集まった時、階下から女性の悲鳴が聞こえた。その部屋の見張りを分隊長に頼み一行は駆け下りた。その時見張りを頼まれた分隊長は「任せてください」と言うように太い右腕で胸を叩いた。その顔は見えなかったが笠の中は涙で潤んでいた。はじめて任された大役であったからである。これで妻や娘に面目を施すことができるのである。

彦康達は一階の大広間に多くの人達がいることはわかっていたが安全を期すために二階から捜索をはじめたのである。大広間の扉は二階に上がった時のようにすべてが閉まっていた。彦康ははじめに幸山、宮崎、アルカージの三人に一番奥の扉から入るように無言の指示を出した。そこは舞台で言うと「楽屋口」と言えるものであった。三人が静かに扉を開け、足を忍ばせて部屋（楽屋）に入ると誰もいなかった。床には着物と見たこともない「けばけばしい」衣装が置いてあった。その衣装は丁寧に折りたたまれ整理されていた。アルカージは派手な衣装を指さし「これは朝鮮の妓生達が着る衣装です」と言い、さらに「衣装を几帳面に畳む妓生など考えられない」と首を傾げていた（※『妓生（キーセン）』とは本来、諸外国からの使者や高官等を歓待したり、宮中内の宴会などで楽技を披露したり、性的な奉仕をするために準備された女性達のことである。この制度は高麗から李氏朝鮮末期まで約千年間続いたもので、常に二〜三万人の妓生がいたと言われている。李朝時代には官婢として各県ごと十〜二十名、郡には三十〜四十名、府には七十〜八十名が常時置かれていた。妓生を育てるための学校が平壌等にあり公的なものであった。しかし、巷においては単なる売春婦をアルカージのように妓生とも呼んだ。

一方、彦康達六人（杉本、林、須藤、細川、成田）は言葉を交わすことなく目で確認し合うと我が家にでも入るように扉を押し開け中に入った。中に入ると同時に六人は素早く次の行動に移った。成田はドアを閉めるとドアの前に立ち身構えた。それを見ていたかのように幸山と宮崎が楽屋から飛び出てきた。彦康は正面に向かって走り、二十人の芸者達が踊っている舞台に一気に駆け上がった。また剣客達はそれぞれの方向に駆けだしていた。舞台に立った彦康は踊っている女性達が日本人でないことが一目でわかった。その女性達の姿や形、そして目の運びや仕草までもが誰の目から見ても日本人の女性そのものであったが彦康にはその見分けがついたのである。それは剣客の魂がなせるものである。他の剣客達もまた直に接すればわかるはずであるが今のところ気づいたのは彦康一人であった。

また、彦康はその時舞台の裾に三人の芸者姿の女性と一人の旗袍を着た女性を目に留めていた。その四人は舞台の女性達の師であると感じ取った。そして四人と素早く目で挨拶を交わすと無言で楽屋に連れて行くようにと頼んだのである。四人はその意を察し素早く女性達を楽屋に誘導したのである。その時彦康が驚いたのは二十人の女性達は誰一人として慌てたり狼狽える者がいなかったことである。その落ち着いた様を見て彦康は一瞬日本人かと思ったほどであった。

この時彦康は女性達を導いた師と思われる艶やかな三人の女性達は日本人であることを見抜いていた。そのはずである。三人はいずれも祇園でも名だたる芸者衆であったため当然と言えよう。言い換えれば「和の女性」そのものと言えた。三人は朝鮮人の女性達を日本芸者に仕立てるためにその教育係として祇園から攫われてきたのである。それは日本の芸者に仕立てられた朝鮮の女性達が高額の値で売れるからである。日本人芸者一人が百人の朝鮮人女性に匹敵したのである。そして朝鮮人女性達がたやすく手に入ったからでもある。また中には自ら芸者になることを願って来る女性達も多かったのである。ここに連れてこられる朝鮮女性のほとんどは「賎民」と呼ばれる身分の女性達であった。朝鮮国における賎民は人間としての人権はおろか、人としてすら見られない身分であった。賎民一人が酒の一瓶よりも安い値で売り買いされていたのである。そんな立場の女性達が、そんな社会と決別し人間になるために、日本芸者を目指すのである。売られる身にしても日本人芸者は「人」、「女」、「最高の芸人」として扱われるからである。女性達は忌わしい過去を忘れ人間になるために命がけで頑張るのである。

そのことを知って日本の三人の芸者達は朝鮮の女性達に手を貸すことにしたのである。

しかし、日本においても「真の芸者」と呼ばれるのは芸子衆数百人の中から一人が出れば良いとさえ言われるほどの存在なのである。従って頑張ると言ってもそれは生半可な頑張りでは到底及ばないのである。ましてや言葉や習慣が全く異なるため死ぬほどの頑張りが必要なのである。それは日本の侍達が剣客を目指すほどの努力が必要であった。しかしこの二十人の女性達は曲がりなりにも「日本の芸者」

と呼べるものになっていた。それに堪え忍んできた女性達も凄いが、それを受けて教えた四人の師達の努力と苦労もまた生半可なものでなかったであろう。

日本の三人の師以外の教育係の一人は旗袍（チーパオ・チャイナドレス・支那服）姿の美しい女性であった。女性は化粧をしておらずまた着ている旗袍は着古した色あせた物であった。しかし、女性の佇まいから醸し出される気品と風格は並みの人でないことを物語っていた。その女性を一目見た時、彦康は「エセイ」であることを確信した。そんな慧生は中国語は勿論ではあるが、他にロシア語・オランダ語・英語・朝鮮語、そして日本語も堪能であった。慧生は日本人の三人の師と朝鮮人の女性達に中国語を教えると共に通訳を行った。さらに中国の仕来りやマナーなどを教えたのである。これから高貴な人達とも接することが多くなる女性達にとって必要欠くべからざるもので慧生は最適任者であったと言えよう。

また慧生は宮廷で用いられている「漢語」を指導したのである。漢語は数多くある中国語の言語の中で一番多くの人達が用いている言語でもある。慧生はどんな時でもロシア語を口にすることは決してなかった。それはロシアの女性達に迷惑がかかることがわかっていたからである。そんな慧生は今では三人の日本人女性と同じように薄幸な朝鮮女性達のために働いていたのである。

ついでに記すと、「祇園芸者」は芸は売るが身体は売らない女性達である。祇園の芸者は知性と教養を持ち、さらに茶道・香道・華道等も身につけ、雑学にも富んだ日本屈指の超エリート女性集団である。今で言えばトップのキャリアウーマン（職業婦人）である。

片や慧生は中国四千年の歴史で培った由緒ある家系の生まれである。そのため生まれながらに持つ気品と神々しいまでの輝きも当然と言えよう。慧生を語れば長くなるため省くこととするが、それでは全く理解ができないと思うので僅かではあるが記すこととする。

名前の「慧生」という字を見ただけでも平民でないことが窺い知れるであろう。慧生は宮廷で生まれ、年頃になって若き優秀な宮廷の医官と決して許されない恋に落ちたのである。あげく二人は宮廷を逃げだして方々をさまよい歩いたのである。一所に長居ができなかったのは「見かねて病人を治療するため」であった。宮廷医というその腕の良さがすぐに広まり逃げ出すしかなかったのである。しかし、二人には子供が二人授かり貧しいながらも幸せな日々を送ったのである。しかし、その幸せは長くは続かなかった。子供達の成人式には一緒に餃子を作って食べることを楽しみにしていた夫は無理が祟って若くして天に召されたのである。慧生は幼子二人を連れて中国最北の地に流れ着いたのである。

今日の顔見せを兼ねた「おさらい（温習）会」で踊る教え子達を、三人の芸者と共に慧姓は舞台の裾で見守っていたのである。そのため慧生が正装である旗袍を着ていたのも頷けるであろう。

舞台に跳び乗った彦康の指図で四人が女性達を楽屋に誘導している時、会場の彼方此方から人が倒れる音が聞こえてきた。その方に目を向けると開かれた人垣の中に弁髪を結った男や、髪を束ねて後ろで結んだ（※朝鮮人の冠礼前や未婚の男の髪型で、髪全体を束ねるだけで剃ることはない）男達が倒れていた。さらに頭の天辺で髪を赤い布で結び（※この髪型を『サントウ』と言う。賎民は結ぶことを許されていない）、さらに網巾（マンゴン）を被せた（※朝鮮人の冠礼後か既婚の男性の髪型である。赤布は役人が多く用いた）男達が倒れているのが見えた。その傍らに派手な衣装を着た女性達を庇うように剣客達が立っていた。

剣客達は広間に入って最初に目にしたのは嫌がる女性達に悪さをしていた男達であった。彦康が舞台に走ると同時に剣客達はそんな男達の下に向かい、抜く手も見せずに打ち倒したのである。その数は優に二十人は超していたが要した時間は短かった。この時剣客達の剣捌きを誰一人として見た者はいなかったと言うよりも見えなかったと言った方が正しいであろう。人は見えなければ怖さを感じないものであるが、それが理解を超えたものであれば思考力は麻痺し口を開けたままとなるようである。その後なぜか身体が震えだすのである。このようにならないのは一芸を極めた人、悟りを開いた人、さらには純真な心を持つ人だけである。また剣客達は男達が即死刑になることがわかっていたため一思いにあの世に送ったのである。早い話、むごい殺され方を目にしたくなかったのである。また周りの人達を思って血を見せることはなかったのである。

この時剣客達が庇っていた女性（妓生）達の髪型は、三つ編みにした髪を蝶々が羽を広げて舞うように巻いたものである。剣客達にとってははじめて目にするものであった（※三つ編み「カッチェ」と呼ばれる既婚者の髪型である。「髢・加もじ」と読む。日本では「かもじ」と言い女性達が髪を結うときに使う付け毛・入れ毛のこと）。

幸山と宮崎が先頭に立って女性達を楽屋に誘導した。まるで剣客達が親鴨になって小鴨である女性達を導いて歩いているように映った。若干異なるのは可愛い小鴨達がおしどりのように美しかったことである。女性達が楽屋に入るのを見て彦康はアルカージを呼んで全員を床に座らせた。舞台の前には剣客達が見張っていたため躊躇する者はいなかった。人々の目は怯え手足は震えていた。

彦康は全員が座るのを見て一人で階段に向かおうとした。それを見た会場の人々から悲鳴にも似た声が沸き上がったのである。人々は彦康が立ち去った後に侍達に斬り殺されると思ったのである。それほどに剣客達の目に気魄が込もっていたのである。その気魄に人々の怯えが加味して殺気と感じられたのである。彦康はすぐにそのことを察して自らが行くことを止めて杉本、細川、成田の三人に頼んだのである。それを見て会場は安堵の吐息が溢れたのである。林は「俺達は人殺しか」と苦笑するしかなかった。

三人が上がってほどなくすると、三人に付き添われるようにハイグレード（高価・高級）な支那服を着た若く知的な男性が姿を見せた。男性を見た会場の人々はすぐに両膝を曲げて座り直すと両手をついた。男性が彦康の前に来ると杉本が「監禁されていた長官殿です」と彦康に伝えた。男性は彦康に「私は皇帝陛下に拝命された東北地方・北部を預かる長官の呉です。ここは中国の領土で、あなた方が日本人であることはわかっております。失礼ですが入国許可証をお見せ願いますか」と丁寧に尋ねた。その態度と言葉には威厳が満ち溢れていた。また長官の言葉は流暢な日本語であったことには皆が驚かされた。

彦康は「入国許可証は持っておりません」と答えてから、拐かされた日本人の女性達を連れ戻しに来たことを伝えた。そしてこの建物の中に拐かされた三人の日本人の女性達がいることを話した。長官は信じられないという表情を示した。また、聞いていた剣客達やアルカージも驚いていた。剣客達は舞台にいた二十人の女性達も日本人であると思っていたためであった。しかし、剣客達は彦康の言葉ですぐに二十人が朝鮮の女性達であることを悟ったのである。ただ一人アルカージだけは理解できずにいた。その場にもう一人の通訳である分隊長の姿がなかった。分隊長は律儀にも彦康の許可がないため長官の公邸である部屋の監視を続けていたのである。流石に上官の命令が絶対の兵士である。

長官が彦康と話し合う姿を座して見ている人々は手に汗をし握りしめ見つめていた。落ち着いた様相に見える長官であったが心の中は複雑であった。今までこれほどまでの相手と対峙したことが稀であったからである。相手（彦康）に失礼と思いながらも「高が」と思った相手が意外にも、意外なほどに威厳と風格を持ち合わせていたからである。しかし、高官位を拝する身として安易に譲歩するわけにはいかなかったのである。

それがわかったかのように彦康が「申し遅れました。私は『徳川彦康』と言います。今日ここで三人の日本人女性を見つけました。さらに多くの拐かされた我が国の女性達がいると思われるのでこの一帯を探すつもりです。もし長官がそれを拒むのでしたらまた部屋にお戻しすることになります。また、私達の捜索を阻む人達や拐かした者達がいれば、容赦なく斬り倒し女性達を連れて帰るつもりです」と真摯に訴えた。さらに日本人の三人（芸者）を呼んで実情を語ってもらった。

話を聞き終えた長官は納得したように実情を語ったのである。「はじめ、義勇軍と称する者達が『虐げられた朝鮮の女性達を助けるために』という言葉を信じた。私もまた朝鮮の蔑まれた女性達のことは知っていたため黙認した」と語った。しかし、後に「義勇軍と称する者達は『黒社会組織』（暴力団）の者達であることを知った。さらに前長官の殺害に関与しているらしいことがわかり拘束しようとしたが我が軍の多くの兵が買収されていており、拘束するどころか追放すらできなかった」と語った。さらに「反対に自分が監禁される羽目になった」と口惜しそうに話してから彦康と三人の女性達に向かって頭を下げて謝った。その時の長官の目はすでに何かが吹っ切れたように迷いがなかった。それは長官が女性達から真実を聞き、また彦康が名乗った『徳川』の名が何を意味するのか高官である長官にはわかるため、先の蟠りが消し飛んだのである。下々にはわからないが高官には高官の生き様があるように思える。

長官の言葉を聞いた彦康は勝手な方便で領土を侵したことを詫びた。息を殺して見守っていた人々は、二人が頭を下げるのを見て大きな拍手が沸き上がった。それはこれで殺されることがなくなったとの実感が込められたものであった。この人々の多くは北部（中国東北部）一帯の長や部落長、資産家等の名士と呼ばれる人達であった。さらに公的な仲買人達と闇の悪徳ブローカー達であったが闇のブローカーはすでに剣客達に抹殺された。残っていたのは善良なブローカー達だけであった。剣客の為せる技である。また、女性達を売買するブローカーに対して善良とは納得いかないであろうが、中国においても朝鮮や他の国と同様に近年まで「公娼制度」が存在し、公のブローカーが存在したのである。この制度について批判することはたやすいが、一方では明日ではなく、今日食う米さえもない貧乏人達にとってはなくてはならない存在であったことも確かなのである。

義勇軍は合法的であることをアピールし、公然と高値で女性達を売買するために名士達を招待し持て成したのである。その中には闇のブローカー達も混じっており落ちこぼれた芸者やキーセン達を買いあさるのである。また同時に裏では人々から税と偽って徴収した物資を堂々と密売していたのである。場所が役所だけに誰も疑うことはなかったのである。

幸いなことにこの村には三人の芸者以外には日本人の拐かされた女性達はいなかった。


その後、剣客達に長官の使用人達が加わり官邸（役所）内が隈無く調べられたことは言うまでもない。彦康と長官は一階の執務室において話し合うこととなった。そこに三人の芸者と慧姓が呼ばれた。やがて三人の芸者が来て部屋に入ると、ドアの前に正座して椅子に座る二人に平伏した。三人は顔を上げようとはしなかった。彦康の身分をすでに知っていたからである。芸者は先に名乗るのが常であるが、彦康の身分が別格なため名乗ることさえも憚られたのである。それを察して彦康は「お呼びして申し訳ありません。私は彦康と言います。側に来てお座りください」と話しかけた。しかし三人は僅かに体を起こして三つ指の姿勢に変わったが顔を上げることはなかった。長官はそんな女性達を見て彦康の身分をさらに確信した。

彦康は女性達のところに赴いて床に座って「ここは異国の地です。私達は同じ日本人として話しましょう。本来であれば私が皆さんにお詫びしなければならない立場なのです」と気さくに話しかけたのである。英邁な三人は彦康の心の内を知り「それではお言葉に甘えまして、直にお答えすることをお許しくださいませ」と言ってそれぞれが名乗ったのである。「私達三人は祇園の芸者で私は置屋・大島屋の小亀と申します」、「斎藤屋のあきです」、「奥寺屋のあいこどす。間違えました。あいこ言います」と芸者言葉を用いずに名乗って平伏した。三人の「えも言われぬ奥ゆかしさと艶やかさ」に長官は心底魅了されたのである。中国（支那）の宮廷にも四千年に亘って培かわれてきた美しい支那美人は多くいたが、それとは全く異なる美しさを持った女性達であったからである（※『支那』という言葉は古代インドで中国を示す「シーナ」という梵語を漢字に音訳したのが始まりとされる説もある）。

そんな長官の熱い想いを砕くようにドアがノックされた。長官はすぐに我に返り「チン・ジン（どうぞ）」の言葉にドアが開き旗袍姿の慧姓が立っていた。慧生は先ほどまで着ていた着古した物ではなく、一目で高級とわかる真新しい旗袍を着て髪も綺麗に結った貴婦人であった。そのため若干時間を要したのである。慧生は一歩部屋に入ると両手で丁寧にドアを閉めて振り向くと、長官に向かって抱挙礼（胸の前で握った拳に他方の手のひらを被せる）を行い、「你好。我是慧生。（こんにちは。私はエセイと言います）」と名乗った。慧生の着ていた旗袍はこの地で最も高貴とされる長官位に相当する品であった。着付けた女性達ははじめ心配していたが、着終わった慧生を見て今度は反対に旗袍に物足りなさを感じて首を傾げたのである。長官もまた慧生の気品と美しさに圧倒され旗袍が霞んで見えた。さらに堂に入った抱挙礼を受けて長官は珍しく慌てるように立ち上がると抱挙礼を返したのである（※抱挙礼は別名「拱手（ゴンショウ）」とも言う。男性は左手で右手の拳を包み、女性は右手で左手の拳を包む。凶事はその逆とされている)。

慧生は長官に挨拶を終えると次は彦康に向かって正対して「慧生です」と日本語で名乗って抱挙礼をしてさらに頭を深々と下げたのである。これは日本人の挨拶のように思えるが、実は中国の礼節に則った拝礼という礼であった。それに対し彦康は立ち上がると「徳川彦康です」と名乗り、呼び出したことへのお礼を述べ頭を下げた。相手に合わせた挨拶と言えた(※「拝礼」とは君主(皇帝)から命令や拝命を受ける時行うもので、高級官僚以外には馴染みのないものであった)。

(※参考~春秋戦国時代以降中国では椅子文化となり床に座る習慣は途絶えた。春秋時代まで股割れのズボンを穿いていたため陰部が見えないように正座をしたのである)

慧生は二人に挨拶を終えると芸者達の後ろに正座し三人に合わせるように手をついた。

彦康はそんな慧生を見て、元は皇族であったであろうと確信を持ってみていた。また長官は慧生から醸し出される気品と風格、そして作法や礼法を見て高官位の出自であろうと思っていた。しかし、記憶の中に慧という高官位の姓が思い当たらなかったのである。そのため排斥された家名であろうと推測した。家名の排斥は皇帝が好ましくないとしておしのけ、退けられもので言わば犯罪者である。よって長官はそれ以上聞かなかったのである。

長官は四人の女性達に傍に来て椅子に腰掛けるようにと話したが四人は首を振って辞退した。長官と彦康はそれを見て立ち上がると女性達の前に来て床に腰を下ろしたのである。対等な目線となったため四人は三つ指を止めて手を膝に乗せ、目線は彦康達より僅か下であった。

長官が四人の女性達に見とれている間もなくまたドアがノックされ、顔を見せたのは圏山村の村長と恩洞浦村の長達であった。二人の長の青白く強ばっていた顔が中の様子を見て満面の笑みに変わったのである。二人はもしかすれば死罪と心の片隅に思っていたからである。それが和やかな顔の長官と彦康に迎えられ、さらに四人の美女のいる官邸に入るのである。その顔がほころぶのは当然と言えよう。そんな二人も部屋に入ると皆と同じように床に正座したのである。彦康はすぐに安座を勧めたが二人は長官を見て辞退した。彦康は長官を見て安座するように促すと長官は頷いてから二人に対し「好意を受けましょう」と言って自ら先になって安座に変わった。二人の長もそれを見て彦康に頭を下げて安座に変わったのである。二人からも話を聞くために呼んだのである。異国人にとって拷問にも似た正座ではまともな話が聞けないためであった。

長官もまた安堵の顔に包まれていた。そんな長官に促されて彦康はこれからのことについて語った。「私達は長官の同意を得て、これから圏山村をはじめ、恩洞浦一帯を捜索して拐かされた女性達を救出するつもりです。また私達を阻止する者、拐かしに関わった者、そして義勇軍の者達はすべて罪を償わせるつもりです」と彦康は明言し、さらに二人の長に情報の提供を頼んだのである。静かに話す彦康の言葉には重みがあった。言葉のわからない二人の長達には慧生が介し伝えていた。彦康が話し終えると長官は正座となり「よろしくお願いします。全面的に協力します」と言って両手をついたのである。皇帝から任命された科挙の資格を持つ長官が両手をつくことなど本来はあり得ないことである。しかし、この中にいた人達は誰もが違和感を感じなかった。その訳は彦康が日本の将軍（皇帝）の若君であることを知っていたからである。また二人の長には慧生が伝えていた（※「科挙」とは、難関中の難関である上級公務員試験に合格した人達で、国政の中核を担う人達である）。

その後、二人の村長は長官のように姿勢をあらため正座して知っていることをすべて語った。それを慧生が介して彦康に伝えたのである。さらに慧生は必要なことについては筆でしたためて説明したのである。そんな日本語学にも精通した慧生を見て長官は不思議が募るばかりであった。また彦康との遣り取りにおいて全く見劣りしない風格にさらに長官の不思議が増すばかりであった。そして湧き起こる「もしや」という心を長官としては打ち消すしかなかったのである。

二人の村長は軍隊と義勇軍との癒着についても事細かいことまでも知っており、語り終えるのにけっこうの時間を要したのである。その間は長官と二人の村長は正座のままであった。芸者の三人は「後が大変そう」と気遣っていた。案の定話し終えた村長の二人は座っていることができずに後ろに倒れた（ひっくり返った）。一方の長官は流石に倒れることはなかったが、身のやり場がなさそうにもがいているように映った。それを見て女性達はすぐに傍に行くと痺れの治療を行った。治療を受ける三人の男達の顔は笑顔と苦しみが混じった複雑なものであった。そんな長官を見て彦康はこの若き長官はいずれ中国の国政を担う人物になるだろうと思って見ていた。一方の長官はこの若き貴公子（彦康）の様な方が日本を担えば徳川の幕府（政府）は長く栄えるであろうと思った。

辺境の地である圏山村に軍隊（政府軍）が置かれているのはロシアとの国境の地であるためである。

また朝鮮国とも国境は接していたが弱小な朝鮮国は中国にとって貢ぎ物を持ってくる属国というよりも一つの『県』に等しいものであった。そんな圏山村に駐屯する中国軍の上官達は「義勇軍の賄賂で悪行の数々を見て見ぬ振りを決め込んでいたと言うよりは手を貸していた」と言った方が正しいであろう。その賄賂の一つとして上官達には『家政婦』と称する若い女性達を派遣して身の世話をさせていた。部下の兵達は酒と女と博打で借金が嵩み、今では義勇軍の言いなりであることがわかった。義勇軍は圏山村に「妓院」と称する食事や娯楽施設を兼ねた売春宿を無許可で営み兵や村人達から金を巻き上げていた。家族と離れて暮らす兵達にとってもまた妓院は唯一の憩いの場であった。そのため金の使い道のない兵達の給料のほとんどは妓院に消えたのである。その額は莫大なものであった。今ではそんな圏山村は町のように活気で満ちあふれていた。義勇軍は「ここがあるから悪さをする奴がいないんだ」と村人達にも豪語していた。

当然妓院には多くの「妓女」と呼ばれる売春婦達が働かされていた。その女性達は「河向こう」と呼ばれる朝鮮の女性達であった。その女性達を連れて来るのはほとんどが朝鮮の役人達であった。それは朝鮮国においても中国と同様に公娼制度が存在し、その権限を有する役人達が公然と売り買いできたからである。妓女は朝鮮の「賎民」で『婢』と呼ばれる女性達であった（※朝鮮国の奴婢（ノビ）制度は身分階級の一つであり「良民」（自由民）と賎民（非自由民）があるがその後者である。男は『奴』と言われ女性は『婢』と呼ばれる奴隷である。賎民となる経緯は奴婢の子・捕虜・犯罪者・窃盗犯・逆賊の妻子で賎民に落とされた者・借金の抵当等様々である。また奴婢は主人の所有物であって売買・略奪・

相続・贈与・担保・賞与の対象であった。王族や貴族という高位の人達でも、奴婢を所有できる数は三百人までとされていた。参考であるが美貌な婢（人以上を含む五人の奴婢で牛一頭であった。いつの世も美人は得に思える。奴婢には『官奴婢』（公賤）と『私奴婢』（私賤）が存在した。官奴婢は他の奴婢よりも高い地位にあり良民と奴婢との中間であった。官奴婢には多くの種類があり医女も官奴婢から選抜された者達である。さらに『白丁』と呼ばれる賤民が存在した。この者達は誰の所有物でもなかったが職業は特定なものに限定されており、これを破れば厳罰を受け殺害されることもあった。しかし、白丁は人間でないとされていたため殺害者は罰を受けることはなかった。また身分の一つに人口の九パーセントほどの『両班』と呼ばれる貴族達がいた。後に両班の数が七十パーセントにまでなったと言われている。それは戦費を獲得するため一定の額を支払った奴婢は自由民となったからである。両班は中国で言えば「士大夫」と呼ばれる科挙官僚・地主・文人を兼ねた貴族と同じような存在である。また中国でも大きな町に「公娼」と称する公に認められた売春宿があり数多くの娼婦が存在した。公でない売春宿は「私娼」と呼ばれた）。

村長達の話が終わると女性達が、祇園の芸子と同じ姿（黒紋付きに赤い帯揚げに赤い帯締め、下着は薄紅色）で踊っていた女性達のことについて話しはじめた。二十人の女性達は一応の芸者の修行を終えて身請け先を決めるための顔見せだったことを話した。女性達は公のブローカー（仲買人）に売られるのであるが、女性達はそれを願って頑張ってきたのである。売られた女性達は日本の芸者として、中国では奴婢の呼び名は異なるが、朝鮮の官奴婢あるいは自由民のような地位が与えられるからである。義勇軍は人助けをしているように思われるが「女性達を集める隠れ蓑」に使われていたのである。芸者を売った義勇軍には高額な金が入ったのである。その者達の取り引きの相手の中に皇帝の高官や上流貴族がいては取り締まりも容易ではなかったのである。また義勇軍が『日本の芸者にしてやるから』と言って集めた多くの女性達は闇のブローカーの手に渡り農婢や売春婦として中国人に売られていったのである。嫁の来てもない零細農民に売られた女性達は皆の慰み者となり、牛馬の如く働かされて短い生涯を終えたのである。

裏を返せば女性達の値は食うや食わずの零細農民でさえも買うことができるものであったと言える。朝鮮の役人達は甘言と権力を見せつけ年配者を含め数多くの女性達を連れてきたのである。それを聞いて彦康と長官は共に憤慨していた。

二人の高まる気持ちを落ちつかせるような静かなノックが聞こえると彦康が「どうぞ」と答えた。彦康にはノックしたのがせつであるとわかったのである。ドアがゆっくりと開くと、そこには落ち着いた色合いの京絣を着たせつと榊達が立っていた。その清楚な姿に長官は見とれ、「お辞儀」をしたせつに挨拶を返すのを忘れたほどである。彦康が立ち上がってどうぞ椅子を示すと、慌てたように長官も立ち上がり頭を下げた。せつと榊だけが中に入ると二人の村長と女性達に軽く会釈をし正座をした。四人の女性達は揃って静かに頭を下げた。二人の村の長達は口を開けたままませつを見つめていた。

彦康は榊とせつを皆に紹介すると共に今までの経過を説明し、自分達はすぐに捜索に出ることを話した。そして女性達と榊に「朝鮮の女性達の今後の身の振り方等について話し合ってもらいたい」と頼んだ。また、彦康と長官は、その結果については一切異議を唱えないことを約束した。これを受けて皆は両手をついた。二人の村長達も慌てて皆に倣い正座をし両手をついていた。

彦康と大広間に戻った長官は「今から義勇軍の討伐に行く。よって危険であるため皆には禁足を命じる」と禁足令を発したのである。長官は中にいる人達に危害が及ぶのを怖れたことと、内通を怖れたためでもある。また女性達の話し合いの結果を履行するためにも残したのである。皆は威厳のあるその言い方に平伏したのである。その後、彦康達一行は居並ぶ女性達（芸者姿の女性達や慧生、せつ、さらにはキーセン姿の女性達）に見送られ出発した。この様子を見て名士達は息を呑んで見とれていた。この時役所に残った日本人は榊と水夫数名であった。

彦康達の乗る馬車から見えたのは腰の曲がった老人と女性達が必死に畑を耕す姿であった。しかし、見渡す畑の大半は耕されないままであった。誰の日にも人手不足であることが明らかである。農業に詳しい水夫の渡辺准志朗がそれを見て「三様（爺様・婆様・母様）でこれだけやるとは」と感嘆を漏らした。後に『三ちゃん農業』と言われるようになる。それを聞いた長官は一人「村人達に申し訳ない」と呟いて瞑目していた。彦康はその時、長官の心に何か期すものがあるように思われた。その後長官は彦康に「成人の男は皆使役に駆り出されているので村には男性がいないのです」と語った。また「この地方は国防の重要な地であり、かつ軍が駐留しているため無税なのです。それなのに義勇軍が税として穀物などを徴収していたことを知った」と話した。その後で長官は「あの穀物や名士達から寄付を集い、皇帝に上納して駆り出されている村の男性達を返してもらおうと考えています」と話した。その時林が「義勇軍は莫大な金額を貯め込んでいるようなのでそれも使えば」と話し「さすれば義勇軍の男達も極楽に行くことができるであろう」と言って坊主のように手を合わせた。そう言えば林は本物の坊様であり、様になっているのは当然と言えた。彦康から林が僧侶であることを聞いた長官は林に向かって「ありがとうございました」と言って両手を合わせた。林は驕る風もなく自然に頷いてみせた。科挙出身の長官は、宮廷や中央の高官とも知己が多く、強く太い絆もあったが、さらに聖職者である須藤の導きを受けてその自信が確固たるものになった。

遠かった道のりもやがて建物のある村へと入った。そしてはじめに目を引いたのは一軒の毳々《けばけば》しい建物であった。長官はあれが「妓院」と呼ばれる私娼の館ですと話した。その建物からは昼にもかかわらず古筝や太鼓、二胡等の音色に混じって女の嬌声も聞こえてきた。簡素な街並みとは全く異なり、別世界を思わせた。

長官はこの館に一度来たことはあったが二度目はなかった。長官はこの地方の全権（立法・行政・司法・軍）等、すべてを委ねられた最高の権力者である。そのため着任早々この館で歓迎会が行われたのである。長官は都にも劣らない館を見て驚かされた。しかし、この館が違法な私娼窟と知って二度と来ることがなかったのである。違法と知りつつも長官が見逃しておいたのは「朝鮮の女性達のため」という兵達（軍の上官達）の意見を聞いたからでもある。しかし、それはほんの一部の女性達だけであって多くの女性達はよりひどい目にあっていることを知り手を打とうとしたが反対に監視される羽目になったのである。軍の上官達が義勇軍に通報したためである。それを知った長官は諦めた風を装っていたので殺されなかったのである。しかし、長官は密かに信頼のおける部下達に内偵をさせており、いつ来るかもわからない機会を待っていたのである。それは中央（都・政府）との唯一の連絡手段である逓送便の『直秘』までもが開封されるため手の施しようがなかったのである。彦康達はそのいつ来るかもわからない絶好の機会であったのである。

馬車を妓院の前に停めさせると長官は一番はじめに馬車から降りた。降りると同時に手にした苗刀を腰に差したのである。長官の意気込みが皆にも伝わった。また、剣客達は文官であるはずの若き長官の腰の据わり様を見て驚いた。剣技のほどがわかったからである。長官は苗刀を抜くと一人で入ろうとして彦康に止められた。彦康は目で長官を促し、彦康と共に最後に中に入ったのである。この時すでに全員は馬車の中で妓院の中のことを長官から聞いていた。

「今日妓院にいる義勇軍の者は十二名で、客である兵達はおよそ三十名位である」との内偵者からの情報であった。「籠の鳥」のような存在の長官がこれほどの情報を速やかに把握できるとは流石である。また客の兵達が三十名とはおよそ一個小隊の数であり非番の者達のほとんどがいると思われた。さらに休みの者達が来る可能性もあったがそれでも剣客達にとっては問題のない人数であった。

妓院の一階は帳場（勘定場）や調理場、そして「格子の間」と呼ばれている女性達の顔見せの間であった。そこには客を待つ女性達の姿があった。格子の間の後ろには女性達の居間と義勇軍の男達が監視する部屋があった。剣客達は格子部屋の女達を目で制し僅かに頭を下げて通った。女性達が見た剣客達の眼差しは狼のように鋭いものであったが、その瞳は澄んでおり慈愛が込められていることを知った。そんな女性達は騒ぎ立てることもなく黙って頭を下げて見送った。

男達のいる部屋に踏み込んだ剣客達はすぐに斬りつけることはせず、男達が剣を取る間を与えたのである。しかし、叫び声を出そうとする者や部屋から逃げ出そうとする者は容赦なく血を見ることなく一刀の下に斬りすてた。また剣を取って向かって来る者達も同様であった。どちらも同じように思われがちであるが「真の士」にとって雲泥の差があるのである。当然剣客達はそれを見据えての武士の情けであった。しかし、相手が義勇軍の者達ではそれは通じなかったと思われる。剣客達の監視部屋の一掃は音を立てることもなく瞬く間に終わったのである。剣客達は一人で各部屋に討ち入ったためである。後から部屋に入った長官は倒れている男達を見て唖然とするばかりであった。倒れていた義勇軍の男達の数は長官が言った通りであった。その十二の遺体はすぐに剣客達が担いで外に運び出した。隣にいる女性達にも全く気づかれることは無かったのである。

一行は一階を終えると揃ってどんちゃん騒ぎをしている二階に向かった。各部屋は十人、四人、二人と様々であったが、騒がしさだけはどの部屋も負けてはいなかった。部屋の中では女達が鳴り物を鳴らし、かつ男達の傍らには女性が侍っていた。これでは借金が嵩むのは当然である。その男達の多くは軍服姿のままであった。男達はこの館から出勤しているかのように思えた。剣客達は人数を見定めて各部屋に押し入ったのである。中に入ると素早く女達に当て身をあびせて気を失わせた。男達に得物を取る間を与えたのである。男達は慌てた様子で部屋の隅に放っておいた刀に飛びつくと、素早く抜いて斬り込んできた。これは仲間がいたからでもあるが流石に兵士である。剣客達は四方から向かって来る剣先を難なく躱すと愛刀を閃かせた。ある者は天に直行し、ある者は気を失ったのである。この斬撃の音は外には伝わらなかったが静寂だけが伝わったのである。

彦康が立ち入ったのは物音もなく人の気配だけがする一番奥まった部屋であった。彦康が中に立ち入ると女性の姿はなく、二人の男達が整然と酒を酌み交わしていた。刀は瞬時に取ることができるように左脇に置いていた。その目からしても一角の者達であることがわかった。物音と殺気を消した彦康に気づくのが僅かに遅れて二人は刀を手にしたが抜くことがなかったのである。

しかし二人は意を決したように片膝となり刀を抜こうとした刹那、部屋に入ってきた長官が「待て！」と叫んで二人の前に飛び出した。その迫力に二人の男達の柄を握る手が緩み膝に落とした。そして長官を見て二人は慌てて座り直して両手をついた。長官は安心したように大きく息をしてから彦康に「この者達は信ずるに足りる者達です。助けていただきありがとうございました」と言って深々と頭を下げた。それを見た二人の男達は改めて彦康を見て納得したように平伏した。彦康は部屋に入って二人を一瞥しただけで「真っ当な士」であることがわかった。しかし、二人が士の道を貫こうとした心を読んで叶えようとした時、長官の声がかかったのである。長官の来るのが僅かでも遅れていれば間違いなく二人が斬られていたことを三人は知っていた。それがわかると言うことは三人とも一廉の剣技の持ち主であるという証である。

そのはずである。二人は兵達に剣を教える武官達であった。長官は彦康にそのことを話し、また自分が内偵を頼んだ者達であることを明かした。そして長官は二人の部下に対し彦康君は高貴な身分の御方で、かつ剣術の大師であることを話した。武官である二人はすでにそのことを感じ取っていた。二人の武官は平伏したままで「恐れ入りますが、機会がありましたら是非一手ご教授賜りたい」と願い出た。流石に武官であり師であった。それを長官を介して聞いた彦康はその場に正座すると、「どうぞ打ち込んできてください」と静かに言った。二人はそれを聞いて顔を上げると片膝立ちとなり刀に手を掛けたが抜くことができなかった。対する彦康は正座し両手は膝の上に置いたままであった。二人はガクッとうな垂れて両膝をついた。それを見て彦康は「いつでも打ち込んできてください」と言って立ち上がると部屋を出た。長官と武官達もまた彦康に従って部屋を出た。

部屋を出た彦康達はすでにけりのついた部屋を回った。二人の武官はどうしようもない奴ら（兵達）だけが死んでいるのを見て首を傾げ長官に「……?」と無言で問うた。長官は「この国で剣技において高名な貴方達でさえも及ばない人達がいると言うことです。また先生方は「見極め」ができるまで努力しなさいとの教えだと思います」と答えた。二人の武官は深呼吸してから大きく頷いた。また長官は「私も同じです」と言って三人は教えを受けた弟子のように頭を下げた。

その後二人の武官は集まって来た剣客達を前に今の政府軍の内情について語った。司令官は若い家政婦と酒に溺れて官邸から出ることがなくなった。仕事は最古参の事務官である助役に一任していた。これは義勇軍と繋がっている助役が仕組んだことで、今では自分達も会うことができないと語った。また副司令官は「俺はこんな僻地に左遷された」と嘆くばかりで仕事はせず金を貯めることだけに専念していた。それを良いことに助役はやりたい放題であった。そんな助役も二人の士である武官には手を焼いていたのである。そんな助役を安心させるために二人は時おり妓院に酒を飲みに来ていたのである。そして様々な情報を長官に伝えていたのである。本来であれば軍の監察を兼ねる長官に報告する筋のものではなかったが、二人は命を賭して伝えていたのである。監察官は非があれば即処断する権限を有していたのである（即死刑もあり得たのである）。しかし二人は着任した時の長官を見て、剣技のほどと人間性を見定めたためである。

兵達は今日見た通り、昼から宴会を催し酒と女と博打に現を抜かしているため軍の給料では足りるはずもなかったのである。そのため助役に頼んで給料を前借りするしかなかった。人によっては数年先の給料までもが担保となっており助役の言いなりになるしかなかったのである。何の娯楽もない僻地勤務の兵達を手なずけるのに助役は苦労することはなかった。

武官は弟子達がこの境遇から抜け出そうとしていることを知ったが、金のない二人にはどうすることもできず長官を頼ったのである。しかし近々二人だけで義勇軍に斬り込もうとしていたことを話し長官に頭を深々と下げて謝った。長官は「こちらこそ頼りなくて申し訳なかった」と謝ったのである。それを見て二人の武官の目は潤んだ。

話を聞き終えた長官と彦康は話し合い、軍の庁舎に向かうことにした。そしてまだ気を失ったままの兵や女性達を起こした。目覚めた女性達のけたたましさはかしましいと言われる難波の女性達でさえも到底及ばないものであった。しかしそんな女性達も長官と彦康を見ると、二人の威厳におののくようにすごすごと階下に戻っていった。その後長官は兵達を集めて「今から軍の悪を一掃しに行きます。もし諸君が心を入れ替えるというのであれば過去のことは一切不問とします」と断じた。兵達はその場に平伏し、次に片膝立ちとなり「皇帝陛下と国民を命を賭けて護ることを誓います」と入隊時の宣誓文を声高らかに唱和したのである。

それを聞いていた武官二人の目は今度それに背けば容赦しないと語っていた。兵達にはそんな二人の目も怖かったが、それよりも二人の傍らに立つ無表情の侍達の方が見ただけで震えが来るほど恐ろしかったのである。兵達は剣客達を見て「義勇軍もこれでお終いだ」と確信した。長官は彦康や剣客達をあえて紹介することはなく剣の師であると話しただけであった。兵達はまともに剣客達に目を向けることができずにいた。

武官はそんな兵達に仲間の遺体の片付けを命じた。一方階下に降りた女性達は義勇軍の男達が一掃されたことを知り喜んで厨房に向かったのである。それは退治した剣客達に振る舞うためであったが、まともな食事を与えられていなかった自分達にでもあった。そんな厨房から聞こえてくるあまりの騒がしさに水夫の渡辺が中を覗いたのである。しかし、すぐに女性達の「口八丁手八丁」の申し子のような凄まじさに逃げ出したのである。朝鮮女性特有の明るく行動的でどこでも存在感を示すものであった。女性達は彦康達が打ち込む手筈を話し合っていた短い間に料理を作り終えたのである。そして運ばれてきた料理の多さとむせ返るような臭いに圧倒されたのであるが顔に出すことはなかった。運ばれたのは女性達の人数分だけの大皿に盛られた焼き肉と真っ赤な南蛮漬けであった。剣客達が救われたと思ったのは色黒な蒸し饅頭と歯に悪そうな五穀（十穀）飯があったからである。

女性達はそれぞれの男性達の脇に座るとすぐにしな垂れかかり、「焼き肉やキムチは家庭やところ（地方）によって全く味が違うの。私が作った我が家の味が世界で一番美味しいのよ」と朝鮮語の声調のような中国語で話して男性達の口元に運んだ。そんな彼女達から時おり「腹の虫」が聞こえてきた。それを隠すかのように彼女達のはしゃぐ声が聞こえた。彼女達が空腹に耐えていることを知り、そのいじらしさに男達は黙って口を開けるしかなかった。そして修行とばかり一噛みしては飲み込んだのである。それも三、四回が限界であり林が「満腹では動きが鈍くなる」と言って女性の手を優しく制した。それを長官が女性達に伝えたのである。他の男性達も頷くと両手を僅かに上げて見せた。女性達はそれを見て「私達に気遣ってくれたのね」と言って涙ぐむ女もいた。須藤や宮崎を世話していた女性達は「強いし優しいのね」と言って抱きついてきた。それから逃げるように男性達は厨房に向かったのである。口を濯ぐためであった。しかし、厨房に長居することはなかった。厨房には肉やキムチが置かれその臭いでむせ返っていたのである。日本人にとっては目にも鼻にも毒であり、息ができないほどであった。女性達は食事を摂ることなく揃って彦康達を見送ったのである。その目は私娼として働いていたとは到底思えないものであった。この時剣客の成田と林は女性達を護るために残ったのである。出発の時、須藤は二人に「義勇軍よりも女の方が怖いぞ」と耳打ちをした。成田と林は真面目な顔で「そうか」と頷くと片目を瞑った。剣客達のこんな遣り取りは日本では到底考えられないことであった。

急がせる二台の馬車の手綱を取るのは武官の二人であった。剣客達は高が村と思いすぐに着くと思っていたのであるが、予想に反して中々着かなかったのである。日本人達は村の広さと国の広大さをつくづくと知ることになったのである。やがて食した焼き肉とキムチの臭いが薄れるころに馬車は古ぼけた館の門前で止まった。剣客達は馬車に酔うことはなかったが、馬車の揺れで熟れる焼き肉とキムチの臭いには閉口し、果てしない道中に思えた。門には常駐で立っているはずの二人の衛兵の姿はなかった。門柱には厳めしい字で「圏山駐屯地・琿春支隊」と書かれた看板が掛けてあった。この駐屯地には隊の本部と支隊（分遣隊）が在籍しているということである。

馬車から降りたのは長官と彦康、剣客の幸山、宮崎、杉本、細川、須藤であった。他は馬車の後ろを徒歩で付いてきた酒の抜けた兵達を連れて、表と裏の門の警戒に当たった。長官は武官の二人を従えて玄関を入った。武官の後方から彦康達が入った。隊本部の事務所には日中にもかかわらず誰一人としていなかった。長官は躊躇することなく真っすぐに司令官室に向かいドアをノックした。人の気配はするが返事はなかった。さらにノックをすると今度は「うるさい。今忙しい。後にしろ」と怒鳴り声が聞こえた。その言葉を聞いて長官は黙って中に入った。士官の四人が台を囲んで麻雀に興じていた。その四人の傍には女性達が侍っていた。さらに中央の司令官の椅子には高価な支那服を着た男が、横柄に投げ出した足を机に乗せて書類を見ていた。男は二人の女に肩と足を揉ませていた。長官が入ってきたことには誰も気づかなかった。武官の一人が「気をつけ！　長官巡視」と大声を張り上げた。麻雀をしていた四人は反射的に立ち上がり不動の姿勢をとった。しかし、司令官の椅子に腰掛ける男はチラッと長官達を見てうっとうしそうに足を下ろしたが、手は俊敏に動いて見ていた書類を隠したのである。しかし、どんなに素早く隠しても剣客達の目を欺くことなどできるはずもない。

立ち上がった四人は副司令官に次ぐ統括中隊長と在隊の中隊長、そして二人の小隊長であった。統括中隊長は「閣下、わざわざのお越し痛み入ります。時には息抜きを」と白々しく言い訳をしてから四人揃って敬礼（腰を折って）を行った。そして統括は武官に向かって「君達はもういい。消えろ」と犬でも追い払うような素振りで言った。武官は職名であり、若いこの二人は階級で言えばまだ小隊長と分隊長であった。その時統括は武官達の後ろに彦康がいることがわかり「貴様は何だ！」と叫んで腰に手を掛けたが剣はなかった。長官は静かに「私の随行です。気にしないでください」と制してから、女性達に声を掛けて呼び集めた。その女性達を彦康が部屋から連れ出したのである。連れ出したと言うよりも彦康が部屋から出ると付いて出たのである。机に座る男（助役）はふてぶてしい態度で黙って見つめていた。

長官は妓院にいた義勇軍の男達とそれに加担した兵達を皇帝陛下の名の下に処断したことを皆に伝えた。その後「君達を軍規違反でで逮捕します」と告げると四人はガックリとした様子で椅子に腰を下ろした。しかしすぐに統括は意を決したように立ち上がると「こうなったら仕方がない。この者達を斬れ！」

と命じて自分は脇に置いてあった柳葉刀を手に取った。躊躇する三人に対し統括は「やらねば斬る」と言って刀を抜いて座る三人を睨んだ。三人は決心がついたように「これまでか」と言うと、卓上の牌（麻雀）や酒の入った徳利を武官二人に投げつけ、脇に置いた刀を手に取り立ち上がった。不意をつかれた武官二人が「アッ」と身体を反らせた間に四人は長官に斬りかかったのである。武官達が「長官が斬られ……」と思った刹那！　自分の脇を気（空気）が通り過ぎたように感じたのである。一瞬それは気の迷いかと思ったが現実であったのである。ましてや空気だと思ったものが二人の人間であったことになおさら驚かされたのである。その空気の主は剣客の杉本と細川であった。それを感じ取った武官達は流石と言える。

前に飛び出た杉本は、長官を上段から真っ向に斬り込んできた統括の両腕と首を同時に斬り飛ばし右に駆け抜けた。そして右から斬りかかってきた小隊長の銅をなぎ払い両断した。一方の細川は左から長官に向かって来た中隊長の刀と首を同時に斬り飛ばし、猿のような素早さでもう一人の小隊長を右袈裟に両断した。その太刀筋は左肩から右脇腹に抜けるものであった。剣客二人の剣捌きは誰の目にも映ることはなかった。中国剣術の最高位とされる『辛酉刀法』を極め、皆からは師と呼ばれる存在の二人の武官達の目にも留まることがなかったのである。二人の目に細川の剣技が映ったならさぞ驚いたことであろう。

ただ長官と武官達は、たとえ弱い相手であっても動き回る者の首を両断することは至難の技であることを知っていた。当然軍隊の士官である中隊長や小隊長の剣技のほどは並以上であった。それを一刀のもとに首や胴そして身体を両断したのである。あまつさえ刀を首と同時に斬り飛ばしたのである。刀が刀を斬ることなど到底考えられないことであった。三人の身体が固まるのもわかる気がする。本来文官である長官は過去の中国武将達の豪快無比な活躍を記した書物を数多く読んでいた。しかし、今の二人の剣客の方がはるかに凄いと知った。誇張されて記されることが多い書物の豪傑達よりも上ということは正に「神業」と言うしかなかった。

長官はそんな心の乱れを見せることなく司令官の椅子に座る助役に目を向けた。助役は震える足で長官の前に来てひれ伏してから両手を合わせて「私は司令官と副司令官に命じられただけです。私は一介の事務屋で悪いことをしていたのは統括や中隊長、小隊長達です」と涙ながら訴えた。その時「嘘は言うな。あなたが一番の悪玉ではないか」と大声で罵るのが聞こえた。声は開いたままの司令官室の外からであった。その声の主は入口に正座する二十数名の兵士達の前の小隊長であった。小隊長の横には彦康の姿があった。

兵達は武官の「気をつけ」の号令を聞いて駆けつけて来たのである。この兵達は武官に教えを受ける者達で言わば弟子であった。弟子達は統括や中隊長から庁舎での稽古は「うるさい」からと言われて外で稽古をしていたのである。それだけ武官の号令が大きかったと言えよう。声を聞いて急いで駆けつけた兵達は部屋（司令官室）の前で女性達に囲まれた彦康を見て一斉に抜刀し、向かって来たのである。彦康は兵達を見た時すぐに女性達を後ろに庇うように下げたのである。はじめに打ち掛かってきた五人の兵達の鋭い斬り込みを彦康は難なく扇子一本で叩き落とした。女性達はしゃがんで耳を塞いでいた。

一方唖然とする兵達に彦康は部屋の中を見るようにと促したのである。小隊長が部屋の中に目を向けるとそこには長官と二人の武官と日本の侍達がいることがわかった。そして武官の傍らには四人の上官達の無惨な亡骸が横たわっていた。それを見て小隊長は大凡のことを察し、無言で部下達に座るように命じたのである。部下達は命じられるままに素早く納刀すると、部屋の中が見えるように正座したのである。そして目にしたのは閣下（長官）ににじり寄る助役の姿であった。そして助役の抗弁を聞いて小隊長が怒りの声を発したのである。その小隊長の声がしたと同時に宮崎と幸山が部屋から飛び出るとその気に兵達は震え上がった。そんな二人を追うように武官の一人が後を追って飛び出して来て二人の前で片膝をついて両手を広げた。武官はホッとしたように「私の弟子達です」と日本語で言って頭を下げた。宮崎と幸山は「ちょっとやりすぎたか」と目を交わすと「わかりました」と言って頭を下げた。二人の剣客に遊び心を抱かせるほど兵達の目は士の眼差しをしていたと言えよう。二人は嬉しくなり「つい」やったのである。さらに正座すると彦康に向かって両手をついた。それに倣い弟子達も両手をついて頭を下げた。

その時部屋の中から「君のことは全部知っています。よって逮捕します」と告げる声が聞こえた。「逮捕・ダイブウ」という中国語であったがそのニュアンスから日本人達にもおよそのことがわかった。その言葉を聞くまでは神妙に泣き顔でいた助役の顔が一変した。そして素早く支那服をたくし上げると腰に挟んでいた短銃を取り出して長官に向けようとした。すかさず傍にいた武官が刀を抜き一閃させたのである。助役は右袈裟に斬られ両断されることはなかったが即死であった。しかし、凄まじい剣捌きから並みの剣士でないことが明らかであった。剣客達は助役が短銃を隠し持っていることは所作と臭いから察知していた。そのため誰も驚くことはなかった。また、武官の構えからそのことは知っているとわかり誰も手助けをしなかったのである。

しかし、その時一人だけ驚いた者がいた。それは素早い抜刀や強烈な太刀筋を見たからではない。足捌きと剣技を見て驚いたのである。まさしく「陰流」の流儀を汲むものと言えたからである。細川は「ムウ……。あれは辛酉刀法……」と呟くと武官の傍に寄り「見事で御座った。私は陰流を学ぶ細川慶二郎と申します」と言って頭を下げた。武官は驚いたように大きく目を見開き細川を見つめた。そしてしゃがむと刀を後ろに置いて平伏したのである。細川は懐から懐紙と鞣し革を出すと「刀を拭いてください」と優しく差し出した。武官は顔を上げると細川を見て「ありがとうございます」と言って両手を差しだし押し頂いたのである。辛酉刀法の師である武官は陰流が辛酉刀法の祖であることは当然知っていた。そのため師達は陰流の真髄を知るために日本語を学ぶのである。そんな辛酉刀法を学ぶ者達にとって「細川慶二郎」という名前は神にも近い存在であったのである。部屋の外で聞いていた武官や兵（弟子）達は「細川」の名前を聞くと感激したように両手をつき中には涙ぐむ者もいた。

助役を斬った武官はすぐに長官に細川のことを話した。また細川は部屋の外で両手をつく兵達を見て出てきたのである。先頭で手をついていた武官ははじめに日本語で次に中国語で「私達は辛酉刀法を学ぶ者達です。細川大老師にお目にかかれて光栄です」と言って平伏し兵達もそれに倣った。細川は彦康に目を向けると彦康は頷いてみせた。細川は皆の前に正座すると「細川慶二郎です。異国の地で同門とも言える辛酉刀法の皆様にお会いできて光栄です」と言って両手をついた。そして皆が顔を上げるのを待って「私の師でもある陰流の総師範である鳥谷部先生もこの地に来ておられます」と話した。武官がそのことを弟子達に伝えるとすぐに興奮して歓声に変わった。部屋の中で聞いた武官は興奮したように外に走り出て細川の前に正座した。細川はゆっくりとした口調で「間もなく師がやって来ます。その前に私達は掃除しておきましょう」と皆に話した。兵達の目は輝き掃除に取りかかったのである。当然室内の遺体の片付けもあった。

他の剣客達はその間に助役が隠した書類を捜し出していた。それにより助役が政府軍と義勇軍（圏山村）双方の経理をしていたことがわかった。それには政府軍の士官達に対する賄賂についても克明に記されていた。また兵達は強奪したものに応じて歩合が支給されており借金の多い兵達は略奪に加担するしかなかったのである。そのため兵達は値の高い「女性」や「高価」な品々を強奪したのである。借金の無かったのは二人の武官とその弟子達だけであった。その弟子達も軍人として義勇軍の手先のような上官の命令には逆らうことができなかったのである。そんなとき武官の弟子の先輩達がその役を買って出たため後輩達は行かずに済んだのである。上官達もまた勤務内容が内容なだけに頭数さえ揃えば良かったのである。正座する兵達の多くは新兵達であった。そんな兵達を見て彦康は武道の教官である武官達が剣技と共に中国剣士としての精神の教育もしていることがわかった。

長官と共に庁舎内を見て回った。多くの者達は斥候という名目で出払っていたため在隊する者は少なかった。剣の稽古をする武官の弟子達以外は二日酔いと夜の勤務に備えて身体を休めていた。この者達は借金の少ない者達であったが、いずれは借財も嵩み斥候と称する「略奪」に加わることは明らかであった。武官の号令でその者達は叩き起こされた。気持ちよく寝ているところを起こされた者達が目にしたのは日本の剣客の姿であった。本性をむき出しに向かって来る者達の何名かは即座にこの世と決別したのである。しかし士官達とは異なり血を見ることはなかったのである。死んだ者達は何度か斥候に出ており、その時人を殺めたことのある者達ばかりであった。弟子達は不思議そうにそのことを師である武官に尋ねたのである。武官は「『修行をすればわかるようになる』と大老師がおっしゃっておられるのです」と誰かの受け売りを話した。弟子達は流石というように大きく頷いた。

庁舎を出た彦康達は横に建つ司令官の公邸に向かった。本来は家族と住むことになっていたが辺鄙なこの地に来る家族はいなかった。一行が玄関まで来ると若い女性が二人泣きながら玄関から飛び出してきた。長官は二人を制して優しく事情を聞いたのである。二人は長官の高貴な装いを見て納得したように「主達（司令官と副司令官）が部屋の中で血だらけで倒れている」と答えた。それを聞いた長官と彦康はすぐにその部屋に駆けつけた。二人はすでに事切れ、その有様から司令官が副司令官の眉間を撃ち、その後で自分のこめかみを撃ったことがわかった。

二人は皆の下に戻りそのことを伝えた。二人の家政婦は「自分達が知らせたばかりに」と言って驚くほど大きな声で泣き叫んだ。まさしくそれは朝鮮女性であった。彦康はそんな二人の涙を懐紙で優しく拭ってやった。そんな彦康を二人は訝しそうに見つめていたが、やおら彦康に身を寄せてきたのである。

その二人を彦康は優しく抱きしめてやった。そして落ち着いた二人から事情を聞いたのである。

副司令官の建物は司令官の隣であった。家政婦達は門に多くの兵達が立っているのを見て不思議に思い二人は顔見知りの兵から事情を聞いたのである。話を聞いた二人は戻ってすぐに主達に伝えると、副司令官は慌てた様子で司令官の下に駆けつけたのである。ほどなくして二人が話し合っている部屋から銃声が聞こえたのである。二人の家政婦は慌てて部屋に駆けつけると主達が血だらけで倒れていたのである。それを見て恐くなり二人は庁舎に知らせに行こうとしていたのであった。

「家政婦」という体の良い言葉ではあるが、賄賂として義勇軍が供した娼婦である。そんな二人であったが到底そのような境遇の女性達とは思えなかった。賎民という身分でかつ娼婦という存在でありながら、心を込めて相手に尽くすという朝鮮女性の「真」を見たような気がした。


その後に長官は皆を部屋に集めて「この度の件については私をはじめ全員に罪があります。そして特に悪い者達は処断した。諸君が心を入れ替えて働くというのであれば今までのことは不問にする。また軍人の本分は皇帝陛下に忠誠を誓い国民を守ることにある。今回の件で一番被害を被ったのは農民達である。よって農民達に罪滅ぼしのため招集されている男性達が帰ってくるまで手伝うことにする」と宣言した。全員は平伏し誓った。最後に長官は「私はここにおられる日本人の方々と拐かされた女性達の救出と義勇軍を成敗に行きます」と告げた。その話を聞いて喜んだのは武官とその弟子達であった。

公麻呂達との待ち合わせの時間まで間があるため義勇軍の館を見張ることにしたのである。彦康と長官はその任を細川と武官の一人に託した。すると弟子達が全員同行を願い出たのである。やむなく武官は細川に頼んで十名を同行することにしたのである。そして武官は迷うことなく軍隊式の選考方法（着隊順）をとったのであった。この方法は誰もが納得するのである。各分隊五名であった。第一、入隊の順。第二、同期は入門が早い順。第三、入門が同時の場合は年・身長・体重の順と決められていた。この方式は上官が戦死した場合などにも用いられたのである。本来は「体重」の後に何点かの項目が定められていた。また選考に漏れた者達には時間に合わせて合流するようにと話した。

全員合流・義勇軍殲滅

午後九時に待ち合わせの場所である村役場裏の三本松の下で合流した。また妓院と称する妓楼に残った剣客成田と林、そして水夫達も顔を揃えた。そんな日本の侍達の姿を見て長官達は静かな再会の様子に驚いた。侍達は無言のまま互いの目を見て僅かに頭を下げただけであった。大げさなジェスチャーを思い描いていた長官は肩すかしを食わせられた思いであった。しかし、それがかえって長官には重々しく感じられたのである。

彦康は皆にそんな長官を紹介すると銘々が目を見て僅かに頭を下げたのである。これを受けて長官もまた同じように頭を下げ返したのである。長官は「挨拶」もまた心が込められていればジェスチャーや言葉は要らないことを悟った。しかしこの時長官は全身が緊張で漲っていたのである。これだけの日本を代表する剣客達に囲まれているため、文官とは言え剣の心得のある長官としては当然と言えよう。長官のそんな緊張を消し去るように一陣の風が仄な香りを運んできた。香は幌馬車のロシア人の女性達からであった。公麻呂はそのことを話し長官と彦康を馬車に案内した。馬車の中を覗くと一目で異国（ロシア人）の女性達であることがわかった。それは薄暗かったが白粉を塗ったような顔が浮き立って見えたからである。そんな三人に気づいた女性達であったがただ黙って見つめていただけであった。三人の顔が見えなかったのか、それともあまりの感動で金縛りにあったのかはわからないが女性達の瞳は星のように輝いていたのは確かであった。

この時女性達を見た長官の瞳は悲しみと怒りに燃えていた。また皆も語ることは山ほどあったが監禁されている女性達のことを考えてすぐに出発したのである。馬達も可愛想に遠い道のりのため夜道を急がされたのである。しかし、急がす手綱捌きにも愛情が感じられ馬達は穴ぼこを避けて優しく歩み、中の人達は舌を噛んだり頭を打つことはなかった。やがて夜目にも白く塗られた大きな建物が見えてきた。日本人達はつくづくと村一つの大きさが、日本の大藩よりもはるかに大きいことを身をもって知ったのである。

馬車が建物に向かって進んでいると若い兵士（弟子）二人が駆け寄ってきて馬車を止めた。二人は長官と彦康に向かって敬礼をすると「現在義勇軍の司令部の中には司令官以下三十数名がおります。恐れ入りますが長官閣下と彦康様には正門まで徒歩にてお越し願いたい」と武官の伝言を伝えた。一人は彦康達を案内し他の一人は馬車を誘導した。そんな兵達を見て長官と彦康は駐屯地の先行きに明るさを覚えた。

彦康達が門に近づくと門の陰から武官と細川が駆け寄ってきた。武官は「敵は誰も戻ってこないので苛立っているようです。先ほど二人が連絡に行くため出てきたところを先生（細川）が取り押さえました。其奴らは我々がいくら責めても口を割らなかったが、先生が二人の鞭毛と口髭を切り落とすと、素直になった」と嬉しそうに語った。武官はさらに自分達には先生がいつ刀を抜いたのかわからなかったと言い、奴らも我々が驚く様子を見てはじめてそのことを知って驚きのあまり頭を抱えて突っ伏したと話した。その後は質問に答えるようになったが小屋の中は二人の小便で臭くてたまらないと顔をしかめた。

自白によると奴らは役所と妓院に行こうとしていたのである。また現在司令部にいるのは司令官をはじめ三十数名であった。人数が多いのは誰も帰ってこないため、緊急招集がかかったためである。緊急招集ということは、義勇軍は全員いるはずである。その後で武官は「弟子達から大老師はどのような剣技を使われたのですか」と尋ねられ苦慮しましたと話した。長官は笑顔で「どのように答えたのですか」と聞くと武官は「君達も弛まずに稽古に精進すればわかるようになる」と先に教わったことを話しましたと素直に答えた。答えてから武官は彦康と細川の顔を窺った。彦康と細川は静かに頷いて見せた。

その後に彦康は「女性達は何人ですか」と聞いた。武官は「啊！　聞くの忘れていたよ」と慌てたように音節のない日本語で答えて頭を下げると駆け戻って行った。武官は自分にも全く見えなかった剣技に圧倒されやるべきことが消し飛んだのである。長官も彦康も武官の気持ちがわかる気がした。また、中国語のわからない細川であったが「迂闊でした」と言って頭を下げると二人を小屋に案内した。三人が小屋に入ると弟子達が緊張した面持ちで「大老師がいなくなると何も話さなくなった」と閉口したように語った。

長官はそれを聞いて睨みを利かし「中に何人の女性がいる?」と男達に聞いたが二人は無言であった。長官に代わって武官の二人が男達の胸ぐらを掴み「何で女達がいることを話さなかった」と締め上げた。男達は「飯炊き婆は関係ないと思って言わなかった」とうそぶいた。

その声が聞こえたかのように小屋の中に一人の剣客が入ってきた。剣客は鳥谷部であった。鳥谷部が小屋に入ると同時に中の空気が一変した。今この空間にハエが迷い込んだとしたら、瞬時に死ぬであろうと思われるほどのものであった。人間達も例外ではなかった。長官をはじめ武官や弟子達もその気を浴びて全身に鳥肌が立ったのである。武官達は締め上げていた手を放したのである。崩れ落ちた男達に鳥谷部が寄っていくと二人は瘧が憑いたように怯え震えだしたのである。それを見て長官が下腹に力を込めて「何人いる」と聞いた。男達は「ウー・グオレン(ロシア人)二十人、リーベン・レン(日本人)三十人」と顎の外れた人形のようにガクガクと答えた。武官や弟子達はその多さに愕然として鳥肌も消えて怒りに変わった。長官を介し聞いた鳥谷部もまた怒りで気を増すと二人の男は失神した。

細川はすぐに鳥谷部に駆け寄ると「先生、ありがとうございました」と述べると丁寧にお辞儀をした。頭を上げると細川は皆の方を向いて「こちらは陰流・総師範、鳥谷部健司郎先生です」と紹介した。それを聞いた武官や弟子達は素早くその場に両手をついたのである。弟子達の中にはあわてて男達の小便の染みた上に両手をおいた者もいた。細川はそんな武官達を「辛酉刀法の二人の先生と弟子達です」と紹介した。鳥谷部はすでに待ち合わせた三本松において彦康から聞いていたため驚くことはなかった。鳥谷部は仲間の者達を斬ったことを伝えるために顔を出したのである。紹介を受けた鳥谷部の目が一瞬閉じたのを彦康は見逃さなかった。彦康は鳥谷部の苦悩の大きさと、死んだ者達への祈りと見たのである。

鳥谷部はその場に正座すると「陰流・鳥谷部健司郎です」と名乗り両手をついた。武官達も師に倣い平伏した。その光景は道場での師と弟子達の礼のように映った。鳥谷部は顔を上げると席を立とうとしていた彦康と長官を留まるようにと目で頼んだのである。それを受けて二人は瞑目し腰を下ろした。その後鳥谷部は「私はあなた方の朋輩、十一人を斬りました」と言ってその経緯を語った。武官の一人が同時にそのことを介し弟子達に伝えていた。部屋の中は悲痛な沈黙に包まれたが誰一人として取り乱す者もなく静かに聞いていた。兵達の目は潤んでいたがその瞳には怒りや憎しみはなかった。上位の武官（教士）が弟子達を見回すと皆揃って納得したように頷いて見せた。

教士は鳥谷部に向き直ると「十一名は流祖である陰流の最高師範・鳥谷部大老師自らの手で『地獄から解放された』のです。彼らは中国の士の魂を持つ剣士として、辛酉刀法の剣士として『士の魂』を全うすることができて悔いはないはずです」と言い切った。そして「私達からも御礼申し上げます」と言って全員が揃って平伏したのである。鳥谷部にとってその言葉と真摯な態度がやるせなかった。

政府（皇帝）軍の武官（武術の師）である二人は部下達が死ぬほど苦悶していることを知りながら何もしてやることができなかった辛さと苦悶が伝わってきた。またそんな師達から士の心得を学ぶ弟子達も苦悩していたことが切々と伝わってきた。それは「命令に絶対服従」の軍隊であったからに他ならない。

武官の一人が十一人の中には他の師匠（辛酉刀法）から教えを受けた者がいたことを話した。それを聞いて鳥谷部はあの猿面を思い浮かべ納得した。その後教士が神妙な面持ちで「義勇軍殲滅の一員に加えていただけないでしょうか」と願い出たのである。その武官の後ろでは弟子達が縋るような眼差しで師・鳥谷部の顔を凝視していた。その中でも小隊長をはじめ、六名の者達はそれ以上に必死の形相であった。その眼差しは死んだ十一人の者達と同じように思えた。それは士の魂を全うしようとする気持ちがありありと伝わってきたからである。鳥谷部は独断することができないため彦康に目を向けるしかなかった。日本人の女性達がいるため指揮は彦康に代わっていたからである。彦康もまたそんな兵達を見ており頷くしかなかった。そして鳥谷部に「二階はお任せします」と話した。この言葉を受けた鳥谷部は彦康の意を汲み「私達は二班に分かれて表と裏から入ります」と長官を介して伝えたのである。武官達をはじめ弟子達は満面の笑みに変わったのである。

しかし、その後の鳥谷部の言葉にさしもの長官も絶句しすぐには言葉にならなかったのである。それは先陣を必死の形相をした六名に命じたからである。二人の男達の自白によって二階には女性達が監禁されていることを知っていたからである。この作戦は義勇軍の殲滅でもあったが、第一には女性達を救出することだったからである。

鳥谷部の言葉に武官や弟子達の笑顔は瞬時凍りついたのである。いかに重要な任務であるのかわかったからである。また下命された当の六名はジッと師の目を見つめ「承りました」と言うように平伏した。

そして顔を上げた時には六人は士の魂を持つ志士と化していた。

教士は深呼吸すると班分けを行い鳥谷部に伝えた。班分けは分隊ごとであった。その中に武官二人と小隊長が加わった編成である。軍人にとって分隊は少人数の戦いにおいて最も力が発揮できる構成なのである。先陣を命じられた六名（小隊長、分隊長。班長の三人と、分隊長、班長、古参の兵の三名）はそれぞれの班に組み入れられていた。

この時武官はじめ弟子達は、師達が「死ぬことはたやすいが、死なずに女性達を助け出すことが士の道である」と言っていることを悟り固まったのである。そんな兵達に向かって鳥谷部と細川は自分達も加わりますので『よしなに』と言って会釈した。その後に細川は「無心で一振り一振り（一心一心）心を込めて打ち込めば、陰流は決して遅れをとることはありません」と一言一言噛みしめるように話すと兵達の眉間から緊張の皺が消え去った。


兵達は男達を縛り上げると彦康達に従って門に向かった。門の傍にはすでに皆が集まって身を潜めていた。その奥には心を入れ替えた兵達の姿もあった。一方、建物の中は真夜中にもかかわらず、煌々と灯りがついていた。その訳は朝鮮の女性達が日本の一流の芸者として高値で売り渡される日であり、また監禁している日本人とロシア人の女性達を買うためにブローカーが来る手筈だったからである。これを見てもわかる通り、日本の芸者がいかに寵愛されていたかが窺い知れよう。義勇軍にとって今日はかけがえのない日だったのである。よってこの時間でも不審に思いながらも買い手と部下達が来るのを首を長くして待っていたのである。

彦康はじめ日本人にとって、いやロシアやオモテストクの兵達にとっても女性達が連れて行かれる前で苦労が報われたのである。しかし、一概に喜ぶことはできなかったのである。それは日本人の芸者として売られて行くことを切に願う朝鮮人の女性達の夢を打ち砕くことになったからである。そのため彦康と長官は芸者の師匠である三人と慧生、せつをはじめ女性達に話し合いの機会を持たせたのである。

彦康は皆を前に改めて女性達の救出は鳥谷部と細川、そして武官をはじめとした「辛酉刀法」の方々に任せたことを伝えた。自分と長官、剣客達は一階を制圧すると話した。また水夫達は兵達と共に出入口や周りの警戒に当たるようにと伝えた。そして彦康が皆に向かって頷くと、全員が丁寧にお辞儀を返し正面と裏口に向かった。鳥谷部と細川に従う兵達は緊張で強ばった顔をしていたが、誇らしげに胸を張っていた。そして各入口に着くと先陣の兵達は深呼吸して「無心」と呟いて戸に手を掛けた。後ろに従う兵達もそれに倣った。鳥谷部と細川はそれを頷いて見ていた。そんな様子を後ろから見ていた彦康や公麻呂達は微笑みを浮かべて眺めていた。しかし、そんな兵（弟子）達も入口に立った時には態度が一変しており周りで見ていた兵達は驚き震えを覚えた。

表と裏から入った先陣隊はそれぞれの階段を足音を忍ばせて上った。正面から入り上ったのは鳥谷部がいる班であった。先頭は小隊長、分隊長そして班長の三名で、後には鳥谷部と武官がついていた。その後ろから兵達が従った。一行は足音を殺したつもりではあったが人数か多いためその軋みと揺れが伝わり二階の義勇軍の者達に悟られ待ち伏せされていたのである。裏から入った細川達の班も同じように待ち伏せされていたのである。その待ち伏せは師である鳥谷部と細川だけが察知していたが他は誰も知らなかった。また師は誰にも知らせることはなかった。士は自らのことは自らで解決しなければならないからである。たとえそれが命であってもである。またそれが士の倣いでもありそれを教えるためでもあった。

先頭の三人が上りきろうとした時、二階の兵達が刀を振りかぶり無言のまま斬りかかってきたのである。剣技に多少の自信を持つ三人は大師（鳥谷部・細川）や師（武官達）と同じように刀を抜いていなかったのである。まさしく侮りであり隙であった。本来であればここで六名の命は絶えていたはずである。士の志はあってもまだまだ真の士にはほど遠かったのである。先陣の三人、三人の六名は刀に手を掛けて鯉口は切ることはできたが抜くことができなかった。また武官達は刀を抜いたが何もすることができずただ相手達を睨みつけることしかできなかったのである。

先頭の三人は瞬時に斬られることを覚悟したが目を瞑ることはなかった。武官達も同様に目を瞑ることはなかった。しかし、後続の兵達は揃って目を閉じていた。その時以外にも斬り込んできた男達が刀を振り上げたまま先陣達に倒れ込んできたのである。先陣達は手に何も持たず、目を見開いていたため意味がわからないままに男達を容易に抱き止めたのである。先陣達が階上を見上げるとそこにはそれぞれの大老師達が立っていたのである。それを見て武官達が一気に階上に飛び上がるとそこで目にしたのは倒れた義勇軍の男達であった。階段の男達はいずれも変則的な首の曲がり方をしておりすでに事切れていることがわかった。師達は大老師達の刀が鞘の中にあるのを見て不思議に思いながらも刀を納めたのである。丁度それを目を開けた弟子達が見たのである。表裏の階段で全く同じことが行われたのであった。これで合わせて十名の義勇軍の男達が葬られたのである。その時の大老師達のとった行動や剣技を目にした者は一人としていなかった。階上に上がって来た兵達に大老師達は『無の心』と小さく告げた。これは慢心を捨て基本に戻れとの戒めであった。

二階は十一室であったが鍵の掛けられた部屋は五室であった。その部屋を見張る者達はすでに倒され誰もいなかった。鍵の掛けられていない五部屋は監禁部屋であったが誰もいなかった。残る一室の前に二組が集まると中から男達の話し声が聞こえてきた。すると先ほど先陣を賜りながら役割を果たすことができなかった六名が鳥谷部達に向かって「自分達にやらせてください」と言うように両手をついたのである。無言ではあったが意思は十分に通じた。六人の目は死を覚悟したものであった。断れば先ほどの不備を恥じて命を絶つであろうと思われた。大老師・鳥谷部は細川を見てから六人に対して頷いてみせた。六人は丁寧に頭を下げ刀を抜き払った。それを見て武官達は監禁部屋の警戒（見張り）に当たるよう二名ずつ配置した。これもまた無言であった。弟子達もまた大きく頷くと刀を抜いて目を輝かせて扉の前に立った。

六人が心を合わせ部屋に押し入った。中にいたのは同じく六人であった。その者達は平素から村人達に散々悪さを働いていた者達であった。さらに先頭に立つ分隊長二人も煮え湯を飲まされてきたのである。そんな男達を見て二人は頭に血が上り「こんな奴らはただでは死なせない。皆の恨みを思い知らせてから殺してやる」と思ったのである。怒りのため言ったばかりの士道が消し飛んだのである。

分隊長二人が先がけて斬り込もうとするのを小隊長が制した。振り向いた二人に小隊長は鋭い目で人差し指一本立て見せた。一対一の勝負と伝えたのである。二人は大老師達に目を向けた。大老師二人は黙って頷いて見せた。その大老師達の目で二人はハッと「無の心」を忘れていたことを思い出し、大きく頭を下げたのである。

余裕のある態度で無言で語り合う政府軍の兵達を見て頭にきたように、義勇軍の男二人が後ろを向いている分隊長達に斬りかかってきた。またもや弟子達は相手に隙を与えたのである。しかし二人は無の心を取り戻していたためどうにか剣先を躱して刀を薙ぐことができた。しかし、本来であればただ躱すだけでなく回転しながら躱して相手に斬り込むのが陰流なのである。男達の実践で鍛えた打ち込みが鋭く避けるのが精一杯であったと言える。よって分隊長達の剣先は相手の身体にはほど遠かった。そのため男達の凄まじい攻撃が続くのであった。凌ぐばかりの分隊長達も徐々に相手の剣先と捌きが見えるようになると余裕を持って躱すことができるようになった。そんな落ち着きを見て男達は攻撃を止めて中央で対峙した。四人共に肩で息をしながら睨み合った。二対二であったが、実際には一対一の戦いであった。しかしこの試合は一人が斬られれば二対一となるのである。

剣技の差は明らかに分隊長達の方が上であったにもかかわらず手を焼いたのは「無の心」になりきれなかったからである。それは実戦の経験の少なさと、相手を剣技も知らないたかが無頼の徒と侮ったたからである。しかし、師達は助言や手助けをすることはなかった。士は自分一人で乗り越えていくしかないことを身（死）をもって教えたのである。

義勇軍の男達の足は止まったままであったが、剣先は上下させたり左右に振ったりと止まることはなかった。これが実践で身に着けた喧嘩剣法である。それに対して分隊長の二人は思い出したかのように顔を鬼面に変えたのである。そんな二人の鬼面は優しかったが大老師の二人はいずれにしろ二人が無心であることを知った。男達は鬼面に誘われるように刀を振りかぶるとその面を叩き割るように振り降ろした。刀が面に届く寸前に分隊長の二人は、左右に回転しながら刀を袈裟に斬り上げたのである。この素早い剣捌きにさしもの百戦錬磨の強者達も躱すことができずその場に崩れ落ちた。しかし二人とも剣先が僅かに伸びが足りなかったため男達は最後の苦しみを味わっていた。二人は慌てたように大老師・鳥谷部に目を向けた。鳥谷部は即座に首を縦に振り、止めを刺してやることが士の情けであると無言で伝えた。二人は頭を下げると躊躇することなく止めを刺した。亡骸に手を合わせるとふらつく足取りで片隅に運んだ。血の汚れは若い弟子達が拭き取った。この時分隊長達は真剣勝負において剣先を伸ばすのがいかに難しいかということと、剣技を持たない者達でも侮れないことを知ったのである。

次に小隊長が一人前に進み出ると、残っていた相手の四人が刀を振り回して斬りかかってきた。それを見て班長達三人が素早く飛び出し一人一人の刀を受け止めたのである。まさしく危機一髪と言えるものであった。中でも剣技が一番勝る小隊長とは言え、四人の刀を同時に受けることなどできるはずもなかった。それから四対四の戦いが始まったのである。それはまさしく子供達のチャンバラと言えるものであった。

閉じられた部屋の中は闘鶏場のようであった。剣技を修めた者達でさえ実践ではかようなものなのである。見かねた武官が「無心」と叫ぼうとして大老師に止められた。その武官達の願いが通じたかのように弟子達は次々と倒していった。弟子達は斬りすさぶ中で徐々に己を取り戻し自分の剣技を振るうことができるようになったのである。弟子達は「無」になれば相手の隙を見いだすことができることを知った。

全員を倒すまではさほどの時間を要さなかった。先に相手を倒した弟子達は仲間を手伝うことはなかった。「四対四の勝負ではあったが実際には一対一の勝負だったからである」と言えば聞こえは良いが、その余裕がなかったからでもあった。全員を倒したが誰一人として受傷した者はいなかった。しかし、全員が負傷していたのである。それは自傷や落ちていた刀で傷を負ったのである。さらに死体や血だまりに足を取られて手や足を負傷したのである。皆は精根を使い果たし立っているのがやっとであった。そんな中で弟子達は狂人のような目の相手や獣のように雄叫びを上げて向かってくる相手に対して「無心」で対処することの難しさを身をもって知った。それを克服するには稽古しかないことも悟ったのである。

幸いなことに石造りの建物の部屋では中の絶叫や叫び声はさほど外には漏れることはなかった。大老師鳥谷部が兵（弟子）達に「よくやった」と声を掛けると素早く武官がそれを伝えた。喘いでいた六人も背筋を正すと大老師達に向かって笑顔で頭を下げた。それを見て細川がドアに手を掛け開けようとすると武官や弟子達が慌てたように駆け寄ってきた。細川は「私達は報告に行きます。私達に代わって女性達を護ってあげてください」と話した。武官達は新入りのように返事をすると素早く弟子達にそのことを告げて配置を指示した。戦ったばかりの六人は率先して女性達が監禁されている部屋の見張りに加わったのである。もはや疲れている様子は微塵も感じられなかった。また他の弟子や代わった者達は遺体の片付けと部屋の掃除に取り掛かったのである。

二人の武官は大老師達について下に降りた。武官として長官を守るためである。当然剣客達がいるため必要がないことはわかっていた。四人は足を忍ばせて各部屋を見て回ったが、どの部屋にも生きた義勇軍の兵はおらず皆事切れていた。二階と異なるのはどの部屋にも血だまりどころか一滴の血痕すら見当たらなかったことである。武官達ははじめ何人かの生死を確かめていたが、疑ったことを謝るように鳥谷部達を見て頭を下げたのである。鳥谷部は首を横に振りそして縦に振ったのである。鳥谷部は「それは間違いではなく正しいのです」と伝えたのである。

四人が最後に入ったのはこの館で一番大きな部屋である大広間であった。中には他の部屋と同様に義勇軍の兵士の亡骸が転がっていた。二人の武官は素早く一体一体を調べ回った。傍らに立っている剣客達は誰もいぶかる様子を見せず反対に「ありがとう」と言うように黙礼を送ってきた。武官達は自分達には到底及ばない人達であることをつくづくと悟らされた。さらに武官達が驚いたのは人形のような剣客松本幸子郎を見たからである。後で二人は長官に尋ねたのである。すると長官は恥ずかしそうに「自分は目の前で見ていたが見えなかった」と子供のような返事を返したのである。それがかえって武官には理解できたのである。

剣客達が見つめる壇上には彦康と長官が立っていた。その二人の前には椅子に腰を掛けた三人の男達が彦康達を睨んでいた。三人はこの一帯を取り仕切る義勇軍の総司令官とその副官達であった。鳥谷部が彦康のところに向かっていると長官が二人の武官に壇上に上がるようにと合図した。鳥谷部と武官二人は壇上に上がると揃って彦康と長官に頭を下げて二階を一掃したことを伝えた。彦康は「一階も大方の掃除は終わりました」と話した。その後に長官は二人の副官の前に進み出て「義勇軍の副官二名は多くの罪を犯した廉により、長官（皇帝陛下）の名の下において死刑に処する」と申し渡した。そして武官達に「この二名の処刑を命ずる」と命じた。二人の副官は長官が言い終わる前に刀を抜いて長官に打ち掛かった。二人の武官は「ハイ」と言いながら刀を抜いてそれぞれの副官の刀を受け止めた。武官達の剣捌きはまさしく陰流のものであった。武官達は刀を受け止めると同時に独楽のように回って身体を捌き右袈裟に振り下ろした。峰が返された二人の刀は首をしたたかに打ち即死させ処刑は終えた。流石に師と呼ばれる武官達であった。しかし鳥谷部は刀の抜きと、相手の剣が「死の位」に落ちた時の対応（桶で水を放つが如きに打つ）の遅さが気になったのである。

最後に残ったのは仁王のような図体と顔をした司令官であった。長官は「義勇軍の総司令官を名乗るそこもとを、多くの人達を殺し、女性達を誘拐した罪、そして数多くの悪行により皇帝陛下の名の下に死罪に処す」と申し渡した。そして「死刑の執行は長官の呉が行う」と告げた。そして長官は彦康を見て頭を下げた。彦康は黙って頷いた。

総司令官はゆっくり立ち上がるとゆっくりと刀を抜き払った。その落ち着いた態度は流石であったと言うよりも舐めきっていた。長官は相手に合わせたように苗刀を抜いて構えた。その構えを見て彦康や剣客達は驚いた。今では遣う人がいないと言われる中国古来の剣技（刀法）『勢法』であったからである。（※勢法は中国刀法の一つである。勢法には七星挙勢・埋伏勢・神挙勢・当頭炮勢・鬼蹴脚勢・朝陽勢などがある。苗刀を握る右手は鍔側を持ち、左手は柄頭を握る。その構えは野球の左打者が、バッターボックスで球を待つ格好に似ている。苗刀を左肩に水平に乗せ、その切っ先は右肩の後ろまで達する）

長官の勢法の構えを見た鳥谷部達は、長官の腕前は小隊長と同じか僅かに上であろうと察した。しかし、実践経験のない長官では、仁王のような体力で百戦錬磨の司令官には到底及ばないことは明白であった。武官達は頭脳明晰な長官がただ感情に任せて戦うとは思っていなかった。そこには緻密な作戦があると考え黙認したのである。

一方の総司令官はやや低めの正眼の「辛酉刀法」であった。隙のない構えから司令官は元軍人と思われた。技量は明らかに長官の上であることが剣客達にはわかった。息を呑む静寂は二人の叫声で一瞬のうちに破られた。司令官は気合いもろとも刀を矢のように長官の喉元をめがけて突き出したのである。長官はそれを躱そうとはせず、相手よりも速くかつ大きく左足を前に突き出すと、左肩に掛けた苗刀を梃子のように一閃させたのである。司令官の突き出した苗刀は長官の頭上をかすめ頭頂部の毛を切り取った。それほど凄まじい剣先であったと言える。

それに対し長官は迷うことなく司令官が突き出した脛を断ち斬ったのである。長官ははじめからこの脛斬りだけを考えていたのである。そのため相手よりもさらに大きく左足を前に突き出し身体を沈め切っ先を躱すことができたのである。相手が左足を前に突き出すことを疑うことがなかったためできたことでもあると言えよう。無謀というものであったが、死をも恐れない「無の心」で行ったからできたことである。口で言うことはたやすいが、格上の相手との死を賭した勝負で無になることができるとは、長官の胆心は偉大であると言えよう。

脛を断ち斬ると長官は右に転がって片膝立ちとなった。出した足幅が大きすぎるため立つことができないための作戦である。そこに司令官の渾身の横殴りの一閃が見舞ったが、かろうじて躱すことができたのである。そして肩に掛けた刀を打ち下ろしたのであった。右袈裟に振り下ろされた刀は相手の首を斬ることはできなかったが、首の骨を折るのには十分であった。峰打ちではなく単に刃先が横を向いていただけであった。司令官はバッタリと地に落ちると長官もまた力尽きたように腰を下ろし喘いでいた。その喘ぎは魚が水面に口を出しパクパクさせているのに似ていた。剣客達にとっては誰もが経験することであり笑う者はいなかった。武官の二人は慌てて長官に駆け寄った。

日本の剣技において脛斬りは邪険とされていたが、女性達が使う薙刀術においては脛斬りは勢法と同様に正当な技であった。稽古において脛当ても他の防具と同様に着けて行われていたのである。

彦康は後で長官に「勝つ自信があったのですか」と尋ねると長官は「勝つとか負けるとかは全く考え

ていなかった。ただ鳥谷部先生が皆に話していた『無』になることだけを考えていました」と答えた。さらに長官は文官も護身のために刀術を学ぶことになっているため私は『勢法』を選びましたと言い、その理由は古来より伝わる中国の刀法が消えゆくのが悲しかったからですと話した。また勢法の師がいないため本を読み稽古したことを話した。最後に長官は私のような凡人には宮廷の書庫にある剣技の書物の多くは理解できなかった。剣客の方々や武官達の戦う姿を見てつくづくと日本の剣術の素晴らしさを知りましたと話した。そして即実践したのである。

武官達は義勇軍の一掃を終えると、遺体の片付けと掃除のために表裏の門の警戒に当たっていた兵達を呼びに行った。外はすでに明るく、兵達は汗だくで待っていた。武官達が訳を聞くと墓穴を掘ったからと答え、そして二階の十六人はすでに埋葬したと話した。そのあと「一階は何名でしょうか」と緊張した様子で尋ねた。武官が「十九人」と答えると兵達は揃って手を叩いたが建物に向かう足の運びは重そうであった。兵達は三十五の墓穴を掘ったため丁度の数に喜ぶと同時に、十九もの死体を運ぶことを考えると自然と足が重くなるのであった。二階から運んだ六体があまりにも凄まじかったからである。武官達はそのことがわかったが修行のためあえて話すことはなかった。

一階は武官達の指揮で片付けが始まった。はじめ及び腰であった兵達は、片足のない一体以外は皆外傷がなかったため行動は軽やかであった。ただ生死を確かめる時『もしもし』と揺り動かす仕草が滑稽であった。そんな兵達を横目に彦康達は鳥谷部の案内で二階に向かった。小隊長達が死闘を繰り広げた部屋はすでに掃除が終わり血の跡も綺麗に拭い去られていた。鳥谷部は高価なカーテンがないことに気づき、掃除や搬送に使ったことがわかった。血が飛び散ったためやむを得なかったのである。その「拭き心地」は最高であったと思われる。その部屋で小隊長以下十数名が試合を回想するかのように稽古をしていた。鳥谷部はそのまま稽古をするようにと言って監禁部屋に向かった。その時鳥谷部は細川と目で何かを語り合った。

一行の中には彦康が公麻呂に頼んだロシアの女性達もいた。そんな女性達は片時も公麻呂から離れようとはしなかった。そんな中に小隊長も加わったのである。五つの部屋の前には兵達が四、五人立っており中に女性達がいることがわかった。どの部屋のドアにも覗き窓がついていた。長官が若い兵士に対して「中の様子はどうですか」と聞くと「ハイ。わかりません」と歯切れ良く答えた。長官は「どうして」と聞き返すと「見張るように命じられておりますから」と答えた。長官は「ご苦労様」と言うしかなかった。小隊長は慌てて長官に駆け寄り「監禁部屋は十室ありますが、その中の五室に十名ずつ女性達が監禁されております」と答えた。そして覗き窓を開けて彦康と長官に確認させた。どの部屋の女性達も布団の中でまだ寝ていた。女性達にとってはあのけたたましい騒ぎは常のことであり、また石造りの建物のためさほど響かなかったのである。また女性達は起床の声がかかるまで起きないのが決まりで(日課)であった。三室の日本人の女性達は皆床の上に寝ておりロシア人の女性達は二段ベッドに寝ているのがわかった。その間に剣客達は五室の空き部屋の検索を終えていた。念には念を入れるのが士の倣いであった。

戻った剣客達は素早く女性達のいる部屋の前に立った。それを見て幸山が五つの部屋の鍵を開けて回った。幸山は鍵ではなく自分が身に着けていた小柄で開けたのである。それを見た一人の兵士が「本職は泥棒……」と口走り仲間から多くの拳固をもらった。叩かれた兵が「冗談なのに」と口を尖らせていた。

日本人の女性の部屋には剣客達が入り、またロシア女性達の部屋にはロシアの女性達が入った。間もなくするとロシア人達の二つの部屋から歓声が上がった。女性達は抱き合い大声を上げて喜びを表したのである。一方の日本人女性達の三つの部屋からは何も聞こえてこなかったのである。不思議に思った兵達が中を覗くと女性達は揃って正座して剣客達に両手をついていたのである。全く異なる情景であったが女性達の目から流れている涙は同じであった。日本の女性達は「感情を表に出さないように躾けられ」、ロシアの女性達は「喜びは素直に出すもの」と教えられてきたからである。

日本人の女性達は剣客達にお礼を述べ終えるとすぐに部屋の掃除にかかった。一方のロシア人の女性達はすぐに部屋から飛び出ようとして長官に止められた。長官はロシア語も堪能であることがわかった。そんな長官の脇には彦康と公麻呂が立っていた。女性達は三人にはにかむような笑顔を見せてベッドメイキングと洗顔の日課に戻った。その後、掃除と洗顔を済ませた女性達と共に一階に下りていくと大広間をはじめ各部屋は兵達によって綺麗に掃除を終えていた。

掃除を終えた兵達は食事の準備に駆け回っていた。喜んで女性達を手伝っていたのである。忙しそうな兵達を見て女性達は厨房に向かったのである。その後兵達は「追い出された」と残念そうに言いながら大広間に戻ってきた。それを見て鳥谷部が彦康と長官に何事かを話した。話を聞いた彦康は大きく頷き、また長官は満面の笑みを見せ、手を叩いて頷いていた。その後細川は二人の武官達に何事かを告げた。二人の武官は目を剥いて喜び弟子達に兵を集めるように指示をした。

兵達の全員が大広間に集まるのに時間は要さなかった。そんな兵達に教士が姿勢を正して「唯今から鳥谷部大老師と細川大老師による、我が辛酉刀法の祖である『陰流の真の型』を披露をしていただけることとなりました。未来永劫二度とない機会です。自分のため、辛酉刀法のため、そして中国刀法のためしっかりと学んでください」と興奮気味に伝えた。大広間は「得も言われない」緊張感で包まれたのである。

そんな中広間からは彦康や剣客達の姿が消えたのである。教士の号令で兵達は集合し壇上に向かって整列したのである。その素早い行動と節度、さらには身長順の並び替わる動きはまさしく軍人であった。それを見て鳥谷部と細川が壇上に上がった。二人は会場を見て驚いたのは長官が武官達の下に立ち直立不動の姿勢をとっていたことである。長官は一人の士として立っていたのである。皇帝の高官としては考えられないことであった。

その後、教士の「正座」の日本語の号令で全員が節度を持って正座をした。次の「礼」で両手をつき頭を下げた。全員が平伏と言えるものであった。それに合わせ壇上の二人も両手をついた。礼を終えると鳥谷部は「取り」、細川が「受け」を務めて「陰流」の型が始まった。二人が手にするのは匂うように冴えた愛刀である。二人が「本来の型稽古」を行えば弟子達には「型」（太刀筋）が見えないため二人は心配りした。これにより弟子達には正しい刀を抜く腰の捻りと構えも教えたのである。型の披露が終えると二人は無言のままはじめのように皆を向いて正座をした。兵達は膝を崩すことなく見ていたのである。上級武官（教師）の「礼」の号令で両手をついた。二人の大老師達からは一言の言葉もなかったが真に学ぶ弟子達には十分に伝わったのである。

二人が型を終えると待っていたかのようにテーブルが並べられ食事が運ばれてきた。兵達の多くは足が痺れ座ることすらままならず手伝うことができなかったのである。手伝うことができたのは武官の弟子達だけであった。

その痺れから解放されるころには会場いっぱいに置かれたテーブルの上に食べ物や飲み物が並び終えられた。食べ物や飲み物は義勇軍が強奪してきた高価な物ばかりであった。しかし、日本人達にとって食欲をそそる物はと言うよりも食べられそうな物は少なかった。しかし今回は意外にも多くの物が食べられることに驚いたのである。剣客をはじめ日本人達は後から厨房に入った日本の女性達が手を加えたことがわかり感謝した。そんな会場には多くの女性達も加わり華やかなものとなった。食事は日本人や中国人にとっては不慣れな立ち食い形式であった。

日本人にとって食事は「いただきます」からはじまり、「ごちそうさまでした」で終わるのが習慣であるが、ロシアや中国においてはその習慣がないのである。それに代わるのはその場の主賓や主が手をつけるまでは箸をとらないのがエチケットとされていた。そして皆が目を向けたのは彦康と長官であった。長官はそれを見て彦康に向かって「お願いします」と言うようにお辞儀をした。これで主賓が決まったのである。彦康は「わかりました」と言うように辞儀を返すと、おもむろに両手を合わせると「いただきます」と言った。日本人をはじめ中国の兵達やロシア人の女性達も両手を合わせ何事かを呟いた。それから一斉に女性達の食べ物との格闘が始まった。そんな女性達の食べっぷりと美しさに中国兵達は魅了され箸をとるのを忘れていたが食べ物が残る心配はなかった。女性達にとっては何処にでも移動して食べることができる「立ち食い形式」の良い点であった。後片付けも皿だけであり容易に素早く終えることができたのである。そんな片付けを笑顔で手伝ったのは若い兵達であった。そんな兵達を見て上官達は「仕事もあんなだったら」とぼやいていた。

　そんなさなか彦康と長官は話し合っていた。長官は念願の義勇軍を一掃したことへのお礼を述べるとその後で「これで死んだ人達に責任を取ることができます」と言って辞職する意思を伝えた。さらに「死んだ兵士達は、義勇軍との戦いで戦死したと報告します」と話した。彦康は「日本に『仏作って魂入れず』という諺があります。もし、貴方が責任を取られると言うのであれば、貴方がなさろうとしている『農民達への手助け』を自らの手でやられるべきではないでしょうか」と諭した。長官はしばらく考えていたが決心がついたように彦康に向かって丁寧にお辞儀をした。無言であったがその瞳は「自らが農民のためにやる」と言っていた。

その時林と宮崎は彦康の命により妓院に向かっていた。妓院の女性達の代表をせつ達と話し合わせるためであった。しかし、女性達はすでに榊が寄こした馬車で向かっていた。林達は空振りとなり帰ろうとすると女性達に引き止められ「モテるのは辛い」と言いながら這々の体で逃げ帰ったのである。

彦康達は多くの女性達を連れての帰途であった。女性達で溢れた馬車は何台にも連なった。ロシア人の女性達の乗る馬車の騒々しさは凄まじく、引く馬達でさえも耳を前に向けていた。そんな馬車を警戒して歩くのは忍耐強～い？ 若い中国兵達であった。

一方、榊をはじめとして役所に残った女性達（日本人芸者の三人、慧生、せつ、芸者修行を終えた者達、新しく連れてこられた者達）、さらには妓院で働く代表達が加わり話し合いが行われたのである。はじめに話し合われたのは日本人芸者となった女性達のことである。中国においても朝鮮の妓生と同じ「妓女」という制度があった。朝鮮の「妓生」と異なるところは妓女は「宮妓」・「営妓」・「官妓」・「民妓」と分かれていたことである（※「宮妓」は皇帝の後宮に所属し、後宮で業務を行ったり技芸を学んで皇帝を楽しませる女達である。この女達から「后妃」に取りたてられた者もいた。宮妓には罪人として籍没された女性や外国や諸侯、民間から献上された女性も多くいたのである。「営妓」は軍隊の管轄に置かれ、軍営に所属する官人や将兵をその技芸で楽しませた。「官妓」は中央政府の教坊や州府の管轄に置かれた。また「民妓」は民営の妓楼に所属し売春が主であった。「宮妓」は身分は低いものの、皇帝の側に仕えるため皆から一目も二目もおかれる立場であった。始皇帝の母にあたる「趙姫」も官妓であった)。

日本芸者になるために頑張ってきた女性達は皆「宮妓として売られることを切に願っています」と話した。また、新しくしく連れてこられた二十名の「婢」の女性達は「日本芸者として宮妓になることだけがただ一つの望みなんです」と訴えた。そこには同情を煽る涙などは必要がなかった。蔑まれる妓女が唯一の夢とは聞く方が涙を堪えなければならなかった。

そんな女達の心を知る芸者の小亀が「私は女性達の唯一の夢であるならこの制度を残すべきだと思います。そのために私は残るつもりです」と祇園芸者の気概を気負わずに話した。これを聞いて小亀が前から考えていたことがわかった。慧生は「そうなれば私もお手伝いさせていただきます」と躊躇することなく語った。二人の話を聞いて修行を積んだ女性達や新しく来た女性達の目からはじめて涙が溢れ出た。このことを帰って来た彦康達にせつが伝えた。その後に小亀が「私が残ると話すと二十人の弟子達が『私が代わります』と申し出たんです」と涙を潤ませて語った。さらに小亀は「自分の夢を捨ててまで他人に尽くそうとする心はすでに『大和芸者』の特級酒です」と酒を吟味するかのように冗談っぽく語ったのであった。

次に話し合ったのは「妓院」の女性達のことであった。妓院の代表者達は「芸もなく、美人でもない婢の私達は朝鮮に帰っても妓生になることもできません。私娼になるしか生きるすべはありません。地獄のような生活に戻るなら、このままこの地で働かせてください」と必死に訴えた。極悪な義勇軍の扱いよりも、朝鮮国での扱いはそれよりも何倍も悪いことがわかった。正に人間の扱いではなかったのである。

また代表達は「この地には先祖を同じくする人達も多くおります。今男の人達が少ないので人手不足な百姓を手伝わせてください」と頼んだのである。そんな代表達が頭を下げたのは慧生に対してであった。慧生は「そのことは言葉のわかる私から長官閣下にお話し致します」と気負うことなく話して女性達に頭を下げげた。貴人に遣える榊とせつはそんな慧生を見て、主達と同じものを感じたのである。この時慧生は榊達に「ここの軍（駐屯地）には売店や『酒保』（食事やお酒を供するところ）がありません。今の館をそれにしていただけるように頼んでみてはは如何でしょう」と話したのである。さらに「農業を手伝ってもらうことができればお互いにとても良いことだと思います」と話した。榊をはじめ、誰も異議を唱える者はいなかった。

帰ってきた彦康や長官は、小亀や慧生達から話し合いの結果を聞くとすぐに同意したのである。朝鮮人の女性達をはじめ人手不足の村人達、そして軍人達にとっても最高の案であったからである。その管理を村長に言い渡したのである。村長は村で唯一の収入源ができたため女性達よりも喜んでいた。その時長官は榊達から「酒保」という言葉を聞いて息を飲んだのである。酒保という言葉は宮廷内にある「酒処」を示すものであり他には使われることはなかったからである。ましてやこの言葉を知る者は宮廷の一部の人達だけであったからである。長官はその驚きと動揺をしっかりと腹に仕舞い込んだのである。

一方彦康は芸者小亀の決断に驚きその目を見据えたが、決意の固さを知り頷くしかなかった。そして長官に身柄を頼んだのである。長官は素早く決断すると「義勇軍の建物を『文化館』にして村人の教育・

福祉・衛生の場としてそこの師として迎えたい」と述べたのである。頭の回転も速く万事に長けた科挙ならではの発案であった。またこの時彦康は長官が小亀を館長にしないのは「いつでも日本に帰ることができるように」との考えであることを見抜いていた。彦康は小亀に「師として迎えたい」長官の意思を伝えると、「大任ですがお引き受けさせていただきたいと思います」と目に力を込めて答えた。これで小亀と芸者志願の女性達の身の振り方が決まったのである。

次に長官は管内に残っている村長はじめ皆を前に（この中には公のバイヤー達もいた）して「義勇軍の館を『文化館』にする。そこの師として小亀さんを迎える」と告げたのである。また文化館の管理は「省」が行うものとすると伝えた。その責任者は当然長官であった。さらに妓院を『餐庁（ツアンテン）』と名を改めて村が運営し、村人や軍人達の憩いの場にすることを伝えた。さらに妓院の女性達が望めば中国籍を与え、圏山村の村人（平民）とすることを約束した。東北地方の行政をはじめ軍等も含め全権を一手に担う長官だからなせるものであった。これを聞いて彦康達は長官の考えも皆と同じであったことを知った。長官の話を聞いた妓院の代表や新しく連れてこられた朝鮮の女性達の喜び様は何事にも動じないゾウガメでも逃げ出すほどのものであった。

最後は慧生の処遇であった。長官は慧生に「名前はどのように綴るんですか」と尋ねた。慧生は少し間をおいて「名字は、聡明な心の慧心の『慧』で、生活の『生』で『慧生』と言います」と答えた。それを聞いて長官は「慧・生」女士（さん）ですねと気軽に言った。慧生は一重の切れ長な目で「ハイ」と答えた。その時慧生の瞳に苦汁と悲しみが過るのを見逃さなかった。長官は名前が慧生であることを確信したが自分の考えを心の底に仕舞い込んでから、「慧・生さん。これからもよろしく」と気軽に話しかけたつもりであったが、身体は自然と立ち上がり頭を下げていた。長官はアッと思ったが態度に出すことはなかった。これは役人の身についた性である。彦康はそれを見て慧生の身分を改めて認識させられた。長官はすぐに皆に対し「文化館の館長には『慧・生』女士を任命します」と伝えると慧生に目を向けた。慧生は長官の思いやりのある目を受けて黙って丁寧に頭を下げた。不自然なことに慧生が頭を下げる前に長官の頭が下げられた。

頭を上げた二人は彦康に向かって「ありがとうございました」と言うように揃って頭を下げたのである。彦康もそれに合わせ丁寧に頭を下げ返した。そこには小亀をよろしくとのことや、黒戸（無戸籍家族）である慧生が戸籍を得た祝いも含まれていた。当然ではあるが黒孩子（無戸籍の子供）と呼ばれる慧生の二人の子供も含まれる。中国では今でも転居の自由がないため黒戸・黒孩子が多くいるのである。

長官の話が終わると人々はそれぞれの場所に嬉しい土産話を持って帰って行った。その足取りは皆軽やかであった。そんな中で緊張した顔をしていたのは今から行き先の決まる女性達であった。また外に出た剣客の成田はお天道様に向かって「やっと子供達との約束を果たすことができた」と言って両手を合わせた。それを見て須藤が「成田さんの細い目では、まぶしさは感じないだろうな」と羨ましそうに呟いていた。また細川が「取り押さえた二人はどうなったのかな」と言うと、誰かが「有罪だから」と言っただけである。それを聞いて剣客の何人かは身を震わせていた。

無事に女性達を助け出し役割を果たしたが気がかりなことは残る芸者の小亀のことであった。船頭の榊が「一年後に迎えに来ます」と気軽に話しかけると「ご厚意ありがとうございます。私は『生き甲斐』を見つけたので当分ここにいようと考えております」と言って勝手を謝った。これを聞いて長官は「もし、小亀さんが帰りたくなったら私がサハンの駐屯地までお送りします。何せ、ここには日本まで行ける船がないので」と詫びるように話したのである。そして「それまで文化館の慧生さんを助けていただきたい」と頼んだのである。小亀が大きく頷いたのを見て彦康達は別れを告げて櫛引丸に足を向けた。

出港に際し見送りに来た長官と小亀に対して彦康は「オモテストクの女王陛下とサハンの司令官には話を通しておくので」と言い大きく頭を下げた。そして彦康は一本の煤けたような扇子を小亀に手渡さず帯に差してくれたのである。簪《かんざし》はよくある話であるが扇子を帯に差してやることは稀なことである。小亀は彦康の意を汲んですぐに手にすることはなかった。見送りを終えた小亀は扇子を手にして唖然となった。芸者にとって扇子はなくてはならない物であったため当然小亀も扇子には詳しかった。何の変哲もなく使い古しのように見える扇子を手にした時唖然としたのである。これほどの逸品を見たことがなかったのである。それは要（「要目」とも言われ、元は「カニノメ」から来たと言われている）に使われている金具は銀製で、黒の漆が塗られ親骨の色と同化していた。また親骨は虎斑竹《とらふだけ》のそれも長年燻された「煤だけ」であった。中骨は爽やかで甘みのある高価な「白檀」が使われていた。扇面には段々と白くなると言われている「関東秩父の小川和紙」が使われていた。扇面の表面には「葵の御紋」が刷り込まれ、裏面には墨跡鮮やかに「この者、『大島屋小亀』我が友なり」と書かれ、彦康の花押が記されていた。これを見て日本一の芸者と謳われる祇園芸者の小亀でさえもたまらずに、その場に跪いて立ち去る櫛引丸を追って両手をついた。

第四章　それぞれの道に

アドリアンの救出劇

櫛引丸は岬の駐屯地に立ち寄ると多くの人たちが出迎えた。二人の少女は父親やヘルマン達とのハグを終えると、駆け足で渡し板を渡るとせつと彦康に抱きついたのである。その後一人一人に頭を下げ終えると二人は駆けっこするようにメインマストまで走り寄り見上げたのである。するとレイが帆の陰から顔を出して「ニャーオ（こんにちは。リュウさん早く出て来なさい）」と挨拶し呼んだのである。リュウは「ハーイ」と返事をして甲板に巻かれて置かれたロープの間から姿を現した。リュウが隠れていたことがわかった。少女達は我先にとリュウに駆け寄り取ろう（掴もう）とした。そして勝って先に抱き上げた少女はリュウを抱き締めてから何度も頬ずりをした。他の少女は「もう良いでしょう」と言って無理にリュウを取り上げ何度もキスをした。取られた少女は「それずるい！」と言って取り合いとなったのである。リュウは堪らずにレイの下に逃げ込んだのである。そんなリュウに「逃げ出すのが遅いわよ」と言って拳骨を見舞い、二人に向かって「さようなら」と笑顔で声をかけた。リュウはレイに引っ張られ顔を出して別れを告げげた。そんな二匹を見て少女達は連れて帰るのを諦め「レイさん、リュウちゃんをよろしくね」と言って駆け出し架け橋を渡って待っている父親達の下に向かった。そんな少女達を見てレイは「女の子はもう少し『お淑やか』でなければお嫁に行けないわよね」と言ってリュウを見た。リュウは何度も頷いて見せた。

櫛引丸の甲板に整列した彦康達は大きく手を振り別れを告げてサハンの駐屯地に向かった。サハンの岸壁は軍人達が総出で出迎え、さらに町民達も加わり埋め尽くされていた。こんな歓迎は女王陛下行幸以来であると司令官のグリゴリーが語った。彦康ははじめ、司令官に経過を伝えた後すぐに女王陛下の下に向かおうと考えていたのである。しかし、前の女性達と同じように助け出した女性達に頼まれて滞在することとなったのである。男達はまたもや女性達の心の広さを感じさせられたのである。頼まれた司令官や町長達は喜び挙って引き受けたのである。その後彼女達は前と同様に仕立てられた馬車で観光し、夜は晩餐と夢のような二日間を過ごしたのである。その間剣客達は軍人達に剣術の手ほどきをし、また水夫達には操船を指導したのであった。そのため休むことはできなかったが、楽しそうな女性達を見て疲れは吹き飛んだのである。

櫛引丸は溢れる人々に見送られ出航した。湾の出口にさしかかるとヘルマン兄弟の二隻の艦船が待ち構えていた。二隻は警邏の交代をしているところであった。二隻の兵達は甲板に整列して櫛引丸を見送った。また岬の突端の見張所には兵達に混じって二人の少女が手を振っていた。そんな人達に櫛引丸の乗員達は頭を下げて別れを告げたのである。その中には「感謝の礼」が深く込められていた。レイとリュウは小さな手を合わせていた。

メタン河を南下した櫛引丸は河口にたどり着くと停泊し赤い狼煙を上げた。そして頃合いを見計らい艀を降ろし海岸に向かったのである。艀は水夫の二唐が舵を、そして安藤は櫓を握り、他には彦康と公麻呂が乗っていた。

船が海辺に着いて半刻過ぎたころに一台の馬車が到着した。馬車の後ろにも多くの人達が付いてきた。その中に年若い和服姿の女性達の姿もあった（※このころの日本では十四、五歳で結婚するのが普通で、二十歳を超えると『年増』と呼ばれていた）。

手綱を握っていたのは新所官区長となったアリベルトであった。馬車から降りたのは高齢者と歩くのが不自由な村人達であった。本来馬車には日本人の女性達が乗るはずであったが心優しい女性達が代わったのである。アリベルトと五人の女性は公麻呂がいることを知るとその場に正座して両手をついたのである。その後には助け出したアリサの姿もあった。村人達もまたその場に両膝をつくと手を合わせて頭を下げたのである。公麻呂はこれを見て慌てて駆け寄ると「アリベルト。友に対し堅苦しいぞ」と言い、また六人の女性達に「石下珠代さん、大山りゑさん、きみさん、てつさん、ともさん、アリサさん手を上げてください」と優しく語りかけた。名前を呼ばれた六人は尚更固まったのである。日本人五人の名前はアナトリーじいさんの孫娘であるアリサとアリベルトから聞いていたのである。公麻呂はアリベルトを立たせると彦康も加わり三人で村人達に手を貸して立たせたのである。しかし女性達は両手をついたままであった。彦康はそんな女性達に「皆さん。公麻呂さんが困っておられますよ」と優しく助け船を出したのである。その言葉につられるように五人の女性達は顔をゆっくりと上げて彦康を見たのである。そんな女性達の目は瞬時に見開かれ顔色も変わり平伏したのである。そんな女性達の手や肩は怯えるように震えていた。はじめ公麻呂の存在に驚かされ、そして眉目秀麗な彦康の出現に驚かされたのである。さらにその若者の着物には「三つ葉葵の御紋」が染め抜かれていたのである。女性達が怯えるのもわかる気がする。人々にとっては閻魔様に会うよりも三つ葉葵の若様に会うことの方が難しく思われるからであった。

公麻呂は「ここにおられるのは徳川彦康様です。彦康様も私も一介の同胞として皆さんをお迎えに来ました。だから皆さんも気を使わないでいただきたい」と気軽な口調で話しかけた。しかし女性達は頭を上げようとはしなかったのである。それを見て彦康は「頭を下げるのは私の方なのです」と言って座ろうとした。それを察した珠代は咄嗟に止めさせようと両手を突き出したのである。その両の手のひらはあろうことか彦康の胸の家紋を押し潰したのである。珠代は「アッ！　やっちゃった」と目の前が真っ暗になったがすぐに気を取り直して「申し訳ございませんでした」と謝り平伏したのである。死の淵から生き延びた珠代であったため落ち着きを取り戻したと言えよう。そんな珠代からは「切腹を前にした武士」から醸し出されるものと同じものを感じた。珠代は手打ちになることを覚悟してひれ伏したのである。そして地につけた頭の中で短い人生を回想していた。

珠代は伏したまま心が落ち着くと「最後にもう一度若様を見て死にたい」という願いが湧き上がったのである。その時肩に手がかかり「顔を上げなさい」と優しく声がかかった。珠代は逆らうことはできずゆっくりと頭を上げて静かに目を開けたのである。その目の前には先ほどの匂うような凜々しい彦康の顔があった。見間違いでないことがわかった珠代は「もうこれで死んでも悔いはない」と心から思ったのである。そして無礼を顧みず彦康に見入っていると、彦康が頭を下げようとしたため珠代は慌ててにじり寄った（止めようとした）。彦康の額が珠代の胸に当たったのである。彦康が「ご無礼致した」と謝り二人の目が重なり合った。そして二人の顔がほころんだのである。これを感じて他の五人も顔を上げたのである。その時珠代は胸の痛みよりも「もう少し大きければ」という思いが大きかった。

その時アリベルトが彦康の前で正座すると「所官区長のアリベルトです。お預かりしておりました五人の女性達です」と彦康に日本語で紹介した。彦康は丁寧に頭を下げてお礼を述べると倣うように公麻呂、二唐、安藤も頭を下げた。そして立ち上がるとアリベルトはアナトリー爺さんやアリサを助けてくれたことの礼を述べた。しかし、六人の女性達だけは正座のままであった。その時一人の女性が「私は初盛村の漁師の娘『きみ』と言います。私は残って亡くなった「サカ」ちゃん達のお墓を守っていきたいと思っております。どうかお許しくださいませ」と消え入るような声で願い出たのである。その後を継ぐように珠代の後ろに座る女性が「直に発言することをお許しくださいませ。私は大山りゑと申します。きみさんとさかさんは無二の親友でした。さかさんのお墓は前の所官区長様が建ててくださいました。また、それ以前に亡くなった日本人の女性達のお墓もあります。きみさんはさかさんが亡くなった時からお墓を守って行きたいと話しておりました。どうかその希望を叶えていただけないでしょうか」と助言し両手をついた。それに倣うように他の女性達も頭を下げたのである。さらにアリベルトが日本語で「もしお許しがいただけるなら、私が責任を持ってきみさんをお護り致します」と話し頭を下げた。それに倣うように村人達も頭を下げたのである。ここで助けられた石下珠代と大山りゑは貴族（公家）の娘達である。他の飛内村のてつ、又村のとも、初盛村のきみは皆同じように漁師の娘であった。

彦康達はきみが村にとって大切な存在であり、また村人達から信頼されていることを知った。またアリベルトがきみに寄せる心を感じ取ったのである。彦康はきみの前に座ると「きみさん」と呼んだ。きみは反射的に「はい」と返事をして顔を上げた。そのきみの目を彦康はジッと見つめてから「決意のほどがわかりました。よろしくお願いします」と頭を下げた。きみの目はその間彦康の目から離すことはなかった。彦康の言葉を聞いたきみは「ありがとうございます」と言って泣き伏した。

彦康が許したのはアリベルトと会って、公麻呂が見込んだ通りであることを知ったためでもあった。そのあと彦康は公麻呂と話し合っていた。そして戻ってくると一通の書状をきみに渡したのである。

下記

京都　初盛村　白馬丸　娘　きみであることを認む

近衛公麿呂　花押

前記の者　特認するもの也

徳川彦康　花押

という内容の覚書であった。また「京」とは天子の居城を示し、「都」は天子の常居である集落を示すものである。よって公麻呂が身元を認めることとは最適任であった。また、彦康の許し（渡航等）があれば鬼に金棒で何時でも帰国が可能であった。

きみは手にした書状に目を通したのである。村人達はすでに日本人は皆読み書きができることは知っていたため驚くことはなかった。そのきみが書状を手にしたまま身体を震わせ失神したのである。五人の女性達は慌ててきみににじり寄り介抱したのである。そして五人もきみが手にしていた書状（覚書）を見た。文面を見た珠代は震える手を袂に隠し（包み）て、書状をたたんで抱き起こしたきみの懐に仕舞ったのである。珠代の直に書状に触らない気配りであった。その奥ゆかしい仕草に村人達も見惚れていた。そして目覚めたきみと共にお礼を述べたのである。

その後に彦康は公麻呂から聞いていた「軍船も着港できる港の構築」について女王陛下に提言すると話した。そのため港の建設等に詳しい二唐を榊が寄越したのである。二唐は地形等を見て最適な場所や大がかりな工事が要らないことを話した。港ができれば村人にとっては大助かりなのである。また、朝鮮の拉致船の警戒にも役立つのである。最後に彦康は「もし、きみさんが帰国を希望する時はお手数ですが我が国の美浜、小浜、高浜のいずれかの港まで送っていただきたい」とアリベルトに頼んだ。またそのことは女王陛下に話しておくと付け加えた。アリベルトは「わかりました」と答えて手を固く握った。その後アリベルトの目は自然にきみに向けられた。そんなアリベルトを村人達は微笑んで見ていた。それを知ったアリベルトのうろたえる姿が初々しかった。そしてアリベルトはきみに「今聞かれた通り帰りたい時はいつでも話してください」と話した。二人は目を見つめ合い頷き合った。

その後全員で墓に行って手を合わせた。墓はオモテストク東端の日本海に面した最南端の日本に最も近い浜辺にあった。上陸した場所から近かったためさほど歩くことはなかった。墓にはロシア正教の十字架が二本立てられ、その下に二個の墓石が置かれていた。墓標には何も記されていなかった。その訳は村人やポケットの司令官となったアリベルトの父アリョーシャが、所官区長や分遣隊長が交代した時、取り除かれることを恐れてのことであった。さらに、アリョーシャが来る前まで一個であった無名の墓石を村人達が護ってきたのである。その墓には五人の日本人の女性が眠っていた。アリョーシャはその隣に「サカ」の墓を建てたのである。きみはそんな墓に手を合わせ「お墓にサカちゃんの名前がないんです」と悲しそうに話した。それを聞いて公麻呂は彦康に話しかけた。彦康は頷くとアリベルトに「墓標に『サカ』とロシア語で書くことをお許し願いたい」と頼んだのである。アリベルトは大きく頷くと手を叩いて「ナイスアイデア」と喜んで同意した。そして彦康が日本語の原文を書いた懐紙を二枚渡すと、原文の脇にロシア語を筆で書いて返したのである。一枚は「サカここに眠る」、他は「日の本の女性達ここに眠る」であった。その一枚を公麻呂に渡し二人は十字架の背に卒塔婆のように筆で書き写したのである。そのでき栄えはいずれも日本海を背景にした一幅の名画（書画）と呼べるものであった。

名画を目にした一人の老人がアリベルトに何事かを頼んでいた。アリベルトは彦康達の下に来て「懐紙を頂きたい」と頼んだのである。彦康と公麻呂はすぐに懐から懐紙を取り出すと老人に差し出した。

老人とアリベルトは慌てたように両手を振った。アリベルトは「すみません。欲しいのは先ほど書いたものです」と言って謝った。彦康達が書いた懐紙を老人に渡すとアリベルトは「老人は石工で墓石に彫るためなんです」とその理由を説明した。西洋は石の建物が多いためどんな寒村にも石工がいるのである。彦康と公麻呂そして周りの人達も老人に頭を下げた。

村人達の墓参も終えるころ浜辺に三隻の小船が着いた。救助用の船にはせつをはじめ剣客や水夫、そして女性達が乗っていた。墓があることを知って皆が墓参りに来たのである。彦康がきみに置いていくための物を二唐に頼んだため、取りに戻った二唐から聞いたのである。そのため二唐の船には多くの荷が積まれていた。荷を見た珠代達は「まるで婚礼のお荷物ね」と話し合っていた。そんな婚礼道具の中には坊さんの林世潮胤が与えたサカの戒名が書かれたありがたい位牌一柱も積まれていた。位牌は二唐の懐の中にあった（※「ハシラ」は神や神体、神像、遺骨を数える語である。また、墓の量数に「基」を使うこともある）。

他の一隻はロシアの救難用の小舟であった。その船には水夫頭の古藤彦多太郎や見慣れない和服姿の女性達の姿があった。古藤は彦康の前に来ると両手をついて「この十名の女性達を救助しました。詳細については後に報告致します。他は人員装備異常ありません」と相変わらずの堅苦しい報告であった。紹介された十人の和服姿の女性達は石ころを舐めるかのように平伏していたのである。それを見て彦康は急いで女性達の下に来て「疲れているのに墓参いただきありがとうございます。私達は終わりましたのでどうぞ」と話した。しかし、誰一人として立ち上がるどころか顔さえも上げようとはしなかった。それを見てせつは「彦康様のお言葉ですよ」と少し強めながらも優しい口調で促した。そうでもしなければ女性達が顔を上げないことを知っていたためである。女性達は焦るように顔を上げるとせつに目を向けた。せつの笑顔を見て女性達は安心したように両膝に手を戻した。せつは彦康に謝るように頭を下げると「さあお参りしましょう」と言って女性達の先頭に立って墓前に向かった。

その後に二唐が「私がつい口を滑らせたために多くの人達が来てしまいました」と言って彦康に謝った。また船に残った人達は船上から手を合わせていることを伝えた。また来る人数が多かったため合流したアドリアンの『艀船（救助用伝馬船）』を借りたことを話した。彦康は「亡くなったサカさんや五人の女性達の最高の供養になります。ありがとう」と反対にお礼を述べた。そんな墓の前で手を合わせる人達の膝の下には小さな座布団が敷かれていた。せつがレイ達から借りて来た座布団であった。座布団はレイとリュウに代わって何度も何度も墓に頭を下げていた。

村人達はロウソクの横で煙を上げる香ばしい線香の匂いにうっとりとしていた。その線香の煙で蚊が落ちるのを見た村人達はきみの傍に来て「人間は大丈夫か」と聞いた。きみは「大丈夫よ！　これよりも強～い『蚊取り線香』でも赤ちゃんが昼寝する時には横に置いておくの」と教えた。きみはそのことをせつに話した。するとせつは彦康に伝えたのである。彦康はすぐに水夫の渡辺を呼んで蚊取り線香の作り方をきみに教えるように話した。農事や庶民の暮らしに詳しい渡辺は、すぐにその製法を紙に書いてきみに渡したのである。後にこのこの村（部落から後に村となった）で作られた「蚊取り線香」は蚊の天国であるロシアにおいて人々から重宝がられ村人達が潤うことになるのである。墓を護ってきてくれた村人達へのお礼となったのである。

墓参りを終えると女性達は皆きみのところに集まり別れを告げた。女性達は思いとは反対に誰も「一緒に帰ろう」とは言わなかった。きみの瞳を見て意思の固さを知り、言えなかったのである。そんな女性達はせめてもと形見分けとして何かを贈ろうとしたが、拐かされた身でめぼしい物は何一つ持っていなかったのである。やむなく女性達は身に着けていた半衿、帯揚げ、帯締め、帯留め、草履等を渡した。そんな女性達が小船に戻る足取りや姿は滑稽であったが笑う者はいるはずもなかった。

女性達が櫛引丸に戻ると手動の昇降機が活躍しはじめた。喜ぶ女性達を見てリュウが「僕も乗ってみたいな～」と言って、レイから「引き上げる人達のことを考えて」と言われ拳骨をもらった。リュウは「すみません」と言って「せつさんが座布団を忘れなかったか確認してきます」と駆けだした。そんなリュウが昇降機のところに来ると「リュウ。乗りなよ」と誘われた。リュウが断って縄ばしごを降りようとすると「怖いのか」と笑われたためリュウが「怖くないもん」と言ってブランコに飛び乗った。ブランコに揺られながら降りるリュウは「またレイさんに……」と身を固くしていた。

全員が櫛引丸の甲板に上がると、アドリアンから三発の別れの砲が発射された（※ちなみに日本においての礼砲は、皇礼砲～天皇陛下二十一発からはじまり代理領事の五発と決められ、その発射間隔は毎発五秒と決められている）。

彦康が望遠鏡を覗くと、きみは浜辺に立って左手にサカの位牌を抱き右手を振っていた。きみの顔は寂しそうであったが悲壮感は感じられなかった。そんなきみの後ろでアリベルトが手を振っていた。アリベルトを見て彦康は「大丈夫だ」と安心感が心を占めた。そして彦康が手を振ると甲板の人達も合わせるように手を振った。

そんな彦康の下にアレクセイが、今アドリアンの艦長代行の水夫頭・古藤多彦郎、通訳の酒井悦子、そして剣客の杉山正樹、小島均八郎、高畑晴吉、田澤敏勝胤、新渡正造、そして水夫の荒谷三枝五郎、奥寺愛之丞、日影館篤馬、斉藤秋月と共に顔を出した。アレクセイに彦康が女性達を救助したことへのお礼を述べた。アレクセイは照れた素振りで「いや！　残念ながら奴らは悉く先生方が成敗なされました。我々オモテストクの鋭兵にも全く出る幕はありませんでした」と話した。そしてアレクセイは「次の航海は自分達だけで操船するのでそれを古藤艦長達に見てもらいたいのです」と言い彦康に古藤達の同乗を頼んだのである。兵達の腕が上がれば「拉致船」の確保にも役立つことを知っているため彦康はすぐに承諾した。また古藤達も喜んで同乗することになったのである。

また、アレクセイは今回の航海で船員にとって食事がいかに大切であるかを痛感しましたと語った。それはアドリアンが今日まで一度も寄港せずに航海したが体調を崩す者が一人も出なかったからである。従来は肉が活力源と思い肉ばかりの食事であったが、今回は献立を荒谷さん達（奥寺・日影館・斎藤）の助言によって、野菜や果物、そしていつでも手に入る魚料理も加わったことを話した。本音を言えば私をはじめ兵達は師の献立に文句も言えず嫌々ながら食べていたことを話した。しかし、日が経っても誰一人として体調を崩す者が出なかったので、兵達は『食事の献立』に原因があることを知ったと語った。そしてアレクセイは「あの献立をオモテストク海軍の全艦船に配布します」と意気込んで話した。今度の航海の献立を楽しみにしていることをこっそりと彦康に話し、舌なめずりをしてみせた。そして古藤達の同行の承諾を得たアレクセイは満面の笑みでアドリアンの兵達に向かって万歳するように両手を突き上げてみせた。これを見た兵達は「ハラショー（ブラボー）」と叫び声をあげて喜んでいた。そして戦艦アドリアンは古藤達との最後の警邏に出航したのである。

ポケット港から出航したアドリアンは今日まで休むことなくメタン河の河口から京の沖合までの日本海を見回り続けたのである。その甲斐あって過口、高田藩（別名「福嶋藩」）の沖で航行する和船の回漕船（回船）と遭遇したのである。望遠鏡を覗いた水夫の奥寺は、すぐに回船は和船を模したものであることを見抜き艦長代行の古藤に伝えた。古藤はアドリアンを通常の航海のように「左船優先」のまま航行させて様子を見た。その間にアドリアンからは褌（ふんどし）姿の二人の男が海に飛び込んだ。男達は小刀を背負い、内鉤（鉄のフックに細い麻縄を結んだもの）を褌の背に挟み、その縄尻を口に咥えていると報告された。二人は小野派一刀流の杉山と馬庭念流の小島であった。日本において決して見られない格好である。

一方のすれ違う偽装船は、甲板に和服姿の船頭と思われる男と褌姿の水夫達が並んでアドリアンを見上げて何度も頭を下げていた。そんな男達の背後に杉山と小島が立つのが見えた。二人は内鉤を使って容易によじ登ったのである。二人を見てアドリアンはすぐに旋回をはじめた。回船の甲板では杉山と小島は男達の言葉や褌の縛り方から日本人でないことがわかり声をかけた。振り向いた男達が驚いて得物を抜いて斬りかかってきてから背の小刀に手を掛け一閃させたのである。

船頭らしき者をはじめ褌姿の五人は一瞬のうちに首を斬り飛ばされ胴体と共に海に消えた。あまりの素早さに甲板は男達の血で汚れることはなかった。信じられない光景をアドリアンの甲板から見下ろしていた兵達は、何が何だかわからずただ呆然としていた。

小島と杉山は何事もなかったかのように血振りを終えると背の鞘に戻し、杉山は舵に走り寄りまた小島は船艙の扉に身を寄せて中の様子を窺った。ほどなく追いついたアドリアンから剣客の高畑、田澤、新渡、そして水夫の奥寺と日影館が回船に飛び降りた。その後を追うように士官の一人がロープを伝って降り立った。若き士官がアレクセイにオモテストク海軍の面目が立たないと訴えて許しを得たのである。その時長官は「絶対に邪魔はするな」と厳命することを忘れなかった。

舵を代わった杉山は小島と二人で船艙の扉に身を寄せた。船足が乱れたため不審に思った男が二人、得物を手に「どうした」と言いながら出てきたのである。杉山と小島は素早く背の刀を抜くと、峰を返し男達の頸椎を打ち砕き刀を背に戻した。血を見ないための『棟打ち』（峰打ち・背打ち）であった。二人は倒れてくる男達を肩で受けると優しく海に葬り手を合わせていた。その時三人目の男が戸を開けて現れたのである。それを見た新渡は素早く男に飛び掛かり口と手を塞いで床に押さえつけたのである。男は日本の侍とわかり、暴れることを諦めたように大人しくなった。そんな男に新渡は身振りや手振りで「中に仲間は何人いる」と聞いても答えようとはしなかった。新渡は海の男達だけにわかる「言わなければ縄を掛けて船の下を潜らせるぞ。何回耐えられるかな」とゼスチャーを示しニィと笑って見せた。男は一瞬にして震えだし指を三本立てた。さらに新渡は小指を立てると男は観念したように「十」と言って人差し指と中指を立て交差させた。流石に水軍（海賊）の頭領（賊長）の息子である。海の男に対する拷問にも詳しかった。このやりとりを見ていた士官は「剣客と言いながら海賊のようでもあり、水夫と言いながら侍のように強い、こんな日本人達とは絶対に戦いたくない」と恐れ身が震えるのを覚えた。

その後、新渡は知らせるためにアドリアンに戻った。士官は男を見張ることとなった。男の殊勝さと新渡の拷問にも似たやりとりに、士官は同情し男に縄を掛けなかったのである。一方剣客の高畑は甲板の隅々まで念入りに検索していた。すると突然前方に殺気を感じたのである。高畑は素早くその方向に走り寄った。そして目にしたのは捕らえた男が右手に握った銛を振り上げて士官に突き刺そうとしていたのであった。男は士官の隙を見て立て掛けてあった銛を手にしたのである。一方の士官は腰を抜かし、両足を前に出し、両手を阻止するかのように突き出していたのである。危機一髪の状況を見た高畑は咄嗟に小柄を男の右手首に目がけ投げ打ち、走り寄って愛刀を一閃させたのである。その高畑の素早い小柄の操法や剣捌きを目にした兵は一人もいなかった。また投じた小柄は狙い違わず男の右手首に刺さり腱を断ち切ったのである。男は痛さを感じる間もなく頸椎を打ち砕かれていた。高畑はこんな状況でありながら刀を返して棟（峰）打ちで仕留めたのである。そんな男の亡骸は勢いよく士官に覆い被さったのである。士官は避けることができずに男を抱き止め仰向けに倒れ、頭を打ち失神したのである。アドリアンの甲板から見ていた兵達は、高畑が投じた小柄や走り寄っての抜き打ちが見えなかったため、上官が殺られたと思ったのである。兵達は慌てて回船に飛び降りようと身構えた時、新渡に制されたのである。焦る兵達に新渡は毅然と一人の士官だけを指名して縄ばしごで降りるように指示をした。当然新渡の指示に逆らう者はいなかった。そのまま兵達が回船に飛び降りていれば多くの怪我人が出たと思われる。兵達は剣客や水夫達が飛び降りたのを見て自分達にも容易にできると思ったのである。

指名された士官は勇んで縄梯子を伝い降りたが、途中で気が逸り飛び跳ねたのである。しかし、焦っていたためバランスを崩して甲板に転がり落ちたのである。それでも士官は痛い素振りも見せず仲間の下に駆け寄った。そして覆い被さっている男の肩を掴み、首に腕を回すと全体重を掛けて勢いよく後ろに引っ張り上げたのである。男がすでに死んでいたため士官は勢い余って男の首を絞めたまま後ろに倒れたのである。そして士官は男が死んでいることがわかったのである。士官は忌々しげに男を抱きかかえたまま立ち上がると船縁まで運んで海に放ったのである。

その時士官は男の右手首に小柄が刺さっていることを知り、殺ったのは高畑であることがわかった。その小柄は埋葬の時、抜いた後で高畑に渡した。倒れている仲間の下に戻った士官は、仲間の安らかな寝顔を見て失神していることを知りホッとしたが、同時にそのことを部下達に知らせたくなかったのである。士官は一計を案じアドリアンを見上げた。その案とは甲板にいる兵達を解散させることであった。

するとそこには部下をはじめ誰の姿もなかったのである。新渡が兵達に別の任を与えたのであった。そのことを察した士官は新渡の武士の情けと言おうか「士の魂」に胸を熱くしていた。

四人の剣客達は足を忍ばせて船艙の階段を下りた。左側の船室の前には扉に背をつけて足を投げ出した褌姿の男が一人うたた寝をしていた。田澤は男の肩をポンポンと叩いて起こすと同時に鞘の先端で男の喉仏を一突きした。流石に槍の宝蔵院流と言えるものであった。田澤はぐったりとした男を軽々と肩に担ぐと葬送のため甲板に上った。

杉山は右側の部屋の前に立つと、小島は杉山に軽く頭を下げると無造作に戸を開けて中に入った。中にいた二人の男達は小島の褌姿を見ただけで仲間と思ってすぐに目を戻した。男達は日本から盗んできたお金（小判や銭）を数えていたのである。小島はゆっくりと背の刀を抜くと素早く飛び跳ね瞬時に二人を薙ぎ倒したのである。それもまた棟打ちであった。本来棟打ちは殺さないで打撃を与えることを目的で行うものであるが、剣客のそれが首に当たれば当然即死である。男達は小判の上に突っ伏し旅立ったのである。男達二人の顔は満足そうに微笑んでいた。

小島は出てきて杉山に終わったことを伝えた。杉山は後から降りて来た二人の士官達に葬送を頼んだのである。二人の返事は元気が良かったが、歩く姿は元気がなかった。中に入った二人は男達が斬られていないことを知ると急に元気を取り戻したように男達を軽々と担ぎ上げ軽やかな足取りで階段に向かった。階段を上る二人の心は小水の臭いの男達を運ぶだけの任務と汚れた自分達の無様な軍服（格好悪い）姿を部下達に見せたくなかったのである。また重くなった足取りで二人が甲板に出ると頭上から拍手が聞こえてきた。二人は聞こえないかのように無視して歩いていると拍手が徐々に増えていったのである。そして船縁につくと拍手は歓声に変わったのである。二人は男達を担いだまま見上げると、部下や多くの人達がアドリアンの甲板から見守り拍手や歓声を送っていたのであった。二人は気持ちを取り直し、男達を肩から抱き下ろすと丁寧に海に葬送し手を合わせた。そして二人はアドリアンを見上げて頭を下げたのである。この下げた頭の真意は杉山と小島に向けられたものであった。二人の士としての思いやりを知ったからである。

船艙では剣客の四人（杉山・小島・田澤・高畑）が女性達が監禁されている左側の部屋の前に立っていた。四人の剣客には扉に耳を当てなくても、部屋の中の女性達が息を殺し外の様子を窺っているのがわかった。剣客達は感情のある生き物が放つ気を読み取ることができるのである。また肌に絡みつく気配から女性とわかったのである。正確に言えば部屋の錠は高畑が笄《こうがい》（鞘の差表に差しておく箸状の物。髪をなでつけるために用いる物である。また、鞘表の一方には小柄が差してあるのが常である）を鍵代わりに使い造作なく開けた。そのあと褌姿の二人が当然のように中に入ったのである。そんな二人が部屋に入るとすぐに部屋から悲鳴が上がり、褌姿の二人が部屋から飛び出て来たのである。それを見て田澤が「いくら何でも女性の部屋に入るのにその格好では」と嗜めた。そして二人に代わっておもむろに部屋に入ったのである。すると今度は先ほどよりも大きな悲鳴が聞こえてきた。その後田澤が不思議そうに首を傾げながら出て来たのである。前の二人と違って慌てる様子はなかった。しかし珍しく考える素振りの田澤を見た小島は「田澤さん……考えていると思う?」と杉山に目で問うた。すると杉山は「……まさか……」と言うように目で応え二人は頷きあった。二人には言葉は必要なかったのである。

次に最後に残った高畑が入ることになった。高畑は気乗りがせず重い足取りで扉の前に立った。そして亀の如くの歩みで中に入ったのである。日の本を代表する剣客でさえも女性が相手ではこの有り様である。そんな高畑が入ると部屋の中から息を呑むような緊張感が外にも伝わってきた。それは噴火の前を思わせる静けさに似ていた。田澤・小島・杉山の三人は逃げ出してくる高畑のため扉を開けて待っていた。しかし三人の思惑に反し高畑は飛び出してくることはなかった。反対に高畑は引っ張り込まれ女性達の輪の中にいた。高畑は「私は皆さんを助けに来た者です」と訴えたが、女性達はしがみつくばかりで放そうとはしなかった。十人にしがみつかれた高畑は、むげにも突き放すことはできずに「田澤さ~ん。小島さ~ん。杉山さ~ん」と助けを求めた。それを聞いて三人が入ってくると十人はさらに強く抱きついたのである。それを見て田澤が「我々は日本から皆さんを助けに来た者達です」と女性達よりも大きな声を発した。女性達はあわてて高畑を解放するとその場に両手をついて三人に謝ったのである。高畑は「この褌姿の二人は泳いでこの船に乗ったため裸なんです」と説明をした。また坊主頭の田澤が「お坊様」であることを話したのである。女性達は身を震わせて謝り中には涙している者もいた。

それを見て杉山は「いや! 気にしないでください! 私達は早く皆さんの元気な姿が見たくて褌姿であることを忘れていました」と言って謝り小島に目を向けた。小島は「本当にそうなんです。しかし、褌姿よりも拙者の格好良く泳ぐ姿を見てもらいたかった」と笑いながら話した。それを聞いた田澤が「聞いていれば褌、褌と下品な言葉ばかり」と嘆いてから、「拙僧も泳ぎは得意で御座るぞ。機会があれば儂の『たふさぎ・（褌）』（※下袴・古くは『たうさき』と言った）姿を見せて進ぜよう」と言って女性達を見回した。小島は杉山に小さな声で「タフサギって？」と聞いた。杉山はわからないと言うように首を捻った。これを見て田澤は「各々方のように下品に言えば褌で御座るよ」と大声で言い放った。これを聞いた女性達は吹き出し、小島と杉山は流石に坊さんは違うと感心した。

そんな女性達の気も知らず高畑はこっそりとその場を抜け出し船の検索をしていた。その間に女性達は兵達に背負われアドリアンの甲板に立った。兵達は張り切り剣客や二人の上官の出る幕はなかった。また兵達は回船に積んでいた金の延べ棒や小判をはじめとして全部の荷を担ぎ上げたのである。荷の中には百キロを優に越す大物もあったが兵達は残らず担ぎ上げたのである。金額に直すとウン万両であった。その後回船は二度と誘拐船に使われないように持ち主達のもとに沈めたのである。

アドリアンで女性達をはじめに出迎えたのは和服姿の酒井悦子であった。酒井を見て女性達は安心したように笑顔に変わった。そんな悦子が兵達とロシア語で会話すのを見て女性達はまた不安げな表情に戻った。悦子はすかさず自分も主人の姫様と捕らわれたことを話したのである。さらに皆を助け出した四人は高名な剣術の先生達であることを伝えた。女性達は田澤、杉山、小島の三人についてはすぐに納得した様子であったが、高畑だけはどうしても納得できない様子であった。酒井もまたそれを見てわかる気がした。

その後アドリアンは女性達に同意を得て警邏を継続したのである。アドリアンの熊のような大柄な兵達が娘や妹のように優しく気遣い扱ったため、女性達の心も次第にほぐれて船内を歩き回るようになった。アドリアンの士気は当然のように上がったのである。さらに女性達は食事の準備や後片付け、さらには物見を率先して手伝うようになったのである。そして彼女達が櫛引丸の上げた狼煙を見つけ合流したのであった。

再びロベジノエへ・船上のダンスパーティー

櫛引丸に十人の女性達を乗せ、櫛引丸からは役を終えた舘田せつがアドリアンに乗り、警邏に出たのである。アドリアンと別れた櫛引丸は真っ直ぐにオモテストクの港に向かったのである。オモテストクの港では沢山の町の人々や微動だにしない儀仗隊、楽隊の出迎えをうけたのである。そんな人達の先頭には若き王子アレキサンドル二世と婚約者・ロシア国のアナスタシア姫、そして日本の細川家の江静姫の美しい姿があった。そんな情景を見て日本の女性達は「桃の節句と端午の節句が一緒に来たみたい」と言ってはしゃいでいた。しかし、その身分を知ると女性達は岸壁に近づくとすごすごと物陰や船艙に隠れた。

櫛引丸が接岸すると最初に降りたのは彦康と公麻呂であった。二人が降りると王子は待ち遠しかった友に会うかのように駆け寄り握手を交わしたのである。王子自らが駆け寄り握手を求めることなど異例のことであった。しかし、傍から見た人達はそれが自然で、若いとは素晴らしいと映っただけである。その時公麻呂はアナスタシアと握手を交わし、警護官・アキーム達の同行のお礼を述べた。するとアナスタシアはアキーム達が同行したいと泣きついてきたことを打ち明け、反対に同行してくれたことへのお礼を述べた。そのあとアナスタシアは小さな声で「アリョーナ様がお待ちですよ」と言って片目を閉じてみせた。公麻呂はアリョーナの名前を聞いておよそのことを察し微笑んでみせた。江静はそのことを介することはなかった。

そんな仲の良い友のような語らいを見て櫛引丸の女性達は胸をなで下ろし見守っていた。挨拶を交わし終えると王子、アナスタシア、そして江静の三人は櫛引丸に向かって軽く頭を下げたのである。それを見て櫛引丸の乗員達はすぐに頭を丁寧に下げた。しかし、物陰等から見ていた日本人の女性達はその場に跪き両手をついた。またオモテストクの女性達も同じように慌てて頭を下げたため頭をぶつけてしまった。それを見て笑ったリュウはレイに拳骨をもらい女性達と同じ痛みを味わった。そんなリュウ達を後に、王子は彦康を加えた四人で馬車に向かったのである。公麻呂は女王陛下の帰還の挨拶を彦康に委ねたのである。

四人は着飾った警護の兵達に護られて煌びやかな馬車で女王の待つ本宮殿に向かった。先頭の馬車には王子とアナスタシア、後続の馬車には彦康と江静が乗り多くの沿道の人々に手を振られ歓迎を受けた。

町の人々は日本の侍達が多くの悪人達を退治して女性達を救い出したことを知っていた。中には高畑や幸子郎を一目見たいと集まった罰当たりな女性達もいたが、生憎二人は乗ってはいなかった。王子とアナスタシアは結婚パレードの予行演習であるかのように人々に手を振って応えていた。また後続の馬車の窓からは時おり彦康が顔を覗かせ手を振った。その度沿道の女性達から歓声が上がり馬車に駆け寄ろうとして警護の兵達に止められる場面もあった。

そんな彦康の馬車では女性の酒井や舘田の遅れた訳や武蔵のことが語られていた。武蔵について江静は「手術の次の日には熱が下がり夕方から散歩をはじめた」と話した。またその翌日には兵達を集めて剣術の稽古をはじめたことを話した。そして昨日からは近くの村が狼の被害にあったというので兵達を連れて退治に出かけていると伝えた。さらに江静は心配になり医師達に様態を聞くと「武蔵殿の治癒力はアムール虎やシベリア狼よりも早く驚いている」と言われたことを話した。そして医師が笑いながら「武蔵殿と遭遇した狼達が可哀想」と言ったことを話した。しかし、江静は医師が言った「武蔵殿の傷が早く治ったのは貴女の献身的な介抱のおかげですよ」との言葉を話すことはなかった。彦康はそれを聞いて武蔵の治癒力も凄いものがあるが、この国の医療技術の高さにも驚いてもいた。

王子達が出発して間もなくすると可愛らしい飾りの馬車が着いた。その拵えからして皇族の女性用の馬車であることがわかった。馬車が着くとその馬車を追いかけるように兵達が走ってきた。兵達は馬車に着くと息も絶え絶えに警戒に当たった。しかし兵達のどの顔も和やかさがにじんでいた。そんな兵達を見てリュウが「迫力のない人形の兵隊さんみたい」と言ってレイに叱られた。

そんな馬車では馭者台から降りた男性が静かに窓を開けた。開けられた窓には薄いレースのカーテンがかけられていた。そのカーテンには影絵のようなアリョーナ姫のシルエットが映っていた。いつもの場所で見ていたレイが「公麻呂様も罪な方ね。早く出て来てやれば良いものを」とため息混じりに呟いた。耳聡く聞いたリュウが「なーに」と言いながらレイのところに飛び乗った。レイは「貴方にはわからないことなの」と言って猫パンチが飛んだ。危ないところで躱《かわ》したリュウが「ごめんなさい」と言って飛んだ目に、何台もの馬車が列をなし到着するのが見えたのである。慌てたリュウは驚いて尻から落ちたのである。リュウは「パンチの方が良かった」と反省していた。一方躱されたレイは「はじめからその気はなかったのよ」と呟いた。

馬車は女性達を晩餐に招待するために迎えに来たのである。そして早く迎えに来た訳は拐かされ「着の身着のまま」の女性達を新しいドレスに着替えさせるためであった。アリョーナ姫は王女として異例とも言える「見届け役」を買って出たのである。本来見届け役は最後尾のはずであるがアリョーナは待ちきれず一人で歩いてこようとしたため、やむなく侍従が馬車をださせたのである。そのため警護の兵達は馬車を追っかけることとなったのである。一方、公麻呂はレイの思いに反して櫛引丸の片隅からアリョーナを見つめていた。アリョーナも気づいて二人は見つめ合っていたのである。二人を仕切るカーテンは開かれていたが誰も目を向ける無粋な人はいなかった。しかし、ただ一人目にした（目に入った）レイは「私、馬鹿みたい」と言ってそっぽを向いた。

到着した馬車から降りたのは日本髪に振り袖姿のアリーナ嬢と、純白のロングドレスを纏った武家の子女・金子まゆみであった。まゆみは髪を洋風に結い上げてハイヒールを履いていたがロングドレスのためハイヒールは見えなかった。そのため背丈は五寸（約十五センチ）以上も高く見えどこから見ても西洋のご令嬢であった。まゆみは晩餐会の招待を伝えに来たのである。アリーナはその介添えとして来たのであった。オモテストクの貴族の令嬢として、この役はアリョーナ姫と同様に異例なことであった。アリーナは少しでも早く田澤に会いたくて侍従長に頼んだが断られアリョーナ姫に懇願し許されたのである。そして田澤に気に入られようと日本髪に結われる痛さと帯の苦しさを我慢して出向いたのである。二人はアリョーナ姫の馬車に向かって頭を下げてからタラップを渡った。

二人を出迎えたのは榊であった。お辞儀をし終えたドレス姿のまゆみが流暢な日本語を話すのを見て、物陰から見ていた日本人の女性達が驚いた。さらに着物姿のアリーナがロシア語を話すのを見てさらに驚き狐につままれたようにポカンと口を開けていた。そんな女性達にまゆみが「皆さん隠れていないで早く出てきてください」と優しく声をかけた。その時三人の足下にリュウが顔を出したのである。まゆみがしゃがんで「リュウちゃん元気してた！」と頭を撫でた。するとアリーナも膝を折り「リュウ、オショウサン、トコ」と尋ねて鼻を撫でた。榊が膝を折りリュウに向かって「田澤和尚さんはまだアドリアンでお仕事中ですよね」と語りかけた。それをまゆみがロシア語に介し伝えるとアリーナは気抜けしたようにペタンと座ってしまったのである。

そんなアリーナをまゆみがリュウと一緒に立たせようとしたが、リュウでは役に立たず、立たせることができなかったのである。それを見かねたように日本人の女性達が走り寄ってきて、やっとの事で立たせたのである。そしてアリーナはオモテストクの女性達がまだ風呂に入っていることを知り、駆けつけた召使いに伴われ馬車に戻った。オモテストクの女性達は櫛引丸の浴槽のある風呂が気に入り、長風呂をしていたのである。そんな召使い達にアリーナは「オモテストクの女性はどうしてこんなにも長風呂なんでしょうね」と全く困ったものよねと呟いていた。それを聞いて召使い達は笑いをこらえるのに必死のようであった。そんなアリーナが田澤のために最高級の酒を山ほど持ってきていたことをレイは知っていた。そして「アーア、もったいない」と呟いた。

一方集まって来た女性達にまゆみは自己紹介をし日本人であることを伝えた。女性達はドレス姿のまゆみを頭の天辺から足下まで羨望の眼差しで眺めていた。そしてまゆみの次の一言で女性達は「目眩」を覚えたのである。まゆみが晩餐会でこの同じ服（イブニングドレス）を着ると伝えたのである。それは自分達の寸胴の腰回りと様にならない背丈を思ってであった。さらにまゆみが着ていたドレスの胸元が大きく開いていることであった。胸の大きくはない日本人の女性達にとってどうしようもないことであった。和服であれば様々な物で補うことが可能であるが、胸の開いたドレスでは手の打ちようがなかったのである。そんな女性達の気持ちがわかっているかのようにまゆみは荷の中からブラジャーを取り出して見せたのである。そして「これは『ブラジャー』と言って、お乳の大きい女性達がお乳を支え包んでおくものなの」と説明した。「私はこの中に綿をいっぱい入れるの。これは『お体のお化粧ね』」と明るく語った。女性達はすぐにブラジャーと綿に手を伸ばした。見本のために持って来た綿はすぐになくなった。まゆみは「お館（宮殿）に沢山用意してありますよ」と話すと皆はホッとため息をついていた。リュウはそれを見て「僕も欲しかったのに」と言ってレイにパンチをもらっていた（※「ブラジャー」は呼び名は様々であるが、西洋では中世から存在した。また下着のパンツもあった。また紐で結ぶ物もあった）。

次はどうにも様にならない背の高さであった。それはまゆみがドレスを端折って見せてくれたハイヒールで希望は見えたが、今度はあまりの高さに恐怖心が湧いたのである。女性達は交代で見本のハイヒールを履いてみたがまるで取っ手のない竹馬に乗っているように思えてとても一人で立って歩くことなどできるとは思えなかった。下駄や草鞋で気ままに生きてきた十本の足の指達が「死ぬー」と叫び声を上げていたのである。立ったまま履くことができず、座って履けば立ち上がることができなかったのである。意外にも早く立ち上がることができたのは漁師の娘金見丸の慶や戸田丸の春であった。反対に苦労していたのは芸者の奥寺屋のあいこや斎藤屋のあきであった。

一方、長風呂を終えたオモテストクの女性達はロングドレスのことを聞いて飛び上がって喜んだのである。そして見本の品々を見て「晩餐会が終わったらくださらないかしら」と話し合っていた。それはさりげなくまゆみにも聞こえていた。女性達は童話の姫になった面持ちで馬車に揺られて宮殿に向かった。全部の馬車が出発し終えるのを見定めるようにアリョーナ姫の馬車も離れて行った。アリョーナ姫はアリーナ嬢と反対に時間が短く感じられたのである。馬車のカーテンは閉じられることはなかった。

宮殿の広い三つの着替えの間は立錐の余地もないほど混みあい戦場のような喧噪さであった。しかし、王宮の縫製師や化粧師達は手慣れたもので魔法のように次々と淑女に仕上げていった。ドレスはデザインを変えずにサイズを合わせるだけであり早かったのである。淑女に変身した女性達は絢爛豪華な控えの間に案内されたが腰を落ち着かせる間もなく広間に向かった。助け出してくれた侍達を出迎えるためであったが、また『可愛い姿』を見てもらいたい乙女心もあった。

広間には儀仗兵達が整然と立ち並んでいた。いつもと違うのは間隔を取って阻止線の杭の如くに居並び集まった人達の方を向いていたことである。これは剣客のファンとなった人達に対する警戒であった。その中には助け出された大勢の女性達の姿もあった。その中でもオモテストクの女性達は最前列に並んで、貴族の女性達と同じように薔薇や牡丹のように派手やかに輝いていた。一方、日本の女性達は前列には立つことはなく、艶やかな花々の中にそっと埋もれるように佇んでいた。しかし、その清楚さは慎ましやかな『カサブランカ』の花のように人の目を引きつけた。

（※『カサブランカ』はユリの一品種でスペイン語で「白い家」の意を持ち、白色が特徴である。一般のユリは茎に対し垂直からやや上向きであるのに対し、カサブランカの花は慎ましやかにやや下向きである）

人々は様々な思いで侍達を待っていた。その中でも一番首を長くして待ち焦がれていたのは伯爵家の令嬢アリーナであった。和服姿のアリーナは先頭の馬車が門前に着くとそれに引かれるように列から進み出て向かったのである。その歩む姿は常の活発なアリーナではなく苦しげで健気に映った。これは演技ではなく、はじめて着物を着た苦しみを味わっていたのである。またアリーナのこの行動は身分からしても儀仗兵や他の人達にとってもおかしくはなかったのである。アリーナもまたはそれに相応しい美しさと気品が備わっていたのである。そんなアリーナの歩みに合わせるように、侍従に伴われたアリョーナ王女が出てきて共に玄関先に向かったのである（※『伯爵』の称号は『下級貴族』の最高位である。

しかし、国王〈皇帝・大公〉から叙勲を賜ると『上級貴族』に格上げされるのである。アリーナ家は皇帝の開祖以来の家臣であり上級貴族達も及ばない名門中の名門の家系である。当然叙勲も請けており別格と言える存在であった。また『上級貴族』級の順位は「公爵」、「侯爵」、「伯爵」《アリーナ家》である。また下級貴族級は「伯爵」「子爵」、「男爵」の順である。そして準貴族級の立場にあるのが騎士階級である。『騎士』とは本来は中世において騎馬で戦う者に与えられた名誉的称号である。それから派生して〈必ずしも騎乗戦士でない者も含まれた〉階級を指す称号としての騎士を『騎士号』と呼んだ。よく話に出る「三銃士」のように国王から『騎士（ナイト）』の称号を受けた者達が良い例である）。

馬車を降りた公麻呂をはじめ男性達はシルクハットにタキシード〈夕方から夜にかけての晩餐会に着る正装〉、そしてブーツを履いていた。

侍達は櫛引丸に派遣された洋裁師達によって西洋紳士に仕立てられたのである。着付けする方が超一流であれば、着こなす日本人達も一芸を極めた超一流の人達である。当然、全員が西洋紳士にも劣らないと言いたかったが、気のせいか、目が悪いのか中にはそれなりの人も一人、二人いたようにも思えた。しかし、それは他人が勝手に思うことであり人によってはそれがまた魅力なのである。人生決して捨てたものでないことがわかるであろう。

しかし、人生は決して平等でないこともわかる気もする。はじめに到着した馬車に公麻呂が乗っていた。アリョーナ姫は満面の笑みで迎えて二人は寄り添い皆の到着を待っっていた。一方のアリーナ嬢は馬車が着く度に真っ先に馬車に駆け寄り笑顔で出迎えた。流石に毅然とした立ち居振る舞いは名門の令嬢と言えるものであった。しかし、後ろで見ているアリーナを知る人達の目には、その背に悲しみが増していくのがわかり辛かった。そして最後の馬車の人達を迎え終わった時アリーナは立っているのも辛そうであった。そこに公麻呂とアリョーナ、そして友人でもあり着付けをした菊池峰が駆け寄った。菊池はロシア語で「田澤先生が悲しみますわよ。心にも着物を着せなさい」と優しく語りかけた。アリーナは日本語で「ハイ」と返事をすると、背を伸ばして三人に向かって丁寧に頭を下げた。その辞儀は和式に則ったものであった。そしてアリーナはキリッとした態度で侍従と共にシルクハットの男性陣を先導したのである。そんな健気なアリーナにも出迎えの貴族や日本人の女性達は『頑張れ』と拍手を送ったのである。また日本人の女性達は異国の女性に和服が似合うのだから、私達に洋服（ドレス）が似合うのは当然だと勝手に思い込んでいた。

侍達が案内されたのは王宮の別館で最高の部屋である謁見の間であった。ついでに語れば、本館では王が座る椅子のある『王座の間』が謁見の場所である。謁見の間では国賓を迎えるのと同じ様に女王陛下が待っていたのである。本来女王は国賓以外の人達は後からお出ましになるのが常である。

女王の左には彦康、そして右には王子、アナスタシアが立っていた。そして公麻呂が入ると侍従長はアリョーナ姫と共に彦康の横に案内したのである。女王と彦康の後ろには通訳の江静が控えていた。そしてこの時彦康と公麻呂にオモテストク最高の勲章である『聖アンドレー勲章』が贈られた。また、船頭榊と水夫頭の古藤は軍事勲章の最高である『聖ゲオルギー勲章』勲一等が贈られた。そして他の日本人の男性達は『聖ウラジミール勲章』を賜ったのである。古藤や田澤等のいない人達は後に渡された。また不在の通訳として同行した舘田せつと酒井悦子には『聖エカテリーナ勲章』をが贈られたのである。女王陛下からお礼の言葉と褒賞を賜与された一同は菊池とアリーナの案内で控えの間に移った。

その後、謁見の間に案内されたのは女王陛下と内謁するための女性達であった。女性達を出迎えたのは女王をはじめ王子とアナスタシア姫、そして彦康に代わった公麻呂とアリョーナ姫であった。

当然通訳の江静も女王の傍にいた。部屋を埋め尽くすほどの女性達を見てアナスタシアとアリョーナ姫の顔は青ざめた。また女王と王子は顔を見合わせて、本腰を入れ直さなければと決意を新たにしていた。一方女性達の中にはアリョーナ姫が公麻呂の下座に並んで立っているのを見て、叶わぬ恋と知りながらも悲恋を味わっていた人も少なからずいたのである。

そんな女性達に対して女王は、このような悲劇が二度と起こらないようにすることを約束し、日本人の女性達には慰労の言葉と共に「心ゆくまで滞在してください」と話したのである。言い換えれば女王が「永住許可」を与えると言ったのである。女王がいかに日本人を信頼しているかがわかるであろう。そして内謁を終えた女性達はまた峰とアリーナが控えの間に案内したのである。峰と同様に凛と振る舞い、着崩れない着物姿を見て女性達はアリーナの辛抱強さと恋する女の強さを知った。

この日の晩餐は王子主催の助け出された女性達のためのものであった。よって非公式なため席次は『くじ』で決めるものであった。これはロシア国の土女アナスタシア（十七歳）の案である。西洋の非公式な晩餐や舞踏会で行われているものであった。そのくじは控えの間で行われ、女性達は引いたくじを胸に当て、それぞれの思いで侍従達に従い席に向かったのである。一方彦康はくじ引きの席次のアイデアを聞いた時「もしや？」と思ってアナスタシアに目を向けたのである。アナスタシアと目が合うと、アナスタシアは「バレました……」と言うように微笑んでみせた。彦康が頷くとアナスタシアは「私、知らないもん……」と言うように笑顔で上を向いた。

今回は女王も彦康と同じ様に招待者であり控えの間でくじを引いて案内されたのである。そして偶然にも二人は上席に隣り合わせとなったのである。二人は席の前で顔を見合わせ会釈をするとアナスタシアに目を向けたのである。アナスタシアは二人の目線に気づき丁寧に頭を下げたのである。そして上げたアナスタシアの顔は女王に見つめられたためか緊張で固まっていた。さしものアナスタシアもやがての『姑』には全く頭が上がらないようである。そしてアナスタシアは女王と彦康が微笑んでいるのを見てホッとしたように笑顔に戻ったのである。天真爛漫そうに見えるアナスタシアであったが心配りは日本人の女性達には負けないほど繊細であることがわかった。彦康はこの国の将来が明るいことを確信した。そして女王と彦康が腰を下ろすと王子をはじめ皆が腰を下ろしたのである。

くじ引きで決まった席次を説明すると、広い会場は中央の空間を囲むように四つのエリア・島に分かれていた。便宜上それを東西南北に分けて説明すると北の島には女王と彦康が、東には王子、西にはアナスタシア、そして南の島にはアリョーナと公麻呂が隣り合わせに座っていた。王子とアナスタシアの席は東西に分かれていたが、二人は正面に向かい合っていたのである。これらの席次を不思議に思う野暮天は一人もいなかった。そして男女交互に座る席次に対し日本晴れ・快晴・晴れそして若干の曇りはいても、雨や雪の女性は一人もいなかった。そして中央のシャンデリアの下が今日の舞台であることを知らされた日本人の女性達は息苦しさを覚えた。

侍従長心配りの日本語の乾杯の音頭で晩餐の幕が開いた。そこにもまた日本人の女性達を悩ませる難題が待っていたのである。それは食事の『マナー』であった。箸文化で行儀作法に厳しい日本人にとって箸のない食事のマナーが問題なのである。侍達はすでに経験済みで慣れてはいたが、はじめての女性達にとっては恐怖であった。まして周りに座っている人達は日本で言えば将軍様や殿様、正室様、お姫様と呼ばれる人達ばかりであったからである（※大名の正室「本妻」の呼び方は将軍家「御台様」、御三家・御三卿は「御廉中様」、十万石以上の大名は「午前様」、十万石以下「奥方様」、御家人は「御新造様」、旗本は「奥様」と呼んだ）。

それはさておき前に並べられたナイフ・フォーク・スプーン等はサハンで何度か目にしたが、皆が気を使い箸を出してくれたため、手にすることがなかった。それまで女性達はスコップや農業用のフォークの小さい物で食事をするとは考えていなかったのである。さらに人前で短刀を使うとはあり得ないことであった。また幸いなことに朝鮮や中国も若干異なるが箸文化であった。この晩餐会においては思い出のためにとマナーに挑戦してもらったのである。そのため峰達先輩の日本人の女性達がアドバイスしたのである。さらに「女性は女性（特に高貴な女性）のしていることを見習うのが一番よ」と教えてくれたのである。よって日本人の女性達は当然のようにその島の高貴な女性のマナーを真似たのである。日本人の女性達の所作は皆同じで何かのパフォーマンスのように映った。周りには微笑ましく見えたが女性達の目は真剣勝負であった。それがまた可愛らしく映ったのである。その所作の一例をとるとナイフやフォークは当然であるが、「ワインを飲めば」ワインを飲み、「ナプキンを取れば」ナプキンを取り、「唇を拭けば」唇を拭いたのである。当然見習う高貴な人達にはわかっていたためゆっくりと振る舞ったのである。無言のマナー教室であった。そのため日本人の女性達は後で何を食べたのかを思い出すことができなかったほどである。ただ、鰯の目刺しやあじの干物が食べたいと思ったことだけはハッキリと覚えていた。

食事も半ばになると楽団の演奏がはじまり北東側から燕尾服姿の男性達が、また北西側からは純白のドレスを着た女性達が入場した。舞台に整列したダンサー達は揃って会場の人達に向かって礼をした。はじめて目にする日本の女性達にとってはそれだけで感動し心を奪われたのである。しかし、演奏と共に華麗なダンスがはじまるとすぐに現実に戻されたのである。その訳は食事のマナーと同様に心悩ませるものであったからである。控えの間で世話役の女性達から参列者はダンスに誘われたら（声をかけられたら）踊るのがマナーであると聞かされたためである。その一言が女性達に恐怖を与え、控えの間や廊下は練習の場となったのである。その熱気と振動は凄まじく、日本の建物であればきっと床が抜けていたと思われるものであった。そんな女性達は食事中も時おり舞台を見習いテーブルの下でステップを踏んでいた。当然ハイヒールは勿体ないので脱いでいた。

　そんな恐れとは裏腹に女性達は華麗なダンスを見て想像を膨らませその夢に酔いしれてもいた。これもまた女性が生まれ持ったものである。また、若い人ほど多くの夢と希望を持つと言われている。因みに夢や希望、情熱が薄れれば薄れるほど老けると言われてもいる。従って、若さを保つには常に夢と希望を持ち、新しきに挑戦しようとする意欲と情熱を持つことであると思う（※『社交ダンス』の起源は西洋の宮廷舞踏会である。貴族達にとっては必須のものであった）。


　日本人の女性達はテーブルの上では真似て手を動かし、下では倣って足を動かし二重苦を克服しようとしていた。その甲斐があって目の動きが敏捷になったと言える。そして心も徐々に余裕が持てるようになるとステップも徐々に呑み込めてきたのである。それは女性達の大らかさとワイン等の手助けもあったからでもある。そして女性達はダンスの動きは派手であるが、足捌きはさして難しくないことを知ったのである。それはそれでまたダンスなのである。日本の女性達は盆踊りに親しんでいたため呑み込むのが意外と早かったのである。ただ問題なのは、盆踊りは一人で皆に合わせて踊るだけであるが、ダンスはパートナーがいることであった。そこでまた女性達の夢が膨らみ目の動きが止まり慌てて手を動かしていた。女性達で意外に苦労していたのは盆踊りや手踊りに縁のなかった貴族や武家の子女達であった。ステップはどうにかと思ったが、最後にハイヒールという難関な敵が待っていたのである。

　一方、剣客達は剣技と同様にダンスの奥深さを感じ取っていた。そして剣客達はそれぞれのステップを剣技のテンポとして捉え、形だけの足捌きは会得したのである。それは剣技を極めた剣客達ならではのことであった。後は相手との連携（息を合わせ）と、動き（振り・振り付け）であった。そのため剣客達は舞台の踊り手達に目を向けたのである。それはあたかも真剣勝負の相手を見るような凝視であった。剣客達が向けた目線の先は驚いたことに皆同じあった。中でも名手と呼ばれるカップルであった。そんな剣客達を見て貴族達は流石と驚いていた。

また、洋行の経験がある水夫達は、ダンスは僅かではあるが経験をしていた。しかし、今回は非公式とは言え、女王をはじめ多くの貴族達がいるため緊張をしいられるものであった。足を踏んでも「ソーリー（すみません）」の一言で済んだことも今回はそうもいかないのである。主である彦康の面目のためにも腹を切る覚悟で臨んでいたのである。よって水夫達も剣客達と同様に見る目は真剣そのものであった。

そんな洗練されたプロのダンサー達の踊りも終わり皆の待ちに待ったフリータイムとなった。女性達で積極的だったのはロベジノエの女性達であった。彼女達にとって女王陛下や貴族の方々と同席し踊る機会等二度とないことであった。言わば女性達にとって晴れの舞台であり、心に抱いた願いは当然のことである。そのため日本の女性達は食事を楽しむことができたのである。男性で一番忙しく大変だったのは幸子郎であった。必死の努力の成果で男性達は腹を切ることなく、女性達は捻挫やまめは作ったが無事に晩餐会を終えることができたのである。

晩餐会の後全員が迎賓館での宿泊を辞退して櫛引丸に戻ってきたのである。日本人達は畳があるため理解できたが、ロベジノエの女性達が一緒だったことにリュウは驚いたのである。そして「ベッドから落ちるのを心配してかな……？　それとも息が詰まるからかな？」と言ってレイに叱られた。しかしパンチをもらうことはなかった。またその時日本人の女性達がステップを踏み踏み戻って来たのを見て「当分うるさくなるわね」と呟いた。それを耳にしたリュウが「何で」と聞き返し、「見ていてわかるでしょ。稽古よ稽古」とうんざりしたように言った。リュウが「ふーん……ケイコね」と言って首を傾げると「足の運びを見てわかるでしょ」と言葉と同時にパンチも飛び出した。さらに皆よりも遅れて帰ってきた彦康と公麻呂を見て「公麻呂様はわかるけど、彼女のいない彦康様は何でだろう」と一人ぶつくさと語った。それでまたレイからパンチをもらったのである。今日もリュウは他の人達よりも多くの星を見ることとなった。お月様は「もうお星様はいらないのに」と労るように呟いた。その後櫛引丸にはレイが予想した通り軽快なリズムが響いた。

翌日の朝食は宮殿で摂ることになっていた。それはオモテストクの女性達の送別を兼ねたものであった。「列席者」（主催者）はアリョーナ姫である。参列者は救助に携わった人達であった。当然アキームやアルカージ達も含まれていた。その中で最も嬉しそうであったのはアリョーナ姫であった。席次は今日もまたくじであった。そしてアリョーナ姫と向かい合わせとなったのは公麻呂である。皇族や貴族にとってこの席次は夫婦か許嫁のものであり、神様の粋な計らいと思われた。

テーブルには箸も用意されておりロベジノエの女性達は、おかしな表現であるが、必死に楽しむように箸に挑戦していた。それに対して日本人の女性達はベテランのようにすました顔でナイフやフォークを手にしていた。しかし他人を見るまでの余裕は全くなかった。アリョーナ姫は箸に挑戦してときどき掴みきれずに落とすと恥ずかしそうに公麻呂に目を向けた。公麻呂はその度に「大丈夫」と言うように優しく頷いてみせた。そんな二人に目を向ける者はいなかった。また男性達はそれぞれであったが無粋にも他人を見ることはなかった。

ただウエイター役を務める侍従達だけは時おり目を向けたが二人の仕草を目に留めなかった。本来であればウエイターは常に列席者に目を向けて心を配らなければならない立場であるがそれができなかったのである。まともに直視すれば「笑い」を堪える自信がなかったからである。感情を押し殺すプロと言われる侍従達でさえもその確信は百パーセントに近いものであった。

そんな必死で和やかな会食も終わりに近づきコーヒータイムになると、アリョーナ姫が「何かご要望がありますか」と皆に聞いた。沈黙の中、芸者あき（斉藤屋）が手を上げた。姫がそれを見て頷くとあきはゆっくりと立ち上がり丁寧に頭を下げた。そして「お願いがございます。ここにおられるロベジノエの女性達に晩餐会で着たドレスをお下げ渡し頂けないでしょうか」と願い出たのである。これを聞いたロベジノエ分遣隊の兵アルカージがすぐに言葉を介して姫に伝えた。アルカージが介した言葉にはロベジノエの女性達の心が込められていた。女性達は喉から手が出るほど欲しかったのであるが、慎ましい国民性の女性達は言い出すことがなかったのである。アリョーナ姫は「わかりました。確認致します」と言って侍従を呼んだ。侍従はすぐに部屋から出て行き、ほどなくして金子まゆみと共に戻ってきた。二人から話を聞いた姫は「御衣装を希望されるお方は是非お持ち帰りをお願い致します」と話したのである。この心ある言葉を聞いたオモテストクの女性達は感動のあまり泣き出したのである。また日本人の女性達はそのことをまゆみから聞いて目頭を熱くした。さらにまゆみは「日本の皆様におかれましてもお持ち帰りをお願い致します」と伝えたのである。それを聞いて飛び上がって喜んだのは言い出したあきと相方のあいこの芸者二人であった。二人は異国では喜びを素直に表すことが異国のマナーであることを実践したのである。事が素早く進んだ訳は事前にまゆみが江静を通じて女王に進言していたためであった。

次にアルカージが「田舎住まいの女性達にとって、ポケットの町に出ることはほとんどありません。できましたら櫛引丸に乗せて頂き、ポケットの町に寄りそれからロベジノエに帰らせていただけないでしょうか」と言って会場の人達に頭を下げ、最後にアリョーナ姫に向かって深々と頭を下げた。本当はアルカージが一番ポケットに立ち寄りたかったのである。アリョーナ姫は頼るように公麻呂に目を向けた。公麻呂は優しく包み込むように頷くと彦康に目を向けて小さく頭を下げた。姫も倣って頭を下げていた。彦康はすぐに「わかりました」と言うように二人よりも僅か深めに頭を下げた。それを見て公麻呂はそれよりも少し低く頭を下げたのである。アリョーナもそれを真似て頭を下げた。感性豊かなアリョーナ姫は、日本人はただ頭を下げているのではなく、一回一回に意味があることを悟ったのである。

また言葉はなくても意思が通じ合えることを身をもって知ったのである。そして公麻呂様のためにも頑張らなくてはと心に誓っていた。すぐに彦康の下に船頭の榊とまゆみが駆け寄っていた。そしてまゆみは姫のところに榊は公麻呂の下に向かった。

まゆみから話を聞いた姫は立ち上がると櫛引丸が送ることと、出発が夕方であることを伝えた。さらに希望者は出航までの間、市内を案内すると伝えたのである。女性達はあまりの嬉しさに感極まったがどうすることもできなかった。その時芸者あいこ（奥寺屋）が立ち上がると「アリョーナ姫様、万歳！」と両手を突き上げたのである。皆もすぐに立ち上がると倣って、声を張り上げ三唱したのである。これが会食の幕となった。

広間を埋め尽くすように運ばれた衣装一つ一つには間違いなく名札がついていた。女性達は掛けてある自分のドレスを見つけると傍に寄りそっと裾をめくって安心していた。ハイヒールを確認したのである。そして出口で待つ馬車に向かった。見物に行く人達はくじを引いて馬車に乗ったのである。また運ばれた衣装は櫛引丸に運ばれることとなった。

申の刻に近づくと見物に出た人達の馬車も戻ってきた。その後には近衛兵に護られた馬車が二台到着した。先頭の馬車には女王と彦康そして通訳の江静が乗っていた。次の馬車には王子と公麻呂、アナスタシアとアリョーナ姫の四人が乗っていた。馬車から降りると彦康と公麻呂は船内を案内した。公麻呂は片時も離れないアリョーナの案内役と言えた。はじめに彦康が案内したのは大檣（大きな帆柱・「メインマスト」・主要な帆柱で前から二番目のもの）の下であった。彦康が見上げると皆もつられるように見上げた。そこには巻かれた帆の中に二匹の猫が顔を覗かせていた。アナスタシアとアリョーナそして女王までもが可愛いさに絶句したのである。そんな二匹に彦康が「ポケットとロベジノエに行くことになったからよろしく」と言って手を上げたのである。レイはすぐに応えるように「ニャーオ（わかりました）」と返事を返したが、リュウは常のようにボーッとした顔で見ていた。傍からは美しい女性に見とれているようにも映り、また「単に……」にも見え対照的な二人であった。レイは笑顔で手（足）を下から見えないようにリュウの後頭部に回して挨拶させた。彦康と公麻呂はそのことを見抜き、後でリュウがパンチをもらうことを知っていた。また彦康と公麻呂は「一緒に見張りができて良かったね」と喜んでもいた。

江静が彦康がレイ達に話した言葉を伝えると、女王は「まるで人と会話しているみたい」と愉しそうに頷いた。また二人の姫達は言葉がわからなくても会話の内容は理解していた。日本語もロシア語そして猫の言葉も純真な心であればわかり合えると知った。そして彦康はあの子達はこの船の守り神で名前はリュウとレイであると紹介した。それを聞いて二人の姫達はガックリするのがわかった。彦康は守り神と言って事前に手放さないことを伝えたのであった。姫達がどちらを狙っていたのかは定かではないが、女王陛下もまたそんな心があったようにも思えたからである。

そこに女性達をロベジノエに送り届ける予定であった戦艦スミノフの艦長アブラムが挨拶のため顔を出した。アブラムは彦康と公麻呂に女性達の救助のお礼を述べると皆に見送られ警邏に出発した。

　そのあと船内の見学を終えた王子が女王に対して「我が国の船舶がいかに旧式であるかがわかりました。これからは海軍力にも力を入れる必要があります。お許し願いますでしょうか」と思いを伝えたのである。生まれ変わったような王子に対して女王は「わかりました。それでは計画案を作ってください」と最高権力者である女王の顔に戻って下命したのである。女王の本心は嬉しくて飛び上がりたい心持ちであった。そんな王子をアナスタシアはうっとりと見つめていた。そんな母と兄を見てアリョーナは公麻呂様と一緒にロベジノエに行きたいと言い出せず、後ろ髪を引かれる思いで櫛引丸から降りたのである。そんなアリョーナの気持ちを女王とアナスタシアは二匹に気をとられ気づくことがなかったのである。

　出港した櫛引丸は見送りの人達が見えなくなると船上はダンスの会場にと変わったのである。主役となったのは間もなく降りるロベジノエの女性達であった。その女性達だけでも男性は手一杯であった。当然、彦康や公麻呂のところにも先を争って押し寄せた。流石の二人もその迫力にたじたじであった。日本の女性達は「彼女達はすぐに船から降りるのだから」と寛容に眺め本番に向けての見取り稽古に励んでいた。中にはいただいたハイヒールを履いての稽古で、何度も船縁《ふなべ》り甲板とハグを繰り返し、リュウを退屈させなかった。また、ロベジノエの女性達のあまりにもあからさまな態度に日本の女性達は「この国の女達はたしなみがないのかしら」と思いながらも、その素直さに羨ましさも覚えていた。また女性達はロベジノエの帰りには「誰と踊ろうか」と心をときめかせていたのである。

櫛引丸には貴族のアリーナ嬢やアルカージ達も乗っていた。アリーナは女王から委任された女性達の見届け役であった。そんなアリーナもロベジノエの女性達を見て「何てはしたないことを！　少しはわきまえていただきたいわ。オモテストクの女性が皆同じように思われるわ」と嘆いた。そして「田澤先生がおられなくて本当に良かった〜。おられたら取り合いになって大変なことになっていたわね」と呟き頷いていた。レイはすでにアリーナの近くにはいなかった。またリュウには何を言っているのか全くわからなかった。本来であれば言葉はわからなくても意図は通じるものであるが……。

やがて夕食となり甲板に『カリーライス』が運ばれた。当然ではあるが今のカリーとは異なるが、多くの香辛料やターメリックの香りが女性達の食をさらにそそった。またカリーに添えられて出されたのは、ダンスにあぶれた漁師の娘、慶（金見丸）達が流し釣りで釣った鰤である。鰤は刺身や揚げ物にして出された。当時の日本ではまだ『天ぷらやフライ』等は食べられてはいなかった。これは拐かされた日本の女性達が異国では生物は食べないという習慣があることを知り考案したものであった。これにより貧しい村人達も魚を口にするようになり食卓も豊かになったのである。本来釣りは釣り好きの男達がやる予定であったが、大人数の女性達のダンスの相手をさせられ、することができなかったのである。そのためマグロのように大きな鰤と慶達は格闘したのである。漁師の娘達に叱られそうであるが、無尽蔵と言えるほどの魚影のため逃がしても逃がしても次々と針に掛かったのである。喧噪を極めたダンスの会場も一変して大食事会の戦いの場となった。

料理番を買って出た戸田丸の娘、春が目を見張ったのは、日本の人達がオモテストクの女性達を見て鰤のフライを食べていることであった。また「生なんて！」と言っていた女性達がお代わりしていることだった。それは春が考えたリモーン（レモン）の効果であった。レモンをかけるとその酸味で刺身はサラダ感覚となり、口の中を爽やかにしたのである。それはピクルスや硬くて酸っぱい黒パンにも似ていた。パンが酸っぱいのはイーストではなく「サワードウ（乳酸菌と酵母等で培養させた）」で発酵させたためである。女性達の中にはそんなサラダ（刺身）にカリーをかける人もいた。

剣客の宮崎はそんな女性達を見て「刺身にカリーなんて、全く異国の女は味音痴なんだから」と言って真似て食べた。そして「ウムー不味い！　やっぱ刺身は刺身だけで喰うべきだ。また『しめ鰤』はまあまあだが田舎のカボスならさらに美味いだろうに」と言いながらも鰤カリーとしめ鰤を何杯もお代わりしていた（※柑橘の『すだち』はゴルフボール大で徳島特産。『カボス』はテニスボール大で大分県特産。その中間の大きさの『青ゆず』は高知県特産で表面がごつごつしている）。

山のようにあった食べ物も綺麗に片付くと流石の女性達も瞼が重くなり、その場に横になろうとしたのである。女性達は監禁されて早寝が習慣となっていたのである。そんな女性達を部屋に運ぶのに日本人の女性達は苦労をしていた。後片付けが終わると流石の慶達も疲れたようで部屋に向かった。その前に船頭や水夫達に挨拶することを忘れなかった。

翌日は流石のロベジノエの女性達も船酔いと疲れのため起きるのが遅かったが食欲はまた別のようである。春や慶達の作った遅い朝食、早い昼食を食べ終えると女性達は我先にと風呂に向かったのである。これで当分は出て来る心配もなくなり、男性陣はホッと胸をなで下ろしていた。そんな女性達が出てきたのは早い女性でも一刻は超え、一刻半を超す強者もいた。今回アリーナはそれを見ても何も言わなかったのである。それはアリーナが皆が寝ている間に入浴を済ませていたからである。それも二刻を優に超えていた。それをリュウが知っていた。リュウはあえて覗いたわけではない。あまりの長風呂を心配して（こっそりと）見に行っただけである。それでアリーナが何も言わないわけがわかるであろう。

女性達が風呂から上がるころには前方にポケットの街や港が見えていた。凄まじい速さでの到着と言えるものであったが女性達にはわかるはずもなかった。しかし、アリーナだけはそのことを知っていた。出発する前に海軍の指揮官から「二日目の朝には着くでしょう」と聞いていたためである。それにしてもあまりの速さに普通であれば驚くのが常であるが、アリーナは驚くことはなかった。アリーナは『田澤先生のお船だもん』と単純に考えていたのである。また、望遠鏡には兵達が港に出て出迎えの準備を終えているのが映った。先触れなしの不意の来訪にもかかわらず素晴らしい対応である。櫛引丸がポケット湾に近づいた時からその情報は駐屯地に伝えられていたのである。間をおかずにこの態勢を取ることができたということは、新司令官となったアリョーシャの手腕のほどがわかった。これでオモテストクの東の玄関の警戒体制ができたと言えよう。

櫛引丸が港に着くと最初にアリーナが公麻呂と彦康に護られるように降りたのである。駆け寄ったアリョーシャははじめに知り合いである公麻呂と握手を交わした。そして公麻呂は二人を紹介したのである。聞いたアリョーシャは直立不動の姿勢で二人に官職、氏名を名乗り敬礼を行った。二人とわざわざ言ったのは彦康に対して日本語で話したからである。そして彦康が名乗り終えるとアリーナは動じることもなく『アリーナです。よろしくお願いします』と頭を下げたのである。下げた頭は偉ぶる高さでもなく、またへり下る低さでもなかったが皇室の威厳は保たれたものであった。アリーナの立場を知った司令官アリョーシャは、急遽アリーナに『閲兵』（整列した兵達を見回ること）を願い出たのである。軍人にとって女王の使いであるため当然のことであった。さしものアリーナもこの時ばかりは彦康と公麻呂に目を向けて同道を請うたのである。公麻呂は閲兵を辞退しなかったアリーナに心打たれ、司令官アリョーシャに同道を願い出たのである。彦康と公麻呂は閲兵を辞退しなかったアリーナに心打たれ、検閲したのである。アリーナの堂々たる姿を櫛引丸から見ていた女性達は感動で身を震わせていた。またレイは「アリーナさん、やるわね！」と拍手を送った。リュウが「どうしたの？」と尋ねると「女は強いと言うことよ」と答えた。リュウが「それは前から……」と余計な一言を言って昼から星を見ることとなった。

閲兵を終えたアリーナは司令官に櫛引丸に乗っている人達の『町の案内』を頼んだのである。司令官アリョーシャは即座に「わかりました」と言って挙手敬礼を行った。そして出迎えに出ていた町長達、町のお偉方を呼んで三人を紹介したのである。若いアリーナを見てお偉方は驚いた様子であったが態度は頗る慇懃であった。町長達は「何名でも喜んで御案内致します」と請け負ったのである。その後司令官が公麻呂に「何名でしょうか」と気さくに尋ねた。公麻呂が女性達の数を話すと皆は目を見開いて驚いた。拐かされ助けられた女性達の多さに驚いたのである。またその中に多くのロベジノエの女性達がいたことにさらに驚いたのである。そして町長達は丁寧に頭を下げると準備のため急ぎ足で戻って行った。

一連のアリーナの様子を見ていた剣客達は「流石に名門の出（ご令嬢）は……」と感嘆していた。しかし、その後アリーナは「これでお仕事が終わったわね。後はよろしくね」と言うように彦康と公麻呂に頭を下げると皆のいる櫛引丸にスキップしながら戻って行った。そんな後ろ姿を司令官は丁寧に頭を下げて見送った。また彦康と公麻呂は「田澤さんは幸せ者ですね」と語らっていた。

アリーナが立ち去ると司令官はすぐに部下達に馬車の準備を命じたのである。女性達は人数が人数だけに馬車の心配をしていたが大所帯のポケット駐屯地にあっては問題はなかったのである。女性達が降りて来るのを待つ間に、司令官は彦康達に改まった口調で「兵達に稽古をお願いできないでしょうか」と頼んだのである。彦康はそれを聞いて公麻呂に目を向けた。公麻呂はゆっくりと肯いてみせた。彦康はさらに「お願いできますか」と話した。公麻呂は「わかりました」と返事を返した。二人のやりとりをジッと見ていた司令官は「ありがとうございます」と日本語で言って深々と頭を下げた。その時彦康は司令官が日本語を話すことは聞いて知っていたため、驚くことはなかったが「京訛り」には驚かされた。

その後アリョーシャは数日の滞在を申し出たのであるが彦康は明日の夕方には出発したいと伝えたの

である。それは古藤達のアドリアンが帰って来る日を予想してのことであった。アリョーシャは残念そうであったがすぐに納得した。その時アリョーシャはできればその計算方法が知りたかったのであるが、彦康の身分を考えて言い出すことができなかったのである。アリョーシャはこのことが後々まで悔いとなって残ったのである。そしてアリョーシャは「明日の朝に稽古をお願い致します」と気遣って申し出たのである。それに対して公麻呂は「私は今からでもかまいませんよ」と申し出たのである。司令官は驚いた表情で公麻呂と彦康の顔を見返した。彦康は「お任せしましたので」と言って頷いた。司令官は恐縮の呈で何度も頭を下げたがその顔は満面の笑みで満ちあふれていた。

櫛引丸から降りた人達は皆から温かく迎えられた。そして司令官から歓迎の言葉と公麻呂と兵達との稽古試合が始まることを知らされたのである。全員が即座に見物を申し出たのである。司令官が自ら先頭に立って案内したのである。案内したのは海岸からすぐ傍にある駐屯地の中庭であった。そこにはすでに町の人々や兵達が待っていた。あまりの手回しの良さにアリョーシャはしばらく頭を上げることができなかった。また待ち構えていた対戦相手と思われる兵達は選りすぐりの大入道のような大男達ばかりで中庭の中央に立っていた。大入道を見た公家の娘・珠代やりゑは公麻呂様が可哀想と言って泣きだし、また中村悦香《こ》等は気を失いかけたのであった。

一方上席に迎えられたのは特使のアリーナを中央に彦康、公麻呂、司令官と町の名士達であった。そして対戦（稽古相手）の公麻呂が紹介され、立ち上がると町の人達は憐憫の目を向けていた。中には供養するかのように手を合わせる人達もいた。そんな中で公麻呂はゆっくりと歩いて中央に立つ兵達の前に立った。公麻呂の後ろから司令官が従い兵達の横に立った。兵達十人達が手にしていたのはそれぞれが得手とする得物であった。ブロードソード（幅広の剣）、ロングソード、ハンド・アンド・ア・ハーフ（混血ソードとも言う両手でも片手でも使うことのできる剣）、ツーハンドソード、エストック・タッグ（細長い角錐や円錐の形状でチェーンメールを着た相手を刺すのに適した剣）、レイピア、スモールソード、サーベル、網縄、鎖鉄球など様々であった。当然その武器のスペシャリストばかりである。

対する公麻呂は両刀を帯びず、木刀一本だけを手にしていた。刀はアリーナに預けたのである。アリーナは公麻呂が刀を外した時、立ち上がり両手を差しだし受け取ったのである。その作法は前に江静から習って経験済みであったため公麻呂も何の躊躇いもなく渡したのである。その時は愛しい田澤の愛刀であった。そんなアリーナの仕草を日本人の女性達は呆気に取られた顔つきで見ていたのであった。その時アリーナは王女アリョーナに代わって公麻呂から受け取ったのである。そして席に着いたアリーナは刀を胸に抱きながら公麻呂が危うくなればアリョーナ姫に代わって斬り込むつもりであった。その気迫は傍にいる彦康にもひしひしと伝わってきた。彦康は西洋の騎士も、日本の武士の家の女性達も魂は同じであることを知った。

公麻呂は司令官に「全員同時に稽古をしましょう」と告げたのである。司令官は驚いたように公麻呂を見返したが、公麻呂の落ち着いた眼差しと態度を見て「申し訳ありません」と謝るように頭を下げて部下達にそのことを伝えた。十人はすでに日本の剣客達の強さを知ってはいたが、いくら何でも「十対一」とは騎士として恥辱であった。しかし、相手はアリョーナ姫の……を考えると黙って従うしかなかった。さらに傷つけたらどうしようとさえも考えていた。しかし、本心は「王女様の心を捉えた憎き東洋人」と敵対心を抱いていたのも真実であった。白人の西洋社会では当然のことと言えた。特に若い兵達は「生半可な腕前なら王女様には申し訳ないが、身命を賭しても叩き潰す」と決意していた。また観客の多くも同じ思いで眺めていた。誤解のないように語れば兵士や町民達は公麻呂や侍達に非常に感謝していた。しかし、「結婚」、ましてや王女様の結婚となれば別問題なのである。そのことは彦康や公麻呂にもわかっていた。そのためあえて公麻呂に対戦相手を頼んだのである。

そして稽古が始まると兵や町民達はすぐに心配したことや、腕前を疑ったことを悔いるのである。最後には神業のような剣技と人心を収攬する魅力に兵達はオモテストクの武門の頭首になることを願い、また町民達は王女様のお婿さんになって自分達の守り神になって欲しいと願うのである。

十人が揃って礼をして稽古がはじまるとすぐに兵達の雑念は吹き飛び一介の剣士（騎士）となった。公麻呂はただ立っているだけであったが発せられた気が兵達に雑念を抱かせる余裕など与えなかったのである。その気を感じ取った十人もまた一角の剣士（騎士）と言える。剣士に戻った兵達は後はただ無心になり相手に立ち向かうだけであった。それが公麻呂の武士の魂に対する騎士の魂の心得である。公麻呂もまた剣士達から士の魂を感じて久々に剣客に戻った。そんな真摯に対峙する兵達を見て見物の人達の雑念も徐々に消えていったのである。中には「兵隊さん。少しは手を抜いて」と願う人もいた。十人の兵達はそれぞれの得物を手に公麻呂を取り囲み打ち込む隙を窺っていた。その眼は鷹の目を思わせるほど鮮烈であった。対する公麻呂はタイ捨流の構えではなく両足を左右に開いて両手は自然に垂らして立っていた。武蔵の構えと言えるものであった。しかし、武蔵が右手で刀を握るのに対し公麻呂は左手に木刀を持っていた。それは左右対称であるが隙のなさは同じであった。それを見て剣客達は公麻呂が日々研鑽を重ねていることを知り己を恥じていた。そんな厳しい目の剣客達に接してさしもの女性達も近寄りがたかった。

公麻呂の無防備に見える構えを見て、剣に縁のない人達は「剣術を知っているのかしら？　私でも勝てそう。兵隊さん達は遠慮しているんだ」と思いながら見ていた。しかし、剣を知る人達は兵達が必死に打ち込もうとしても打ち込めないことを知っていた。一方十人は全神経を集中して隙を見いだそうと必死であったが見いだせずにいたのである。それをするには息を半ば殺して掛からなければならないため、当然ではあるが長引けば長引くほど息苦しさが増すのである。おかしな話と思われるであろうが、隙だらけの構えを見て、隙を見つけることができないことが一角の剣士の証なのである。そんな兵達の顔面から滴り落ちる汗を見て、人々は「打ち込むことができないこと」を知ったのである。しかし兵達は我慢強く隙を窺い、闇雲に打ち込もうとはしなかったのである。いかに修練していたかが窺い知れた。また騎士道の精神がそうさせていたのである。

しかし、時おり見せる兵達の喘ぎからそれも限界に近いことを公麻呂は悟った。その喘ぎは微かなものので他からはわからないほどのものであった。公麻呂はそんな兵達に順次隙を与えたのである。傍目には公麻呂がその場でゆっくりと軸のように一回りしただけのように映った。しかし実際には一回りし終えた時、十人の兵達は公麻呂を囲んだまま片膝をついて肩に手を当てしかめ面をしていたのである。その兵達の手はそれぞれが打たれた利き腕の肩に置かれていた。これができたのは十人が一角の剣士だったからである。兵達は僅かな隙を見逃さず、瞬時に隙を目掛けて渾身の一撃を浴びせたつもりであった。そんな剣士達の無心の一撃は誰一人として寸分も遅れることがなかったのである。

一方の公麻呂ははじめ同じように立っていたが木刀は右手に握られていた。兵達はいつ打たれ、いつ得物を手放し、いつ膝をついたのかもわからなかった。わかるのは利き腕の肩を打たれたことは痛さであった。

周りで見ていた人達は何で兵達が得物を落としたのか不思議であった。それは単純に公麻呂の剣捌きが速すぎて見えなかっただけである。また片膝をついたのは利き腕の肩を打たれたため足の力が抜け、反対の足の膝をつくことになったのである。また兵達はやっと見つけた隙に渾身込めて得物を打ち込む寸前に利き腕の肩を叩かれ得物を落としたのである。もしこの時十人の兵達が一身を捨てて我武者羅に立ち向かっていたとすれば公麻呂とはいえ容易ではなかったと思われる。それを見極めるのもまた剣客の技量である。

兵達十人は片膝から両膝となり「オームト（参りました）」と言って両手をついた。まさしく日本の礼式であった。それを見て見物の人達も打ち負かされたことを知ったのである。そこにアリョーシャが駆け寄り片膝で「ありがとうございました」と礼を言い頭を下げた。公麻呂は「こちらこそ勉強になりました」と司令官と兵達に頭を下げた。指揮官がこれを兵達に伝えると、兵達は感激し平伏したのである。そんな姿を見て芸者のあきと共に日本人の女性達が「公麻呂様バンザーイ」と叫んで両手を上げたのである。それに倣うように見物の人達も万歳を唱えたのである。その後に誰かが「アリョーナ姫様、バンザーイ」と叫んだ。それに合わせて大唱和となったのである。唱和は「公麻呂様、アリョーナ姫様バンザーイ」と聞こえた。

唱和が収まると兵の一人が公麻呂に「どのような稽古をすればよろしいでしょうか」と尋ねた。その姿は剣の師に対するものであった。アリーシャはこれを介し公麻呂に伝えた。公麻呂は無言で落ちていたツーハンドソードを拾うと片手で百回素振りをしてから、持ち替えてさらに百回振ってみせた。振り終えた公麻呂は息を切らすことなくまた汗一つかいてはいなかった。通常のツーハンドソードは二キロ位で長さは百六十センチほどである。しかし、これは特注の物で重さは三キロは優に超え、長さは二百五十センチほどもあった。

そして公麻呂は聞いた兵にその剣を渡した。恭しく受け取った兵は立ち上がると公麻呂と同じように片手で振った。しかし三回が限界で四回目には自分の足を切りそうになり放りだしたのである。それもはじめからゆっくりとしたもので危なっかしいものであった。愛剣をおっぽり出された持ち主は拾い上げると自信ありげに片手で素振りをはじめたのである。しかし、公麻呂のように上段から勢い良く振り下ろし、水月の前で止めることができたのは十回ほどでしかなかった。後の二十回は落ち葉のようにヒラヒラとしたものであった。結果三十数回が限界であった。その後さらに手を替えて挑戦したのであるが利き腕の半分にも満たなかった。その回数でも「大したもんだ」と褒めるべきものである。これほど長大で目方のある剣は日本の侍達でさえも片手で振ることは容易でないからである。本来ツーハンドソードは両手で扱うもので、片手で使うことは少なかった。それは片手では威力が半減することと、片手で扱える人が少なかったからである。

素振りを終えた兵達が玉のような汗をかいて喘いでいた。それを見て司令官が駆け寄り兵達と同じように両膝をついて「どのような訓練をすればよろしいのでしょうかお教え願いたい」と頭を下げたのである。その態度はもはや主君に対するものであった。そのことは兵達は勿論のこと人々にも伝わった。

当然公麻呂にも伝わった。またその時司令官は公麻呂の素性を知っているため心の奥では「姫のお婿さん」としてオモテストクに残ることを願っていた。そんな司令官に公麻呂は「一日一千回振ることです」と答えた。それを介して兵達に伝えると兵達は驚きながらも「ハイ!」と返事をし両手をついた。また「一日千回」との言葉を「左右それぞれ千回」ととるのか、「合わせて千回」ととるかは人それぞれである。その気構えが肝心なのである。十人の兵達は当然前者であろう。ポケット最強の兵達を持ってしても全く歯の立たないことがわかり稽古はそこで終了となった。その後十名の兵達と共に多くの兵達が素振りをはじめたのである。

また女性達は出発までの二日間は町を挙げての歓迎に夢のような楽しい時を過ごしたのである。また剣客や水夫達も異国の情緒と食べ物を満喫した。また剣客達は合間を見ては兵達の訓練を見て回ったのである。その主だったのは固まった筋肉をほぐすことであった。剣客達は兵達の岩のような筋肉を見て西洋人には西洋人に合う得物があることを悟った。

楽しい時は過ぎるのが無情にも早くポケットの町を後にすることとなった。櫛引丸は大勢の人々に見送られ出港したのである。特にロベジノエの女性達にとっては忘れられないものとなったのである。中には美しいポケットの街並みを思い出し、「新婚旅行はポケットに決～めた」と言って、皆からは「相手もいないのに」とからかわれる和気藹々の船内であった。そんな女性達も夜の帳と共に口数も減り膝を抱える姿が多く見られるようになった。それを見てアリーナは彦康に頼んで甲板に灯りを灯し二人でダンスをはじめたのである。鳴り物を手にしていたのは芸者のあき等日本人の女性達であった。ノリの良いロベジノエの女性達はすぐに剣客達の下に走りダンスに加わったのである。剣客達は近しい友人のように扱われ形無しであった。当然男性の数が足りず水夫達も引っ張り出されたのである。それは夜間の航行にもかかわらず全員を必要としなかったからである。

当時、外洋は別としても夜間は湾や川の航行は行わなかったというよりもできなかったのである。前のロベジノエまでの航行は水夫達全員の目と働きでできたのである。しかし今回は榊船頭の作った海図があったため多くの人員を必要とはしなかった。榊は寸暇を惜しみ軍船の艦長、船船の船長、水夫、そして漁師に至るまで、海図に必要な潮流や危険な場所、海底の様子等を聞いて回ったのである。サハンに滞在した時も、今回のポケットでも見物に出ることなくその調査に費やしたのである。そして今日の出港までに海図を作成し終えたのである。後にこのオモテストク周辺の海図は公麻呂に渡りオモテストク海軍の最重要機密資料となった（※『海図』は「航海用海図」と航海の参考にされる「水路特殊図」を示す。海図は中国から『羅針盤』が導入された十三世紀にヨーロッパで発達した）。

櫛引丸の船上はロベジノエの女性達の惜別の宴となった。鳴り物は岸の動物を起こさないため少なかったが、かえってそれが別れには相応しいものであった。すぐに終わると思って見ていたリュウは結局朝まで付き合って見ることになった。やがて朝靄の中にロベジノエの町並みが見えてくると女性達は足を止めて街並みに見入った。しかし組んだ手は放そうとはせず組んだ相手と共に見つめていた。そんな女性達の目には涙が浮かんでいた。やがて港にいる人達の姿がわかるようになると女性達は相手に口を押し当てて離れたのである。

港には早朝にもかかわらず多くの人達が出迎えていた。その先頭には分遣隊長のアンドレーや新町長のアズレトの姿もあった。その後ろには拐かされた女性達の家族や親族そして犬達も待っていた。そんな情景を見てリュウが「遊んでいないで早く帰ってやれば良かったのに」と言うとレイは「全く人の気持ちがわからないのね」と言って目覚めの挨拶が飛んだ。

ここでもまた櫛引丸から最初に降りたのは彦康、公麻呂、アリーナ嬢であった。その後ろには分遣隊の通訳として同行したアルカージ達の姿があった。アルカージは隊長と町長に三人を紹介した。アリーナが女王の使いであることを知った人々は驚いた様子で片膝をついて頭を下げたのである。若い貴族の令嬢がロベジノエに来ることなどなかったことである。そんなアリーナは頭を下げ返すと人々に向かって「ここにおられる徳川様、近衛様、そして日本のお侍さん達が我が国（ロベジノエ）の女性達を助け出してくれました」と紹介したのである。そして自らが頭を深く下げてお礼を述べた。当然人々もそれに倣い大きく頭を下げたのであった。その後アリーナは隊長と町長に対し「女性達をお引き渡し致します。今後二度とこのようなことがないようにお願いします」と女王の言葉を伝えた。そして女性達が降りるのを見届けると彦康と公麻呂に「後はお願いね」と片目を瞑って（ウインクして）見せ櫛引丸に戻って行った。アリーナはタラップを渡っている時、監視しているリュウを見て「寝不足はお肌の敵なの。お坊様（田澤）に嫌われないように早く寝るわ」と言って足早に船室に向かった。そんなアリーナをリュウは「女の人って幾つもの顔があって不思議」と呟きながら見送った。

　女性達一人一人と別れ（ハグ）を告げ終えると彦康と公麻呂は分遣隊長と町長にアリベルトの所官区に残る『きみ』のことを頼んでロベジノエを後にしたのである。アンドレーは名残惜しそうであったが引き止めることはなかった。それは特使であるアリーナ嬢の急いでいる様子を見たからである。アリーナはただ夜更かしして眠かっただけであった。そして櫛引丸が岸壁を離れる時にロベジノエの女性達はそれぞれが知っている人達の名前を呼んでありがとうと声を張り上げた。中にはリュウやレイの名前もあったが「コウ様（幸子郎《こうしろう》）」と「ヒコ様（彦康）」の名前が多いように思われた。しかしその声援も最後には「キミ様（公麻呂）万歳！　アリョーナ様万歳！」に代わっていた。また櫛引丸からも日本の女性達が慣れない異国の女性達の名前を呼んで別れを惜しんだ。女性達は舌を噛むような名前を呼んで異国であることを噛みしめていた。

下りの川は楽なように思われがちであるが意外にも上りよりも危険が伴うため、水夫達は全員で配置についた。それは急いでいたためでもある。そしてポケット湾に出たがその勢いのままオモテストクの外海、大湾に出たのである。リュウが「危険なのにどうして急ぐのかな」と聞いた。遠くを眺めていたレイが「私が思った通り図星だった」と呟いた。リュウが「何の星？　どの星？」と天を仰いで聞き返した。レイは苛立ったように「星ではなく、東を見て」と言った。リュウは「ハ～イ」と返事をして東の空を仰ぎ見て「天気いいですね」と答えて星を見ることとなった。その星の間からリュウは向かって来る船影を確認したのである。ゴツく大きな船影からしてリュウにも戦艦アドリアンであることがわかった。リュウは言葉にならない声で「アレ！　アレ！」と指さしたのである。レイは落ち着かせるため猫パンチを浴びせてから「何なの」と聞いた。冷静になったリュウが「アドリアンが来ます」と伝えた。レイは呆れ顔することなく「船頭さんに伝えて」と言ってから「よくやったわね」と褒めた。その言葉で飛び降りようとしていたリュウは驚いて手を滑らせて落ちるところであった。レイの「何遊んでいるの」との大声が船上に響いた。

その声を舵を代わって握っていた水夫の伊藤昭之信も聞いて二匹を見上げた。そしてレイが見ている方向に目をやり、南東から向かって来るアドリアンを確認したのである。その時彦康と榊が顔を出したのである。そして彦康が「勝（榊）。図星であったなー」とにこやかに話した。船頭は「アレクセイ殿の腕が思ったより上がったと言うことですね」と話した。それを聞いて伊藤は「アドリアンが来ることがわかっていたのですか」と尋ねた。彦康が代わって「レイ達の会話を聞いてわかったんだよ」とニッと笑って榊を見た。船頭は笑顔で頷いた。真面目な伊藤は「そうですか」と感心していた。その時リュウは彦康の「図星」という言葉を聞いて、レイはアドリアンが向かって来ていることをすでに知っていたことがわかったのである。そんなレイの優しさにさらにリュウの恋心が増すばかりであった。

その時船頭が「二人（二匹）に褒美として海苔をやろう」と伊藤に言った。伊藤は「レイに全部取られないかな」と心配そうに話した。榊は「大丈夫」とだけ言った。少しくらいは……と思っていた。それを聞いてレイは「私が全部取るなんて、人聞きの悪いことを伊藤さんはよく言うわね」と憤慨していた。

その後榊が「アドリアンの様子を見てみましょうか」と彦康に打診した。彦康が頷くと船頭はすぐにそのことを皆に伝え島影に櫛引丸を隠した。湾には多くの島が点在し隠れる場所には事欠かなかった。また太陽の光線でアドリアンからは櫛引丸が見えないことを知っていたのである。

やがて通り過ぎるアドリアンを目にした。舵を握っていたのは海軍長官のアレクセイであった。その隣には櫛引丸の水夫頭である古藤が立っていた。望遠鏡を覗く彦康に古藤はニコッと笑みを浮かべて頭を下げた。彦康は流石と感嘆しそのことを船頭に伝えた。榊は「古藤殿は流石ですね」と唸った。また甲板では剣客の杉山、小島、高畑、新渡が真剣で稽古する姿があった。田澤は一人船首で座禅を組んでいた。荒谷、奥寺、日影館、斉藤達水夫の姿もあった。その四人の手には竹刀が握られていた。これはアレクセイに頼まれてのことであった。

レイは田澤の座禅する姿を見て、すぐにアリーナのもとに向かった。アリーナ嬢は透ける絹のネグリジェを纏い慎ましやかとは縁遠い寝姿であった。レイは「何てはしたない。貴族のお嬢様ともあろう御方が！　見られたもんではないわね」と言いながらも何度も見返していた。そして「でも凄いわね。田澤さんにはぴったりかもね。でも教えてやらない〜と」と言って戻った。レイがプリプリとして戻って来るのを見たリュウが「アリーナさん起きた〜」と尋ねた。レイは「起きそうもないから諦めた」と言った。リュウが「じゃ僕が起こしてくるよ」と言って、いつもよりも強〜いパンチをもらったのである。そしてレイは「余計なことしないで！　アリーナさんは大役を終えて疲れているの」と話した。リュウは「そうだった。すみませんでした」と謝った。

剣客タキシードを着る（ロシアの紅バラ・白バラ・星見草）

櫛引丸がオモテストクの港に着くと古藤とアレクセイそして江静が出迎えた。江静の後ろには帰ってきたばかりの二人の女性（酒井悦子と舘田せつ）達の姿があった。その時先に接岸したアドリアンの甲板では兵達が必死に甲板掃除と帆の整備を行っていたのである。以前であれば帰港してすぐに甲板の掃除など考えられないことであった。彦康と公麻呂の二人は降りて来たが、アリーナ嬢の姿がなかったので江静はすぐにせつ達に見てくるようにと頼んだ。そんなアリーナを海岸まで迎えにきたのは異例にもアリョーナ王女であった。王女は少しでも早く公麻呂に会いたかったのである。アリョーナ姫がきていることは江静以外には誰も知らなかったのである。

アリーナはせつ達に起こされて身繕いをしておっとりと甲板に出てきたのである。それでも女性の身繕いとしては非常に早いものであった。早い訳は顔の化粧は要らず髪を梳かすだけでよかったからである。そして着替えはせつ達が手早く手伝ったためである。そんなのんびり屋のアリーナが慌てだしたのは隣に田澤が乗っているアドリアンが停泊していたからである。アリーナは驚いてタラップに駆け寄ると、そこにレイの姿を見つけ「どうして早く起こしてくれなかったの」と恨めしそうに話した。レイは

「よく今まで寝ていれたわね」と言いたかったが「あまりにも疲れていたみたいだったので、お肌に悪いと思って起こさなかったのよ」と弁解した。するとアリーナは「そうだったの。ありがとう」と言ってタラップを駆け降りた。そこに彦康達がいることも気づかずにアドリアンに向かおうとした。それを江静に止められたのである。そしてアリーナは彦康達がいたことを知り「おはようございます。遅くなりました」と頭を下げると、またアドリアンに向かおうとしたのである。今度は江静が慌てるようにアリーナに「王女様が馬車で待っておられるのよ」と小声で伝えた。流石のアリーナも驚いた様子であった。そしてアドリアンに恨めしそうに顔を向け乗船を諦めたのである。その後は公麻呂に向かって「送ってくださる?」とお願いしたのである。公麻呂が頷くと彦康達に向かって「お先に失礼します」と言って公麻呂と馬車に向かったのである。それを見送る彦康達はアリーナの頭の回転の速さに感心しながら見送った。アリーナは馬車に着くとすぐに馭者に対しレイへの伝言を頼んだのである。伝言はタラップの前で「レイさん、リュウさんありがとう。仲良くね」というものであった。馭者は相手が猫とは知らず、タラップの前で何度も何度も同じことを繰り返していた。船頭の榊はその意味を悦子から聞いてその意図も知り「わかりました。ありがとうございます」と頭を下げたのである。馭者は榊をレイと思ったようでホッとしたように戻って行った。

馬車に戻ると手綱はしっかりとアリーナが握っていた。手綱を馭者に渡したアリーナはゆっくりと馬車の中に入ったのである。馬車の中から「ありがとう」との声が聞こえた。馬車を見送った公麻呂が皆の処に戻ると今度は彦康達（江静と二人の女性）が馬車に乗って王宮に向かったのである。

アリーナの気遣いの間に、海軍長官アレクセイは彦康に古藤水夫頭をはじめ多くの人達の協力のお礼を述べ、さらに船舶の遅れや操船技能の未熟さを思い知ったと話し、できれば三十年以内には日本に追いつきたいとその意気込みを語った。これを聞いた榊と古藤は彦康に「オモテストクの経済力と王子と長官のやる気を考えると二十年はおろか、十年もかからず今の我々の水準になるでしょう」と言い、「我々はそれ以上努力致します」と決意を伝えた。

一方女性達はアリーナと同様にせつと悦子に起こされた。名前は言わないが「船酔いしないために寝ていたの」と言い訳し、「ご冗談でしょう」とレイに言われ「ごめん」と舌を出した漁師の娘がいた。そんな女性達は手ぬぐい一本を持って風呂に向かった。向かった先は王宮の豪華でだだっ広い風呂ではなくそれに比べると狭くて暗い櫛引丸の風呂であった。それもまた人数が多いため芋を洗うような盛況であった。そんな女性達を見てレイはなぜかわかる気がした。女性達は本番である夜の晩餐会に向けての準備が始まったのである。

本宮殿や仮宮殿にも風呂が造られたのは江静達日本人の風呂好きな習慣からであった。西洋では浴場はあってもそれは男性のためのもので、戦で傷ついた兵達の心と傷を癒やすものであった。今のオモテストクは女王陛下はじめ、皆が風呂好きとなったのである。しかしその回数は週一程度である。

そんな風呂にはじめに向かったのはアドリアンに乗っていた古藤達九名であった。それは剣客の杉山、小島、高畑、田澤でもう一人の新渡は師の武蔵の下に駆けつけたのである。その他には水夫の荒谷、奥寺、日影館、斉藤がいた。江静が晩餐会の招待と風呂の準備ができていることを伝えたのである。勝手知ったる田澤は馬車を使わずに九人を急かせて歩いて来たのである。そんな一行が歩いてくるのを見て一人の男があわてて姿を消したのである。武士の出ではない四人の水夫達はそれに気づいて気を引き締めたのである。しかし田澤達剣客は誰一人として気にも留めようとはしなかった。男はアリーナ家の家人（家来）で「田澤が見えたらすぐに知らせるように」と命じられていたのである。

一行が建物（浴場）の玄関に着くと真っ先に飛び出してきたのは和服姿のアリーナであった。アリーナ嬢は田澤を認めると素早く駆け寄り飛びついたのである。田澤はそんなアリーナを難なく抱き止めたのである。出迎えの女性達はそれを見て流石と羨ましそうに眺めていた。その時江静の「アリーナさん。お着物の時はもう少しお淑やかにね」と優しく諭す声が聞こえた。アリーナは雷に打たれたように田澤から離れると、江静を向いてうな垂れた。田澤もそれに倣い頭を垂れた。それはまるで年老いた師が弟子を叱る仕草に似ていたが、しかし江静はアリーナとさほど年は変わらないのである。江静にはそれだけ人徳があると言えよう。

その後、江静は「田澤先生、採寸にご協力ありがとうございました」と日本語でお礼を述べた。そしてアリーナには「和服では大変でしょうけど、採寸はもう少し優しく丁寧にね」とロシア語で優しく諭した。そして古藤達に「お待たせして申し訳ありませんでした」と謝り自らが先頭に立って案内したのである。この時日本人達は誰一人も刀を帯びていなかった。江静のすぐ後には殊勝な顔つきでアリーナが従った。しかし、右腕はしっかりと田澤の左腕に絡ませて、左手で田澤の手のひらを握っていた。アリーナは幸せこの上ないという表情であった。それを知ってか江静は振り向こうとはしなかった。そんなアリーナの喜びは束の間で、部屋に入った田澤は着物を脱ぎ終えるとコニャックとウオッカを一杯ずつ飲んだだけでサウナに向かったのである。アリーナは田澤の風呂・サウナ好きを知っており、それも久々であることを知り引き止めることなくすぐに案内したのである。

田澤を送って部屋に戻ったアリーナは、きちんと膝を折り、田澤の着物をたたみはじめたのである。もしこのアリーナの姿を召使い達が見たとすれば、驚いて腰を抜かすことは必定であった。その時田澤はサウナの中で「忍耐は坊主の本分なり。我慢！　ムウ修行！　いや勝負！」と言って刻の神と勝負していた。そんな田澤が出る時にはすでに古藤達は出て、着替えを終えていた。

そんな田澤を待つアリーナは長いとは感じなかったのである。それは自分の服さえも片づけたことのないアリーナが、はじめて手にする異国の着物を正座してたたむのである。おいそれとはできるものではいことは明らかであった。慣れない正座に何度も転がることとなった。しかし辛い正座もアリーナには苦痛ではなかったのである。愛しい男の温もりと薫りを感じながらのものだったからである。そして一人「『幸せ』とはこんなものなのね。これが別の人のであれば『苦労』と言うんだわ」と一人勝手に思い幸せに浸っていた。アリーナが何度もたたみ直し苦労をしているのを見ても、他の女性達は誰も手伝おうとはしなかったのである。それは意地悪ではなく、アリーナのあまりにも幸せそうな後ろ姿に皆は手を出せなかったのである。そんなアリーナも田澤が戻った時にはどうにかたたみ終えていた。それは女の子が見よう見まねではじめて着物をたたんだくらいのものであった。しかし、江静をはじめ皆が感心したのはたたみ終えるまでかなりの時間を要したからである。のんびり屋のリュウでさえも到底及ばないものであった。

アリーナはその後召使いが置いていったタキシードを田澤に着せはじめたのである。自分の服でさえ召使い達が着せるため他人に着せることなどできるはずもなかった。ましてや男性の服など論外であった。しかし、アリーナはそんなことを全く考えることがなかったのである。そこがまた良いところなのかもしれない。最初は真っ白なワイシャツであった。ワイシャツはスムーズに着付け終えたが一番下のボタンだけは穴（ホール）を見つけることができなかった。そしてあちこちを捜し股間の後ろのホールを見つけたのである。それはアリーナがしゃがんで見上げて見つけたのである。嬉しさのあまりアリーナは「めっけ」と叫んで頭を突き上げたのである。運悪く男の泣き所をもろに打ったのである。田澤は一瞬「ウグッ」とくぐもった声を出したが顔や態度に出すことはなかった。アリーナは心配そうに下から見上げて「痛かったァー」と聞いた。田澤が首を横に振るとアリーナはホッとしたように股間に目をやり「痛いの～痛いの～飛んでいけ～」とおまじないをかけた。田澤もそれを見て笑い出した。最後のボタンも無事に納まるところに納まったのである。一番下のボタンは下着、パンツがなかった時代は股間を押さえる下着の役目をしていたのである。

次にズボンは容易に穿かせることができたが止め方がわからなかったのである。やむなく田澤が締めていた黒しゅすの帯（五寸幅・十五センチ位）を巻いたのである（※中世の西洋では日本人が荒縄で縛るように革や布を紐として使っていた。十七世紀になると腰紐（ベルト）は軍隊を識別するために用いられた。日本では明治時代、横浜の鹿鳴館で上流階級の人々が使いはじめた）。

咄嗟のアリーナの機転は帯に慣れ親しんだ田澤にとって腰も落ち着きありがたかった。また会場でこの幅広の帯を見た女王や貴族達から称賛を浴びたのである。特に関心を示したのは高貴な男性達であった。身分が高いほど立派な体格（肥満）をしていたからである。言わば女性のコルセットのようなものであった。その時アリーナは女王からお褒めの言葉を賜ったのである。アリーナは「田澤先生が着ておられるから素敵なのよ」と心から思っていた。またこの帯は後に黒の「カマーバンド（腹巻き状の帯）」として用いられることとなる。そして上着を難なく着せ終えるとアリーナは真っ白い懐紙を手に取ると「これで汗を拭いてね」とジェスチャーを示し田澤に渡した。田澤は無造作に胸のポケットに押し込んだのである。これを見てアリーナは「素敵！　格好良い」と抱きついたのである。

次は足袋に代わって筒状の袋（靴下？）は裏表、左右、上下の区別がないため問題はなかった。アリーナが最も苦労し田澤が一番馴染めなかったのは首に巻く「蝶ネクタイ」であった。田澤は「犬っころでもないのに何で首に巻くんだ」と憤慨したが、必死に結ぼうとするアリーナを見てなすがままに任せた。アリーナは他に頼もうとはせずに何度も聞きに走りやっとのことで結ぶことができたのである。そこまでのでき映えは上々であった。難を言えば二人が全く気にしていない「ズボンの左右の丈が異なること」であった。当然手にかけたのはアリーナである。

最後はブーツであったがこれも履くだけで問題はなかった。しかし草鞋に馴れた足の指達は「我慢だ！　辛抱だ！」と言い合っていた。田澤はすぐに平らで固い靴底では立ち合いうことが難しいと知った。剣客の立ち合いは剣技の上下がものを言うが、それに伴なうのは足捌き、なのである。その足捌きの基が足裏なのである。足裏と言っても足裏にも多くの部位がある。剣技によって使う足裏の部位はそれぞれ異なるのである（※足裏を通常は「蹠〈せき〉」、「足蹠〈そくせき〉」、「足裏」と呼ぶ。足の指の裏は「左右それぞれの指の『裏・腹・おなか』」と呼んでいる。小指の付け根の部分は「足の小指の付け根・小指球」。親指の付け根は「それぞれの足の『母指球・足球』」。中三本の指の付け根は「それぞれの指の『付け根・指尖球』」と呼んでいる。付け根の下部は左右に分かれており外側を「側頭部」、内側を「土踏まず」と呼んでいる。下部の部分を「踵〈かかと〉」呼ぶ。しかし、剣客達にとってはまだ多くの部位が存在したのである。また、各流派によって足裏の使う部分が異なるためそれを会得するには師の口伝か自分で見つけるしかなかったのである。よってそれを伝える秘伝書等は見つかっていない）。この時田澤は珍しく飲む手を休め、靴を履いての足捌き（足裏でどのように地べたを掴むか）と思案し剣客の顔に戻っていた。そんな近づきがたい（恐怖の増した）顔を見てアリーナはさらに心ときめかせた。

無事に着付けを終えたアリーナは「舞踏会では全員がダンスをするのよ。私達は今から練習しましょうね」と言って抱きついた。それを待っていたかのようにアリーナ家の下僕達が楽器を携えて部屋に入って来て片隅に陣取ると演奏をはじめたのである。これを見てもアリーナ家の権威がわかる気がした。アリーナの教え方は一種独特で片時も離れないものであった。その中でアリーナは「ダンスのパートナーは私だけなの。他の女と踊ってはだめなのよ」と何度も言い聞かせていた。ロシア語が全くわからない田澤に通じたかどうかはわからないが、愛はそれを超越すると信じたい。

そんな二人だけの舞踏会に無粋にも侍従が割って入ったのである。二人はかなり長い間時を忘れて踊っていたのである。剣客の田澤にとってダンスのステップは剣技の『拍子』のようなものですぐに習得できたのである。よって二人はレッスンというよりもダンスをしていたのである。剣客の田澤は理解できるがアリーナの根性にも驚かされた。愛がなせるものである。

慌てた様子の侍従はさらに驚いた。それはアリーナが着物姿のままだったからである。侍従はすぐに使用人や召使い達を呼んで着替えさせたのである。皆が慌てるなかでアリーナと田澤だけは全く気にする様子もなく楽しそうに語らっていた。実際はアリーナだけが一方的に話していたのである。しかし、田澤は言葉がわからないながらも傍目からは会話がなり立っているように思われた。自由奔放なアリーナを連想すると意外に思われるであろうがアリーナは前にも触れたが頗る美人なのである。それは人形のように美しいアナスタシア姫やアリョーナ姫にも劣らないほどの美しさであった。そんな二人が連れだって歩く姿は誰の目にも奇異としか映らなかった。しかし、世の中にプラスとマイナスがあるように、それもまた当然なのかもしれない。

会場に着くとアリーナは腕を組んだまま侍従に「田澤先生とアリーナよ」とまるで夫婦のように告げた（通常は男性が告げるものである）。アリーナは侍従に促され田澤から腕を抜くと、「今生の別れ」のような悲しい眼差しで田澤を見送り案内人の後について席に向かった。僅かに視線を落として歩くアリーナは、先ほどまでとは全く異なり凛と輝く上流貴族の令嬢の姿であった。そして椅子を引く人に対しての会釈や立ち居振る舞いは堂に入ったものであった。日本の作法やマナーにこだわる公家や武士そして芸者達もアリーナの仕草を見て、西洋には西洋の作法やマナーがありその美しさに感銘を受けた。

席に着いたアリーナは下げた目線を僅かに上げて前を見た。その目に映ったのは誰あろう愛しい田澤であった。アリーナが「エッ」と驚いて立ち上がりそうになったのを『アリー（ナ）さん』と声をかけ制した女性がいた。アリーナはすぐに「すみません」と謝りながら顔を向けたのである。そこにいたのは妹のように思う少女の橋本千恵であった。二人は顔を見合わせるとすぐに「貴女だったの」、「そう、千恵よ」と言って手を取り合った。その時『お二人さん』と優しく呼ぶ声がした。今度は二人が揃って『すみません』と言って顔を向けたのである。そこには菊池峰が座っていた。峰が微笑んでいるのを見て二人は叱られた生徒のように首をすくめた。アリーナも他の貴族の女性達と同様に江静や酒井、菊池を作法の師と慕っていたのである。会場の人々はそんな様子を微笑んで見ていた。

千恵は京の公家の娘で、オモテストクの貴族の娘アリーナとは仲の良い友というよりも姉妹という存在であった。それを知っている江静が事前に予想して千恵と峰の席次を決めたのである。田澤の席次は女王陛下が考えたものであった。二人は下を向いたまま顔を見合わせ「またやっちゃったわね」と舌をチロッと出しあった。そして千恵が俯いたまま「どうしたの」と尋ねた。するとアリーナが「前を見ればわかるでしょう。素敵な男性が……」と答えた。それを聞いて知恵が上目遣いに目を向けたのである。本来「上目遣い」などお嬢様のする振る舞いではなかったが、千恵の乙女心に直視できないものがあったからである。そんな千恵の目は「素敵な男性……ウーン」としか言えなかったのである。それはアリーナの真ん前には剣術家の田澤先生がいて、その左右には年配の上流貴族の男性達が座っていたからである。千恵は意を決し真っすぐに顔を上げて周りを見回したのである。しかし、近くには該当する人を見つけることができなかったので、また頭を下げてアリーナに「どの男性《ひと》なの？」と小さく聞いたのである。アリーナは焦れったさそうに「見ればわかるでしょう……。真ん前の男性でしょ」と言った。千恵は「もしかしたら……田澤先生……？」と言うと、アリーナは「『もしかしたら』と言うことは、貴方も……なの……？」と少し強い目線で嫌を込めて囁いた。それはとても子供を相手にしているとは思えないものであった。即千恵は「ない。ない。ない。絶対ない！」と両手と両足、さらには首を同時に振った。アリーナは「あーあ……良かった」とホッとしたように顔を見合わせ微笑んだ。そして二人は顔を上げたのである。顔を上げるとアリーナはすぐに田澤に目を向けうっとり見つめていた。それを千恵が「アリーの目は大丈夫だし……。私ももう少し大人になるとわかるのかな？」といぶかしそうに見ていた。

アリーナの陶酔を邪魔するかのように合奏が始まり上座の方々が入場してきた。当然皆は立ち上がって出迎えたのである。女王陛下を先頭に彦康、公麻呂、アナスタシア姫、王子そしてアリョーナ姫の順であった。上席は当然女王で右隣には彦康、左は公麻呂であった。彦康の隣はアナスタシア、王子の順である。また公麻呂の隣はアリョーナであった。それを見て皆はなぜか胸をなで下ろした。その後司会者の「国歌斉唱」の言葉と共に吹奏が始まり、参列者全員が一斉に国歌を歌唱したのである。その中には江静達も混じっていた。日本人達はそれを聞いて感動し、彦康は日本にも必要であることを悟ったのである。斉唱が終わると女王は彦康や公麻呂に席を勧めて着座した。彦康達が腰を下ろすと王子達がそれに倣ったのである。その後は他の人達が座ったのである。

その時皆が同じ動きをするのを見て、好奇心旺盛な漁師の娘、春は「立つことのできない人はどうするのかしら」と思って見回した。そして、立つことができない人は「座ったまま右手を胸に当てる」だけで良いことを知った。また、右手のない人や怪我をしている人達は「左手を胸に当てる」ことを知ったのである。さらに両腕を怪我している人はと探したが見当たらなかった。

日本人の多くが上座に掲げられた四本の旗を見て何処の旗であるか知らなかった。皆が知っていたのは三つ葉葵の徳川家の家紋であった。その他には猫（虎）が描かれたオモテストクの国旗（女王家の家紋）と、白、青、赤のアナスタシアのロシア国の国旗がある。最後は「日の丸」の旗であったが多くの日本人達は目にしたことはあっても日章（日の丸）の旗が日本の国旗（御国総標）であることを知らなかったのである（※「日章」は古くからあったが、用いられるようになったのは江戸時代一八五四年・安政元年に日本船の船印として採用されてからである。そして一八五九年に「日章旗」が事実上の国旗となったのである）。

また春は、オモテストクの国旗を見て「お日様と違って猫を描く人は大変ね。女王様の家の猫かしら。名前なんて言うんだろう。ネズミ捕るのかな。猫まんま（飯）かな〜」等と勝手に思って見ていた。

晩餐会は侍従長の「開式の辞」にはじまり、陛下の挨拶の後の乾杯は久しぶりに皆の前に元気な姿を見せた武蔵が行った。武蔵は江静からロシア語の乾杯のマナーを聞き、結婚等で残る女性達のことを考えて「ザ・ナーシュ・ドルージブ（我々の友情のため）」ではなく、「ザ・ナーシュ・フストレーチェ（我々の出会いを祝って）」、「トースト（乾杯）」と杯を掲げた。その後に日本語で「乾杯」と言って日本的に頭を下げた。回復した武蔵を見て日本人達は一様に安心した。また剣客達は気を新たに引き締め、女性達は感激する人等様々であった。武蔵はこの中で一番名前の売れた人物であった。そんな武蔵をアリーナのように見つめていたのは細川家の姫君江静であった。

いよいよ女性達が待ちに待った食事となった。司会者が「今日の料理はフランス国の料理です」と紹介した。これを通訳から聞いた少女、北條由紀が前に座る家沢（武蔵の弟子）に「ここはオモテストクというお国なんでしょう。どうしてフランス国のお料理を出すのでしょう？」と尋ねた。家沢にしても他の人達と同様にフランス国という国があることすら知らなかった。ましてやその国の料理など知る由もなかったのである。しかし、妹よりも年端もいかぬ由紀から聞かれたため答えないわけにはいかなったのである。そして「私もフランス料理があることを初めて知りました。多分、西洋で一番の『食い道楽』の王様が食べている料理だからだと思います」と素直に言った。由紀は「それでは私も王様と同じ世界一のお料理を食べられるということね」と感激し、立ち上がると「ありがとうございました」と丁寧に頭を下げた。周りで聞いていた日本人の女性達も「ヤッター」と心で叫び「家沢先生は剣術ばかりではなく学もおありなのね」と憧憬の眼差しで見ていた。その時家沢はこれまでの人生で一番背に汗をかいた気分であった。

そして料理が運ばれて来ると会場のあちこちから喜びと感動、感嘆のため息が聞こえた。それはフランス料理の繊細な盛り付けと彩り、そして得も言われぬ香りのためであった。その感嘆の大方はオモテストクの人々（貴族）であった。この時日本人達にとって西洋人が世界一と言うフランス料理が今一に思われたのである。日本料理は素材の味と香りを素直に表現するのに対し、フランス料理は素材よりも他の味と香りが強かったからである。日本人にとって乳製品の強い香りや油（オリーブオイル）を直接かけて食べる習慣がなかったからでもある。また断ることのできない女性達は、切り分けてくれる肉をいかに小さくしてもらうか苦労していた。そしてその肉を息を止めて、つきたての餅のように飲み込んだ。侍達は肉には慣れてはいたが身体に悪いと知りつつ何度も噛むことはなく飲み込んだ。

そんな中、アリーナは田澤を心配していた。田澤がナイフやフォーク、グラスを持つ手が重そうに見えたからである。だからといって食べていないわけではなく、酒も他の人達よりは多く飲んでいた。その理由はタキシード、蝶ネクタイ、ベルト代わりの帯とブーツの四重苦にあった。アリーナが心配そうに目を向けると『大丈夫』と言うように頷きテーブルの下の足を振っていた。本当は可哀想な足の指一本一本を激励をしていたのである。そんな田澤を見てアリーナは「私と踊るのが待ち遠しいのね」と勝手に思い嬉しそうであった。

そんな二人を隣の千恵がどうなるのかと心配していた。そんな千恵が突然「私それどころではなかったわ！　パートナーを見つけなければ」と思い出したのである。「彦康様は……望みが高すぎるか！

高畑様や松本様は……ライバルが多すぎるし……。小島様か杉山様なら大丈夫かしら……」と悩みはじめた。

食事も一通り終えるとダンスタイムとなった。本来の『舞踏会』は宮廷で開催されるダンスパーテーである。それはウイーンのハプスブルク家からはじまった宮廷文化である。漆黒の燕尾服を着た男性と、純白のドレスを纏った可憐なデビュタント（十八歳から二十歳のはじめて社交界にデビューする女性達）がウインナワルツの曲に合わせ踊るのである。参加できるのは貴族や上流階級出身の人達だけであった。よって正式には十八歳に満たないアナスタシア姫やアリョーナ姫そしてアリーナ嬢は参加することができないのである。しかし、正式な舞踏会とは別に、貴族達は社交や娯楽のために私的にダンスパーティーを開催したのである（※通常のワルツの倍ほども速かったウインナワルツは後にアメリカに渡り、緩やかな速さのボストン・ワルツが生まれるのである）。

はじめ踊っている若い貴族の男女を見て日本人達は「集団見合い」しているように思えたのである。そして自由参加になると、日本人の女性達も目指す相手に向かって突進し挙って参加したのである。ステップはすでに朝昼夕夜となく訓練を積んでいたため修得済みであった。また、オモテストクの女性達は男性に相手がいないのを知るとすかさず我先にと駆け寄りリーダーを申し込んだためである。

（※「リーダー」本来はダンスをリードする人で、相手を「パートナー」と呼ぶ。しかし、日本の社交ダンスでは男性をリーダーと呼び女性はパートナーと呼ぶのが一般的である。アメリカンスタイルでは

リーダーと「フォロワー」と呼ぶ）
またこのパーティーは女性の数が多いため、控えめにしていると踊ることができないことをオモテストクの女性達が教えたのである。積極さを促すと共に、搗《う》ち合うことのないようにスマートに気配りをすることも忘れなかった。流石に西洋の社交界で洗練された人達であった。また皆が今日の女王主催の晩餐会は日本人の女性達のためであることを知っていたからである。
軽快なウインナワルツの曲が止んで新しい曲に変わると舞台には新しい一団が入ってきた。男性達はシックな燕尾服の装いであったが、女性達は色とりどりの派手やかな衣装を纏っていた。そんな一団はペアで踊りながら舞台の中央にくると円を描くように静止して皆に向かって頭を下げた。司会者は「この方々はロシア全土で選抜されたダンスの名手達です」と紹介した。ロシア全土の代表者達であることはオモテストクの人々は皆知っていた。彦康達に知らせるためのものであった。それは数年に一度行われる『ダンス大会』に各国が挙って参戦したためである。それは国を挙げて鎬を削る闘いでもあった。西洋の誇り高い皇帝や貴族達は戦闘の訓練と同じくらい力を入れたのである。ダンスの方が勝っていたと言った方が正しいほど盛んであった。よって選抜された人達は命がけで取り組んだのである。この大会で命をなくした人の数は少なくないと聞く。それでも挑戦しようとするダンサー達は剣客達に相通じると言えよう。とすればダンサーもまた士の魂を持っていると言えよう。いずれにしろこの集団の人達にはロシア全土の皇帝や貴族達の威信と名誉がかかっているのである。
チームのことを語れば拠点はモスクワに置いていた。その訳は西洋の社会で中心であったフランス国とイギリス国に近かったためである。そのチームは人材を求めてロシア最東のオモテストクに立ち寄っていたのである。チームの中心は「ロシアの紅バラ」と呼ばれている『マリースカヤ』（通称プリンセスマリー）であった。マリーの美しさは舞台に立つ名華の中でも抜きんでて皆の目を釘付けにしていた。その時アリーナはハッとして田澤に目を向けたのである。すると田澤は舞台には関心がなさそうにウエーターが手にしたワインオープナー（栓抜き）を興味深そうに見ていたのである。アリーナはホッと胸をなで下ろしうっとりとした眼差しを田澤に向けた。

舞台で止んでいた演奏が始まるとその曲に合わせ男女のペアーが踊り出した。それは春の爽やかなそよ風を思わせるものであった。観衆はダンスに魅了されうっとりと酔いに浸っていた。彦康や剣客達も舞台に魅せられ、その中でもマリーの踊りは格別に優雅であった。相手に合わせて踊るマリーのダンスは、誰の目からも「完璧」なものに見えた。

しかし、剣客達はマリーが満たされないものがあることを感じ取っていたのである。それは「その道」を極めた者達だけがわかり得るものであった。彦康達はマリーが「モット……モット……」と叫んでいるように思えたのである。特に日舞に通じた高畑と松本にはマリーの切ない気持ちが痛いほど伝わってきた。

そんなマリー達の踊りは曲が変わると共にステップも踊りもガラッと変わり、さらに皆を魅惑したのである。

そんなマリー達のダンスが終わると代わって三十組の若い男女のペアーが舞台に立った。その中には正装の軍服姿の若い兵士の姿もあった。司会者が「本日の舞踏会は全ロシアの民の威信がかかる、ダンスチームのメンバーの選考も兼ねております。ここに立っている三十組、六十名は女王陛下のお計らいで我がオモテストクの各地で行われた選考会で選ばれた『人達』です」と紹介した。選ばれた多くは「平民」であったが、司会者は敢えて『者達』ではなく「人達」と紹介したのである。それは特例として平民を一時的に格上げして貴族と踊る意味合いが含まれていたのである。さらに司会者は「平民の中から選抜者が出れば陛下から爵位を賜り、晴れてチームの一員となります」と伝えたのである。それを聞いて日本人達は社交ダンスは日本の盆踊り等とは異なり貴族達のものであることを痛感した。

舞台に立つ平民の女性達の衣装も皆高価な絹であった。またデザインも凝った煌びやかな物ばかりで和服を模した物まであった。平民達にとっては家族も『地位と名誉』がかかっているため食うや食わずでも衣装等に力を入れたのである。選考する側にあってはダンスの素養を見ることであり、衣装などは全く関係なかったのであるが、それもまた親心である。また選ばれた人達で希望があれば皇室が手を差し伸べ衣装等を貸し与えたのである。まさしく国を挙げてのものである。

しかし、舞台に立つダンサー達を見て剣客達は二種類に分かれていることを知った。今回は特別であったからである。それは女性で言えば一方の女性達は皆瓜実顔で、西洋人にしては背は高くはなく、立ち居振る舞いはどこか日本人的であった。それは着ている衣装が派手やかなためより一層清楚に映ったのである。その女性達の相方であるペアーの男性達は西洋人にしては珍しく毛深くなく、二重まぶたに大きな瞳と日本人の女性達が憧れる眉目秀麗、容姿端麗な男性達であった。その男性達の多くは紅までさしていた。当然の如く日本人の女性達は魅了され動くことができなかった。反対に日本の男達は容姿に惑わされることはなかった。それは日本人の女性の美しさは着飾らなくても持っている「清《きよ》ら」にあったからである。話はそれるが諺に「柳は緑　花は紅」とあるように柳は緑色で花は紅色である。それが当たり前のことで自然のままで人の手が加わっていない様を表している。日本の男性達は自然も女性もあるがままの姿が美しいと思っているのである。その時江静はそんな美形な装いの男女達を見て「女王様のお考えかしら……」と考えたが、すぐに思い直して自分の邪な考えを恥じた。

一方の異なるペアー達は目の輝きからして明らかに異なっていた。静かな表情の中に気迫が漲り、その気迫は剣客達が立ち合いに望む殺気にも等しいものであった。また容姿にしても他の一団に勝るとも劣らないものであった。侍達からすればこの男女の方が段違いに勝って美しく見えた。それは剣客が剣の道を極めるように、彼らはダンスの道を極めようとしている真摯な美しさであった。またこの一団の人達には「栄誉」や「爵位」は二の次のように思えた。

アリーナはロシアの紅バラが去りホッとしたが、また美女達が出てきて心は穏やかではなかった。そんな男女三十名による一通りのダンスの披露が終えると司会者が突然「ダンスタイム・スタート」と声がかかった。その声よりも早く動きだしたのは貴族の令嬢達であった。向かったのは日本の男性達であった。

アリーナは「アー！　間に合わない！」と叫ぶとテーブルに上ろうとして侍従に止められた。この素早さからして侍従達はあらかじめ予想していたと思われた。アリーナは上が駄目ならとテーブルの下に潜り這って田澤の下に行き両足を引っぱったのである。田澤は驚く間もなく椅子から滑り落ちた。二人はテーブルの下で顔を付き合わせたのである。そしてアリーナは開口一番「待った〜」と話しかけたのである。意味がわからないまま田澤は「ウン」と頷くと、アリーナは嬉しそうに唇を押しつけたのである。

侍従はすぐにテーブルの下を覗いて「何かお探しですか」と尋ねた。アリーナはキスの余韻に浸ることもなくやむなく田澤と二人テーブルから這いだしたのである。そしてアリーナは「見つかりましたわ。ありがとう」とすました顔で侍従にお礼を述べた。侍従は「ウ……ン（何をお探しでした）」と訝しそうに見ると、アリーナはその意味を察して握った田澤の手を突きだしたのである。侍従は「良かったですね」と言うことしかできなかった。

そんな侍従にこっそりと「他の女性に取られないためよ。わかるでしょう」と言って片目を閉じて（ウインク）見せた。侍従は「ア……ハイッ！　わかります」と丁寧に頭を下げて舞台に向かう二人を見送った。腕を組んで歩くアリーナは「本当に危なかった」と安堵のため息を漏らした。

その時江静は「女王様の御意思だったのね」と改めて感じたのである。その僅かな間に武蔵のところには多くの女性達が殺到したのである。武蔵をはじめ日本人の男性達のところに押し寄せたのはオモテストクの未婚の女性達であった。その女性達は日本の女性達にも譲ることはしなかったのである。日本人の女性の下にはあのハンサムなダンサーや若い貴族達が押し寄せたのである。そんな光景を唖然と見ていた江静の下にも男性達が列をなしていたのである。その列に並ぶ男性達は平素は並ぶことのない超上流階級の貴族達であった。これでは武蔵と踊ることなど到底無理であった。リュウがいれば「江静様もアリーナさんのようにもぐれば良かったのに」と言ったであろう。また、菊池峰や酒井悦子、三束、まゆみ、せつにも貴族達が列をなしていた。

日本人の男性で、オモテストクの女性達の列がなかったのは彦康をはじめ上席の人達と下では田澤だけであった。平民の女性のダンサー達もまた負けずに日本の男性達に駆け寄っていた。その時剣客達は同じ魂を持つ者として心の中で「プリンセス・マリーに良きパートナーが見つかりますように」と願っていた。


ダンスが始まるとマリースカヤ（マリー）は女王や彦康達と同じように上席から舞台を見ていた。マリースカヤはアデリーナ女王の妹の娘（姪）であった。アデリーナ女王はアリハンゲリスク国（ロシアで二番目の大国）の娘である。そしてオモテストクの国王のもとに嫁いできたのである。アデリーナ女王の妹はコミ国（ロシアで三番目の大国）の国王と結婚しマリーはその娘（王女）であった。年はアナスタシアと同じ十七歳であったがその卓越したダンスと美貌から西洋の貴族達から「ロシアの紅バラ」と呼ばれていた。

そのマリーが舞台を見つめる眼差しは心なしか光が乏しく寂しそうであった。そんなマリーの瞳に僅かであるが明かりが灯ったのを女王と彦康は見逃さなかった。マリーの目は日本人の男性達を見ていたからのである。丁髷を結った日本人の男達がブリテン（イギリス）式の洗練されたダンスを踊っていたからである。それは櫛引丸の水夫達であった。しかし、それはマリーを驚かせただけで、魂の弦をつま弾いたり打つことはなかった。消えかけたマリーの瞳にまた輝きが見えたのである。マリーが見つめる先を何度か追った女王は彦康に誰かと尋ねた。彦康は剣客達であることを伝えた。その踊りは華麗とか優雅とは縁遠いものであったが、基本に徹した寸分の乱れもないものであった。剣で言えば全く隙がないと言えるものである。さらにパートナーの乱れたステップや崩れた体勢を補ってのことであった。そのステップは超一流と呼べる域にあった。女王から日本の剣客達はダンスがはじめてであると聞いてマリーはさらに驚いたのである。マリーは「剣客達はロシア、いや西洋の社交界において超一流のダンサーになれるだろう」と確信したのである。しかし、すぐに自分のパートナーには向かないと悟ったのである。それは自分と同じものを感じたからである。マリーの瞳に火は灯したが燃焼させることができず、魂の弦も打つことはなかったのである。また、マリーは「流石に日本を代表する剣術の先生方ですね。私は先生方が剣技を極めたように、ダンスを極めたいのです。でもそれには……」と呟いて淋しそうに目線を会場に戻した。マリーは「ダンスは一人ではないんです」と言いたかったのである。

マリーは定まらない視線で会場の「自由奔放にして個性豊か？」に踊るダンスを見て羨ましかった。それはマリーは剣客達がたどった道のように落ち込んでいたためである。マリーの瞳は益々暗さが増していった。全国を回って期待を裏切られ続けてきたマリーの力ない目線は入れ替わった渦の中に輝きを見いだしたのである。それは目よりも先に魂の弦が打たれたのである。感性というものであった。マリーは高鳴る胸の鼓動を沈めるように目を閉じて手の指を組んだのである。そして「幻でありませんように」と祈って、さらに「神様！　お願い！　現実であれば心の弦をつま弾いて」と願った。マリーの突然の変わり様に女王と彦康は驚いたが、おくびにも表情には出さなかった。そして二人は顔を見合わせて舞台に目を凝らした。

マリーは静かに目を開けて会場に目を戻すと、願いが叶えられたかのようにダンスの渦の中に三つの輝きが残っていた。マリーが最初に目をやったのは、中でも一番光り輝いていたペアであった。そのペアーは男性が自分の意のまま思うまま巧みに女性をリードして華麗にそして優雅に踊っていたのである。その踊りには西洋のダンスにはないみやびやかさ、艶やかさがありとても剣術の先生には思えなかったのである。そのダンスの一コマ一コマをとってみても全く非の打ち所のないダンスであった。しかしながらマリーの魂の弦は打つことができたが、つま弾くことができなかったのである。マリーは「もしこの男性と組めば、二人は主張が強すぎてお互いの良さをつぶし合うことになるでしょう。それでは私の求めるダンスはできない」と諦めざるを得なかったのである。さらにマリーは「もしこの男性がロシアに生まれていたらロシアはダンスと共に西洋の社交界でもっと栄えていたでしょう。そしたら私は多分いなかったでしょう」と思っていた。その男性の名は剣客の高畑晴吉であった。

次にマリーが目をやったのは、二番目に光輝くアリーナと田澤のペアであった。アリーナは男性のように自分の意が赴くままに相手の田澤をリードして踊っていたのである。田澤は自由奔放にして天真爛漫に踊るアリーナに全身を委ねるように踊っていたのである。そんな田澤を見て「なんて素直で優しいダンスなんでしょう。女性にされるがままに一体化している男性を見たことないわ。これは私もまた他の女性達でも敵わないでしょう。しかし、前の男性とは反対に自己主張が欠けすぎているわね。素晴らしいダンスだけれど、私のダンスにプラスになることはないわね」と心の扉を閉じたのである。その時マリーは心の奥底で「もし、この男性が前の男性の半分でも積極さがあれば……」とも思ってもいた。当の田澤はその時自分の足の指達が履き慣れないブーツに虐められて耐え忍んでいたのである。当然ダンスも消極的にならざるを得なかったのである。またマリーは「そう言えば次の大会の会場はパリだったわね。フランスの社交会はお国柄、見栄えが非常に影響するんだった」と頭を過ったのである。もし、このことをアリーナが知れば「それなら田澤先生は最適よ。まるで田澤先生のためにあるようなものね。フランスは良いお国ね」と言うことは必定であった。

二度心の扉を閉じたマリーは最後はほんのりと輝くペアに祈りを込めた目線を向けたのである。このペアの踊りは高畑や田澤のペアのように一等星のような輝きはなかったが、ほのぼのとした輝きが二人を包んでいたのである。それは光の雲海と言えるものであった。マリーほどではないが他にもそのきらめきを感じた人達もいた。マリーの強い目線を追った女王と剣客達であった。そのペアーの女性はダンスの至極を味わうように踊っていたのである。マリーにとって顔見知りの超上流貴族の子女であった。平素知る彼女のダンスの腕前を花にたとえるなら薊の花であった。その薊が「薊の花も一盛り」と言うように最高の美しさで満開に咲いていたのである。その輝きは日本人にとって花の代名詞である「シャクヤクや牡丹」の輝きとは比にならないものであった。しかし、マリーはその花の輝きの頂点に目を奪われたのである。

その女性は自己主張をするわけでもなく、されど従順すぎることもなく相手と対等に踊っていたのである。その薊の花の最高の域で踊り続けられるということは、偏にこのペアの男性がリードしているのに他ならないのである。マリーはさらに鋭い目線をパートナーに向け驚いたのである。相手は両目を閉じたまま会場を自在に踊り回っていたのである。当然ではあるがホールドを崩さずリードしていたのである（※「ホールド」とはリーダーとパートナーが組んで踊る際に作る上半身を指す）。

男性がリードしてと言ったが、それはマリーの目からのもので他の人々にはわからないものであった。男性が『相手の女性が最高に踊れるように』と心を配っていることをマリーは見抜いていた。さらにマリーは楽しんで踊っているように見える男性が「もっと……もっと……自由に踊りたい」と叫んでいるように思えたのである。まさしく自分と同じ叫びがマリーの魂の弦をつま弾いたのである。そんなロシアの紅バラの心を射止めた剣客は松本幸子郎であった。この時マリーはまだ松本が日本人の剣客であることは知らなかったのである。それは丁髷に目をやるまでの余裕がなかったからである。

マリーの燃えるような眼差しは幸子郎のダンスに向けられたままであった。その熱き視線が会場の人達にも伝わり知ることとなったのである。また皆の関心がマリーのパートナー探しにもあったからである。そのため曲が終わっても誰も動こうとはしなかったのである。また、次の演奏も始まらなかった。皆はただマリーの動きを気遣い見守っていた。そんな中、マリーは立ち上がるとゆっくりとした足取りで会場に入り幸子郎の前に立った。女王はじめ会場の人々は誰一人動くことなく息を殺し、マリーの足取りを追い幸子郎の前に立つのを見守った。

幸子郎の前に立ったマリーは両手を優雅に広げると片足を引いて上体を倒しダンスの相手を申し出た

のである。これを見て人々は成り行きを案じさらに息を固く止めたのである。その時幸子郎にダンスを申し込むために列をなしていた女性達も、他の女性達と同じ様に胸の前で両手の指を合わせ見つめていた。そんな人々を見て日本人達は最先進国である西洋の社会では、いかに社交ダンスが重要な地位を占めているのか改めて知ることとなった。

幸子郎はマリーの麗しい申し入れに対して、左足を静かに後ろに引き、左手は後ろに回し、右手を胸に付けて深々と頭を下げたのである。そんな二人は『一幅の絵』のように決まって見えた。その決めもまたダンスの欠かせない要素の一つであった。薊の花には失礼ではあるが薊には決して出すことのできないものである。会場の人々は二人の絵姿を見て安心したように大きく息を吸ったのである。そして落ち着いた人々は幸子郎の丁髷姿を目に留め「プリンセス・マリーの願いが叶いますように」とさらに深く祈ったのである。

そんな二人を見定めたように演奏が始まったが誰も踊り出すことはなかった。それは会場の片隅に立つマリーと幸子郎は向き合ったまま首を垂れていたからである。そんな中、二組のカップルだけが踊り出したのである。アリーナ・田澤ペアと高畑と新しい女性のカップルであった。高畑は二人は自然の流れのままに任せた方が良いと思い、踊りはじめたのである。アリーナも多分同じであったと思われる。そんな二組を見て他のカップル達も踊りに加わり踊り出したのである。解放されたかのように踊り出したカップルは、はじめぽっかりと空いた空間もすぐになくなり自分達のダンスに熱中した。それが日舞の師でもある高畑の狙いであった。しかし、見物する人達の目は皆二人に注がれていた。そんな人達の中にはマリーが選択を誤り悩んでいるかのように映ったり、相性が合わないのかしらと心配している人達もいた。しかし、剣客達は二人の相性が最適であることを見抜いていた。それは二人から醸し出される薫りにも似た気からである。その気は多くの人がわかる男女の恋心とは異にしたもので極めた者だけが知り得るものであった。

その時二人は剣客達が察した通り目を閉じ頭を垂れてはいたが、心の中でリズムを味わっていたのである。全く見ず知らずであった二人がすぐに踊り出すということは形だけの踊りになってしまうからである。それはダンスを極めようとするマリーの意に反するもので、幸子郎もそれを察して気を合わせていたのである、というよりも自然とそうなったのである。気が最高潮に達すると身体が自然に動き出すことを二人は知っていたのである。そのタイミングが少しでもずれるとマリーの思惑は無に帰すこととなるがマリーは微塵も心配するどころか考えてもいなかったのである。

皆の心配を知っているかのように突然二人は同時に顔を上げてホールドすると目を閉じたまま踊り出し、皆の踊りの輪に入って行ったのである。そんな二人のダンスははじめて組んだペアにはとても見えなかった。混み合う会場を縫うように舞う二人の踊りは他を圧倒し、徐々に踊りを止めて見る人達が増えていった。その時皆は二人が目を閉じて踊っていることを知らなかった。ましてや幸子郎がダンスの初心者であることなど考えもしなかったのである。一緒の輪の中で踊るカップル達は二人のダンスに心を奪われ、踊ることよりも見ている方が長かった。ワルツの曲が終わる頃にはすでに多くのペアは会場の外から見ていた。二人のダンスを一番注視していたのはマリーのチームのメンバー達であった。メンバーは二人が踊り出すとすぐに飛び出てきて、二人の姿を追い走り回っていた。それはなりふり構わないと言えるものであった。見ている人達を気遣う様子もなく前を横切り、立ち塞がるようにして見ていたのである。邪魔された人達は不満ではあったが反対にその姿を見て嬉しさの方が何倍も勝っていたのである。

そして曲がヨーロピアン・タンゴに変わると二人はまた頭を垂れて舞台の片隅に立った。

ヨーロピアンタンゴとおおざっぱに言うが実際にはジャーマン、フレンチ、ロシアン、チロリアン、フィニッシュ、ダッチ等とタンゴは各国ごとに異なっている。そんな二人を気遣う風もなく周りでは多くのペアが踊りはじめた。しかし、前の時よりははるかに少なかった。踊っていたペアの多くは日本人の女性達であった。その中には高畑のペアや唯一パートナーが代わっていないアリーナと田澤のペアも混じっていた。当然この二組にも代表チームの目が注がれていた。そして佇む二人はワルツの時よりも速く踊り出したのである。二人が踊りはじめると踊っていた他のペア達は徐々に舞台から出て見物にまわった。それはあたかもマリー達に対しての呼び水のように映った。

次に「ベニーズワルツ」、そしてスピーディーで非常に激しいリズムの「フォックストロット」と曲が変わる度に二人は佇み、そして踊り出すのである。そして徐々に踊り出すのが早くなっていったのである（※「フォックストロット」は後にワルツのゆったりした動きを取り入れて『スローフォックストロット』が生まれるのである）。その頃になると舞台会場は高畑、アリーナそしてマリーの三組のペアだけとなった。三組となっても会場の迫力は混み合っていた時と変わることはなかった。

曲が止んだ時高畑の下に素早く駆け寄った女性がいた。女性と言うよりも可愛いらしいと呼んだ方が相応しい少女であった。

少女は高畑に駆け寄ると「両手を広げ片足を引いて」作法通りにダンスを申し込んだ。高畑もまた作法に従って受けたのである。その作法は他の人達を見て得たものである。少女の名は「ナターシャ」といって年は十二歳である。ナターシャはマリースカヤに憧れてチームについて回っていたのである。ナターシャはロシア全土でも知らない人はいないと言われるほどの名門『ロマノフ家』（ツアーリ国）の王女であった。そのことは師、マリースカヤだけには打ち明けていた。しかし、女王家の人々とアナスタ王女はナターシャの身分と存在は知っていた。その訳はロマノフ家から陰の警護を内々に頼まれたからである。そんな経緯で女王達はナターシャと面会することがなかったのである。しかしながらチームに対する警戒警備は万全であった。チームにはマリースカヤというコミ国の王女がいるため誰も不思議に思う人がいなかったのである。面識のなかったナターシャ姫であったが、高畑に駆け寄った少女を見てすぐにナターシャとわかったのである。ナターシャは生まれ持った気品と、貴族には貴族の、また家系には家系の顔と容姿があったからである。ナターシャの顔はまさしく美女・ロマノフ家の女性の顔であった。

そんなナターシャが他の女性達を押しのけるようにしてまでダンスを申し込んだ理由は、「後進国（未開の野蛮人）の男性に対する西洋の貴族女性達のあまりの不甲斐なさ」にいたたまれずに飛び出したのである。裏を返せば男性のダンスがあまりにも魅力的で素晴らしかったからとも言える。

そんなナターシャは十二歳ではあったがダンスの才幹は師マリースカヤに次ぐと言われていた。師マリーが西洋の社交界で「ロシアの紅いバラ」と呼ばれているのに肖《あやか》って、チームの人達は「ロシアの白いバラ」と呼んでいた。そんな腕前であったからこそ歯がゆくて飛び出したのもわかる気がする。また、ナターシャがこの舞踏会で踊る予定がなかったのは年齢のためでもあった。ダンスの大会の参加年齢の決まりはなかったが、一応十四、五歳が目安とされていたため公の人達の前では踊ることがなかったのである。当然会場の人々もナターシャの身分を知らず、ダンスも見たことがなかったのである。

そのためナターシャが着ていたのはドレスではなく民族衣装である『サラファン』であった。サラファンは庶民が着る質素なウールや綿ではなく真っ白なシルクに金糸と銀糸で刺繍した最上の物であった。気品と貴族の面立ち、そして高価な衣装を纏っていればそれはまさしく高貴な貴族の令嬢でしかなかった。ナターシャの容姿はまさにチームの人達が言うように「白いバラ」の妖精を思わせるものであった。高畑を横取りされた女性達は怒ることも忘れ、ただナターシャの可愛らしさと気品に圧倒された。そして早く高畑と踊る姿を見たかったのである。それほどナターシャが高畑にダンスを申し込んだ時の様が絵になり皆の心を捉えたのである。上席の女王達もまた皆と同じように興味津々に踊り出すのを待っていた（※民族衣装『サラファン』はマトリョーシカ〈民族人形〉に描かれている衣装である。庶民の着るものは質素で色彩も乏しかった。赤色のサラファンは結婚衣装に用いられた。ついでではあるがウール〈羊の毛〉は異国では八千年以上前から使われていたと言われている。しかし、日本では湿気が多く放牧に向かないためと、肉を食さなかったために馴染みが薄かったのである。しかし、干支にあるように羊との関わり合いは古いと言えよう）。

息巻くようにダンスを申し込んで下げた頭を上げたナターシャは、高畑の顔を見て全身に衝撃が走ったのである。高畑は男性でありながら美しいとしか表現ができないほどの美形であったからである。ナターシャは飛び出るまでは、日本の侍が颯爽と踊る姿しか目に止めていなかったのである。それほどすばらしいダンスであったと言えよう。衝撃を受けたナターシャは、気丈にも息を呑み込み奥歯を噛みしめ、さらに下腹に力を入れて動揺を抑えたのである。そして目に満々の力を込めて相手を睨もうとしたが、相手を直視することができなかったのである。その目線の先は高畑の口元で止まっていた。そんなナターシャを見ていたアナスタシアとアリョーナは、ナターシャの乙女心が痛いほどわかった。一方女王はなぜかそんなナターシャがいじらしくて抱きしめてやりたかった。それは「決して実ることがない……」ということを女の勘（直感力）で知っていたからである。

その時高畑はナターシャを見てやんちゃな妹を見るように優しく包み込んでいた。そんなナターシャであったが曲が始まると人が変わったようにすぐに踊りはじめたのである。二人のダンスは兄妹のように相性が良かったからである。兄のような高畑が凛とリードして、またナターシャは兄を慕う妹のように従順に身を任せて踊ったのである。それは自然の成り行きであった。従順に踊るナターシャをチームの人達は見たことがなかったのである。これまでのナターシャのダンスはマリーのようにリードされながらも相手をリードするものだったからである。それはマリーを真似てのことであった。今、高畑にリードされて従順に踊るナターシャを見てチームの人達は『つぼみのロシアの白いバラ』が花開いたように感じたのである。そんなナターシャのダンスはマリーとは対照的なものとなっていたが、皆を魅了したことにおいては差がなかったのである。

次に肝心のマリーと幸子郎に目を向けた。するとこれまで曲が始まってもすぐに踊り出すことのなかった二人が曲が始まると同時に顔を上げホールドし踊りはじめたのである。それを見て会場の人達は違和感を覚えた、というよりも違和感が解消したことを自覚したのである。それは二人の目が開いていることを知ったからである。それまで見ていた人達は二人が踊り出した喜びで誰もが目にまで注意を向けていなかったのである。また二人は混み合う会場を流れるように踊っていたため当然目は開いているものと思っていたのである。二人の目が開いていることがわかったのは、見開かれた目から発せられた光線にも似た輝きのためであった。そんな人々の驚愕はしばし収まることがなかった。

目を開けた幸子郎とマリーも皆と同じように衝撃を受けたのである。幸子郎はマリーの長い睫毛に守られた大きな紫の瞳の輝きに心打たれ、またマリーは幸子郎の澄んだダークブラウン（濃褐色）の瞳の輝きに魂を揺さぶられたのである。それは一瞬のことで、二人はすぐに何もなかったかのようにホールドすると踊り出したのである。そのダンスは前にも増して優雅さ、迫力、切れ等が加わり、見る者達を圧倒した。その中でも一番変わったのは、ダンスに魂があるとするならその魂に心が通ったことである。女王をはじめ『世界大会』観戦の経験者達は二人のダンスを見てその大会を思い浮かべていた。また、大会を見たことのない人達は「夢の世界」を見ているように思った（※「紫の瞳」は一千万分の一の確率で生まれると言われている。それは宝くじで一等が当たる確率に等しいものである。またサイコロで同じ数を十回続けて出すのに等しいと言われている）。

次に田澤とアリーナのペアに目を向けると二人は一度も相手を変えることなく踊っていた。さらに二人は曲が終わっても一度も離れることがなかったのである。二人が変わるのは、アリーナがリードをし田澤が身を委ね踊っている時と、曲が終わり、凛と立つ田澤にアリーナがしなだれかかる時だけである。そんな二人を見ても人々は嫌悪感を感じる人がいなかったのである。それは田澤の個性的（厳つい）な顔のためなのか、それともあどけなさの残る美女アリーナのせいなのかはわからないが、会場の皆は優しく見守っていた。そんな二人を見て侍従長はしばしば女王と王子に目を向けたのである。しかし、女王達は嫌がるどころか反対に微笑ましそうに眺めていたため黙って見ているだけであった。

そんな些細なことよりも皆が驚いたのはオモテストクの貴族の子女の中で一番自由奔放と言われているアリーナがダンスの名手であったことである。それはペアの田澤の力も大きいと思われるが、それだけではこれほどまで上手に踊ることができないことをマリーやチームの人達は知っていた。剣客達もマリーと田澤のダンスに魅了されていた。そして剣客達は「何の道」も甘くないことを知っており、アリーナのダンスの巧みさは天分と弛まない努力があったためと思って見ていた。アリーナのその努力をはじめに感じたのはパートナーの田澤であった。田澤にしても剣の道を極めるために血の滲む稽古をしてきたためアリーナの努力がわかったのである。

そのためなすがまま身を任せ踊ったのである。そんなアリーナは「紅いバラ」、「白いバラ」に混じり「星見草」となり、三本の花々は舞台狭しと踊り回ったのである（※「星見草」は『菊』の和名の一つで、その他には「隠逸花」、「千代美草」など珍しい名前が沢山あり古くから日本で愛されていたことが窺い知れる。菊の花言葉は「高貴」「高尚」「高潔」で、凛としたたたずまいの姿と気品ある香りからこのような言葉が生まれたと言われている）。

バラが「夏の花」とすれば、菊は僅か遅れて咲く「秋の花」である。そんな星見草のペアにも限界が来ていた。それは蝶ネクタイで締め上げられた田澤の喉仏でもなく、またブーツで雑巾のように絞られた足の指達でもなかった。アリーナのハイヒールであった。そのハイヒールの踵が折れる寸前に田澤が気づきアリーナを両手でサポートしたのである。しかし、ダンスの流れを乱すことなく曲が終わるまで踊り続けたのである。見ていた人達はこの異変に気づくことはなかった。そして曲が終わると同時にアリーナは前と同じようにしな垂れかかったのである。それを田澤が自然のように抱き止めると、両手で抱き上げて歩き出したのである。その時皆はアリーナのハイヒールの片方に踵がないことを気づいたのである。当然いつ踵が折れたのか知る人はいなかった。また、ダンスの途中で田澤が左足でアリーナのドレスの下を薙いだことを知る人はいなかった。異変を感じ取ったのは二人を直視していた剣客の数名だけであった。田澤は折れた踵が他のペアに邪魔にならないようにと払いのけたのである。田澤がアリーナを抱きかかえたまま舞台の一角に進むと「一寸もずれたか！　足袋（ブーツ）の所為か？　指達か？

いや！　ヤッパ俺の所為だ！」と呟くと、アリーナを下ろすことなく、膝を曲げて踵を拾い上げたのである。そして立ち上がるとアリーナに優しく踵を差しだしたのである。アリーナは折れた踵を宝物でも扱うように片手で受け取ると抱きしめたのである。一方の片手は田澤の首にしっかりと巻かれていた。誰もいなければ田澤の唇は塞がっていたと思われる。アリーナは子供のように下りようとはしなかった。

田澤が折れた踵を拾うのを見ても多くの人達は自然と転がったものと思い込み、田澤が蹴ったとは夢にも思わなかったのである。またマリーの仲間達も見ることはできなかったが、折れた踵が邪魔にならないあの隅まで人の手が加わらなければ行かないことを知っていた。また舞台にあったとすれば多くの人達が転んだりして怪我をしたはずであった。それを知ったチームの人達は日本の剣客という存在に畏敬の念を抱いたのである。そしてチームの人達は「アリーナさん。先生を絶対に放しちゃだめよ」と心から声援し祈ったのである。

また一緒に踊っていたマリーとナターシャは踊っている途中に何かの異変、気を感じたのであるが、それが何であるかまではわからなかった。そして田澤がアリーナに踵を渡しているのを見てはじめて一連のことを察したのである。マリーは「先生、私が間違っていました」と心で詫びた。またナターシャは「この御方（高畑）、あの御方（田澤）と日本のお侍様っていったい何なのかしら？　私ってまるで子供みたい」と悄気返《しょげかえ》っていた。そしてすぐに自分が思い上がっていたことを知り反省すると共に、この方達から学べることを学ぼうと心に決めたのである。しかし、ナターシャの目は高畑にだけに向けられていた。そんな舞姫二人も「アリーナさん。幸せを放さないで」と心で叫んでいた。

舞台から降りたアリーナの両手は田澤の首にしっかりと巻かれたままであった。多くの視線が注がれていたが二人は気に掛ける様子もなかった。しかし、アリーナはその中で気になる視線に目を向けたのである。その視線の主は女王陛下であった。アリーナは瞬時に体が硬直し、首に回した両腕が解けて落ちそうになった。それを田澤がしっかりと抱き止めたのである。その時侍従の一人が新しいハイヒールを持って駆け寄って来た。「女王様からです」と差し出されたハイヒールを見てアリーナはやむなく両腕を解き、下りたのである。ハイヒールは田澤が優しく手を添えて履かせたのである。履き終えたアリーナは侍従に会釈しそして赤らめた顔のまま女王陛下に向かって丁寧に頭を下げたのである。その後ろで田澤も倣って頭を下げた。そんな二人を侍従は急遽設けた席に案内したのである。それも女王の命によるものであった。女王は派遣の慰労とアリーナの意（田澤が他の女性と踊らないように）を汲んで別席を設けたのである。席に着くとアリーナの両の手はテーブルの下で田澤の手をしっかりと握っていた。田澤の残った片手にはグラスが握られ仲良く舞台を見ていた。

田澤のペアが舞台から去るとナターシャは高畑の手を取って上席に向かった。その姿はおませな女の子が好きな男の子をデートに連れ出す姿にも似ており、また仲の良い兄妹のようにも映った。ナターシャは上席に着くとはじめに女王の前で両膝を付き「一緒に踊りましょう」と誘ったのである。まるで母親に甘えてせがんでいる娘のように映った。そんなナターシャの横で高畑も倣い両膝を付いていた。女王が彦康に目を向けると彦康がコクリと頷いた。それを見て女王は立ち上がってナターシャに「よろしくね」と笑顔で答えた。当然その時は彦康も立ち上がって対応したのである。ナターシャは頭を深く下げて「ありがとうございます」とお礼を述べると高畑もそれに倣った。はじめ女王陛下に対して天真爛漫そうに振る舞うナターシャに貴族の女性達はハラハラとしていた。しかし、物怖じしない態度と気品ある仕草にそれがすぐに消し飛んだ。そして付き添う凛々しい高畑に目をやりうっとりと見つめていた。

女王と彦康の同意を受けたナターシャは笑顔で立ち上がると次に公麻呂そして王子達の前に立った。ナターシャは左足に重心を乗せて、伸ばした右足をその左足の後ろに付けて軽くプリエ（足を曲げる・折る）をしダンスに誘った。その可愛らしい仕草は妹が兄姉達にパーティーに連れて行ってとせがんでいるように映ったのである。王子や公麻呂そして姫達が兄姉のように映るということは、ナターシャがそれなりの身分であることが人々にも窺い知れたのである。このプリエの挨拶は女性の正式な作法の一つでもある。作法を知らない高畑は、ただ姿勢を正して片膝をついただけであった。しかし、それも男性の正式な作法であることを高畑は知らなかった。ナターシャの誘いを受けた二組のカップルは喜んで承諾したのである。特に姫達二人の喜びようは傍目にも伝わってきた。笑顔で見交わす三人の少女達はまさしく仲の良い三姉妹そのものであった。

その後、ナターシャが先頭に立ち舞台に案内したのである。その時先頭のナターシャは高畑の手をしっかりと握っていた。舞台に立ったのは五組のペアであった。中央に女王と彦康が立ち、四隅に王子、公麻呂、高畑、幸子郎とそれぞれのペアが立った。女王が皆の前で踊るのは夫アレクサンドル一世が亡くなって以来久方ぶりのことであった。しかし、そのダンスは会場の皆を魅了するものであった。「歌を忘れたカナリアは　象牙の舟に銀の櫂　月夜の海に浮かべれば　忘れた歌を思い出す」と歌を忘れた鳥が歌を思い出す詩がある。その象牙の舟や銀の櫂などのように手助けをしたのは彦康であった。当然彦康も女王に支えられて踊ったのである。また王子、アナスタシア、アリョーナのダンスの素晴らしさは当然と言えるものである。しかし、初心者である彦康、公麻呂をはじめとする剣客達のダンスの巧みさにはダンスのプロフェッショナルであるチームのメンバー達も舌を巻くほどであった。

五組のダンスは数曲だけであったがその優雅さや華麗さは西洋最先端を行くと言われるフランス国、エゲレス国（イギリス）、エスパニア国（スペイン）の皇室の舞踏会をも凌ぐものであった。その中でも幸子郎とマリーのダンスはますます大胆で独創的なものとなっていった。それは世界大会を見た経験のある貴族達にとっても驚くほどのものであった。

そんなマリーと幸子郎のダンスは、幸子郎がリーダーでマリーがパートナーのように映ったがそれは誤りである。それではリードしているリーダーがマリーかと言えばそれもまた誤りであった。通常ペアはリーダーとパートナーの役割はハッキリと決まっていた。従ってリーダーの技量が八であればパートナーはその八に近づけるために力を注ぐのである。当然そのペアのダンスの最高は八を超えることはない。マリーと幸子郎のペアはマリーが八で踊れば幸子郎の技量がそれに加わり九、十、十一……と高いものとなるのである。そのためどっちがリーダーだと言えないのである。マリーは相手である幸子郎を気にすることなく、自分のダンスを思う存分踊るだけで良かったのである。個性豊かなマリーにとって幸子郎はこれ以上ない最高の相手であった。チームの人達はこれまでマリーがこのように一心不乱になり踊る姿を見たことがなかったのである。これまでは相手のことを考えて踊らなければならなかったからである。相手もロシアを代表する一角のダンサー達であったが、マリーの繊細にして並外れたスケールのダンスに付いていくのが精一杯であった。当然その枠から抜け出ることはできなかったのである。今回マリーが陶酔したように自由奔放に踊る姿を見て会場の皆はパートナーが見つかったことを知ったのである。また幸子郎を慕う女性達は「私諦めますからマリーさんのパートナーになってあげて」と祈っていた。また女王や王子達も皆と同じようにパートナーとなってこの国に残ることを心から願っていた。

最後の曲が終わった時、舞台はマリーとナターシャの二組だけであった。マリーと幸子郎は舞台の中央で見つめ合っていた。そんな二人を会場の人達は祈るように見つめていた。一方の高畑とナターシャも会場の皆と同じように二人に目を向けていた。そんなナターシャであったが、時々目を高畑に向けては恥じらうように戻していた。見つめ合うマリーの紫色の瞳は喜びであふれ宝石のように輝いて幸子郎の瞳に「やっと、やっと私の相手が見つかりました」と語りかけていた。その時マリーの心の中に不安が芽生えたのである。その不安は幸子郎の瞳を見つめながらますます膨らんでいった。マリーの明るかったパープル色の瞳は不安のために徐々にバイオレット（すみれ色）に沈んでいったのである。変わりゆく瞳を見て、幸子郎はマリーの不安を悟ったのである。それはひとえに「パートナーを断られたら」との不安であった。マリーが生まれてはじめて味わう弱気というものであった。そんな自分に気づいたマリーであったが自身ではどうすることもできずただ幸子郎の瞳を見つめるだけであった。

また幸子郎にもマリーの不安の原因はわかっていたが、どうすることもできずマリーと同様に相手を見つめることしかできなかった。

また、幸子郎は西洋のダンスを踊るマリーと、日本舞踊を踊る師匠と同じものを感じたのである。当然それには違いはあったが、魂は同じように思えたのである。

日舞の師でもある高畑はマリーの喜びと不安が痛いほどわかっていた。マリーにとって幸子郎がダンスの最適の相手であることがわかればわかるほど、不安がつのり膨らむのは当然であったからである。また幸子郎が日本の剣客で多くの弟子達もおり、この国に残りマリーのダンスのパートナーになることなど考えられないことであったからである。その時高畑は弟子でもあり弟のようでもある幸子郎が、この地に残るか残らないかの決断は幸子郎自身の意思に任せようと決めたのである。それは日舞の師でもある高畑がダンスを極めようとするマリーの熱き魂に打たれたからであった。何せマリーが極めようとするダンスは相手があってのことであり、一人では絶対に叶わないものであったからである。

また高畑は自分のパートナーであるナターシャが全身全霊を傾けて挑んできたのに対し、精魂込めて対応したのである。そしてナターシャはマリーのように才能に恵まれていることを知ったのである。一方の十二歳のナターシャは高畑の計り知れない技量に包まれて驚愕すると共に、幼鳥が親鳥を慕うように傾倒しはじめたのである。それは高畑にとっては避けなければならないことであった。二人で踊るのはこの場限りのことであったからである。そのため高畑は踊りはじめてすぐから「私は剣に生きる身で貴女のパートナーにはなれない」とキッパリと目で伝えたのである。感性に富んでいるナターシャはすぐにそのことを察したのである。そして心で泣きながらも必死にダンスに挑んだのである。そして高畑から学べることは学び、吸収すべきことは吸収しようとする意気込みは、すでに魂を持ったダンサーであった。しかし、曲が止んでいる時等は乙女心が自然と覗くのであった。最後の曲が終わった時ナターシャはすでに十二歳の少女に戻っていた。

高畑は幸子郎達から目を戻しナターシャに目を向けるとナターシャはニコッと笑って頷いた。高畑もまたそれに応えて微笑んで頷いて見せた。ナターシャが若いながらも心のけじめをつけ終えたことを知った。高畑はそんなナターシャの手を取ると二人でマリー達の下に向かったのである。それはナターシャを幸子郎と踊らせ、自分はマリーと踊りその違いを教えるためのものであった。そのため一組が踊り一組は見るのである。そのことをマリーに身振り手振りで伝えると、マリーはすぐにその意を理解して大きく頷いた。そしてすぐに女王の下に赴いて承諾を得たのである。女王もまたすぐにその場に侍従長と楽団の指揮者を呼んで伝えたのである。命を受けた侍従長は会場の人々にそのことを伝えたのである。すると会場からは万雷の拍手が沸き上がった。侍従長はさらに「最後となります二曲は是非『日本』の方々も踊られてお楽しみください」と話したのである。これは江静が武蔵と一度も踊っていないことを知っていた女王陛下の計らいであった。それを察した江静は素直に武蔵を誘い、舞台に立ったのである。上席からはアリーナが田澤の手を取って舞台に立ったのである。それを見ても誰も不思議がる人はいなかった。以上三組が舞台に立ったのである。他の人達は二度とはないであろう世界トップレベルのダンスと宮本武蔵と細川江静のダンスを見るために見物にまわったのである。

はじめは高畑とマリーのペアであった。二人のダンスは華麗でかつそのステップは日本刀のように切れ味の良いものであった。二人のそれぞれの技量は幸子郎とナターシャを明らかに上回るものであった。また、見ている人達は魅了されると共に身震いさえも覚えたのである。その時ナターシャは二人の凄さ素晴らしさを知ったが何か物足りなさも感じたのである。それはマリーと幸子郎のダンスを思い出してのことであった。幸子郎先生の技量は高畑先生よりも上とは思えなかったが、二人のダンスの方が上であるように思えたからである。また、他に踊る江静と武蔵、アリーナと田澤のダンスはマリーと高畑のペアのダンスとさほど差がないと思えるほどすばらしいもので皆を魅了したのである。

ナターシャは二組の一人一人の技量は明らかにマリーと高畑に劣っているものの、組んで踊り出すと差が縮まることを知ったのである。それは二組のパートナーがリーダーの技量をより高めているということを悟ったのである。一方の高畑とマリーのペアは互いの持つ最高の技量で踊っていた。しかし、二人は自分の技量を超えることができなかったのである。二人は他の組のように補い合うことができなかったと言える。これは『ダンスの相性』と言うもので頂点に立つ人達にかかわることなのである。

次の曲は幸子郎とナターシャのダンスであった。二人のダンスはロシアの大河ボルガ川（約三千七百キロでロシアで五番目に大きい）のように優雅でゆったりとしたものであった。幸子郎は相変わらずパートナーとして、またナターシャも高畑と踊った時のようにパートナーとして踊ったのである。それはナターシャが高畑と踊ってリーダーとして踊れば師であるマリーを超えることができないことを悟ったからである。そして師を超えるためには自分の本来の個性であるパートナーに徹しようと決めたのである。そんな二人はパートナーとしての技量を出し尽くしたのであるが、二人はなぜか満足することができなかったのである。それは高畑とマリーのダンスの全く反対と言えるものであった。そしてナターシャは幸子郎が自分の相手（リーダー）になり得ないことを悟ったのである。高畑はナターシャがパートナーに向いていることと、幸子郎とダンスの相性が合わないことを身をもって教えたのである。マリーもまたそのことを実感したのである。最後の曲が終わるとナターシャは幸子郎にプリエではなく大きな声で「スパスィーバ（ありがとうございました）」と言って日本式に大きく頭を下げたのである。そして顔を上げると今度は小さな声で「アリガト」と日本語を言って恥ずかしそうに駆けだしたのである。駆けだしたナターシャは高畑の下に来るとそのまま高畑の首に抱きついた。傍目からは仲の良い兄妹のように映った。そして落ち着いたように離れると今度は高畑の目をジーッと見つめた。その姿は師を見る弟子のように映った。高畑はナターシャの瞳を見て迷いがないことを知りナターシャが自立したことを悟ったのである。さっきのハグはナターシャの幼さとの別れであった。

　マリーはそんなナターシャが高畑の下に駆けて行くのを見てゆっくりと幸子郎の下に向かったのである。

　幸子郎の前に立ったマリーの白磁色の美しい顔は微笑んではいたが、紫の瞳は心の表れであるかのようにように不安で満ちあふれていた。マリーはそんな不安を気づかれまいと凛と振る舞っていたのである。それがかえって不安の大きさを語っていた。幸子郎もまたどうすることもできず、そんなマリーの瞳を見つめるだけだった。それは同情や一時の感情で安易に決められないことであったからである。幸子郎には中条流という「剣」や第二の母とも言える川村さだ（高畑の実母）から教わった日舞、そして親兄弟がいたからである。また剣技を極めた幸子郎には「ダンスの道も」「剣の道」と同様に数多の困難と弛まぬ努力が必要であることを知っていたからでもある。また、適正な努力を死ぬほどしたとしても必ず叶えられる（極められる）とは限らないのである。人にはそれぞれの適性があるからである。ここであえて適正という言葉を使ったのは、間違った努力をいくらしても極めることができないのでこれは論外である。これは「剣の道」を極めるのと同じなのである。

その時舞台の端で何かが倒れたような音がした。幸子郎とマリーは音のした方に目を向けると田澤がアリーナに手を添えられて起き上がるところであった。幸子郎とマリーは目を見合わせると急いで二人で田澤達の下に駆け寄ったのである。二人は田澤に近寄ろうとしたが見ていることしかできなかった。アリーナは甲斐甲斐しく田澤の蝶ネクタイを緩め、ブーツの紐を解いて脱がせ自分の脇に置いた。そして次に自分のハイヒールを脱ぐと田澤の靴のつま先に自分のハイヒールのつま先をピッタリと付けて置いたのである。立ち上がろうとする田澤を制してアリーナは田澤を両腕で抱きかかえるとそのまま立ち上がったのである。立ち上がったアリーナは周りを気にする様子もなく田澤の瞳を見つめながら席に向かったのである。この田澤の醜態は、足の指十本がブーツの紐で絞り上げられてストライキを起こしたのである。さらに喉の仏様も蝶ネクタイで締め上げられて限界がきていたのである。そのため身体が指達を思いやるように勝手に横になったのである。

二人が立ち去った舞台には二足の靴だけが残されたのである。その靴達は二足仲良く向き合ってダンスをしているように思えた。そんな靴達を見てマリーと幸子郎は靴に歩み寄り手を掛けた。幸子郎は田澤の、そしてマリーはアリーナの靴であった。その時二人の手が触れた。二人はハッと顔を見合わせていずれともなく微笑み合ったのである。その時幸子郎の心に触れるものがあった。そんな二人を会場の人達は息を呑んで見つめていた。また舞台に立っていた江静も置き去られた靴達を拾いに行こうとして武蔵に止められたのである。江静は幸子郎とマリーが靴を拾い上げるのを見て武蔵が止めた理由を悟ったのである。靴を手にしたマリー達がアリーナ達のところに向かおうとすると侍従が慌てたように駆け寄ったのである。侍従は手にしたおぼんを差し出し靴を受け取ると、丁寧に頭を下げアリーナ達の下に向かった。それを見て江静と武蔵も自席に向かったのである。その時江静の手はアリーナやナターシャ達がしたように武蔵の手を取っていた。

静かな舞台の上は幸子郎とマリーだけとなった。そんな二人に高畑とナターシャは拍手を送ったのである。その拍手で会場の人達が目覚めたように立ち上がり拍手を送ったのである。鳴り止まない拍手のなか侍従長が立ち上がり両手を広げて前に差し出すと会場の人々は拍手を止めて席に着いたのである。そんな中、幸子郎とマリーは笑顔を絶やさず席に戻ったのである。傍目からは仲睦まじいカップルのように映ったのである。しかし、実際には二人の目は相手を気遣かう思いやりの眼差しで満ちていたのである。早い話、二人はそれぞれが心配事を持ちながらも相手のことを心から心配していたのである。二人の心配事は言うまでもなくマリーは「ペア」のことであり、また幸子郎は「人生の岐路に立つ」思惑であった。

その時静まった会場で突然上席の女王陛下が立ち上がると話しはじめたのである。これは誰もが驚くハプニングである。女王は「私の拍手が遅れたわけは決して居眠りをしていたからではありません。ダンスは今まで見たこともないような素晴らしいものでした。それに酔いしれて忘れたわけでもありません。私は『あること』をちょっと神様に『おねだり』していたのです」と冗談っぽく言って武蔵、田澤、幸子郎のペアに向かって軽く辞儀をしたのである。女王が皆を前にジョークとも取れる言葉を発するなど前代未聞のことであった。しかし、裏を返せば女王陛下がいかに相手方に気を使っていたのかが窺い知れた。それは命令や同情を買う懇願に取られかねないからであった。しかし、自分の気持ちを少しでも相手に伝えるために、どうしても話さなければならなかったのである。そのことを取ってみてもわかる通り、西洋の社会においていかにダンスが重要であったのか理解できるであろう。

会場の貴族達は女王が神に祈ったあることとは、幸子郎がマリーのパートナーを引き受けることとわかっていた。それは自分達オモテストクの貴族達の願いでもあったからである。また、女王の言葉は通訳を兼ねた日本人の女性達によって言葉のわからない日本人達にも伝えられた。それを聞いた日本人の少女達は「何て気さくで素敵な女王様でしょう」と素直に感動していた。

一方、他の日本人達はオモテストクの貴族達と同様に幸子郎のことであることを知っていた。また、当人である幸子郎、日本人の代表者である彦康、そして幸子郎の師である高畑は、女王の言葉は自分達に向けられたものであることをわかっていた。三人は女王の心配りもしっかりと胸に受け止めていたのである。高畑はすぐに彦康に目を向けると彦康は「貴方にお任せします」と目で応えた。すると高畑もまた目で「わかりました」と答え会釈（十五度位）をし幸子郎に目を向けたのである。そして幸子郎と目が合うと「あなたの思うままに」と目で伝えたのである。それに対し幸子郎は目で「ありがとうございます。感謝致します」と礼を述べて頭を下げたのである。

彦康と師から一任された幸子郎はその重大さを噛みしめるかのように大きく息を吐くと静かに目を閉じたのである。そんな幸子郎を見つめていたマリーの瞳は得も言われぬほど憂いを帯びたものであった。マリーの両手はテーブルの下で震えるほど強く握られていた。会場の貴族達もまたマリーと同じ思いで固唾を呑んで見守っていた。それを知っているかのように幸子郎は大きく息を吸い込むと静かに目を開けマリーに目を向けたのである。そんな眼差しを見てマリーは幸子郎の瞳から迷いが消えていることを知った。そしてマリーは自分の運命が決まったことを知ったのである。しかし、悲しいかなマリーには幸子郎の決心まで知ることはできなかった。

一方、マリーの眼差し見た幸子郎はマリーの瞳がさらに憂いを増したように思えたのである。そんな憂いを帯びた眼差しを過去にも見たことがあった。それは幸子郎自身が剣を極めようと修業していた時、励んでも励んでも見えてこない「剣技」に焦り、もがき苦しみ、絶望の淵で何気なく見た水鏡に映った自分の眼差しであった。そして今、幸子郎の心の耳に「ア～・ボーク（あ～、神様）」と祈るマリーの切ない声が聞こえたのである。

そんなマリーを見て幸子郎が立ち上がると、マリーもそれに倣って立ち上がった。マリーは幸子郎が「一緒に行きましょう」と誘ったことがわかったのである。そして二人は無言のまま連れ立って師、高畑の下に行くと高畑は立って二人を迎えたのである。幸子郎は師に丁寧に礼をしてから目で師の瞳に『パートナーになると決めました』と決意を伝えたのである。すると高畑もまた目で幸子郎の瞳に「わかりました」と語ったのである。そして二人は礼を交わしたのである。マリーもまた幸子郎に倣い一緒に頭を下げた。その時マリーには二人の会話の内容は全くわからなかったが、二人が目で話し合ったことだけはわかっていた。そんな二人を見ていた人達は、二人がただ挨拶しただけのように映ったのである。マリーはこの時この方達の様に目で会話をし、そしてこの御方には心で語りあい存分に踊りたいと切に願った。そのためなら王女という身分を捨ててもかまわないとさえ思ったのである。しかし、それは果てしなく遠く無理なものに思われた。

しかし、実際にはマリーはすでに幸子郎と目でコンタクトを取り合っていたのである。また、幸子郎の「決意」が全くわからないと悲観していたが、それは幸子郎があえて目や表情に出さなかったからである。わからなくて当然のことである。幸子郎が決意を表に出さなかったのは、マリーよりも先に高畑と彦康に伝えなければならなかったからである。決して意地悪等ではなかった。

幸子郎は師に対して決意を伝えると次にマリーと共に彦康の下に足を運んだ。その時も幸子郎とマリーは言葉を交わすことがなかった。そんな二人を彦康は立って迎えたのである。幸子郎は彦康に深く礼をすると、それに倣いマリーも慇懃に宮廷の礼を持って彦康に頭を下げたのである。当然彦康もそれに応じて頭を下げたのである。顔を上げた幸子郎は彦康の目に「この国に残ることをお許しください」と伝えたのである。彦康は「わかりました。後はお任せください」と目で承諾した。そして彦康は「早く相手の女性の方に知らせて上げてください」と付け加えた。それはマリーの不安げな眼差しを見て、伝えていないことがわかったからである。幸子郎は「ハイ」と目で応えて彦康に深々と礼をするとマリーもそれに倣った。

彦康に報告を終えた幸子郎は、次に向かう女王の方に足先を変えると、マリーを見て左腕を少し上げて隙間を作ったのである。それはマリーに「女王様に一緒に報告しましょう」と語ったのである。マリーは幸子郎の瞳とその所作で「承諾」したことを悟ったのである。マリーはあまりの嬉しさで身体が固まり震えだしたのである。幸子郎は彦康の意を受けて心配しているマリーに伝えたのである。マリーの心は嬉しさではち切れんばかりであったが、心配性の身体が驚きのあまりすぐには受け入れられずに固まったのである。そんなマリーを見て貴族達は幸子郎の意思が決まったことを知ったのである。しかし、承諾か拒否かまではわからなかった。幸子郎の笑顔にマリーの心は身体に打ち勝って震える右手をそっと左腕に添えたのである。そして二人はゆっくりとした歩みで女王の前に立った。

女王はそんな二人を立ち上がり前に出て迎えたのである。女王が彦康と高畑の二人と違ったのは満面の笑みで二人を迎えたことであった。貴族達はその笑顔を見て幸子郎がパートナーを引き受けたことを知ったのである。そして貴族達は立ち上がり首を前に出すようにして成り行きを見守った。女王は幸子郎が左肘を曲げる仕草を見て承諾をしたことを悟ったのである。それまで女王陛下をもってしても彦康と高畑が幸子郎と目で会話をしたことを見ていたが、何を話したのかまでは皆目わからなかったのである。これまで女王は周りの人達がたとえ目だけで会話をしていても会話の内容を知ることができたのである。女王にとって剣客という存在はさらに大きさを増し、未知なるものとなったのである。

幸子郎は女王の前に立つとはじめに目で「残る決心」をしたことを伝え、深々と頭を下げたのである。マリーもまた潤む心を引き締めてロシア宮廷の礼式に則り、慇懃に頭を下げた。女王もそれを受けて二人に丁寧に礼を返したのである。そして女王は顔を上げた幸子郎に「ありがとう」と日本語で言って頭を下げた。その言葉は幸子郎にとって目の会話かと思うほどスムーズなものであった。

次に女王はマリーに向かって微笑み「バズドラヴリアーユ（おめでとう）」と言って両手を差しだしたのである。それを見たマリーの瞳は涙腺が切れたように涙があふれ出した。マリーは涙のまま女王にしがみついた。女王は濡れるドレスを気にすることもなくしっかりと抱きしめたのである。それを見た貴族達は確信し拍手を贈ったのである。そんなマリーを見ていた幸子郎はマリーがいかに一人で苦悩していたかを知った。それはマリーがダンスに全情熱を注いでいるという証であった。その情熱は自分が剣に情熱を注ぐのと同じように思えたのである。そして幸子郎の心にさらにダンスの道を極めたいとの欲望、意欲が増したのである。幸子郎が一番はじめに決断した理由は「剣の道よりもダンスの道が合っている」と思えたことである。また師の高畑もそれがわかったようである。さらに高畑はマリーのダンスに打ち込む真摯な情熱に『士の魂』を垣間見て心打たれたためでもある。

女王の傍に江静が来ると幸子郎に対し「私が通訳を致します。よろしくお願いします」と言って頭を下げた。それに対し幸子郎もまた「お願い致します」と言って頭を下げたのである。その声を聞いたマリーは振り向いて江静と幸子郎が話をしているのを見ると、女王の胸から顔を放しお礼を述べると慌てて戻ろうとしたのである。女王はそんなマリーを優しく押し止め「それでは嫌われるわよ」と言って濡れた目元を優しく拭いてやったのである。そんなマリーが幸子郎の下に戻ると先を越されて「私にダンスを教えてください」と幸子郎に言われ頭を下げられたのである。その時マリーは「子供みたいなことをして」と謝ろうと思っていたのである。マリーは幸子郎の言葉を江静から聞くと躊躇することなく「私は駆け出しの身です。こちらこそよろしくお願いします」と言って幸子郎よりも深く深く頭を下げたのである。そんなマリーの言葉を江静から聞いた幸子郎は上げたマリーの瞳を見つめると、マリーもまた同じように幸子郎の瞳を見つめたのである。しばし見つめあった二人はゆっくりと頭を下げ合ったのである。そして幸子郎はマリーの手を取り並んで女王陛下に頭を下げたのである。そんな二人の顔には男と女の甘い感情の欠片も見ることができなかった。人々には二人がすでに稽古をはじめたように映った。また剣客達には二人があえて感情を戒め、消していることを知っていたのである。それは浮ついた生半可な気持ちで『道』を極めることができないことを知っているからである。また女王は人の上に立つ者として二人の心を読み知ったのである。そんな二人もまたそのことを知っているためあえてダンス以外の邪な心や感情に蓋をしたのである。それもまた修行の一つなのである。

江静は幸子郎達の言葉を女王に伝えると陛下はまたとない笑顔を見せ侍従長を呼んだ。そして侍従長に「松本様がチームに加わることになりました」と伝えた。侍従長はすぐにそのことを会場の人々に伝えたのである。会場から拍手と歓声が沸き上がり止むことがなかった。多分その中には幸子郎を想う日本人の女性達の自棄の拍手も混じっていたと思われる。そんな中、江静は彦康、高畑の下に足を運んだのである。それは女王陛下からの伝言を伝えるためのものであった。当然幸子郎にも伝えられていた。

侍従長が皆に向かって両手を前に出すと拍手と歓声が止んだのである。すると女王が立ち上がり幸子郎の脇に立ち「突然ですがここにおられる松本幸子郎様をアレクサンドル家の一員に迎えることにしました」と宣言したのである。会場は一瞬の沈黙の後、前よりも大きな拍手と歓声が沸き上がった。そんな女王の言葉に最も喜んだのはマリーであった。そんなマリーは喜びのあまり気を失ったのである。マリーが倒れる寸前に幸子郎が抱き止めたのである。幸子郎は片膝でマリーを抱き締めながらマリーの顔を心配そうに見つめていた。マリーはすぐに気がついて、幸子郎に支えられながら立ち上がり幸子郎にお礼を述べていた。そんなマリーを見てアリーナは「もっと気を失ったふりをしていれば良かったのに」と呟いた。それを聞いて田澤が「なに？」と尋ねた。アリーナは言葉がわかったようにウフッと微笑み「ヒトリゴト」と言って片目を閉じた。当然田澤には言葉がわからなかったが「フム」と頷いたのである。もし暇な人達がいて、そんな二人のやりとりを見ていたとすれば、恋人達の熱い語らいに見えたであろう。そんな二人を微笑ましく見ていた女王も暇人の一人であろうか？

女王陛下の思惑通り舞踏会を兼ねた晩餐会は王子の音頭で大盛況のうちに幕を閉じたのである。その後、皆は馬車で櫛引丸に送られたのである。残ったのは彦康、公麻呂、武蔵、田澤、高畑、幸子郎、榊の七名であった。それは帰国の日取り打ち合わせのためであった。また武蔵は治療のためであった。はじめ拐かされた女性達のことを考えて、明日にでも帰国をと考えていたが、江静達のように長くこの国に世話になった人達もおり十日後と決まったのである。この決定を持って六名（武蔵を除く）が櫛引丸に戻ると皆が起きて待っていたのである。中には甲板でダンスをしている人達もいたのである。そして一番喜んだのは意外にも拐かされた女性達であった。

翌朝からは男性達にとっては忙しいと、言うよりも多忙極まりない分刻みのスケジュールが待っていたのである。それは王子アレクサンドル二世のたっての願いのためであった。当然それには女王陛下の意思が含まれていた。内容を説明するとそれは「軍事教練」であった。本来であれば軍事教練は将校が行う軍事の訓練である。しかし、今回はその士官以上の者達を指導することになったのである。砲撃や射撃の教官は櫛引丸の水夫達があたり、銃剣術、刀術、素手や短い武器を持った「体術」は剣客達が担当したのである。

驚いたことには朝起きると岸壁には戦艦スミノフと艦長のアブラム、また軍船ニッカネンとアラム艦長の姿があった。すでに顔見知りであった二人は彦康と榊に頼み込んで水夫数名と剣客それぞれ二人を乗せて警邏に出港したのである。船上で実戦訓練をするためであった。それには水夫や剣客達も挙って乗船を申し出たため、船頭の榊は選考するのにひと苦労したのである。そして教官となる水夫と剣客達が乗り込むと二隻は時間を惜しむかのように出港したのである。その素早さは過去とは比べものにならないほど速いものであった。そんな二隻の帰港時刻はまちまちであったが、船頭榊が予想した時刻に半刻もずれることはなかった。

一方、陸で訓練を受けた兵達は全身に赤、青、紫の痣が勲章のようについており、見るのも耐えがたかった。しかし、そんな過酷な訓練が続いても痛がる素振りや弱音を吐く者は一人もいなかったのである。そんな兵達を見て剣客達はこの国の男達は痛みに鈍感なのではなく打たれ強いということを知ったのである。その強さの源は獣の肉を食することであった。彼らは日本人が毎食米の飯を食べるように獣の肉を食べていたからである。その肉はオモテストクの町の人々が毎日交代で運んできては調理して兵達に食べさせていたのである。日本人が驚いたのは人よりもはるかに大きい獣の肉を鰯を焼くように丸焼きすることであった。また打たれて腫れ上がった患部に血の滴る生肉を貼りつけ湿布薬として使っていたのである（※『湿布薬』は日本では約千五百年前（奈良時代）にインドから伝わったびわの葉のお灸が原型と言われている。また戦国時代は武将達が戦いで負った傷を治す『金創膏』（ケイヒ・シャクヤク・ダイオウナなどの七種類の生薬にごま油を混ぜた「膏薬」）が使われていた。そんな兵達の中でも傷が多かったのは士官達であり、上位になればなるほど多かったのである。一方、日本人達にとって姿焼きされる獣の肉の臭いや湿布で使われる血の滴る肉を見るのは苦痛であった。

男性陣が汗を流している時、女性達は馬車での送迎を受けて観光、食事、ダンス等と案内されたのである。そんな女性達は三日もすると飽きたかのように自分の興味のあるものを手伝いはじめたのである。それは料理から始まり農作業、漁業、縫製、機織りと多岐にわたった。彼女達は助けられたお礼のためもあったが、それよりも遊んでばかりいられない性格でもあり、また整頓、片付けるという習慣を植え付けたのである。そして十日という刻は戦艦スミノフやニッカネンも帰港し、あっという間に過ぎ去ったのである。


オモテストクの最後の夕食は非公式に櫛引丸が係留する岸壁で行われた。それはオモテストクの夏の陽の長さと涼をとるためである。当然女王達も出席した。彦康と女王の挨拶の後、この国に残る人達の挨拶が始まった。はじめは細川家の姫・江静であった。江静は「命を救われたばかりか、貴族の官位やお役目までもいただきました。そのご厚情に報いるために残る決心を致しました」と語った（※『貴族』とは、日本で五位以上の官位を『貴』と言い、その人達を「貴族」と呼んでいる。また、それは「正一位から従五位下」までの公卿と殿上人、諸大夫をさす）。

彦康は江静のその言葉の中に、今後も拐かされてくるであろう女性達のために残る決心をしたということを覚ったのである。また国に帰って、細川家に波風を立てたくないという心情が察せられ、止め立てをしなかったのである。さらに日本に戻って意に添わない結婚をするより、女性が働くことのできるこの国に残り活躍した方が江静のためになり、性格に合っていると判断したのである。江静の本心を明かせば、地位や身分を捨てても武蔵様と一緒に暮らしたいと思っていたのである。しかし、武蔵は日本に帰ると剣一筋になることはわかりきっていたのである。それはたとえ本人が望まなくても他の剣客や殿様と呼ばれる武将達が放っておくわけがなかったからである。江静はそれが剣客の宿命であることを弁えていたのである。さらに江静は自分が傍にいれば武蔵の負担になることも考えて決断したのである。そんな江静は武蔵の自分に対する心を知り、さらに看病とはいえ二人だけで過ごすことができたことで思いを断ったのである。しかし「武蔵様がこの国を離れるまでは私が『妻』としてお世話致します」と決めていた。

一方、武蔵もまた自分が選んだ剣客の道であり江静を断念するしかなかったのである。しかし、武蔵は自らを身勝手でみみっちいとさげすみながらも「せめてもこの国を離れるまでは剣客である身を忘れて江静に甘えようと」と心に決めていたのである。

そんな「泡沫の恋」と知りながら、新妻のようにかいがいしく武蔵の世話をする江静の姿がいじらしく映った。そんな武蔵の顔もまた人生で最初で最後の「夫の顔」であった。

次に立ち上がったのは江静の侍女である菊池峰と酒井悦子であった。二人は真っすぐに彦康に向くと「私達二人がこの地に留まることをお許しくださいませ」と言って深々と頭を下げたのである。そんな二人の目には「残って江静姫をお守りします」との強い意思が表れていた。それは女性をもってしても日本の武士社会における倣いであった。たとえ二人が彦康の口添えにより帰国して国元に戻ったとしても、二人には心安まる居場所がないのである。それよりも先に身についた二人の自尊心が許さないのである。主のある侍女には侍女の「魂」が、侍と同じようにあるからである。そのことは日本人であれば子供達でさえも知っていることで、誰も止めることはなかった。そして頭を上げた二人に彦康は優しい眼でゆっくりと頷いて見せた。二人の緊張した顔が微笑みに変わり頭を下げたのである。二人の唇は「ありがとうございます」と言っているように見えた。再度頭を上げた二人は江静に目を向けたのである。そんな二人に江静の眼は「峰さん、悦子さん、これからは自分の幸せを考えてね。それが私の願いです」と語っていた。二人にもそれがわかったように丁寧に頭を下げたのである。彦康はそんなやりとりを見て、江静主従の絆は生涯切れることはないであろうと思った。その後に武家の子女である舘田せつをはじめ、十数名の女性達が立ち「残る」と言って挨拶をしたのである。

最後に立ったのはロシア正教会の洗礼を受けて、すでにこの国の貴族と結婚した三人の女性達であった。その三人は彦康と女王の前に来ると正座して平伏すると「私達は拐かされて死にたいと思った時もありましたが、今はとても幸せに暮らしています。故郷の家族には神様が伝えてくれたと思います。これからは家と家族、そして夫に尽くし、オモテストクの土になります」と平伏のまま話したのである。三人の言葉には国抜けの大罪人として日本の家族に迷惑が及ばないようにとの思いが込められていたことを彦康をはじめ皆は知っていた。彦康は「わかりました」と言って頷いた。これは家族にも話さないと約束したのである。また女王は『家・家族・夫』のことを考える「日本人の女性の心構え」を知って胸を熱くしていた。そんな女性達に彦康は贈り物を渡したのである。

その後、彦康は結婚した三人の女性達に「私達からの贈り物を受けとっていただけますか」と優しく声を掛けたのである。平伏したままの三人の躰がさらに固まり震えるのがわかった。その時「殿さんのお言ですえ〜」と優しい少女の言葉が聞こえた。三人はおずおずと顔を上げると、前に三人（由紀、千恵、美世）の少女が座っていたのである。少女達は真っ白な衣装を抱えていたのである。三人の女性達はそれが花嫁衣装だと知ると「アッ」と叫びみるみる涙があふれ出したのである。花嫁衣装は帰国する女性達が全員で縫い上げた物であった。三人の少女達は衣装を渡すと着替えに案内したのである。花嫁衣装の着付けにはさほどの時間は要さなかった。

着付けを終えた三人が皆の前に姿を現すと、見計らったかのように岸壁に三台の馬車が止まったのである。馬車から降りたのは紋付き袴姿の三人の男性達であった。馬車に彫られた紋章は異なりその貴族達の家紋であった。三人は女性達の夫達であった。その中の二人には乳母達が傍らで赤ん坊を抱いていたのである。三人の男性はすぐに妻の下に駆け寄ると「キレイ、キレイ」と言って抱きすくめた。これは女王と彦康の計らいであった。そんな三組みは、煌々と明かりが灯された櫛引丸の甲板に案内されたのである。甲板には三組の金屏風が立てられ、その前には椅子一個と座布団一枚が並べられていた。記念写生のためであった。女性達は座布団に正座すると夫達はその横の椅子に畏まった顔で腰を下ろした。岸壁の会場からもその様子がはっきりと見えた。椅子に腰掛ける二人の男性は当然のように赤ん坊を抱えていた。日本の公家や武家の社会においては男性が子供を抱えるなど考えられないことであった。

　そんな夫婦達に目線や姿勢の注文をつける者達の姿があった。それは国を代表する宮廷画家達の弟子達であった。当然描くのは巨匠と呼ばれる画家達である。そんな画家達が手にしていたのは大小様々な筆であった。さらに意外だったのは弟子達が脇で必死に墨をすっていたことである。洋画の巨匠達が筆を使い墨で絵を描くというのである。散々注文をつけた後、やっと描きはじめると会場で祝いの唄（『唄』歌の中でも日本の伝統音楽）が始まった。はじめに彦康の「高砂」から始まり、武蔵の「四海波」、幸山の「千秋楽」、林の「難波」、高畑の「鶴亀」と続いたのである。誰もが生涯二度と聞くことのできない貴重な人達の唄であった。これは夫婦達、特に新婦にとっては何にも代えがたい贈り物となった。剣の達人達は音痴とは無縁であり、抱かれた赤ん坊達はぐずることはなかった。

　やがて描き上がった絵は女王と彦康に渡された。その絵は後ほど表装されて女性達の家族に渡されることがわかった。その絵はどう見ても日本の墨絵であった。墨絵のため男性達の髪は真っ黒で、彫りの深い顔と二重の目元はどことなく役者絵の誇張したものに似ていた。また、巨匠には申し訳ないが下手な絵描きが描いたとすれば全く不思議のないものであった。一方の女性達の顔は生き写しのようにそっくりであった。また夫に抱かれた赤ん坊達の顔はどことなく母親達の面立ちに似ていた。女性達の親達が一目見れば娘とわかる絵であった。墨絵でこれほどの物を描き上げるとは、流石に国を代表する巨匠達であった。そんな微笑ましい絵を見せられた女性達は、さらに彦康から「落款が抜けていますが」と言われて初めてその意図を悟ったのである。いずれ何かの形で親達に渡ることを知った女性達は、絵を抱き締め目を閉じると心を込めて名前を書いた。そして赤ん坊にその絵を何度も何度も触らせていたのである。これで日本人の女性が残るのは祇園芸者の大島屋の小亀と初盛村のきみを加えて二十数名となった。

彦康はその後で「公麻呂殿と田澤殿は一度帰国してから戻ります」と伝えたのである。皆は素直に喜んで歓声を上げげた。それは武士の一言は鉄よりも固いということを知っていたためである。ましてや日本の武士を代表する剣客達の言葉を疑ったり心配する者は誰一人としていなかった。公麻呂の身分とタイ捨流の総帥としての立場から考えると一時帰国はむしろ当然のことであった。皆は決して叶う恋でないと思い心を痛めていたのである。

また剣客の田澤についてては薄々残るのではないかと考えた人達がいたのである。それは江静と別れる武蔵が「四海波」、師・公麻呂と別れる幸山が「千秋楽」、田澤の師である林が「難波」を唱ったからである。そうすると幸子郎の師である高畑が「鶴亀」を唱ったことが納得できるからであった。田澤について皆は兵達を厳しく指導する凛々しい雄姿と、家庭で尻に敷かれる姿を連想し、「頑張れ」と声援を送った。そんな公麻呂と田澤は立ち上がって皆に頭を下げると拍手が沸き上がった。

拍手が静まるのを待って彦康が「松本殿はこのまま残ることになりました」と伝えたのである。その後で幸子郎は「私は西洋の踊り（ソーシャルダンス）に触れて心を引かれました。できればもう少し勉強したいと思い師に頼んで許しを得ました。また女王様から滞在のお許しが得られているので、できれば時間を無駄にしたくないのでこのまま残ることに致しました」と言って頭を下げたのである。その時レイを抱いた姫、マリースカヤが顔を出し女王の下に向かった。女王の前に来るとレイは飛び降りてマリーの隣で両手をついて見守っていた。マリーが女王と彦康に挨拶を終えると、レイは先になって幸子郎の下に案内した。マリーが幸子郎の前に来るとレイは役目が終わったとばかりに櫛引丸に戻って行った。

マリーは満面の笑みで幸子郎と挨拶を交わすとその後に幸子郎と共に皆に向かって丁寧に頭を下げたのである。マリーの晴れ晴れとした笑顔に接した仲間達は、ホッとすると共に今日から厳しい（楽しい）稽古が始まることを覚悟したのである。

二人は顔を戻すと幸子郎はマリーに「貴女と踊れるようになりたくて残ることにしました。もし、見込みがないと思われたらすぐにお話しください。私は泳ぎが得意ですからすぐに帰りますから」と話したのである。これを悦子がマリーに伝えると、マリーはニッコリ微笑むと「私の方こそだめだと思われたらすぐにおっしゃってください。足が丈夫なので走って帰ります」と言った。悦子はすぐにこれを介し幸子郎と皆に伝えた。この時悦子は「モスクワまでの距離は二千二百五十里、約九千キロである」と言うことを付け加えたのである。皆はこれを聞いて軽い冗談と思い拍手を送ったのである。しかし、女王や剣客達は二人の必死さを強く感じ取ったのである。

最後に幸子郎は「もしダンスがものにならなかったら、日本に帰ってダンスの道場を開こうと思います。その節にはよろしくお願い致します」と真顔で話したのである。それを悦子がマリーに伝えるとマリーは「その時は私もお手伝いさせていただきます」と真摯に話し、二人は顔を見合わせ揃って皆に向かって頭を下げたのである。皆は真面目に受けとり「その時は道場に通うから安くしてね」等との声がかかった。剣客達は二人の言葉が戯れ言であることがわかっていた。一方、リュウは「何処に道場を開くんだろう」と呟いてレイにパンチをもらった。そのパンチは常よりは優しかった。そんな二匹を見て船頭の榊が「アーア。相変わらず……ではないか。少し優しくなったようだ。櫛引丸が平和になったということだ」と微笑んでいた。

最後に立った彦康の言葉に皆は驚き息を呑んだのである。それはアリョーナ姫とアリーナ嬢が同行すると語ったからである。当時としては西洋の王女が東洋の端れの後進国日本に来ることなど考えられないことであった。女王陛下がそれを許したのは彦康、公麻呂、そして剣客達がいるためである。これにはオモテストクという国のこれからの威信が懸かっていたのである。櫛引丸が若狭湾の小浜の湊に着くと、陸路で五条まで約二十里（八十キロ）の道ほどである。彦康がいるため問題はないと思われるが、剣客達は京の都までの送迎を申し出ると彦康も素直に承諾したのである。また拐かされた女性達の多くは京都人である。計画を練る榊達以外には楽しい道中になることが予想され心躍る夜となった。

翌朝、和服姿のアリョーナ姫とアリーナ嬢は女王と共に馬車でやって来た。そして多くの人達に見送られオモテストクの港を後にしたのである。当然そこには江静や他の日本人の女性達の姿もあった。そんな女性達は日本と決別するかのように最後まで手を振っていた。一方、彦康は、オモテストク国のアレクサンドル二世王子とロシア最大の国家であるサンクトペテルブルグ国のアナスタシア姫の結婚、そして第二の大国であるアリハンゲリスク国は女王の母国であった。さらに第三の大国であるコミ国はマリースカヤ姫の実家である。そのことを考えただけでもロシアは近い将来統一されるであろうと考えていた。

そして話は少し後になるがオモテストクに戻った公麻呂はアリョーナと結婚し国王となるのである。それはアナスタシアと結婚した王子がサンクトペテルブルク国の後継者となったからである。大国の王は小国とは異なり多くの部下達がおり、人柄も然りながら武勇も必要とされたのである。王子は彦康や剣客達によって人柄と共に武勇の人にも生まれ変わったのである。それを貴族や武人達に説き伝えたのがアナスタシアの護衛隊長を努めたアキーム達であった。また王子の傍には常に公麻呂がいたからである。

また、サンクトペテルブルク国の国王となった王子（アレクサンドル二世）は貴族国家を統一し世界最大である「ロシア大帝国」を築くのである。それを手助けしたのは公麻呂や幸子郎であった。

一方田澤は、女王や王子に請われ、公麻呂に頼まれてアリーナと共に王子に付いて行くこととなるのである。そこで田澤は世界最強と謳われる騎士団を作り上げてその総大将となるのである。騎士団の中でも最も小柄な田澤であったが、宝蔵院流の目にも止まらぬ槍術が西洋中に知れ渡り、日の丸を模した朱と白の甲冑には誰も近づこうとはしなかったのである。これは田澤が日本の武士道と士の魂を忘れないためのものであった。まさしく小さな巨人（怪物）と呼べるものであった。また総大将自らが馬達の世話をし愛しんだため、馬達も喜んで命を賭けて走り回り活躍することができたのである。馬達にとって田澤の体重が他の騎士達の半分も無かったことも幸いしたのである。そんな天下無双とも言える田澤であったが、家庭では生涯アリーナの尻に敷かれているように映ったのである。

しかし、今は誰もそんな先のことを知る由もなく、女性達の多くは洛北の圓光寺や永観堂禅林寺の紅葉をまた見ることができる喜びと、その景色を思い浮かべて船に揺られていたのである。

あとがき

昭和生まれの私が偲ぶ「士の魂」・「倭のこころ」を、十代の頃の仲間達の名前を借りて書き上げました。仲の良かった友、可愛かったあの娘、かっこよかったあいつ、やんちゃだったあの野郎、おっさん顔の奴、おばちゃんのようにどっしりした娘、出っ歯や出べその奴、カジカのように頭でっかちな奴、絶壁頭の奴、満州からの引き揚げてきたやせっぽちな奴、草履を上履きにする奴などいろいろとおりましたが、同じだったのは皆が平等に貧しかったことです。しかし、そんな仲間達は皆、夢と希望に満ちあふれていました。今思えば笑い話になりますが、仲間達の多くは「お金（給与）がもらえるようになったら絶対に『チョコやバナナ、白いだけのマンマ』を腹一杯食うぞ」とちゃっこい夢も持っておりました。

今、そんな夢を叶えた仲間達の中にはすでに鬼籍に名を連ねた人達も少なからずおられます。また施設で寝たきりの人もいると聞きます。さらには孫やひ孫の子守を生きがいと言って甘やかし、その親達からは疎まれている友（クソ爺・クソ婆）もいるようです。私はと言えば寿命に喩えられるローソクが限りなく短くなったように思われます。そんな仲間達も皆この小説を読んで「青春時代」を思い出して、少しでも元気になってもらえれば良いなあと思っております。それは「青春」は若さの源であると言われているからです。青春を思い出し元気になって少しでも長生きをして、世の中のために細やかでも役立っていただければ幸いと思っております。たとえ「ゴミを一つ拾っても」、「焼酎の小瓶一本買ったとしても」世の中のためになるのですから。

また、縁あってこの本を読まれる方の中で、ほんの僅かでも心に残り、また共感される方がおられることを願い刊行致しました。もし（たぶん！）誰一人として共感・感動する方がおられなくても、作者の私だけは青春を忘れないためにもファンでいるつもりです。

日がなマンネリの日々を送る私ですが、近日中に健康のために、この本を書きながら興味を抱いたダンスを習い、「すみれの花」や「舞・姫」のような素敵な淑女と踊ることを夢見て前向きに生きていこうと思ってもおります。たぶん夢・夢・夢……のまたの夢かもしれませんが、生きている間は日々常々に新しきに挑戦していこうと心に誓いました。

最後に仲間の女性達の名前を引用するにあたり苦労いたしました。その名前や役柄等の不満に対しては、予めここにおいてお詫びいたします。

著者プロフィール

ひとみ 麗（ひとみ うるわし）

戦後、青森県で生を受ける。

士《し》の魂《こころ》

2021年11月15日　初版第１刷発行

著　者　ひとみ 麗
発行者　瓜谷 綱延
発行所　株式会社文芸社
〒160-0022 東京都新宿区新宿1－10－1
電話 03-5369-3060（代表）
03-5369-2299（販売）

印刷所　株式会社フクイン

©HITOMI Uruwashi 2021 Printed in Japan
乱丁本・落丁本はお手数ですが小社販売部宛にお送りください。
送料小社負担にてお取り替えいたします。
本書の一部、あるいは全部を無断で複写・複製・転載・放映、データ配信することは、法律で認められた場合を除き、著作権の侵害となります。

ISBN978-4-286-22984-3　JASRAC 出 2105691－101